国家出版基金项目
"十二五"国家重点图书出版规划项目

中國京劇流派劇目集成

启功题签

《中国京剧流派剧目集成》编委会　编

第拾壹集

學苑出版社

图书在版编目（CIP）数据

中国京剧流派剧目集成．第11集／《中国京剧流派剧目集成》编委会编．—北京：学苑出版社，2013.1

ISBN 978-7-5077-4212-1

Ⅰ．①中…　Ⅱ．①中…　Ⅲ．①京剧－剧本－作品集－中国　Ⅳ．①I232

中国版本图书馆CIP数据核字(2013)第002487号

出 版 人：孟　白
责任编辑：潘占伟
装帧设计：徐道会
出版发行：学苑出版社
社　　址：北京市丰台区南方庄2号院1号楼
邮政编码：100079
网　　址：www.book001.com
电子信箱：xueyuan@public.bta.net.cn
销售电话：010-67675512　67678944　67601101（邮购）
经　　销：新华书店
印 刷 厂：北京信彩瑞禾印刷有限公司
开本尺寸：889×1194　1/16
印　　张：17.25
字　　数：389千字
版　　次：2013年1月第1版
印　　次：2013年1月第1次印刷
定　　价：240.00元（精装）

《中国京剧流派剧目集成》学术顾问

《中国京剧流派剧目集成》编委会

序言

◎黄克

京剧向称国粹艺术，内容博大精深，剧目十分丰富，人们常以“汉唐三千宋明八百”形容其浩瀚。其中流派剧目又以演员表演的鲜明个性使剧目显得更为多彩多姿，充满魅力，既被专业人员钻研承继，也为广大戏迷喜闻乐见，遂成为京剧舞台上一大亮点。

流派

举凡表演艺术，原本就无不带有表演者的个人色彩。京剧表演艺术因其唱念做打诸多方面功夫的综合性和繁难性，表演的个性化尤为突出；加以行当的粗分、剧目的雷同，于大致相同的条件下尽显各自的千姿百态、千变万化；一招一式、一腔一韵之中可以体现不同的特色，同样一出戏，甚至同样一个戏中人物也完全可以演出不同的风采，这种充满个性化的表演，遂成为京剧竞技场上最是为人乐道而又情趣无穷的审美内涵。倘若这种富于个性化的表演为受众所认可，且代有传人，形为规范，即可自成一家，成为迥异于他人的艺术流派。以“四大名旦”（梅兰芳、程砚秋、荀慧生、尚小云）为例，虽皆工旦行，却又各有千秋。京剧大师王瑶卿就曾这样分析这四位后起之秀的独到之处：“梅兰芳的样儿，程砚秋的唱儿，尚小云的棒儿，荀慧生的浪儿。”所谓“样儿”，指梅的艺术造诣全面，要什么有什么；所谓“唱儿”，指程以行腔之新颖动听为能；所谓“棒儿”，指尚的刀马功底深厚；所谓“浪儿”，指荀的柔媚多姿、风情万种。寸长尺短，一语道破各有专擅的各家流派特点。如此成就固然来自自己的勤学苦练、苦心孤诣，更少不了观众的知音捧场、鼓励有加。因此，一个艺术流派的形成，对于创始人来说，无疑是开拓了审美追求的新境界；对于受众戏迷来讲，则更是得到了多样化审美需求的新满足。梨园行有云：唱戏的是疯子——指其追求的执着，听戏的是傻子——指其享受的痴迷。二者相得益彰、相映成趣，或许正道出京剧流派形成之三昧。

流派剧目

在京剧传承的一二百年间，随着历史的变迁、社会的发展，以及新人辈出、师承转换，荡涤旧物、崇尚新声，传统剧目中的绝大部分早已绝迹于舞台，然而，其精华部分（包括剧目中表现出来的唱念做打等程式体系）还是被完好地保存了下来，并得到长足的发展。其间，流派创始人于剧目的推陈出新做出了不可磨灭的贡献。基于对剧目乃至剧中人物的理解和认识，以及更便于发挥自己技艺特长的需要，流派创始人对浩如烟海的传统剧目进行了严格的筛选，经过了整理加工再创作，使之又焕发出崭新的韵味和光彩；随着这样剧目的增多，最终形成了自己流派所特有的剧目系列。而另外的流派又在另外的剧目系列中发挥着自己的优势，即或剧目相同，不同流派依然可以于演出中表现出自己的独特风格。总之，在其演出的剧目中，无不打上自己表演风格的鲜明烙印。京剧舞台上一度出现的这种百花齐放、争芳斗艳的盛况，实由自丰富多彩的流派剧目，这在京剧发展史上已是不争的事实。

但也应看到，如今京剧流派剧目相对于京剧的鼎盛时期，已是光景不再。个中原因很复杂，就客观因素而言，新兴的艺术形式的多种多样，人们的欣赏习惯和娱乐方式已经有了更广泛的选择余地，因而完全可以去旁骛；此外，就京剧本身而言，演出剧目之贫乏不能不说是观众锐减的重要原因之一。本来演出场所和演出场次就不多，翻来覆去又只是那几出骨子老戏，怎么能吸引观众，特别是年轻观众呢？——连那些老戏迷们也都听腻歪了。

回过头来看，今日演出剧目的贫乏和流派创始人晚年艺术景况也不无关系。他们在艺术的巅峰期——集中在上个世纪二三十年代，创作或改编了一出出新戏，直令观众赏心悦目，目不暇接。当其时，除了富连成科班或游动的散班演出些大路戏外，北京的京剧舞台几乎就是流派剧目的天下。据1932年商务印书馆出版的《五十年来北平戏剧史材》的记载，自民国十二年（1923）至十八年（1929）这六七年间，以梅派剧目为例，只“初演”的剧目——也就是自家独创的新戏或整理改编的传统戏，就有前后本《西施》、《洛神》、《廉锦风》、头二三四本《太真外传》、《俊袭人》、全本《宇宙锋》、《凤还巢》、《春灯谜》等12出戏（其中前后四本《太真外传》这四出戏是在一年多时间里陆续完成的）；同一时间段，马派“初演”的剧目也有《化外奇缘》、全本《玉镯记》、《秋灯泪》、《战宛城》、全本《火牛阵》、《鸿门宴》、全部《临江馆（“馆”应作“关”）》、全部《浣纱溪》、《范仲禹》、全本《清风亭》、头二三四本《大红袍》、全本《天启传》、《许田射鹿》、全本《十道本》等15出戏（其中《大红袍》分头二和三四本两次演出），当然，其中还不包括“初演”以外的经常性的大量的传统戏演出。试问，这些曾经轰动一时的流派创始人编创的新剧目于今又有多少出传承下来了呢？个中主要原因就在于流派创始人到了晚年一些唱做吃重的剧目已难胜任，只有将其已臻于炉火纯青的技艺凝炼到少数剧目之中，或演出或教习也只拘囿于这少数几个剧目了。而其传人也就将这几出戏奉为圭臬，全不知其鼎盛时期的所谓“文武双全”、所谓“昆乱不挡”为何事，致使一些当年的热门戏几近失传，这不能不说是梨园一件憾事。记得梅兰芳先生曾撰文论述学艺过程中的“少、多、少”，大意是初学时会的戏（包括技艺）自然是少的。随着所学剧目的增多，技艺的增长，激发起拓宽其艺术驰骋领域的热情，兼收并蓄，从而极大地丰富了自己。进而又随着审美取向的定型，艺术见识的提高，势必要对自己所学所用下一番去芜存精的工夫，扬长避短，使自己的独特技艺集中在少数几个代表剧目之中。表面看来演出的剧目是少了，但炉火纯青，在艺术创新上却达到了新境界。从少到多，从多而少，贯穿着的是继承与发展的艺术成熟的过程，也闯出了一条攀升艺术高峰的必由之路。后学者以为，学会了几出流派代表剧目便可以薪尽火传，得到了真经，孰不料缺少广博的根基，既影响个人的发展，也造成了剧目越传越少的现实。这难道不是应该汲取的教训吗？

有道是“礼失求诸野”。由于流派剧目的独特韵味及其所富有的艺术魅力，由于京剧作为自娱自乐的审美取向已深入人心，更由于迷恋传统演唱艺术者的大有人在，京剧传统剧目——包括一些已经消失于舞台的流派剧目，至今仍在京剧爱好者中间传唱不息。我们不妨到公园里看一看那一圈圈围着的戏迷，他们来自四面八方，或许彼此并不相识，只凭一把胡琴就将大家凝聚在一起，有滋有味地互相欣赏着一段段流派唱腔。更不用说那遍布全国各地乃至国外华人聚居区的票房，他们还时不时地粉墨登场，过一把戏瘾呢！这种自拉自唱、自娱自乐的红火场面，充分显示了京剧流派剧目的深厚群众基础和顽强的生命力，对于相对落寞的京剧舞台不啻一种发人深省的挑战。然而，这又何尝不是对京剧振兴的潜在的呼唤和有力的支持呢！

流派剧目集成

正鉴于其强大的生命力和深厚的群众基础，“振兴京剧”作为文化建设的国策的提出可谓正得其时。而振兴之务，首要的是挖掘和继承优秀传统剧目，以之作为发展和创新的基础和借鉴。我们编纂《中国京剧流派剧目集成》的初衷正在于此：将流派剧目演出的精彩瞬间记录于永恒，将构成流派剧目的诸多元素一一记录在案。诸如每剧的剧情本事、创始人表演特点的提要，剧中人物行当归属、服装扮相，剧本曲文、唱腔谱、伴奏谱、锣鼓经，以及身段谱等得以再现流派表演风格的内容，都力图完整地记录整理出来，为流派艺术的教学和研究提供文字的基础资料。持此，内行自可作为表演的参考，京剧爱好者也可以作为演习的蓝本。

这一工作，对于京剧剧目的基本建设虽然可谓之善举，但具体做起来却困难多多。首当其冲的就是剧目的选定。京剧剧目虽称汗牛充栋，但保存下来的资料却十分有限。京剧形成初期，以“老生三杰”又称“前三鼎甲”的程长庚、余三胜、张二奎为代表的一代固然没有留下什么音像文字资料；即或以“老生新三杰”又称“后三鼎甲”的谭鑫培、孙菊仙、汪桂芬为代表的一代除了少量的唱片外也没有完整的剧目传下来，所以我们的剧目整理工作只能从民国初年以降的“四大须生”、“四大名旦”开始。他们受熏陶于前辈艺术家，可谓传统的集大成而又能创新的一代，整理剧目以他们为重点自然最合适不过。遗憾的是这些艺术大师大都已经作古，得到他们指点和首肯已不可能，为此，我们只能通过其亲传或再传弟子来进行流派剧目的整理工作。从中我们更深地体会到抢救要及时，当初未能抢救下来现在也不要嫌晚而不为，抢救一点是一点，否则能够保存下来的精华越来越少，越加难向历史向后人交代了。

更难的则是遴选整理者。剧目的全面整理需要全面的人才。我们在组织稿件的过程中却发现这样的人手颇不易得。如果流派创始人或其传人曾在戏校任教，且有较为完整的教案保存下来，今日稍加整理即可选用，自然不是难事。不过这样的情况并不多，大量的剧目尚需要对当年的演出本进行追忆记录，加工整理。曾经受业于流派创始人或其传人的京剧工作者虽然是整理演出本的合适人选，但是他们大都是单位的骨干，忙于演出，忙于剧务，或居于领导职位，很难分出身来。即或肯于应承下一两出戏，也常有如下的情况：能演不能说，能说不能写，能写又不能打谱。因此，完成一个剧目经常需由记录者、整理者和打谱人联袂而行，倘再加上剧目的传授者和提要的撰写人，则非四五人鼎力不可。《中国京剧流派剧目集成》收入二百多出戏，每出戏即使平均两三人参加，也要组织四五百人次。其繁难可以想见，其壮观亦可以想见。当然，这还仅就整理者的数量而言，更为难能可贵的还在于参与者的无私奉献。试想，跟演一出戏或教一出戏相比，以文字整理出一出戏，不仅费时而且费力，无疑是一桩一般人不肯为也不屑为的苦差事，而我们的整理者却能甘之如饴，乐此不疲，没有为京剧事业的传承而不计个人得失的宝贵情操，是难有这种积极性的。不仅如此，随着岁月流逝，整理流派剧日益困难，更需要求助一些老专家，他们或是资深艺员、教师，或是资深票友、戏迷，而今已是硕果仅存的京剧艺术的专家、流派历史的见证人。在他们身上洋溢着一种传承京剧流派的使命感，和对振兴京剧的期待。他们热情地参加到这项工作中来，或亲自动手，为我们整理剧目；或答惑解疑，给我们工作以指导。使我们在受教于他们的同时，油然而生一种深深的敬意。

克服了上述困难，《中国京剧流派剧目集成》终于呈现在读者面前。书中，除了囊括主要流派的主要代表剧目，试图反映京剧鼎盛时期的大致面貌而外，尚有可说道者。

首先是挖掘整理出一批流派剧目，其中不乏已近失传的流派艺术精品。其中共收流派五十余家、剧目二百多出，不仅是从装扮到曲谱俱全，而且半数以上不曾整理出版过，可算是京剧剧目建设的一个不小的工程。下列剧目可为佐证。如王（瑶卿）派名剧《南天门》（今能见到的只剩下王和老谭合拍的剧照）、余（叔岩）派名剧《太平桥》（据说是老谭给余说的开蒙戏）、马派名剧《白蟒台》（写王莽被俘后向旧臣一一乞命事，老生扮演反面人物堪称奇特）、麒派名剧《斩经堂》（其中吴汉的悲剧性格曾引起过热烈争论）、荀派名剧《鱼藻宫》（写吕后残害戚姬事，乃荀派悲剧剧目之一），以及汪（笑侬）派名剧《哭祖庙》、龚（云甫）派名剧《徐母骂曹》、徐（碧云）派名剧《绿珠坠楼》、裘（盛戎）派名剧《打銮驾》等，都是难得一见的流派剧目之珍品。而以“关外唐”名世的唐（韵笙）派名剧经其家人和传人的努力竟整理出其代表作《驱车战将》、《闹朝击犬》、《好鹤失政》、《绝龙岭》、《未央宫斩韩信》、《刀劈三关》等七出之多，堪称流派剧目建设的新收获。除此之外，《中国京剧流派剧目集成》还特别着力于武戏的挖掘整理。较之文戏，武戏更难整理，需要将演员在台上的动作招式一一准确地反映出来，没有深入的钻研领会、亲身体验，很难下笔。众所周知，杨小楼作为一代武生宗师，其“武戏文唱”乃武生的不二法门，也是令人神往的一种表演境界，在武戏剧目整理中理应得到体现。资深票友朱家溍先生得其真传，整理了杨派名剧《麒麟阁》，并详细记述了前后六次观剧的心得，惜乎不及将其用工尺谱记下的昆曲吹腔翻为简谱便溘然而逝了。另一出杨派名剧《镇潭州》则是根据京剧耆儒刘曾复先生的讲授整理出来的，其中杨再兴上场的“蝴蝶霸”、和岳飞对打的“枪架子”，皆独得杨派之秘，给人以再闻《广陵散》般的惊喜。此外，高盛麟的《长坂坡》、《走麦城》，王金璐的《落马湖》、《蚆蜡庙》也都走的杨派的路子，有的就是直接跟杨宗师学的。南派大武生盖叫天武功盖世，他的剧目身后却乏人整理，多亏移居上海的原中国戏校武功教师赵雅枫先生以耄耋之年勉力整出《一箭仇》，也算保存了盖派一脉。还值得一提的是收获了一批武丑戏。叶盛章当年是以武丑戏挂头牌演大轴的第一人，勇于创新，能戏甚伙，现将其创作的名剧《酒丐》、《祥梅寺》、《打瓜园》、《徐良出世》、《三盗九龙杯》、《铜网阵》等七出代表作一并推出，既再现了叶氏当年神勇，也为乏人承继的武丑行当提供一些演习之本。尤为可喜的是我们也挖掘整理出富连成科班总教习、文丑“萧派”创始人萧长华老先生的《选元戎》、《荡湖船》、《变羊记》等已近绝迹舞台的拿手剧目。凡此，整理者挖掘流派剧目的辛勤劳作成果，均为我们编纂“集成”增添了光彩。

为了方便读者翻检使用，本书采取四五出戏合编一册的形式，这样全书约有五十册之多，并拟分三批推出。第一批为老生行的余派，以及号称“南麒、北马、关外唐”的三派，和武丑行的叶（盛章）派，计五家八册。第二批则以旦行“梅、尚、程、荀”为代表，包括老旦、刀马旦等流派。第三批是老生、小生、武生、净、丑等其他流派。

预期一两年内出齐。倘若其中有重要疏漏，又得人整理，亦可考虑编辑出版“集外集”，以满足读者的需求，也使这部“集成”更为名副其实。

当然，《中国京剧流派剧目集成》的编纂，其目的只在提供流派剧目作为研究家和后学者的参考借鉴。而流派、流派，意重在“流”。所谓流，指流行和流变。流派艺术正是在流行、流变中最终形成的，即或在最终形成之后，也还是靠流行、流变而发展的，倘若泥古不化，抱残守缺，就会失掉其鲜活的生命力，艺苑奇葩也会枯萎，这已为京剧发展史所证明。不过，流派艺术发展也需要有个前提，那就是首先要掌握渗透在表演程式唱念做打、手眼身发步中的艺术个性，而流派剧目就是其艺术个性展现的载体。继承流派艺术，不能只满足于模拟外在的“体”，更要在剧目演练中去体味其艺术个性的“魂”，这样才能促使京剧流派艺术从剧目建设到表演个性都得到发扬光大。此乃传承流派剧目的题内之义，自毋庸赘言。

目录

李多奎

李金泉

高淑娟 万凤姝 整理　　费玉明 记谱

望儿楼

李多奎演出本

《望儿楼》是一出唱功老旦的骨子老戏。故事情节很简单：李渊的皇后窦太真因次子李世民受命出征洛阳，久战未归，心悬思念，在皇宫五凤楼前修建一座望儿楼，每晚登楼远望，盼子早归，夜不成寐。早年间紧接着还有一折叫《背楼》，内容如下：窦太真思子时日既久，抑郁成疾，死于望儿楼上；李渊命长子建成、三子元吉背尸下楼均未背动；一直等到李世民赶回，才将其母窦太真的尸体背下，装殓下葬。在宫廷斗争中，李世民是胜利者，该剧有过于歌颂李世民至孝之情，显得窦太真未免有偏心之虞。绝大多数老旦演员只演《望儿楼 · 思子》一场，《背楼》一折早已失传。伟大的母爱，绵绵思子之情、殷殷盼子之意往往打动远离父母的游子，使之潸然泪下。龚云甫、卧云居士、李多奎等老旦名家均擅演此剧。该剧是按李多奎的演出录音整理的。

《望儿楼》、《钓金龟》和《遇皇后》是三出唱腔结构相似的老旦二黄剧目。它们都是由一段〔二黄慢板〕、三段〔二黄原板〕以及若干句〔二黄散（摇）板〕构成的成套唱腔。但是，这三出戏人物身份却大为不同：康氏是一贫妪；李后是落难的王妃；窦太真是身份高贵的皇后。所以这些腔尽管类似，却有细微的不同，主要还是要靠演员用不同的情感来表达不同剧中人物的心境。

《望儿楼》中的〔二黄慢板〕唱腔与其他老旦的这个板式的唱腔大同小异。据说这个唱腔是龚云甫创作的。龚云甫是京剧老旦行当的第一个里程碑。在他之前老旦行戏很少，多由老生或丑行应工，唱腔也平直简单。龚云甫将青衣的唱腔融入老旦唱腔之中，使老旦唱腔变得委婉多姿，曲折动听。当时保守的人贬称龚云甫为“花老旦”。然而，古朴的老旦唱法被淘汰了，龚云甫的唱法形成了老旦“龚派”，流传了下来。窦太真〔二黄慢板〕表达的是一种思念。“窦太真在昭阳自思自想”唱腔在各老旦〔二黄慢板〕的头一句中都大同小异：曲调起伏跌宕，一唱三叹，委婉动听，但以窦太真尊贵的身份来演，用慈母忧思远征在外的儿子的情意来唱，则会更加感人肺腑。李多奎继承了龚云甫的艺术，以他那宽厚洪亮饱满明净的嗓音使《望儿楼》一剧唱得更加酣畅醇厚。

特别值得一提的是李多奎在老旦二黄唱腔中唱〔垛板〕堪称一绝。其特点是节奏紧凑，气息匀称，字字清晰，淋漓尽致，有如珠落玉盘。这种腔用在贫妪康氏身上，表现她那种絮絮叨叨，非常真切。但如果卖弄技巧，在窦太真身上也用这种腔，则就失掉了她那雍容尊贵的气质。因此，在《望儿楼》一剧中李多奎一句〔垛板〕也没用，而是用推窗远望，听见太监脚步声误以为李世民回朝等情节来挖掘窦太真的内心情感；用苍劲挺拔、宽厚沉稳的唱腔表达窦太真之意；用层次清楚、咬字真切、喷口有力的技巧来感染观众，取得了很好的效果。

哈鸿儒

人物行当

窦太真	老旦	**李　渊**	老生
四宫娥	旦	**二太监**	生

服装扮相

窦太真　俊扮。黪网子、老旦冠、勒子、黄色绸条，黄团花帔、绿绣花裙子，香色彩裤，白布袜、福字履。

四宫女　俊扮。梳大头、线尾子、泡子头面、过桥，素粉或淡青色褶子、云肩、蓝边素裙子、彩裤，彩鞋。

李　渊　俊扮。九龙冠、黪三，黄团花帔，红彩裤，厚底。

二太监　俊扮。大太监帽，绣花褶子，红彩裤，厚底。

道具

宫灯	两盏	**云帚**	一把
楼帐	一份（香色）	**桌子**	一张
椅子	两把	**黄桌围椅披**	一份

第 一 场

〔【撤锣】【小锣打上】四宫女从“上场门”上，站门。【旦上场】窦太真从“上场门”上，走至台中。

窦太真[1] （引子）闷坐昭阳，思皇儿，（多多）

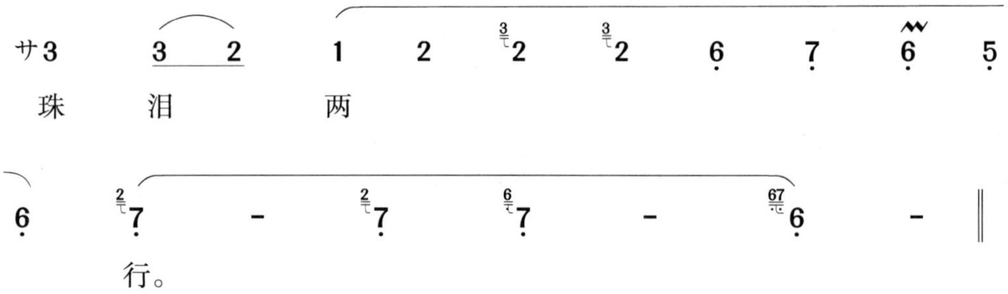

〔【小锣归位】窦太真归外场座。

窦太真 （念）可恨李密太无良，

陡起干戈反晋阳。

我儿征战未回往，（轻轻摇头）

思想起来痛肝肠。（扎）

哀家[2]窦氏太真，只因李密造反，我儿奉了他父王旨意，征战李密，久未还朝。是我放心不下（右手抚胸），在五凤楼前盖下一座望儿楼，每日黄昏时候，登楼盼望我儿。今看金乌西坠，玉兔东升，宫娥们！

四宫娥 有。

窦太真 掌灯带（呀）路！（右手指出）

〔二黄慢板〕

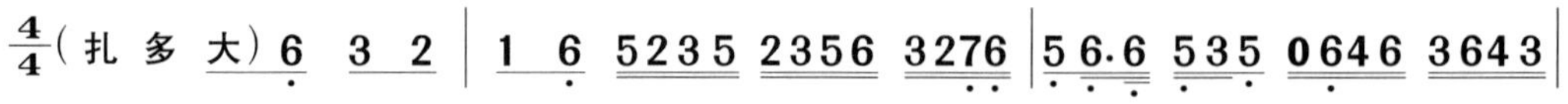

（二宫娥从桌上拿宫灯。四宫娥“一翻、两翻”，仍归“站门”）

（窦太后向前走至台中，左转身向里走一小圆场，右转身仍归到台中）

---

① 窦太真：京兆平陵（今陕西咸阳）人。自幼聪明美丽，才识过人。“雀屏中选”的成语即出自李渊射中孔雀画屏而得娶窦女的典故。窦氏辅佐李渊，颇多真知灼见，惜四十五岁即逝。剧中的窦太真白发苍苍，带有艺术夸张成分。但窦氏宠爱李世民，李世民即位后思念母亲事，《新唐书》中均有记载。窦氏卒后，谥“太穆”。

② 哀家：传统戏曲中太后的自称。

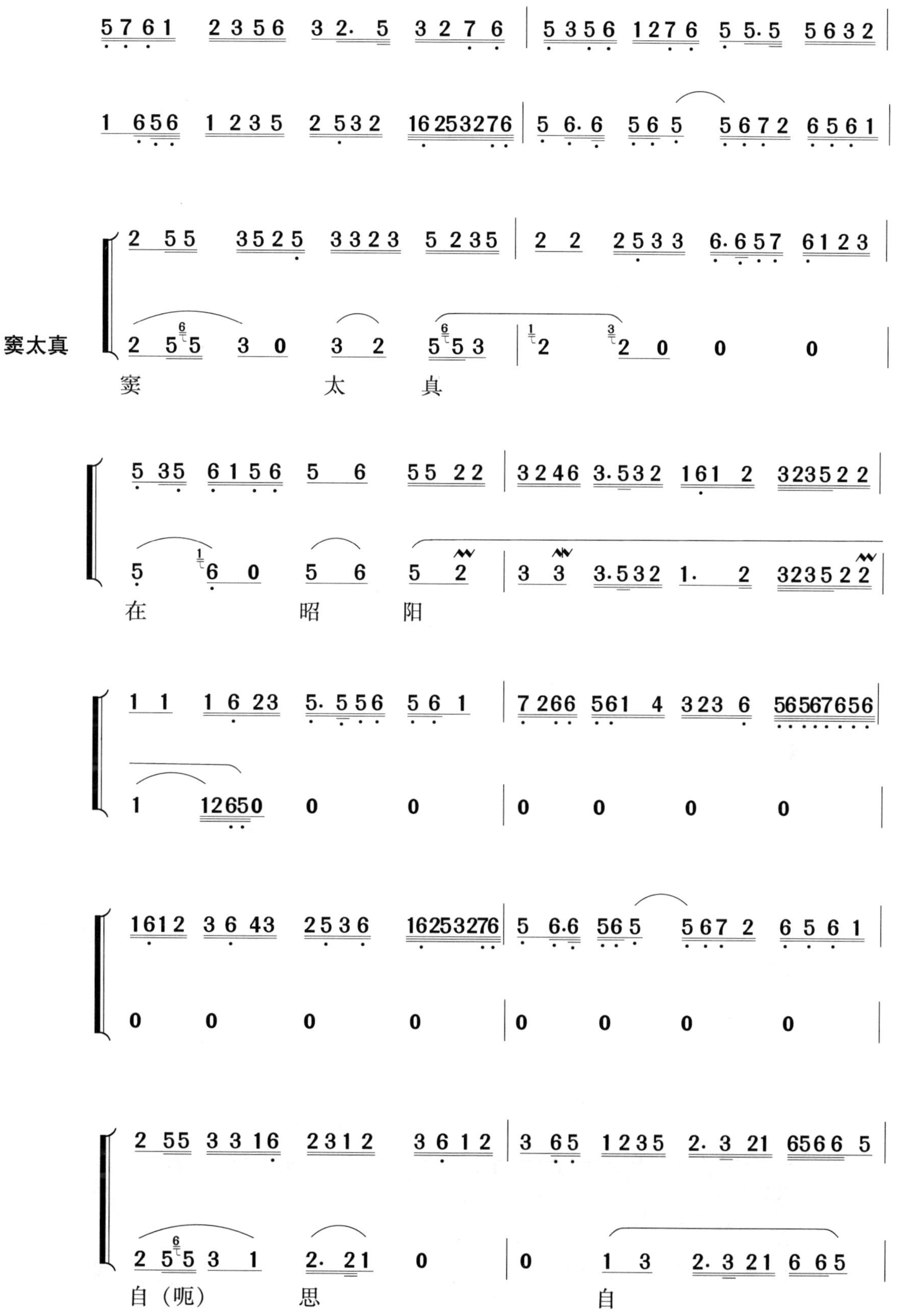
窦太真
窦 太 真
在 昭 阳
自（呃） 思 自

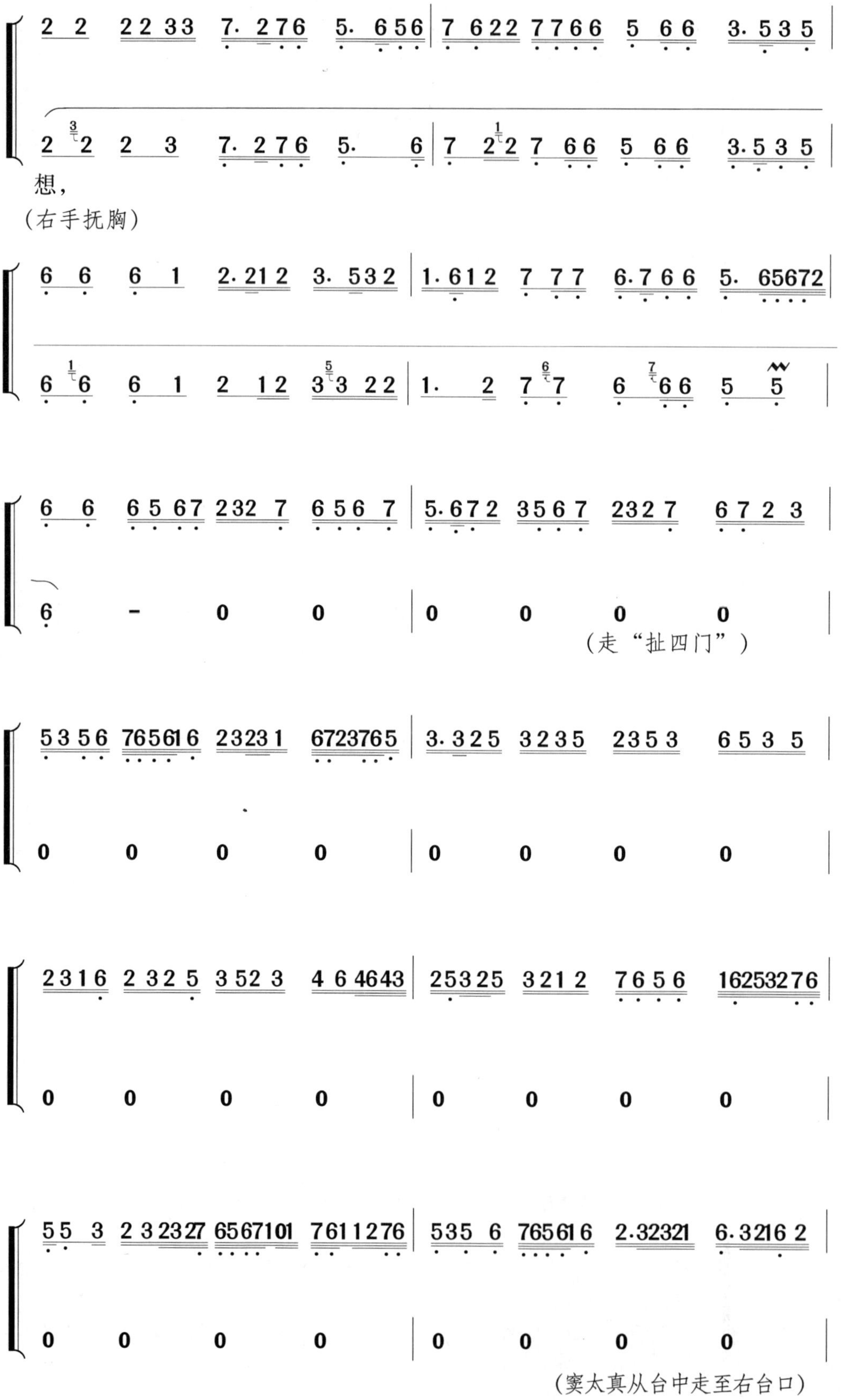
想，
（右手抚胸）
（走“扯四门”）
（窦太真从台中走至右台口）

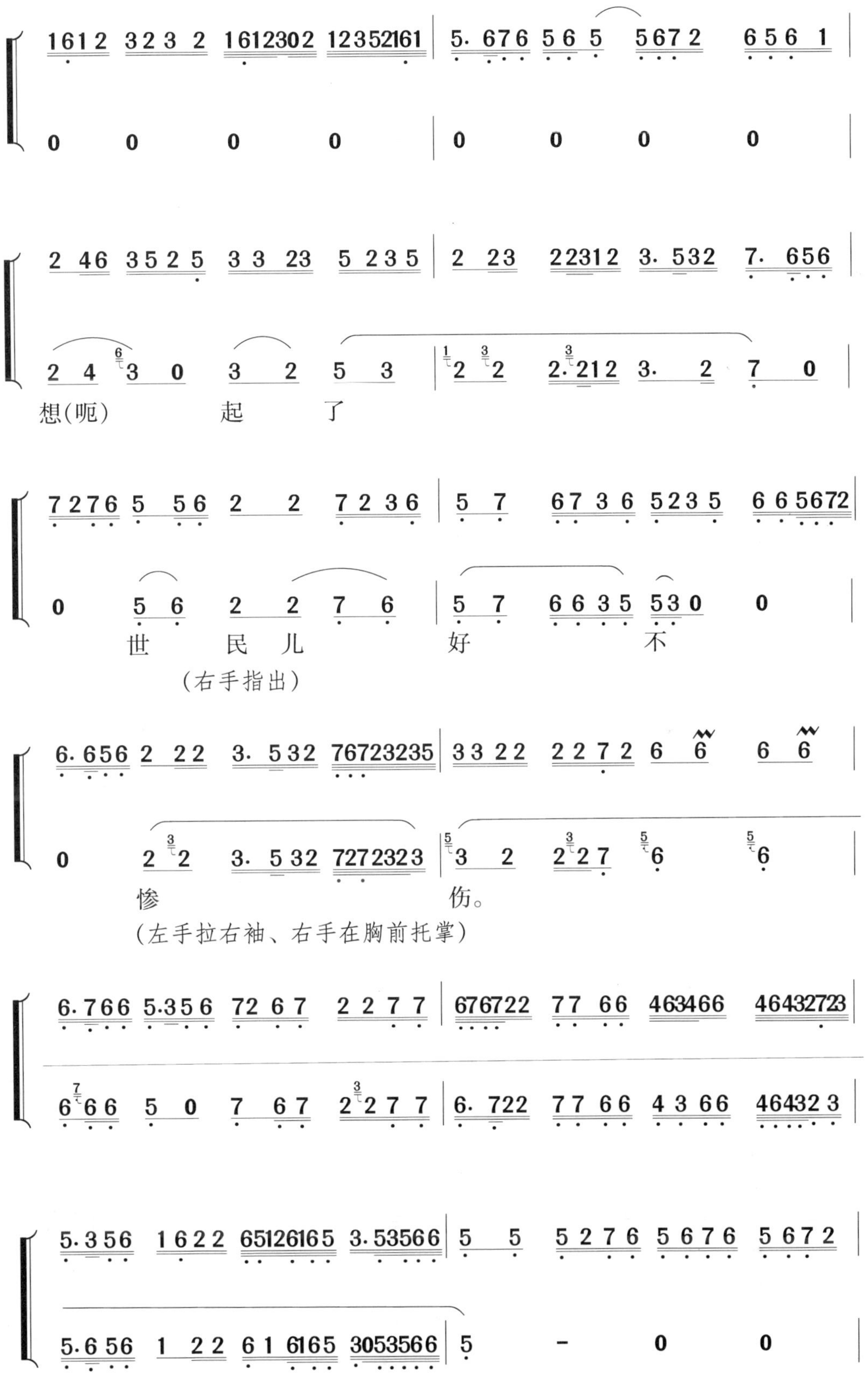
想(呃) 起 了
世 民 儿 好 不
(右手指出)
惨 伤。
(左手拉右袖、右手在胸前托掌)

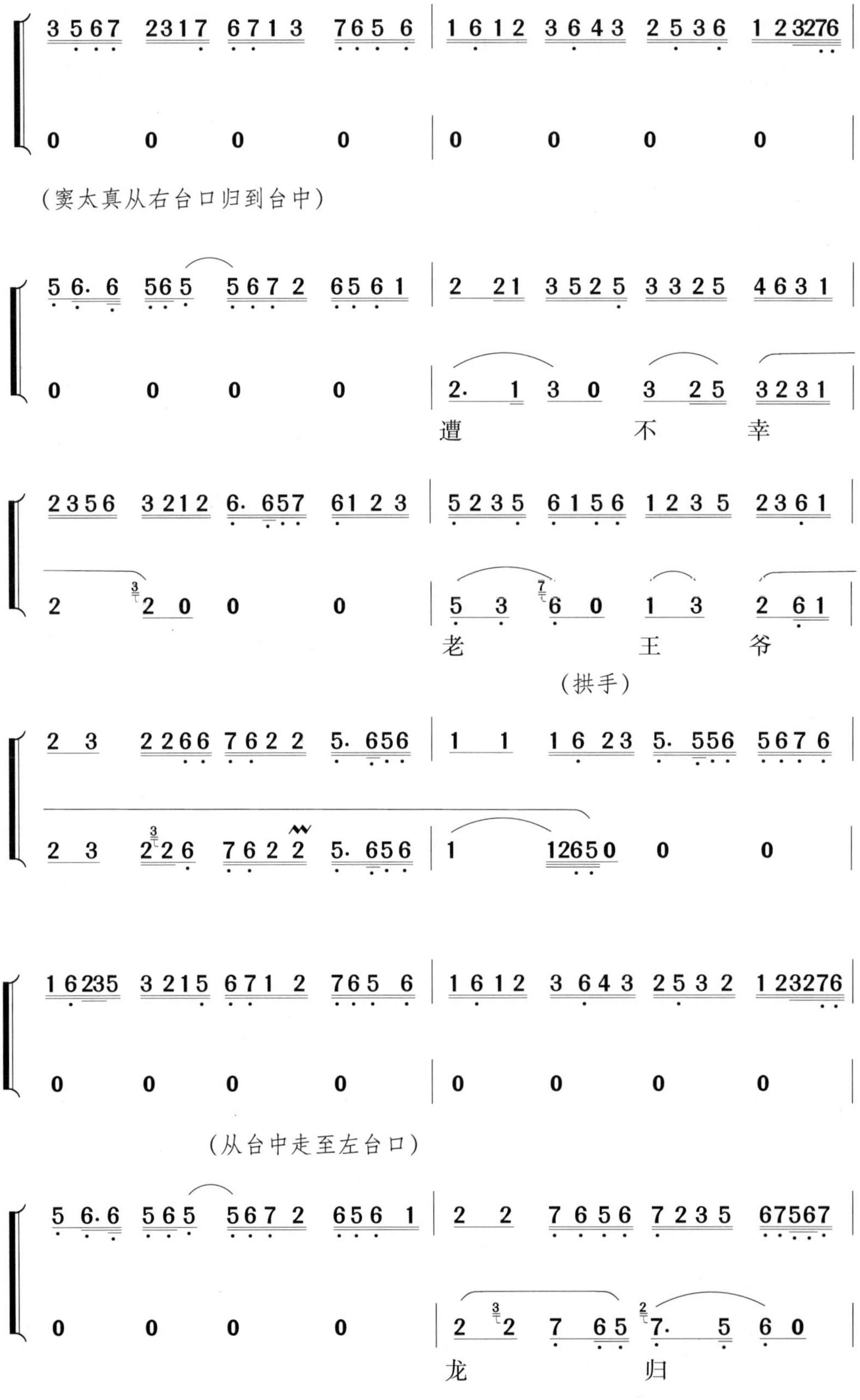
（窦太真从右台口归到台中）
遭　不　幸
老　王　爷
（拱手）
（从台中走至左台口）
龙　归

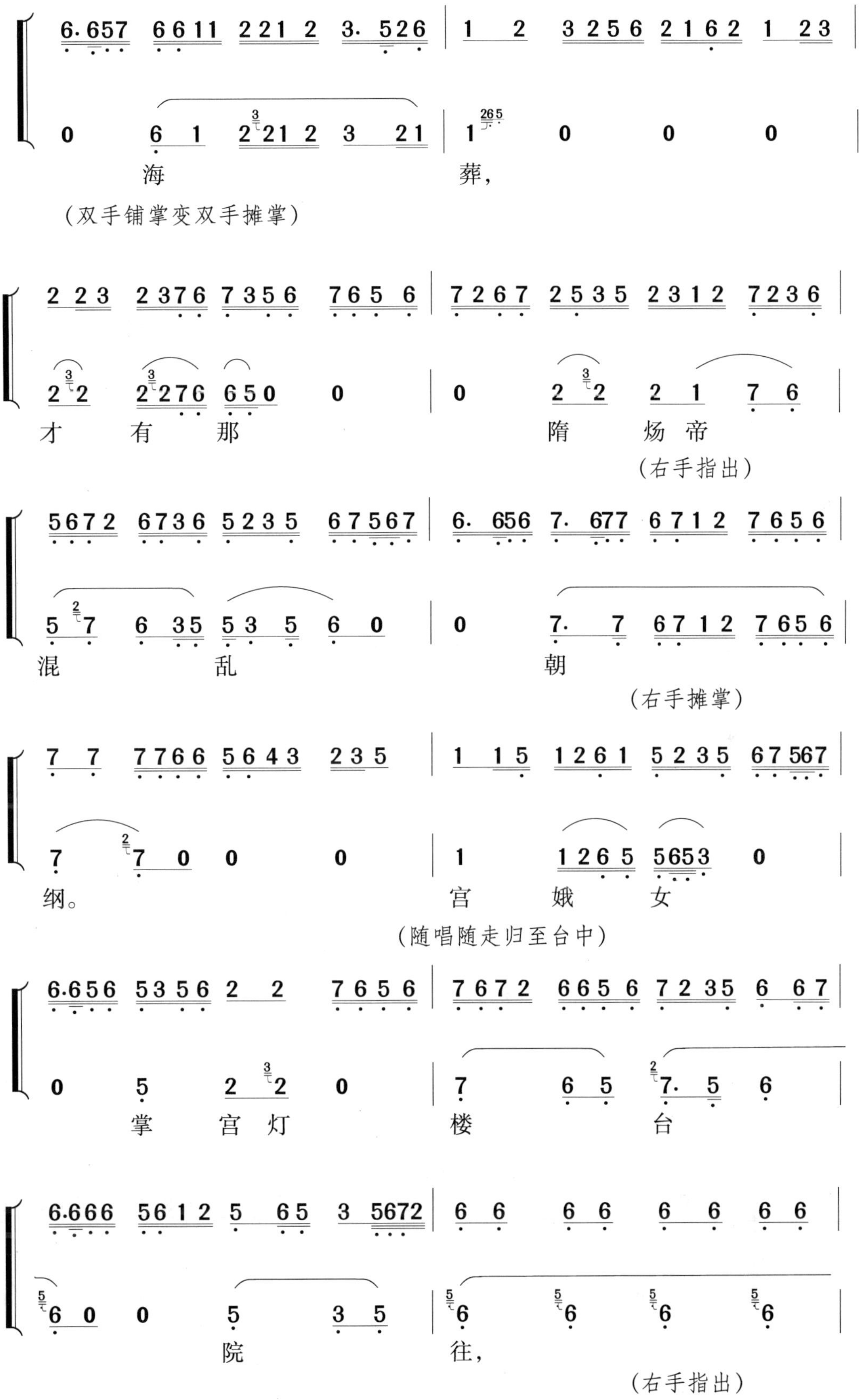
海 葬，
（双手铺掌变双手摊掌）
才 有 那 隋 炀 帝
（右手指出）
混 乱 朝
（右手摊掌）
纲。宫 娥 女
（随唱随走归至台中）
掌 宫 灯 楼 台
院 往，
（右手指出）

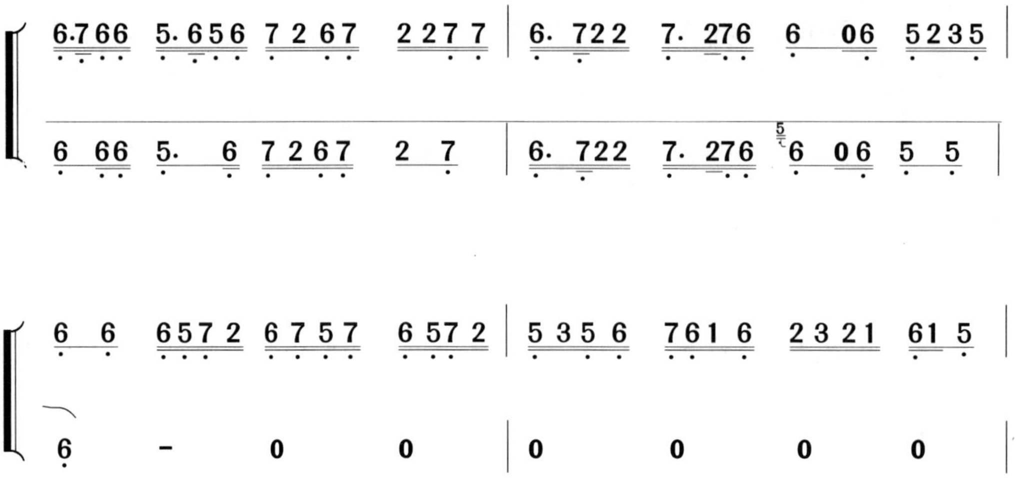

（四宫娥“插门”，领走一圈，

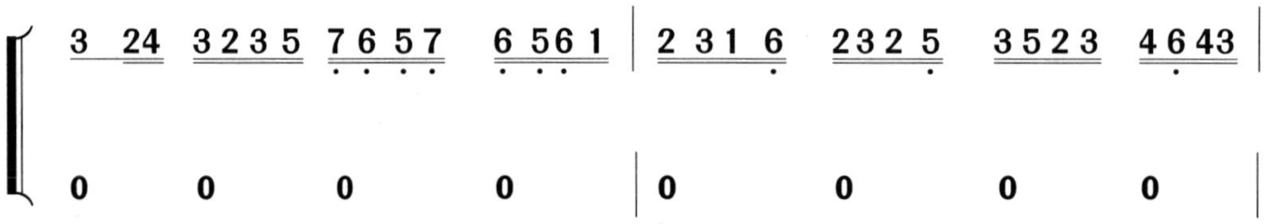

在“下场门”方向扯成“斜门”，窦太真站台中偏左方向）

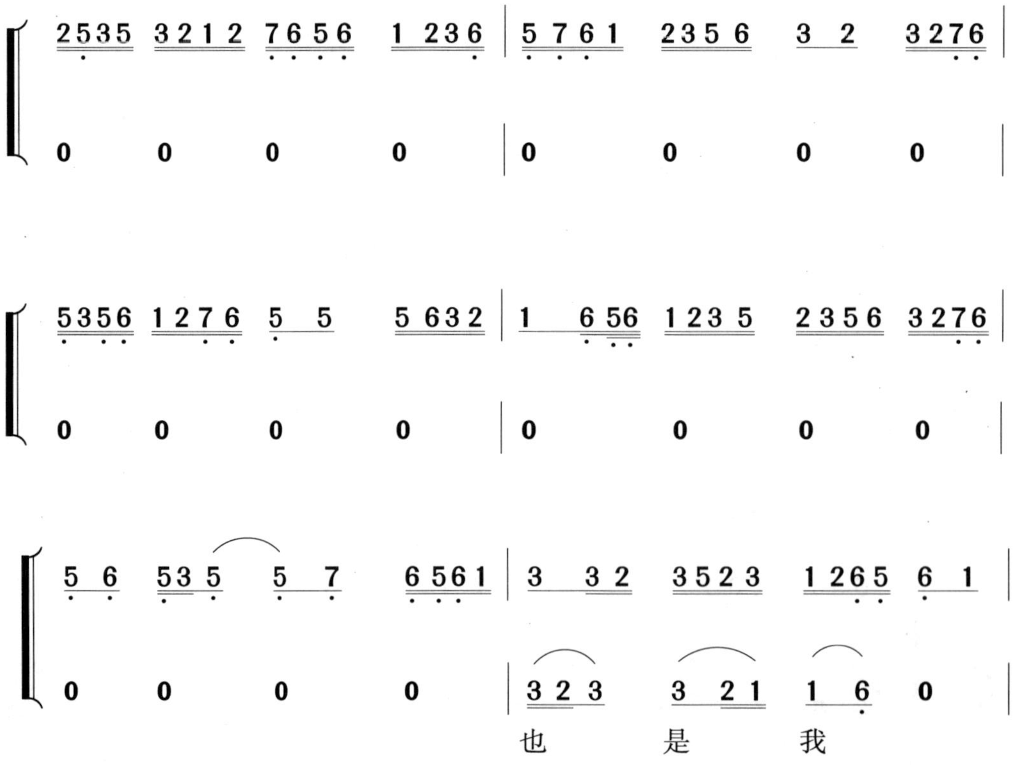

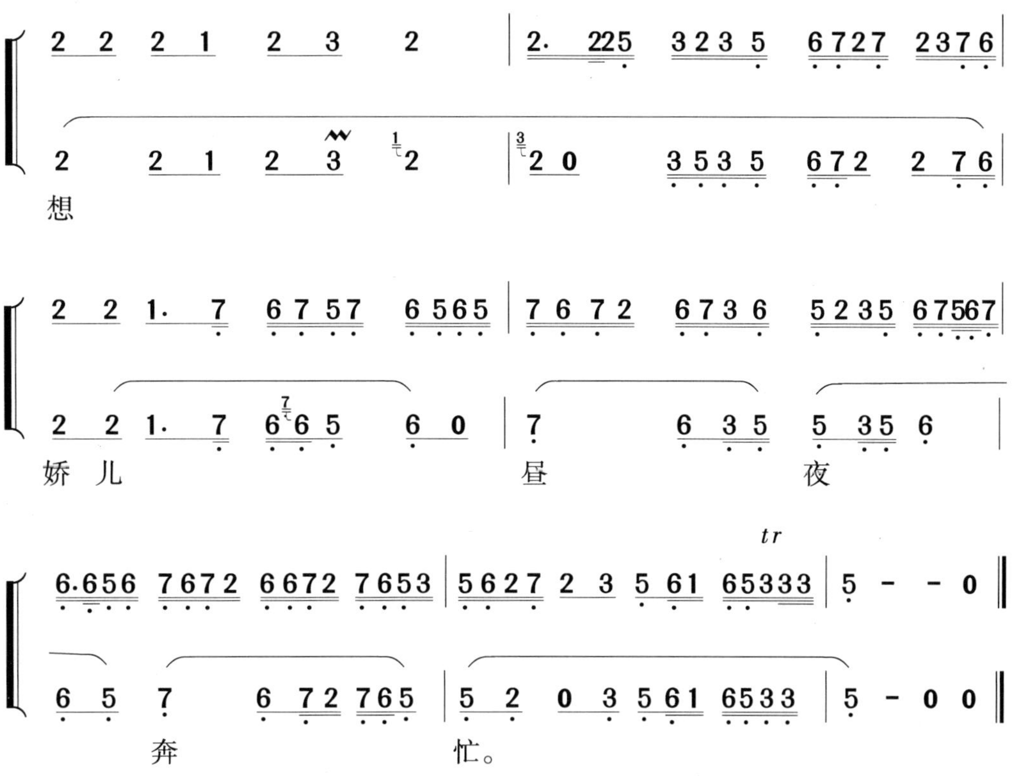

〔【小锣打下】二宫娥持灯引窦太真从“下场门”下，二宫娥随下。

第二场

〔李渊内唱：

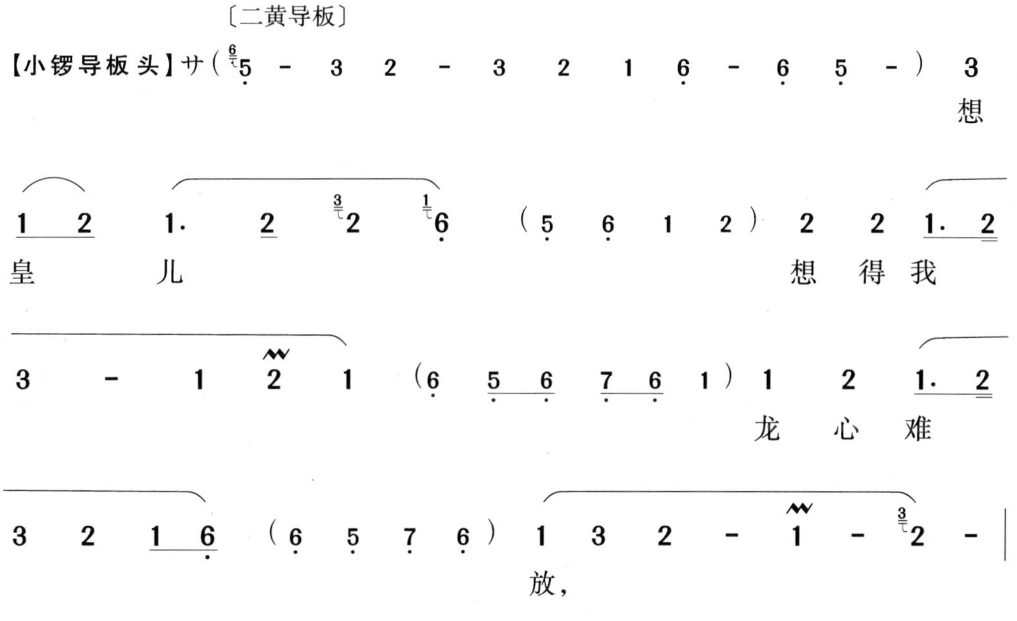

〔【小锣帽子头】大太监持灯，从“上场门”引李渊上，李渊站“九龙口”。

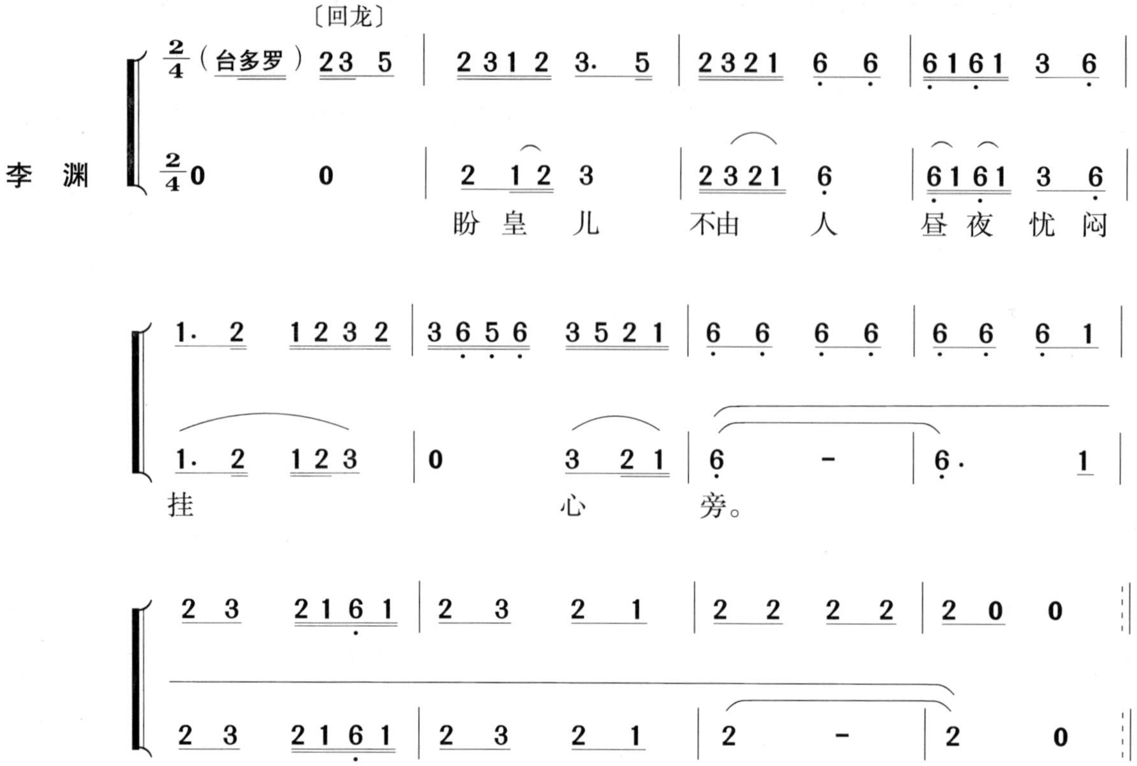

〔【小锣夺头】大太监归到左台侧，李渊归到台中。

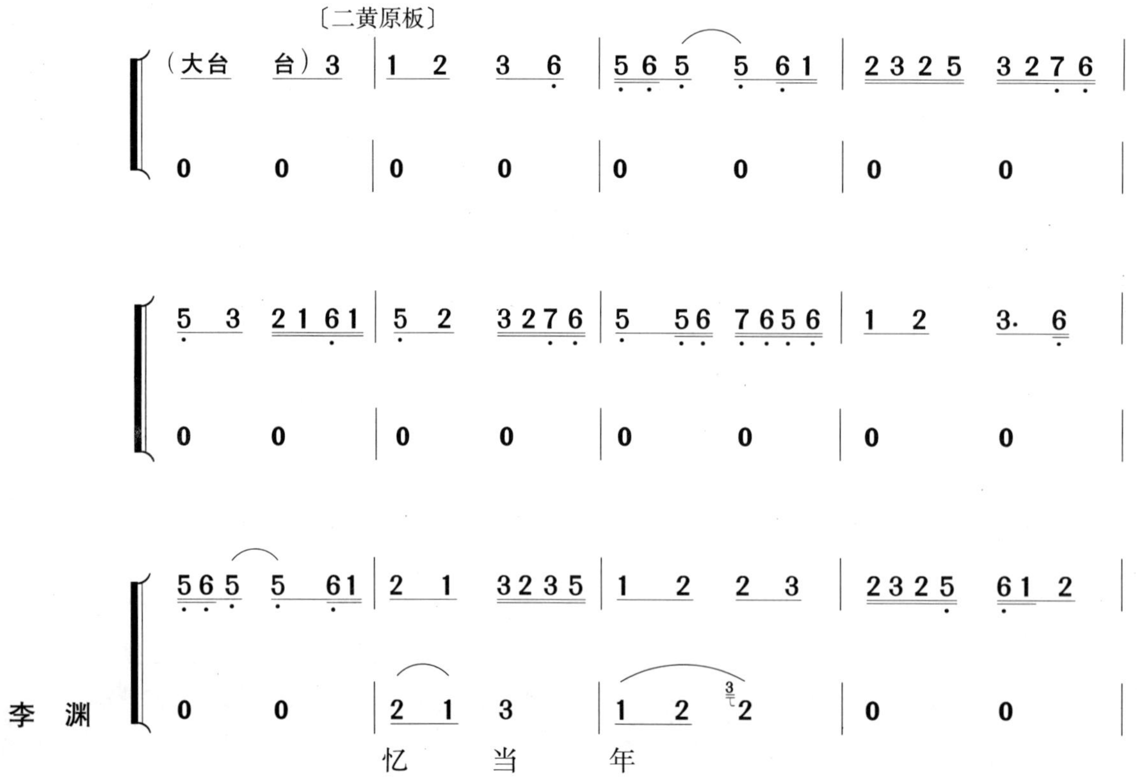

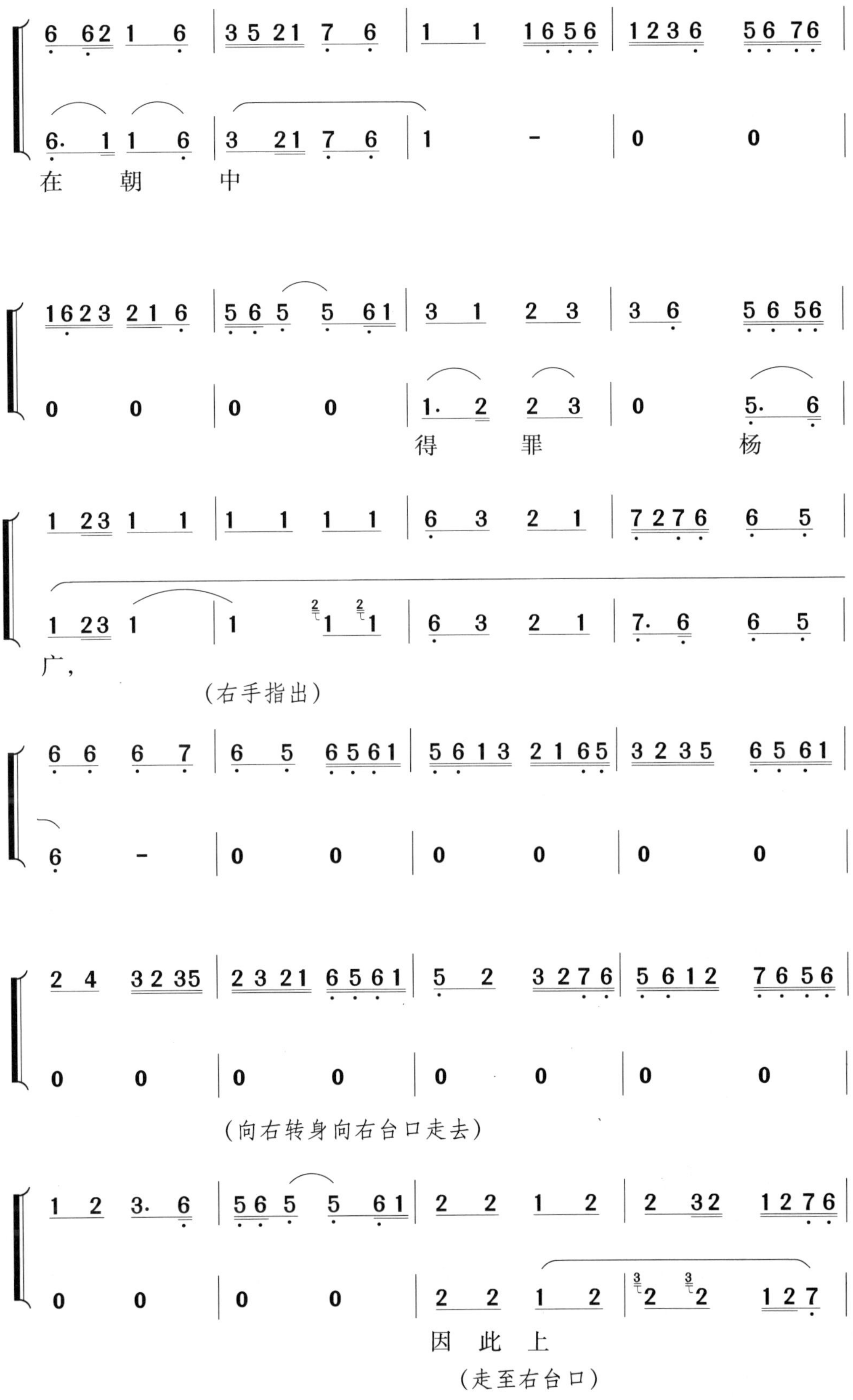
在 朝 中
得 罪 杨
广，
（右手指出）
（向右转身向右台口走去）
因 此 上
（走至右台口）

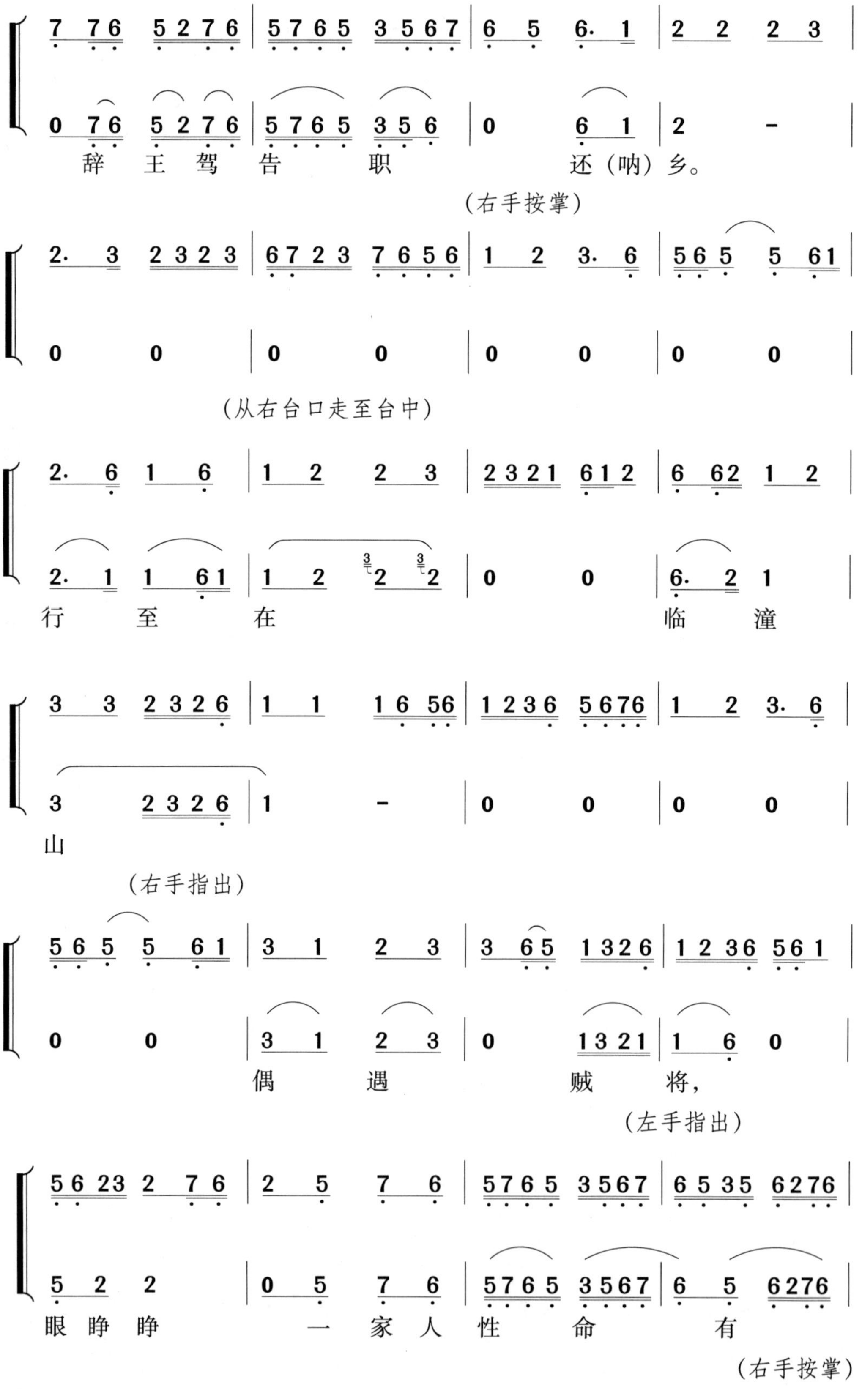
辞 王 驾 告 职 还（呐）乡。
（右手按掌）
（从右台口走至台中）
行 至 在 临 潼
山
（右手指出）
偶 遇 贼 将，
（左手指出）
眼睁睁 一 家 人 性 命 有
（右手按掌）

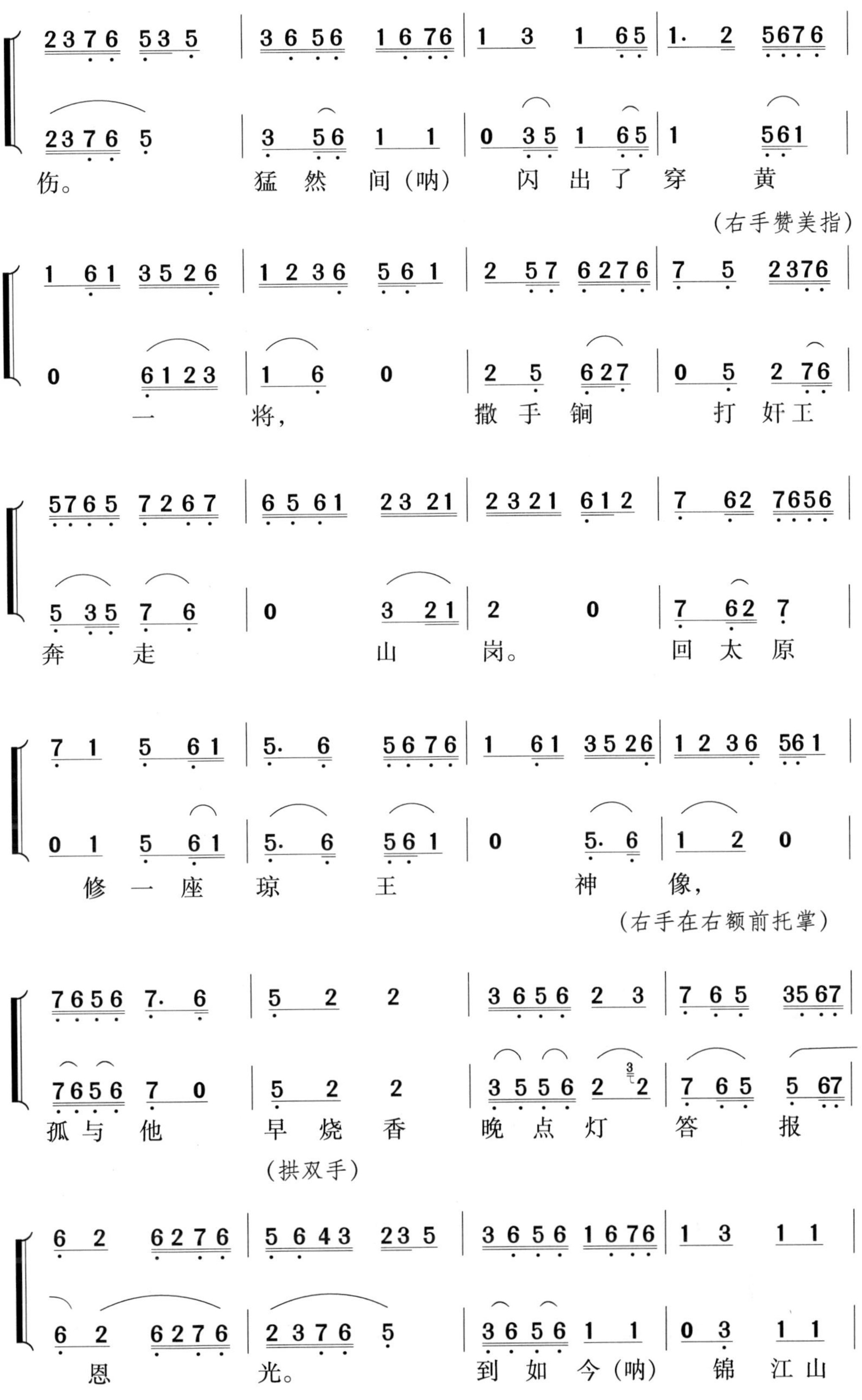
伤。 猛然间(呐) 闪出了穿黄
(右手赞美指)
一将, 撒手锏 打奸工
奔走 山岗。 回太原
修一座琼王 神像,
(右手在右额前托掌)
孤与他 早烧香 晚点灯 答报
(拱双手)
恩 光。 到如今(呐) 锦江山

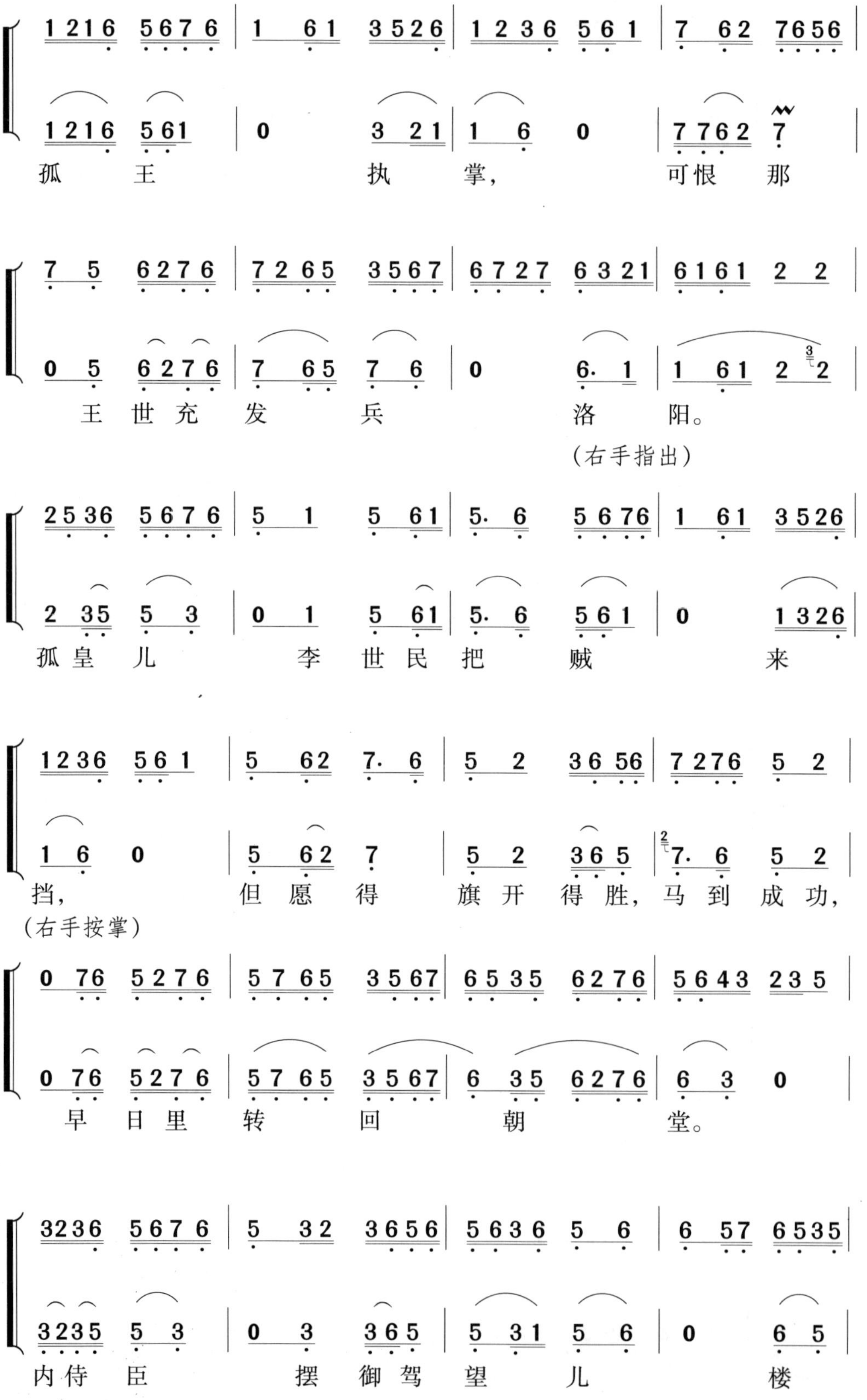
孤 王 执 掌，可恨 那
王 世 充 发 兵 洛 阳。
（右手指出）
孤皇 儿 李 世 民 把 贼 来
挡，但 愿 得 旗 开 得 胜，马 到 成 功，
（右手按掌）
早 日 里 转 回 朝 堂。
内侍 臣 摆 御 驾 望 儿 楼

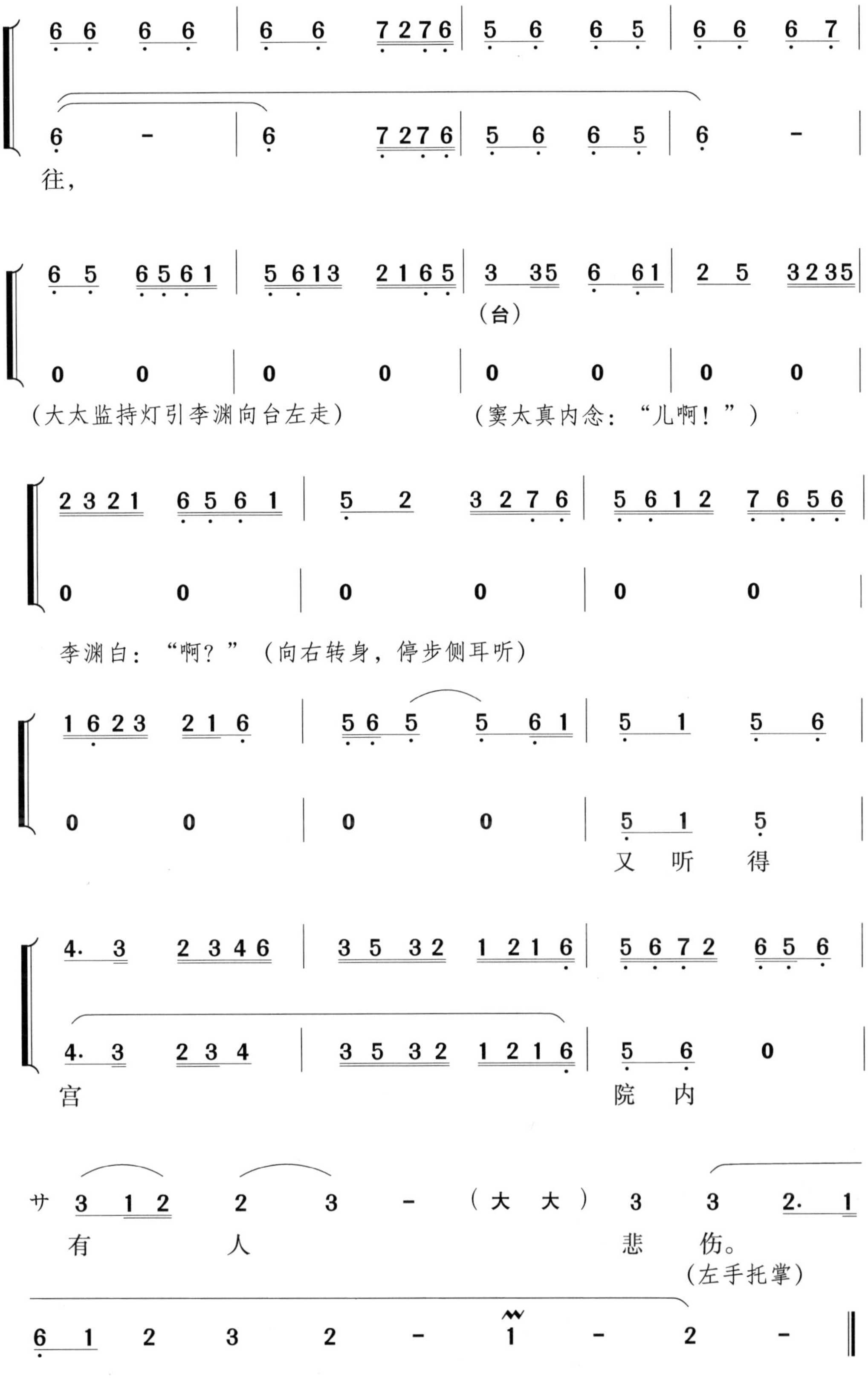

「【小锣凤点头】李渊站台中侧耳听。

〔窦太真内唱：

〔二黄摇板〕

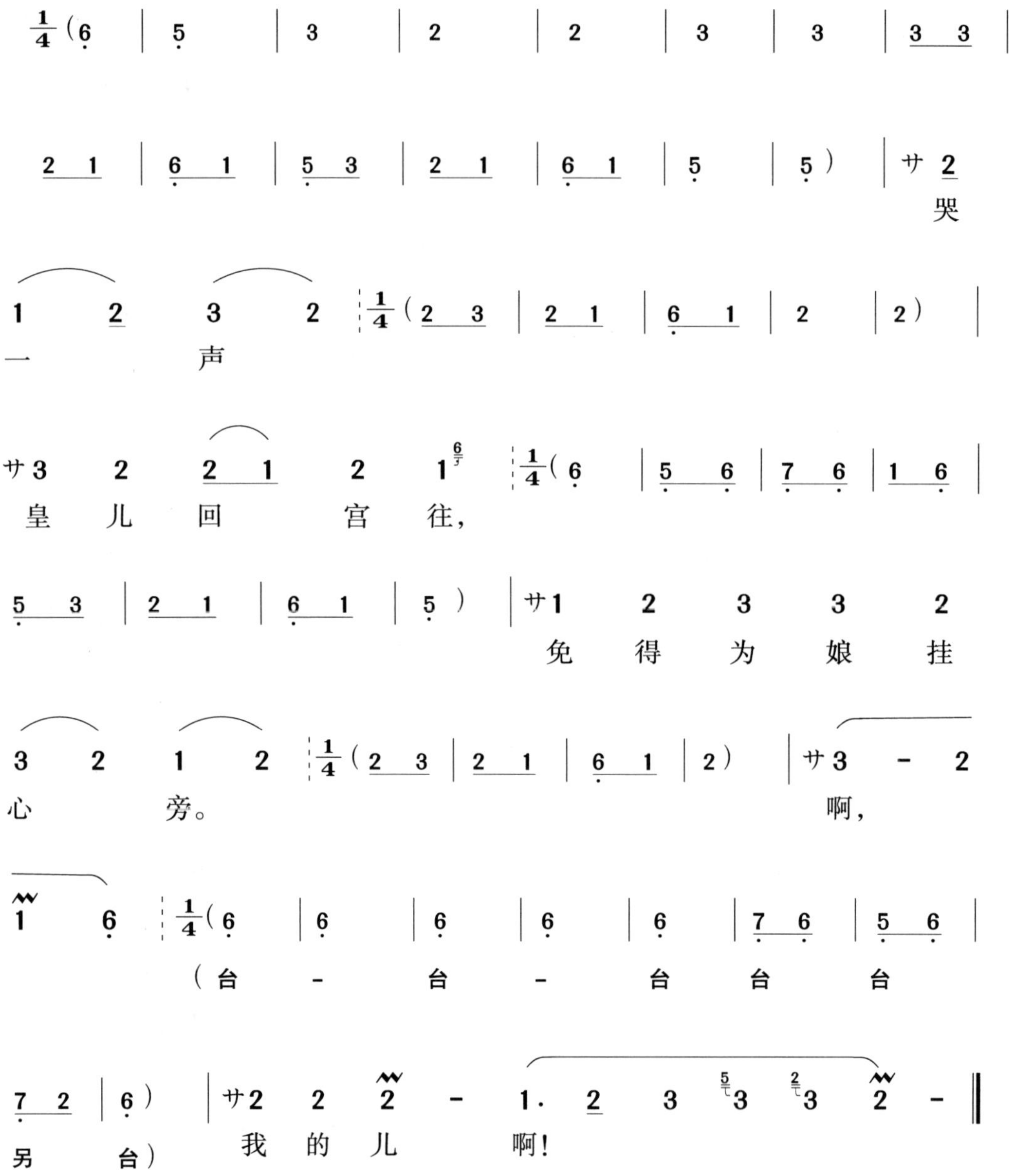

〔【小锣凤点头】李渊感慨地摇摇头，抖左袖、提袖。

〔二黄摇板〕

李 渊 （过门同前）

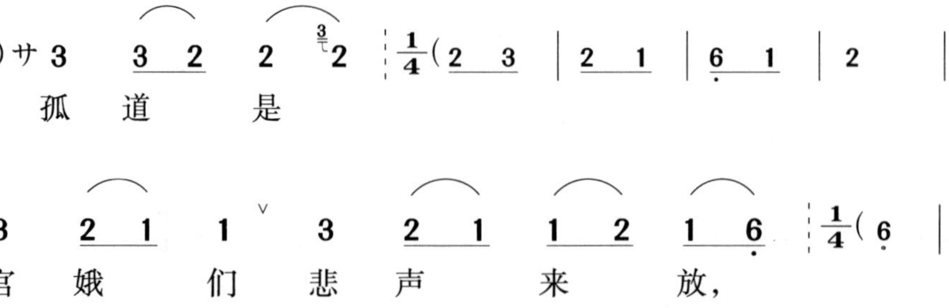

（右手指出）

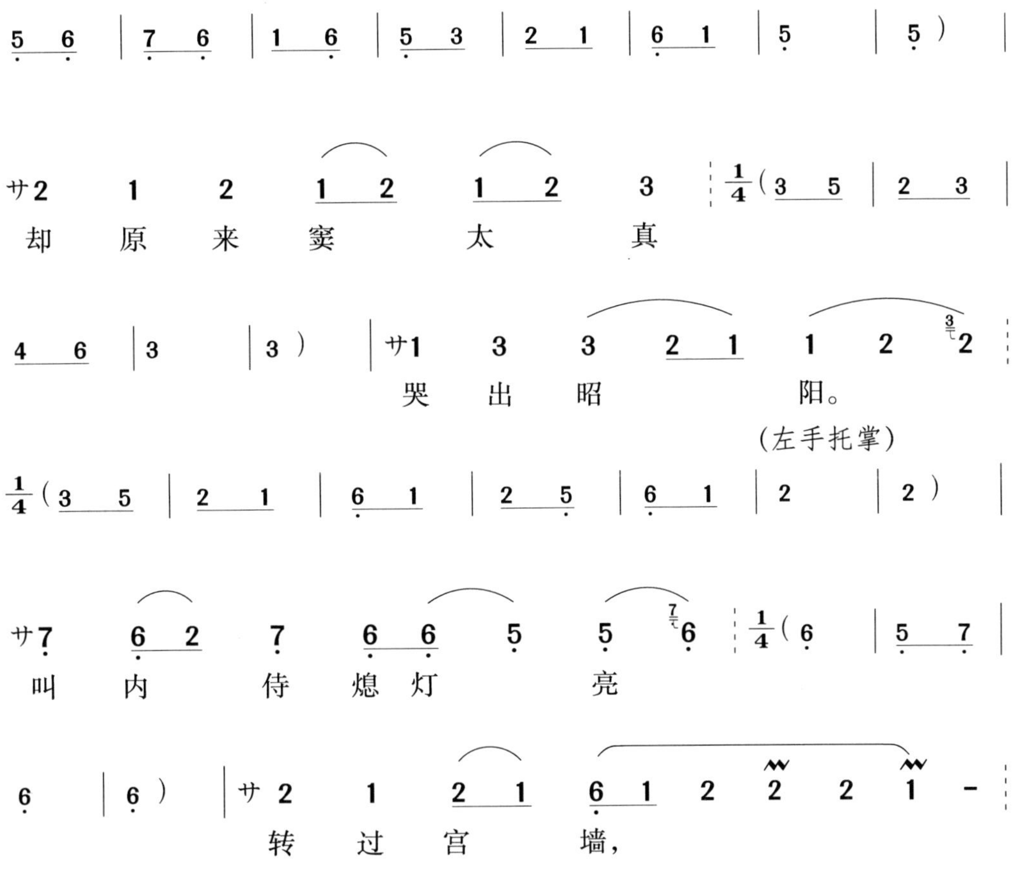

〔【小锣抽头】大太监右手提灯，以左手抬起示掩灯，从“下场门”下。李渊走至台左侧，右转身站定。

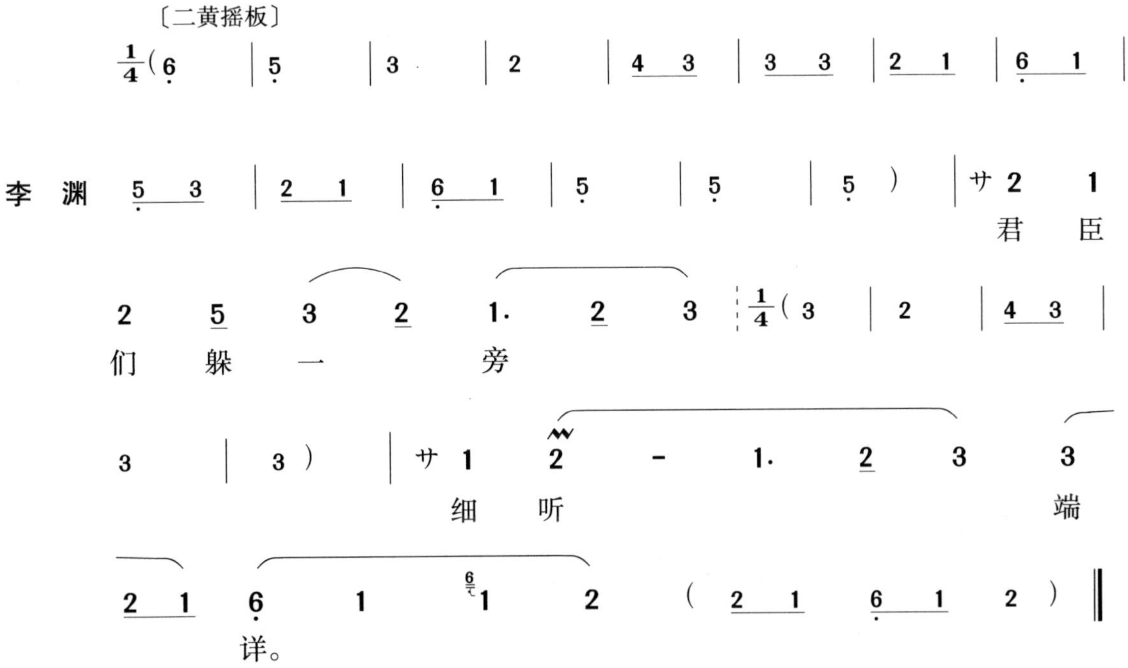

〔【小锣打下】李渊从“下场门”下。

第三场

［【小锣夺头】四宫娥从“上场门”上，（头二宫娥持灯）站门。窦太真从“上场门”上，站立在“九龙口”。后二宫娥站于后。

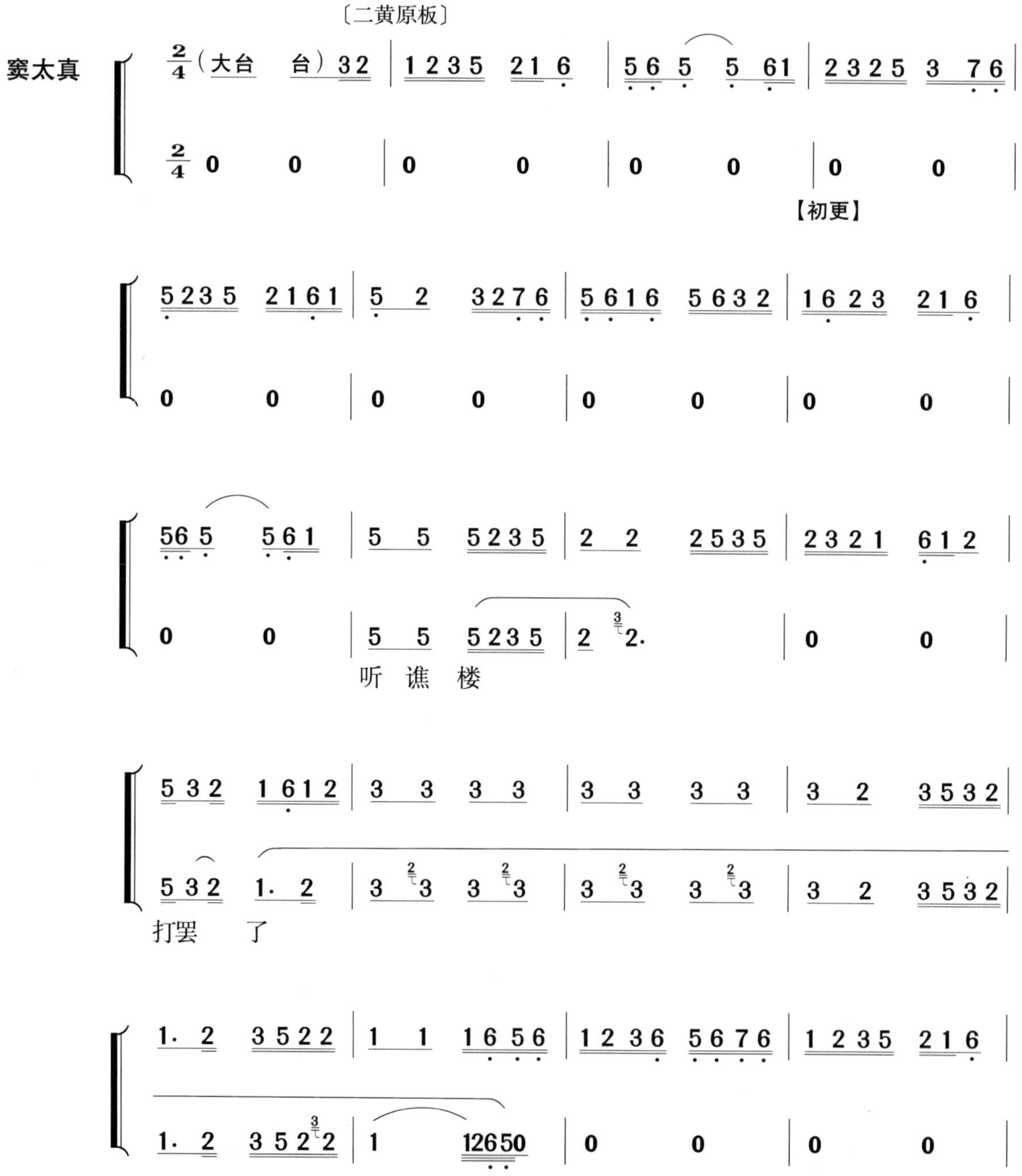

（过门中归台中）（后二宫娥分左右站）

望儿楼

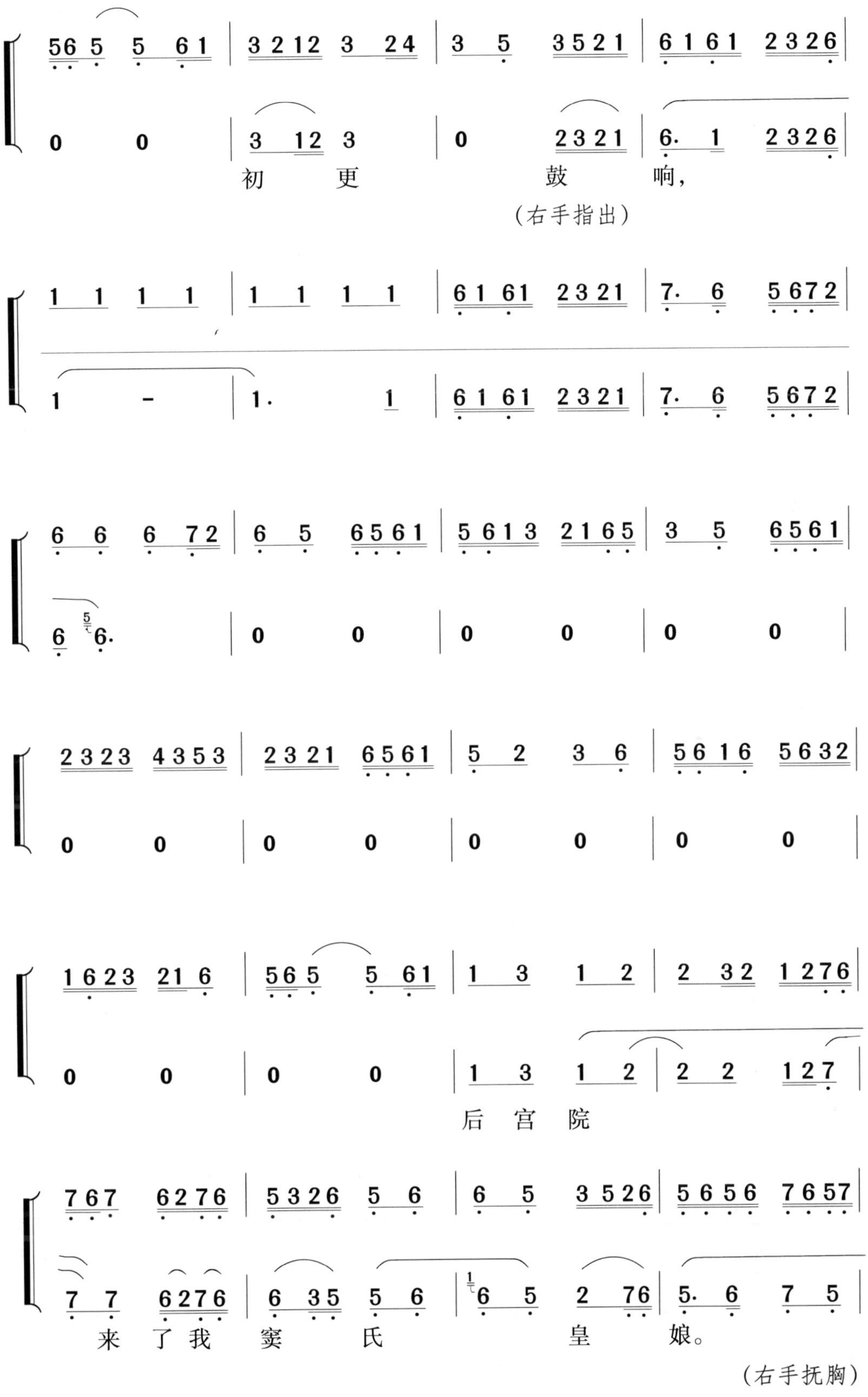

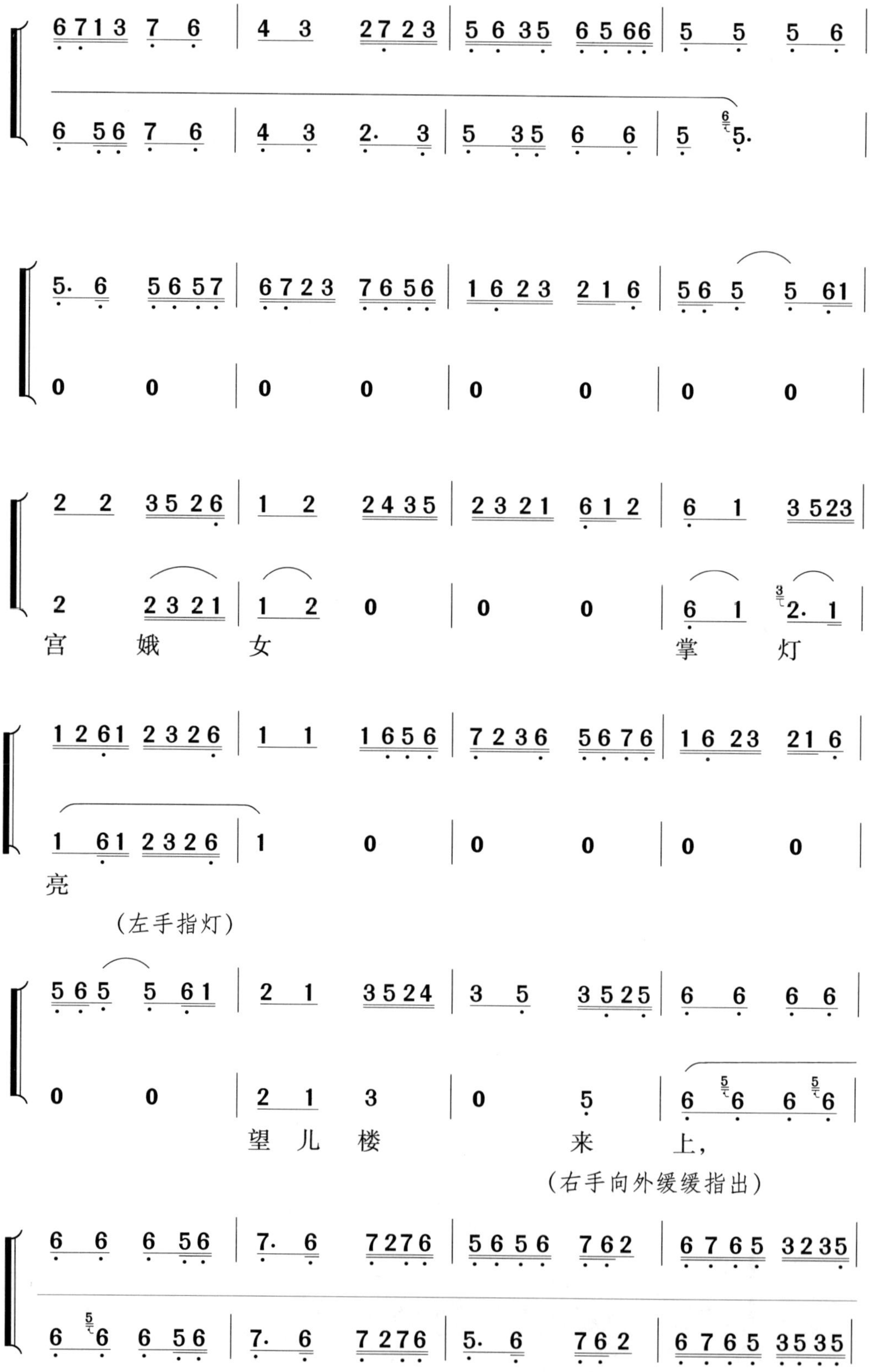
宫 娥 女 掌 灯
亮
（左手指灯）
望 儿 楼 来 上，
（右手向外缓缓指出）

望儿楼

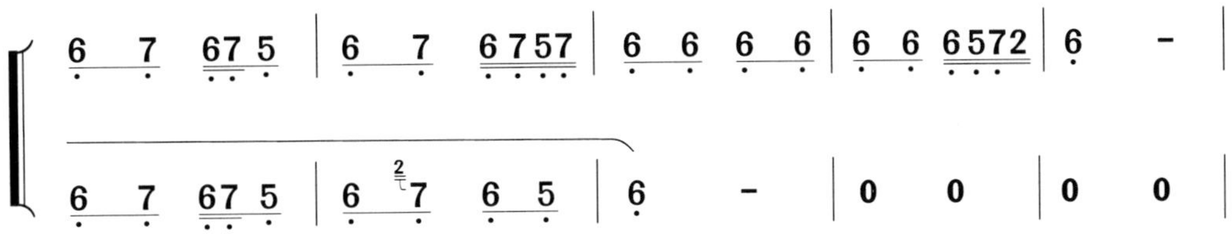

〔【小锣抽头】二宫娥持灯、二宫娥引窦太真走一圆场后，簇拥着窦太真从右台口上“五凤楼”。上楼后，窦太真站中央，宫娥侍立左右。起【小锣夺头】

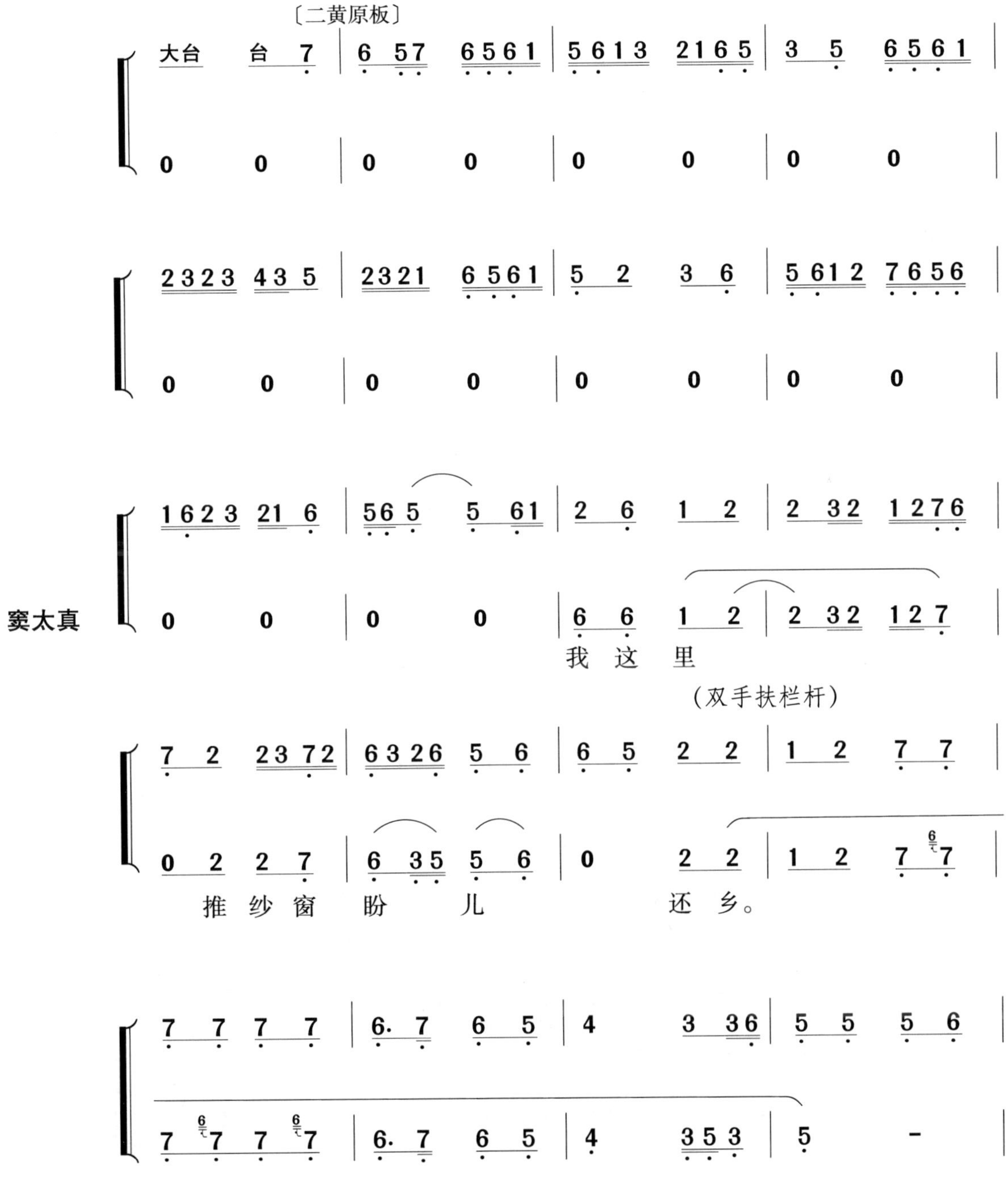

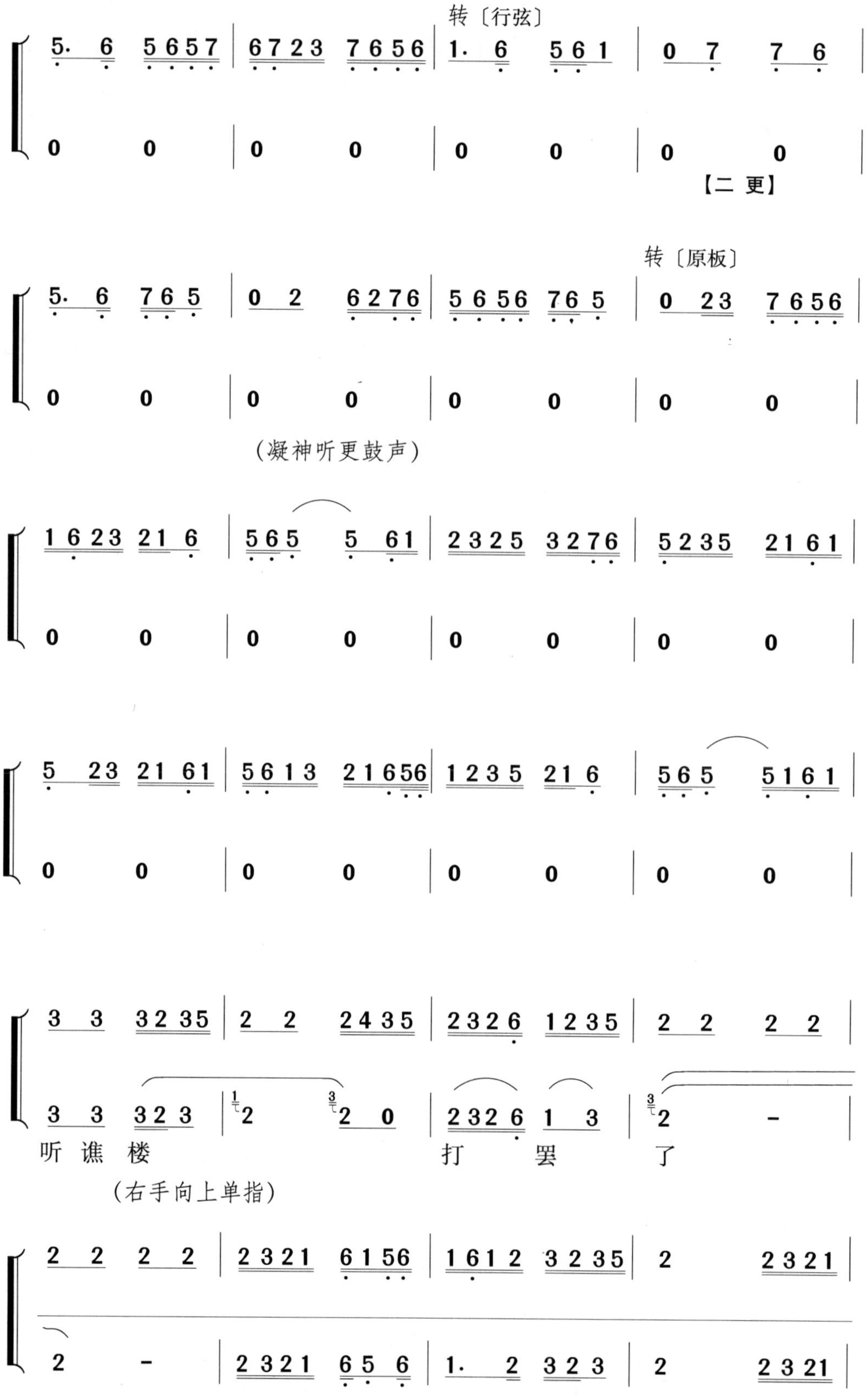
转〔行弦〕
【二 更】
转〔原板〕
(凝神听更鼓声)
听 谯 楼
打 罢 了
(右手向上单指)

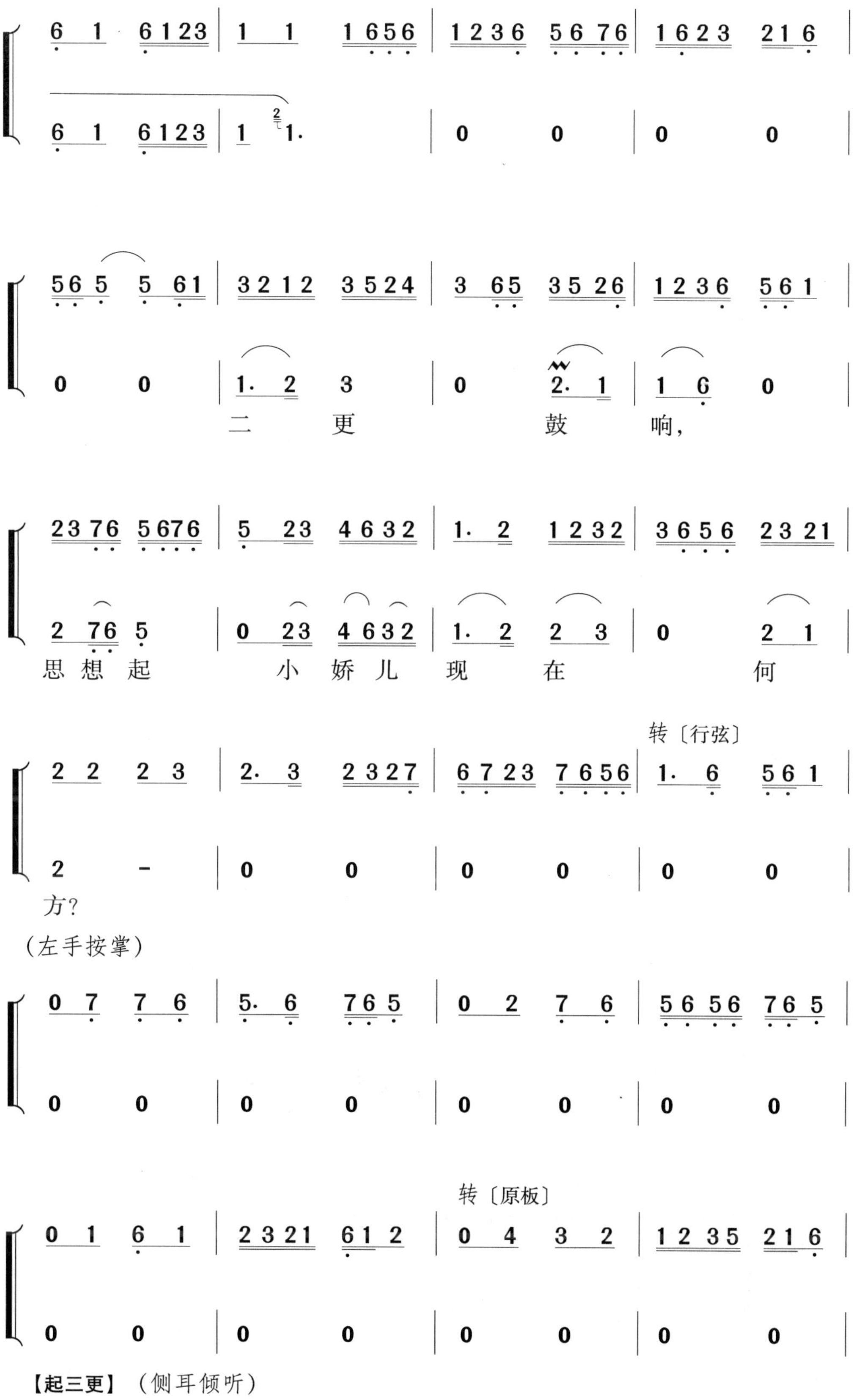

二 更 鼓 响，
思想起 小娇儿现 在 何
转〔行弦〕
方？
（左手按掌）
转〔原板〕
【起三更】（侧耳倾听）

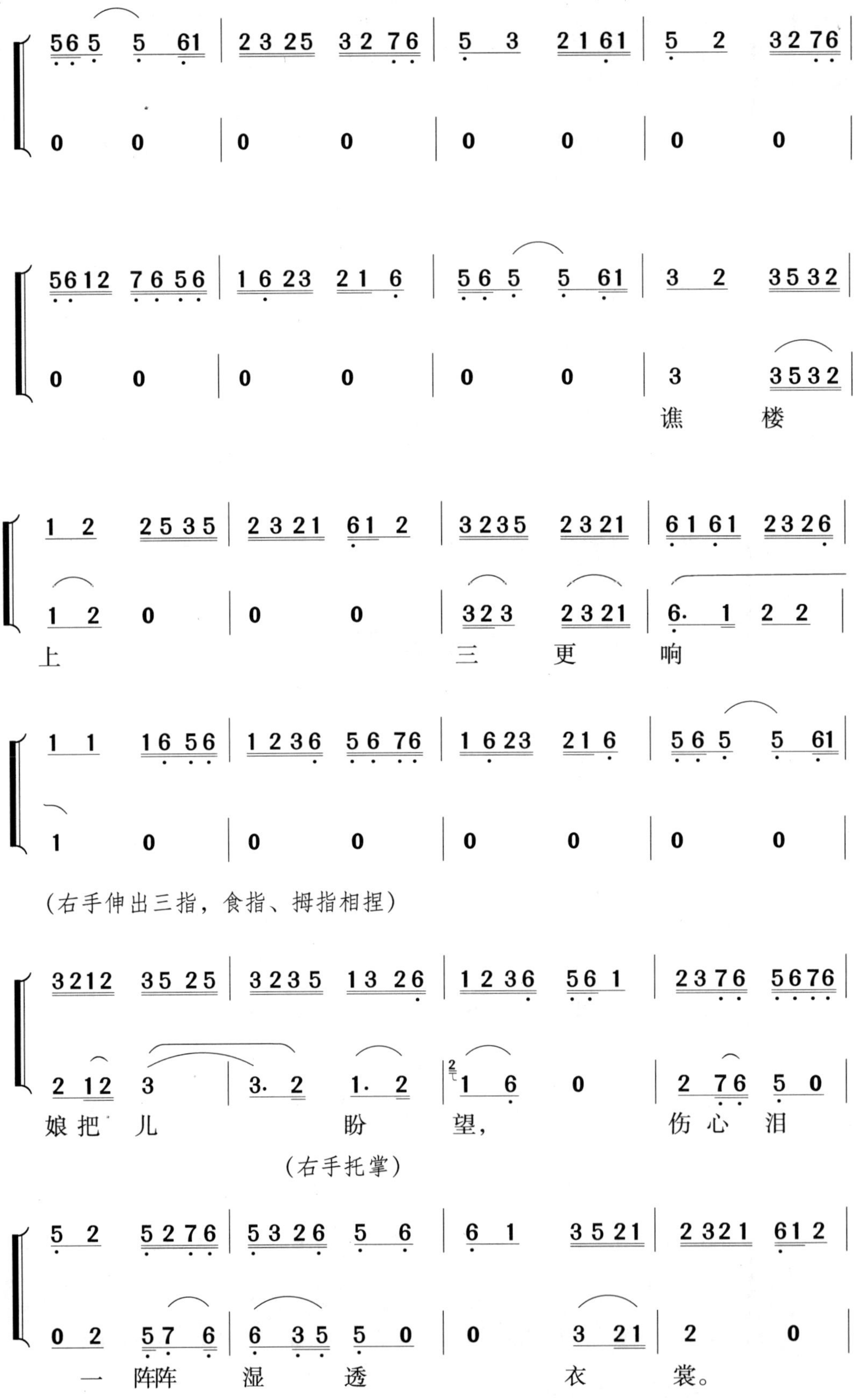
谯 楼
上 三 更 响
(右手伸出三指，食指、拇指相捏)
娘把儿 盼 望， 伤心泪
(右手托掌)
一 阵阵 湿 透 衣 裳。

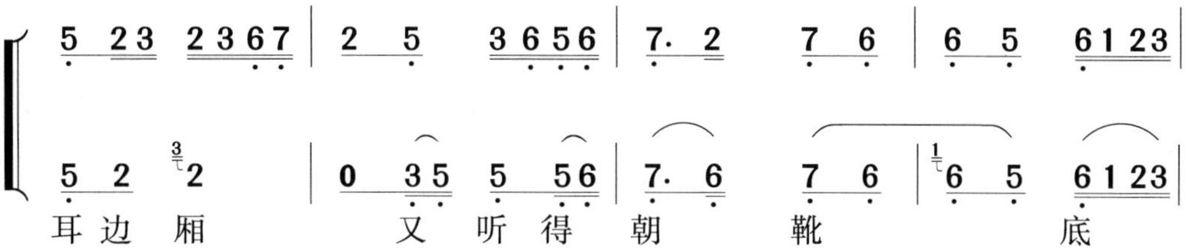

（右手向右外方指）

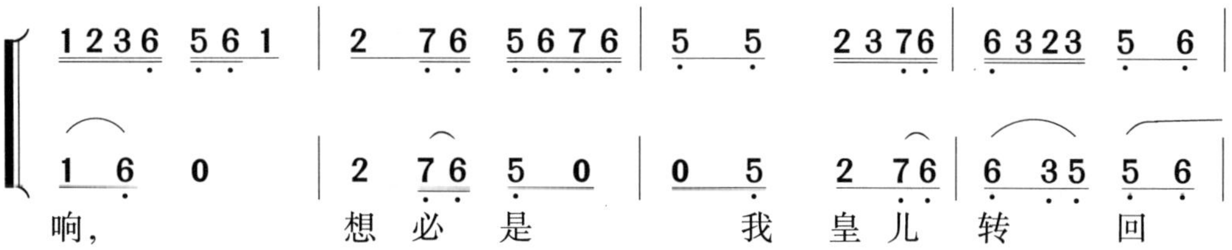

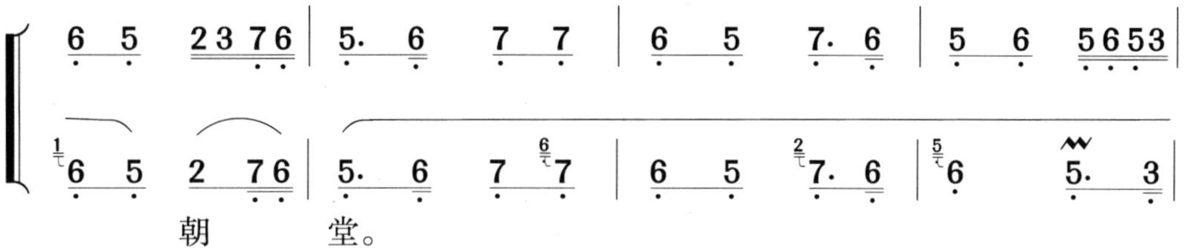

（右手托掌）

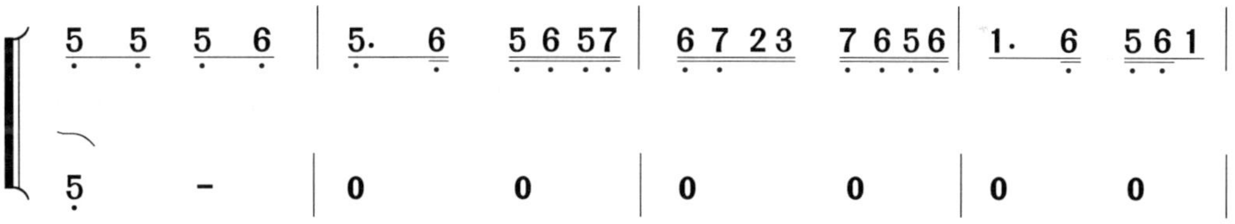

（这时一太监提灯，从“上场门”上，经过五凤楼下，窦太真心中充满喜悦，以为皇儿还朝）

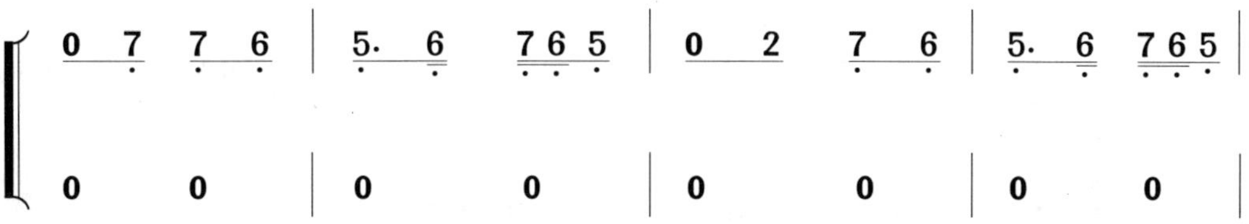

窦太真夹白:“楼下可是殿下还朝？”太监（跪禀）：“太后，我乃穿宫内监，不是殿

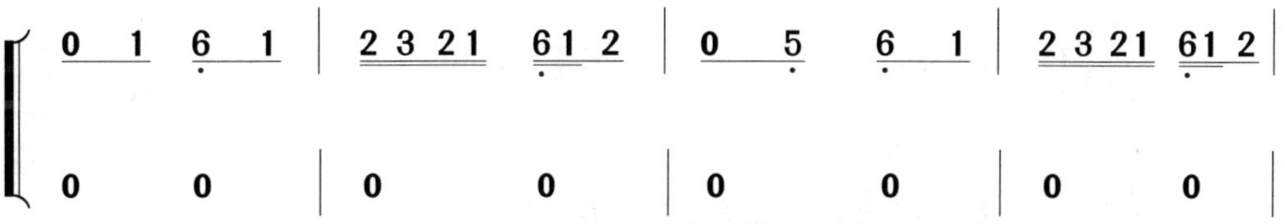

下还朝。”窦太真白：“起过了。”太监白：“遵旨！”（太监站起，提灯从“下场门”下）

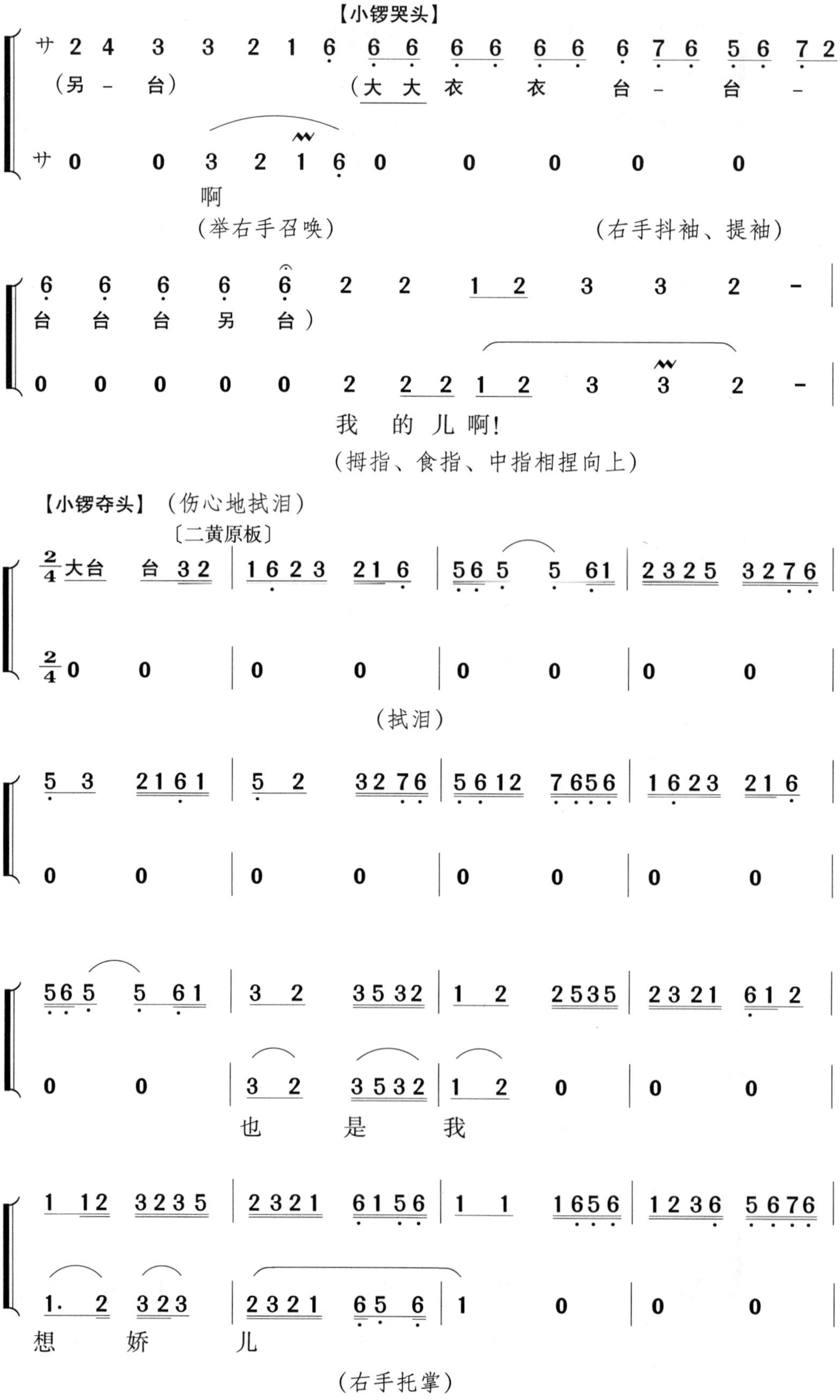
【小锣哭头】
（另－台）
（大大衣 衣 台－ 台－
啊
（举右手召唤）
（右手抖袖、提袖）
台 台 台 另 台）
我 的儿啊！
（拇指、食指、中指相捏向上）
【小锣夺头】（伤心地拭泪）
〔二黄原板〕
大台 台
（拭泪）
也 是 我
想 娇 儿
（右手托掌）

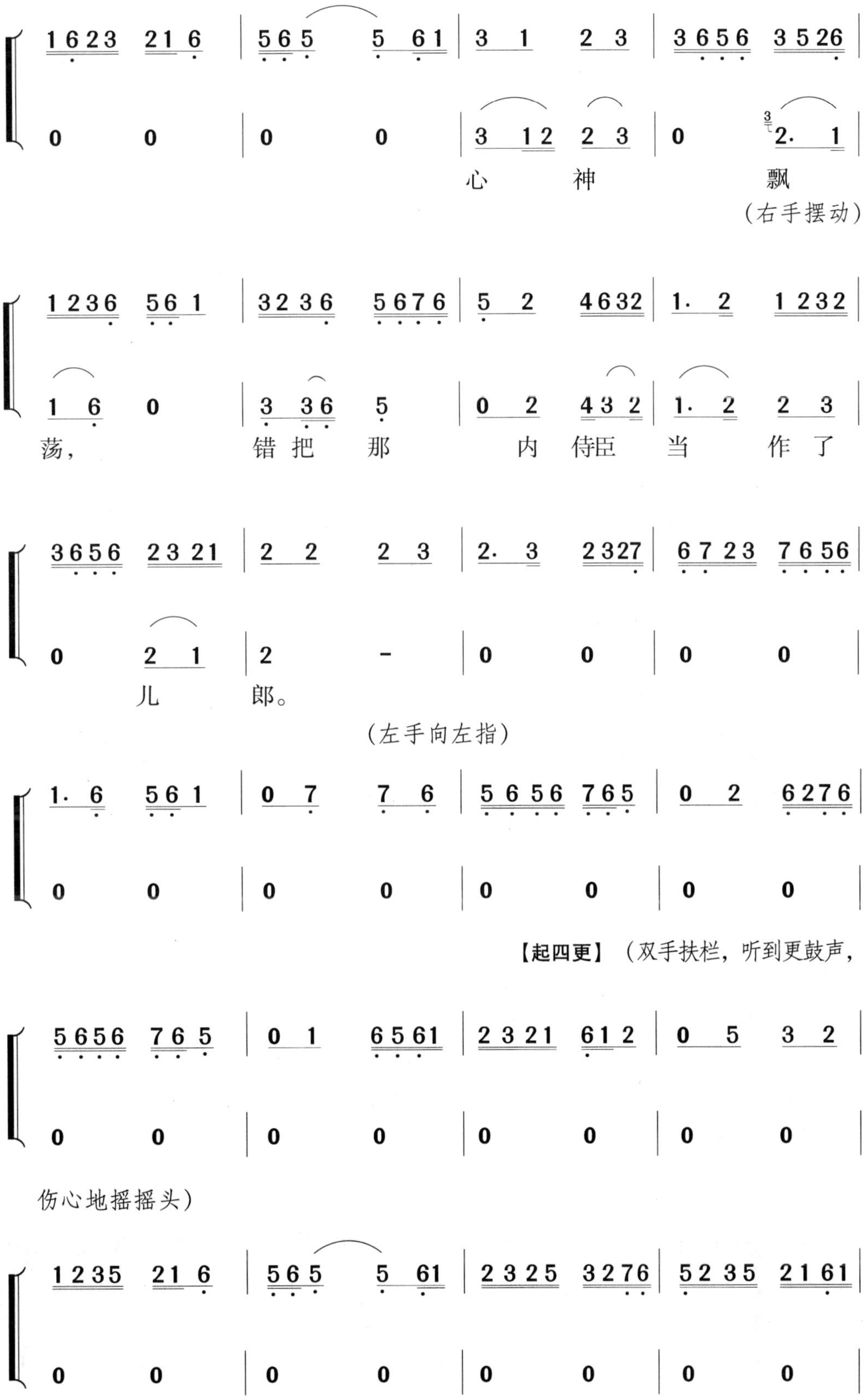
心 神 飘
（右手摆动）
荡， 错 把 那 内 侍臣 当 作 了
儿 郎。
（左手向左指）
【起四更】（双手扶栏，听到更鼓声，
伤心地摇摇头）

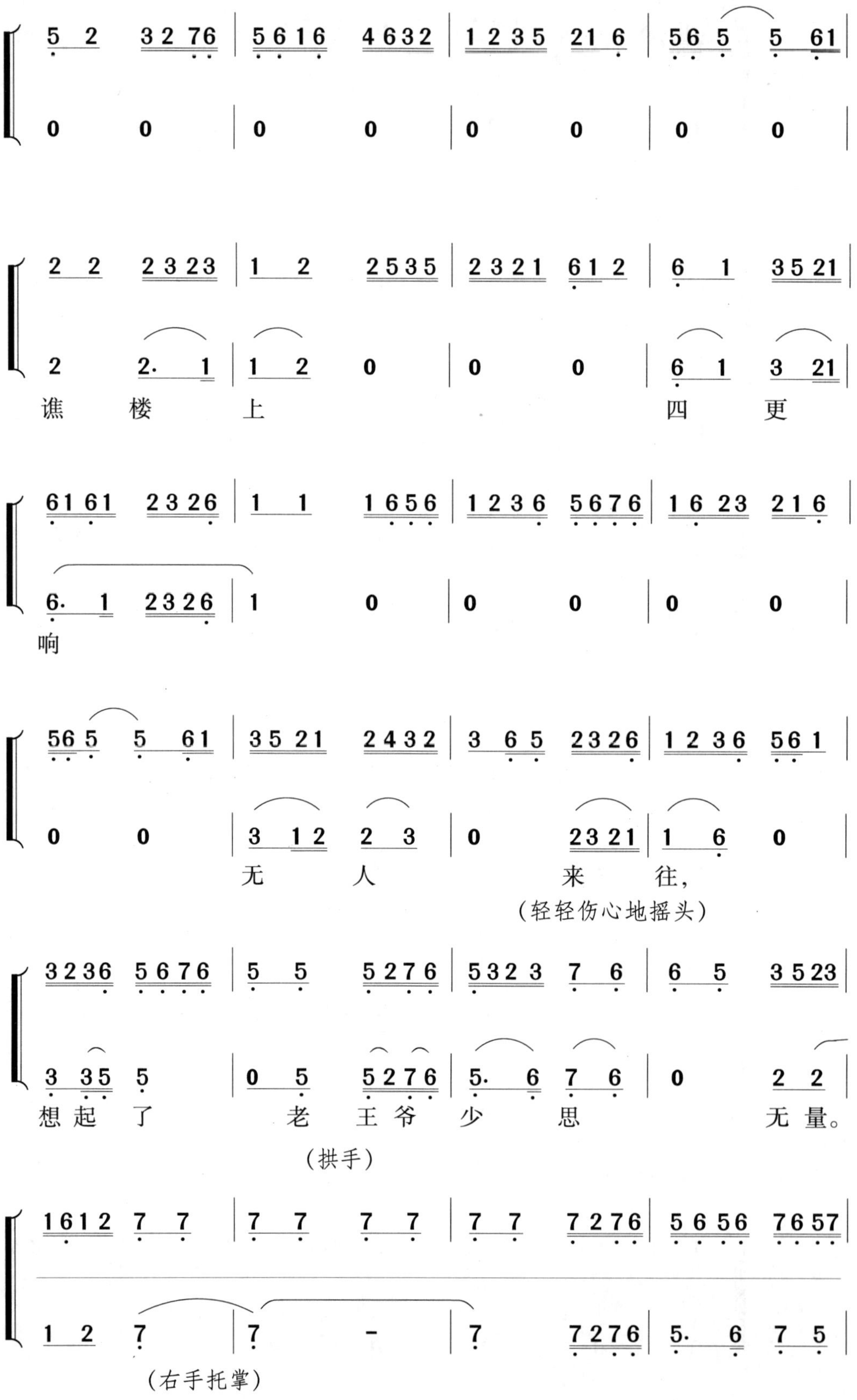
谯 楼 上 四 更
响
无 人 来 往，
（轻轻伤心地摇头）
想 起 了 老 王 爷 少 思 无 量。
（拱手）
（右手托掌）

望儿楼

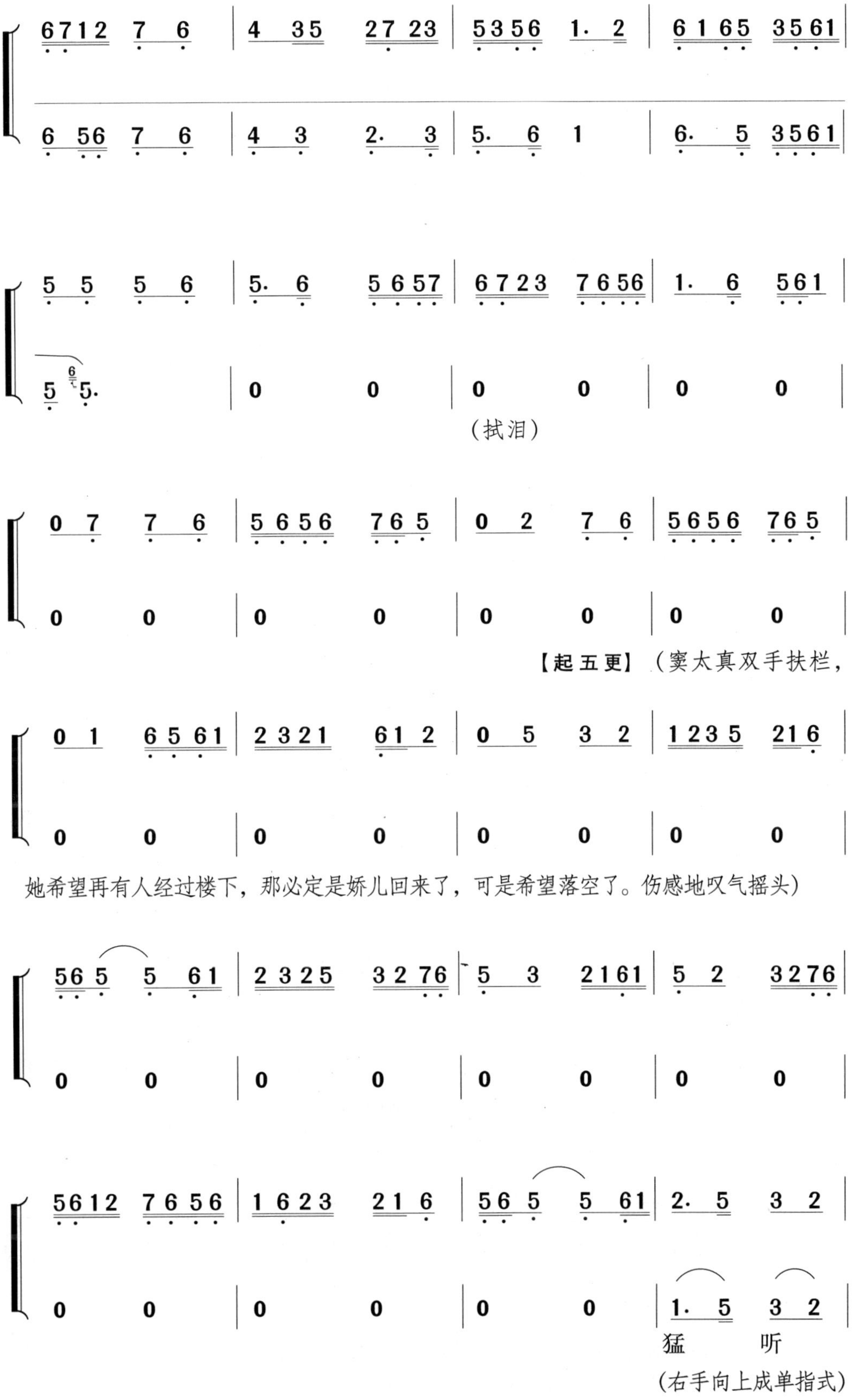
（拭泪）
【起五更】（窦太真双手扶栏，
她希望再有人经过楼下，那必定是娇儿回来了，可是希望落空了。伤感地叹气摇头）
猛 听
（右手向上成单指式）

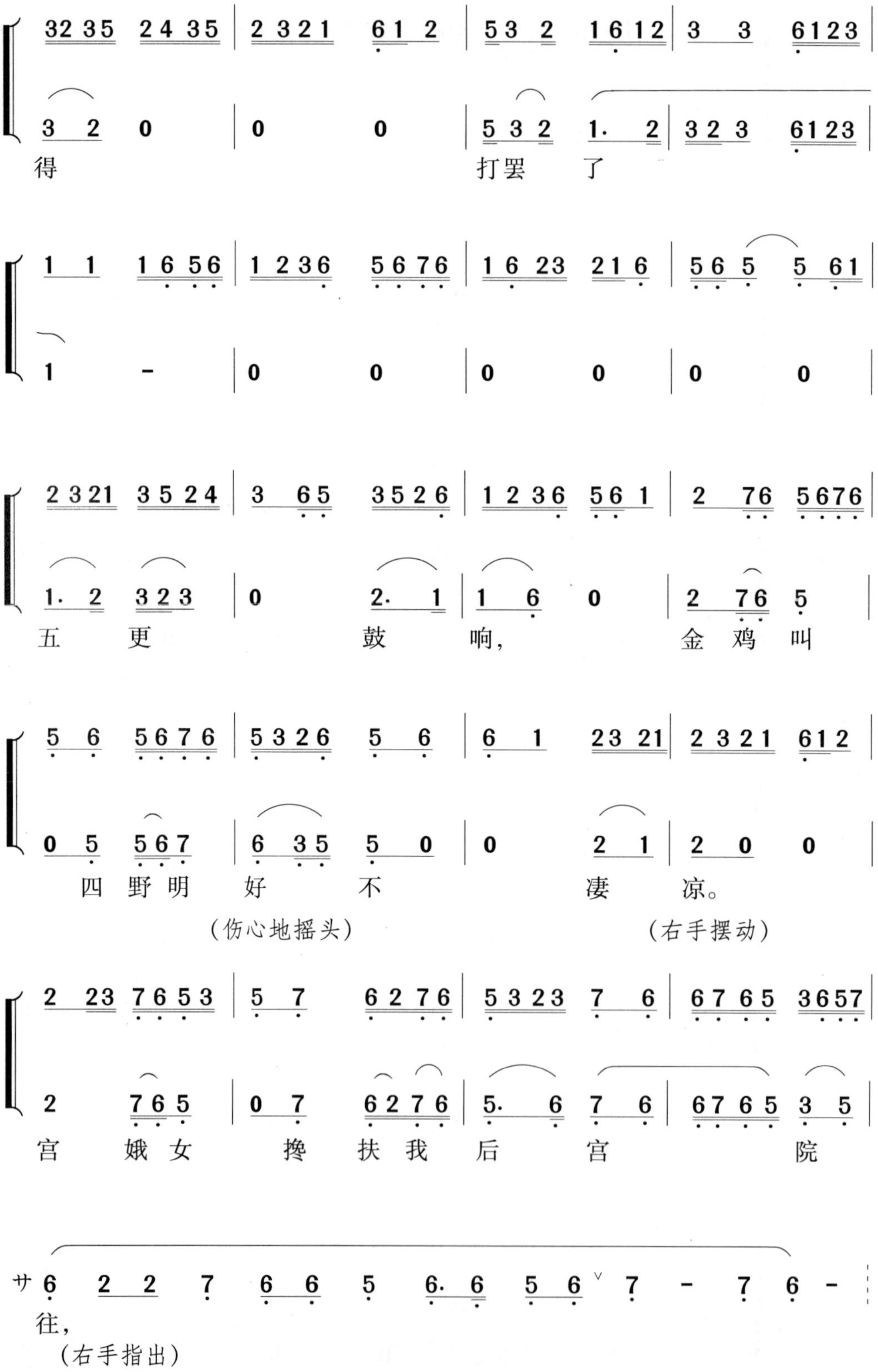

〔【小锣抽头】众宫娥簇拥着窦太真从左边慢下楼，走一圆场，归“上场门”方向站“斜门”，窦太真站在台中心的偏右侧的方向。

望儿楼

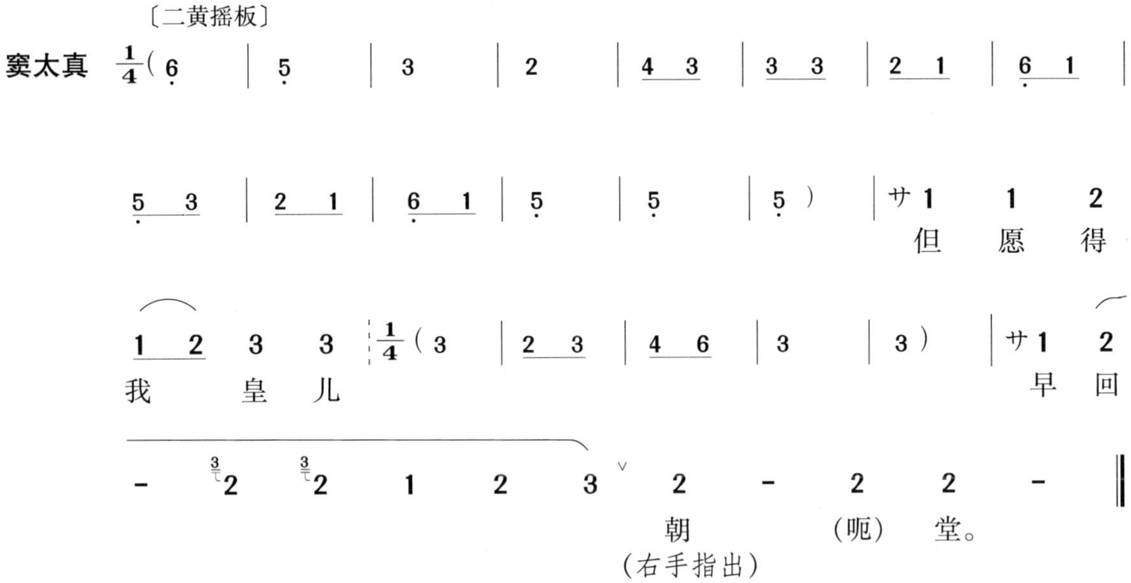

〡【小锣抽头】窦太真拭泪，左转身从“上场门”下。同时，大太监从“下场门”引李渊上，李渊归台中。

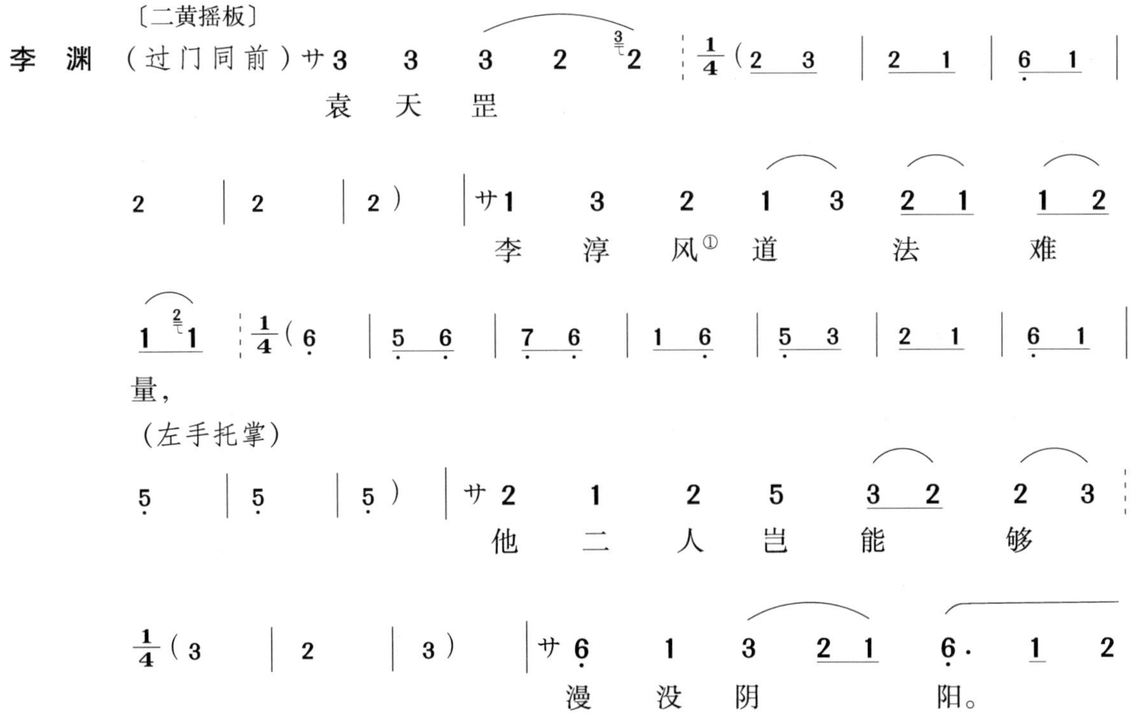

---

① 袁天罡、李淳风：《旧唐书·方伎传》载：袁天罡，益州成都人，工相术。多次为朝中臣工等相面，预言应验。并预算出自己的死期，到时，果逝。《旧唐书·列传二九》载：李淳风，岐州雍人。自幼博学强记，尤精天文历算阴阳之学。袁、李皆唐时著名的预言家。他们的预言、推算、测量等，有些是有科学依据的。后世将他们神化，几成超然物外之仙人。

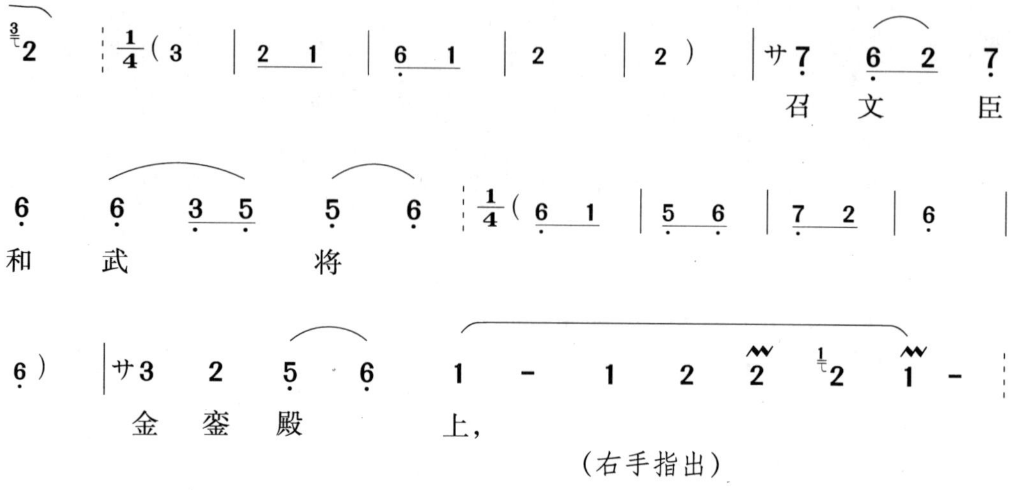

「【小锣抽头】大太监从“下场门”下。李渊走至左台口，右转身站立。

〔二黄摇板〕

李渊

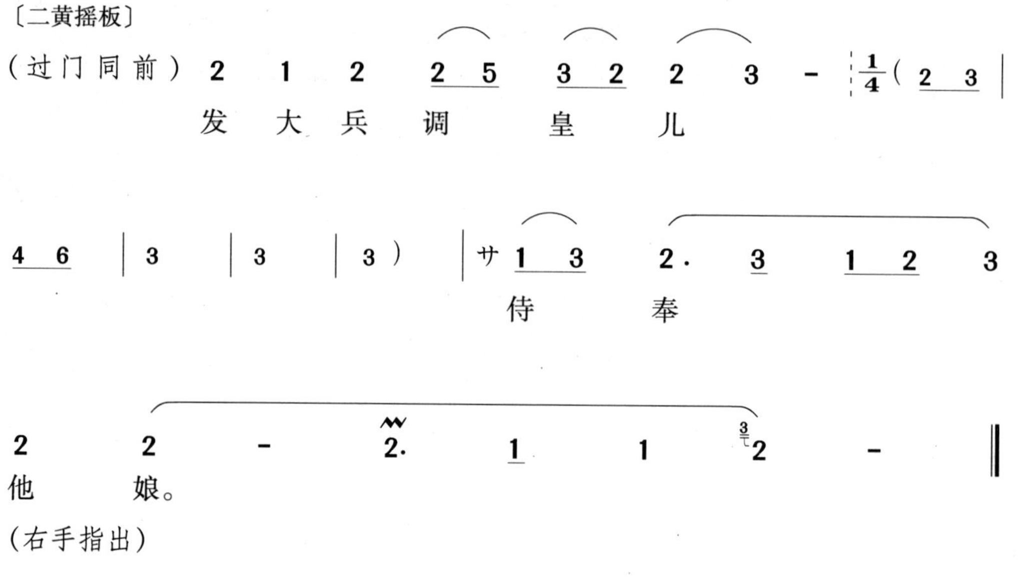

「【小锣打下】李渊左转身从“下场门”下。

——剧 终

何佩森 整理 记谱

滑油山

李多奎演出本

京剧《滑油山》是全部《目连救母》中的一折。唐朝末年，寡妇刘清提自幼虔诚信佛，乐善好施。其子傅罗卜突然被狂风摄去，寻无踪影。实被佛度去为僧，法号目连，后修成正果。不知真情的刘氏，自觉行善拜佛竟无好报，随即怨天尤神、打僧骂道、破戒开荤，并用荤油燃起佛前灯。冥界阎君大怒，捉拿刘氏到阴曹受刑。押至滑油山时，山路陡峻，寸步难挪。刘氏被鬼卒们打骂拖拉，披枷戴锁踉跄而行。鬼乃告知：因其生前作恶多端，在佛前用荤所致。刘氏痛悔前非，一路哀求。此折只演刘清提在冥途追悔莫及，被众鬼押解过滑油山的苦难情节。剧中所描写地狱的凄惨、刑罚的残酷，以及众鬼卒的凶恶等，其实也是编剧者对当时社会的曲折反映。

由于流传甚广的《目连救母》剧中，有宣扬阴曹地府因果轮回报应的诸多情节，故此在中华人民共和国建国以后，完全表现阴司内容的《滑油山》、《游六殿》等戏，均被列为禁演剧目，有近半个世纪绝迹于舞台。

《滑油山》是老旦唱功的重头戏，而且做工的分量也很重。京剧有史以来，从谭志道、郝兰田到龚云甫、李多奎等名家，这出戏都在他们的擅演剧目之列。不仅如此，“后三鼎甲”之一的汪桂芬，以及名宿吕月樵、盖叫天和唐韵笙等生行演员，也均串演此剧中的刘清提，且极具光彩。可见《滑油山》这出戏，很富有展示演员艺术才华的空间。如果是唱功老旦演员演出此戏，其卖点主要在唱腔上；而其他演员串演，或是科班的徒弟们演《滑油山》，那么其中的甩发、蹉步、跪步、抢背、吊毛、屁股坐子以及高难度较大的翻跌技巧下“高台”（桌子），以表示从山上跌落的动作，这些表演都要比唱功老旦演员繁难很多。《滑油山》禁演之后，老旦名家孙甫亭先生，把其中的甩发、搓步等表演技巧，连同精彩的唱腔，一并用到了新编剧目《傅氏发配》当中。

李多奎先生从改唱老旦开始的20多年当中，经常演出《滑油山》。建国以后只有1957年在北京饭店为国家领导人演出过一次，遗憾的是当时我们还没有录像技术。幸而有那场戏的录音，才保留了其演出《滑油山》的声音实况，成为弥足珍贵的音响资料。

这次整理李多奎先生演出本《滑油山》，我是以当年三位先生先后向我亲授这出戏的教学内容为基础，将其中表现李多奎先生的精华部分进行梳理而完成的。

第一位教我《滑油山》的是“肚囊宽绰”、曾为李多奎先生扮演该剧大鬼的净行演员刘少峰先生。他基本是按照李多奎先生的声腔和表演教我的，但是个别的关键唱词和某些身段，与李多奎先生略有区别。刘先生说是吸收了龚云甫和卧云居士二位先生的路数。

第二位教我《滑油山》的是李多奎先生。1959年我步入师门直到“文革”之前，李多奎先生为我操琴吊嗓时，我多次唱过《滑油山》。彼时去李宅的学生当中，我是吊嗓时唯一唱过这出戏的人。李多奎先生对《滑油山》的唱腔情有独钟，我在字韵、声腔和“劲头儿”、“气口儿”等方面，逐字逐句受到了他的教益。李多奎先生这出戏是向庆福亭（因面容消瘦，人们戏称他“猴儿庆子”）先生学的，但是李多奎先生自言宗的是龚（云甫）先生的路子。刘少峰先生教我〔慢板〕第二句的唱词是："才知道四十九我做事荒唐。"李多奎先生让我改成："才知道四十九我做事不良。"而且强调"不"字是入声字，发音时要短促急收。所以"不"字后面要加虚字"哇"，用"哇"字唱那个小拖腔。刘先生教我〔慢板〕收尾的唱词是"长官爷呀！"头段〔原板〕收尾的唱词是"吓煞了人哪！"这两处李多奎先生都让我改成"我的儿啊！"他对我说："得跟目连接上茬儿啊，要不然整出戏就没有能提到目连的节骨眼儿啦！她（刘清提）打僧骂道、荤油点灯，不都是因为儿子丢了，自己赌气吗？唱'我的儿啊'是她想儿啊！"但是刘少峰和李盛泉（李多奎老师的大弟子）二位先生，都认为这两个"我的儿子啊"与前面的唱词内容不太搭配，这两句唱词他们二位基本一致。我觉得这些地方，就是见仁见智的问题了。李多奎先生还告诉我："《滑油》和《六殿》（李多奎先生对《滑油山》和《游六殿》的简称，而且'六'字'上口'读作'路'，这是李多奎先生习惯）的刘清提戴黑网子，是因为有甩发的关系，甩发都是用黑头发的。过去老先生们演这出戏戴黪网子，讲究用掺白马尾的黪甩发，这种甩发不光不好使，还得现定做呀！后来人们图省事，干脆就都用黑的了。"2005年初，王梦云师姐为李多奎先生的《滑油山》"音配像"时，我建议使用了黪网子和黪甩发。

教我《滑油山》的第三位老师是济南的王元清先生。他幼入富连成社"元"字科学艺，工老旦。受教于李盛泉先生，宗李（多奎）派。盛泉先生在继承李多奎先生的基础上广征博采，根据他本人的天赋条件，形成了自己的风格。尤其在教学方面，进一步完善和发展了李派老旦艺术。王先生教我的时候，在唱词和舞台调度等方面，都充分体现了这一点。这次整理剧本时，我把刘先生和王先生教我的这出戏与李多奎先生不同之处，择其重点以注释的形式呈现给读者，以供参考。

这出戏里的大鬼很重要，是一个暴戾凶狠的角色。多处念白使用花脸的炸音，自始至终全靠他把气氛造足。几十年间，为李多奎先生配演大鬼的合作者，先后有钟喜久、霍仲山、刘少峰、张福昆（人们简称他"张昆"他也认可，因嗓子好又被内行戏称作"张驴儿"）和慈永胜等诸位先生。大鬼这个角色，这次我基本是按照刘少峰和慈永胜二位先生的演出模式，综合记录整理的，对一些口误和"水词儿"做了适当的修改。

包括李多奎先生在内，演出《滑油山》一般只上两个小鬼：为了避开大鬼的黑颜色，所以小鬼最好勾红、绿两个颜色的脸谱，也戴这两个颜色的"蓬头"。如果是阵容较强的大型演出，或是当年科班展示徒弟才艺时，也可以上四个甚至更多的小鬼。

与李多奎先生合作多年的著名琴师周文贵先生，继承了陆五爷（名彦庭，龚云甫先生的琴师）的伴奏技巧和路数，为李多奎先生的老旦声腔艺术，起到了烘云托月的重要作用。《滑油山》这出戏，也体现了李多奎先生与周文贵先生水乳交融的默契合作。为此，我在剧本的记谱过程中，特别请教了周文贵先生的得意门生、天津市青年京剧团的国家一级演奏员王悦先生。请他在繁忙的工作中，为我记录的曲谱尤其是伴奏谱，进行了详细审核订正，在此深表谢忱！

填补京剧《滑油山》曲谱剧本出版物的匮乏，特别是李多奎先生演出本的空白，吾当责无旁贷。怎奈才疏学浅，力不从心。但受编委会多次委托，又盛情难却。朋友劝我：此乃忠孝之举——为国粹京剧尽忠；为恩师李多奎先生尽孝。余虽驽钝，唯忠孝未敢忘怀。沐手恭书，勉为其难，竭尽微薄之力。李多奎先生之巨大光彩恐挂一漏万，谬误之处诚请方家、同仁与读者赐正！

何佩森

人物行当

刘清提	老旦	**小鬼甲**	武行
大　鬼	净	**小鬼乙**	武行

服装扮相

刘清提　清水脸。黪网子、黪鬏发、黪甩发（也可用黑网子、黑鬏发、黑甩发），帽正（也称乐子）、蓝绸条，护领、米色老斗衣，绿色腰包（系在老斗衣外面）、白腰巾子，黑彩裤，大袜、福字履。

大　鬼　勾黑色碎脸脸谱（压缩黑色面颊、扩宽白色额角、勾下垂眉、环形眼、翻鼻孔外套耸文、嘴角下撇、露獠牙，此种勾法摹自钱金福先生笔意；另一种勾法为印堂至鼻梁依次勾白色菱形图案、红色箭镞形图案、白色星月形图案）。黑网子、牵巾、水纱、黑色大蓬头、黑抓鬏、黑耳毛子、额子、黑颏下涛，护领、黑箭衣、黑绣金云肩，黑改良靠下甲，黑腰箍，黑彩裤，厚底靴。

小鬼甲　揉红色碎脸脸谱（额中勾白色骷髅图案、额两侧勾焰头钩形、蓝色纹眉、眉外稍下卷呈倒如意头形、黑眼窝、眼下勾红色血泪槽、桃形鼻、红嘴岔）。红色小鬼蓬头，护领、黑侉衣侉裤、白云肩、白鬼侉子，白腰箍，黑白条裹腿，薄底靴。

小鬼乙　揉绿色碎脸脸谱（前额勾笑脸人面、眉梢至脸颊勾红色蝠形纹、大椭圆眼窝下套白色似眼袋中勾出眼形、红嘴岔下撇）。绿色小鬼蓬头、护领，黑侉衣侉裤、白云肩、白鬼挎子，白腰箍，黑白条裹腿，薄底靴。

道具

手杻	一个	**锁链**	一条
狼牙棒	两个	**勾魂牌**	一个

注：李多奎老师演出该剧时不上“高台”（桌子），所以全剧舞台上是“空场”。遇有上高台表演的演员时，需用桌子一张或两张（根据表演技巧的需要也许更多，在舞台中间靠后叠摞摆放），椅子两把，桌围椅披。椅子背朝外摆，放在桌子两边，作为台阶使用。也有用山石景片挡住桌椅的。

第　一　场

〖台上灯光略暗，假如阴曹地府。

〖空场。【冲头】接（大 大八 仓仓 另仓）小鬼甲、小鬼乙先后跑上。【急急风】到“九龙口”一望两望，至台口中央，小鬼甲向左转身，“大边”归里；小鬼乙向右转身，“小边”归里。“抄过”，归“小边”“斜胡同”。同向右转身，手搭凉棚向“上场门”瞭望，左转身向前亮相。（八大仓）【撕边】小鬼甲，小鬼乙同向“大边”台口翻“虎跳前扑”亮矮相。（八大仓）【急急风】小鬼甲左转身至“下场门”，小鬼乙右转身至“小边”台口，同时向台中走“轱辘毛”，亮矮相。

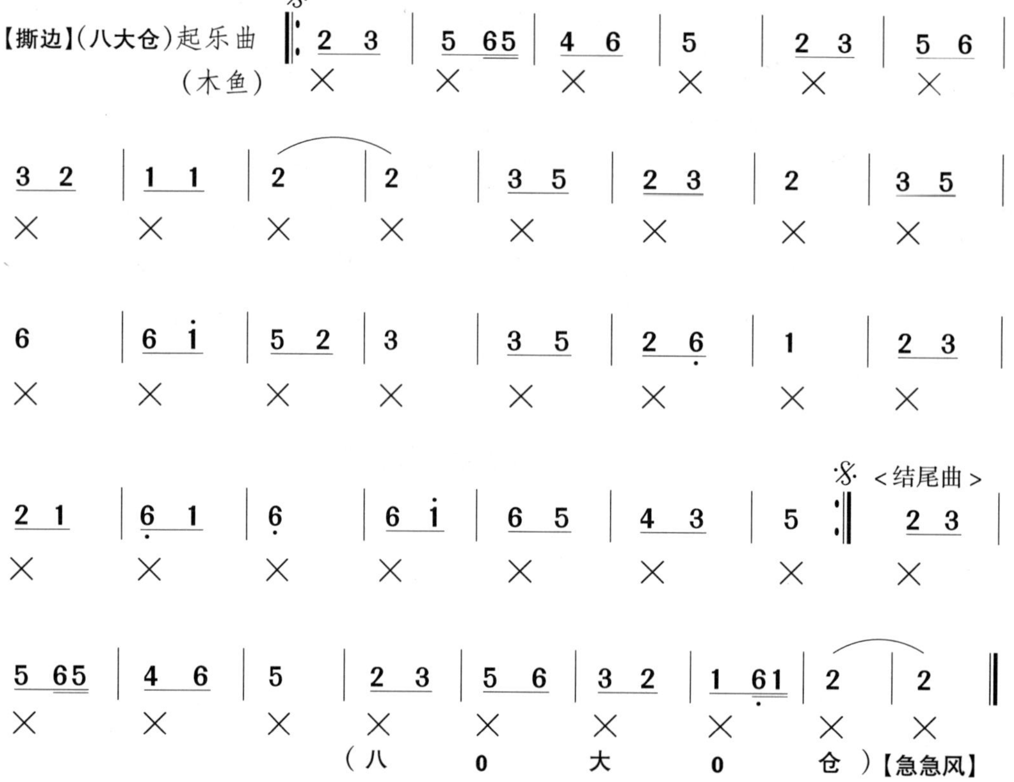

乐曲中，小鬼甲拉“山膀”退至“小边”台口，小鬼乙拉“山膀”退至“下场门”。小鬼甲和小鬼乙“插翻虎跳前扑”（或其它跟头），“跨虎”、“搭膀子”，走“矮子”一圈，站起来小鬼甲盖小鬼乙，推出去，小鬼乙“轱辘毛”，小鬼甲踹小鬼乙，搂小鬼乙“旋扑虎”，小鬼甲“旋扑虎”。小鬼甲、小鬼乙“滚堂”。站起，退至两侧窜“高矮毛”。小鬼甲绕小鬼乙脖两圈，小鬼甲踹小鬼乙“吊小翻”，接“压枣”。小鬼甲“云手”、“单提”转身，戏弄小鬼乙。小鬼甲、小鬼乙亮相，乐曲止。【急急风】小鬼甲向左转身至“上场门”；小鬼乙向右转身至“下场门”，【四击头】引大鬼上。同时，小鬼甲翻“踩子踬子”至“大边”，小鬼乙站“小边”，与大鬼同时亮相。【急急风】大鬼扒拉小鬼甲“轱辘毛”至“小边”，大鬼转身，小鬼甲、小鬼乙“挖门”，“插翻”。【归位】大鬼亮相，小鬼甲站大鬼身后“大边”，小鬼乙站大鬼身后“小边”同时“虎抱拳”亮相。

大　鬼　（念)神目如电不可欺，（大鬼向前方拱手）

佛在心头人不知[①]。（台．大 台）(小鬼甲、小鬼乙手放下，叉腰)

作恶难免轮回去，

奉命捉拿【五锤】（小鬼甲在大鬼身前“大边”、小鬼乙在大鬼身前“小边”同时亮矮相,大鬼向左转身归原位)刘清提。【住头】（小鬼甲、乙归“八字”）

我乃（仓）阎君殿下大鬼是也。【住头】可恨刘氏清提，在阳世三间，打僧骂道，作恶多端，竟用荤油点起佛前之灯。（大鬼左转身向里拱手）我佛大怒，将她拿到阴曹地狱，遍历刀山、剑树、油锅、血池之苦。阎君今又命我将刘氏清提，带到滑油山受罪。嗬！鬼卒们！

小鬼甲乙　呜！（仓）

大　鬼　准备下【五锤】（大鬼左转身归原位，小鬼甲、小鬼乙跪在大鬼前方两侧）铁链绳索。（大鬼面向小鬼甲）

小鬼甲　呜！【住头】（小鬼甲向大鬼拱手）

大　鬼　还有那——【冲头】（大鬼右转身归原位，面向小鬼乙）狼牙棍棒。

小鬼乙　呜！【住头】（小鬼乙向大鬼拱手）

大　鬼　随我一同锁拿刘氏去者！

小鬼甲乙　呜！

〔【急急风】小鬼甲、小鬼乙站起，大鬼领圆场至“大边”，扒拉小鬼甲“轱辘毛”，小鬼甲亮矮相；大鬼踹小鬼乙“冒小翻”，单腿后退，向小鬼乙招手，“下场门”下。小鬼甲、小鬼乙走“矮子”“下场门”下。

第　二　场

〔紧接前场。冥途路上。空场，【冲头】收住。

〔刘清提内白：“苦哇！”

内唱〔二黄导板〕

【导板头】（^{6}5 - - 3 2 - 2 16 1 2 3 4 6 3 - 2

2 16 3 2 16 6· 5 5 -）2 4 3 - ^{1}2 3 ^{5}2

黑

① 另一种念法是：“火在心头人不知。”

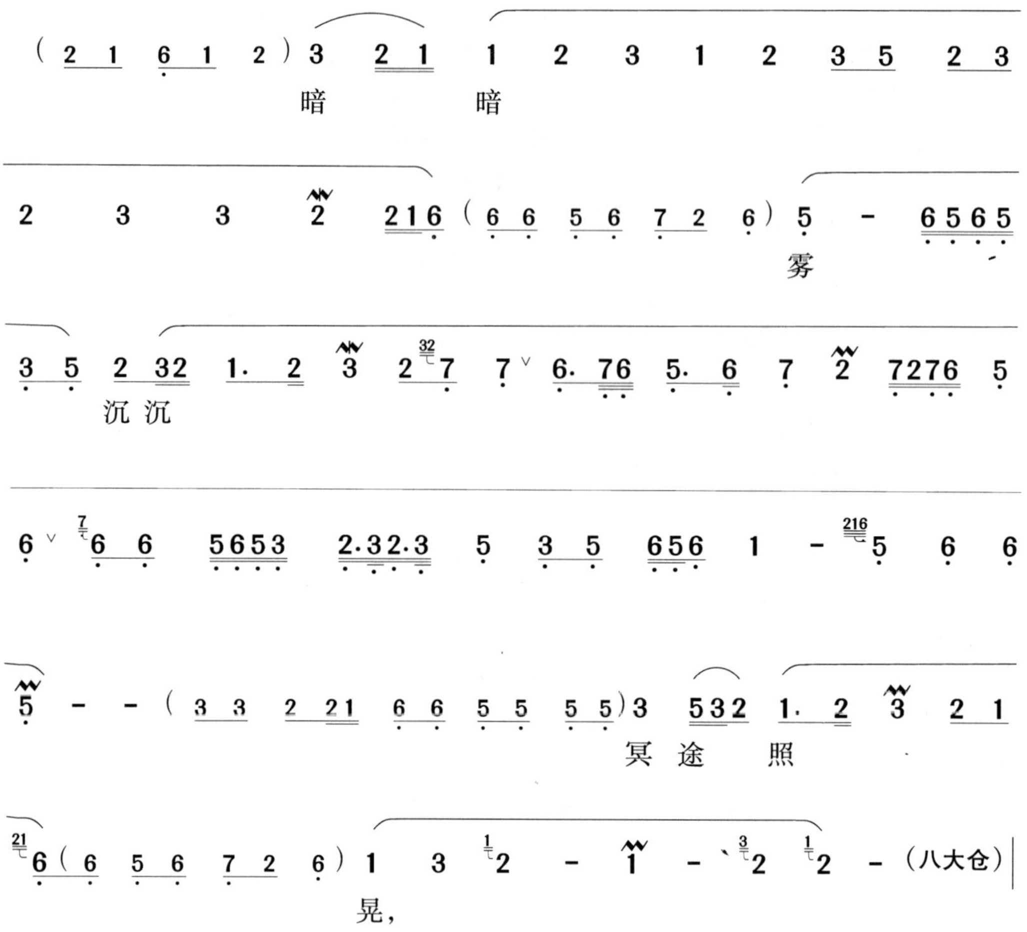

〔大鬼内白："嗬！押着走哇！"

〔小鬼甲、乙内白："呜！"

〔**【急急风】**小鬼乙右手持狼牙棒，小鬼甲左手持狼牙棒、右手持勾魂牌一同从"上场门"跑上至台中央，小鬼乙左转身至"下场门"，小鬼甲同时右转身至"上场门"，"抄过"。大鬼"上场门"上，一望两望，归"上场门"。**【四击头】**刘清提戴手肘、锁链上，扔链子，大鬼拉住刘清提，小鬼甲、小鬼乙同至刘清提身后①。

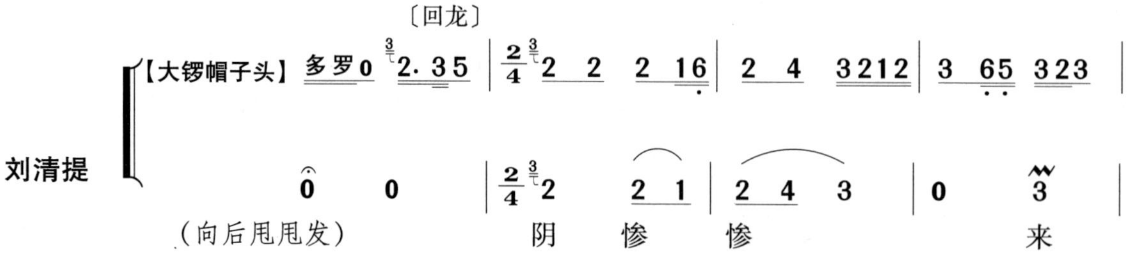

① 刘少峰先生教授时，刘清提戴手肘、锁链，被大鬼拉着锁链上。

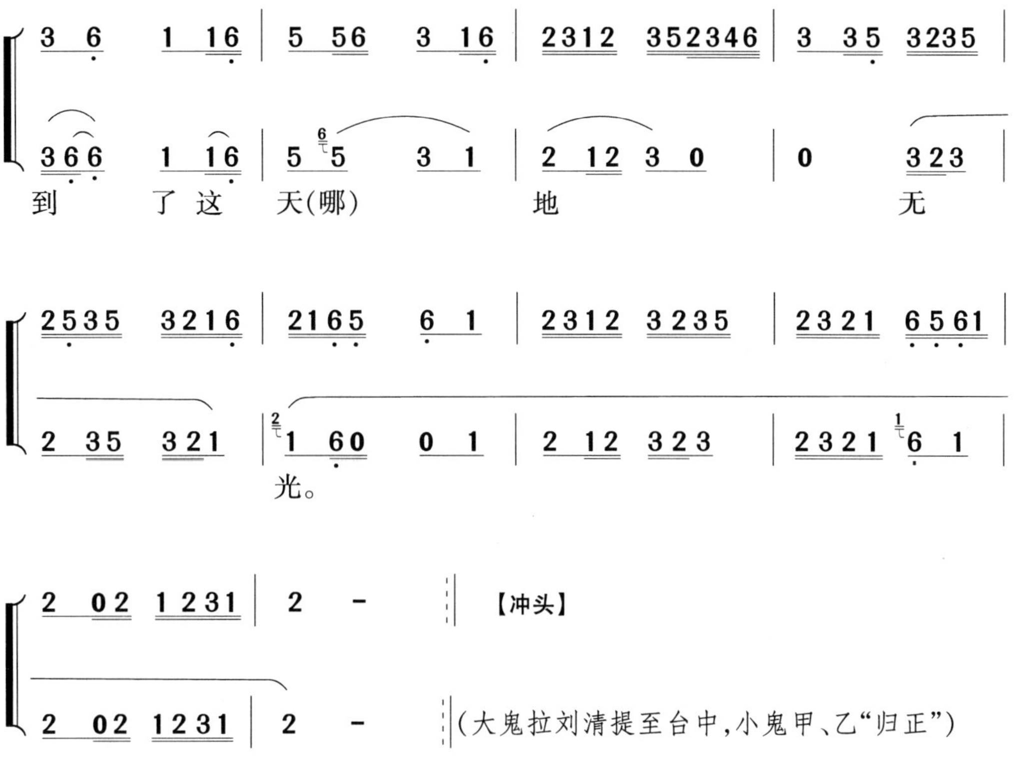

刘清提 老身今年——

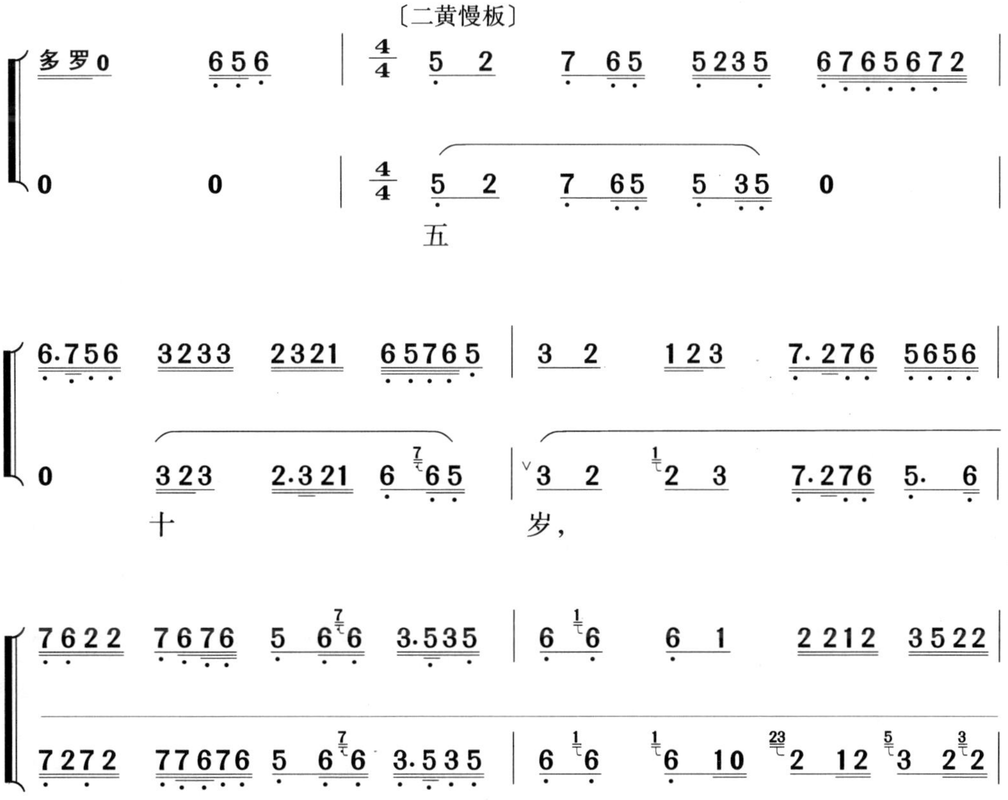

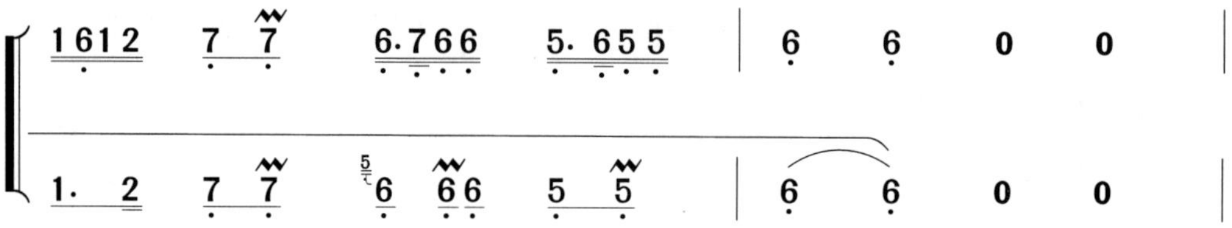

大　鬼　走!

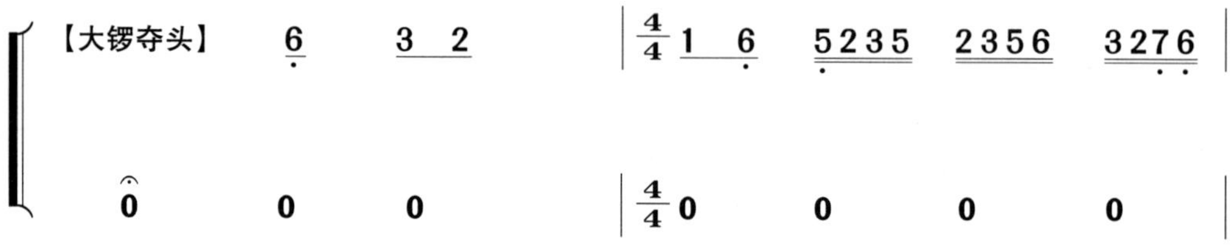

（小鬼甲领圆场，大鬼拉刘清提走小圈，小鬼甲、小鬼乙“挖门”。大鬼刘清提

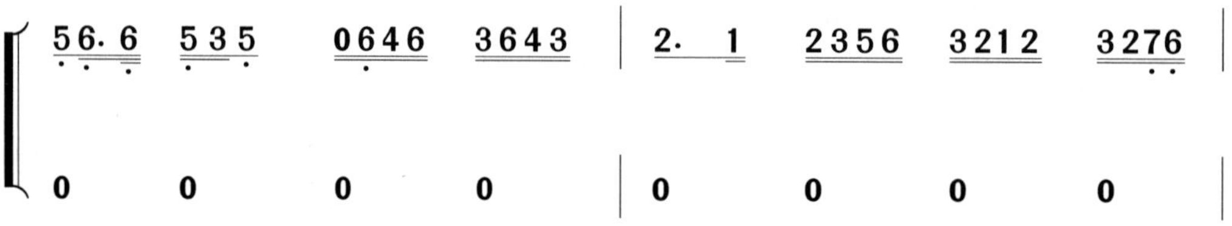

至“大边”，大鬼站“大边”，刘清提靠近台中）

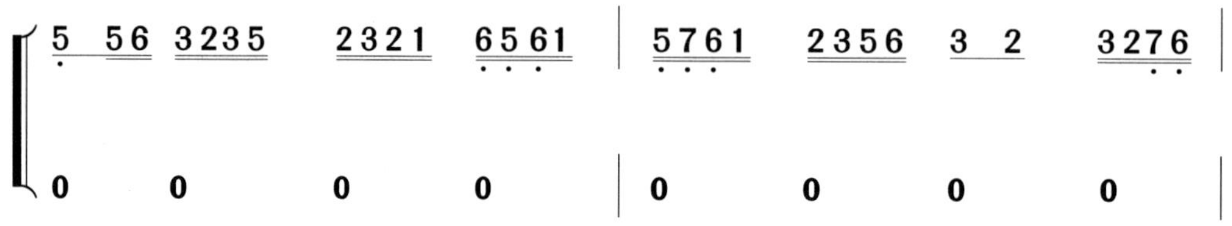

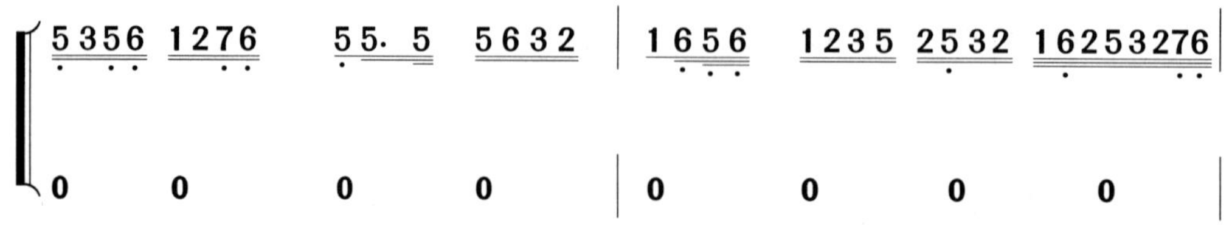

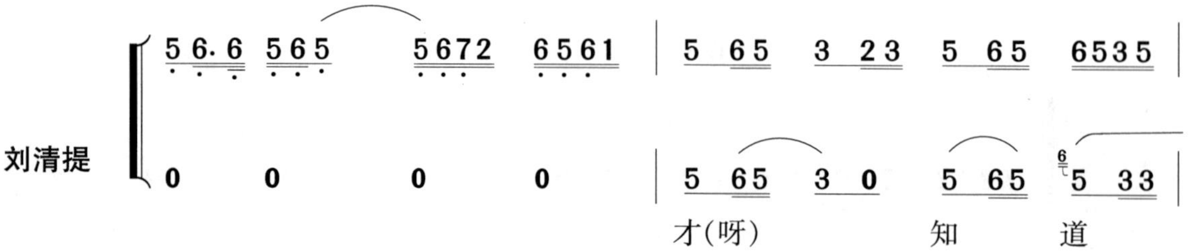

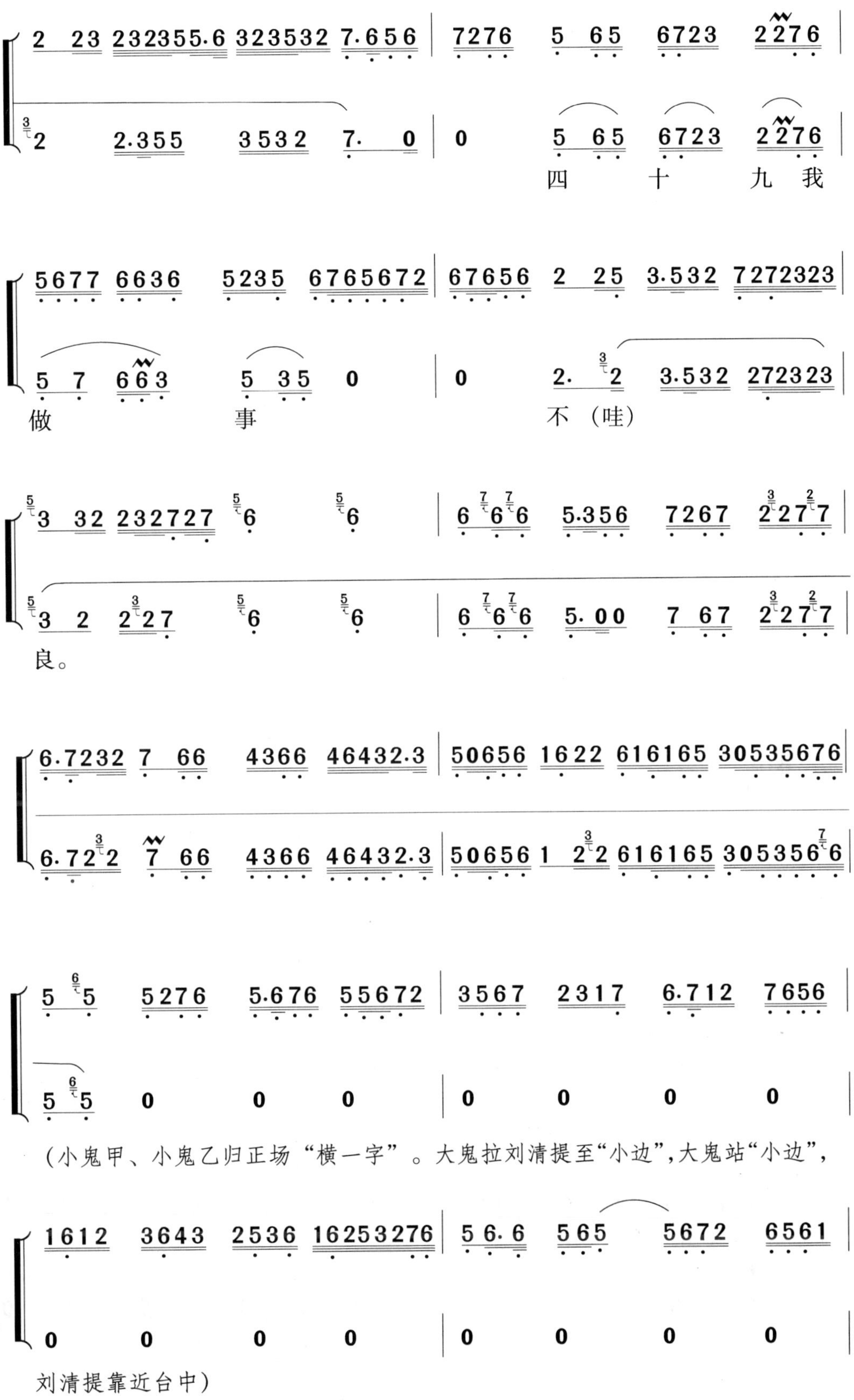
四 十 九 我
做 事 不（哇）
良。
（小鬼甲、小鬼乙归正场“横一字”。大鬼拉刘清提至“小边”，大鬼站“小边”，
刘清提靠近台中）

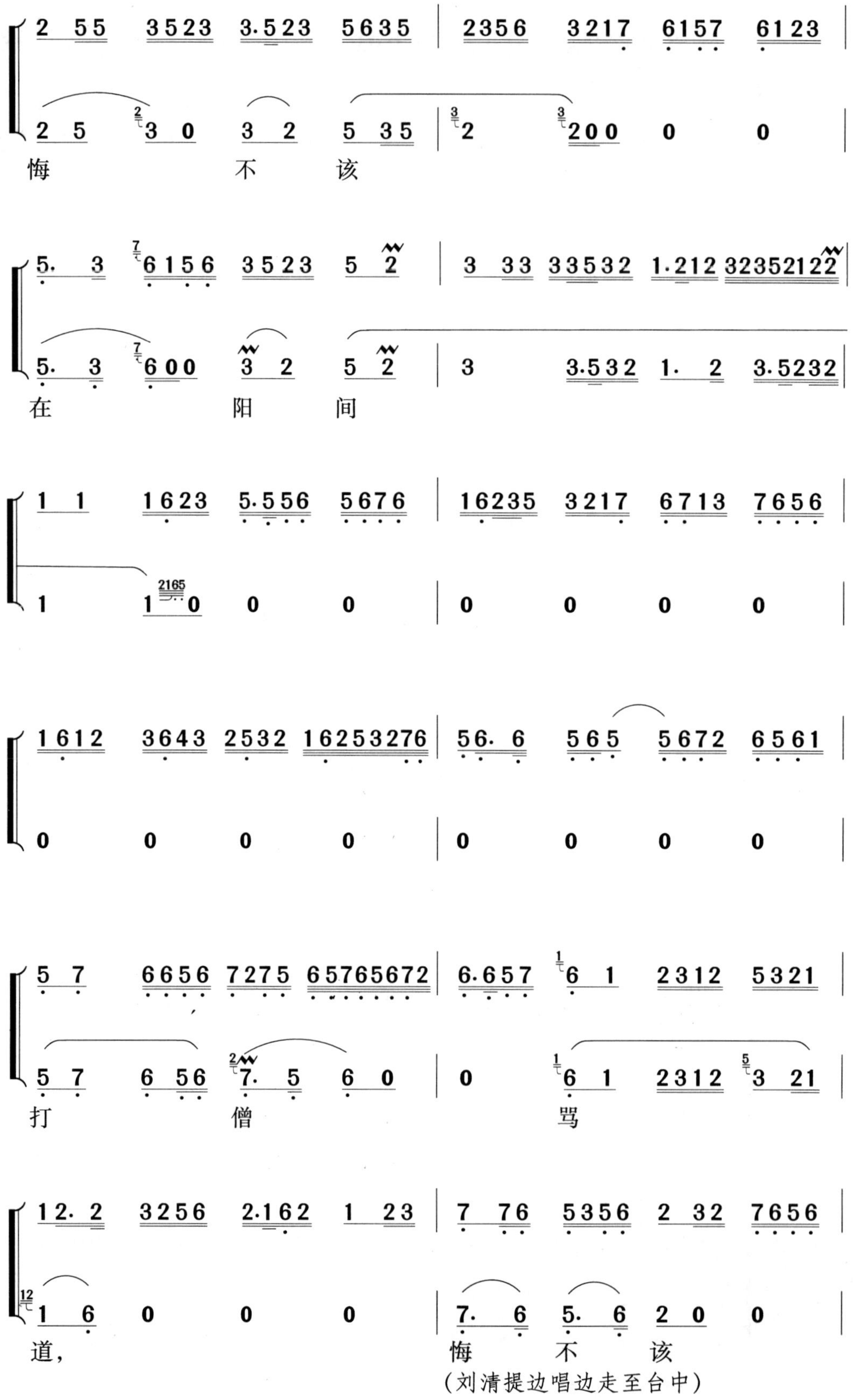
悔 不 该
在 阳 间
打 僧
骂
道，
悔 不 该
（刘清提边唱边走至台中）

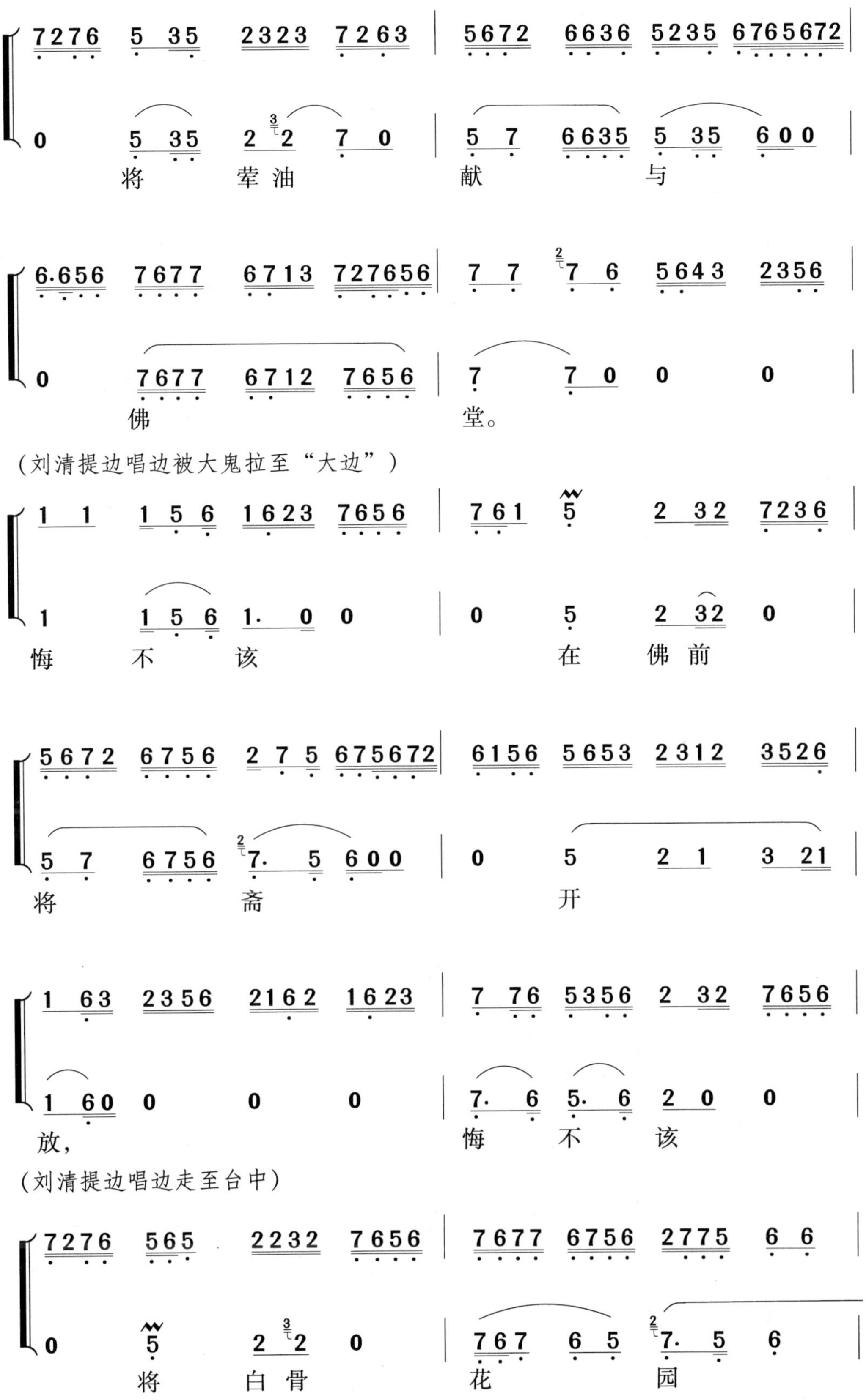
将 荤油 献 与
佛 堂。
（刘清提边唱边被大鬼拉至“大边”）
悔 不 该 在 佛前
将 斋 开
放，悔 不 该
（刘清提边唱边走至台中）
将 白骨 花 园

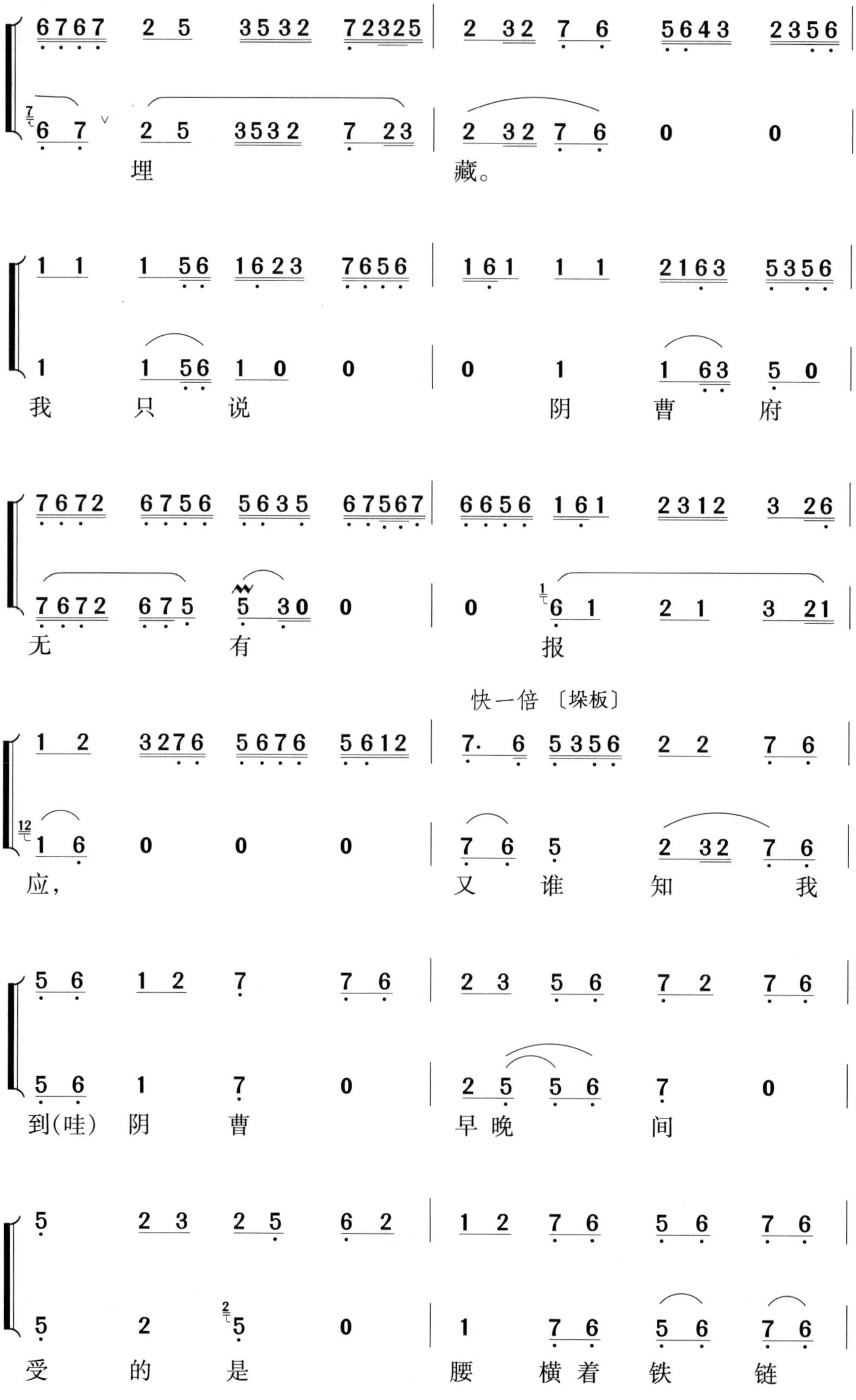
埋 藏。
我 只 说 阴 曹 府
无 有 报
快一倍〔垛板〕
应， 又 谁 知 我
到(哇) 阴 曹 早晚 间
受 的 是 腰 横着 铁 链

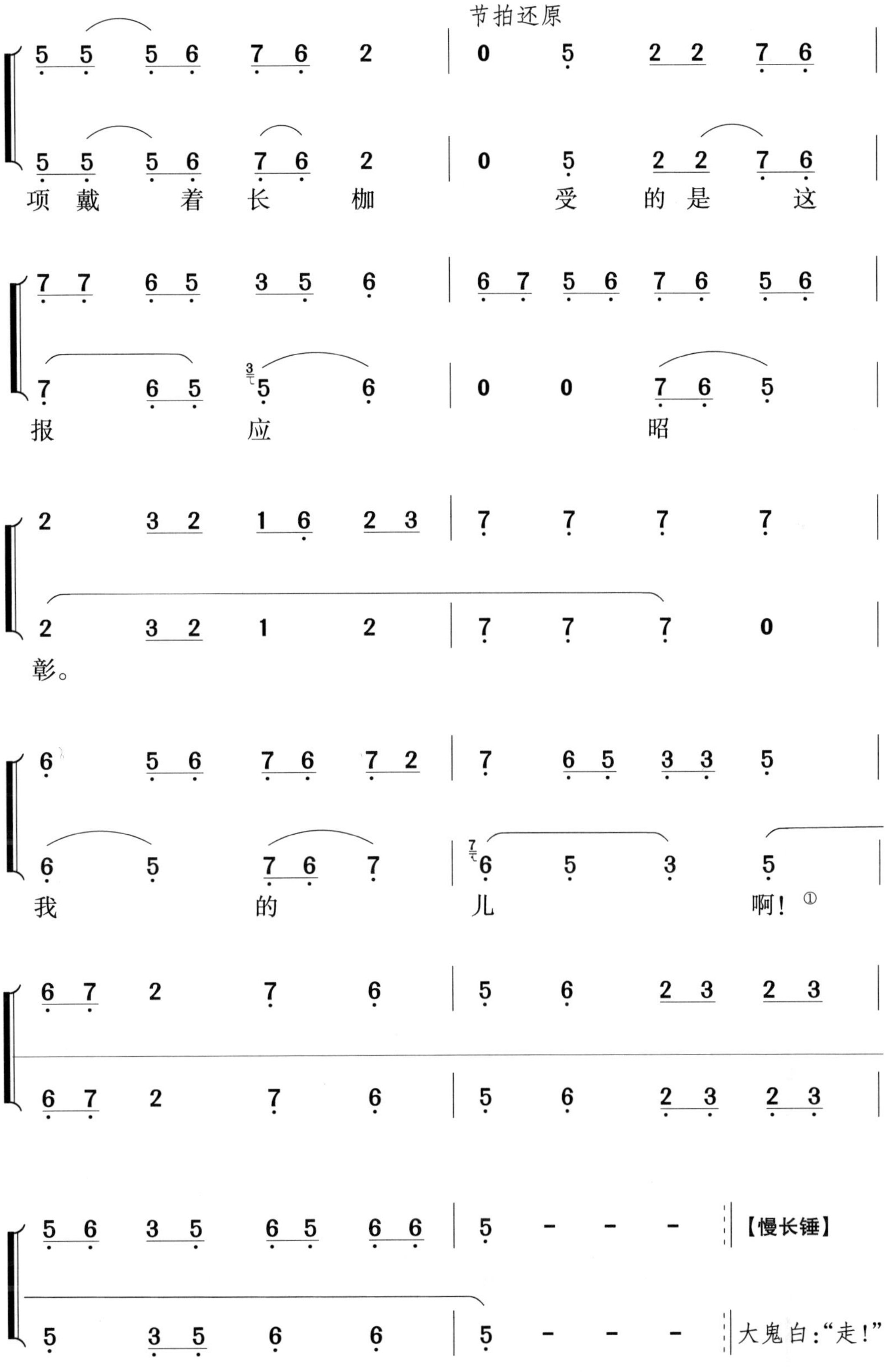

① 刘少峰先生教授时，“我的儿啊”四个字唱“长官爷呀”，唱腔完全一样。

〔小鬼甲领圆场，小鬼甲、小鬼乙归“小边”“斜一字”。大鬼从“大边”右手拉刘清提圆场至“小边”右转身，锁链交左手。大鬼站“小边”，刘清提靠近台中。

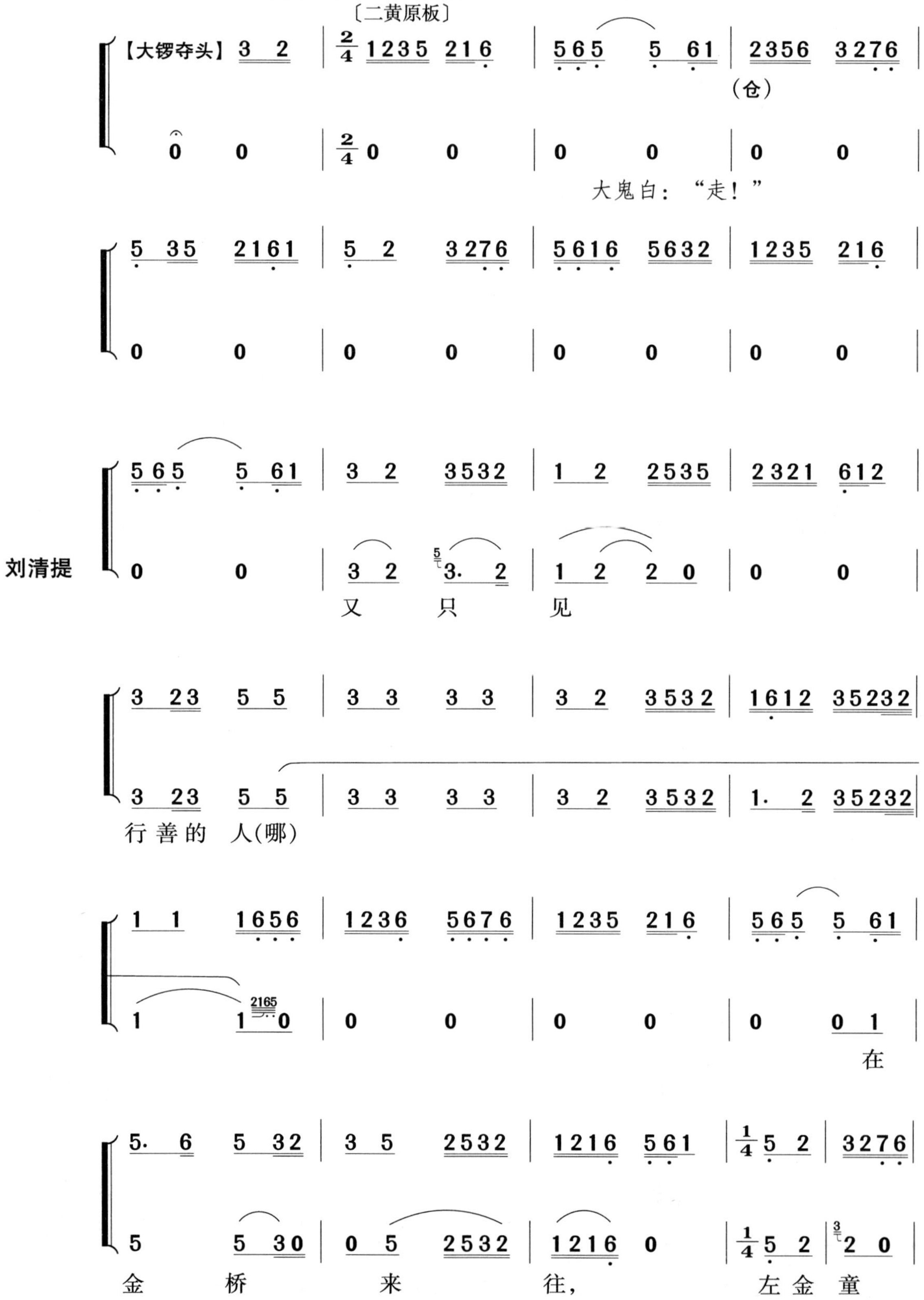

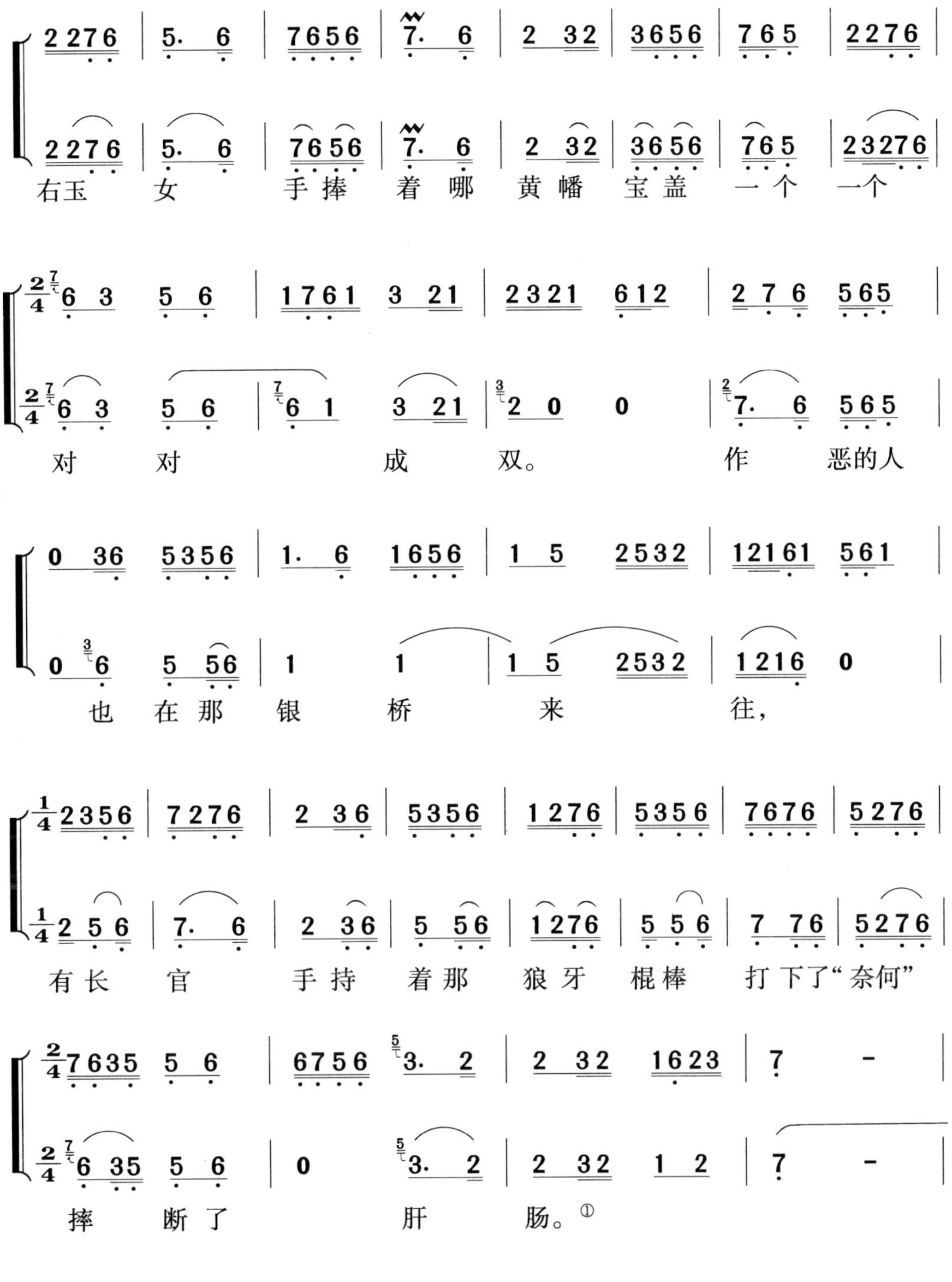

① 故事指阴曹地府有一条秽河，其水污浊滚滚而流。河面上有两座桥梁，一宽一窄。宽的是“善人桥”（即剧中所指的“金桥”）；窄的是“恶人桥”（即剧中所指的“银桥”）。恶人从窄桥上走过，既无护栏而且狭窄，又有鬼卒们追打，必然会掉落河中，无可奈何。所以“恶人桥”也叫“奈何桥”。恶人从此就在污水河中漂浮，无法上岸，继续往下游流淌。河长数百里，经过地藏区域汇聚成池，既深且大，名为“血污池”。恶人便在池中受罪。唱词“打下了‘奈何’摔断了肝肠”中的“奈何”即指奈何桥。

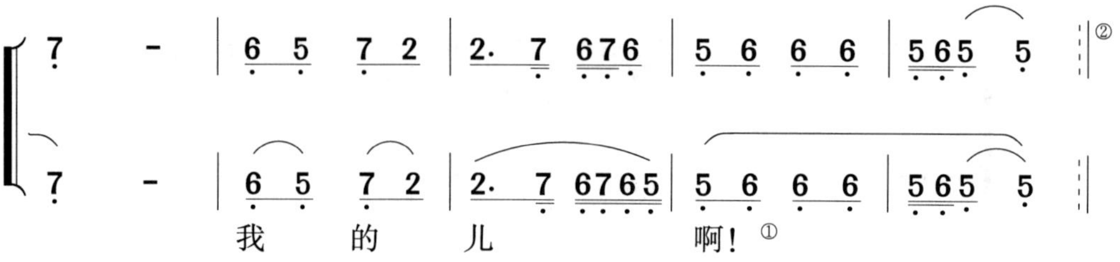

大　鬼　走！

〔【**大锣抽头**】小鬼乙右转身、反领圆场至“大边”“斜一字”。大鬼右转身拉刘清提的锁链小圆场，大鬼站“大边”，刘清提靠近台中。

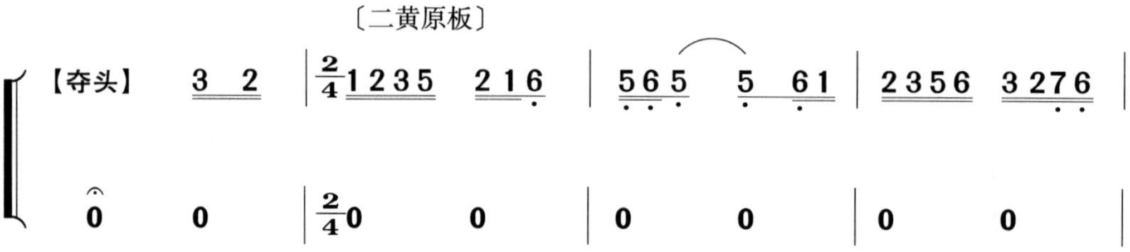

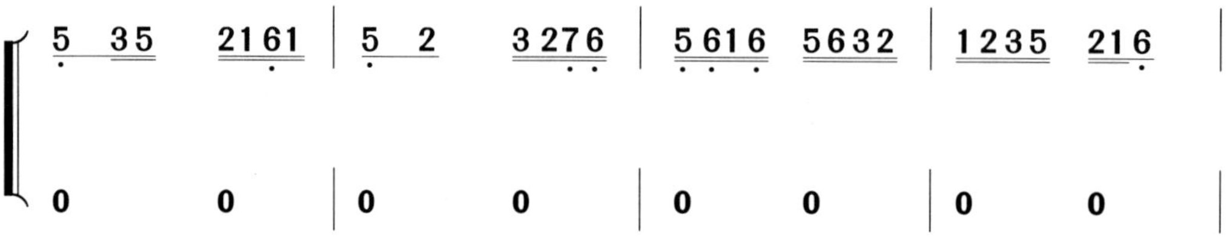

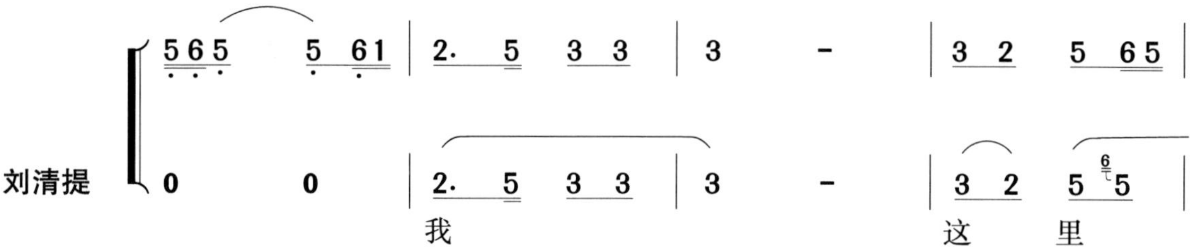

---

① 刘少峰先生与李盛泉先生皆把“我的儿啊”四个字，唱作“吓煞了人哪”，唱腔完全一致。

② 王元清先生教授时，这里多唱一段【**长锤**】【**夺头**】起唱的〔原板〕：
这一旁好纸钱堆如山样，那边厢破纸灰堆如城墙。
看起来在阳间烧钱化纸，万不可用竹杆挑破纸张。
倘若是用竹杆将纸挑破，到阴间不能用就枉费心肠。

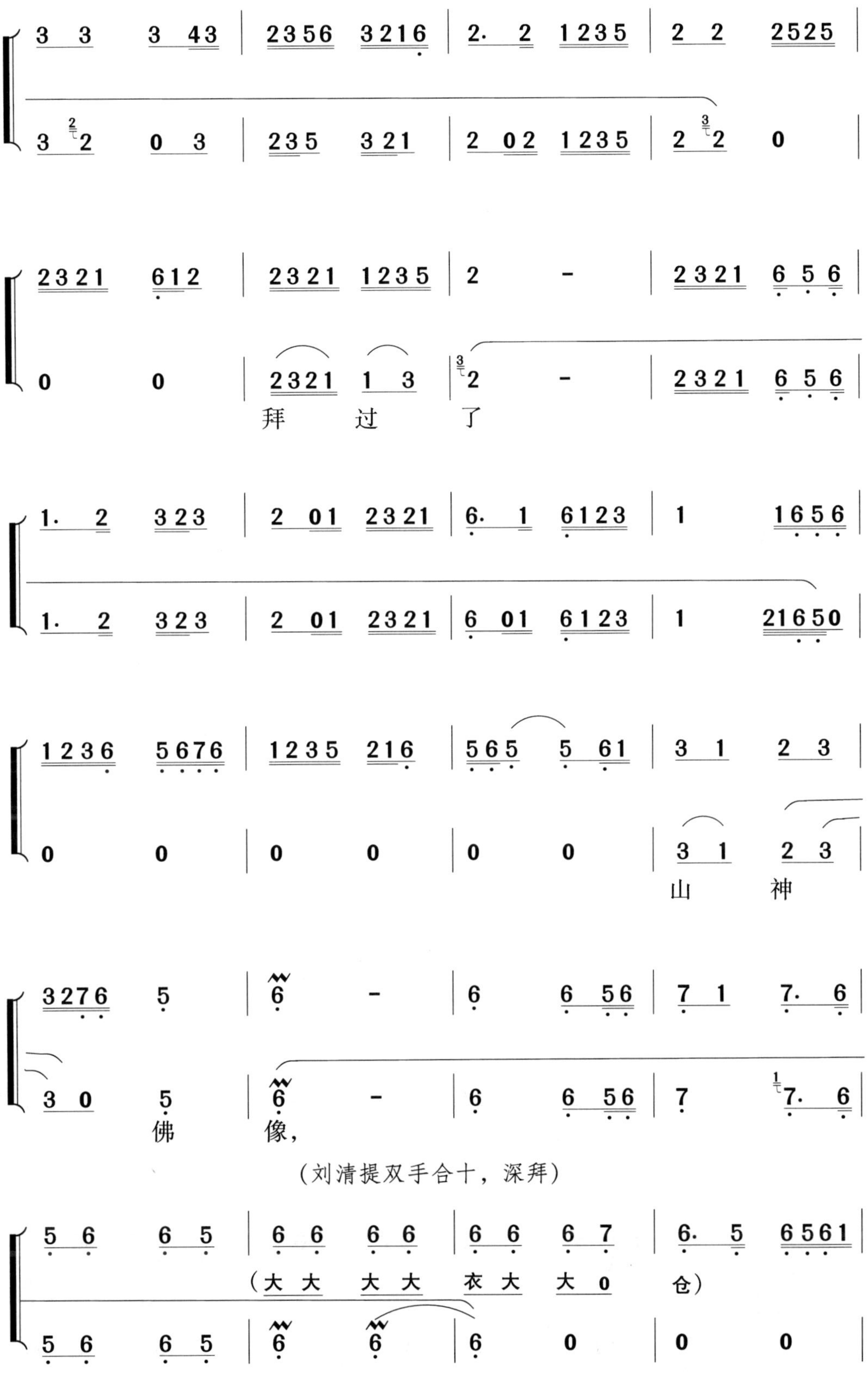

大鬼向刘清提发威：“嗯！”

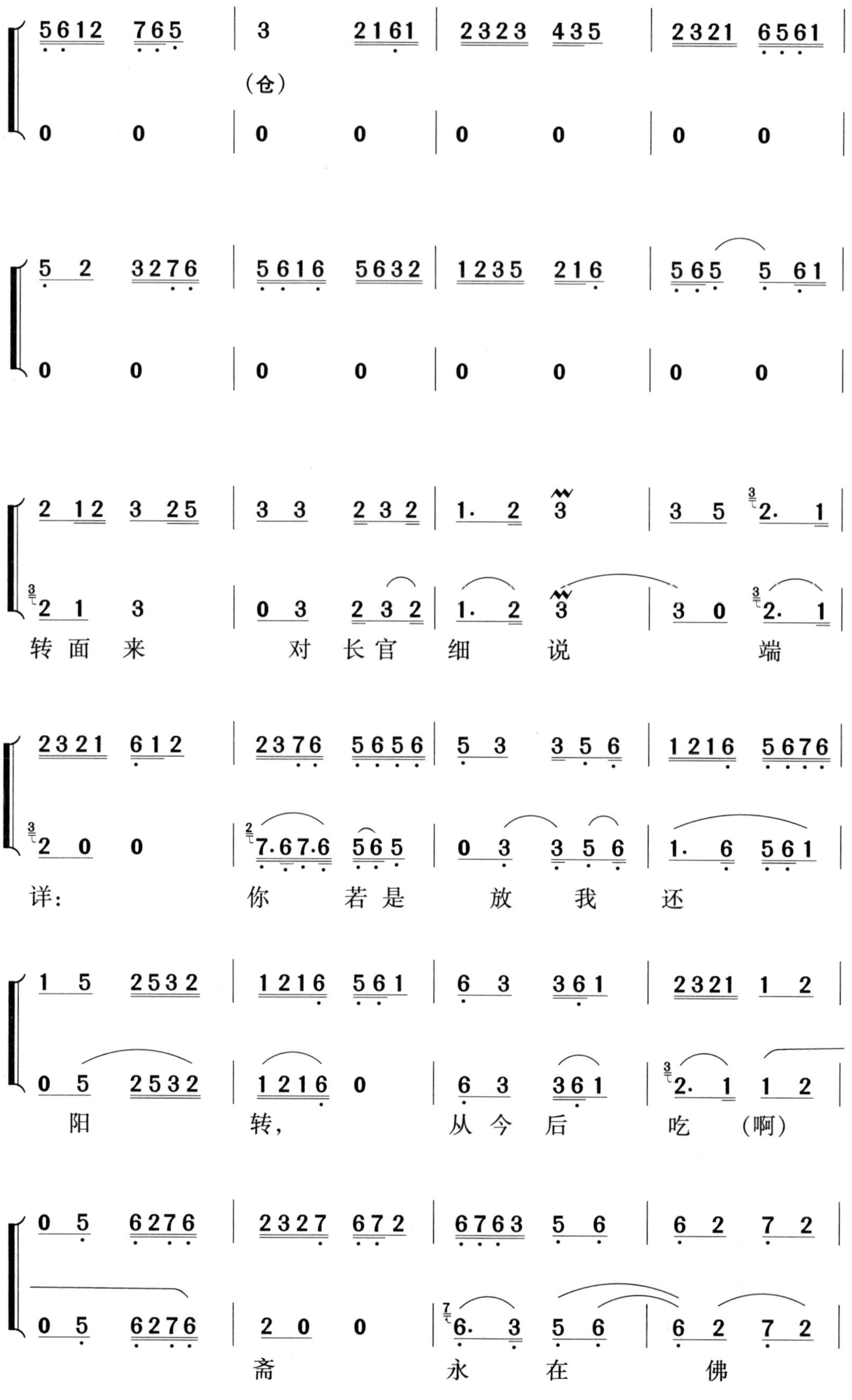
（仓）
转面来
对长官细说
端
详：
你若是放我还
阳
转，
从今后吃（啊）
斋
永在佛

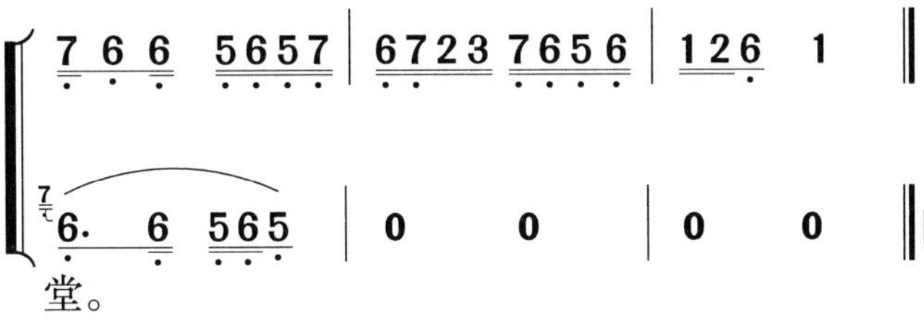

【住头】(小鬼甲、小鬼乙"归正")

大　鬼　（念）善恶分明路两条，

详察人间无二毫。

阴曹法度我现管，

恶者轮回受煎熬。【五锤】

你这泼妇在阳世三间，打僧骂道、作恶多端。今日来到阴曹地府，受这样的轮回，你休来埋怨哪！

刘清提　啊长官，想这公门之中，正好修行。何不将就将就！

大　鬼　嗯？将就将就？前生做下今生受。过了此山，还有一十八层地狱呢！

刘清提　但不知前面什么所在？

大　鬼　你来看哪——（指前方）乃是滑油山！【住头】

刘清提　何为滑油山？

大　鬼　你这泼妇，在阳世三间，竟用荤油点起佛前之灯。我佛不受，堆积如山，候你到来，要从此过山呢！

刘清提　只怕难过。

大　鬼　难过难过，何不当初莫做！

刘清提　只怕过不得。

大　鬼　哼！过不得也要过！跌将下来粉身碎骨，一阵阴风解往酆都而去呀！

刘清提　【叫头】啊长官！你若将我放回阳间，从此清油点起佛前之灯！（八仓）

大　鬼　纵然放你还阳，只是难灭你那心头火！（仓）

刘清提　何为心头火？

大　鬼　心头火你不晓得，鬼卒们！

小鬼甲乙　呜！（八仓）

大　鬼　你们将她带好，我说与她听！（大鬼将手中锁链交给小鬼乙，小鬼乙把刘清提拉到"小边"。大鬼拉"云手"）

大　鬼　【扑灯蛾】心头火来，心头火，（大鬼拉"山膀"，后念白按〔数板〕节拍）

提起根由非小可。

出生本是一星星，

一团私欲（顷仓）来包裹。（大鬼转身拉"云手"）

不顾君，不顾亲，

不顾兄弟来不顾嫂。

只图自己的温和饱，

哪管他人毛发焦。

贪淫坠乱结孽冤，

杀人(仓)放火(顷仓)(大鬼"飞脚")逞强暴。（大鬼"扫堂腿"、"旋子"）

一把干柴已烈烧，
阳间做恶知多少。
若要点起佛前灯，
除非灭却（仓）心头火！

嘚！拉着走！【长锤】

小鬼甲乙 走！

〔小鬼乙把锁链交给大鬼，左转身小圆场归原位；小鬼甲同时右转身小圆场归原位；同时大鬼左转身拉刘清提在台中走小圆场。

大　鬼 走！

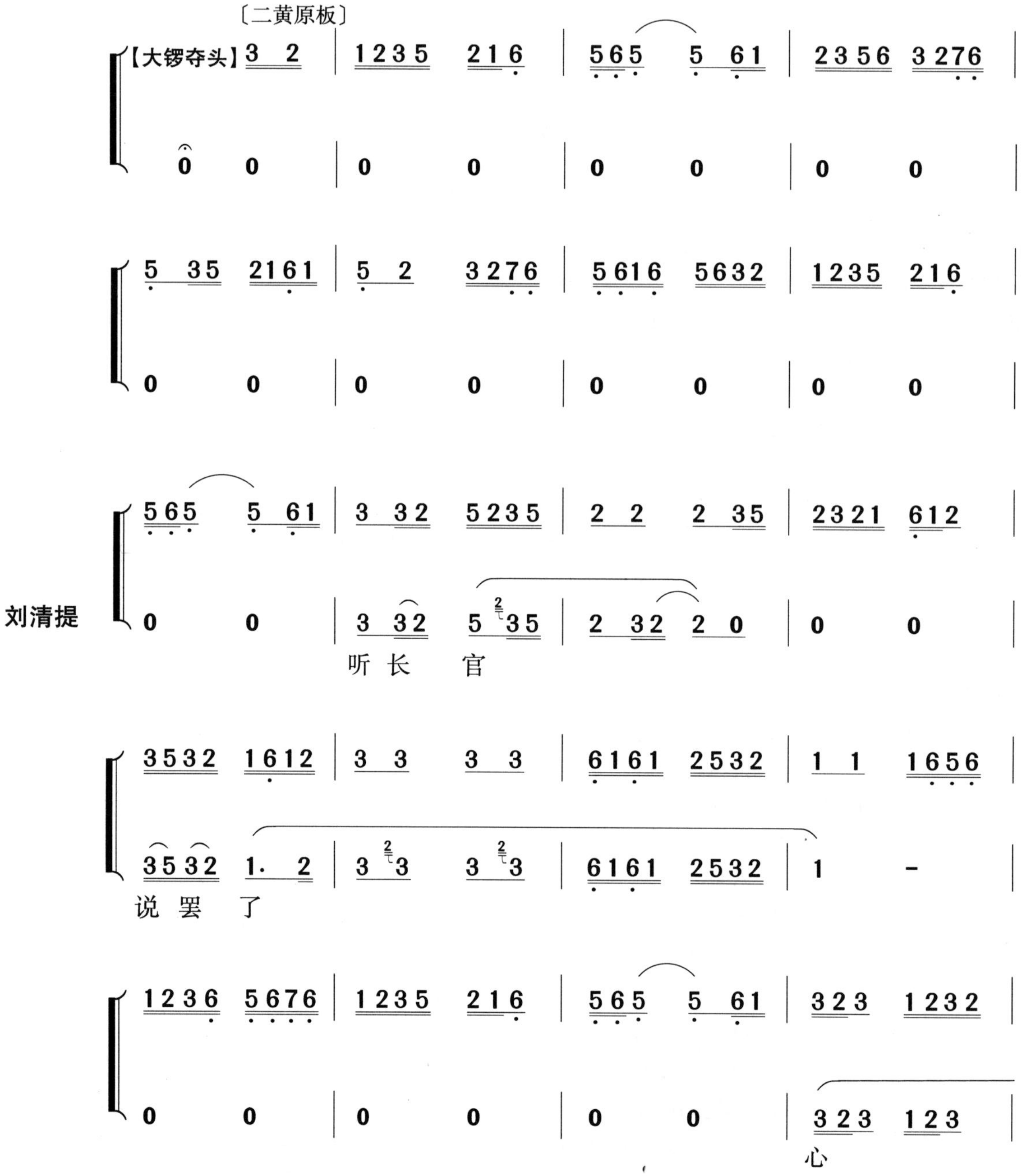

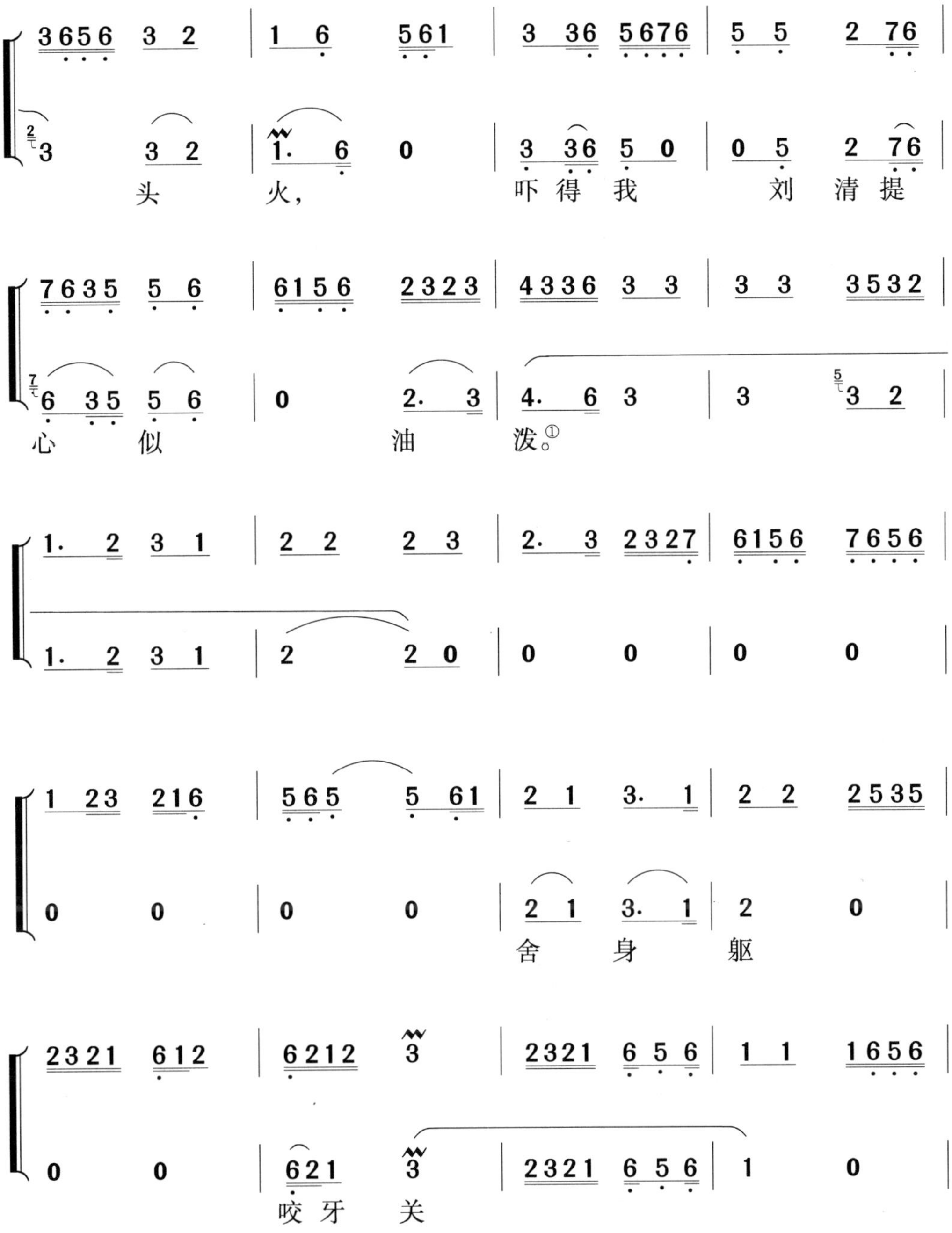

① 刘少峰先生与王元清先生教授时，此句为：

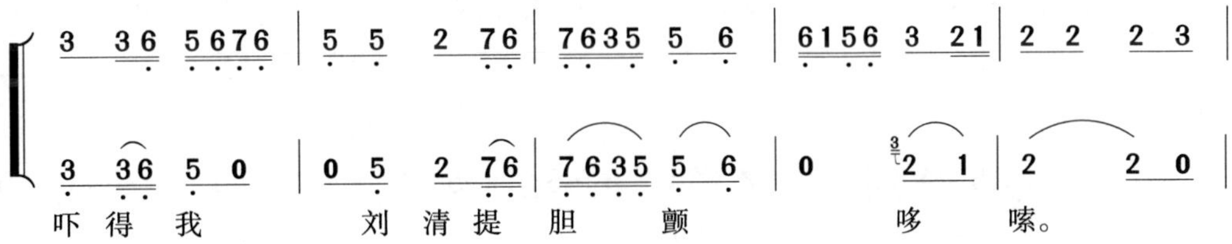

（前后节奏与原唱相同）

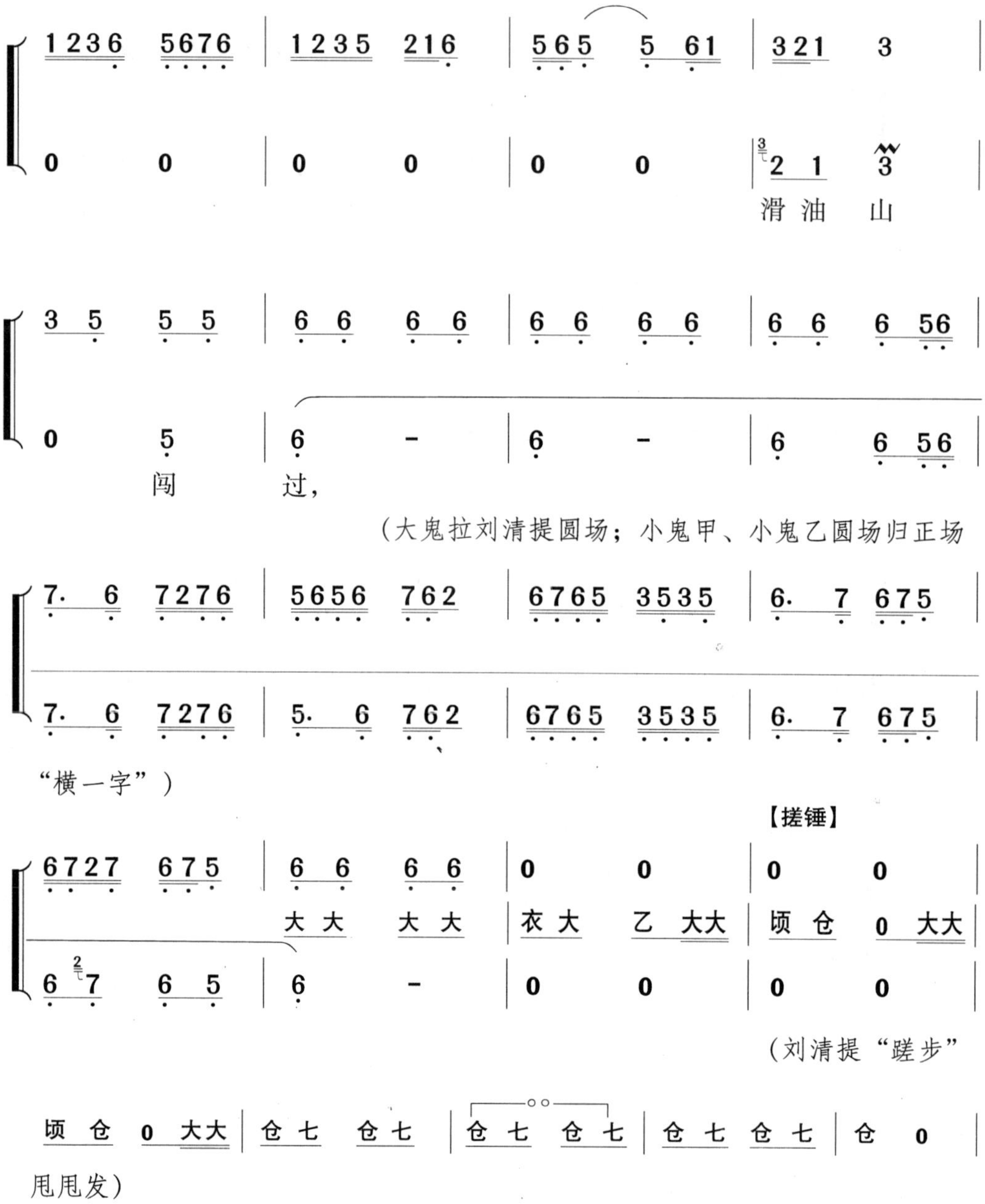
滑油山
闯 过，
（大鬼拉刘清提圆场；小鬼甲、小鬼乙圆场归正场
“横一字”）
【搓锤】
大大 大大
衣大 乙大大
顷仓 0 大大
（刘清提“蹉步”
顷 仓 0 大大
仓 七 仓 七
仓 七 仓 七
仓 七 仓 七
仓 0
甩甩发）

大 鬼 走！

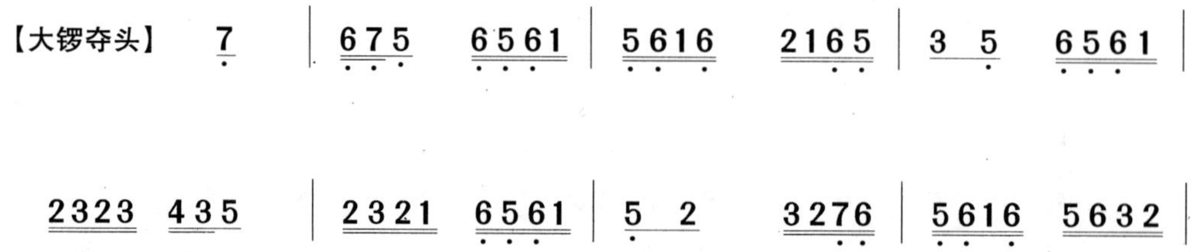
【大锣夺头】

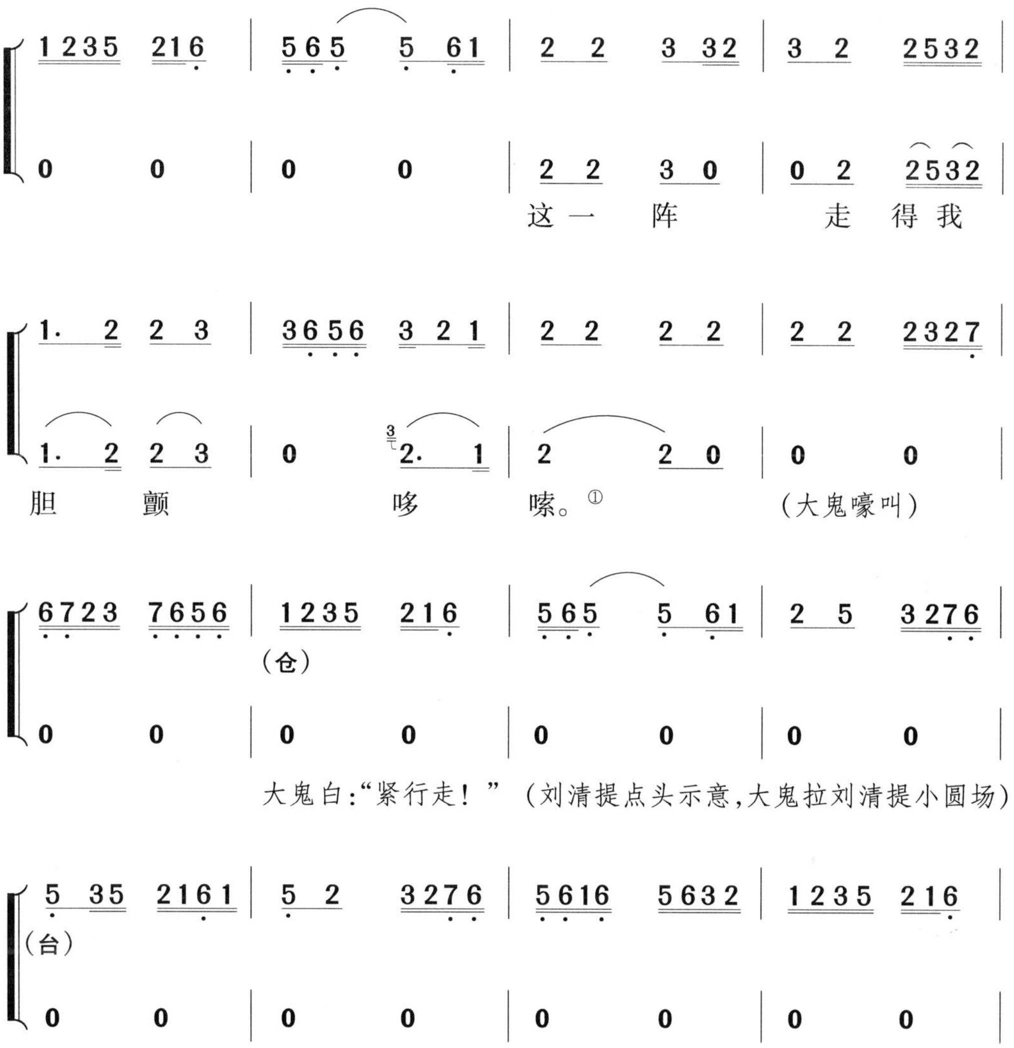

① 刘少峰先生和王元清先生教授时，此句均为：

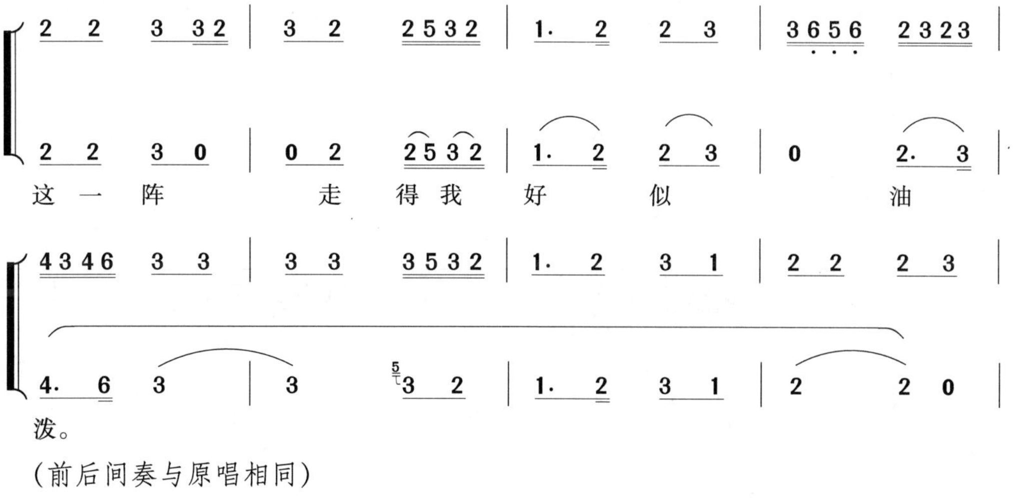

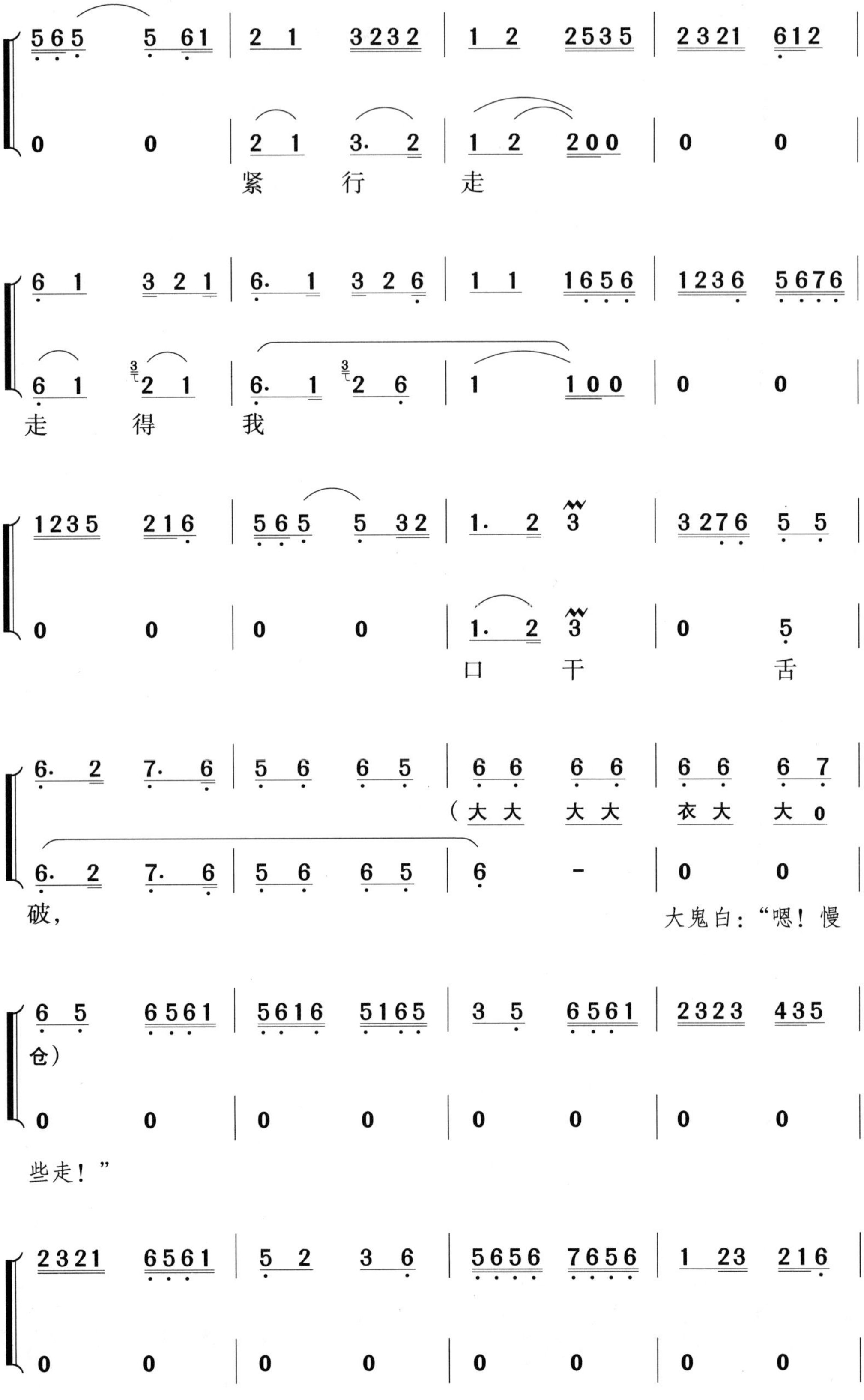
紧 行 走
走 得 我
口 干 舌
破，
（大大 大大 衣大 大 0
仓）
大鬼白：“嗯！慢
些走！”

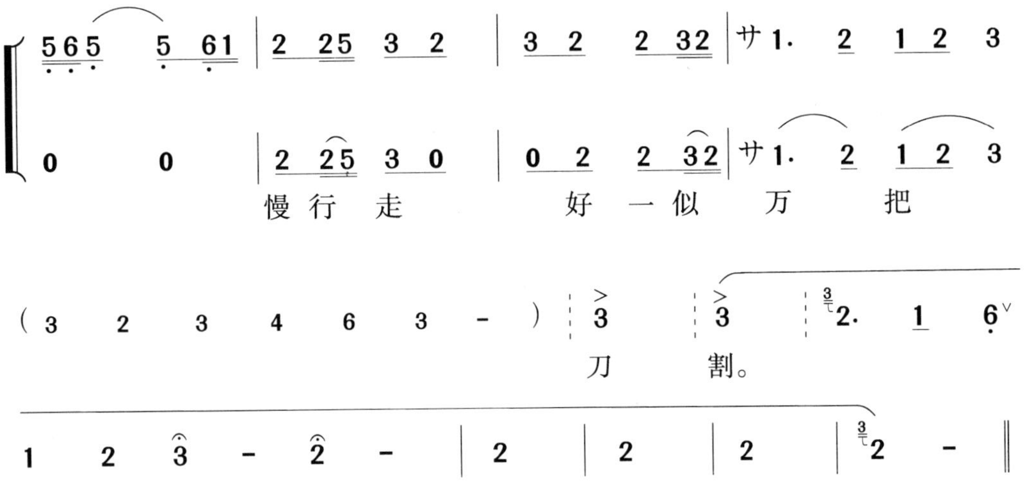

〔亮弦〕

大 鬼 泼妇!(仓)你要叫天!【撕边】(大鬼左手指向前上方)サ(5 6 1 2 -)

〔二黄散板〕

刘清提 【大锣双楗凤点头】サ(5 - 3 2 3 3 2 16 3 6 5 -)

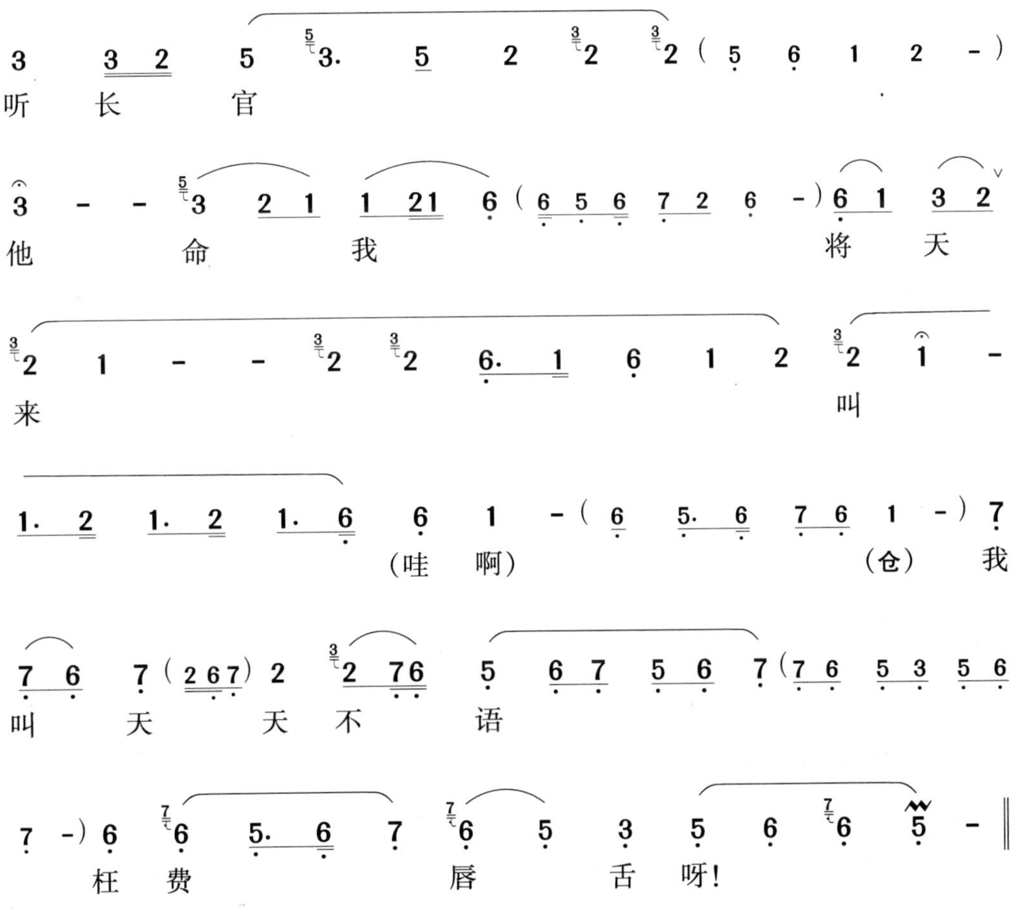

〔亮弦〕

大　鬼　泼妇！（八大仓）你要叫地！**【撕边】**（大鬼左手指地面）サ（3 2 16 6 5 –）

刘清提　**【大锣双楗凤点头】**　サ（6 5 – 3 2 – 3 – 2 16 6 5 –）

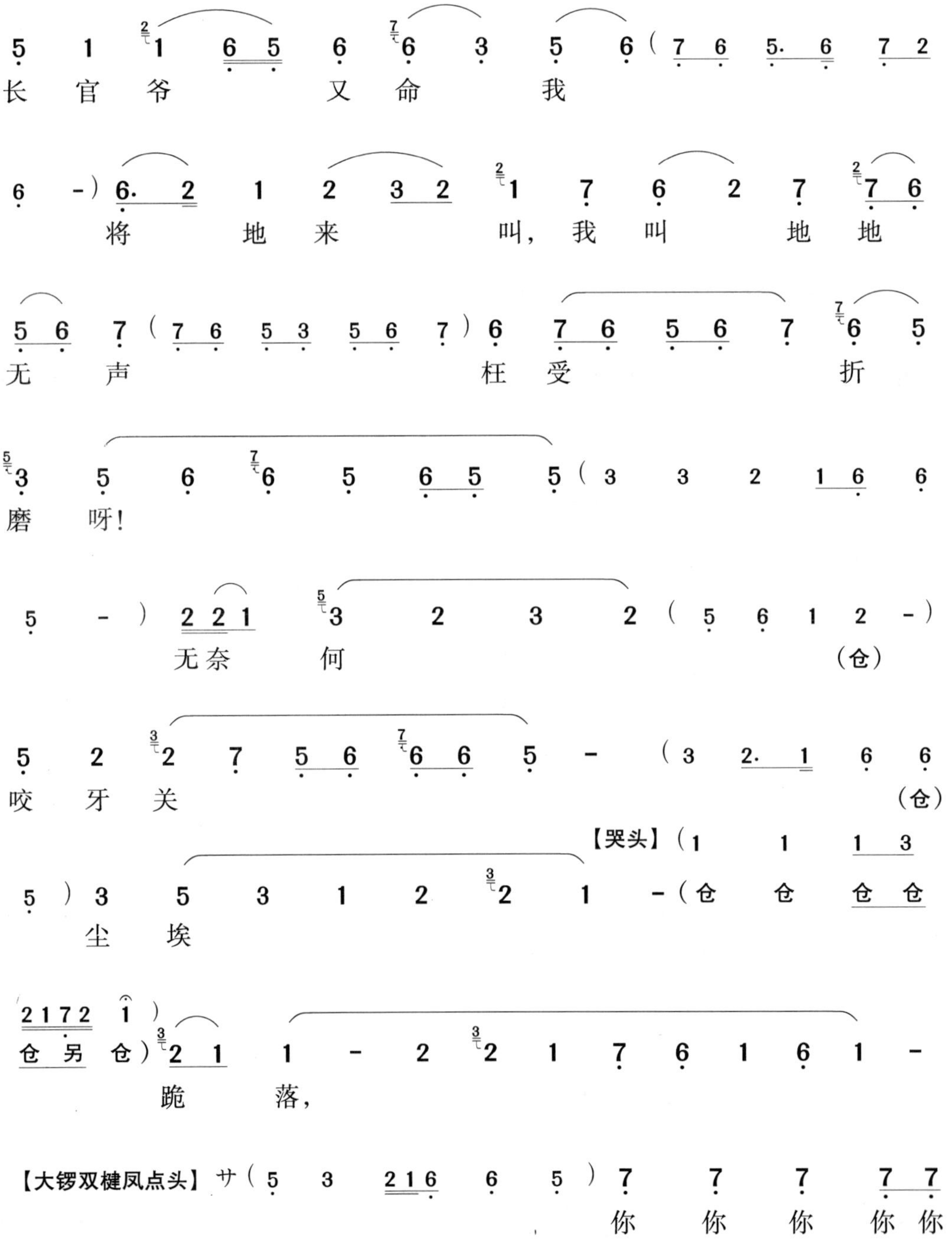

（刘清提跪求，大鬼蔑视）

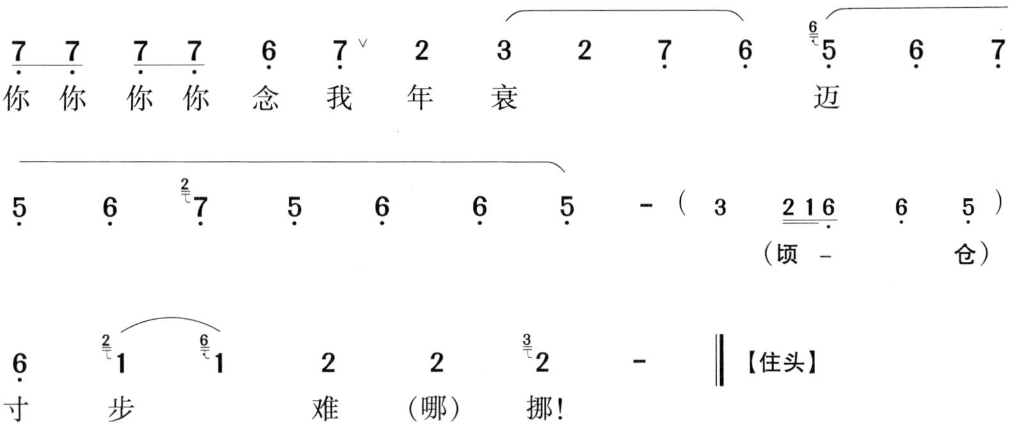

大　鬼　哼哼！你这泼妇走不动了？分明又在撒赖！嘚鬼卒们！

小鬼甲乙　呜！

大　鬼　俺在前面拉，你们在后面打。嘚，押着走！

小鬼甲乙　呜！

〔**【急急风】**小鬼甲、小鬼乙架起刘清提，大鬼拉刘清提同至“小边”台口[①]，刘清提向后甩甩发，跪下，**【撕边】**小鬼甲、小鬼乙用狼牙棒打刘清提，大鬼拉刘清提，刘清提向“下场门”方向跪蹉步。

大　鬼　走！（仓）

〔大鬼拉刘清提“垛泥”亮相。

〔奏唢呐曲牌<尾声>后半段。

——剧　终

① 刘少峰先生教授时，此处大鬼突然向上抖锁链，刘清提腾空“屁股坐子”落地。

王　淼　整理　　　　李世英　记谱

太君辞朝

根据李多奎1955年实况录音整理

《太君辞朝》一名《长寿星》，又名《黄花国》，取材于《杨家将》鼓词。

宋仁宗（赵祯）时，黄花国造反。杨家将三代多已丧亡，佘太君率府中众儿媳及女儿前去征讨，得胜还朝。宋仁宗设宴庆功。太君因男丁多殁，只留有曾孙杨藩，遂写本上殿，告老辞朝。仁宗慰留不得，乃率百官于十里长亭为太君饯行。川剧、汉剧、滇剧、豫剧、晋剧、同州梆子、河北梆子均有此剧目。

京剧《太君辞朝》是前辈龚云甫的代表作之一。龚云甫（1862—1932），名瑗，又名世祥。先习老生，后改老旦，1904年承差昇平署。《都门纪略》（1906年版）载其所擅剧目除《打龙袍》、《游六殿》之外，还有这出《太君辞朝》。龚氏素有“剧界革命党”之称，对老旦行的唱、念、做均有革新，对老旦行的发展贡献甚大。尤其是在唱腔方面，过去老旦的唱腔只是一味地追求多句连唱，被讥为“贫腔”，俗而不美；龚云甫为了突出老旦行的女性特点，大胆吸收了青衣腔中的旋律，把旦行娇脆柔媚的特点和老生苍劲的味道融合在一起，创造了老旦独特的演唱风格。

清末民初，龚派唱腔风靡一时，学者甚多，以卧云居士和李多奎最佳。李多奎曾跟龚云甫的琴师陆彦庭学胡琴，后又经他调嗓，对龚云甫的行腔特点领会很深。彼时，与龚云甫同时的老旦名家罗福山、谢宝云也各有千秋，李多奎便兼取三家之长，并结合自己的嗓音条件，创立了苍迈清越、韵味醇厚的老旦新腔，世称李派。

李多奎善于以唱腔来刻画人物。在该剧中有一段〔二黄快三眼〕“佘氏女在金殿一本启奏”，已成为李派唱腔的名段。一般来说〔快三眼〕在传统京剧中多作为综合板式唱段中的一个层次，用于〔原板〕之前或〔慢板〕之后，由〔原板〕派生出来，节拍与行腔扩展近乎一倍，由“一板一眼”变为“一板三眼”，这种速度稍快的板式更便于激越、婉转地抒发内心的感情。百岁老人佘太君平定黄花国得胜还朝后，目睹夫、子、孙一个个血洒疆场，为宋室社稷捐躯，只剩曾孙杨藩一脉单传，还屡遭奸臣陷害，虽然胜利而归也难得喜悦，只有悲怨，因此要告老还乡。面对宋仁宗倾诉苦衷，有如黄河之水，一泻千里。最后一句“万岁爷呀”的拖腔，是对皇帝的恳求，行腔委婉平缓却在曲调中蕴含着惨淡苍凉，实为绝唱。

李多奎的《太君辞朝》虽师承龚云甫，但经他不断加工提炼又有了自己的特点，使主题鲜明、唱念精练、节奏紧凑。例如，删去了原来的“太君坐场”，直接由宋仁宗金殿宣召引出主题。“长亭饯别”保留了感染力极强的〔西皮导板〕“佘氏女哭出了帅府门”和几段〔西皮流水〕，删去了对包拯等大臣的三番谢别。这些改动更适宜欣赏者的需求，避免了拖沓。

此剧本是根据李多奎先生1955年演出实况录音整理记谱的，鼓师张继武，琴师周文贵。

为给研究者提供翔实的资料，整理者特将传统演法“太君坐场”附于剧本之后，其中〔二黄慢板〕“宋王爷坐江山风调雨顺”的唱段是李多奎亲授其长女维茵，由其小女世英记录整理的，其他如“引子”、“定场诗”等，亦经过李多奎生前的学生刘桂欣、赵鸣华的核实。

王 森　东 辰

人物行当

佘太君	老旦	穆桂英	旦
宋仁宗	老生	杨排风	旦
包　拯	净	二大太监	生
岳世奎	老生	四小太监	杂
姜洪顺	丑	车　夫	杂
王恩慕	净	二旗牌	杂

服装扮相

佘太君　俊扮。老旦冠、香色绸条、白网子、勒子，朝珠、香色蟒、小绦子，绿色彩裤，福字履。

宋仁宗　俊扮。王帽、黑三，黄蟒、玉带，红彩裤，厚底。

包　拯　勾专用脸。黑相纱、白满，黑蟒、玉带，青彩裤，厚底。

岳世奎　俊扮。忠纱、黲三，白蟒、苫肩、玉带，青彩裤，厚底。

姜洪顺　丑扮。圆纱、黑八字吊搭，绿蟒、玉带，红彩裤，朝方。

王恩慕　勾白三块瓦。尖翅纱帽、黑满，紫蟒、玉带，红彩裤，厚底。

穆桂英　俊扮。梳大头、线尾子、点翠头面，紫或蓝绣花帔、白绣花裙，浅色彩裤，彩鞋。

杨排风　俊扮。梳大头、抓髻、面牌，红打衣打裤、战裙，坎肩、腰巾，彩薄底。

二大太监　俊扮。大太监帽，圆领大太监服，红彩裤，厚底。

四小太监　俊扮。小太监帽，太监服、黄绦子，青彩裤，薄底。

车　夫　俊扮。毡帽，蓝布箭衣、大带，青彩裤，薄底。

二旗牌　俊扮。大板巾，蓝素箭衣、马褂、大带，青彩裤，厚底。

道具

桌子	一张	椅子	两把
黄龙桌围	一份	椅披	一份
香炉	一个	托盘	一个
表本	一张	牙笏	四只
酒斗	两只	酒壶	两个
龙头拐	一根	云帚	两把
马鞭	两根	车旗	两副

第　一　场

「正场桌“大座”。**【大锣原场】【撤锣】**

「众朝臣内白：“嗯喷！”**【小锣打上】**

「包拯、岳世奎、王恩慕、姜洪顺“上场门”上，整冠捋髯，至台口站“横一字”。**【小锣归位】**唢呐曲牌＜点绛唇＞**【小锣住头】**

包　拯　老夫包拯。

岳世奎　下官岳世奎。

王恩慕　下官王恩慕。

姜洪顺　下官姜洪顺。

包　拯　列位大人请了。

岳世奎
王恩慕　（同白）请了！
姜洪顺

包　拯　今有太君征战黄花国得胜还朝，已在午门候旨。少时万岁登殿，把本启奏。

「四人同时翻袖、回身，向“上场门”一望，众人左右分开。

包　拯
岳世奎
王恩慕　（同白）香烟缭绕，圣驾临朝。分班伺候。（拱手两边分下）
姜洪顺

「胡琴曲牌＜二黄小开门＞四小太监、二大太监上场“站门”，宋仁宗上。

宋仁宗　（引子）龙门展放，众文武

サ1　2　3　2　³2　6̣　7̣　2　³2　6̣　-　‖

朝　拜　孤　　　　　　　　　　王。

「宋仁宗右转身归“大座”，太监归里站。四官两边分上，台口面里站一排。

包　拯
岳世奎
姜洪顺　臣等见驾，吾皇万岁！（跪拜）
王恩慕

宋仁宗　众卿平身。

包　拯
岳世奎
王恩慕　万万岁！（起身站两边。曲牌止）
姜洪顺

太君辞朝

宋仁宗　（念诗）黄花国内起风波，
　　　　黎民涂炭受折磨；
　　　　多亏太君来辅助，
　　　　孤王才得掌山河。**【小锣归位】**
孤，大宋天子赵祯，年号至和。**【小锣住头】**自登基以来，海晏河清，民安国泰。只因黄花国作乱，蒙太君领兵征剿。前三日火牌进京，太君得胜还朝，今当设立早朝。众卿！

包　拯
岳世奎
王恩慕
姜洪顺　臣。

宋仁宗　有本早奏。
包　拯　臣启万岁：今有太君征战黄花国得胜还朝，已在午门候旨。
宋仁宗　替孤王传旨，宣太君上殿。
包　拯　领旨。（走至台中）万岁有旨，太君上殿。（归原位）
〔佘太君内白："领旨。"
〔**【小锣旦上场】**杨排风托表章本引佘太君上，至台口抖袖。
佘太君　修下辞王表，
上殿奏当朝。（**台大台**）
佘氏女见驾吾皇万岁！（拜揖）
宋仁宗　太君平身。
佘太君　万万岁！
宋仁宗　赐绣墩。
佘太君　谢座。啊，众公卿！（向众臣拱手）
众　臣　太君。**【小锣归位】**（佘太君坐下）
宋仁宗　太君将征战黄花之事，奏与寡人知道。
佘太君　臣妾代主征剿黄花，且喜一战成功，那贼不战自退，写下降书顺表，年年进贡，每岁来朝。
宋仁宗　太君之功。
佘太君　我主洪福。
宋仁宗　内侍。
二大太监　有。
宋仁宗　吩咐光禄寺，大摆筵宴，与太君贺功。
二大太监　遵旨。
佘太君　且慢！**【小锣一击】**（用手拦阻）臣妾有辞王表章，排风呈上。
杨排风　是。（呈表章与大太监）
宋仁宗　呈上来。
〔**【小锣五击】**杨排风将表章交与大太监，大太监呈宋仁宗。
宋仁宗　（观表）**【小锣一击】**呜呼呀！孤道什么太平表本，原来太君辞朝。如今干戈宁靖，皇封未赠，太君就要辞朝，叫寡人心下何忍？

佘太君 唉，万岁！

〔二黄快三眼〕

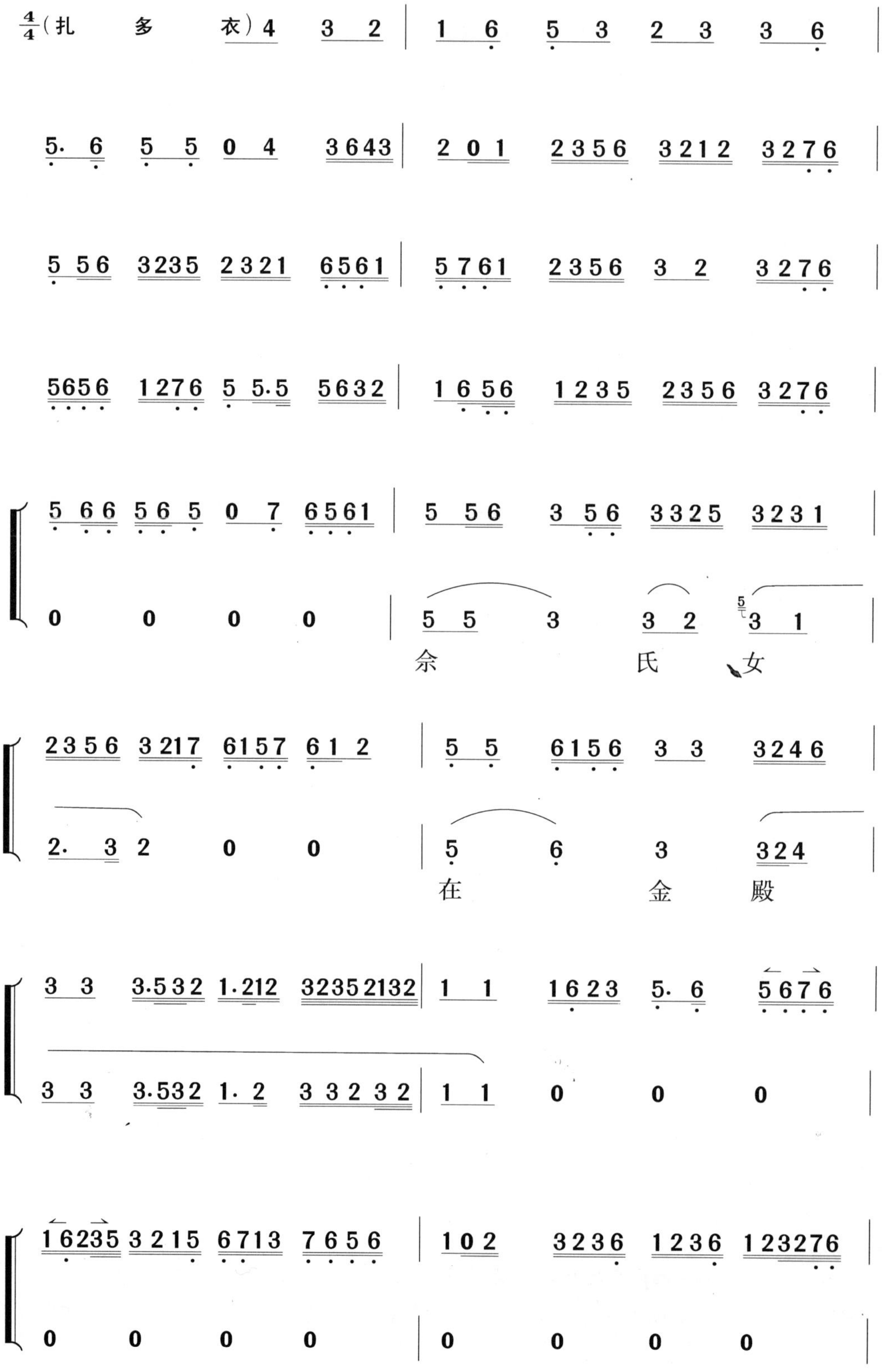

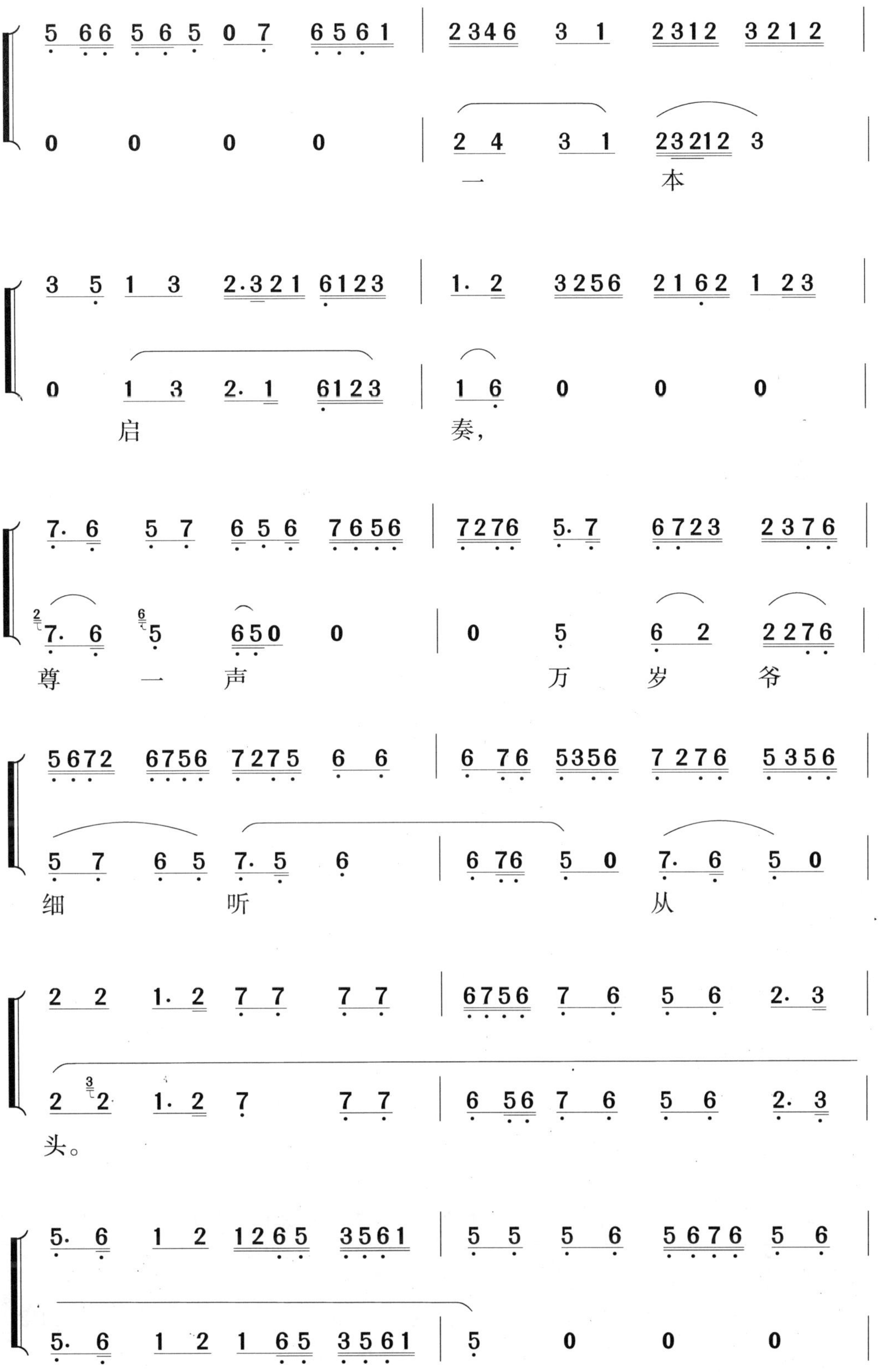
一 本
启 奏，
尊 一 声 万 岁 爷
细 听 从
头。

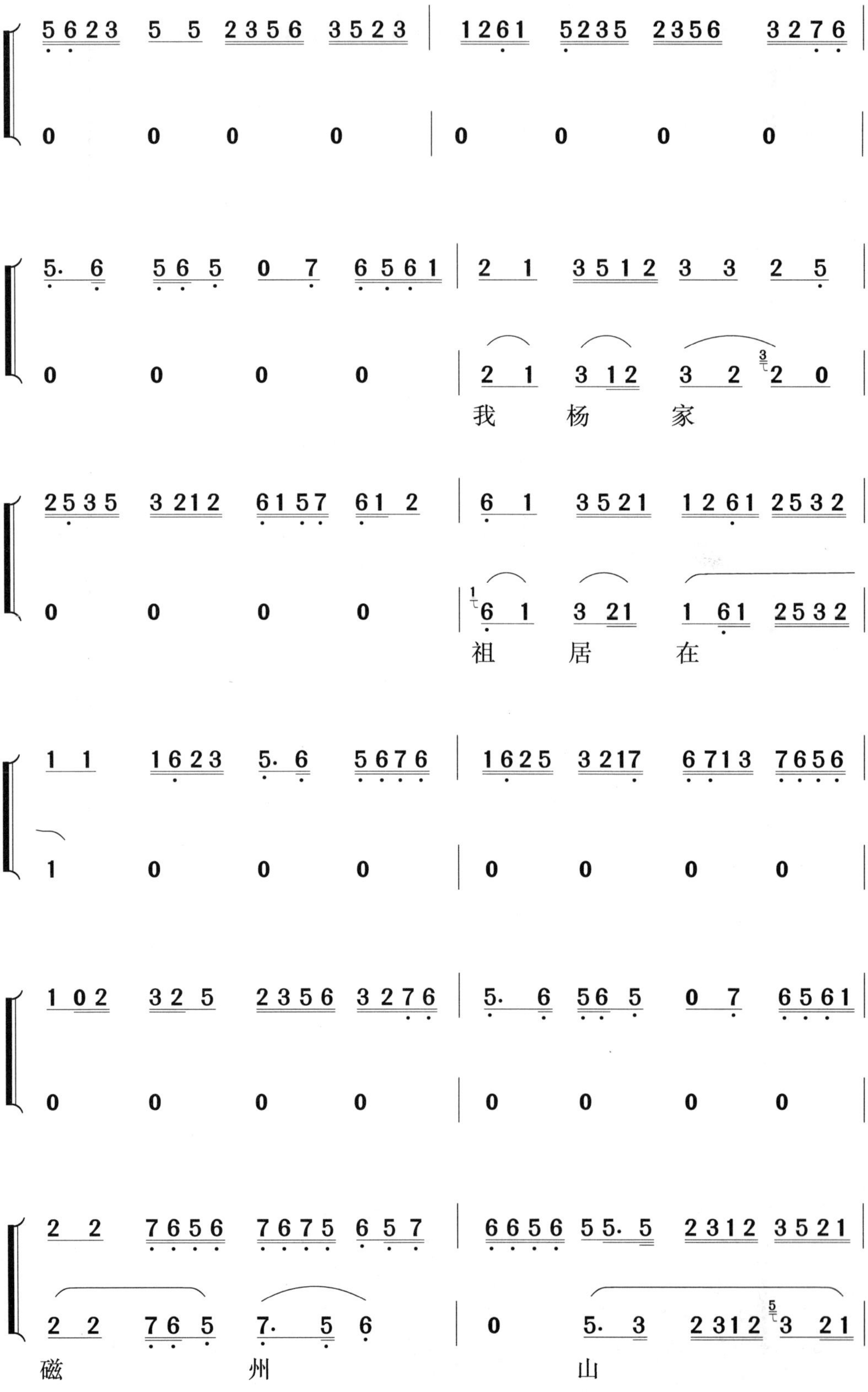
我 杨 家
祖 居 在
磁 州 山

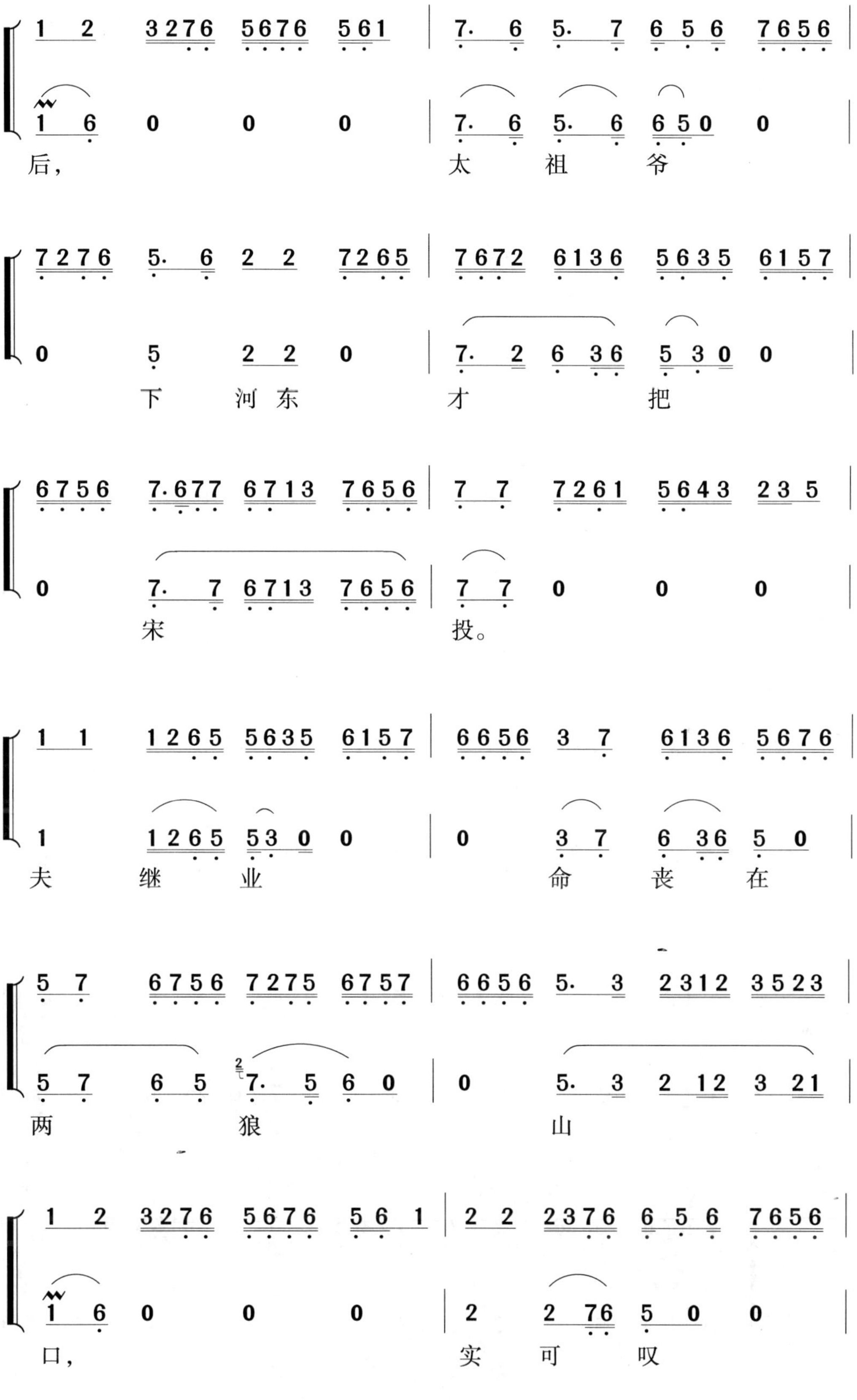
后，
太 祖 爷
下 河东
才 把
宋
投。
夫 继 业
命 丧 在
两 狼
山
口，
实 可 叹

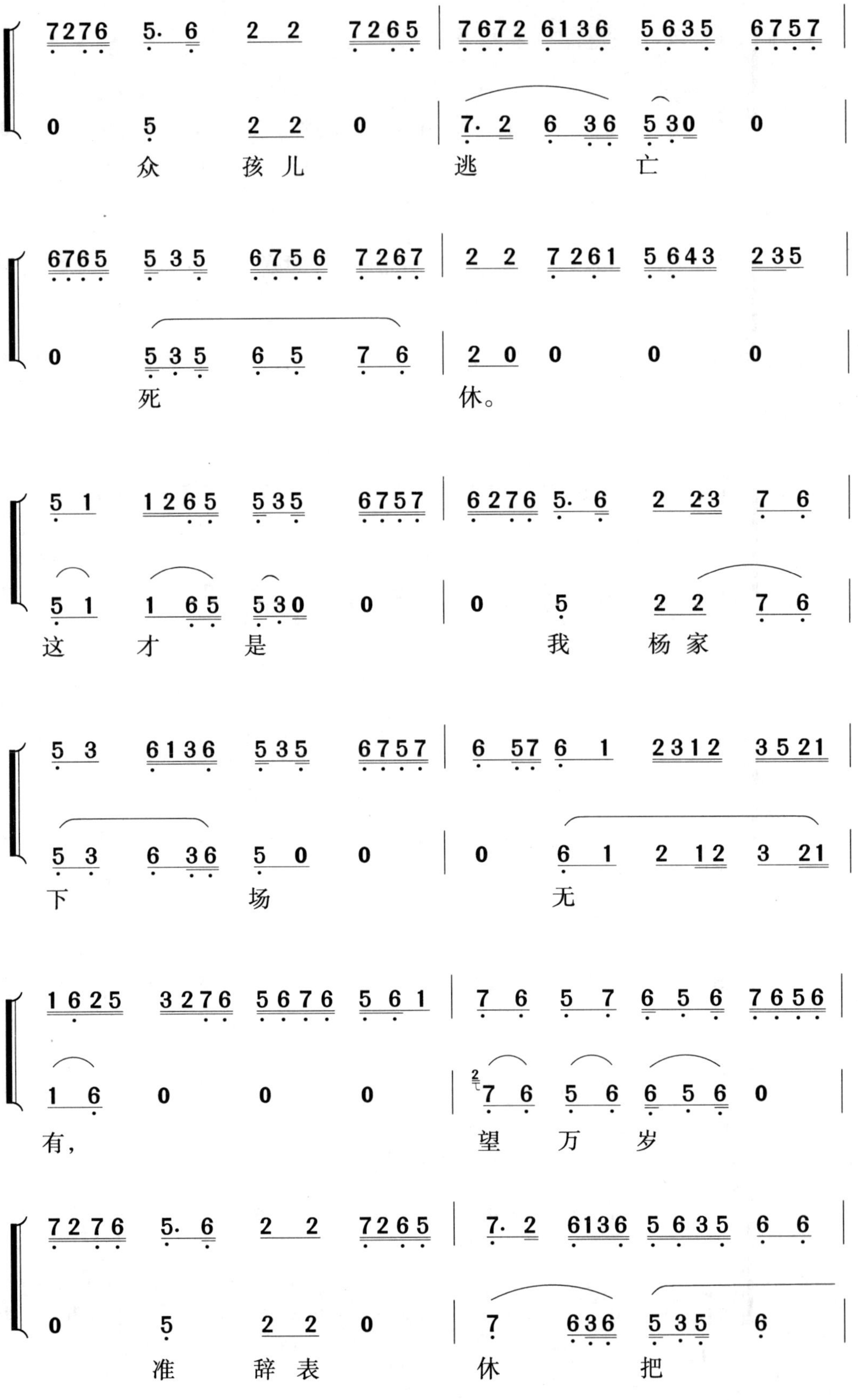
众 孩儿 逃 亡
死 休。
这 才 是 我 杨家
下 场 无
有， 望 万 岁
准 辞表 休 把

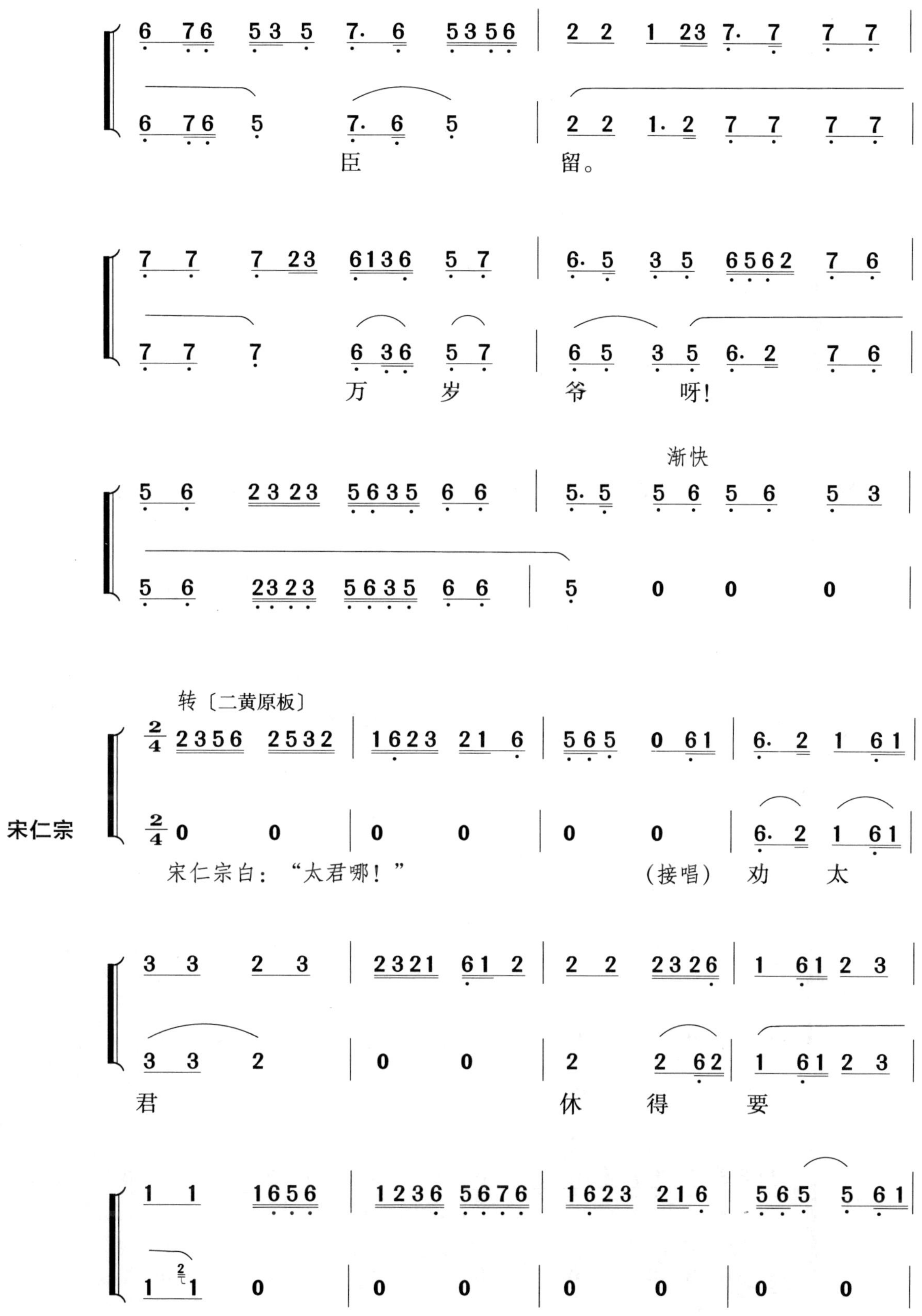
臣
留。
万 岁 爷 呀!
渐快
转〔二黄原板〕
宋仁宗
宋仁宗白：“太君哪！”
(接唱) 劝 太
君
休 得 要

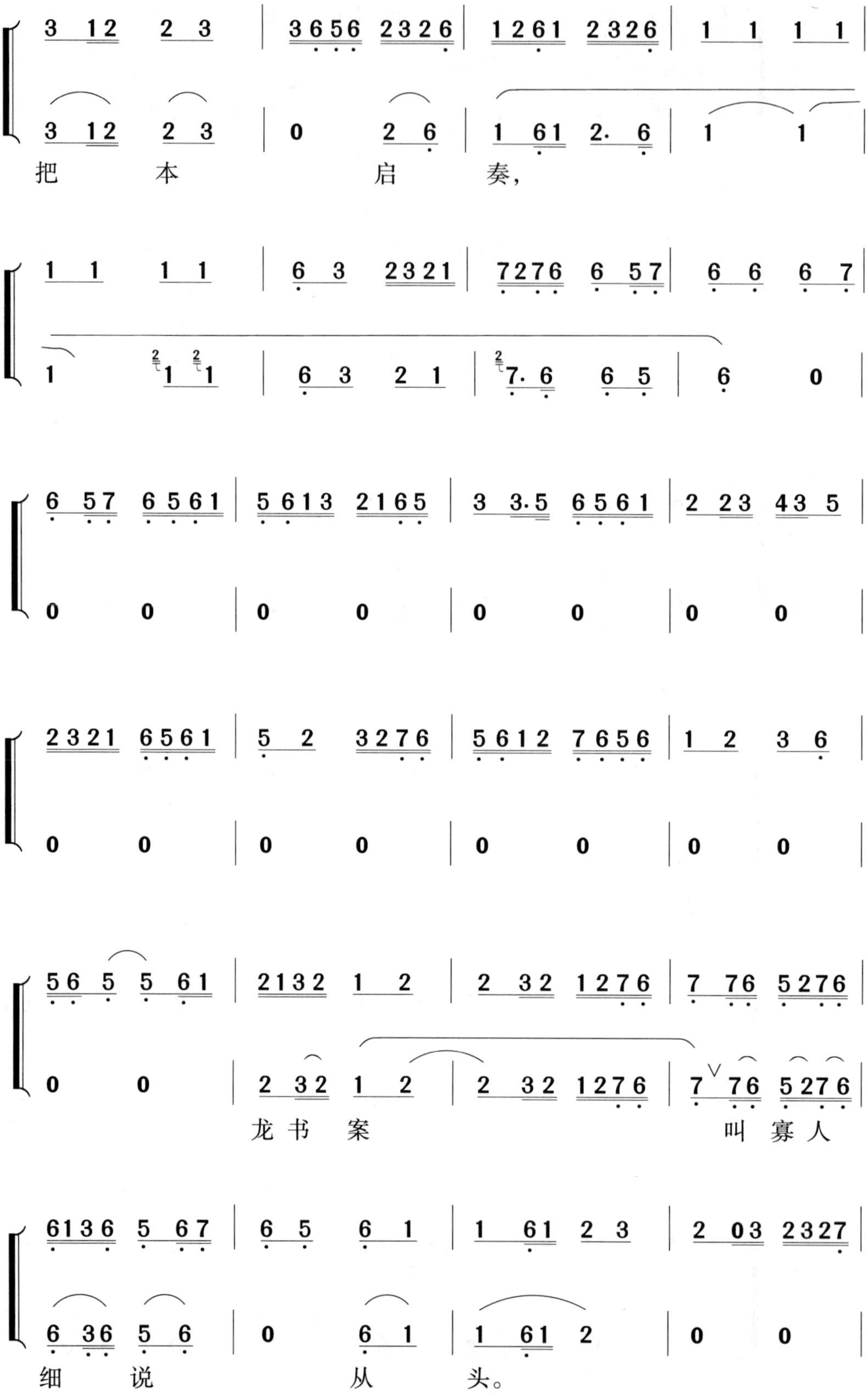
把 本 启 奏，
龙书 案 叫 寡人
细 说 从 头。

太君辞朝

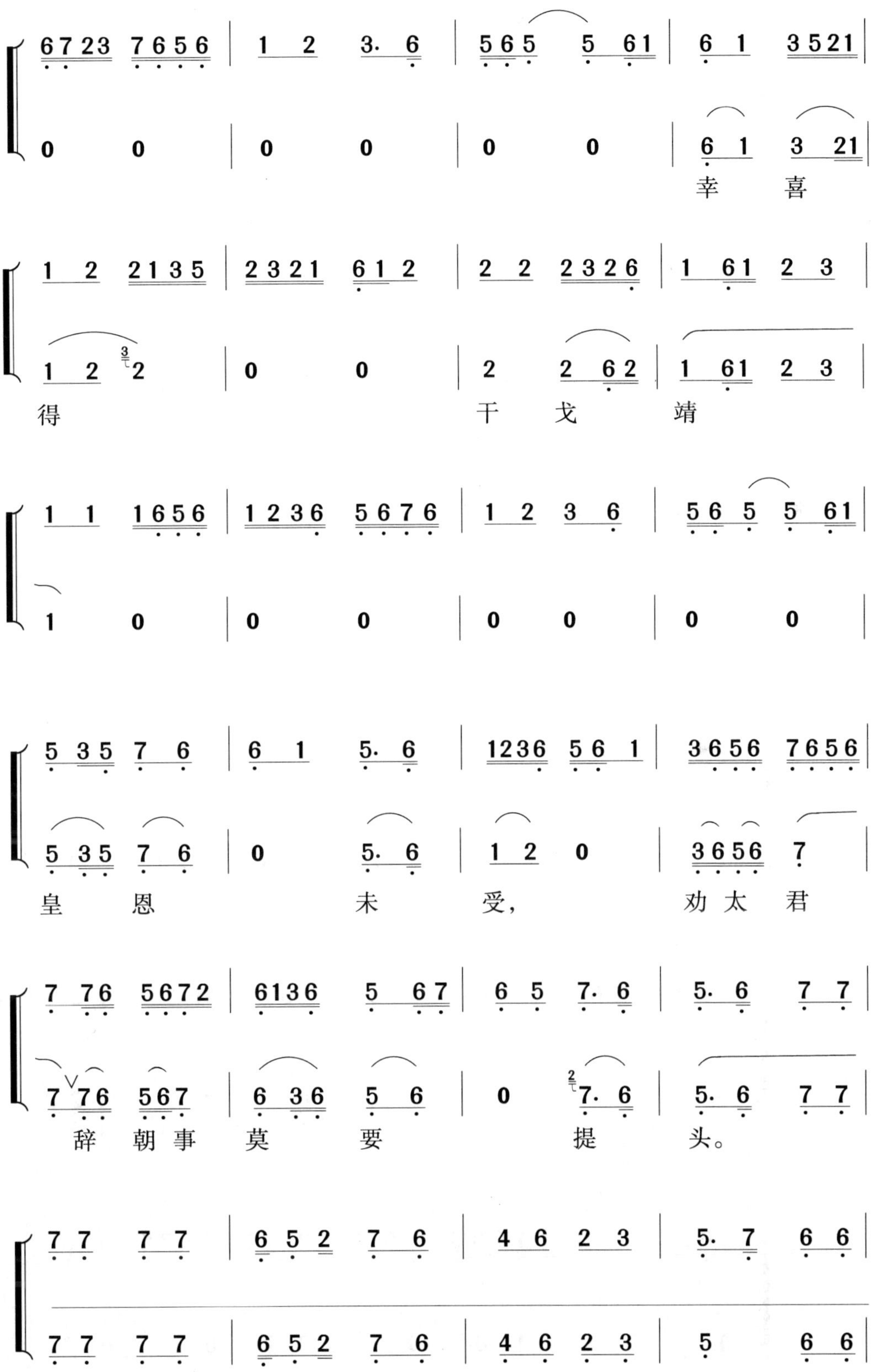

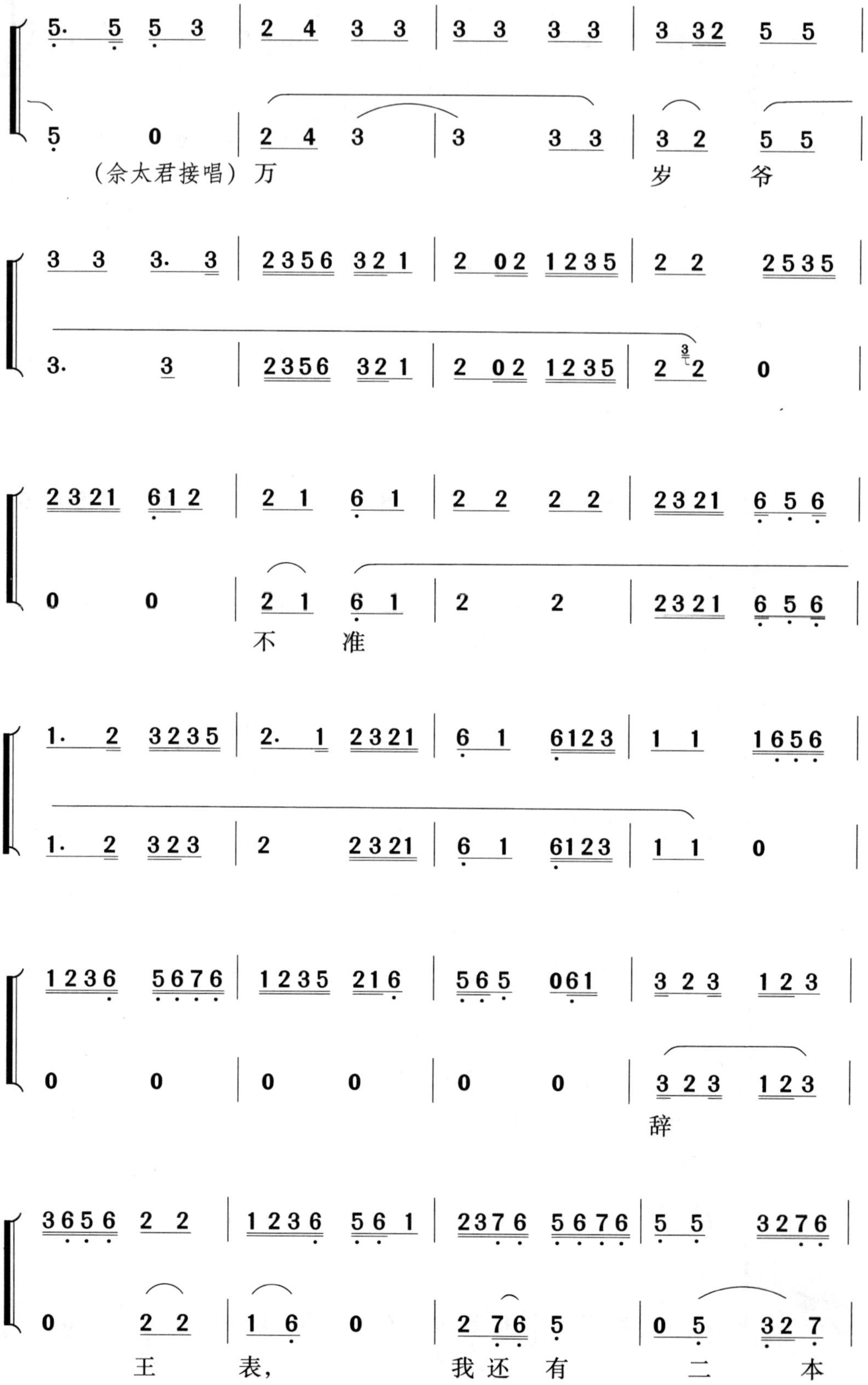
（佘太君接唱）万
岁 爷
不 准
辞
王 表，
我还 有
二 本

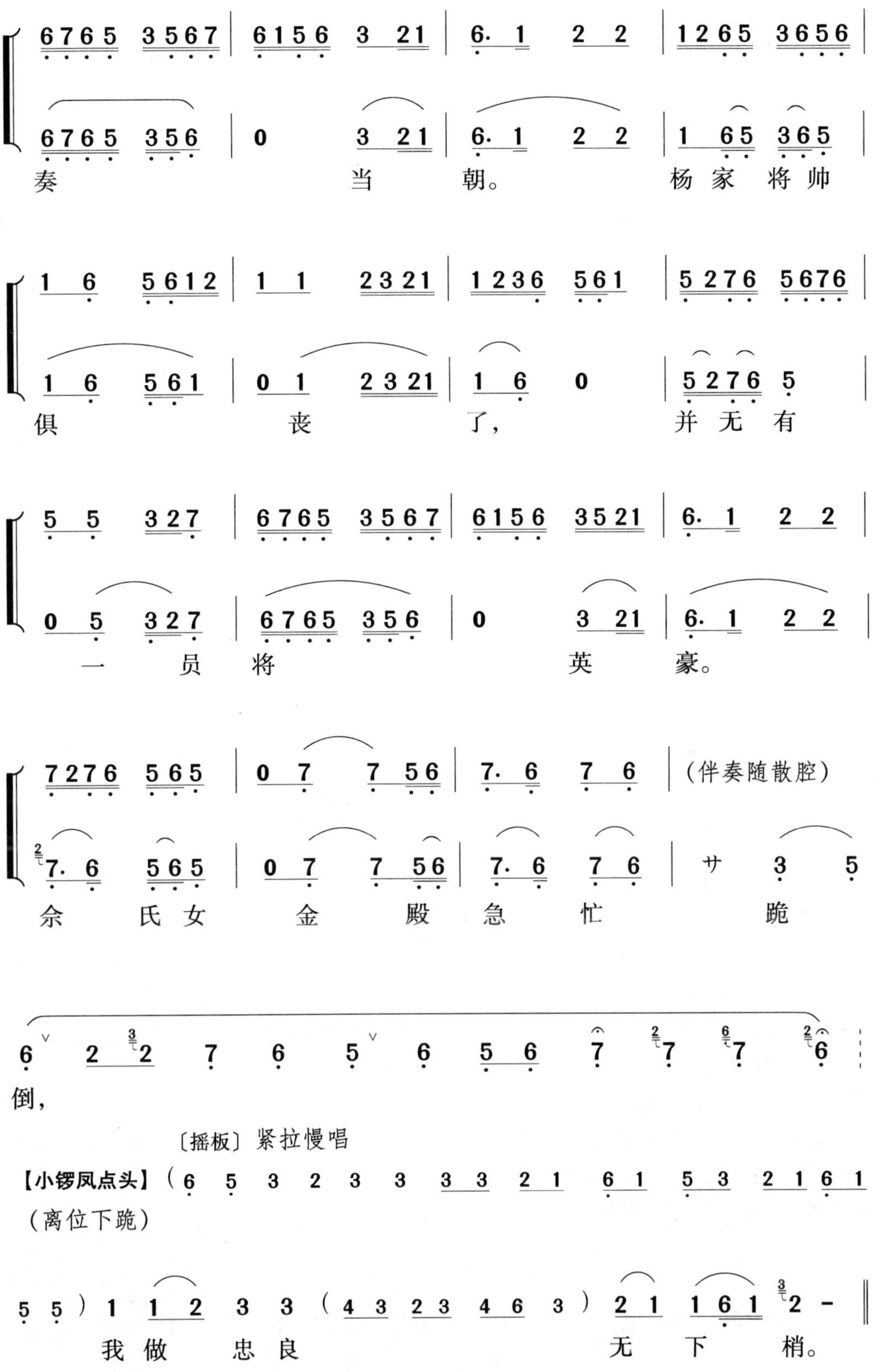

宋仁宗 平身！**【小锣凤点头】**（杨排风搀起佘太君）

〔摇板〕

(过门同前) 1 1 3 2 2 | 2 1 1 2 2 1 6 (6 5 6

见 太 君 金 殿 来 跪 倒,

7 6 1 6 5 3 2 1 6 1 5 5) 1 2 3

倒 叫 孤

3 3 2 1 1 6 1 3 2 (2 3 2 1 6 1

王 心 内 焦。

2 5 6 1 2) 7 6 5 3 7 7 6 (6

(众大臣拭泪) 两 班 文 (呐) 武

5 7 6) 3 2 5 6 1. 6 3 1 2 2 2 1

齐 把 泪 掉,

宋仁宗 包卿。

包　拯 臣。

宋仁宗 【小锣凤点头】(过门略) 1 2 3 3 1 2 1 6 1 2 (2 3 2 1 2) ‖

再 与 包 卿 说 根 苗。

宋仁宗 太君辞朝,孤准是不准?

包　拯 太君辞朝焉有不准之理。请问太君移居何地?日后我主思念功臣,也好差人问安。

宋仁宗 是呀!太君辞朝孤焉能不准。请问太君移居何处?日后孤思念功臣也好差人问安。

佘太君 臣妾闻得沟西番地在黄河套内,尚有清泉可饮,臣妾意欲就在那里安身。

宋仁宗 想那沟西番乃杨文广征服之地,将那一省钱粮拨与太君以做养老之费。

佘太君 龙恩太重了。

宋仁宗 太君几时启程?

佘太君 万岁开恩,明日启程。

宋仁宗 明日长亭备酒,与太君饯行。

佘太君 (站起)谢万岁!

〔摇板〕

【小锣凤点头】(过门同前) サ1 1 2 2 2 1 1 2 2 1 1 6 1 2 3 1. 2 1

谢 罢 万 岁 下 御 道,

〔【小锣抽头】杨排风搀太君出殿回身。

佘太君　（过门略）3　3 2　1　1 2　3　（4 3　2 3　4 6
从　今　再　不

3　）3　2 1　6 1　2　－　（2 3　2 1　2）‖
上　九　朝。

〔【小锣五击头】杨排风搀扶佘太君下。

宋仁宗　包、岳二卿。

包　拯
岳世奎　臣！

宋仁宗　明日长亭备酒与太君饯行。

包　拯
岳世奎　遵命。

宋仁宗　退班。

众　臣　请驾回宫。

〔【一锤锣】宋仁宗、众太监下。众臣出殿拱手分下。

第　二　场

〔【大锣原场】转【大锣水底鱼】二旗牌“站门”，岳世奎骑马扬鞭，上至台中。

岳世奎　下官岳世奎。【撕边一击】奉了万岁旨意，长亭与太君饯行。来！

二旗牌　有。

岳世奎　万岁到此，速告我知。

二旗牌　啊！

〔【大锣打下】二旗牌“插门”引岳世奎下。

第　三　场

〔空场。

〔宋仁宗内唱：

〔西皮导板〕

【大锣导板头】　サ（6　6　6　5　i　3.　1　2　2 1　6 2　1）　2　2
龙　车

1　2 5　3　2 1　2　2 1　6　1　－　6　3　5　3　3　3　2
凤　辇　出　皇　城，

「【中速长锤】四小太监、二大太监、四朝官"斜门"引宋仁宗乘车上。

转【夺头】〔原板〕

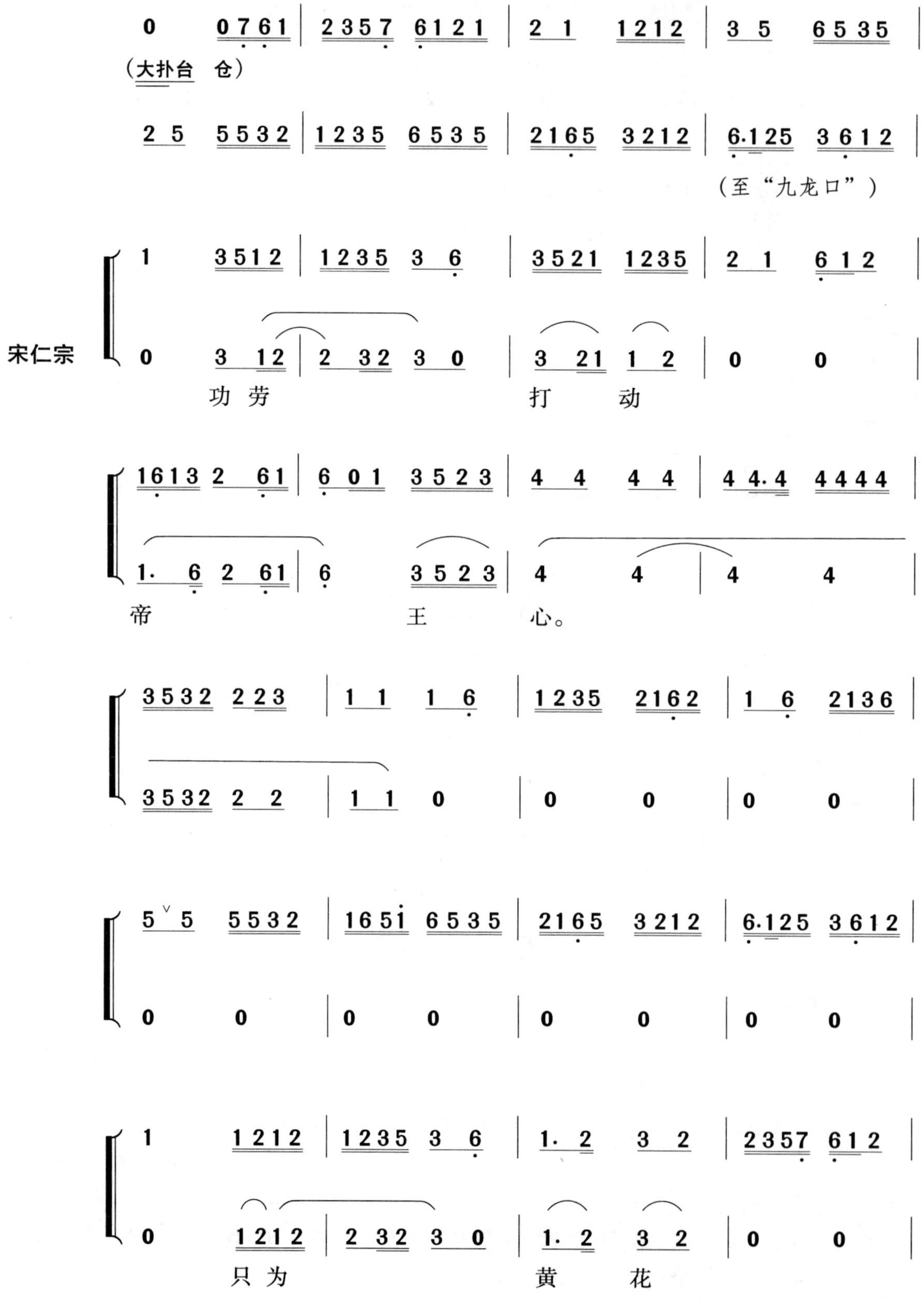

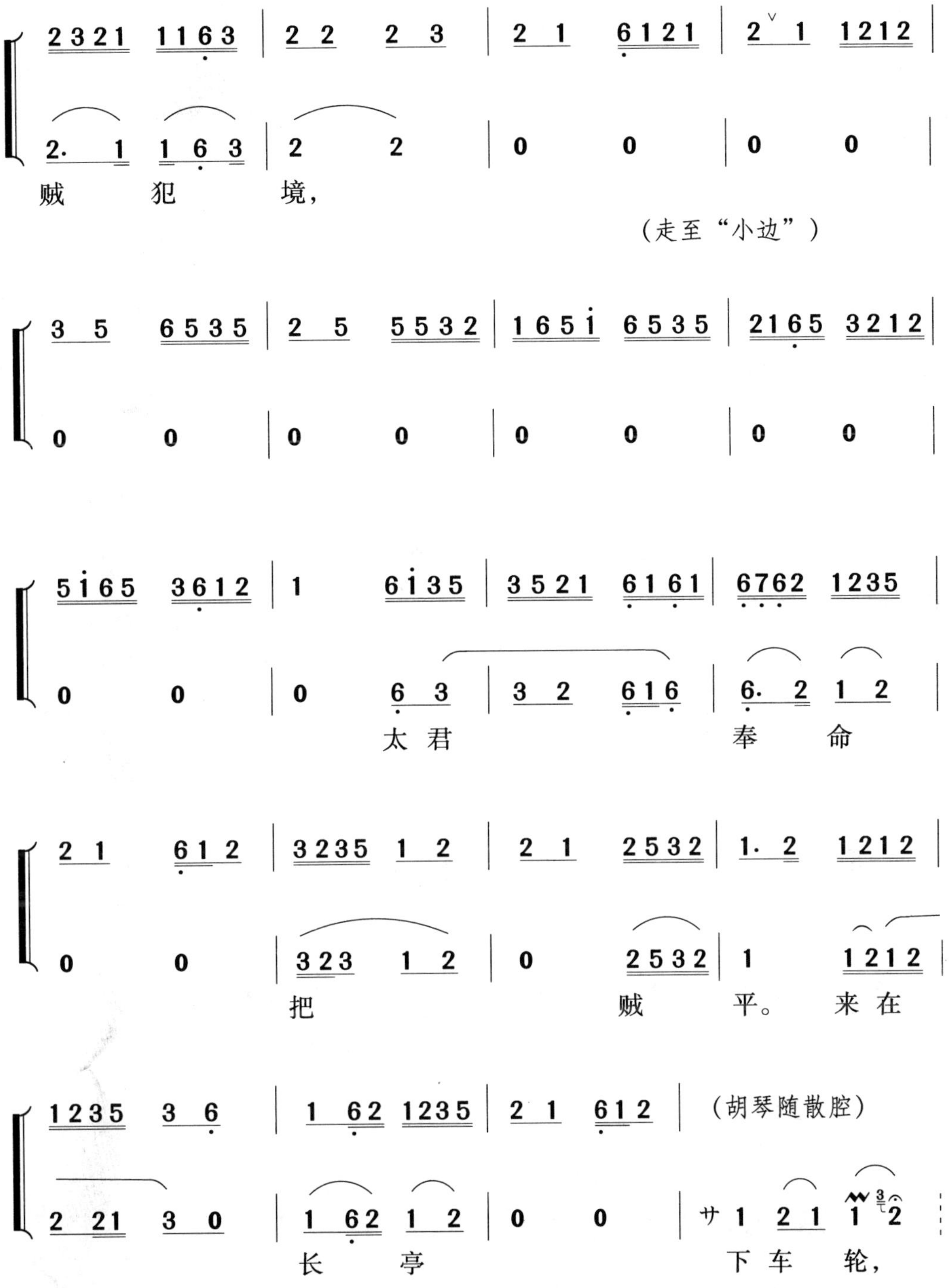

〔【闪锤】宋仁宗下车。众归里八字。小太监搬单椅置中场。

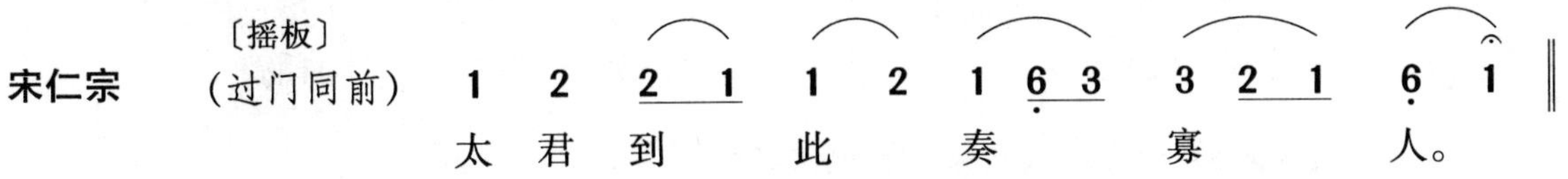

〔【快长锤】穆桂英乘车“上场门”上。

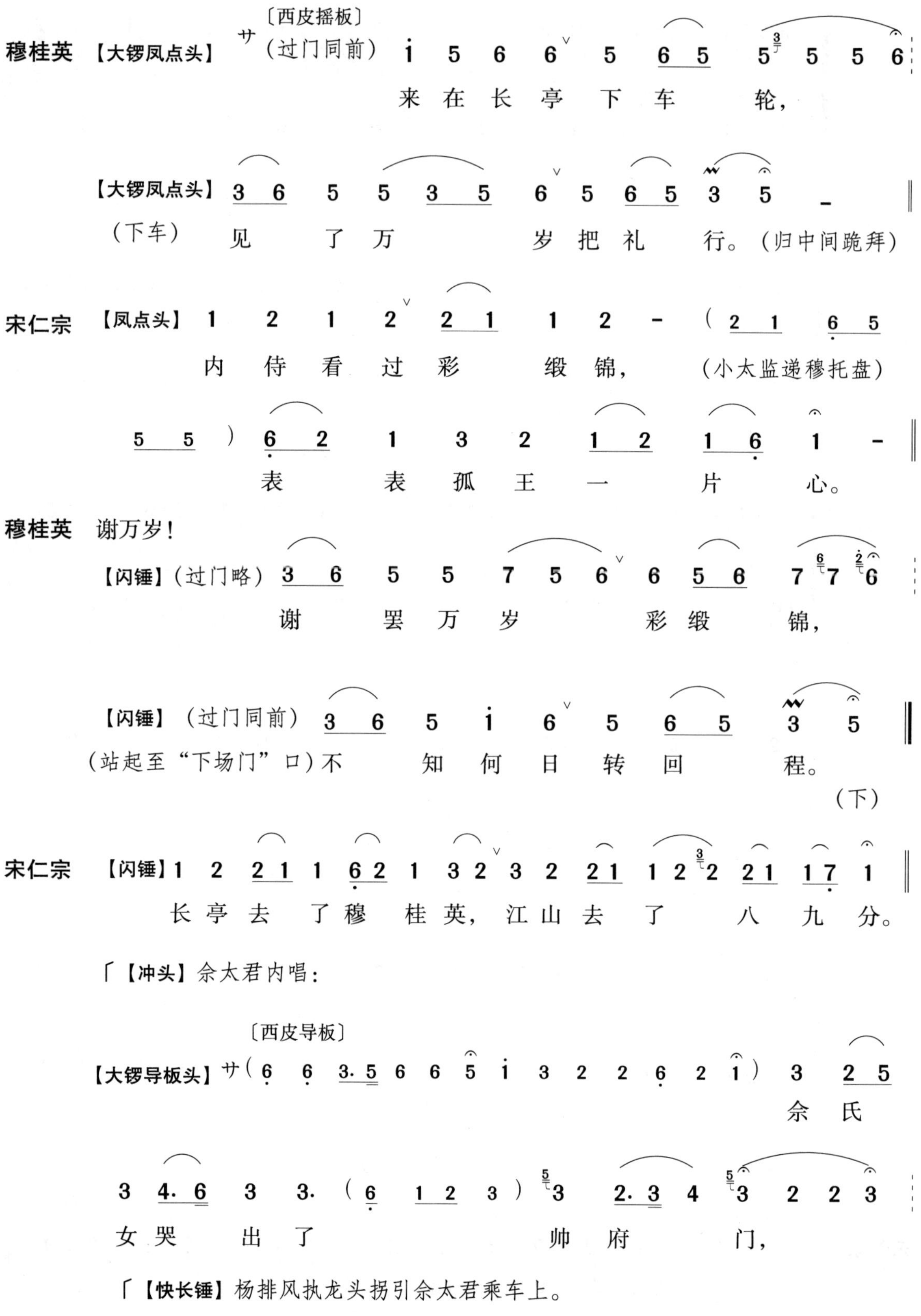
〔西皮摇板〕
穆桂英 【大锣凤点头】サ（过门同前）
来在长亭下车轮，
【大锣凤点头】
（下车）见了万岁把礼行。（归中间跪拜）
宋仁宗 【凤点头】
内侍看过彩缎锦，（小太监递穆托盘）
表表孤王一片心。
穆桂英 谢万岁！
【闪锤】（过门略）
谢罢万岁彩缎锦，
【闪锤】（过门同前）
（站起至"下场门"口）不知何日转回程。
（下）
宋仁宗 【闪锤】
长亭去了穆桂英，江山去了八九分。
〔【冲头】佘太君内唱：
〔西皮导板〕
【大锣导板头】サ
佘氏女哭出了帅府门，
〔【快长锤】杨排风执龙头拐引佘太君乘车上。

太君辞朝

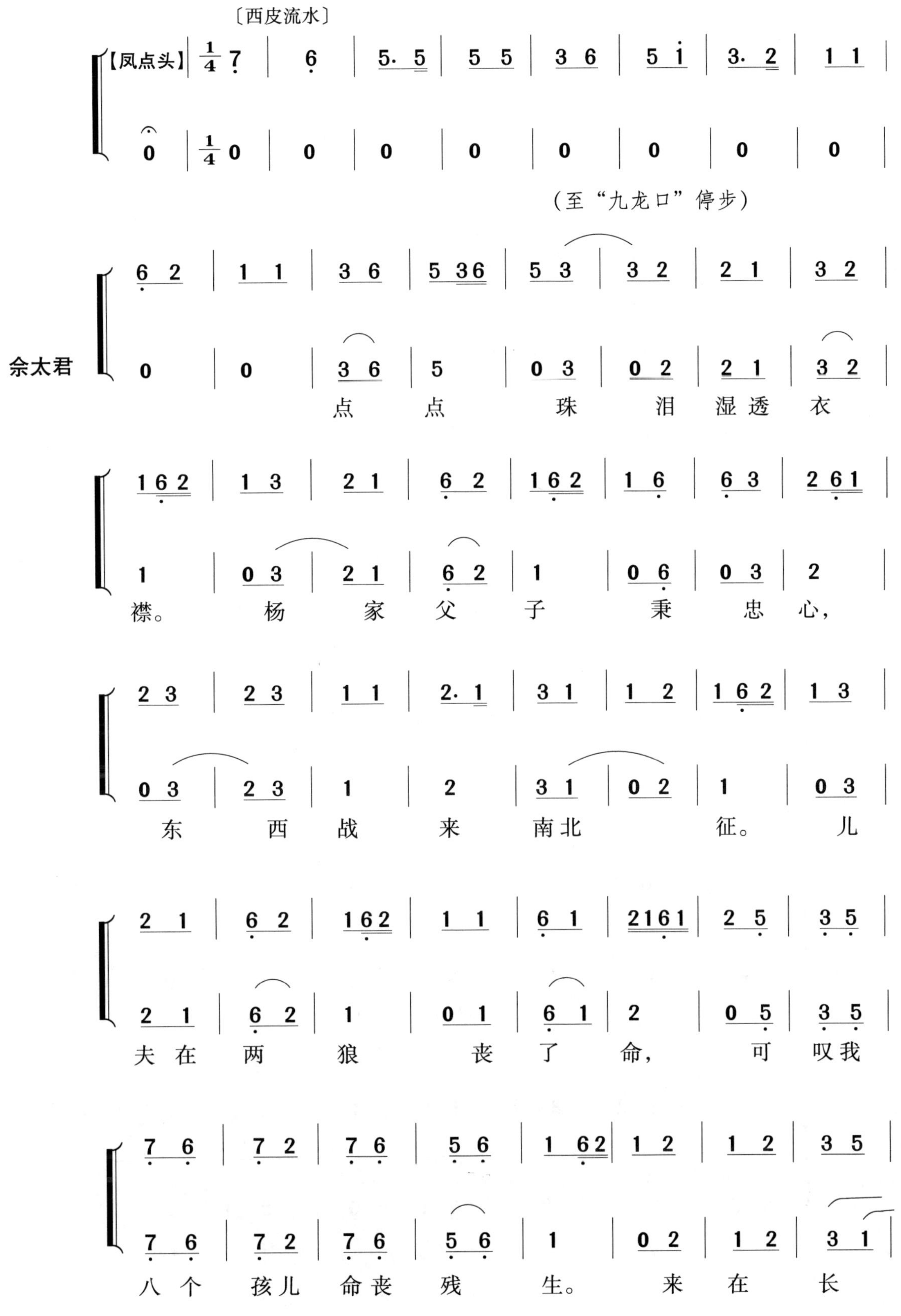
〔西皮流水〕
【凤点头】
（至“九龙口”停步）
佘太君
点点珠泪湿透衣
襟。杨家父子秉忠心，
东西战来南北征。儿
夫在两狼丧了命，可叹我
八个孩儿命丧残生。来在长

| 1 3 | 2 | 3 5 | 2 1 | 6̣ 1 | 2 | (后面伴奏随唱腔) |
| 1 2 | 2 | 0 | 0 | 0 | 0 | |

亭

サ 2 1 3 3 2 3 2 1 1 2

下 车 轮 (呐 啊),

〔【闪锤】佘太君下车，接龙头拐杖至中场，拜见宋王。

〔摇板〕

(过门同前) 3 2 2 1 1 2 2 1 2 2 1 ‖

辞 王 别 驾 要 登 程。

〔西皮摇板〕

宋仁宗 【凤点头】(过门同前) 1 2 1 2 2 1 1 2 (2 1 6̣ 1

内 侍 看 过 酒 一 樽,

2) 3 2 1 1 2 2 1 1 2 6̣ 1 ‖

孤 与 太 君 来 饯 行。

〔大太监递酒杯给宋王，宋王转给佘太君。

佘太君 (接酒杯)谢万岁!

〔西皮快板〕

| 【快闪锤】 | 0 7̣ | 6̣ 5 | 5· 5 | 1 5 | 3 2 | 3 3 | 3 2 |
|)0(| 0 | 0 | 0 | 1 5 | 3 | 0 3 | 3 2 |

谢 罢 万 岁

| 3 5 | 3 2 | 3 1 2 | 3 1 | 1 1 | 2 1 | 2· 1 | 3 2 |
| 3 5 | 3 2 | 3 | 0 1 | 0 1 | 2 1 | 2 | 3 2 |

皇 封 饮, 背 转 身 来 谢

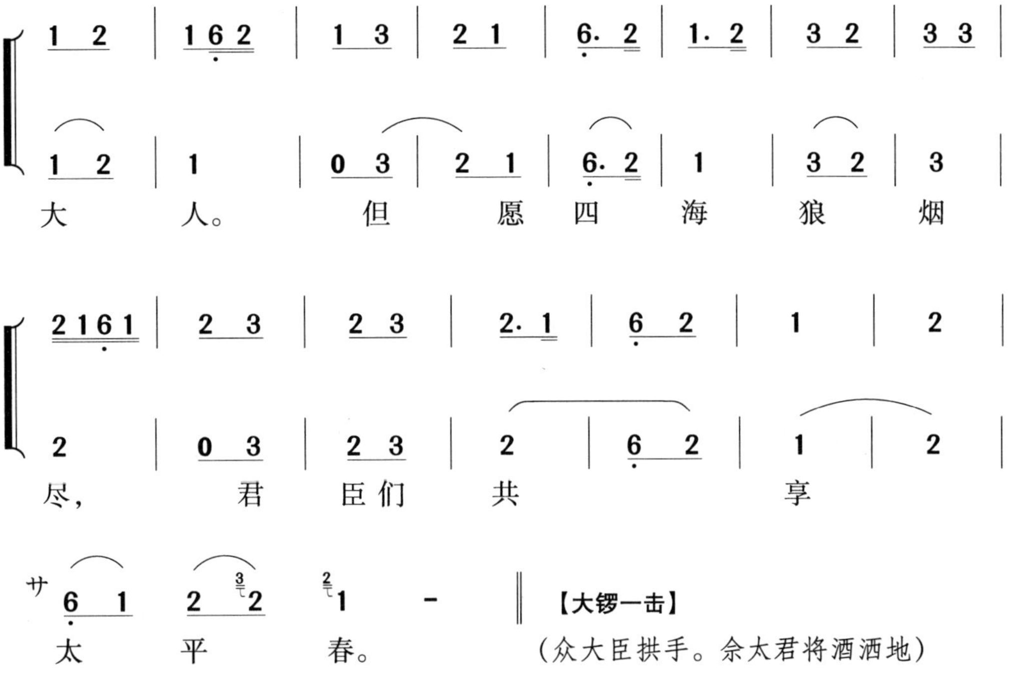
大 人。 但 愿 四 海 狼 烟
尽， 君 臣们 共 享
サ
【大锣一击】
太 平 春。
（众大臣拱手。佘太君将酒洒地）

宋仁宗　太君呐！

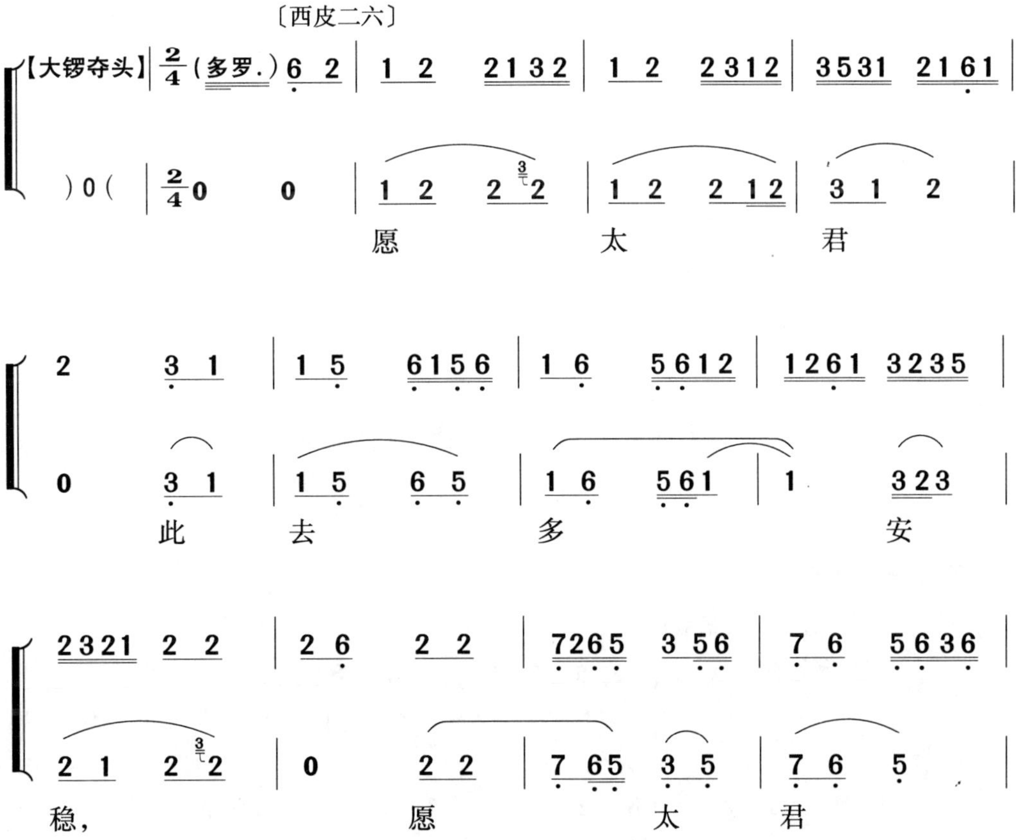
〔西皮二六〕
【大锣夺头】
（多罗.）
愿 太 君
此 去 多 安
稳， 愿 太 君

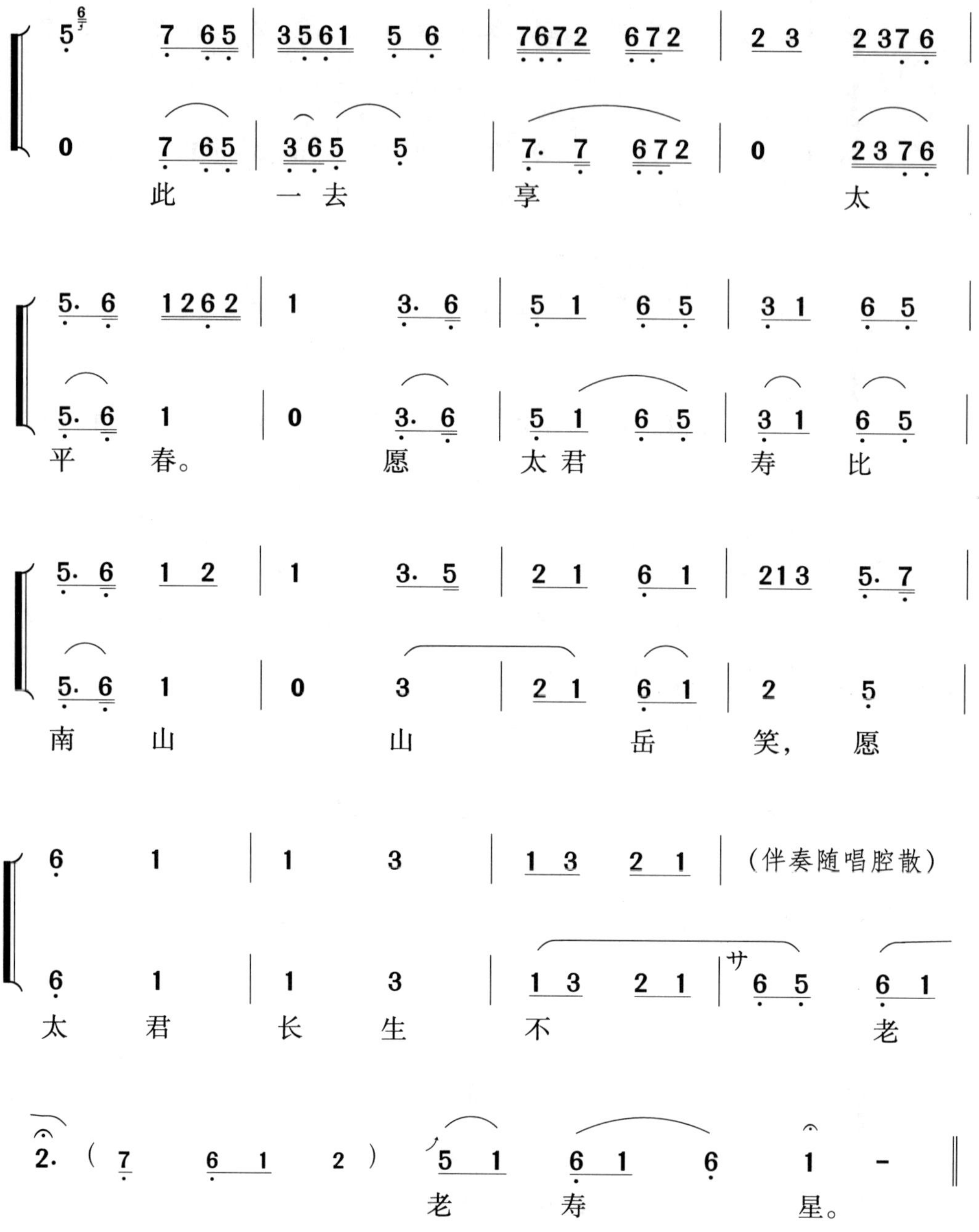
此 一去 享 太
平 春。 愿 太君 寿 比
南 山 山 岳 笑，愿
(伴奏随唱腔散)
太 君 长 生 不 老
老 寿 星。

佘太君 谢主龙恩！

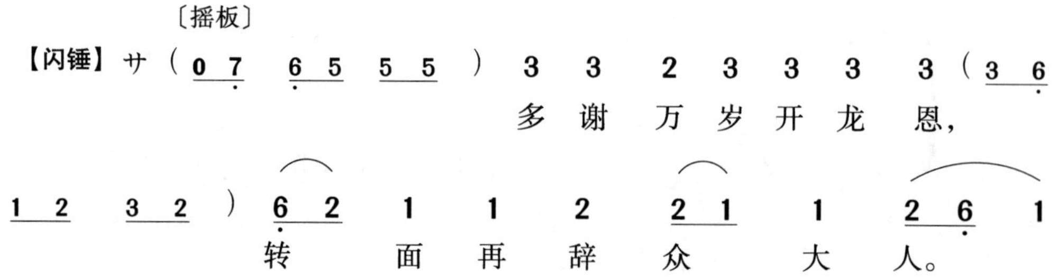
〔摇板〕
【闪锤】
多 谢 万 岁 开 龙 恩，
转 面 再 辞 众 大 人。

太君辞朝

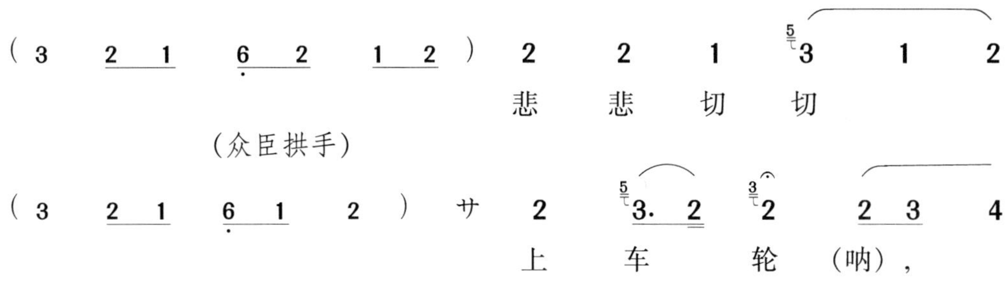

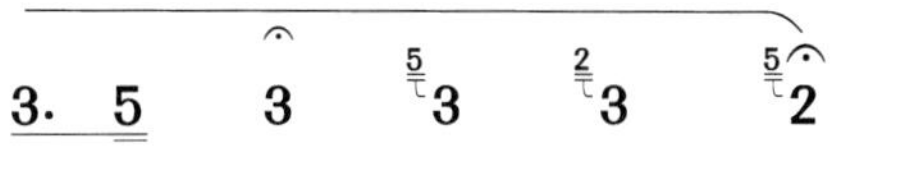

【纽丝】（上车至左台口转回身）

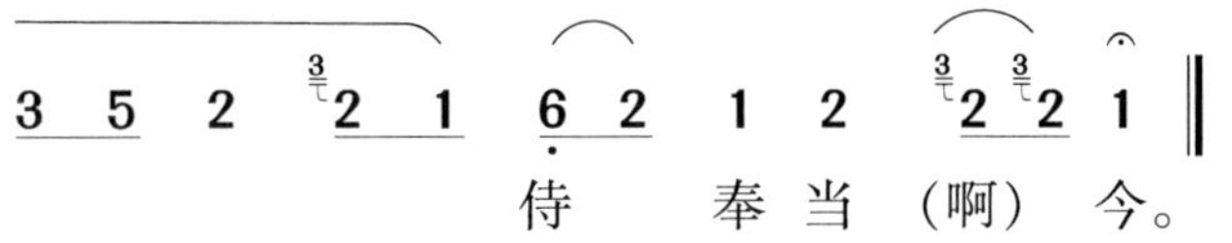

〖【纽丝】佘太君、杨府人等下。

宋仁宗

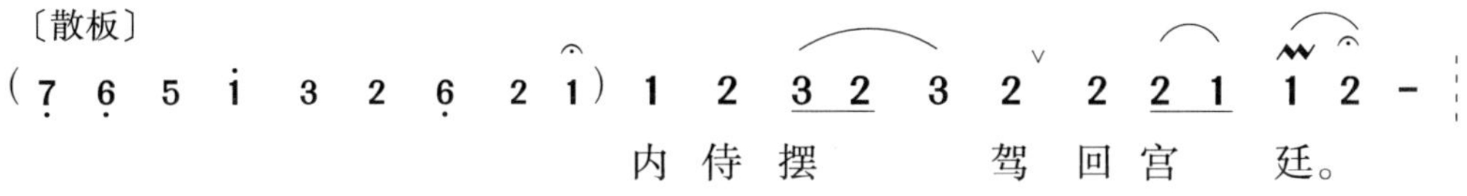

〖【纽丝】宋仁宗上车，四小太监、二大太监、四朝官“插门”下。

宋仁宗

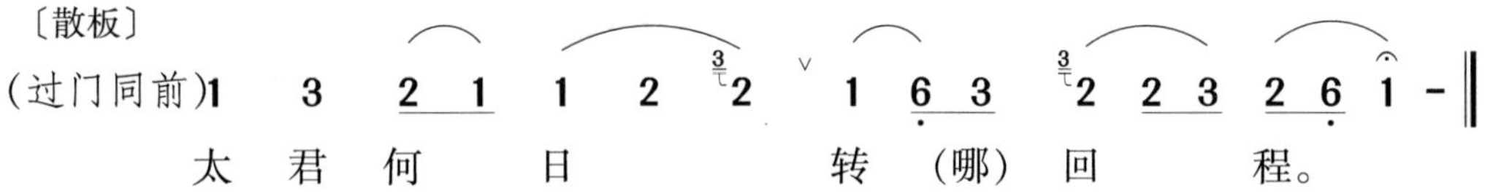

〖【大锣原场】宋仁宗下。

——剧 终

附　　录

坐　　场[①]

〔【小锣旦上场】杨排风引佘太君上。

佘太君 （引子）杨家为国秉忠心，

食王爵禄报王恩。（后三个字吟唱）

〔【小锣归位】佘太君转身归外座，排风侍立于侧。

（念诗）天波府内众英雄，

个个为国建奇功。

可叹忠良今何在，

到头只落一场空。

老身佘氏。配夫继业。投宋以来，世代尽忠。只因黄花国作乱，圣上命老身带兵前去征剿。且喜大兵一到，那贼不战自降，写来降书顺表，愿年年进贡，每岁来朝。这且不言，想我杨家将帅，个个为国尽忠，只剩下杨藩一点骨血。倘若是哪国造反，若有差池，岂不断绝我杨家后代。昨晚阖家商议，不如辞王别驾，告职归林。表章已然写就。排风——

杨排风 有。

佘太君 捧了本章，随我上（呃）朝。

〔二黄慢板〕

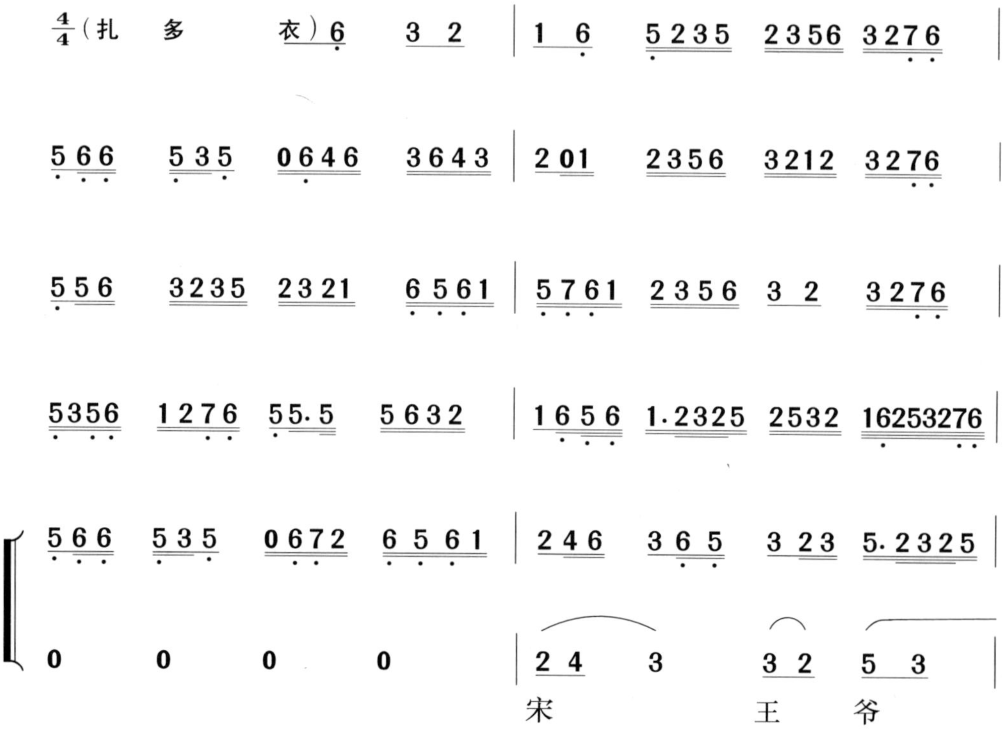

① 佘太君“坐场”，传统演法是加在本剧第一场之前，一般常省略不演。

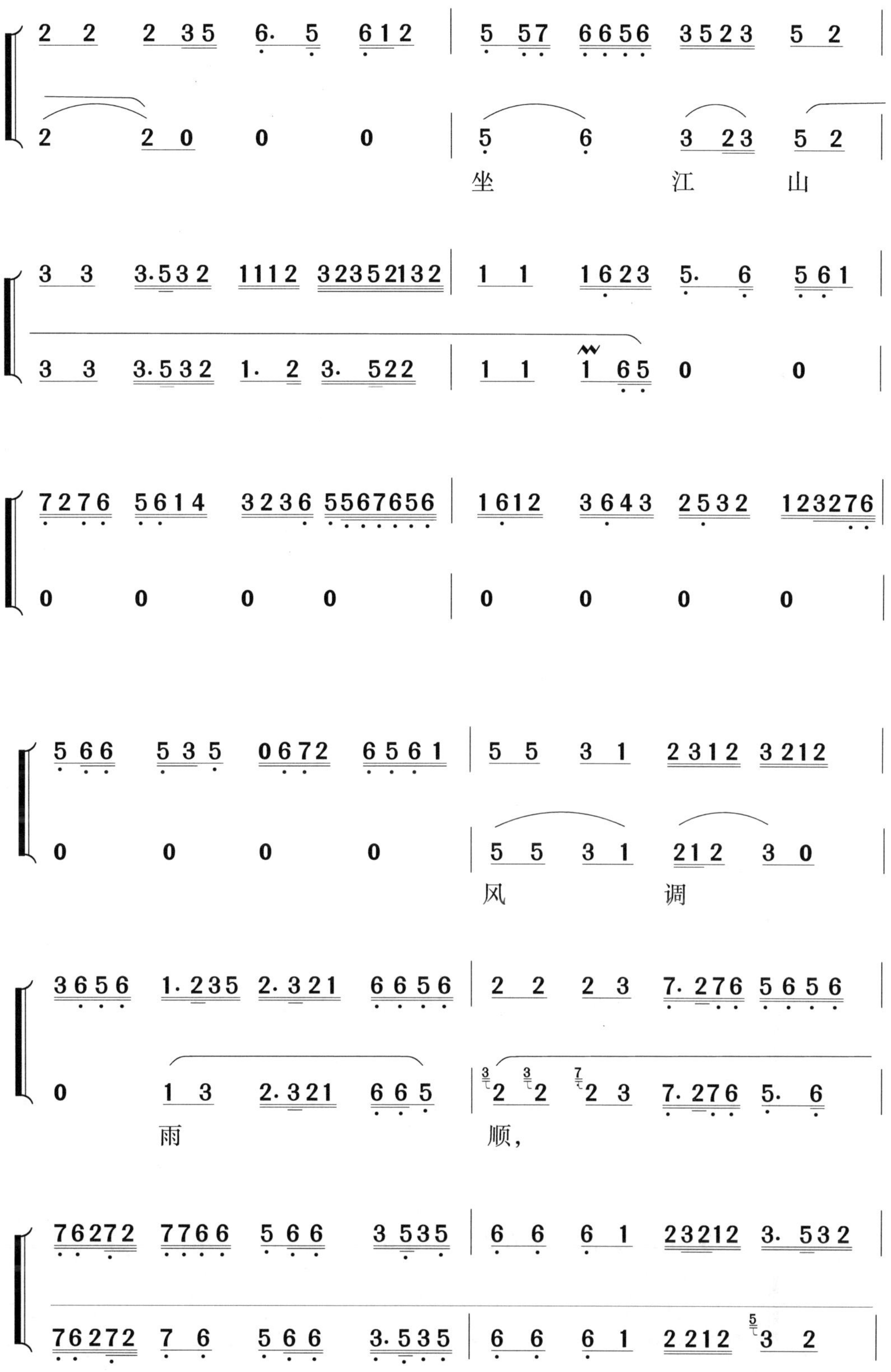
坐
江
山
风
调
雨
顺,

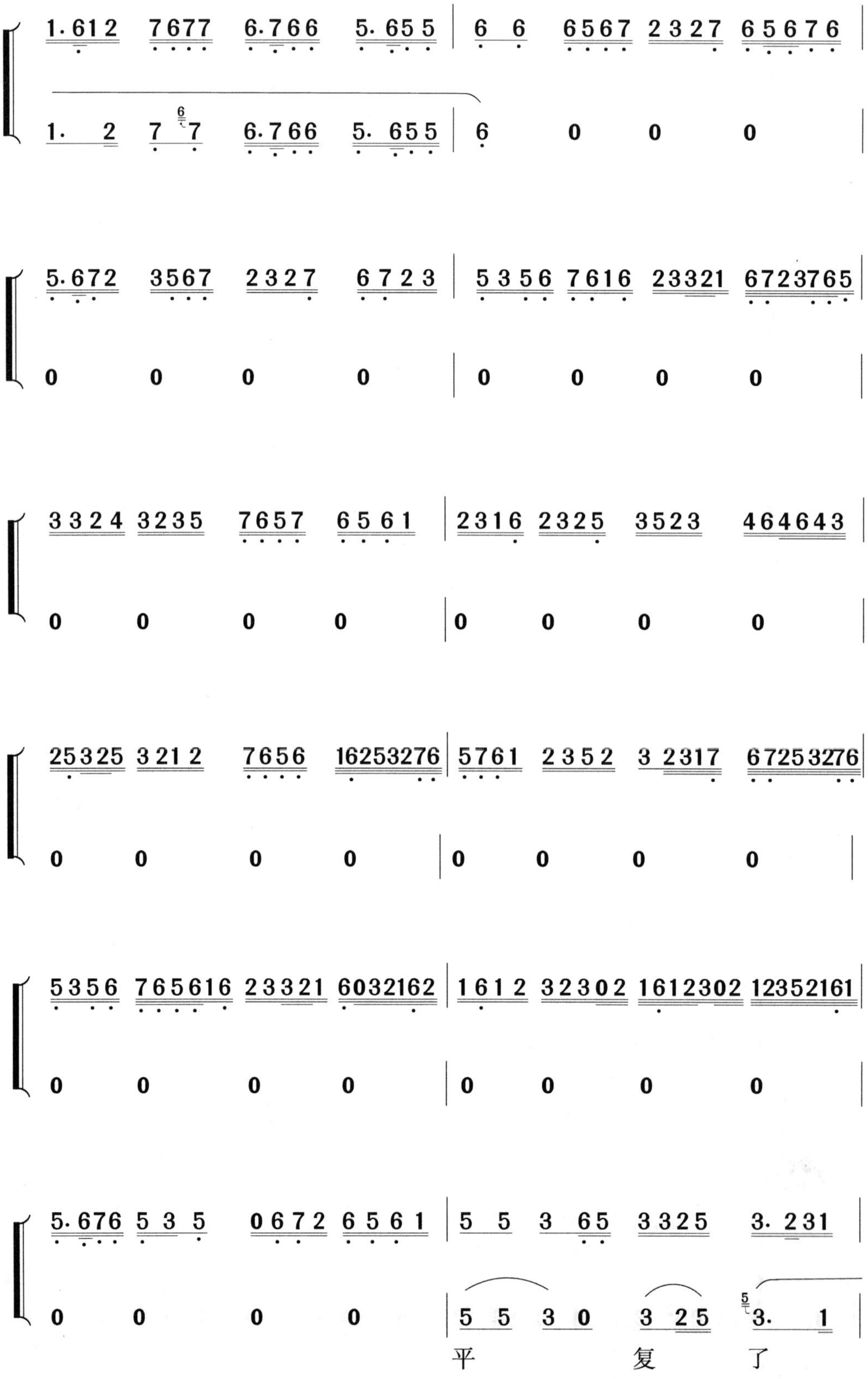
平
复
了

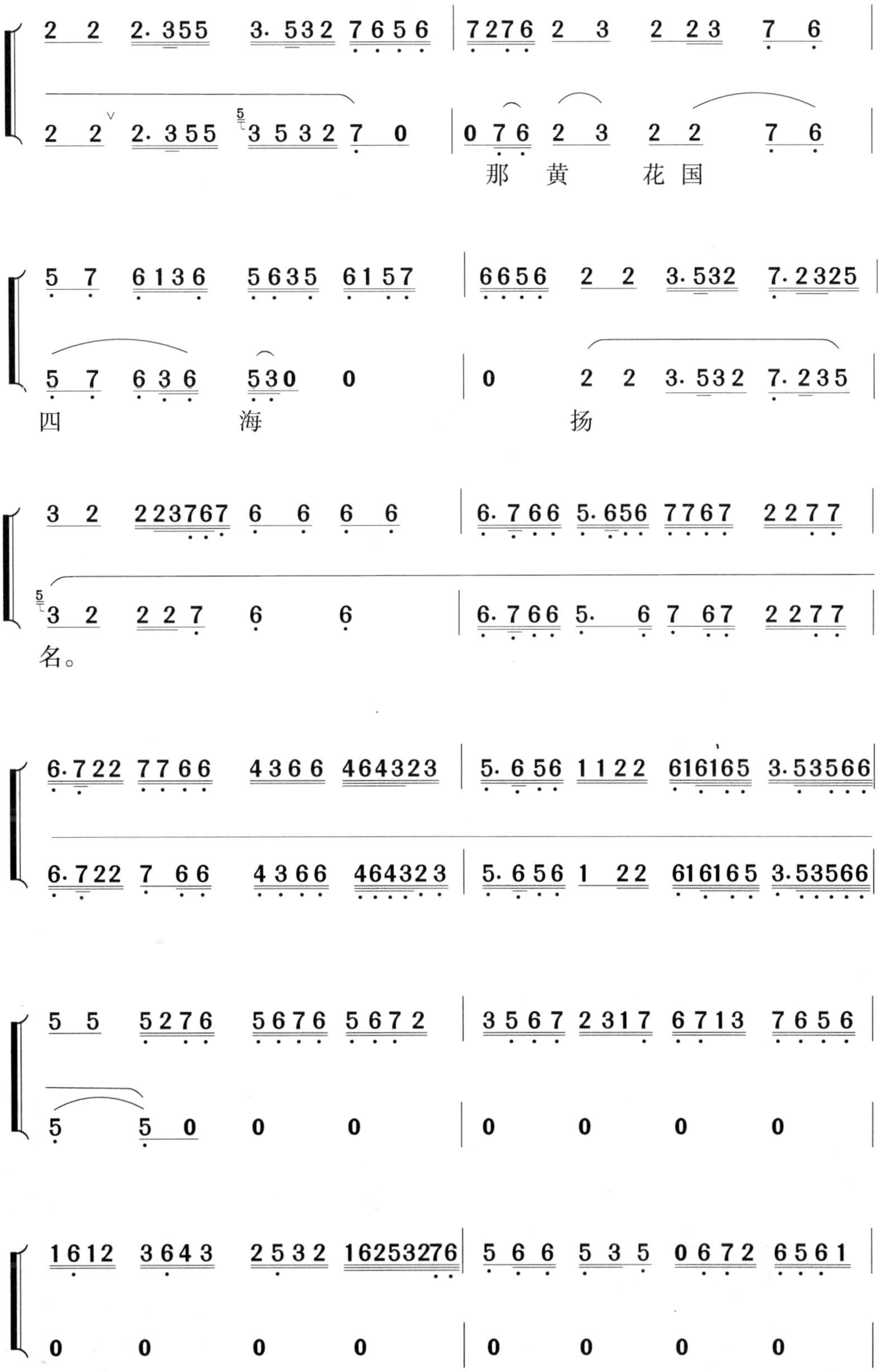

那 黄 花 国
四 海 扬
名。

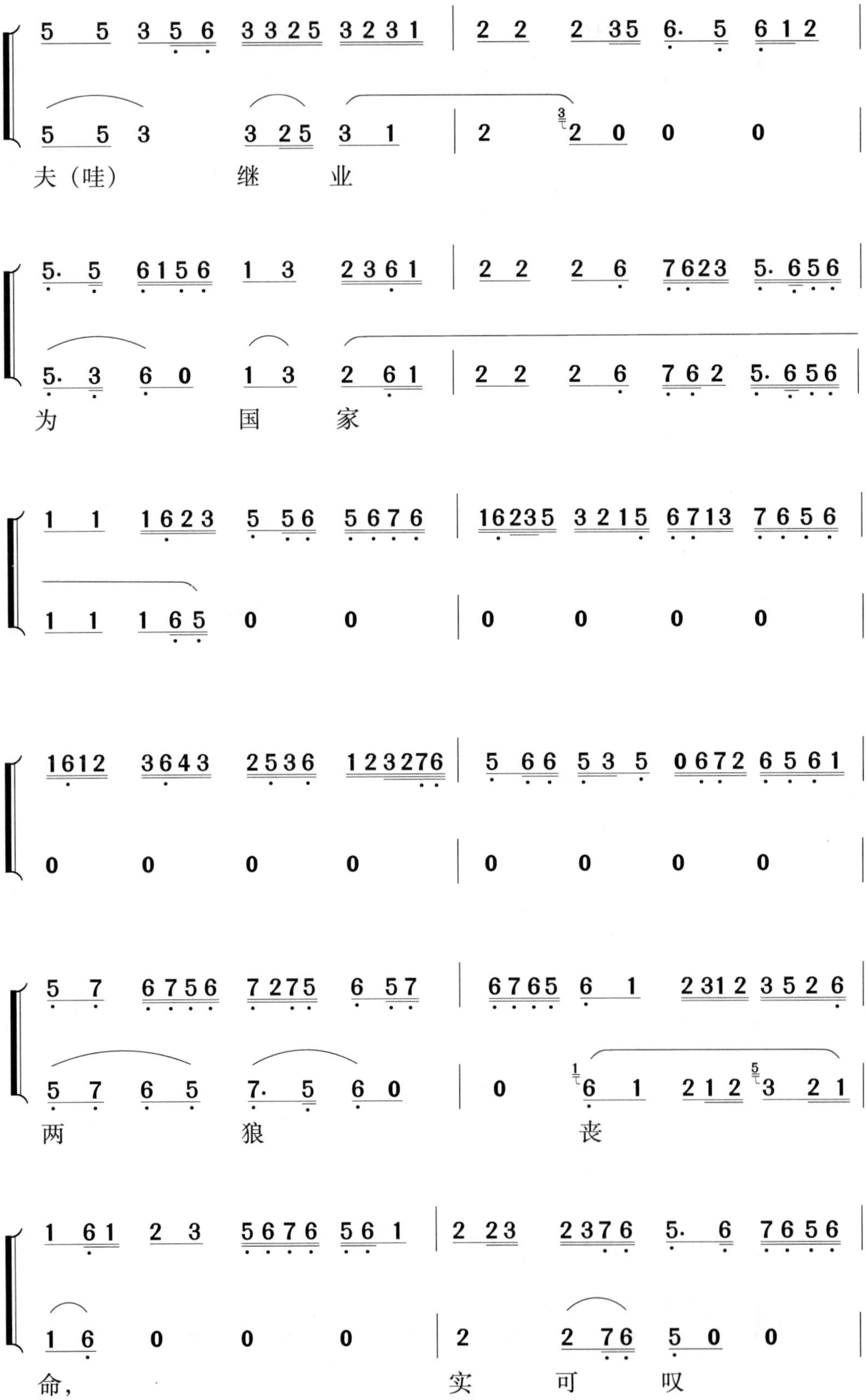
夫（哇）
继
业
为
国
家
两
狼
丧
命，
实
可
叹

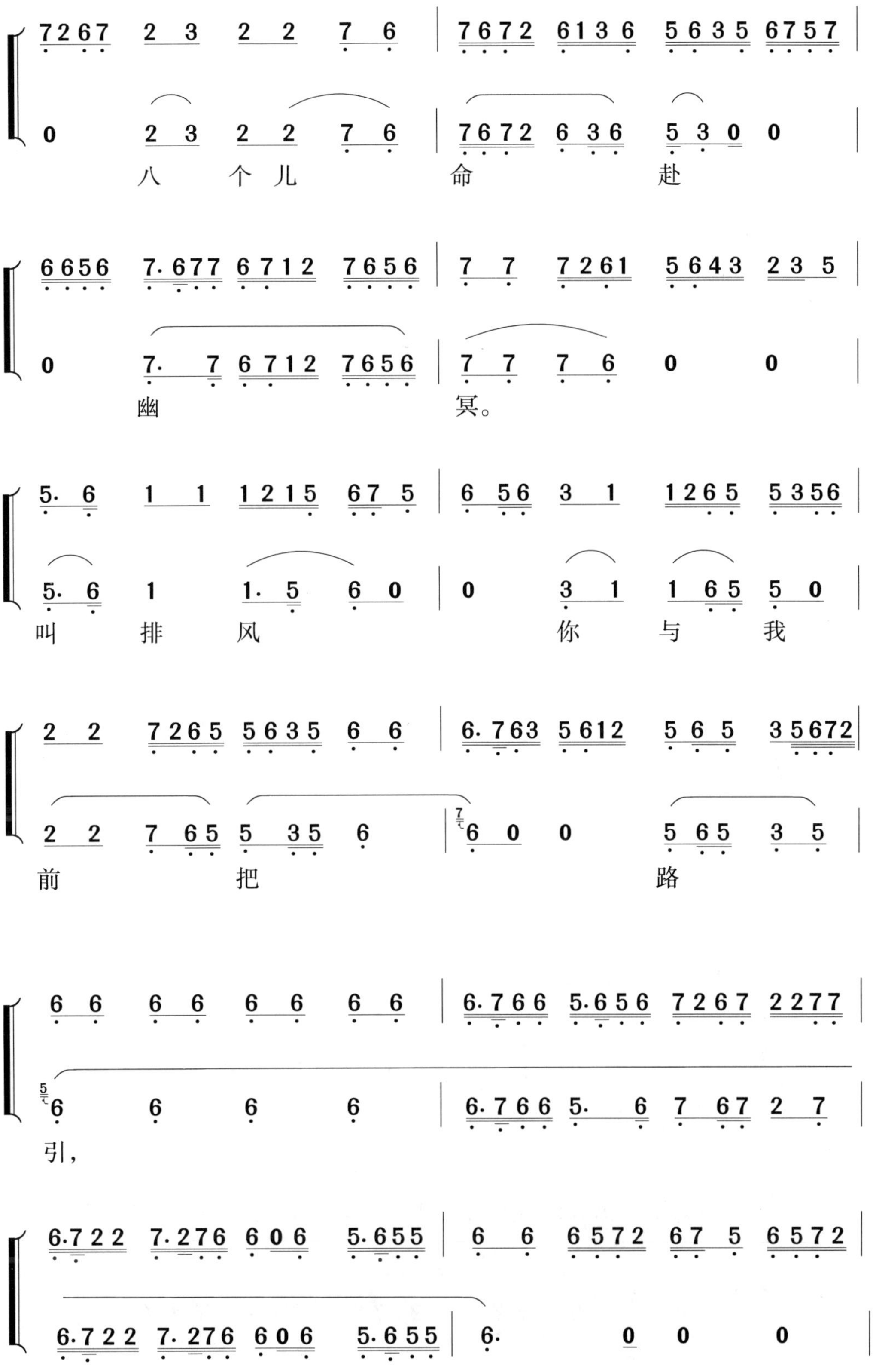
八 个 儿 命 赴
幽 冥。
叫 排 风 你 与 我
前 把 路
引，

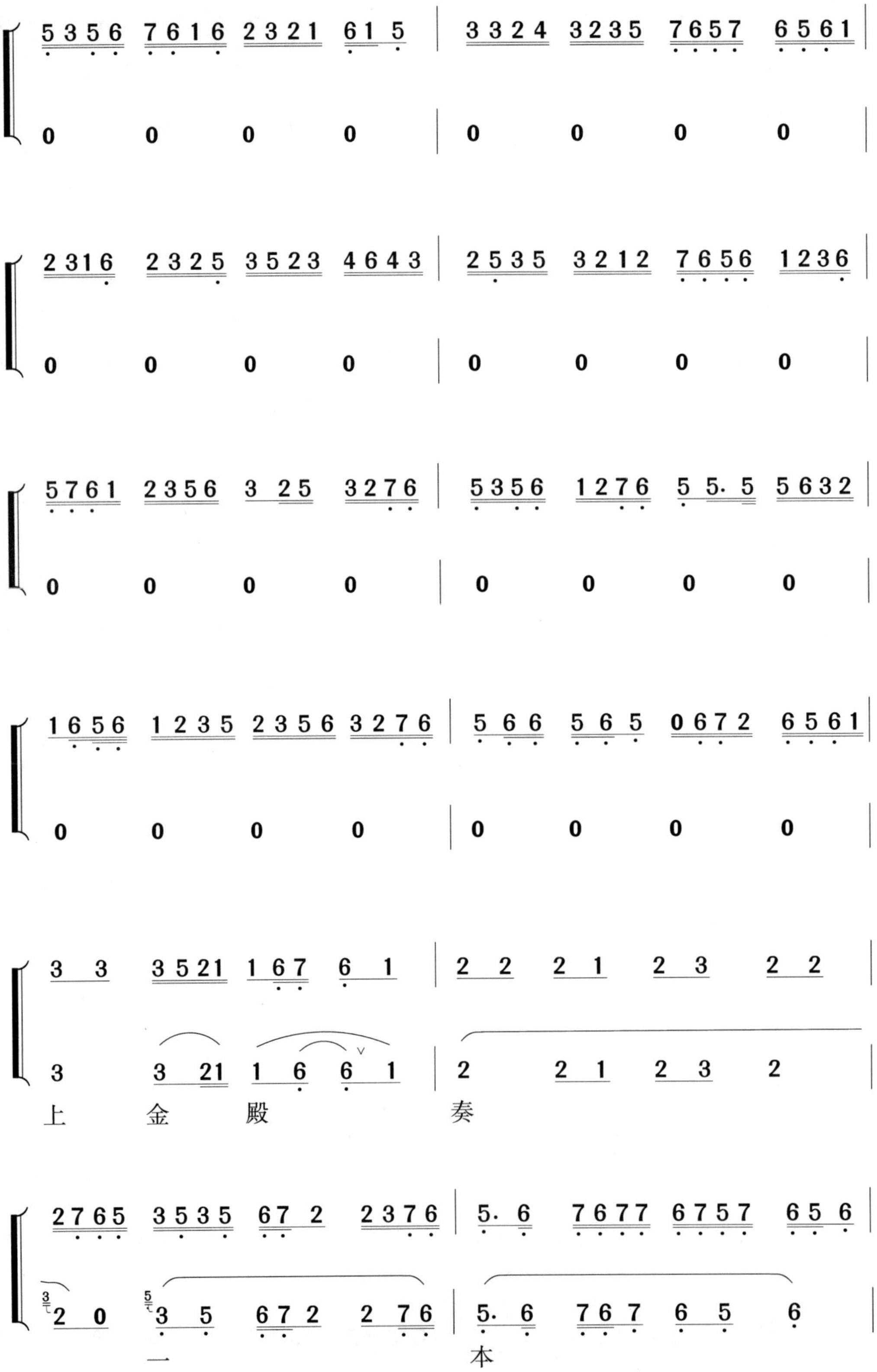
上 金 殿 奏
一 本

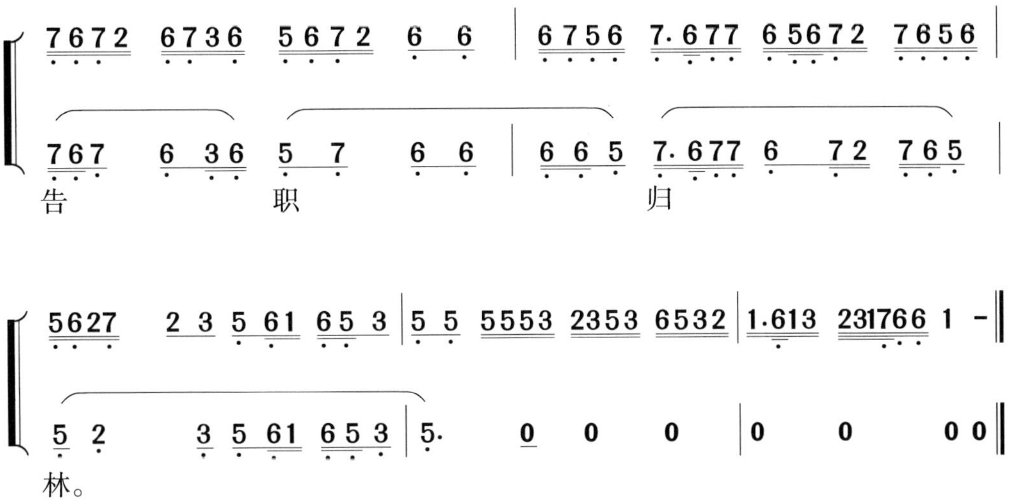

（起身至台中）

〖【小锣打下】杨排风、佘太君先后由“下场门”下。

（以下即可接本剧第一场）

李世英 整理

钓金龟

李多奎演出本

李多奎先生是继“老旦泰斗”龚云甫之后，又一位以老旦著称、自成一派的名家。他演的《钓金龟》早在20世纪30年代即红遍大江南北，一曲“叫张义”响彻京城的街头巷尾。

《钓金龟》是一出老旦传统戏，又名《孟津河》、《孟津得宝》、《张义得宝》，后接《行路》、《训子》、《哭灵》、《托兆》，全剧称《双钉记》。故事发生在宋代。河南孟津老妪康氏有二子张宣、张义。张宣赴试得中，寄回书信欲接全家。书信被其妻王氏得到，遂丢下母、弟不顾，径自上任。张义每日在孟津河钓鱼为生，奉养母亲。一日，钓得金龟，又得知其兄做了祥符县令，归家后，告知其母。母命张义找其兄质询。

在这出戏中，康氏上场念引子“家无隔宿粮，饥寒实难当”两句，按一般念法是高念高唱，而李多奎先生却是低念高唱，先抑后扬，先简后繁。念“家无隔宿粮”时，嗓音放得很低，声音宽厚而沉着；接着念“饥寒”二字，声调比前略高；唱到“实难当”，却是使尽气力，婉转凄凉，表达了康氏穷苦悲凉的生活境遇。

后面的三段原板最为脍炙人口，并被人誉为“三做鲤鱼”。“三做鲤鱼”是山东饭馆里的一道名菜。高明的厨师，把一条欢蹦乱跳的活鲤鱼的头、腹、尾分做成三碗鲜美的佳肴。人们便是以此来比喻《钓金龟》里三段悦耳动听的唱腔。

第一段“叫张义我的儿”，一开头就唱得那么亲切，声调清朗甜润，听来就像一个慈祥的老妈妈在呼唤儿子的名字。为了追求撼动人心的“着儿”的效果，巧妙地运用了硬腭的共鸣，使这个“义”字音量十分宽厚。往下，“我的儿”的“我”和“的”字，本着雌音而往涩音上发展，并用润音调剂一下，使其成为一种苍音。紧接着下面的“儿”字，发音又是清脆的，并马上归到缀音的“喏”字上，在“喏”字上又用苍音，几度迂回婉转，收腔的时候，把音一揉，达到收笔不收锋的意境。李先生在唱“喏”这个虚字时，不是只管拖板，而是在延长一板之后，即将转板时来了个蜻蜓点水，把这一大腔，巧妙地变化三次，抑扬顿挫，又一气呵成。下面的几句唱里，娇、润、脆、柔的处理各臻其善，贯穿于整个唱段。

第二段的头一句“有几个贤孝子听娘来论”，“有几个”三个字向上扬而顿挫有致。“贤孝子”的“子”字，向下抑而摇曳生姿。下面的“丁兰刻木、莱子斑衣、孟宗哭竹、杨香打虎”和第一段里的“皆因是儿年小，娘在中年，我怕的是百年之后，身入九泉”都是老旦唱腔里的“镶嵌句”，极具功力。

第三段“清风”二字，用准确的阴平字音，结合有力的喷口，唱得爽朗、铿锵。“说了些好言语奴才他不信，小张义在一旁他不睬不闻，悲切切出窑门长街去奔，我的儿啊”三句〔散板〕，尺寸准确，不枝不蔓。尤其是“小张义在一旁他不睬不闻”一句，是老旦独有的唱腔，术语叫“苦姜丝儿”，意即这句唱腔要像姜丝那样的苦辣，表现出强烈的悲愤情绪。形成“苦辣”意境的主要环节，在“不睬不闻”的“睬”字上。这个字，李多奎唱得由低而高、高而复低、低而复高，一波三折，既表达了婉转悲愤的强烈情绪，又收到了痛快淋漓的效果，给观众一种舒适而又痛快的艺术享受。

这是一出老旦传统剧目，许多前辈演员如龚云甫等亦常演出。李多奎的同辈及后辈等如卧云居士、李金泉、王玉敏、王晓临、李鸣岩、赵葆秀等人亦擅演此剧，但达到此戏表演最高境界者，当属李多奎先生。

娄　悦

人物行当

康　氏	老旦	**周　老**	老生（不出场）
张　义	丑		

服装扮相

康　氏　俊扮。黪网子、发髻、香色绸条，紫花老斗衣、腰巾、绿裙子，香色彩裤，福子履。

张　义　丑扮。黑水纱系头，茶衣腰包、黑彩裤，大袜、圆口鞋。

道具

拐杖	一根	**金龟**	一只
钓鱼竿	一副	**桌子**	一张
椅子	一把	**桌围椅披**	一套
竹篮	一个		

钓金龟

〔【撤锣】接【小锣帽子头】【旦上场】康氏右手拄拐杖自“上场门”上至“九龙口”抖袖、理襟。走到台中。

康　氏　（引子）家无隔宿粮，（**多多**）

饥寒（**多罗.**）$2\ 1\ {}^{5}3\ 1\ 2\ {}^{3}2\ {}^{3}2\ {}^{2}1\ 1\ \underset{\cdot}{6}\ \underset{\cdot}{6}\ \underset{\cdot}{5}\ \underset{\cdot}{6}\ \underset{\cdot}{7}\ {}^{3}\underset{\cdot}{7}\ {}^{3}\underset{\cdot}{7}\ \underset{\cdot}{6}$

实　难　当。

〔【旦上场】康氏向左转身，走至“外场椅”坐下。

（念诗）老身生来命运薄，
好似路旁草一棵。
过了今年秋八月，
未知来年待如何。（**扎**）

老身康氏。先夫张世华，抛下两个孩儿。长子张宣，上京求名、杳无音信。好一个孝道的张义孩儿，每日在孟津河下钓鱼为生，奉养于我。今晨一去，未见回转。正(呐)是：家贫出孝子，（这）国乱显忠臣。

〔张义内白：“啊哈！”

〔【小锣五击头】张义左手持鱼竿、篮子，从“上场门”上场，走至“小边”右台口。

张　义　忙将河下事，报与母亲知。（右手向左手指）

〔（**扎多台**）张义进窑。

张　义　孩儿参见母亲。（躬身施礼）

〔张义把篮子放在桌上，归“大边”站。

康　氏　儿啊，你回来了？

张　义　我回来了。

康　氏　打了多少鱼，卖了多少钱？拿来为娘观看。（左手抚胸）

张　义　我告诉您说，我也没打了鱼，我也没卖了钱，我得了一宗宝贝。

康　氏　哦！【小锣一击】想那宝贝出在那富豪人家，你我母子是焉能有的。想是我儿在外面偷盗人家，好好与人送还便罢，如若不然，为娘就要动气了！

张　义　我说母亲您别生气，待我慢慢跟您说呀！我这个宝贝不是偷来的，在孟津河下钓出来的。

康　氏　哦！是我儿你钓上来的？

张　义　是我钓上来的。

康　氏　母亲不信，你拿来与我看！

张　义　唉！我拿出来让您瞧瞧先。（张义从怀内取出金龟，左手拿龟，右手指）不能让您看！

康　氏　怎么？

张　义　您一看，就该生气啦！

康　氏　看宝贝就不能生气了？

张　义　那行，有商量，来来母亲您请看！【小锣一击】

康　氏　嘟！（以左手指张义）

张　义　您瞧又来了不是，又来了不是。

康　氏　儿一出窑门，为娘怎样嘱咐与你，那孟津河下有三等鱼不准儿钓：鲇鱼，黑鱼，乌

龟。今将乌龟钓得上来，看儿不遵母令，你定是个不孝之子。【小锣一击】（左手抖袖）

张　义　我说母亲，您先别生气，待我慢慢告诉你说呀！

康　氏　慢慢讲来。

张　义　我临出窑门的时候，您嘱咐我，告诉孟津河下有三样鱼不准我钓，鲇鱼、黑鱼、乌龟。是孩儿记在心头。到了孟津河下，刚上上鱼食呀，我就把这乌龟给钓上来了。

康　氏　就该放下去才是呀！

张　义　我一想它吃了我一块鱼食，不能饶它。咬掉了一爪，我就撒到了河里头了，又到下河去钓；刚上上鱼食，我又把这乌龟给钓上来了。

康　氏　你怎么认识与它？（左手摊掌）

张　义　您瞧哇，咬掉了一爪，这不是剩了三条腿了吗。是孩儿恨它不过，心想找块砖头把它砸死。一砸，它拉了屎啦。乌龟拉屎是黑的，它拉屎是黄的。我常听老人言道，孟津河下有一金龟，乃是无价之宝，让我给钓上来了。

康　氏　为娘不信，你砸来我看！

张　义　您要是不信，我拿砖头砸它您瞧瞧啊！（做砸状）哎、哎、哎，母亲拉啦！母亲拉啦！

康　氏　唉！怎么讲话？

张　义　不、不、不，乌龟拉啦。

康　氏　待我看来。

〔康氏起身走至台口。

张　义　母亲请看。

〔【小锣一击】二人同看。

康　氏　哦！果然是黄色的。

张　义　是黄色的吧！

康　氏　这是金子！

张　义　金子！

康　氏　宝贝！

张　义　宝贝。

康　氏　啊！

张　义　啊！

康　氏　哈哈哈哈……

〔【小锣一击】康氏身向后一仰，张义忙扶。

张　义　老太太您倒是慢着点，留神闪了腰哇！

康　氏　唉！儿啊！（左抖袖）

〔二黄慢板〕

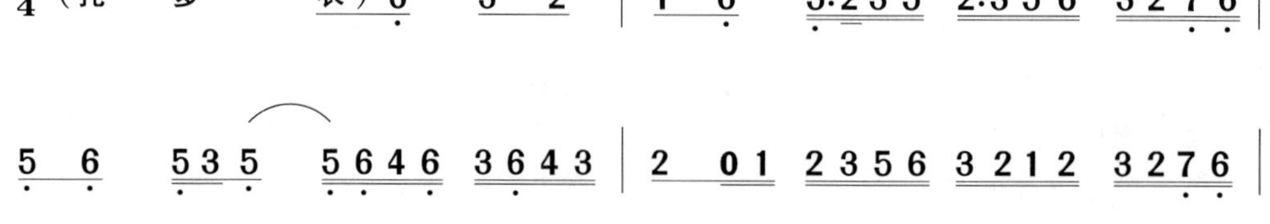

钓金龟

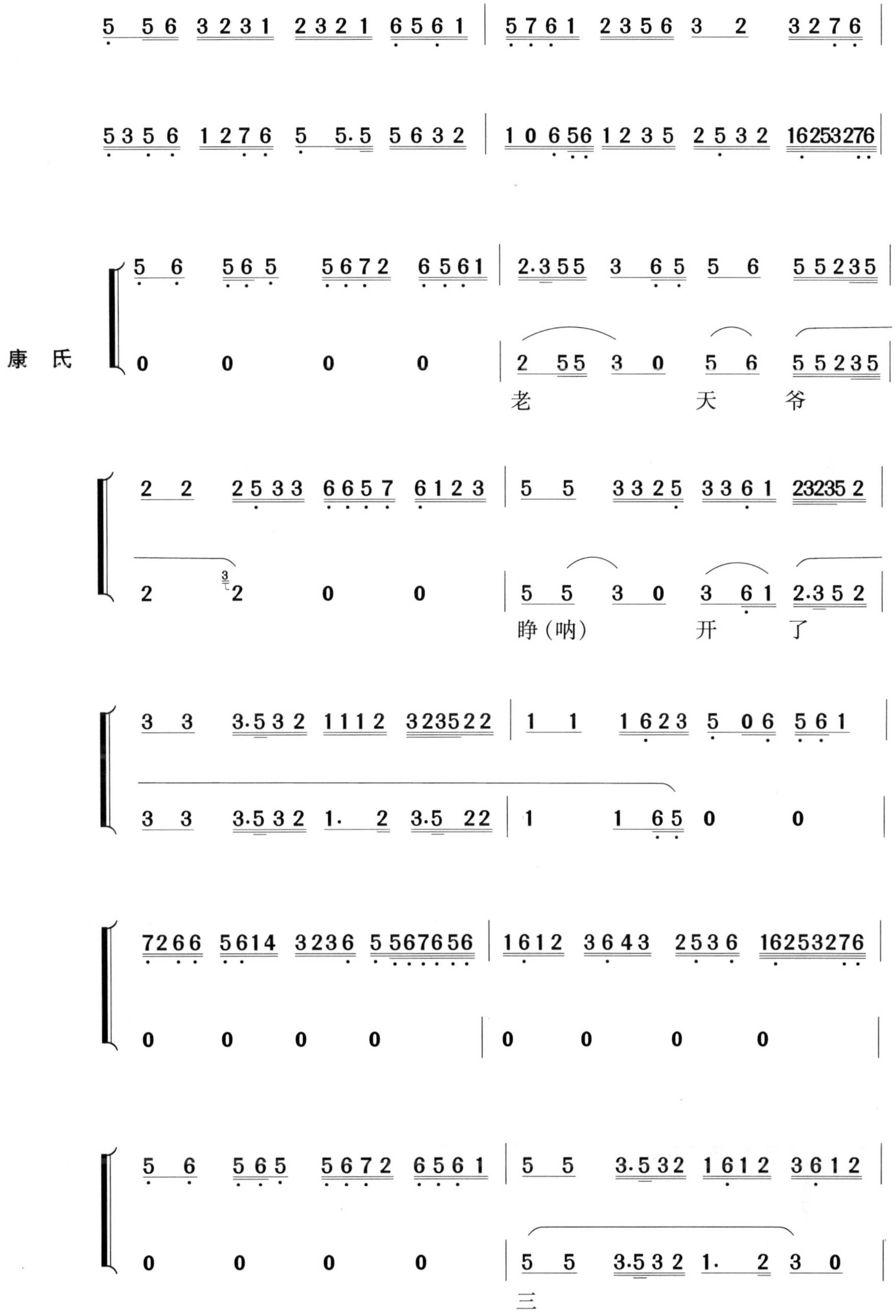

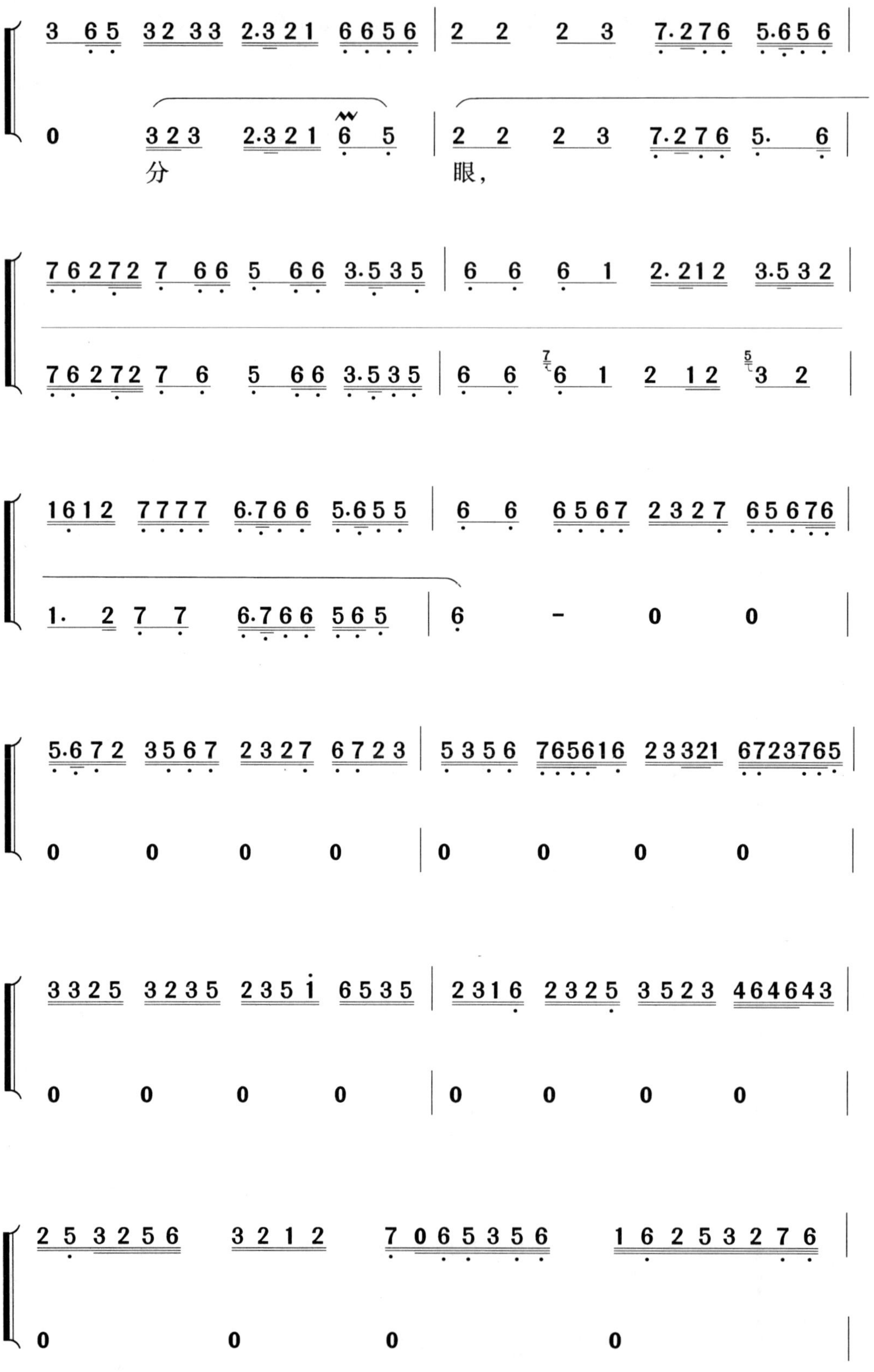
分
眼，

钓金龟

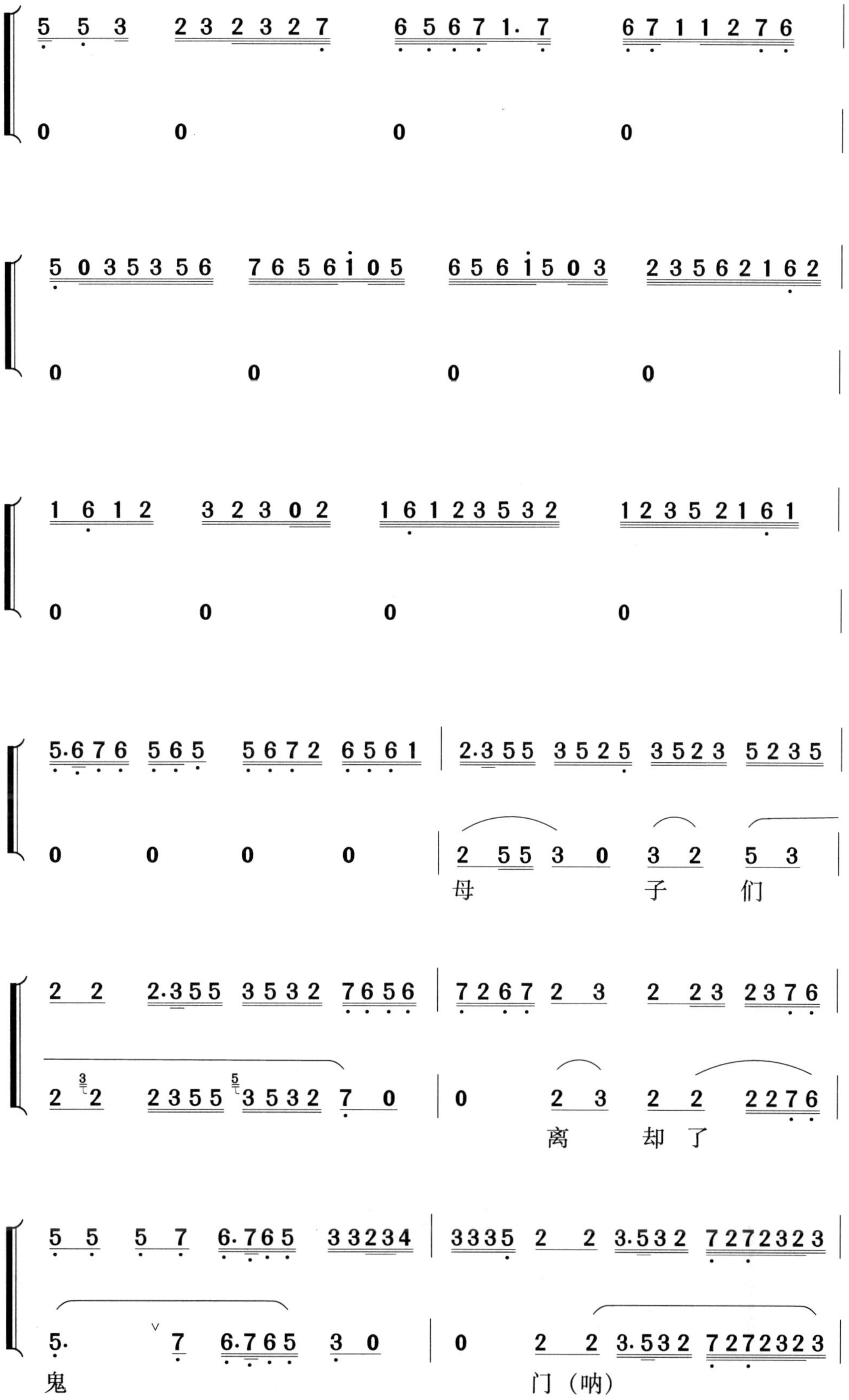

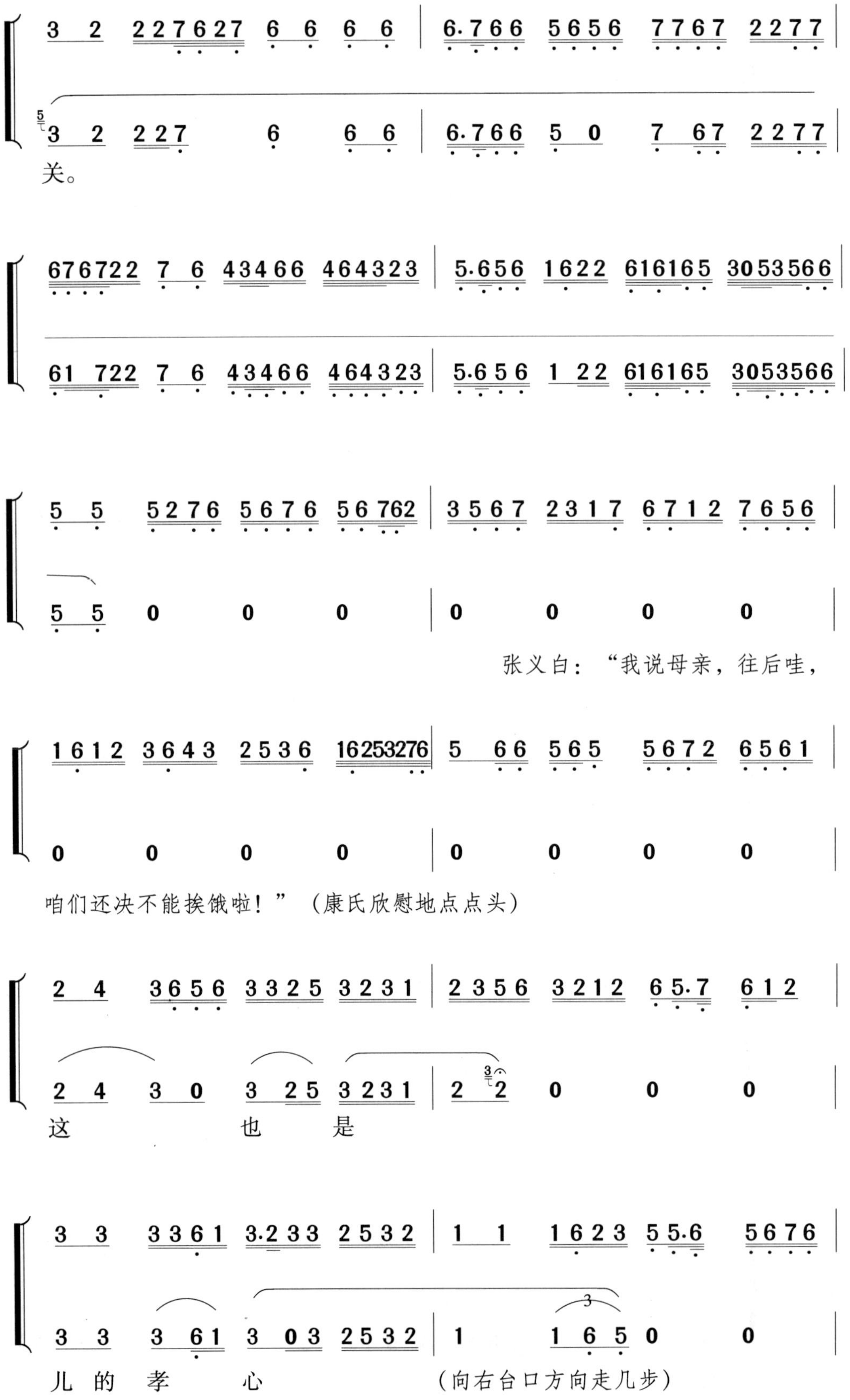
关。
张义白：“我说母亲，往后哇，
咱们还决不能挨饿啦！”（康氏欣慰地点点头）
这 也 是
儿 的 孝 心
（向右台口方向走几步）

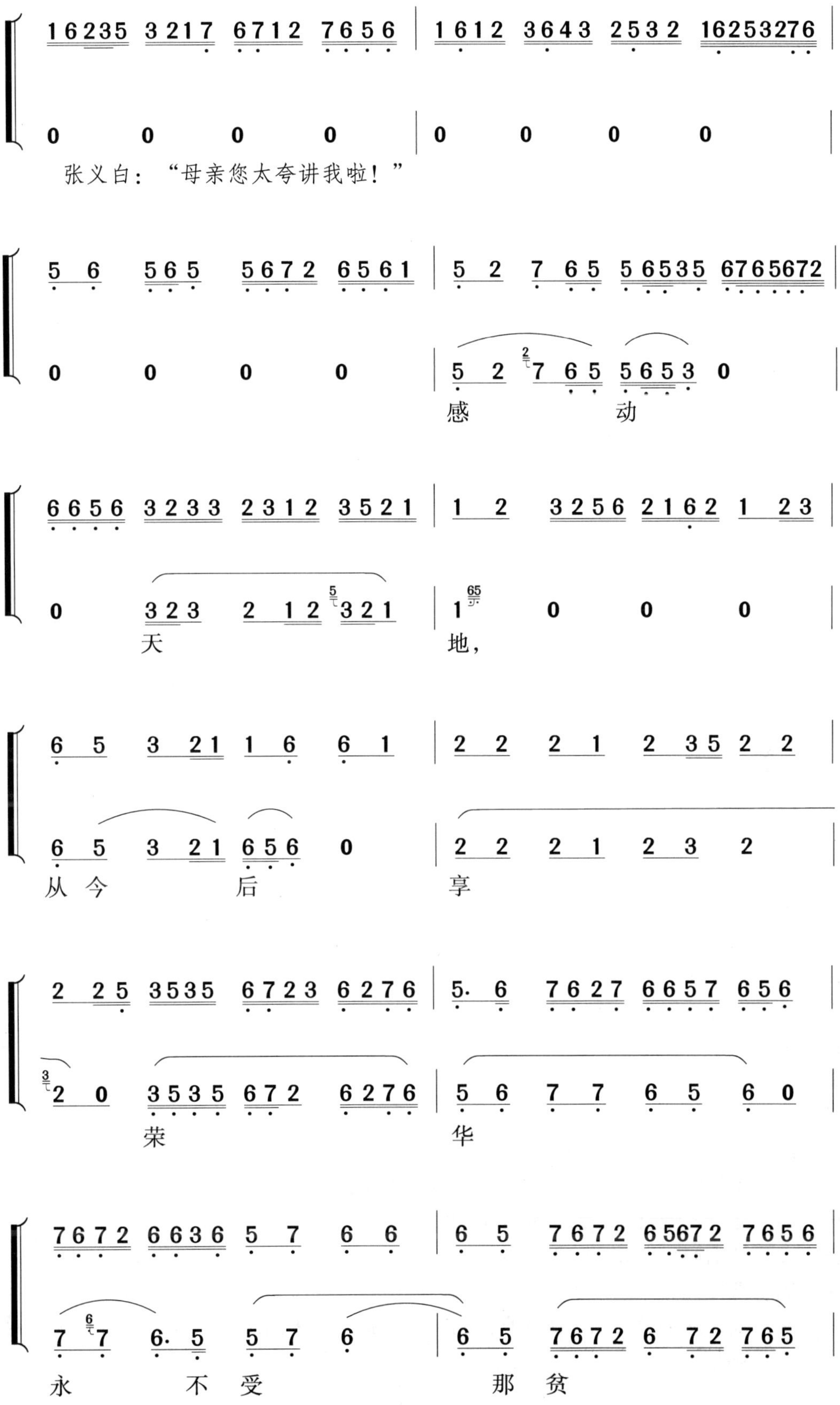
张义白：“母亲您太夸讲我啦！”
感 动
天 地，
从今 后 享
荣 华
永 不受 那贫

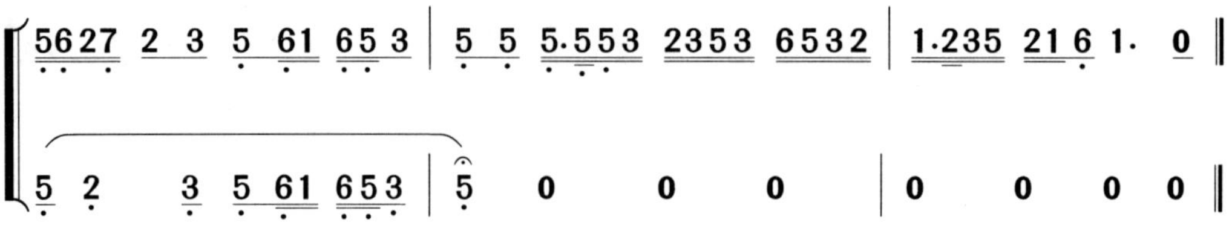

寒。

〔【小锣住头】归原位。

张　义　母亲，您把饭食端来给我吃呀！

康　氏　儿啊！今早起来未曾起火，哪有饭食与你？

张　义　唉哟，对了，咱们家连火还没笼呢！这么办，拿着金子到大街上换点钱，买点柴米鱼肉，咱们娘儿俩也开开斋，您瞧怎么样？

康　氏　儿呀！还是多买柴米，少买鱼肉的才是。

张　义　多买点鱼肉，可又怕什么的呀？

康　氏　不是那样讲，“常将有日思无日，莫待无时思有时”。

张　义　您哪，您都饿怕了！您就等着得了，我去买去啦我……

康　氏　早去早回。

张　义　是啦！是啦！我走我走。我……这……我先等等吧！刚才在孟津河下，听我周伯伯说我哥哥上京求名，得中第八名进士，实授祥符县正堂。我还没禀报我母亲呢，有哩！待我禀告我母亲知道。恭喜母亲，贺喜母亲。（拱手）

康　氏　为娘喜从何来？

张　义　我哥哥上京求名，得中第八名进士，实授祥符县正堂，您岂不是一喜吗？（双手摊掌）

康　氏　哦！此话当真？

张　义　当真哪！

康　氏　待为娘谢天谢地！（站起躬身施礼）

张　义　是呀！我谢谢咱们家灶王老爷子得啦！（面向正后台躬身施礼）

康　氏　儿啊，从今以后你就是二老爷了。

张　义　我要是二老爷，往后您就是太夫人了！

康　氏　儿啊，拿来！

张　义　您要什么呀？

康　氏　你哥哥做官的报单。

张　义　报单？母亲您拿来！

康　氏　为娘拿什么呀？

张　义　拿书信来。

康　氏　为娘闷坐寒窑，哪有书信与你！

张　义　还是的，我在孟津河下钓鱼，可哪来的报单呢？

康　氏　你哥哥做官，是何人对你讲的？

张　义　是咱们隔壁儿周伯伯说的。

康　氏　哦！你那周伯伯上了几岁年纪，说话有些颠倒，我儿再问个明白才是。

张　义　唉，这事没准儿，我还真得问问去。我、我去问问去。（出门）我说，周伯伯在家哪吗？

〔周老内白：“做什么？”

张　义　我哥哥做官是真的吗？

〔周老内：“是真的。”

张　义　可有书信前来？

〔周老内:“有书信前来，被下书人下错了。”

张　义　下在哪啦？

〔周老内：“下到王家庄，你那王氏嫂嫂一见书信，十分欢喜，雇了一乘小轿，上任去了。临行之时，说了两句淡话。”

张　义　哪两句淡话？

〔周内：“将你母子冻饿死在寒窑。”

张　义　哎哟！（边哭边左转身进门回来）

康　氏　儿呀！你为何啼哭？

张　义　我问周伯伯去了。周伯伯说，我哥哥做官是真的。有书信前来，被下书人下错啦。

康　氏　下在哪里？

张　义　下在王家庄，我那王氏嫂嫂那里。她一见书信，十分欢喜，雇了一乘小轿，私自上任去了。临行之时，留下两句淡话。

康　氏　哪两句淡话？

张　义　活活将你我母子冻饿死在寒窑！（顿右足，右手向外指出）

康　氏　好畜生哪！

〔**【纽丝】**康氏起身走至台中。张义哭：“呜呜！……”用手拭泪。

〔二黄散板〕

康　氏　サ（6 5 3 2 2 3 3 6 3 5 6 6 6 5）3 3
指望

3 2 3 3 3 2 5 3.（3 2 3 5 6 3）5 5 3 2
养 儿 防 备 老， 竹 篮

1 2 1. 2 3 1. 2 3 3 2 2 1 2 ‖**【住头】**
打 水 一 场 空。

康　氏　儿啊！

张　义　母亲！

康　氏　从今以后，全仗我儿你奉养为娘的才是啊、啊、啊、啊！（哭）

张　义　哟嗬！这倒不错啊！我母亲说嘛，我哥哥做官不养活您了，往后就仗着我养活您了！这、这、这不行！这我得跟您说说去。我说母亲，我哥哥做官不养活您了，往后您就仗着我养活您啦，是不是呀？

康　氏　正是。

张　义　嘿嘿！我说母亲，我跟您讲个理儿，使得使不得？

康　氏　噢，有话讲在当面哪。

张　义　唉！那么我可就说了，啊？想当初咱们家有落儿的时候，您有好吃的给我哥哥吃，有好穿的嘛，给我哥哥穿，你叫他念书，没事儿叫我捡煤核儿去。

康　氏　俱是一样啊！

张　义　唉！就说是一样吧！你给他娶媳妇，这会儿叫我打着光棍儿。

康　氏　唉！

张　义　如今晚儿他做了官了，不养活您了！你叫我养活您呢？

康　氏　正是！

张　义　我也是不养活您了！【小锣一击】

康　氏　哦！你也不奉养为娘。

张　义　不养活。（走至“大边”台口，双手叉腰）

康　氏　此话当真？（左手摊掌）

张　义　当真！

康　氏　如此张义！

张　义　怎么着？

康　氏　我那亲……（左手欲扶张义肩）

张　义　亲什么呀？（用手扒拉一下自己的右肩）

康　氏　唉！儿——啊、啊、啊！（哭）

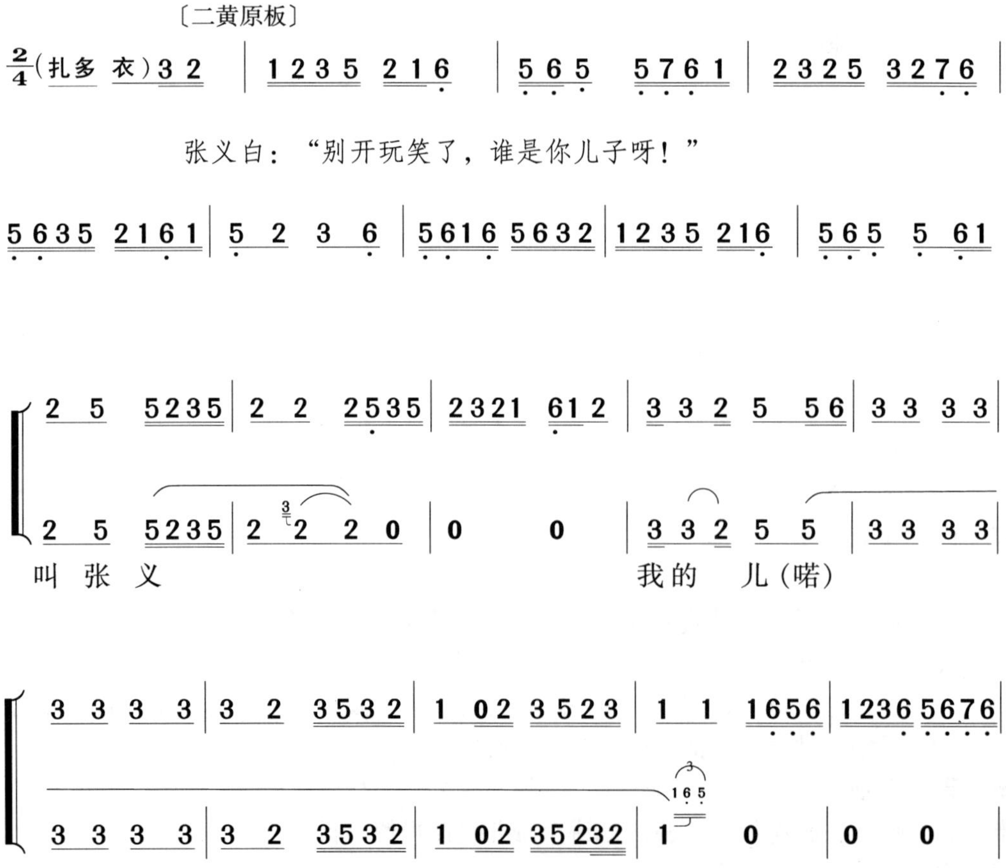

钓金龟

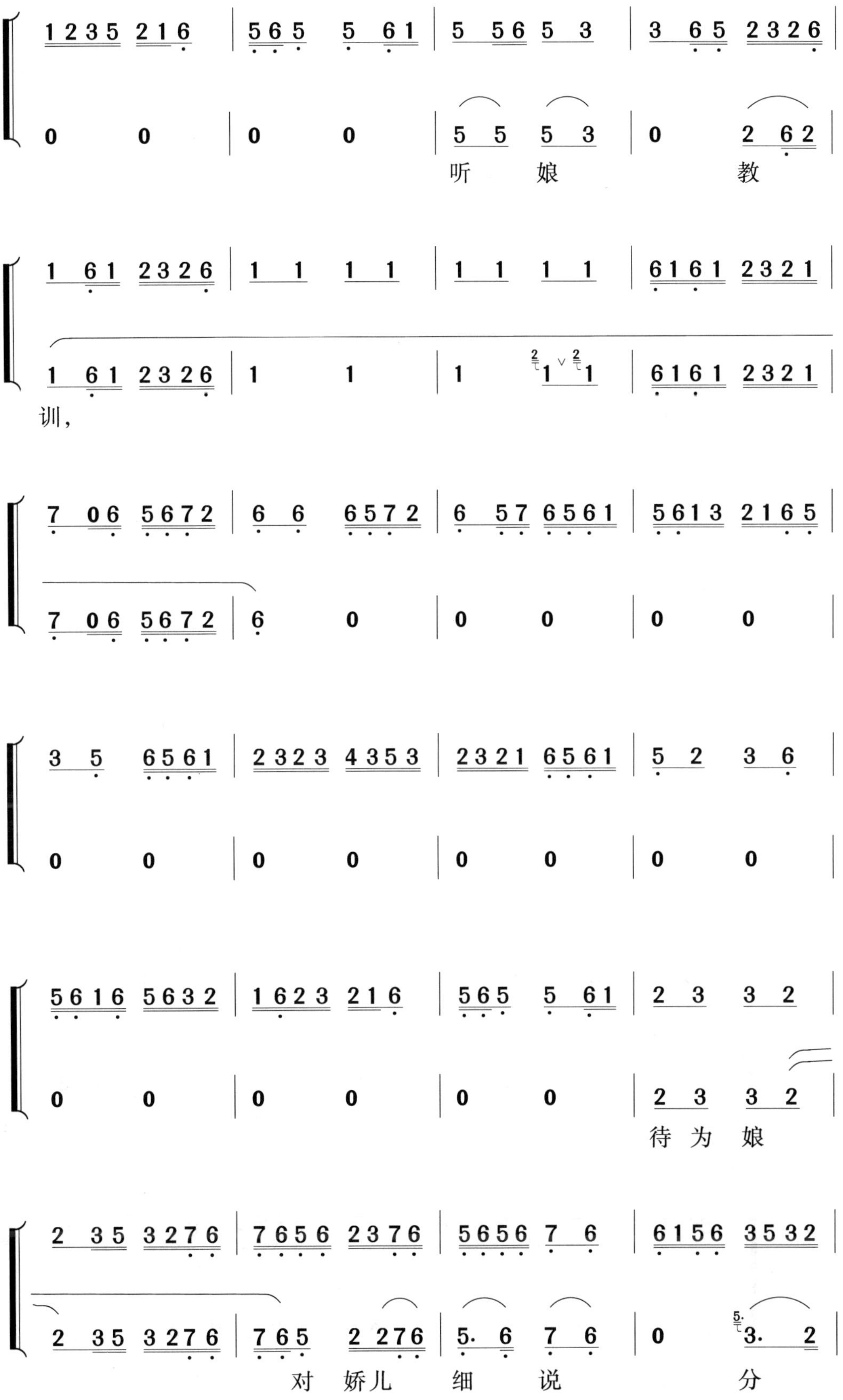

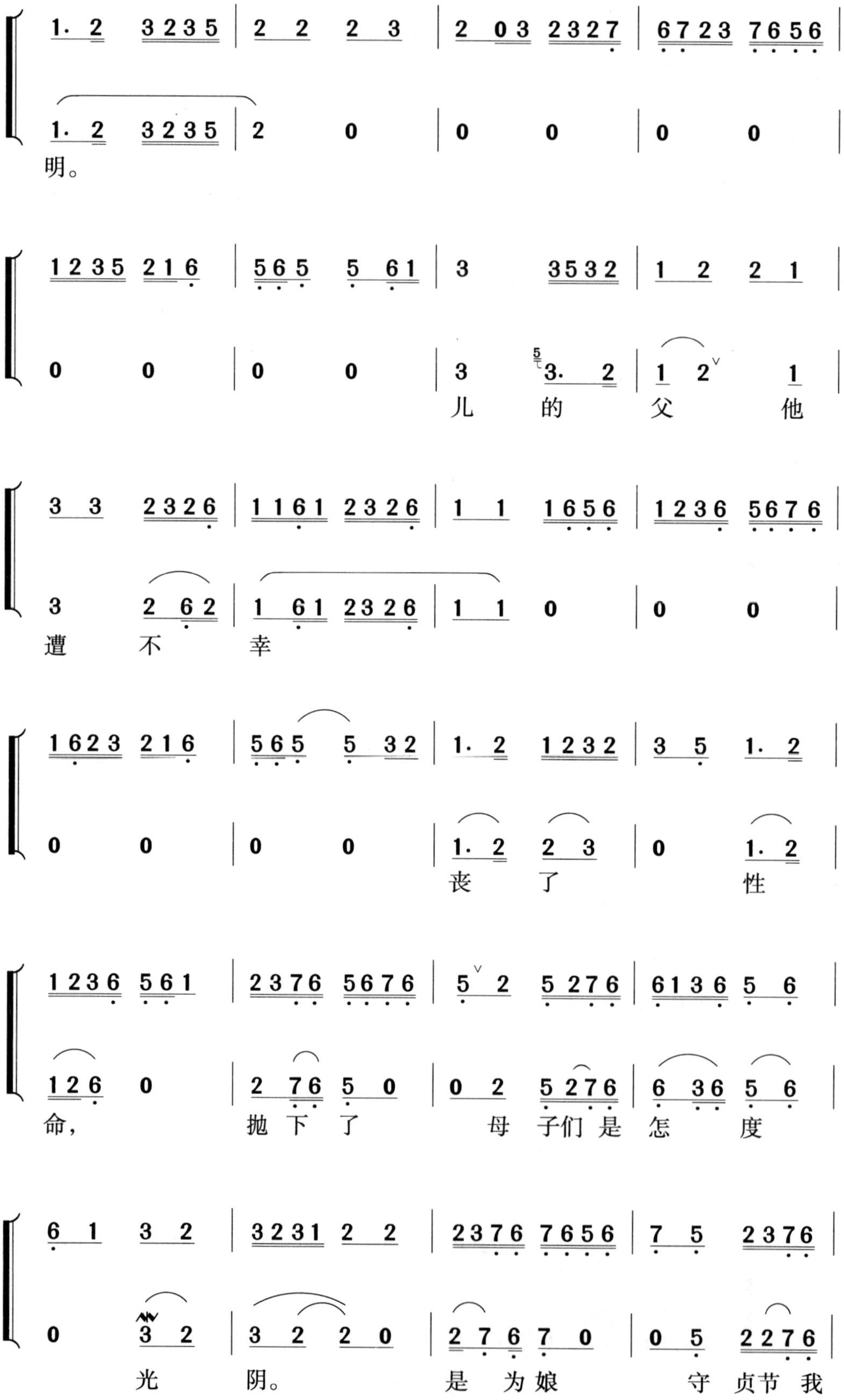
明。
儿 的 父 他
遭 不 幸
丧 了 性
命， 抛 下 了 母 子们 是 怎 度
光 阴。 是 为 娘 守 贞节 我

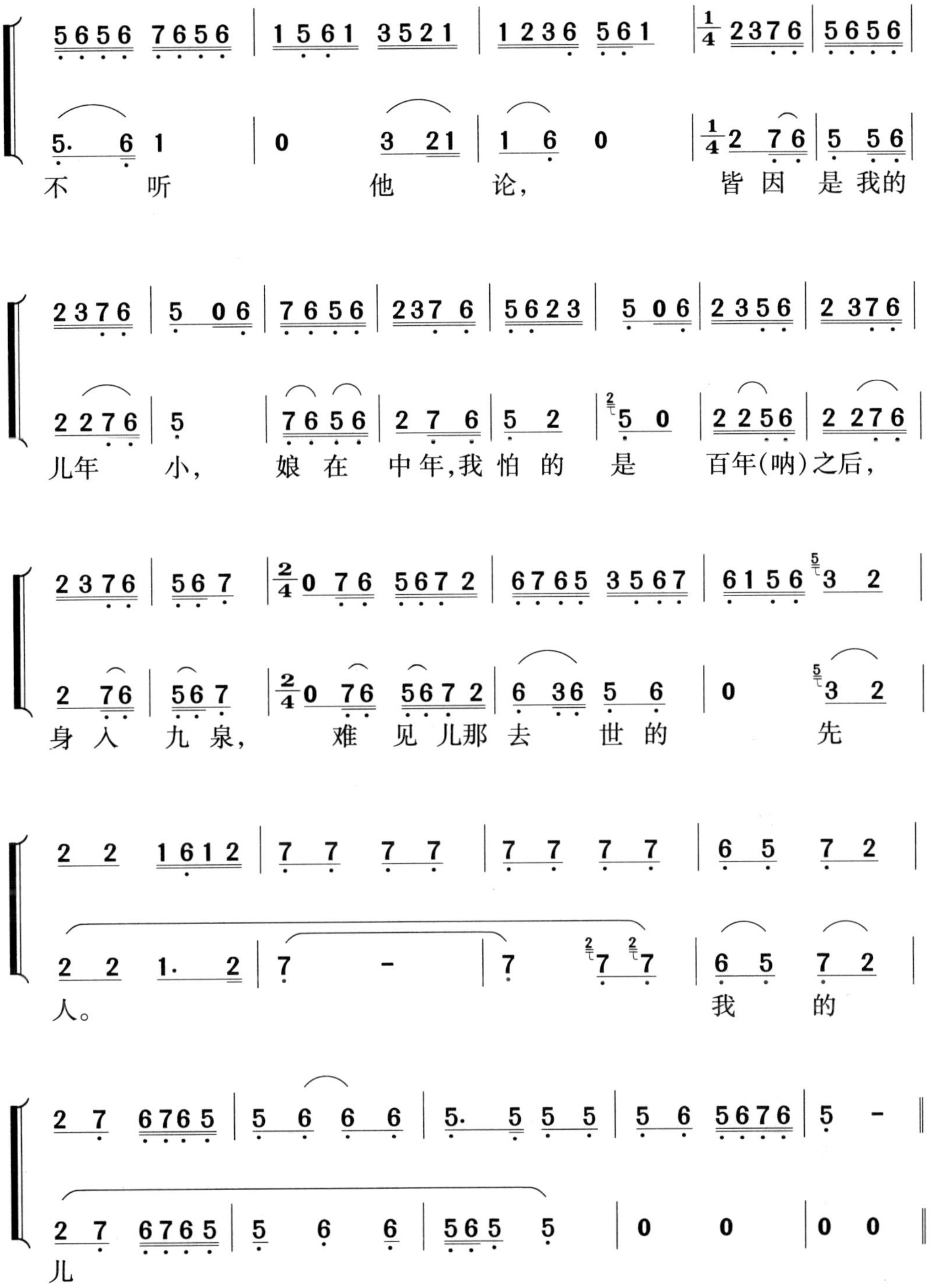

（左手拭泪）

张　义　啊！你说什么？当初嘛，我爸爸死了，那会儿我嘛，岁数太小，为的是嘛照看我。您呢，还别说这个。您要说照看我呀，这会儿我可长大了，我说不养活就不养活。任凭您怎么说摆吧，您怎么说，我不养活，我不养活，我！（边说边沿着左右口横线走至右台口站住）

〔康氏右转身，见张义离开了原处，追到右台口，站在张义身旁。**【小锣夺头】**

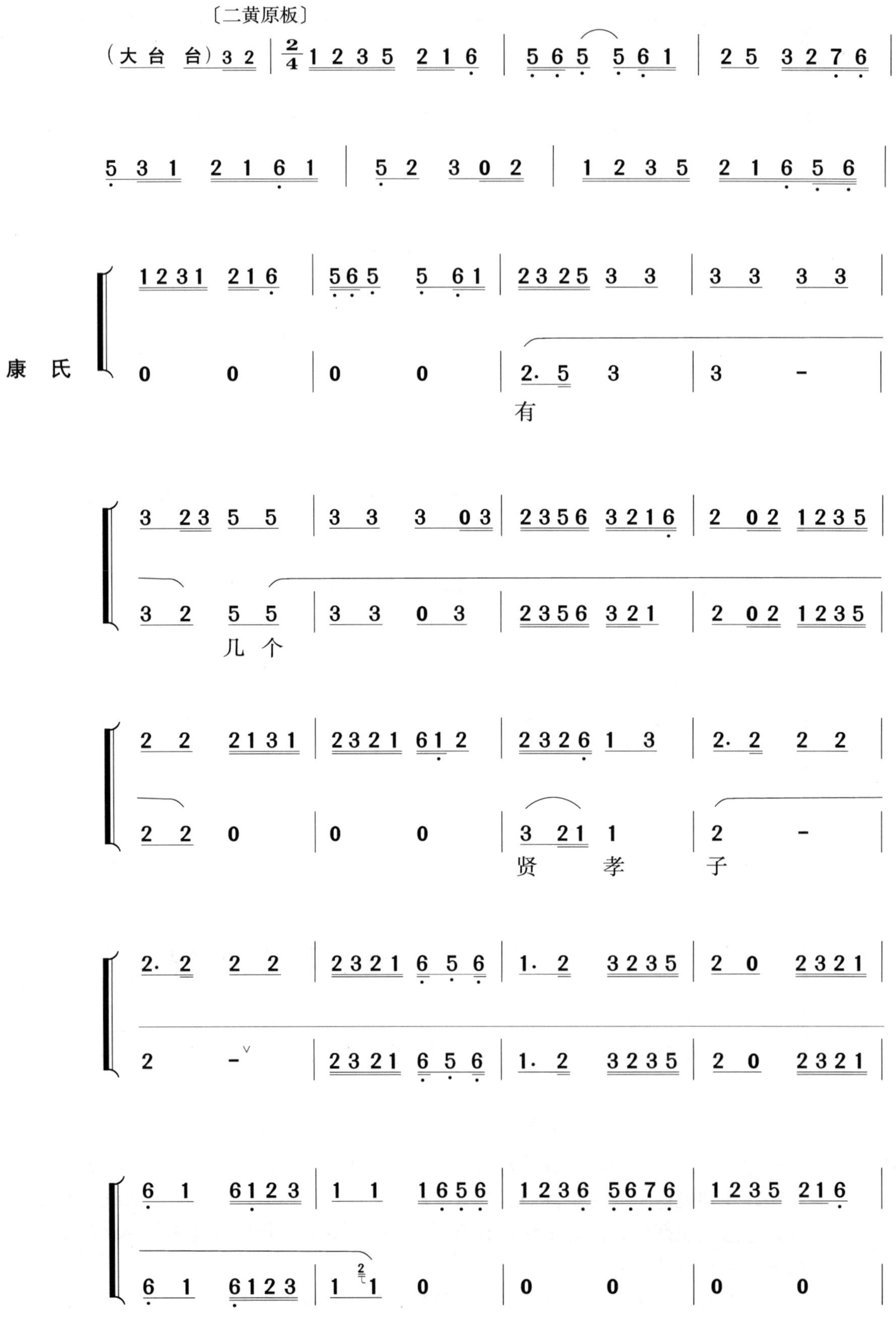
〔二黄原板〕
（大台 台）
康氏
有
几个
贤孝子

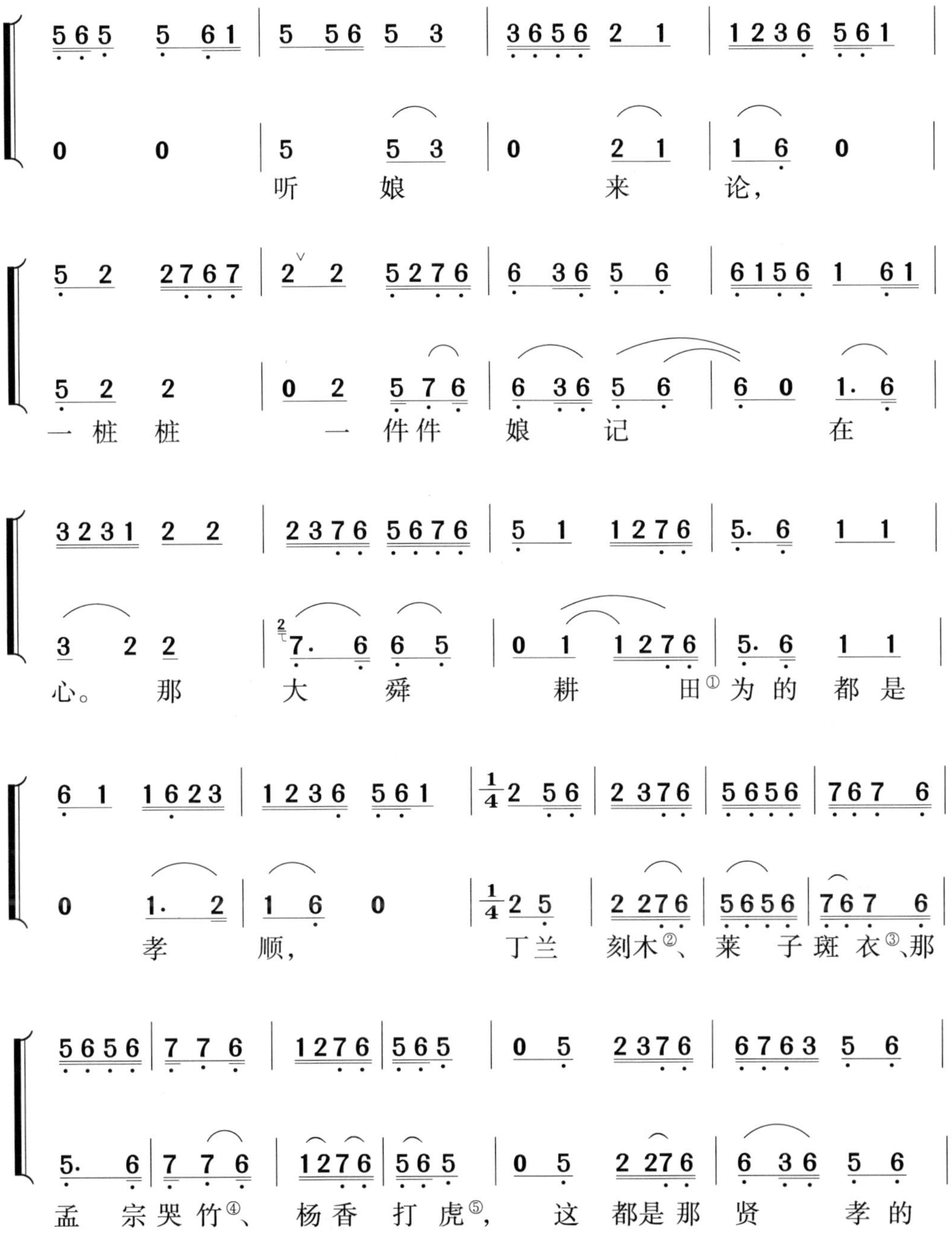

---

① 大舜耕田：虞舜的命运不好，父亲瞎眼，继母虐待，同父异母的弟弟又蛮不讲理。但虞舜并不因此而不孝顺老人，他耕田、捕鱼，辛勤劳作，当了帝之后，依然照顾家人。

② 丁兰刻木：丁兰，汉朝人，少年时丧父母，长大后，丁兰用木头刻成老人像，朝夕供奉，事之如生。

③ 莱子斑衣：莱子，即老莱子，春秋末年隐士。老莱子已七旬高龄，仍穿五色彩衣，扮婴儿为老人取乐。

④ 孟宗哭竹：三国时，吴国孟宗的母亲爱吃竹笋。冬日，笋未生，孟宗入竹林大哭，竹笋生出，孟宗取而奉母。

⑤ 杨香打虎：杨香是晋时杨丰的女儿，她十四岁时随父亲到田间割稻，忽有一虎扑至，吞噬其父，杨香徒手搏虎，虎乃丢下其父逃走。

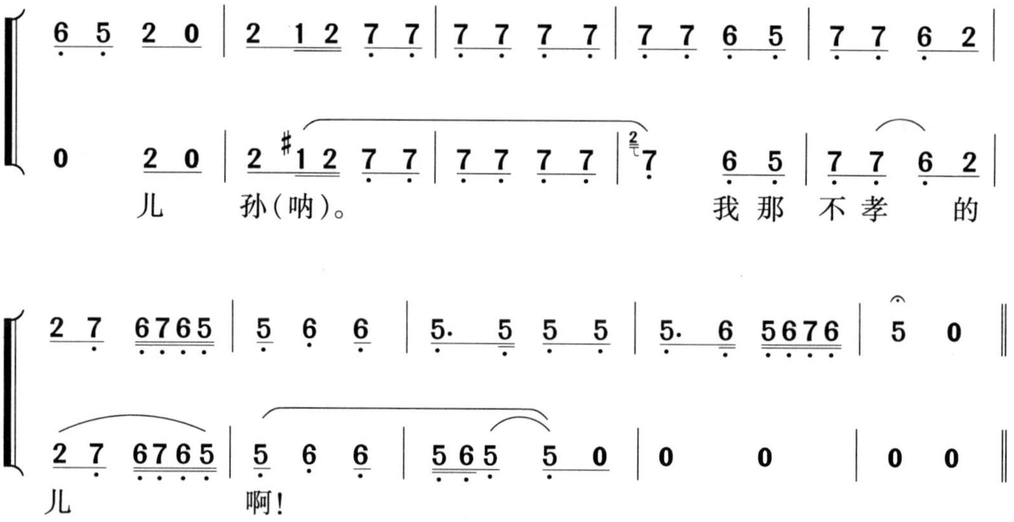

张 义 嘿!这倒不错啊!怎么着,到这会儿您跟我提二十四孝[③],您甭说二十四孝,您就说鼓词我也不养活!二十四孝哇,还四十八孝哪,九十六孝,都不孝。说不养活就不养活,不养活,不养活,不养活定啦我!(边走边说至台口)

〔康氏左转身找张义,不见,颤抖地追至左台口,站立在张义身旁。【小锣夺头】

〔二黄原板〕

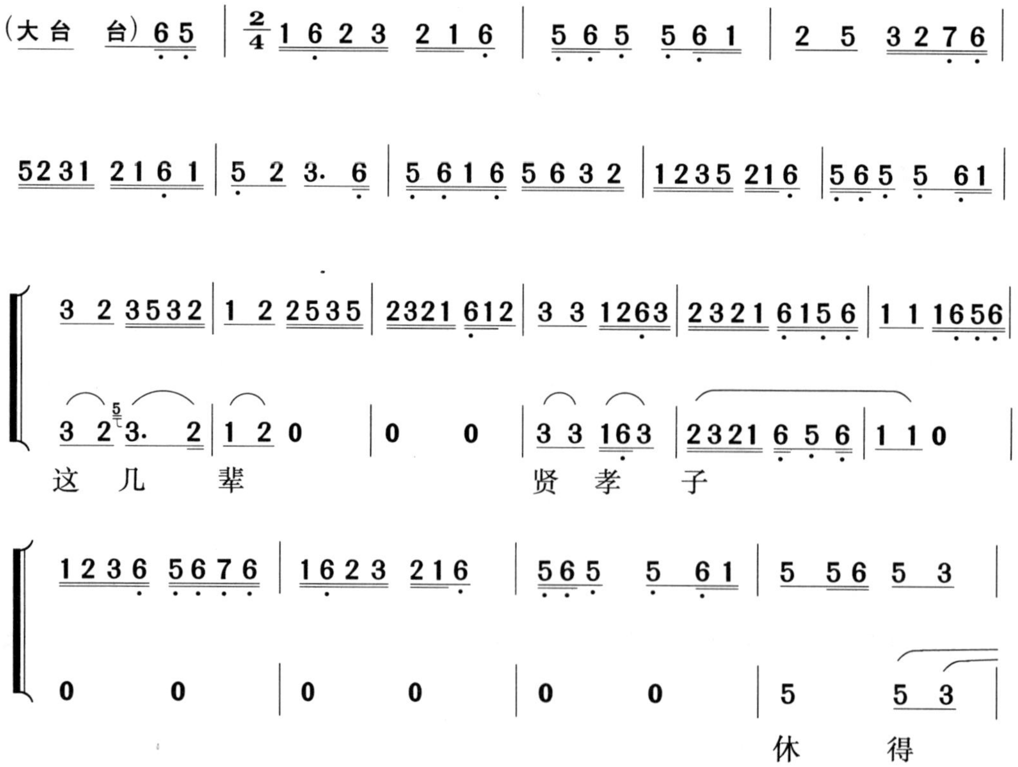

康 氏

---

③ 二十四孝:元朝郭守正辑虞舜、汉文帝、曾参、闵损、仲由、董永、郯子、江革、陆绩、唐夫人、吴猛、王祥、郭巨、杨香、朱寿昌、庾黔娄、老莱子、蔡顺、黄香、姜诗、王褒、丁兰、孟宗、黄庭坚二十四人的孝行,成《二十四孝》一书。

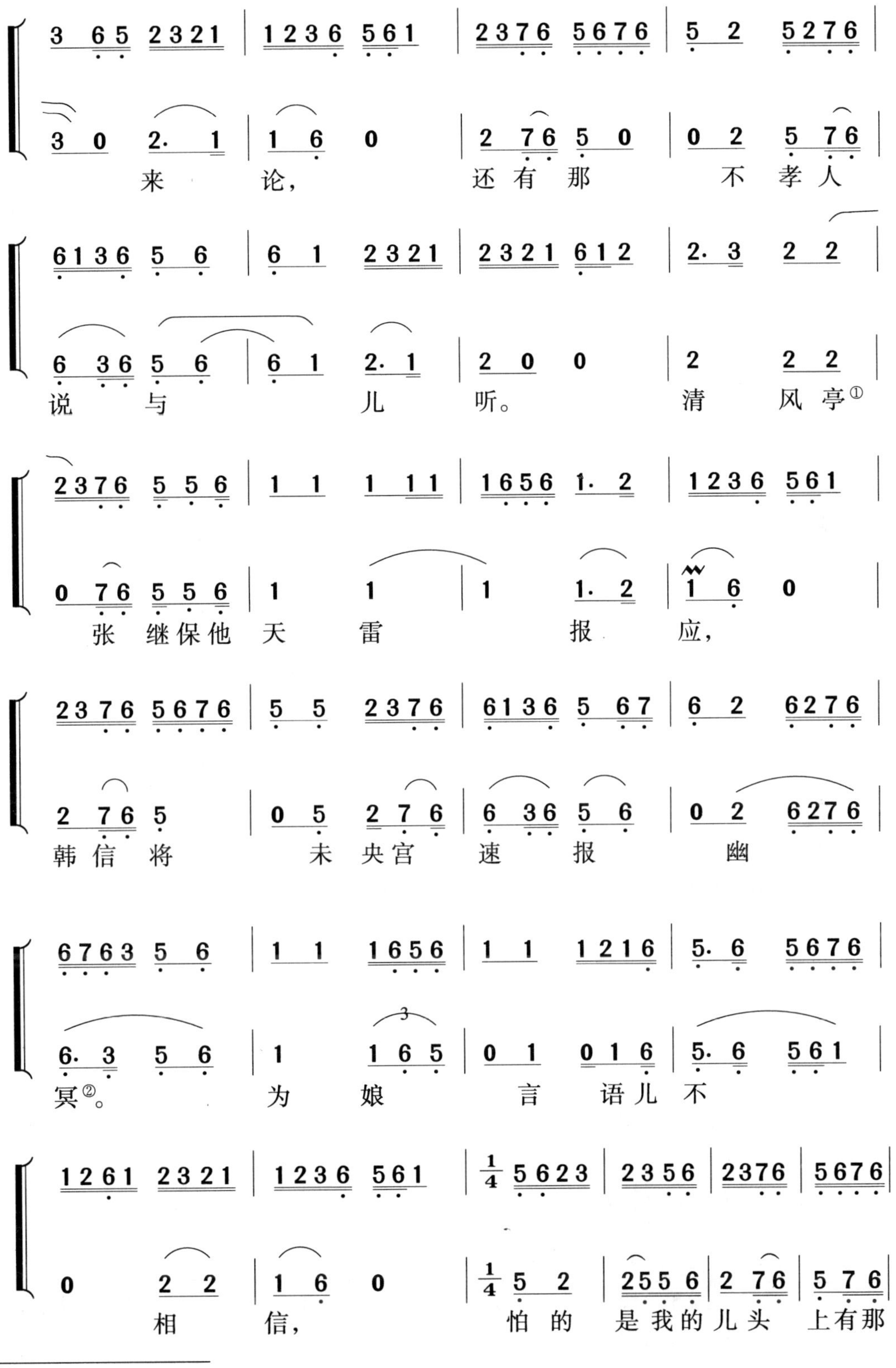

① 清风亭：做了高官的张继保抛弃了年迈多病的养父母，终招天怒人怨，被雷殛死。

② 韩信将未央宫速报幽冥：传说韩信幼时不孝，与母亲争执，竟至动手；母亲去世，也因贫而无力埋葬。后韩信扶汉立功，居高位，终被吕后在未央宫谋害。这里说成是韩信不孝，招致的报应。

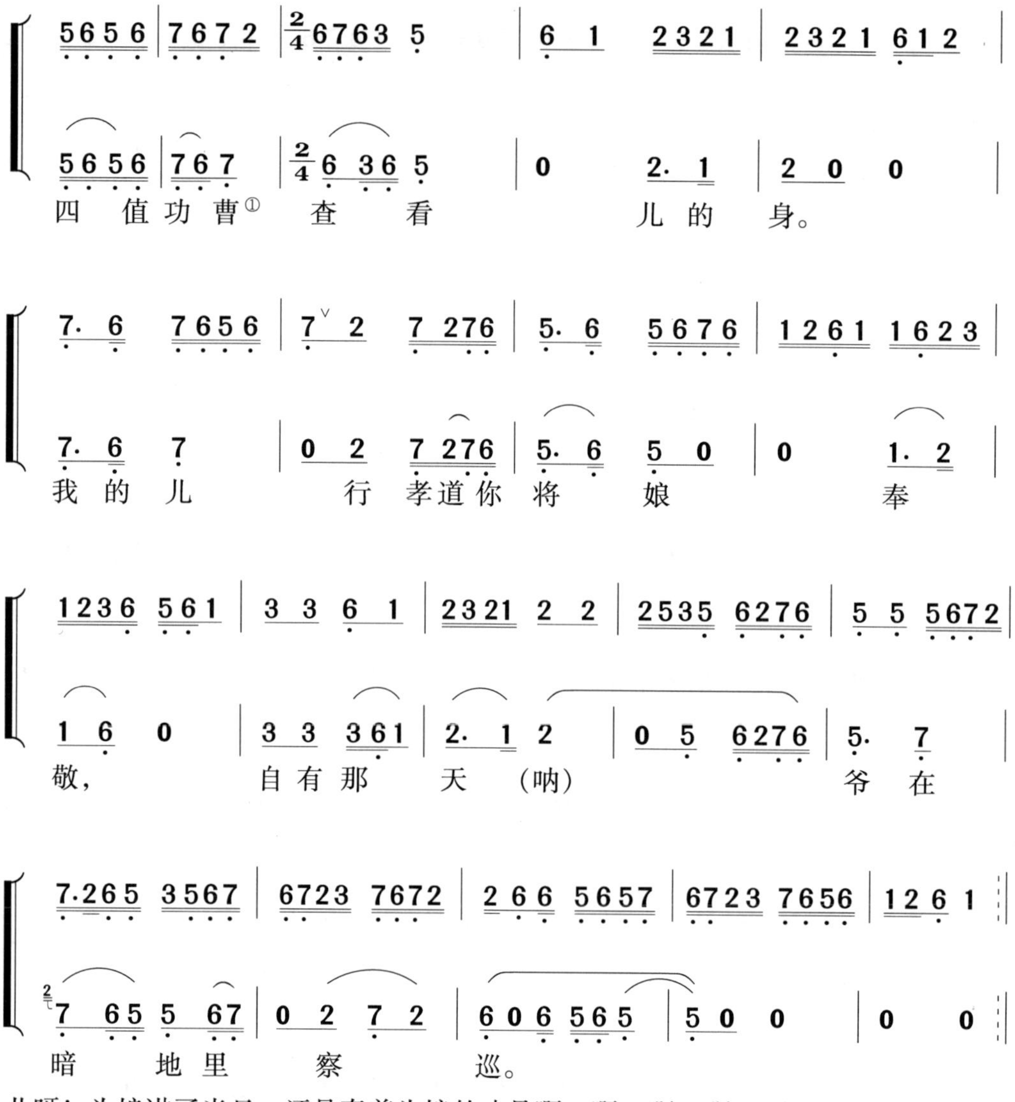

康　氏　儿呀！为娘讲了半日，还是奉养为娘的才是啊、啊、啊、啊！（哭）

张　义　嘿嘿！好办！你说了半天，我就应该养活您哪！没告诉您吗，任凭您怎么说，排吧，您怎么说，说不养活，我就不养活。

康　氏　噢！还不奉养为娘？

张　义　唉！吃了秤砣铁了心了，不养活！

康　氏　如此我要……

张　义　您先等等，我说您要干什么去呀？

康　氏　唉！长街乞讨哇！啊、啊、啊！（哭）

张　义　哈哈……有的，您上外头要饭寒碜我呀！我还告诉您说，您要寒碜您寒碜你那做官的儿子，不能寒碜我这钓鱼的儿子。您要要饭哪，您给我要去呗！**【乱锤】**（**八大仓**）

康　氏　好畜生哪！（怒指张义）

张　义　不养活。

---

① 四值功曹：功曹本是掌管考察记录功劳的官。迷信的说法，阴间亦有功曹，整日监视着世人的功过。

钓金龟

〔二黄散板〕

康 氏 【纽丝凤点头】サ（6 5 5 3 2 2 3 3 2 6· 1 2 3 5 6 3 3 2· 1

6 3 3 2 1 6 6 5） 3 3 2 5· 2 3 5 2 2（5 6 1 2）

说了 些

1 3 2 2 2 6 2 1 2 2 1 1（6 5 2 3 2 1 6 5）

好 言 语 奴 才 他 不 信， （仓）

5 2 7 6 5 2 7 6 3 6· 6 5 6 7（7· 6 5 3

小 张 义 在 一 旁

5 6 7） 2 7· 6 6· 7 6 7 6 7 2 7 2 5 3 2

他 不 睬

2 7 6 5 6 7 2 2 7 6 5 3· 5 6 7· 6 5 6 6 5

不 闻（呐）。

（3 3 2· 1 6 6 5） 2 2 1 1 2 2（5 6 1 2） 2 7 5

悲 切 切 （仓） 出窑

6 5 1· 2 7 6 6 6 5（3 2· 1 6 6 5） 3 2 5 3

门 （顷 – 仓） 长 街

（左手抖袖、顿足，右手拐杖交左手掖拿，

〔哭头〕

3 2 3 2 1·（2 1 2 1 2 1 2 3 5 2 1 7 2 1 –）

去 （大 仓 – 仓 – 仓 仓 仓 才 台 仓 – ）

右手撑袖）

1 7 6 5 7 7 7 6 6 5 5 6 6 6 5

奔， 我 的 儿 啊！

〔康氏出窑。张义紧随着出来，右单腿跪下，拉住康氏衣襟。

张　义　母亲哪！

〔二黄散板〕

【纽丝凤点头】（过门同前）サ 3　2 5　5 3　3　3 2　2 3

　　　　　　　　　　　　　　　　　　哪　有　　个　为　儿　　的（呀）

2 3　2　3　5　3　2. 3　2 1　1　3 2　【住头】‖

不　　　　养　　娘　　　　　　　　亲。

母亲，您请回来，我养活您了！我！【小锣一击】

康　氏　哦！我儿你奉养为娘了？

张　义　我呀，跟您闹着玩呢，我要是不养活您，往后谁还跟我交朋友哇！

康　氏　好哇！

〔【纽丝】康氏左手拉着张义进窑，张义站在右台口。

〔二黄散板〕

【纽丝凤点头】サ（ 6　5　3　2　2　3　3　2. 1

6　6　5 ）1　3　1　2　3　2　1　2　2　6 2　1 －

　　　　　手　拉　　　　姣　儿　把　窑　门　　　　进，

〔散板〕

张　义　（过门同前）2　2　1 2　3　2 1　6 1　3 2　－　【住头】‖

　　　　　　　　　孩　儿　起　　下　登　　程　的　心。

张　义　母亲，孩儿要去祥符县，找我那不孝兄长。

康　氏　儿呀！为娘偌大年纪，我儿不去也罢。

张　义　孩儿去心已定啦！

康　氏　我儿去心已定，为娘也不拦阻于你。这有拐杖一根，你扛在身上！

张　义　要它何用啊？（双手接杖）

康　氏　如同为娘亲去一般。孩儿转上受为娘这一（呀）拜！

张　义　母亲折寿死孩儿啦！

康　氏　拜的非你。

张　义　您拜的是谁呀？

康　氏　你那不孝的兄嫂哇！啊、啊！（哭）

张　义　唉！您要多拜她儿拜呀。

〔【纽丝】康氏右转身，同时张义右转身，二人同向后方揖拜。

〔二黄散板〕

康　氏　サ（6　5　3　2　2　3　3　2. 1　6　6　5）3　3　2　3

　　　　　　　　　　　　　　　　　　　　　　　　窑　中　领　了

3 2　5　5 3.（3　2 3　4 6　3）5 3. 2　1. 2

为　　娘　命，　　　　（仓）　　　　去　至　祥

钓金龟

1 2 3 2 3 2 1 6̣ 1. 2 3 5 2 2
符 要 急 速 行。

张 义 母亲哪！

【纽丝凤点头】（过门同前）3 3 2 2 1 1 2 2 1 1 （0 6̣ 5̣ 6̣ 7̣ 6̣）
辞 别 母 亲 出 窑 门，（仓 0）（欲出窑）

康 氏 转来！

张 义 【凤点头】（过门同前）2 2 1 2 3 6. 1 2 2【住头】‖（站在台口）
母 亲 有 话 快 说 明。

张 义 我去的好好儿的，您把我叫回来还有什么嘱咐的呀？

康 氏 儿啊！此番到了祥符县，讲话分明，不要叫她将你治死。

张 义 哎，哎，哎，母亲，母亲！孩儿不去啦！

康 氏 因何不去？

张 义 母亲出言不利。

康 氏 为娘上了年纪说话有些颠倒，我儿尽管前去。

张 义 母亲呀！

〔二黄散板〕

【纽丝凤点头】（过门同前）2 5 3 3 3 3 2 4 3 （3
母 亲 一 言 错 出 唇，

2 3 5 6 3）2 2 3 3 3 1 3 2 （5̣ 6̣ 1 2）
（仓） 倒 叫 孩 儿 吃 一 惊。（白："儿好怕啊！"）
（仓）

康 氏 怕什么？

张 义 1 3 2 2 1 1 2 2 1（6̣ 5̣ 6̣ 7̣ 6̣ 1）2 1 2 2 1 2 3
怕 的 是 儿 死 娘 还 在，（仓） 白 发 人 反 送

2 2 1 3 2 2（5̣ 6̣ 1 2）3 2 2 1 1 2 2 6̣ 2 1. 2 3 1
黑 发 身。（仓） 辞 别 母 亲 出 窑 门，

〔【纽丝】张义出窑，康氏送出，张义走至左台口右转身，左手提拐杖。

张 义 2 2 3 3 1 2 2 2 ‖【冲头】【叫头】
不 见 兄 嫂 不 回（呀） 程。

康 氏 张义！

张 义 母亲！

康 氏 （同） 娇儿！啊！啊！啊！

张 义 （同） 唉，母亲哪！【乱锤】罢！（二人拭泪）

〔（八大仓）张义拱手一拜【冲头】急速从"下场门"下。

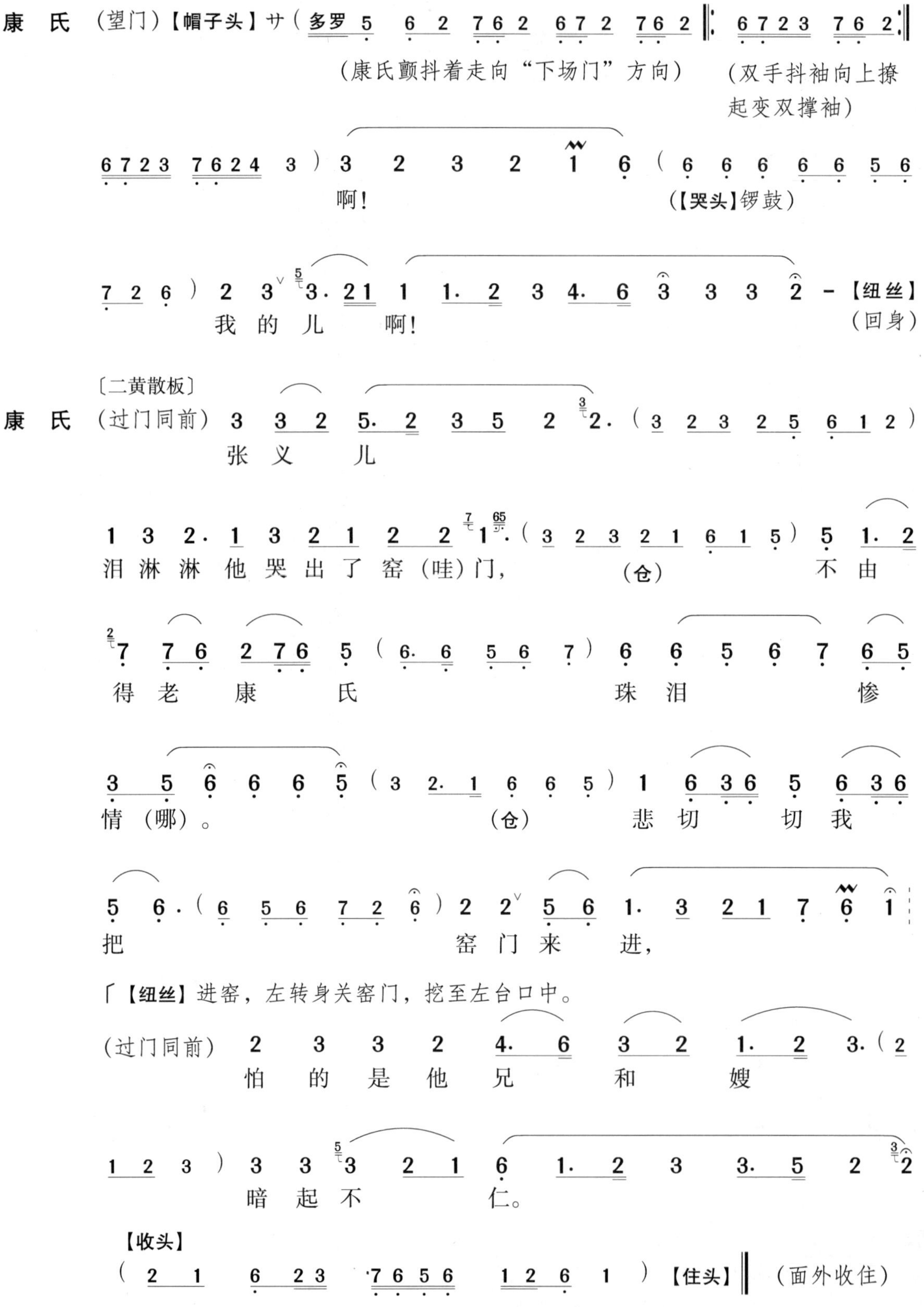
康氏
(望门)【帽子头】
多罗
(康氏颤抖着走向"下场门"方向)
(双手抖袖向上撩起变双撑袖)
啊!
(【哭头】锣鼓)
我的儿啊!
【纽丝】
(回身)
〔二黄散板〕
康氏
(过门同前)
张义儿
泪淋淋他哭出了窑(哇)门,
(仓)
不由得老康氏珠泪惨情(哪)。
(仓)
悲切切我把窑门来进,
「【纽丝】进窑，左转身关窑门，挖至左台口中。
(过门同前)
怕的是他兄和嫂暗起不仁。
【收头】
【住头】
(面外收住)

——剧终

王　淼　整理　　李世英　记谱

哭　灵

根据李多奎音配像整理

北宋年间，河南孟津有一贫妪康氏，其次子张义奉母命，携带钓得的金龟宝贝，到祥符县署中，寻找身为县令的兄长张宣，辩赡养母亲之理。不料，恶嫂王氏图财将张义害死。康氏盼子不归，遂徒步奔赴祥符，始知张义已死。康氏前往灵前哭祭，回思往事悲恸欲绝。当夜宿于灵柩旁边，冥冥中，张义鬼魂托梦，哀诉王氏觊觎金龟将己杀害之事，并恳求母亲代为报仇。次日清晨，康氏假托去城隍庙还愿，至开封府包拯堂前为子申雪了冤屈。

这出戏也叫《哭灵托兆》，最早源于徽戏，一般只演灵堂一场。该剧是京剧形成以来，历史悠久、长演不衰的剧目。20世纪50年代初至70年代末，因禁演鬼魂戏而停演了近30年。《哭灵》和舞台上常演的《钓金龟》、《行路训子》是同一个故事。这三出戏有时连演，称《金龟记》，也称全部《孟津河》。《双钉记——包公巧断案中案》，是这个故事的最后部分。清末戏曲理论家焦循的《剧说》(卷四)中载："村中演剧，每演包待制勘双钉事，一名《钓金龟》。"清末的《古柏堂传奇》中，有唐英改编的《双钉案》，即此全剧。清代画家沈蓉圃绘制的《同光十三绝》中，就有前辈老旦名家郝兰田(王瑶卿之外祖父)在《行路训子》一剧中扮演的康氏。

《哭灵》是一出老旦唱功的重头戏。包括〔慢板〕、〔原板〕在内的24句的大段〔反二黄〕唱腔，这在京剧的传统剧目当中，是较为罕见的。《哭灵》、《孝感天》和《孝义节》三出戏里，虽然都有老旦的〔反二黄〕唱腔，但是比较起来，唯独《哭灵》的段落长、唱腔丰富。老旦的〔反二黄〕唱腔，是在老生〔反二黄〕的唱腔基础上，又吸收了青衣的〔反二黄〕唱腔的旋律而形成的。所以，听起来，好像有《李陵碑》、《奇冤报》、《宇宙锋》和《祭塔》等剧的腔调。这种结合，当然不是生搬硬套，而是水乳交融的产物。

《哭灵》也是李多奎先生的拿手戏之一。他在继承传统的前提下，又苦心孤诣地汲取了《祭江》等剧中的某些青衣唱腔，遗貌取神，自成机杼，形成了具有独特个人风格的老旦〔反二黄〕唱腔。李多奎用他那声如洪钟、醇亮甜润的嗓音唱来，缠绵委婉，凄楚动人，并且不失老年妇女的衰颓之音。〔慢板〕唱出了康氏强忍年迈失子之痛，在寒夜孤灯下，为儿守灵的悲惨境遇。行腔中华丽的嗽音，使唱腔更显示了几分苦涩和凄凉；后面如泣如诉的〔原板〕，俨然是老婆婆哭儿子，絮叨前情的口吻。康氏初进灵堂的〔二黄导板〕中"见灵堂"三个字李多奎以高寒鹤唳之势唱出，一气呵成。这句唱腔气力之充沛和技巧之高超，可与高庆奎先生演唱《逍遥津》中的"父子们在宫院伤心落泪"的前三字相媲美，这是他人所望尘莫及的。"堂"字的下滑落音，圆润流畅美不胜收。接下来〔散板〕中的"枉死城"三个字，李多奎在晚年唱"枉"字用的是个美妙的平腔。这样处理，一来避免了唱高音吃力，二来不与《钓金龟》中的"小张义在一旁他不睬不闻"的唱腔雷同。"死城"二字连唱急出，不仅俏丽悦耳，更唱出了康氏惊闻噩耗的悲哀急切心情。"枉死城"的唱腔，是李多奎在演唱方面炉火纯青衰年变法的一个范例。

〔反二黄〕唱段当中，"僧人"的"僧"是上口字，传统唱法应唱作"sēn（音森）"。但是，这样唱和后面的"人"便成为叠韵字，而且"僧"字还有个小腔，演员唱着和观众听着都很别扭。所以，李先生唱这个“僧”字时不上口，而是按照普通话的声母韵母发音，不为传统所囿，取得了良好的艺术效果。

剧中人康氏的年龄是63岁，未达耄耋之年。这在《行路训子》的念白当中是有交代的。而且康氏之子张义，是个小青年。从他在《钓金龟》剧中的扮相和表演两方面，可以说明其年龄当在20岁以下。所以李先生演出时，按照传统路数，头上戴的是黪网子和黪发鬏。

《钓金龟》、《行路训子》和《哭灵托兆》，都属于李多奎先生最得意的代表作品。这三出戏虽然演的是同一个故事的不同片段，剧情相互衔接，但是李多奎从不连演，而且顶多是戏码列在倒数第二。这是由于历史的原因，老旦在舞台上的地位，微于其他行当。李多奎从二十多岁改唱老旦以后，始终与一流演员合作，并且一直是甘居绿叶。如果上述三出戏连演，那么老旦演员势必要独挑大轴，而这又不是他的意愿了。例外的一次，只有20世纪30年代初，在搭程砚秋先生班社，于北京华乐戏院晚场演出时，因为后面的老生名家贯大元先生误场了，所以李多奎与扮演张宣的刘景然在演完了《行路训子》之后，又接演了《哭灵托兆》，以救燃眉。

何佩森

人物行当

康 氏	老旦	**张 义**	丑
张 宣	老生	**家 院**	老生

服装扮相

康 氏 俊扮。黪网子、黪发鬏、黪鬓发、蓝绸条，白老斗衣、绿腰包、白腰巾子，青彩裤，福字履。

张 宣 俊扮。忠纱、黑三，蓝团花帔、内衬素褶子，青彩裤，厚底。

张 义 勾小花脸。小甩发披黑纱，蓝布茶衣、小白腰包，青彩裤，白布大袜、皂鞋。

家 院 俊扮。青罗帽、黑三，青褶子、大带，青彩裤，厚底。

道具

桌子	一张	**白桌围椅披**	一份
椅子	一把	**银香炉**	一个
白灵堂帐子	一份	**白蜡台**	一对
牌位	一个	**云帚**	一个

第 一 场

〔【小锣抽头】张宣上。

〔二黄摇板〕

张 宣 （6 5 3 2 2 3 3 3 3 2 1 6 1 5 3 2 1 6 1

5 5 ）1 2 1 2 2 3 2 2 1 1 2 1（6 5 6 7 6

可 叹 兄 弟 丧 了 命，

1）3 2 1 2 1 2 1 2 3 1 6 1 2 2 【小锣住头】（归“小座”，

老 娘 到 此 痛 伤 心。 家院暗上）

下官张宣。（台 多 0）乃孟津人氏。只因当年进京求名得中第八名进士，职授祥符县正堂。前日我兄弟张义奉了母亲之命，来到任所，才知老娘不曾去世。此乃王氏贱人一段之过，是我下乡查看未归。谁知兄弟酒呛心血而亡。昨日母亲到此，听说此信，痛哭不止。命我准备灵堂，母亲亲自守灵。家院！

家 院 有。

张 宣 祭礼可曾齐备？

家 院 俱已齐备。

张 宣 打扫灵堂准备一祭。

家 院 遵命。（出门下）

张 宣 唉！兄弟呀！（哭，拭泪）【小锣打下】（“下场门”下）

第 二 场

〔灵堂、素白帐桌、张义灵位、香炉、双白蜡台，帐桌“大边”设跨椅。

二黄曲牌<小开门>

2/4（多 多 ）| 6723 7656 | 1 6 1 2 | 3 6 1 2 |

（家院上，进灵堂打扫）

3 2 3 5 | 6723 7656 | 123 231 | 0 5 615 |

6· 5 656 | 0 3 5 65 | 1321 6532 | 3 5 615 | 3 – ‖

家　院　有请太夫人。

〔张宣内白：“母亲，随我来！”

奏二黄曲牌＜哭皇天＞

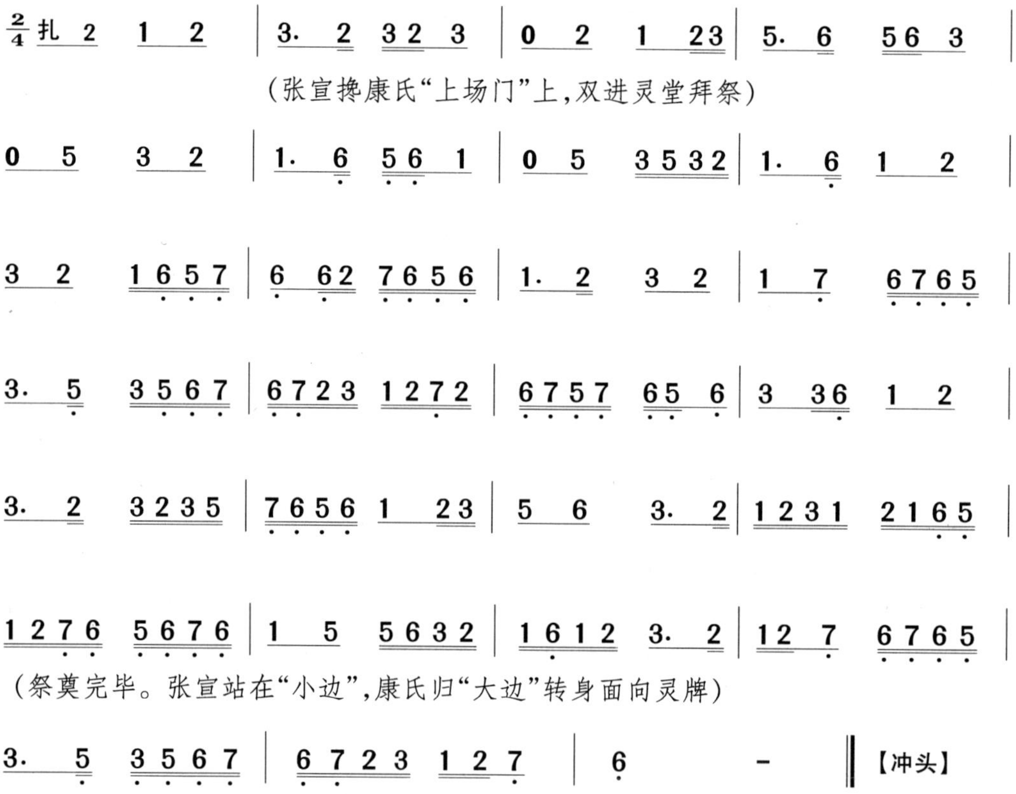

康　氏　【叫头】张义(台仓仓另仓)娇儿！(台仓切仓)(翻右手水袖)唉！儿……呀……(拭泪)

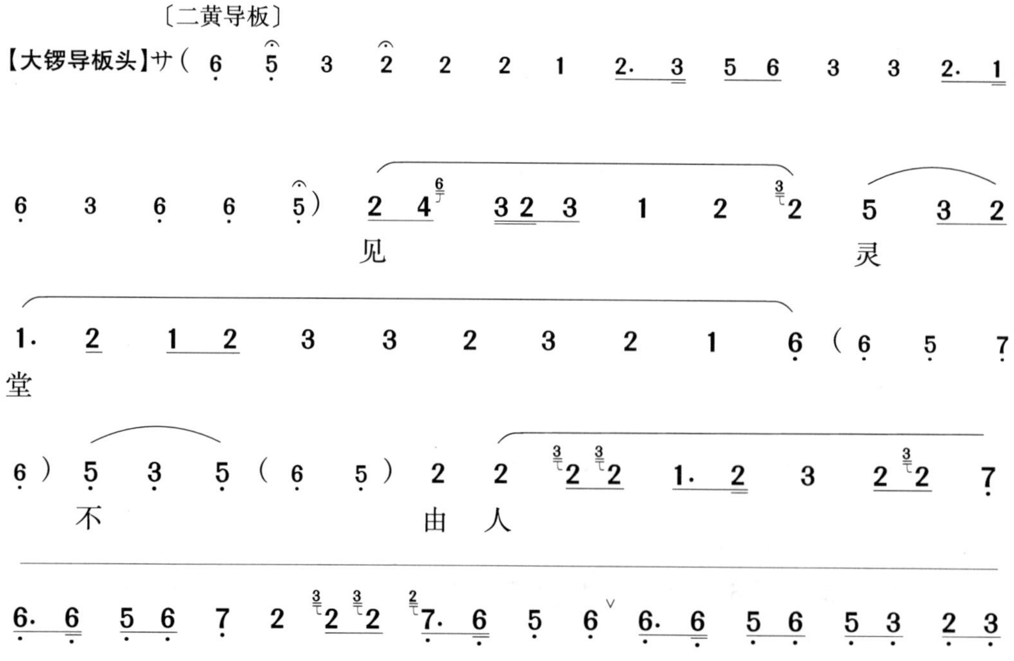

哭 灵

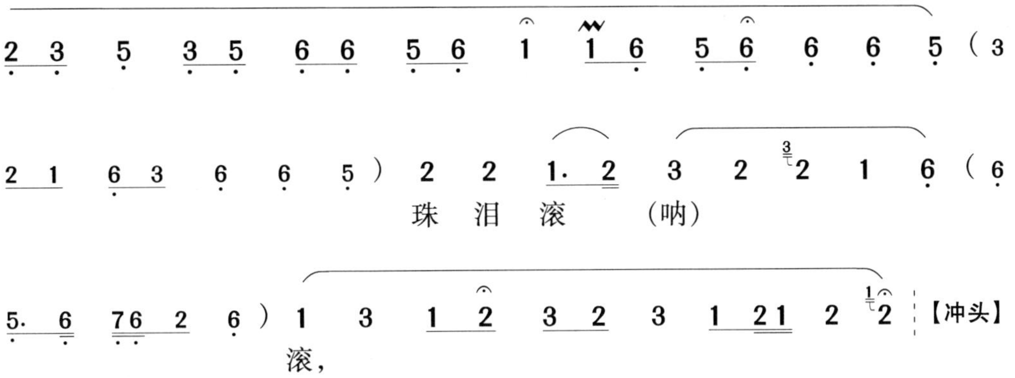

康 义 【冲头】张义！（台仓仓另台）娇儿！（仓切仓）唉！【撕边】儿呀！

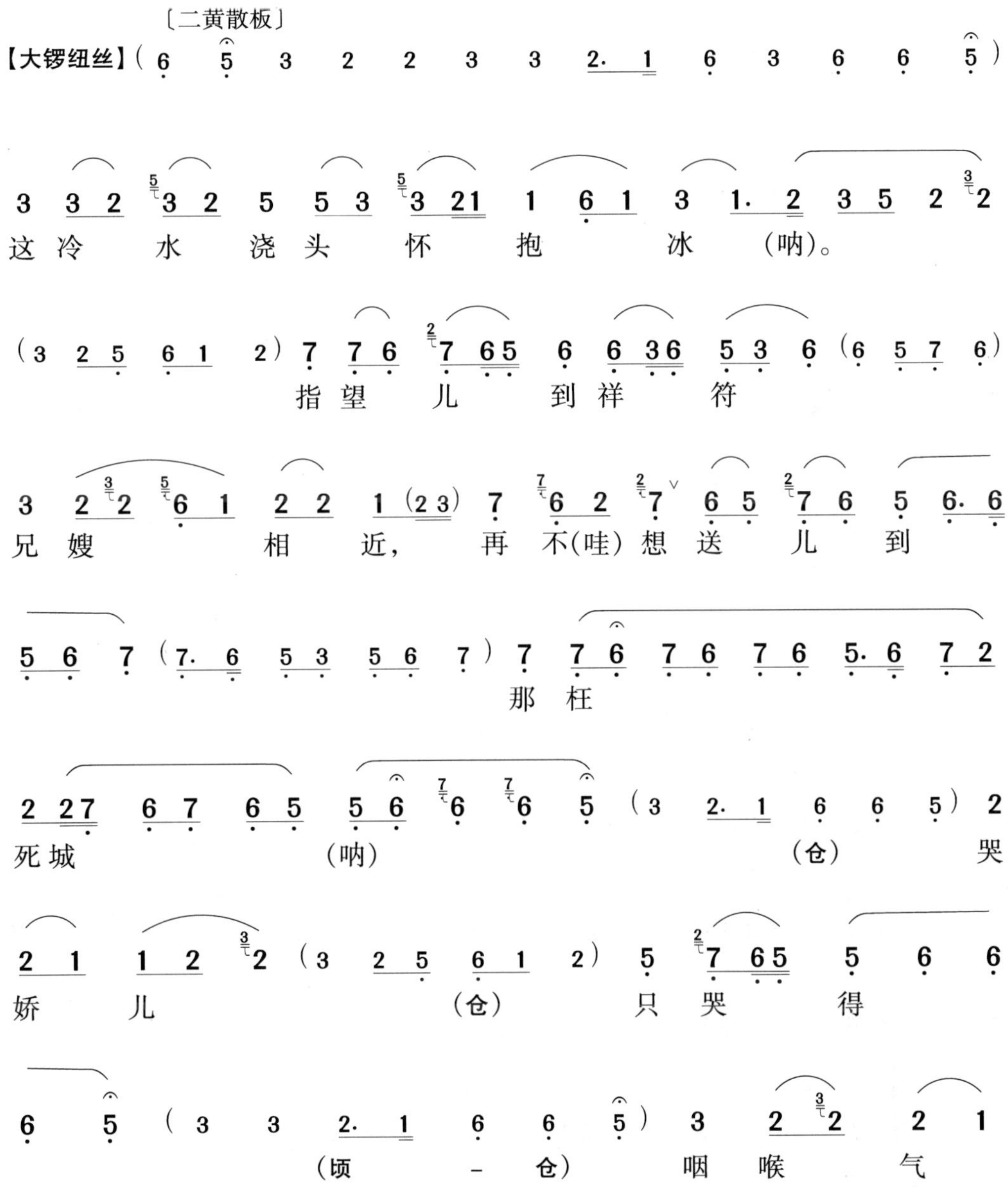

【哭头】

（1 - 1 - 1 2 3 7 6 5 6 1）1 2 2 7 6 5 7 7

（仓 - 仓 - 仓 仓 仓七 台 仓）紧， 我的

（抖双袖）

〔二黄散板〕

7 6 7 6 5 5 6 6 6 5【纽丝】（过门同前）2 1 2

儿 呀！ 再与那

（拭泪） （背供手式）

3 3 2 1. 2 3（6 1 2 3）2 1 6 1 2 2 ‖【大锣住头】

张宣 儿 细 问 分明。

康　氏　儿呀。

张　宣　母亲。

康　氏　你兄弟得何病症死的？

张　宣　酒呛心血而亡。

康　氏　素日不会饮酒，怎么得了这样病症？

张　宣　天有不测风云，人有旦夕祸福。

康　氏　今日夜晚为娘与你兄弟宿灵陪伴。

张　宣　孩儿陪伴母亲。

康　氏　你公事要紧。

张　宣　命王氏……

康　氏　嗯！【小锣一击】（嗔怒，张宣躬身）休要提起，还不与我回避了。（拂袖）

张　宣　是！【小锣五击】（出灵堂下）起更鼓，奏【一更】

康　氏　唉！我那苦命的儿呀……

〔反二黄慢板〕

（0 台 仓 切 仓 切 另 仓 仓 | 多罗.）サ 3 3 3 3 5 6 |

4/4 2. 21 22356 32353 2356532 | 156532 1.2325 2321 6276 |

56323 5615 7656103 2351653 | 2213 2 2 2212 3576 |

（走至

5632 56156 765613 23516532 | 156532 1.2325 2321 627276 |

中场，拭泪）

5632 56156 7656106 56726535 | 2. 213 2 1 2 2.1656 4531 |

5 56 33521 5 65 56 43 | 2 2 2135 2312 4321 |

5 65 3 2 1 5 65 56543 | 2 2 0 0 |

听 谯 楼

哭灵

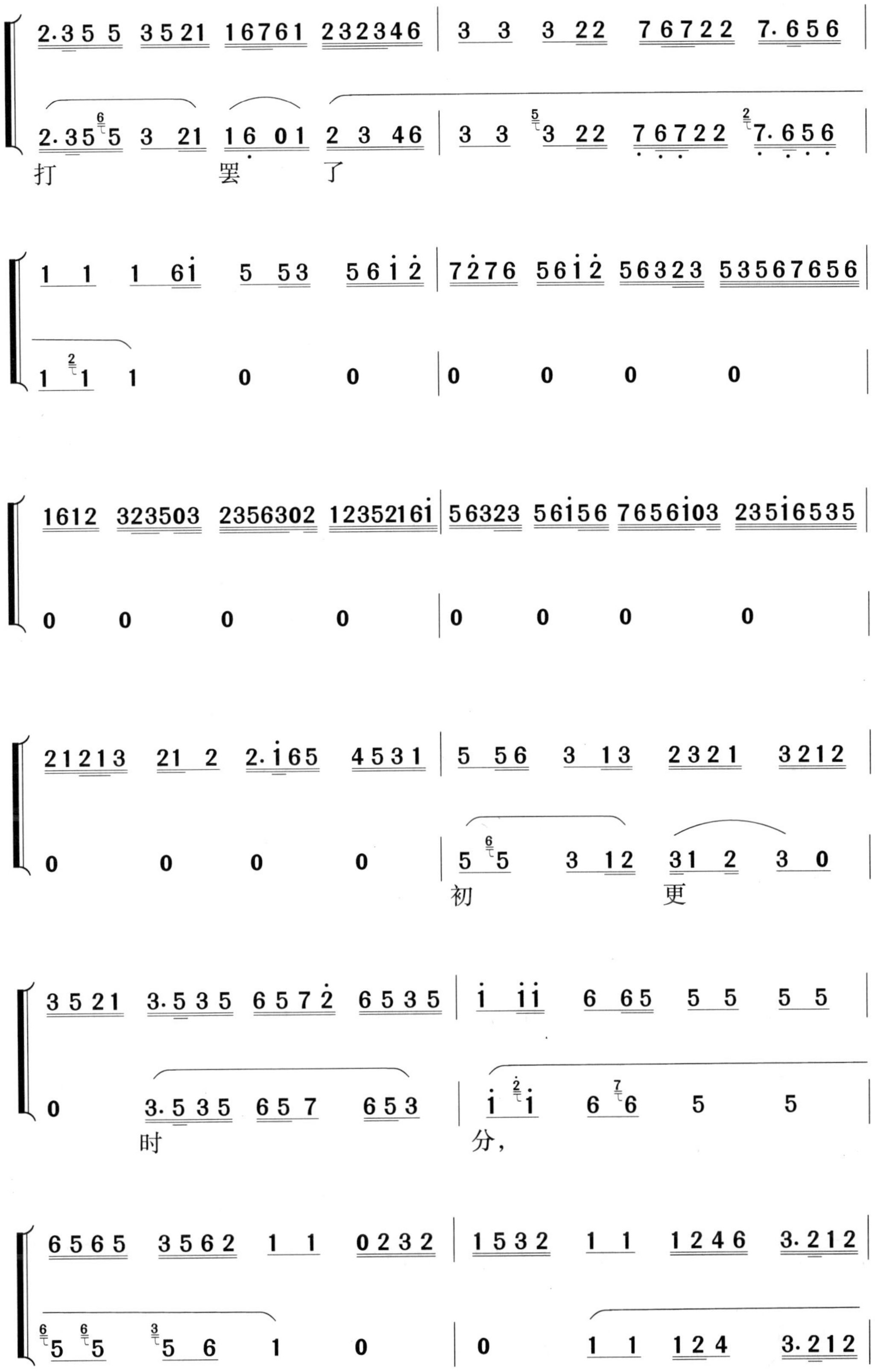

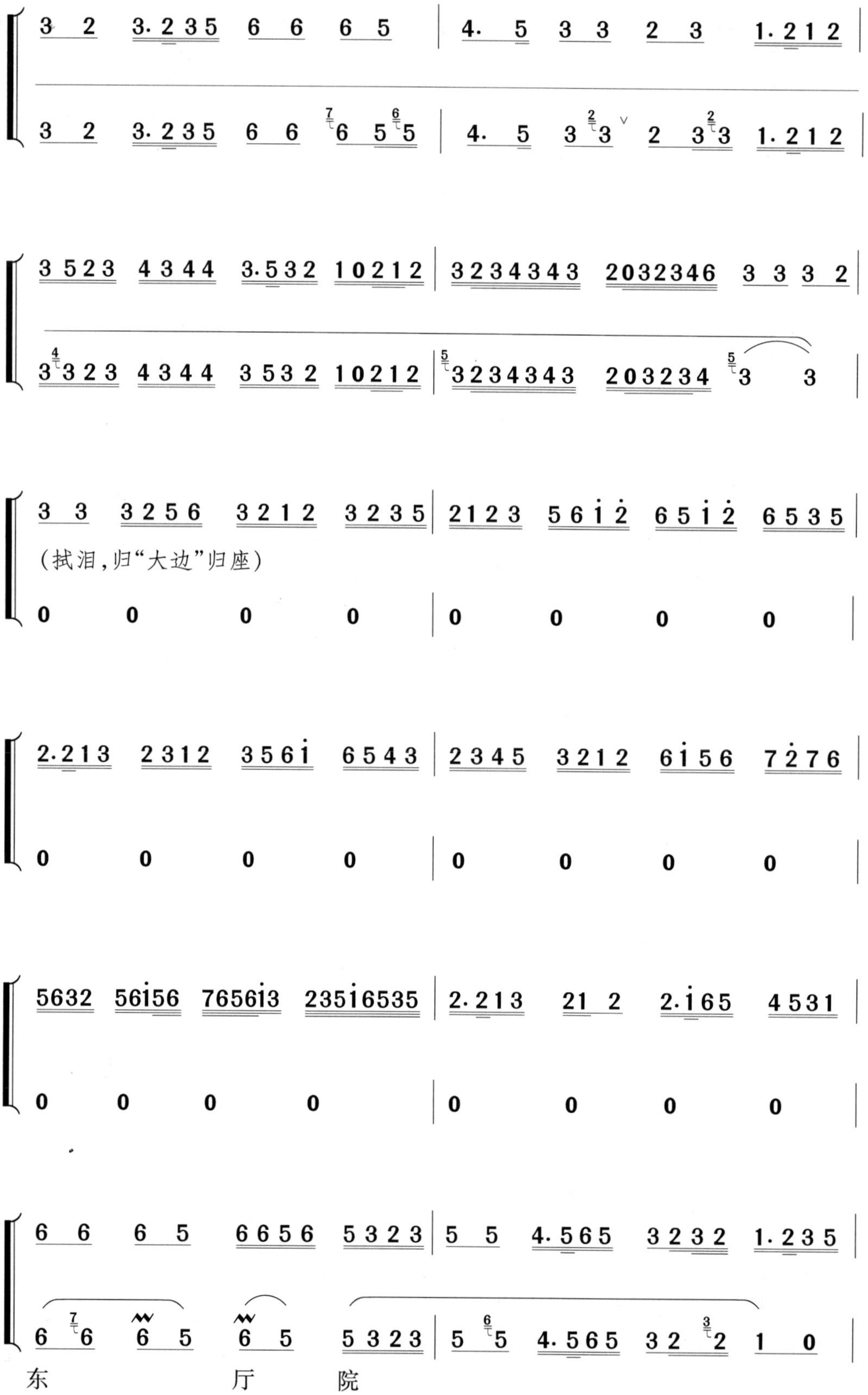
（拭泪，归“大边”归座）
东 厅 院

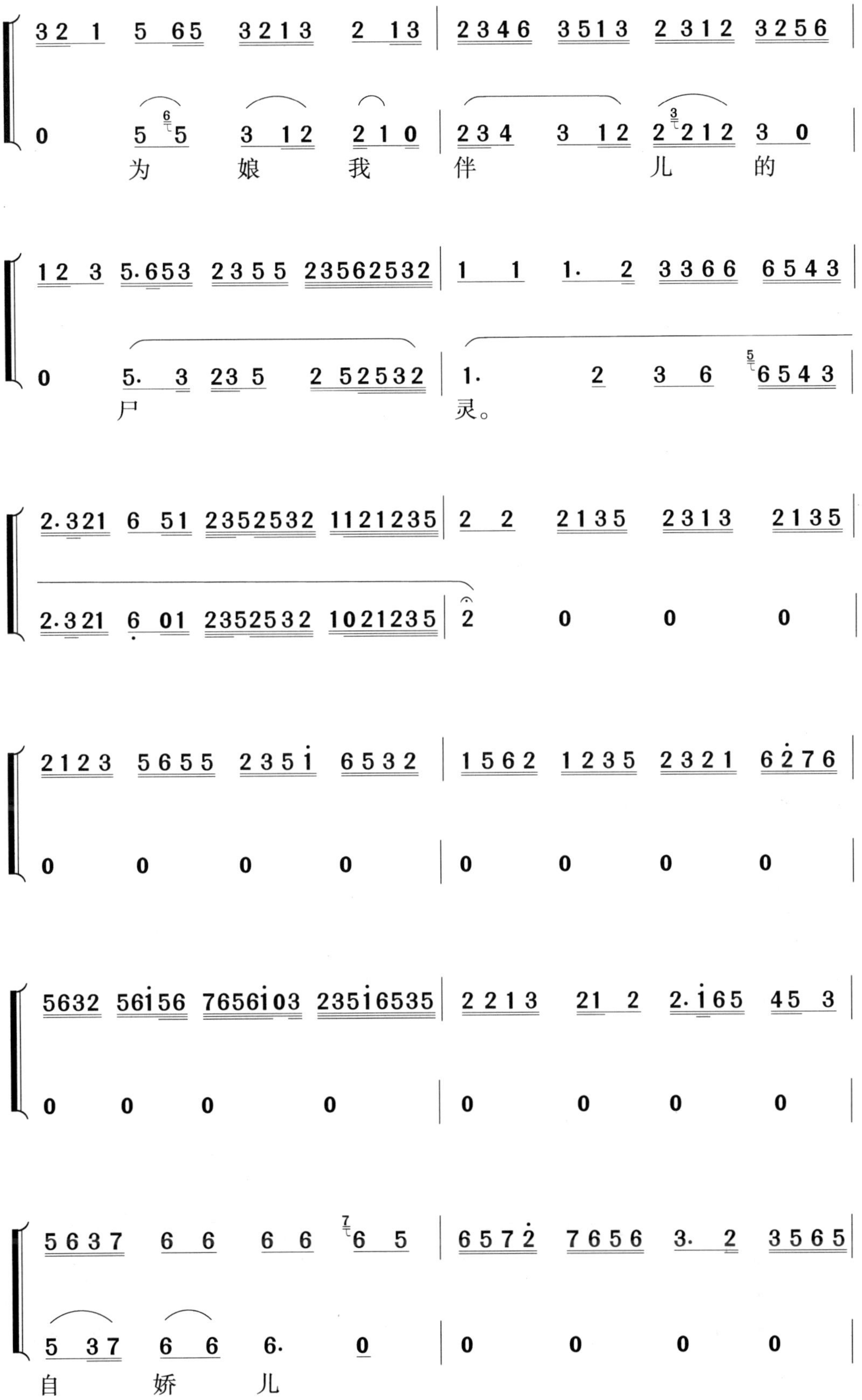
为 娘 我 伴 儿 的
尸 灵。
自 娇 儿

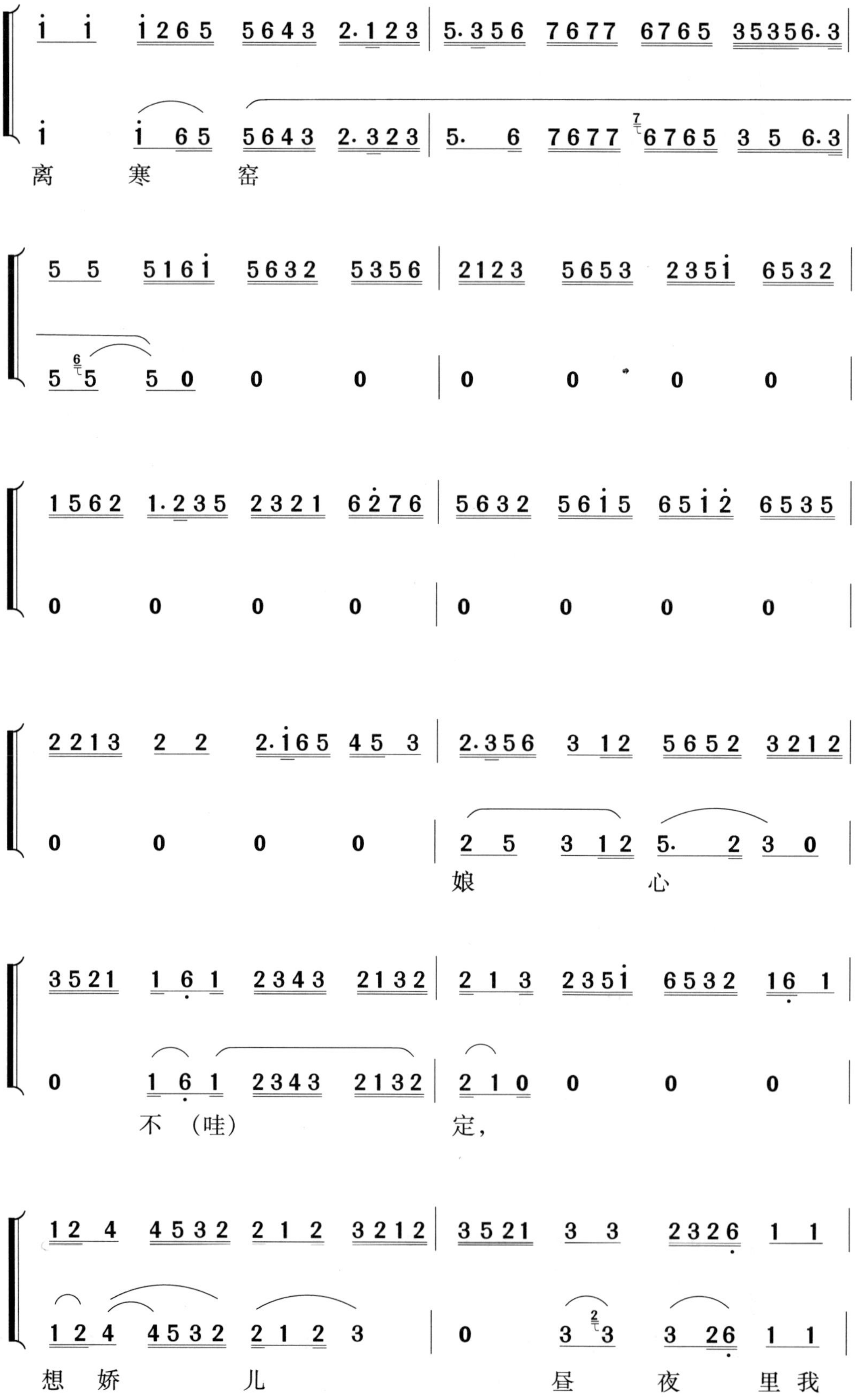
离 寒 窑
娘 心
不（哇） 定，
想 娇 儿 昼 夜 里 我

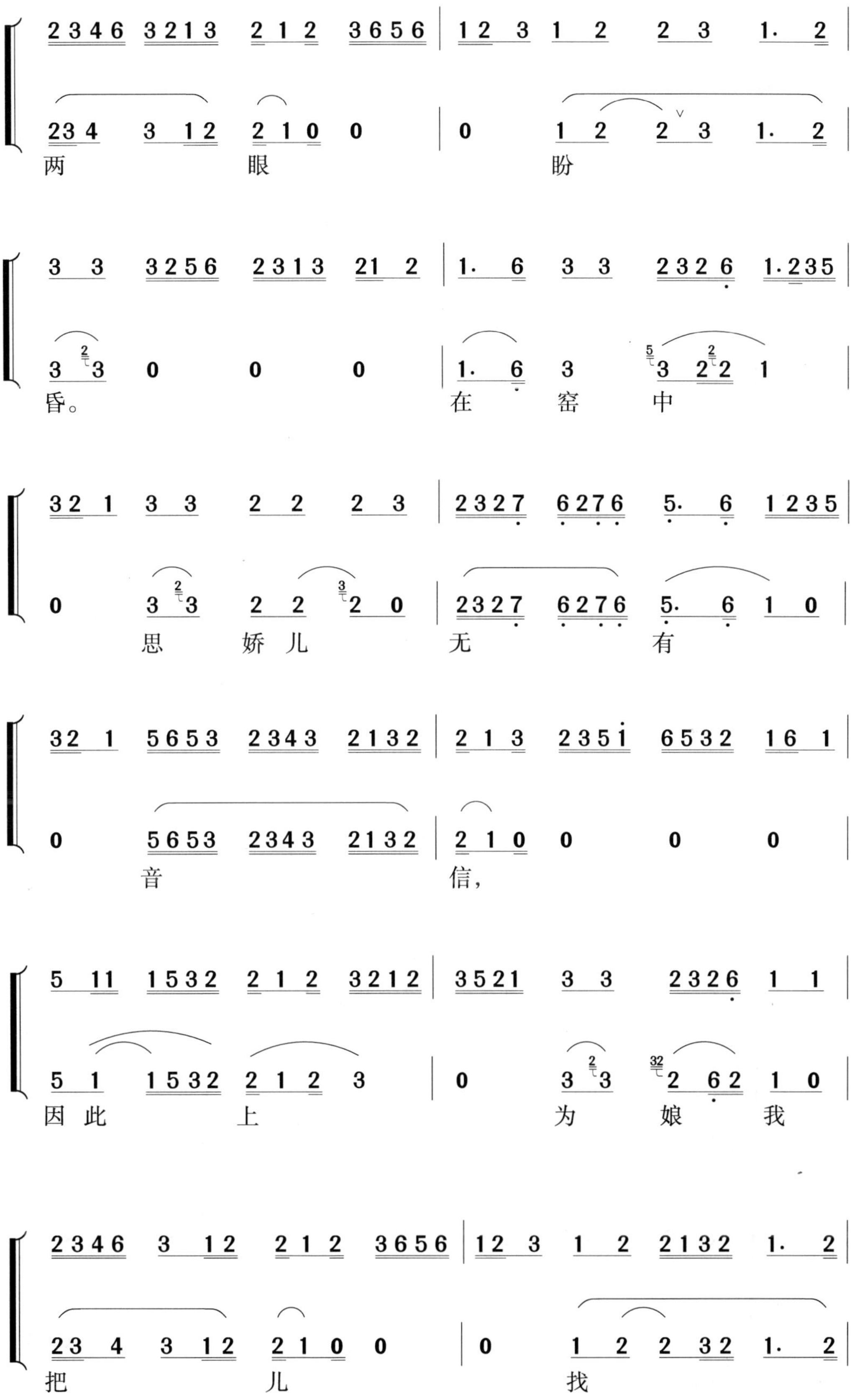
两 眼 盼
昏。 在 窑 中
思 娇 儿 无 有
音 信，
因 此 上 为 娘 我
把 儿 找

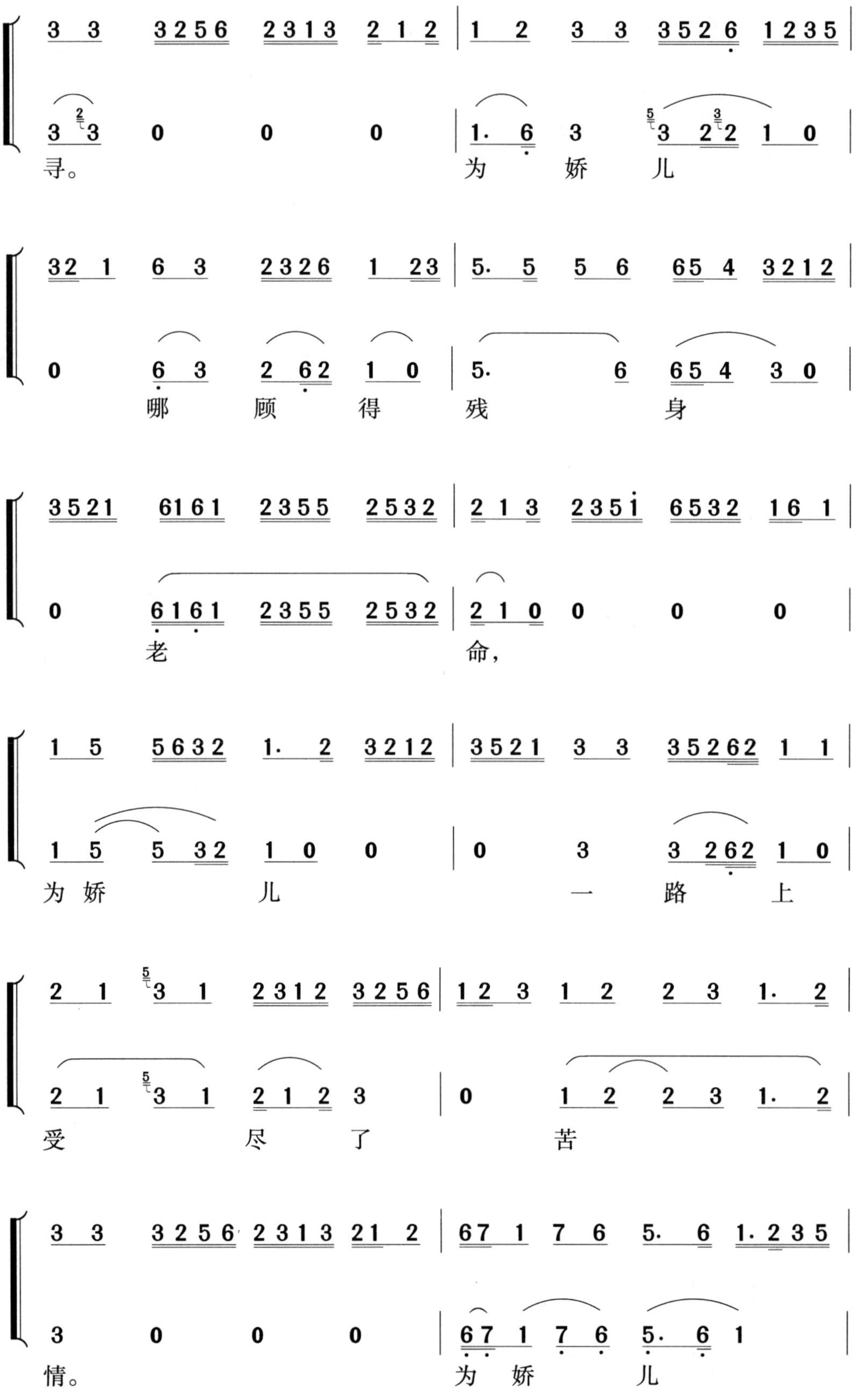
寻。
为 娇 儿
哪 顾 得 残 身
老 命，
为 娇 儿 一 路 上
受 尽 了 苦
情。 为 娇 儿

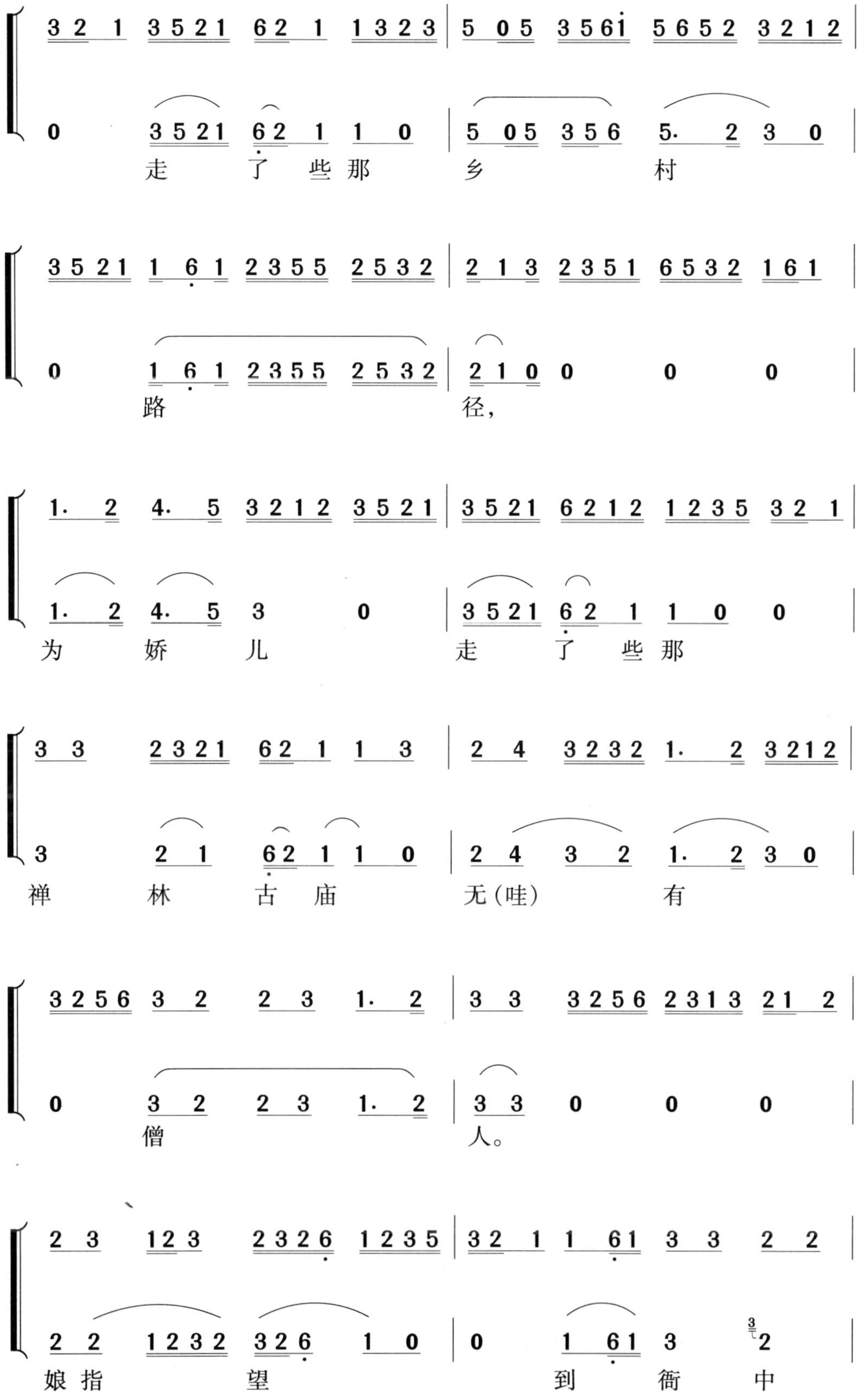
走 了 些 那 乡 村
路 径，
为 娇 儿 走 了 些 那
禅 林 古 庙 无(哇) 有
僧 人。
娘指 望 到 衙 中

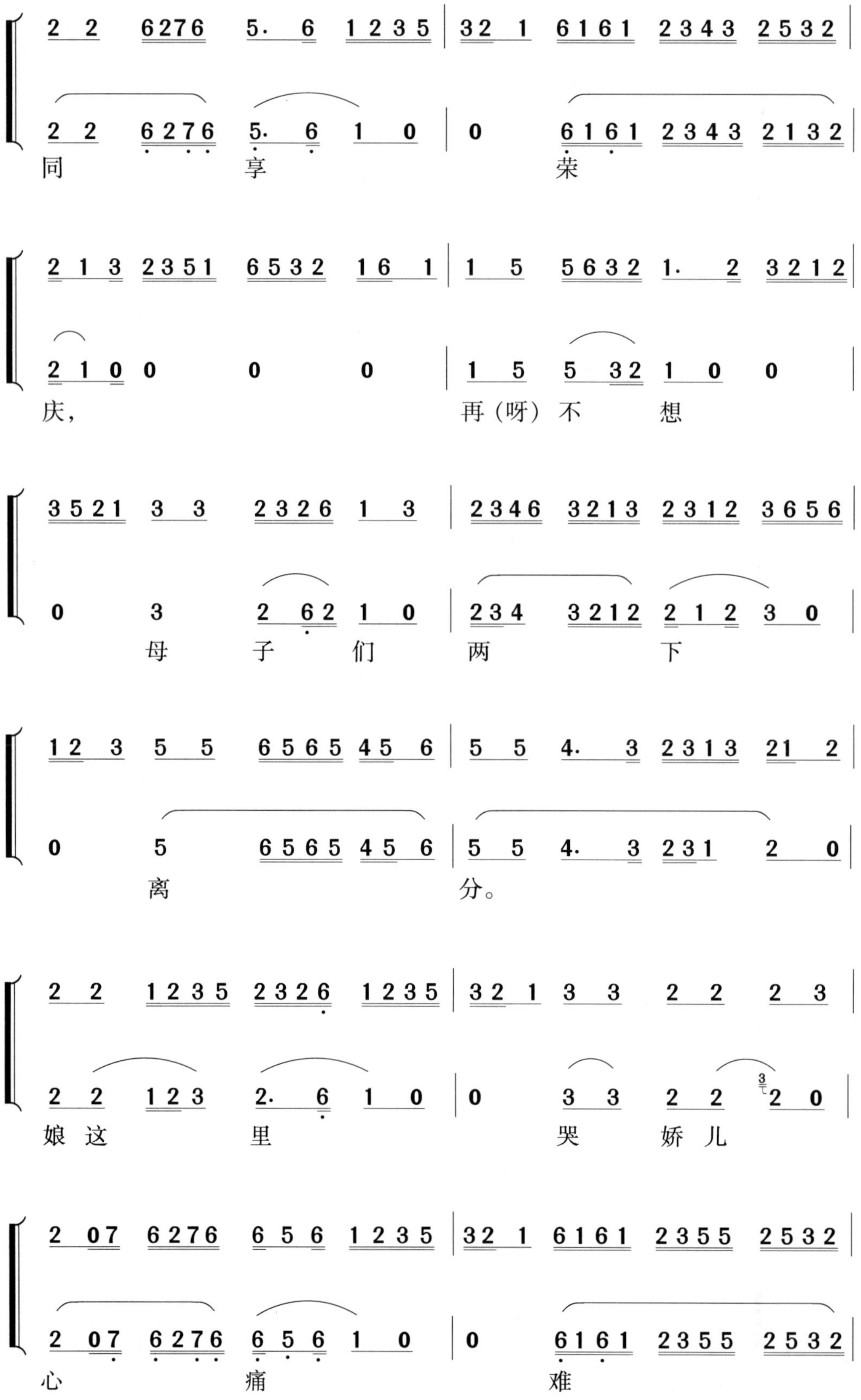
同 享 荣
庆， 再（呀）不 想
母 子 们 两 下
离 分。
娘 这 里 哭 娇 儿
心 痛 难

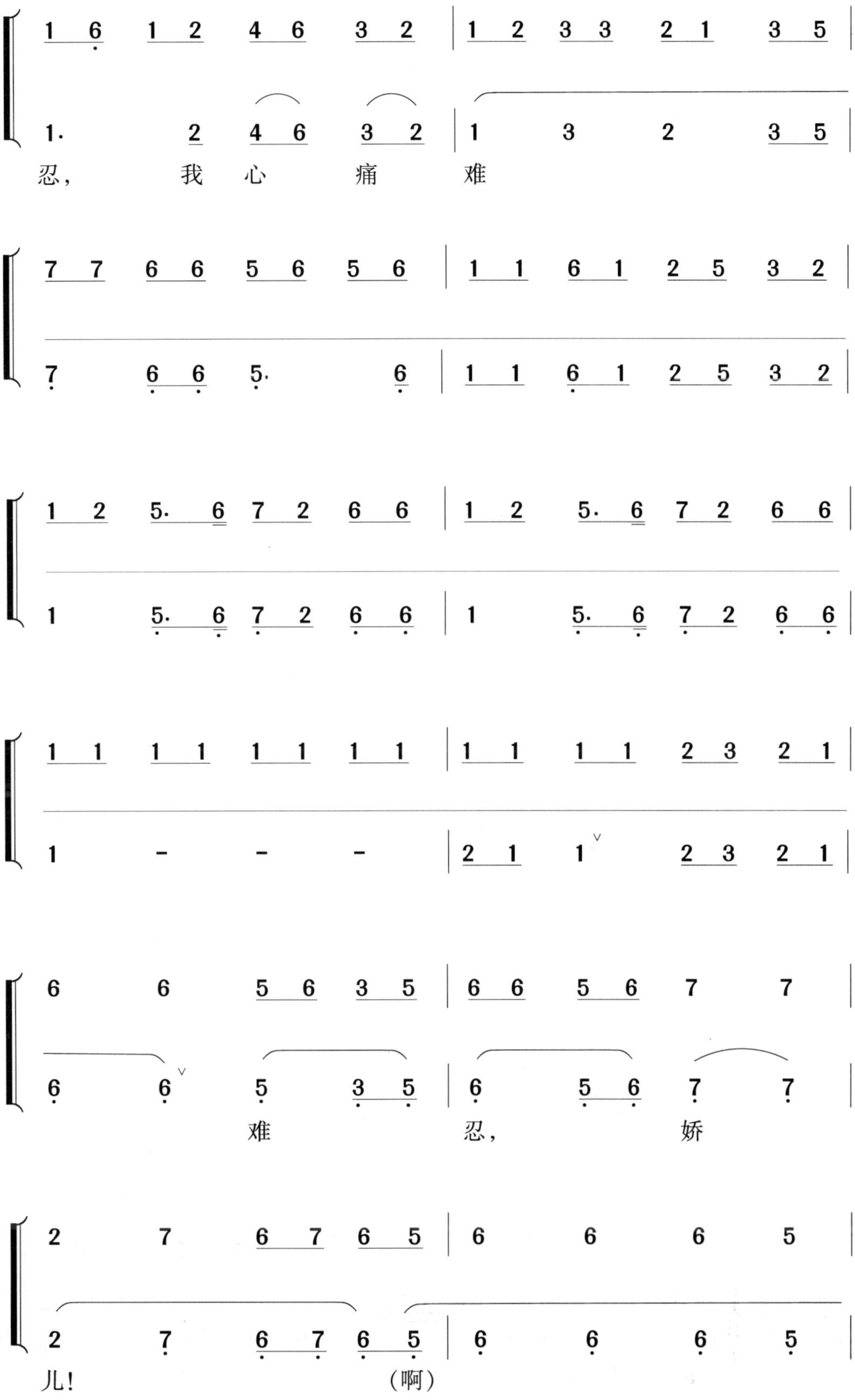
忍， 我 心 痛 难
难 忍， 娇
儿！ （啊）

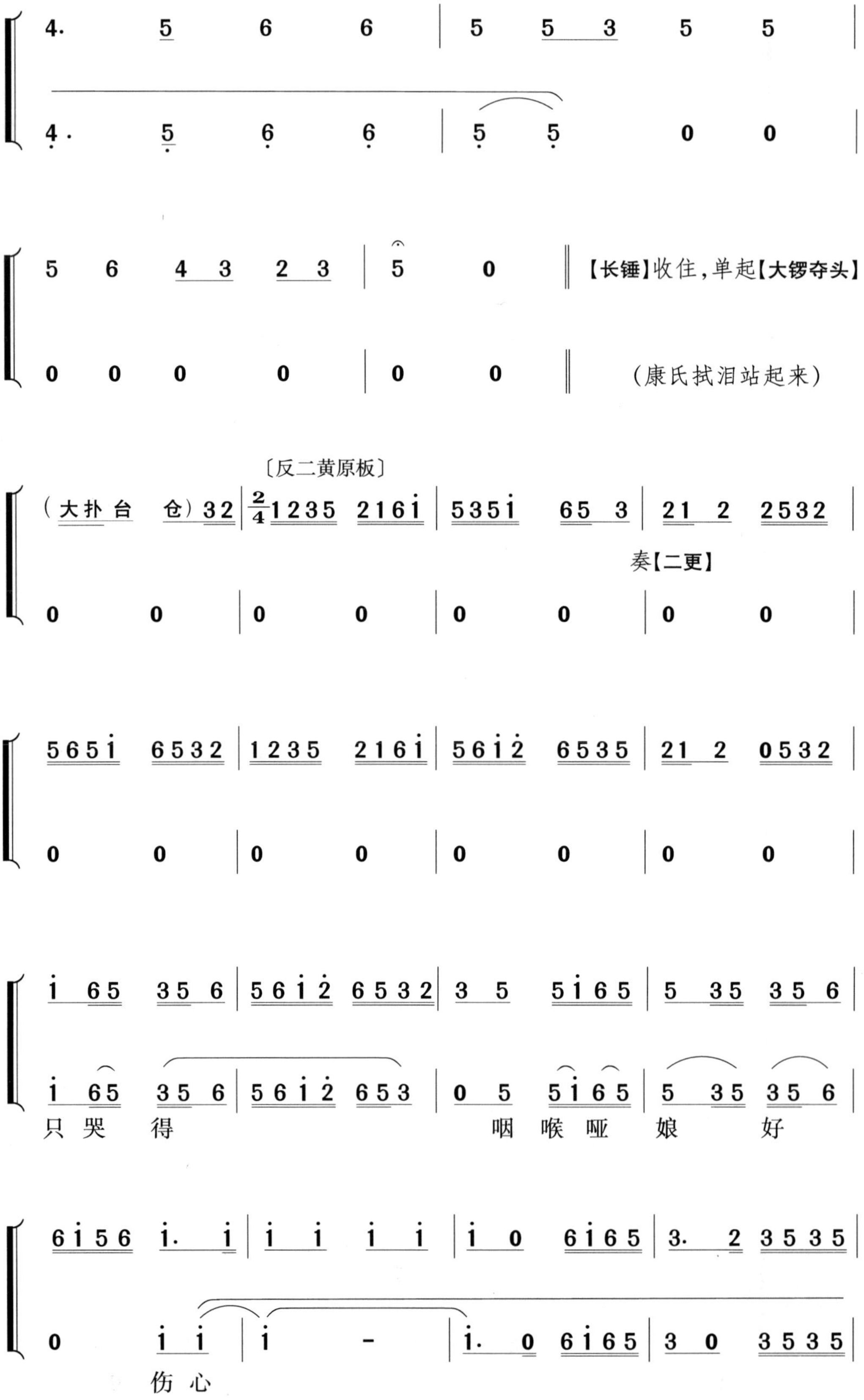
【长锤】收住，单起【大锣夺头】
（康氏拭泪站起来）
〔反二黄原板〕
（大扑台 仓）
奏【二更】
只哭得
咽喉哑娘好
伤心

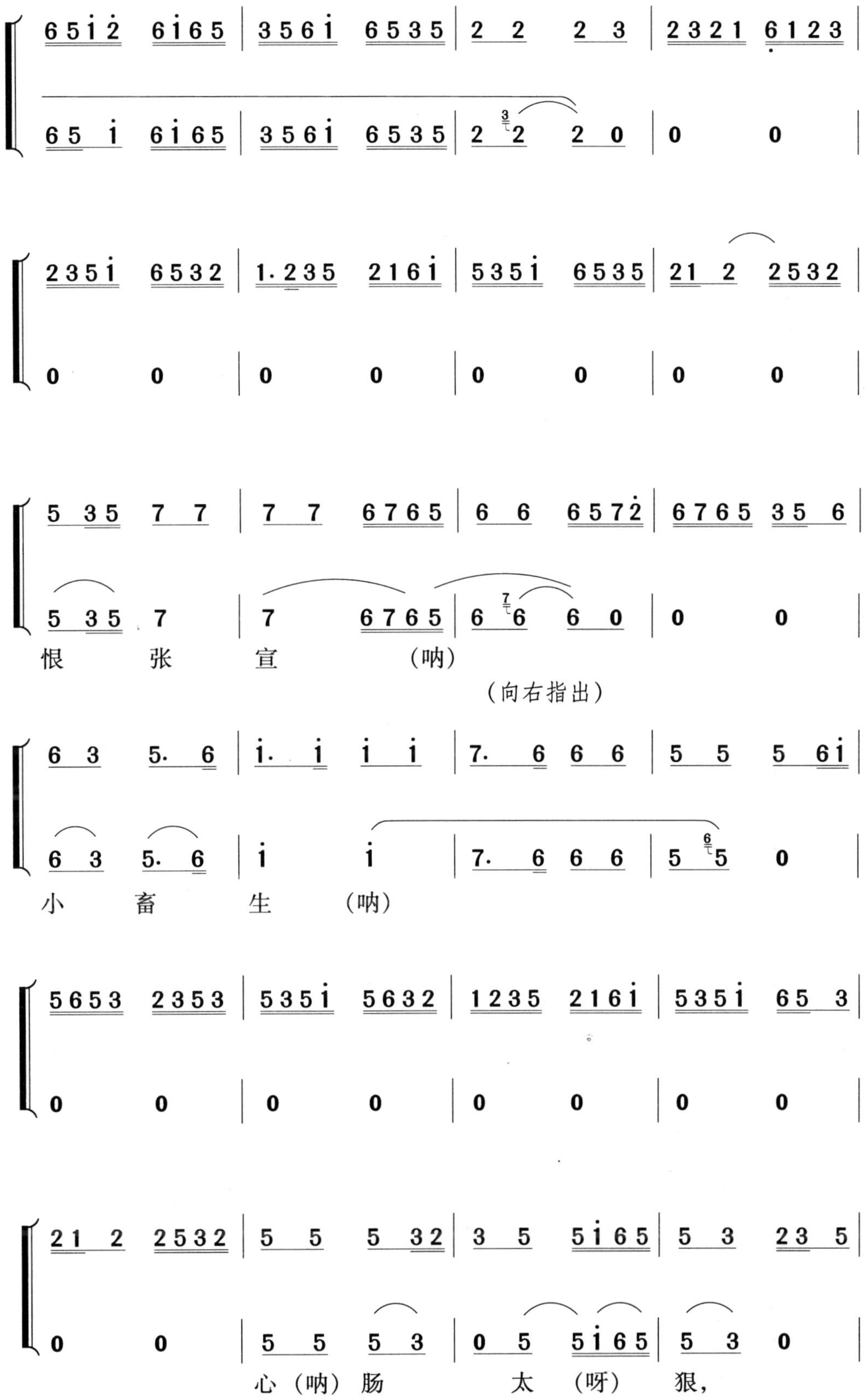
恨张宣（呐）
（向右指出）
小畜生（呐）
心（呐）肠太（呀）狠，

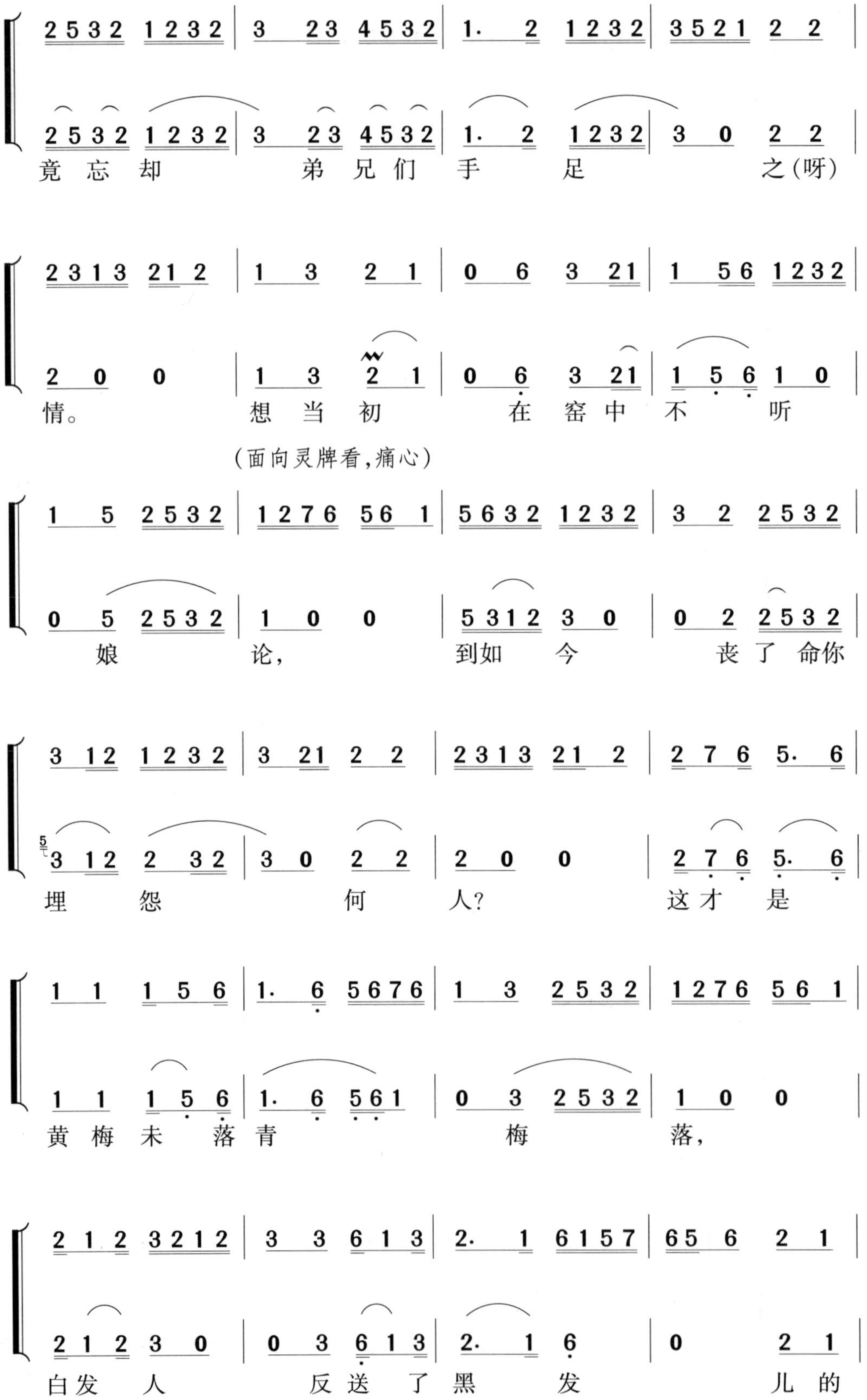
竟 忘 却 弟 兄 们 手 足 之(呀)
情。 想 当 初 在 窑 中 不 听
(面向灵牌看,痛心)
娘 论, 到如 今 丧 了 命你
埋 怨 何 人? 这 才 是
黄 梅 未 落 青 梅 落,
白 发 人 反 送 了 黑 发 儿 的

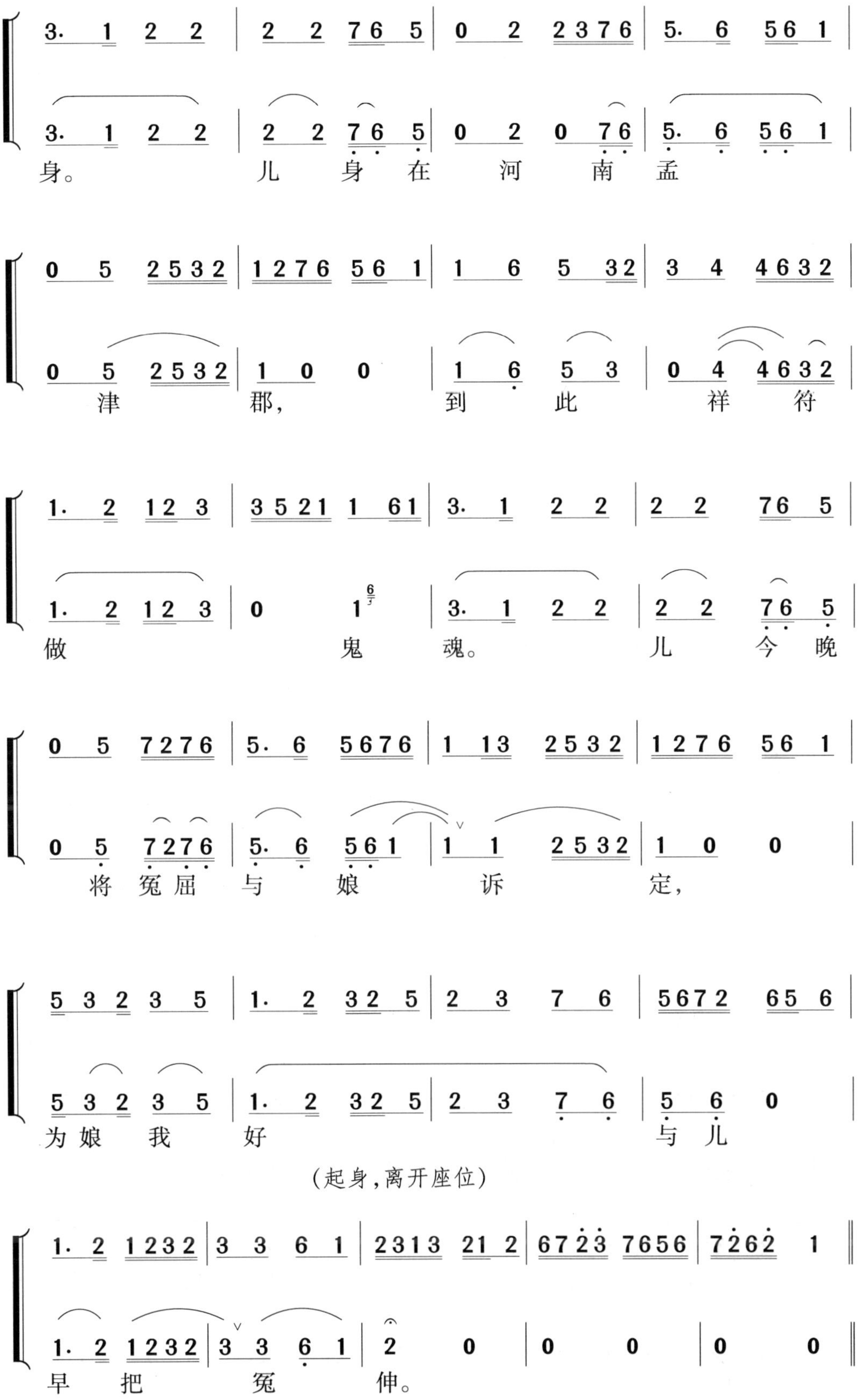
身。 儿 身 在 河 南 孟
津 郡, 到 此 祥 符
做 鬼 魂。 儿 今 晚
将 冤 屈 与 娘 诉 定,
为 娘 我 好 与 儿
(起身,离开座位)
早 把 冤 伸。

康　氏　【大锣叫头】儿呀！【大锣五击头】你今日夜晚与为娘托一梦兆，我与你报仇雪恨！正是：（扎）睡卧一时消愁闷，鼓打五更到天明。（坐下、入睡）（起【三更】）

〔张义内白："走哇！"张义鬼魂持云帚上。

〔二黄散板〕

张　义　【纽丝】サ（6 5 3 2 2 3 3 2 1 6 3 6 6 5）

3 3 2 2 2. 5 3 2 3 2 2. 3 2 3 2 3 4
城隍　庙　内挂了　号，

4 3（2 3）2 2 3 3 2 3. 5 1 2 2（5
（仓）土地祠内领回　文。

6 1 2）7 6 2 7 6 5 5 6 6（6 5 7 6）
（仓）　我这　里　拜门神

3 2 3 5 6 1 1 2 2 1 【纽丝】
衙　署　来　进，　（进门挖至"小边"）

2 2 5 3 3 3 1 2 3 2 2 3 1
又只　见老娘　亲困睡沉沉。

2 2（5 6 1 2）7 6 2 7 6 5 5 6
（仓）我这　里　用阴

6（6 5 6 7 2 6）3 2 3 5 6 1 1 2 2 1
风　将娘　唤　醒，

〔【乱锤、八大仓、撕边】张义用云帚拂康氏，康氏惊醒。

〔二黄散板〕

康　氏　（八大台　仓儿　来切　一个台　仓）（6 5 3 2 2 3 3

2 1 6 3 6 6 5）5 3 3 2 2 3（3
抬头只　见

2 3 4 6 3）5 3 2 6 1 5 5 4. 6
张义　娇生（呐）。

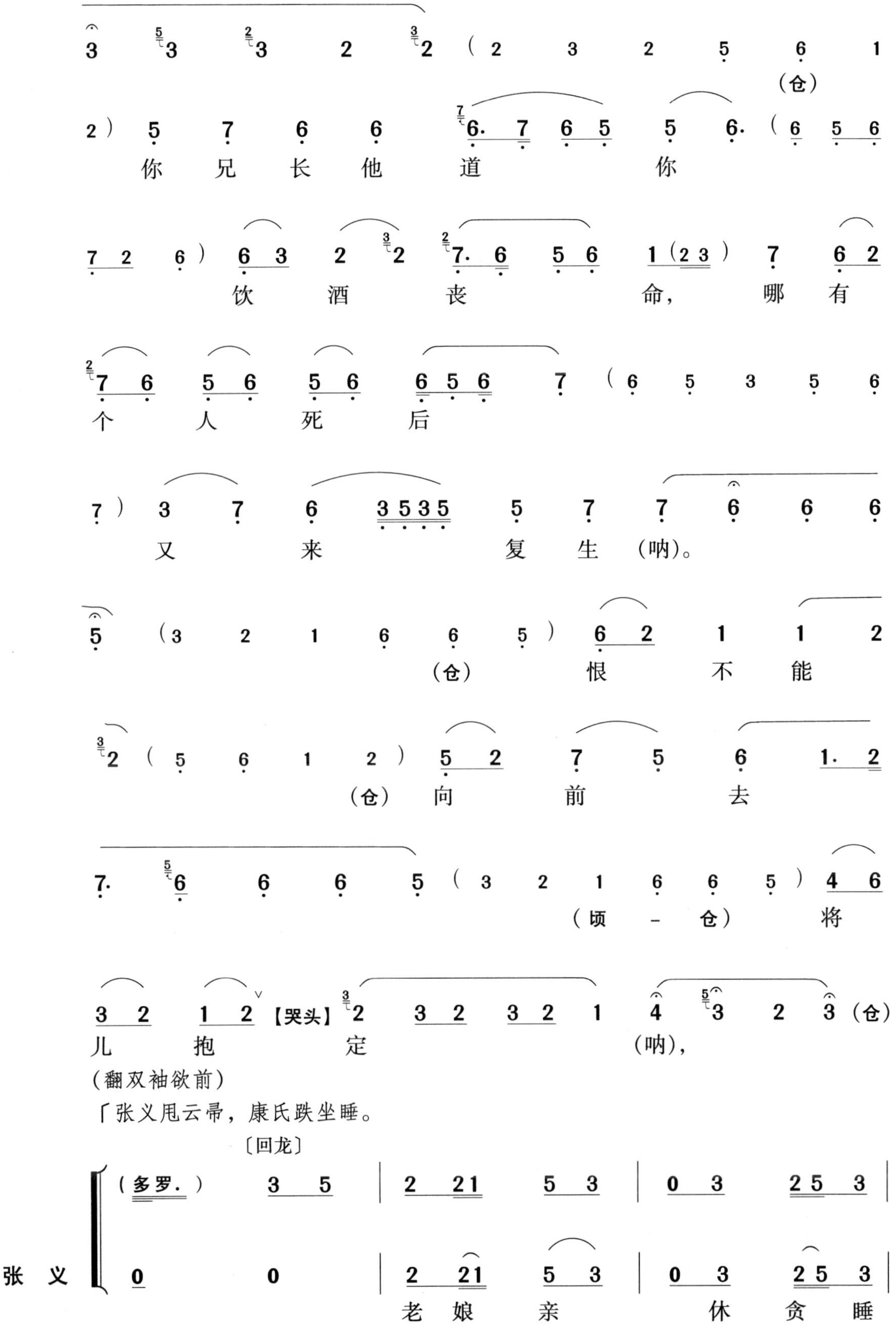
(仓)
你兄长他道你
饮酒丧命，哪有
个人死后
又来复生（呐）。
（仓）恨不能
（仓）向前去
（顷－仓）将
【哭头】
儿抱定（呐），
(仓)
（翻双袖欲前）
「张义甩云帚，康氏跌坐睡。
〔回龙〕
（多罗.）
张义
老娘亲休贪睡

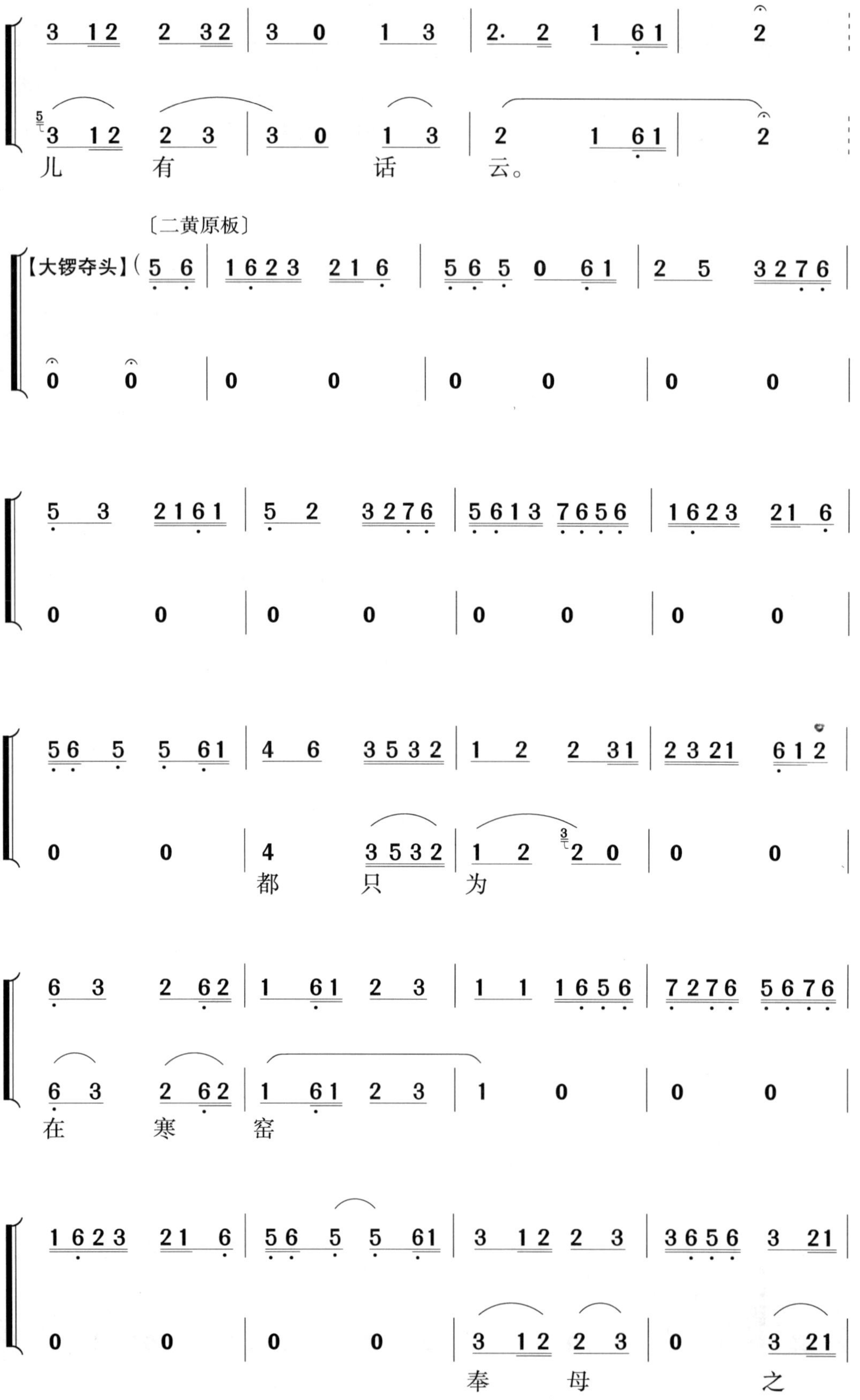
儿 有 话 云。
〔二黄原板〕
【大锣夺头】
都 只 为
在 寒 窑
奉 母 之

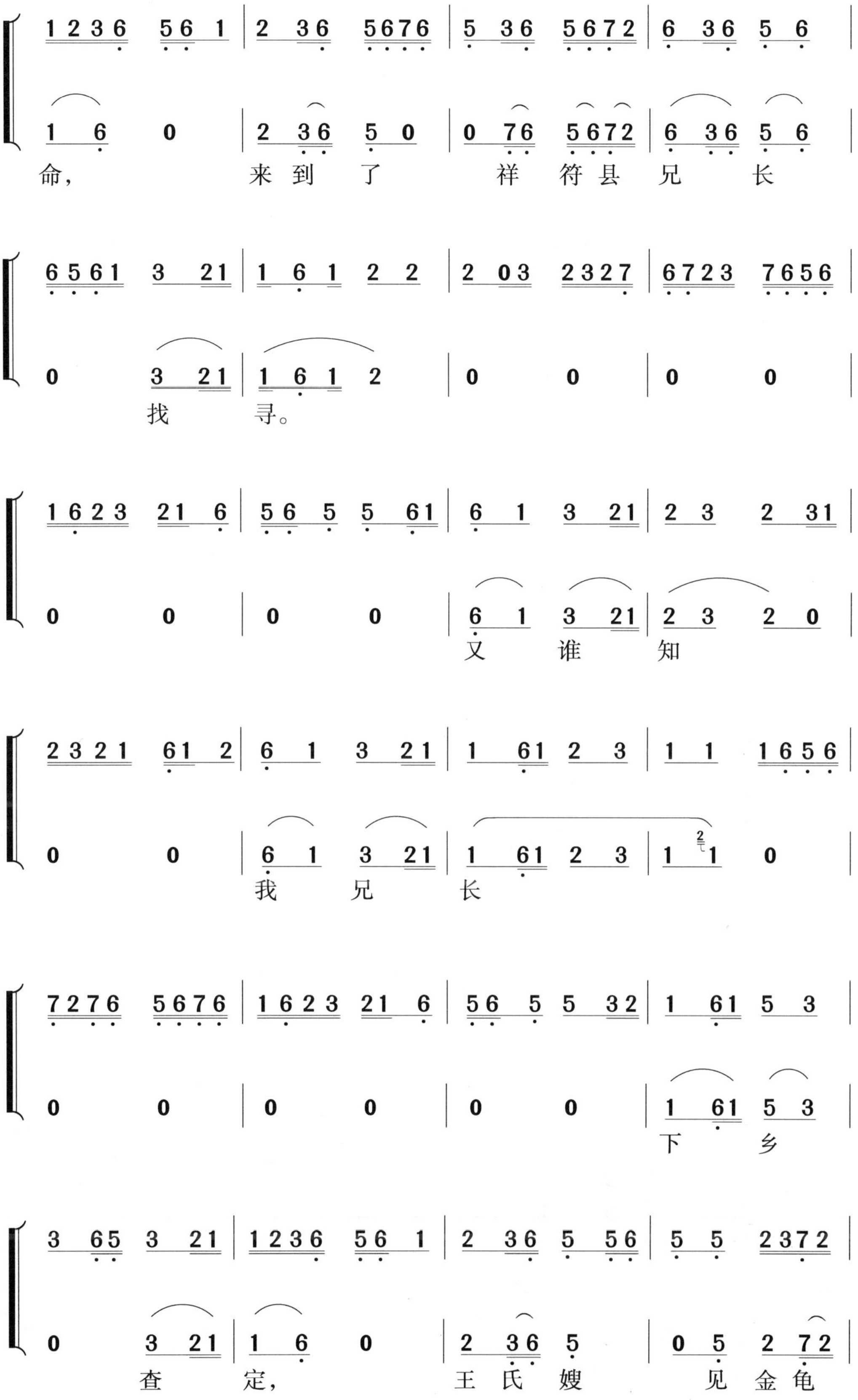
命，来到了祥符县兄长
找寻。
又谁知
我兄长
下乡
查定，王氏嫂见金龟

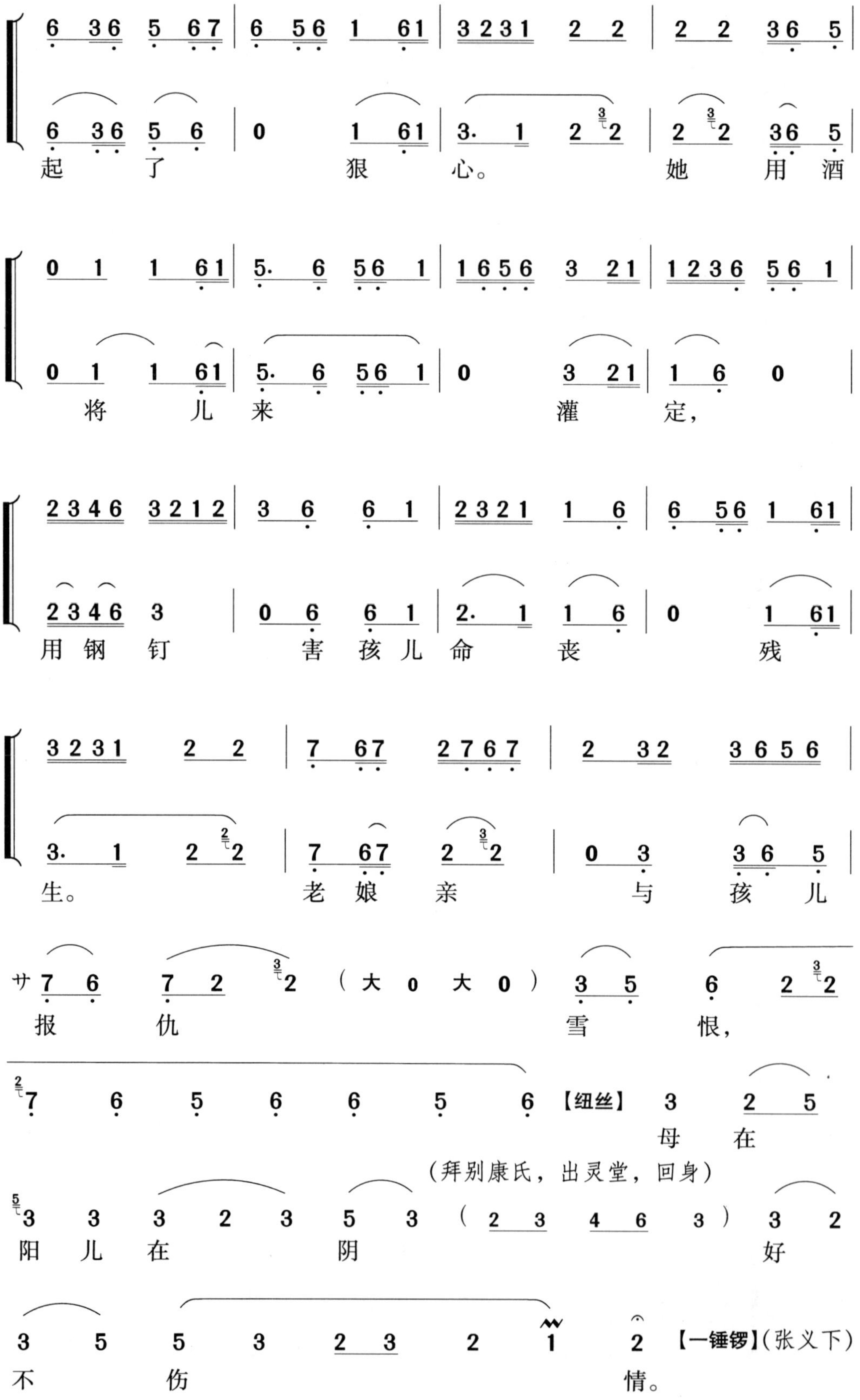
起 了 狠 心。 她 用 酒
将 儿 来 灌 定，
用 钢 钉 害 孩 儿 命 丧 残
生。 老 娘 亲 与 孩 儿
サ
（大 0 大 0）
报 仇 雪 恨，
【纽丝】
母 在
（拜别康氏，出灵堂，回身）
阳 儿 在 阴 好
不 伤 情。
【一锤锣】（张义下）

哭 灵

〔【收更】张宣上，进灵堂。

张　宣　母亲醒来！

〔二黄导板〕

康　氏　【大锣导板头】 サ（6　5　3　2 ˇ 2　3　3　2· 1　6　3　6　6

5 ）2　2 1　3 1　2　2（5　6　1　2）5　2 76

适　才　间　见　娇

5 6　7　6　6　5（3　2· 1　6　6　5）4 6

儿　呀　言

〔散板〕

3 2　1　2 1　3　－ 0　【纽丝】2　2 4　3　2　3 12

语　诉　定，（仓）（白：啊！）醒　来　时　怎　不

2　3（3　2 3　4 6　3）3 21　1 61　2 2　2 ‖【住头】

见　张　义　娇（哇）生。

康　氏　儿啊！

张　宣　母亲。

康　氏　此处可有座城隍庙？

张　宣　有座城隍庙，母亲做什么？

康　氏　为娘要前去降香。

张　宣　孩儿愿伴母亲前去。

康　氏　你公事要紧。

张　宣　命王氏……

康　氏　嗯！休要提起，还不与我回避了。

张　宣　遵命。【小锣五击头】（出门摊手无奈下）

康　氏　【大锣冲头、叫头】儿呀！（台仓仓令台）冤魂慢走，跟为娘去城隍庙，与你伸冤便了！

〔二黄散板〕

康　氏　【纽丝】　サ3　3　1　2　2（5　6　1　2）2 62　1 ˇ 2

悲　悲　切　切　出

2 1　1　6 1　2　2　1　7　6 7　6 1　2　2　1

衙　门，

【纽丝】5　3　1　2 1　3（2　1 2　3）3　1 2　2　3 2　3 2

城　隍　庙　内　我　把

【收头】

3 1 2 1· 2 3 5 ^{3}2 2 ^{3}2（6 56 1623 2 1 6 56 1）

冤 伸。

〔【大锣原场】康氏下。

——剧 终

王　淼　整理　　李世英　记谱

遇　皇　后

根据李多奎、裘盛戎音配像整理

北宋时，包拯奉旨赴陈州赈灾完毕，途经赵州桥，驻天齐庙招告，遇一乞丐瞎婆告状，称被当今刘太后与太监郭槐陷害，逃出宫院沦落民间。所述身世遭遇，皆为二十年前的宫闱秘事。包拯为防其有诈，试以朝廷礼仪，不料瞎婆尽知，并有寇准题句的黄绫诗帕为证。包拯始知瞎婆乃先皇真宗之皇后、当朝天子仁宗之生母，遂回朝为其辩冤。

该剧简称《遇后》，源于徽戏和汉戏。这是一出自京剧形成以来久演不衰的剧目，常与《打龙袍》连演。元代汪元亨著有《仁宗认母》杂剧。虽有《仁宗认母》和《正昭阳》对后世的影响，《遇皇后》的故事主要取材于清代公案侠义小说家石玉昆的《三侠五义》第十五回和第十六回。

该剧原称《断太后》（简称《断后》）、《天齐庙》或《赵州桥》。本剧原有狂风吹落轿顶，引起包拯怀疑赵州桥地界有冤情，而放告天齐庙的情节。1957年以后，因避"迷信"之嫌，把"风吹轿顶"删去，改为今貌。

《遇皇后》是老旦和铜锤花脸的对儿戏，其中老旦的戏较花脸重些。李多奎先生从20世纪20年代开始，便先后与蒋少奎、金少山、裘盛戎等诸多名净合演此剧。这出戏老旦的唱功繁重，声腔以二黄为主。李先生凭其得天独厚的嗓音条件，运腔悲沉持重、柔润凄凉。在音乐形象上赋予人物浓墨重彩，从而也展示了李后的个性特征。剧中的李后虽然是贫婆的扮相，但李先生在唱腔和表演上，却充分体现了其宫廷贵妇的雍容气质以及皇后沦为乞丐的特殊身份。在塑造双目失明的李后时，李先生的面部表演着重强调"以耳代目"，以此来表现盲人的生活特点。李先生的演唱和念白，吐字清晰、气力充沛。他所唱的〔二黄慢板〕"想当年在皇宫何等安好"的"皇宫"二字，和首句、二句、五句的拖腔，以及〔二黄原板〕"当今的万岁爷"的拖腔，均为一气呵成。每次演唱皆震惊四座，令人叹为观止。

这出戏是李多奎青年时代向庆福亭先生学的。李后唱的〔二黄慢板〕首段〔原板〕和〔摇板〕的唱词，皆为"摇条"辙。〔原板〕唱词为："住寒窑二十载苦受煎熬，哪有个龙国太长街乞讨。将身儿来至在阳关大道，耳听得鸣锣喊声高。"后来李先生按照龚云甫先生演出时曾经使用的路子改为"言前"辙的唱词，唱腔也随之改变。这种择善而从为我所用的做法，是艺术家的上策。该唱法已成定式，并被后学者所继承。

据《宋史卷九·本纪第九·仁宗一》记载：仁宗赵祯生于大中祥符三年四月十四日，岁在庚戌（公元1010年）。李宸妃初孕赵祯当在己酉年（1009年），而且她在世的46年间，并无癸未纪年。而原剧中李后的念白中却有"癸未年间身怀六甲"这样的词句，当属剧作者的疏谬。于是李多奎将其改为"只因那年身怀六甲"。

1961年，中央人民广播电台为裘盛戎、李多奎二位先生主演的《遇皇后》、《打龙袍》静场录音。为此，李先生让他的长女婿富永泉先生帮助，把首段〔原板〕的第三句唱词"老天爷若睁开三分眼"，改为"倘若是遇清官判明此案"，末段〔原板〕垛句中的"日断阳夜断阴"，改为"朝与暮为黎民"。这是由于当时的历史原因而做的更动。

在李后的扮相上，李先生继承了前辈的传统。头上戴的是黪网子、黪发鬏，而不是今天有些演员戴的白网子、白发鬏。李后戴黪网子、黪发鬏，既与宋仁宗赵祯的年龄适合，又与史实相符。因为李宸妃去世时，只有46虚岁。《遇皇后》故事中的李后，当在40岁左右为宜。并且，黪发更能显现人物的悲凉境遇。

该剧的传统演法，第一场包拯上场打引子，念定场诗，自报家门；第二场是地方开道；第三场李后上场唱〔二黄慢板〕。20世纪50年代后期，裘盛戎与李多奎二位先生合演此剧时，曾删去过第一场。

李后向包拯诉冤时，因为是在天齐庙内，所以舞台正面摆有“堂桌、香炉、小帐子”，表示供奉着东岳天齐大帝。包拯审案时，坐在“大边”（面向观众的舞台左侧）。当年裘盛戎和李多奎二位先生合演此剧时，即摆有“堂桌、香炉、小帐子”。裘先生扮演的包拯进庙之后，还有参拜“东岳大帝”的身段（其实这是传统的演法），而且后面包拯“赐瞎婆一矮座，暖茶半盏”时，李多奎先生扮演的李后，即坐在堂桌右侧（小边）的矮座上。近来演出《遇皇后》，舞台正面很少有摆堂桌的，包拯进庙也就没有参拜的身段了。但是，包拯之所以坐在侧面，就因为舞台正面供有东岳大帝。再大的官，甚至皇帝也要让位于神。如果舞台中间空着，那么包拯坐在侧面审问瞎婆就没有意义了。遗憾的是，有时舞台上忽略了这一点。

《遇皇后》是李多奎先生经常演出的代表作之一。不仅有繁重的唱功，而且声腔板式丰富，适合展现艺术优长。直到1961年底，他停息舞台生活为止，这出戏他唱了将近40年，为后世留下了唱功老旦剧目的典范。

何佩森

人物行当

包 拯	净	赵 虎	净
王 朝	净	李 后	老旦
马 汉	净	地 方	丑
张 龙	生	龙 套	杂

服装扮相

包 拯 勾黑整脸。黑相貂、黑满，黑蟒、玉带，黑彩裤，厚底。

王 朝 勾紫三块瓦。大板巾、小额子、黑满，紫箭衣、马褂、苫肩、大带，红彩裤，厚底。

马 汉 勾元宝脸。大板巾、小额子、黑满，素箭衣、马褂、苫肩、大带，红彩裤，厚底。

张 龙 俊扮。大板巾、小额子、黑三，红箭衣、马褂、苫肩、大带，红彩裤，厚底。

赵 虎 揉脸。大板巾、小额子、黑一字，素箭衣、马褂、苫肩、大带，红彩裤，厚底。

李 后 俊扮。黪网子、黪发鬏、黪鬓发，白老斗衣、绿裙子、白绸条，白布袜，福字履。

地 方 勾豆腐块粉脸。红缨帽，青布箭衣、大带，白布袜、方皂鞋。

龙 套 俊扮。小板巾，龙套服，彩裤，薄底。

道具

桌子	一张	腰刀	四把
椅子	一把	招文袋	一个
矮凳	一个	铜锣	一面
藤棍	二根	茶杯	一个
黑素褶子	一件	紫桌围椅披	一份
黄绫诗帕	一块	灰椅披	一个
圆纱	一顶		

第一场

〔【大锣原场】正场桌，“小座”。众人役内声：“哦！”【一锤锣】打上。四文堂、王朝、马汉、张龙、赵虎“站门”。

【四击头、撕边】【一锤锣】包拯“上场门”上，“九龙口”亮相，抖袖、整冠、理髯，到台口，抖袖。【归位】

包　拯　（引子）秉正忠心（台. 大　台）扶大宋（大大）

^{5}3　2　1　2　3　2　^{3}2　6̣　7̣　^{6}7̣　2　^{3}6̣　6̣ ‖【原场、归位】

锦　绣（哇）龙　（哇）廷。

（转身归“小座”）

（诗）黑暗暗乌纱盖顶，

明亮亮玉带随身。（台. 大　台）

上金阙君王见喜，

下御街谁敢不遵。【大锣住头】（众人役归里“八字”站）

老夫，【撕边一击】包拯。【住头】宋室驾前为臣，官拜龙图阁大学士，秉理开封府尹。只因陈州干旱三载，圣上命老夫前去放粮。且喜放粮已毕，正好回朝交旨。王朝、马汉。

王　朝
马　汉　有。（躬身）

包　拯　外厢开道。

王　朝
马　汉　外厢开道哇！

众人役　啊！

〔【冲头】接唢呐曲牌<六幺令>前半段，包拯离位出门转身上轿，众人役领起“插门”“下场门”下。【一锤锣】包拯随下。

第二场

〔【大锣撤锣】舞台空场。

〔地方内白：“啊哈！”【小锣五击头】地方上至台口。

地　方　地方地方，

差事难当；

一卯不到，

两腿遭殃。（扎）

我赵州桥地方的便是，今有包大人陈州放粮回朝，打此经过，命我轰赶闲人，天不早啦，就此打道前来。

（多.多 乙个多 多）打道 0前 来，.是 四方 人闪 开。（边念边圆场）

行人 0止 步，坐着的 把身 抬，

坐着的 把身 抬。

哎！闲人靠边点儿，地方过来啦！

〔【小锣打下】地方“下场门”下。

第三场

〔舞台空场。

〔李后内白：“苦哇！”【小锣夺头】

〔二黄慢板〕

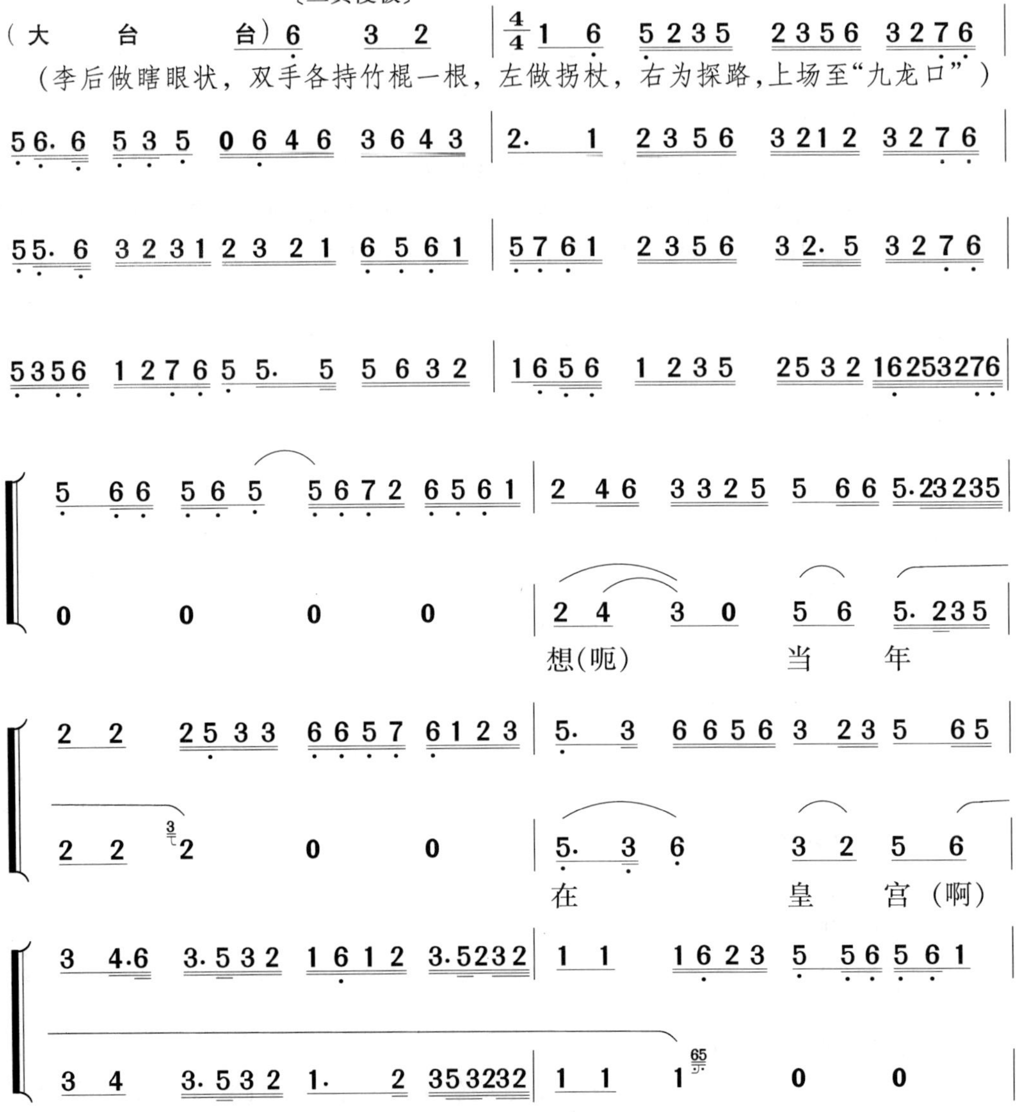

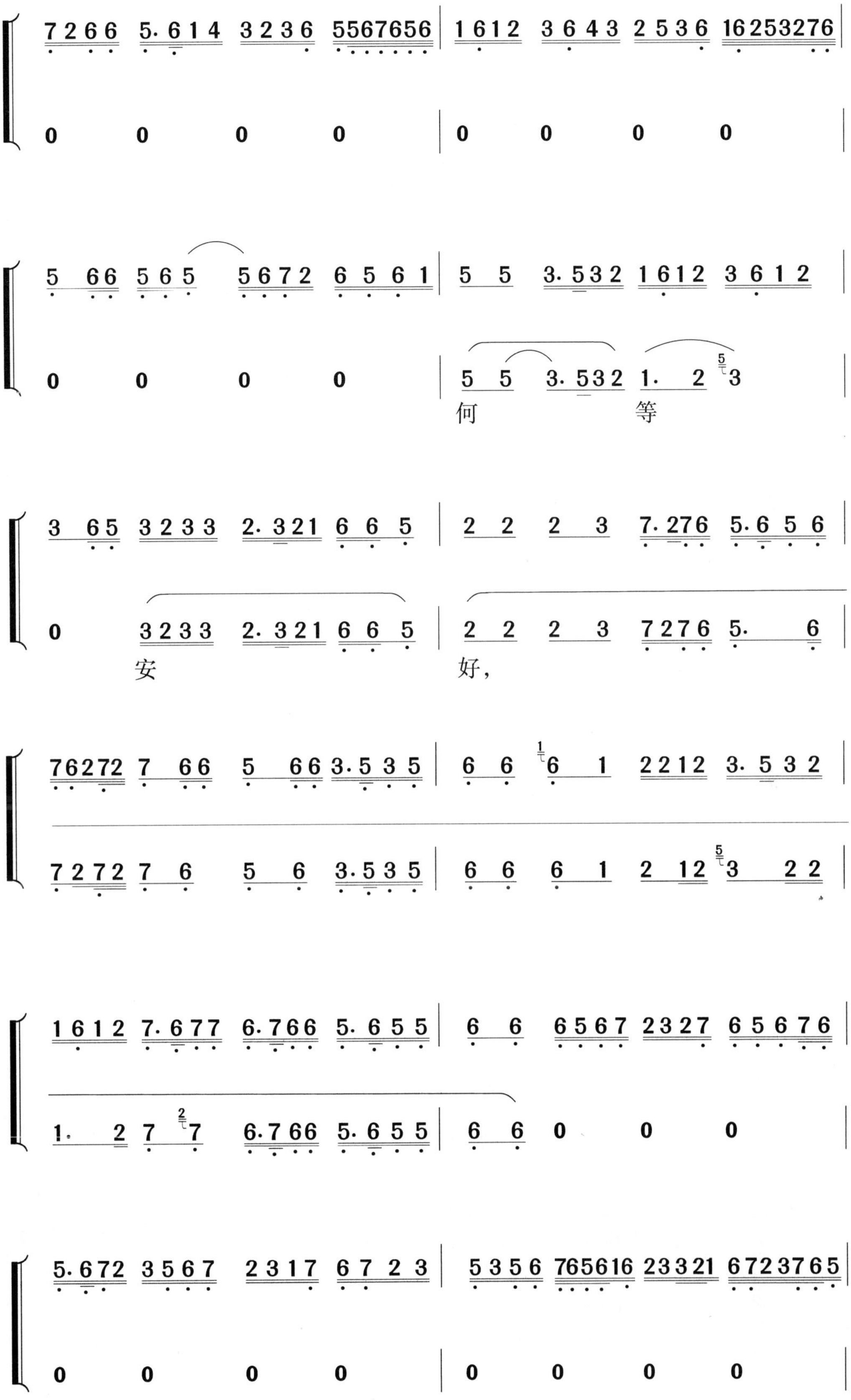
何
等
安
好,

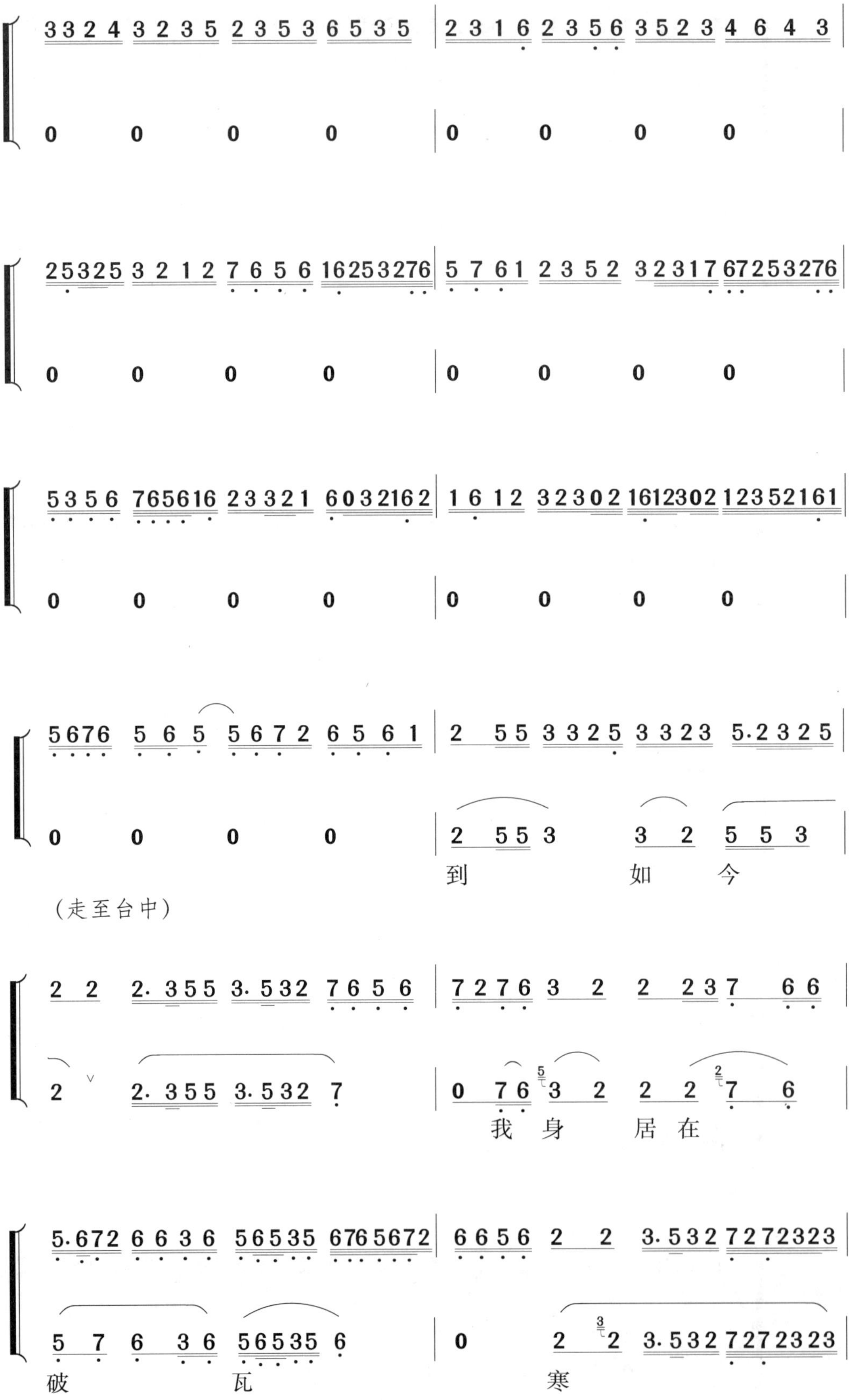
到 如 今
（走至台中）
我 身 居 在
破 瓦
寒

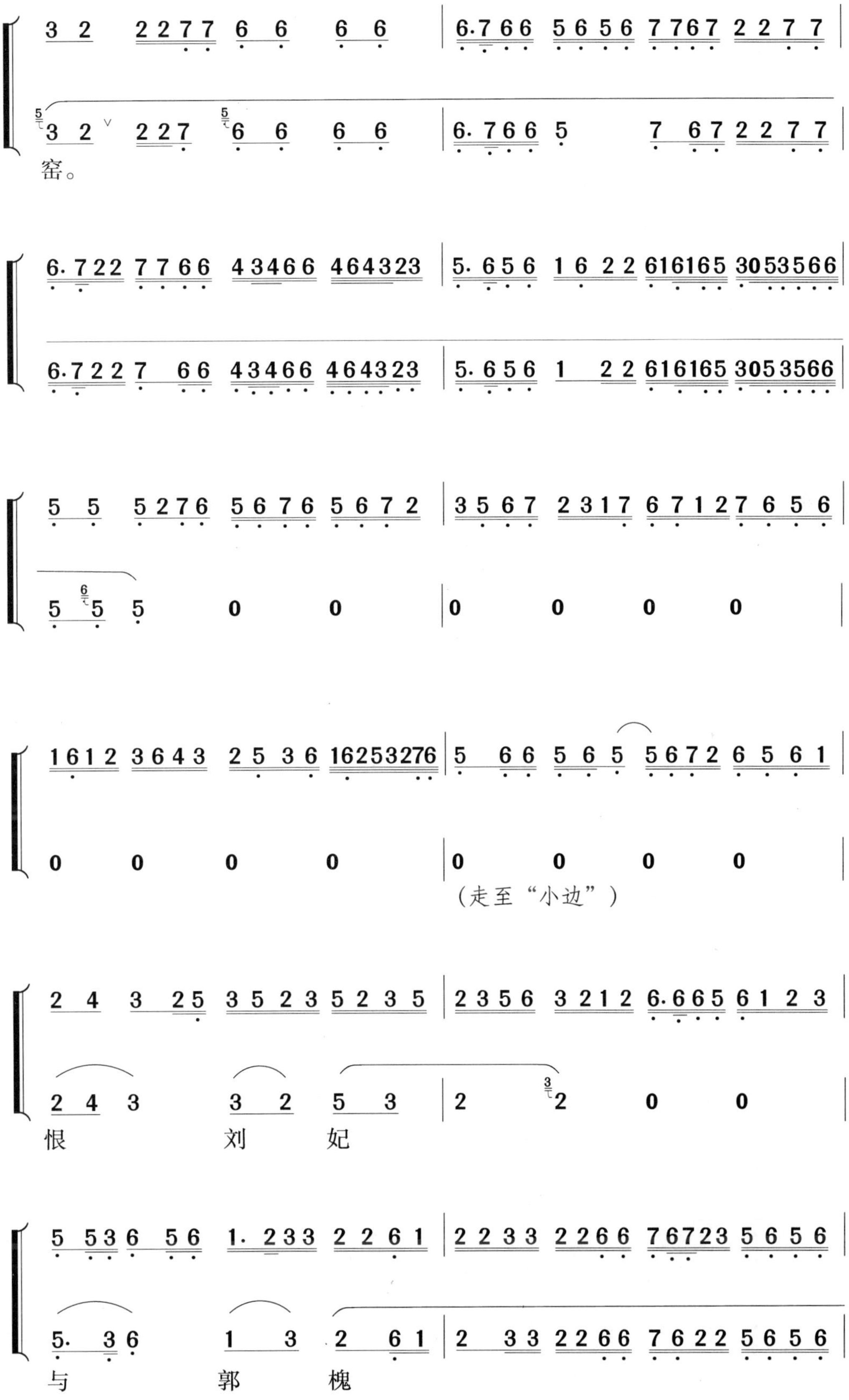
窑。
（走至“小边”）
恨 刘 妃
与 郭 槐

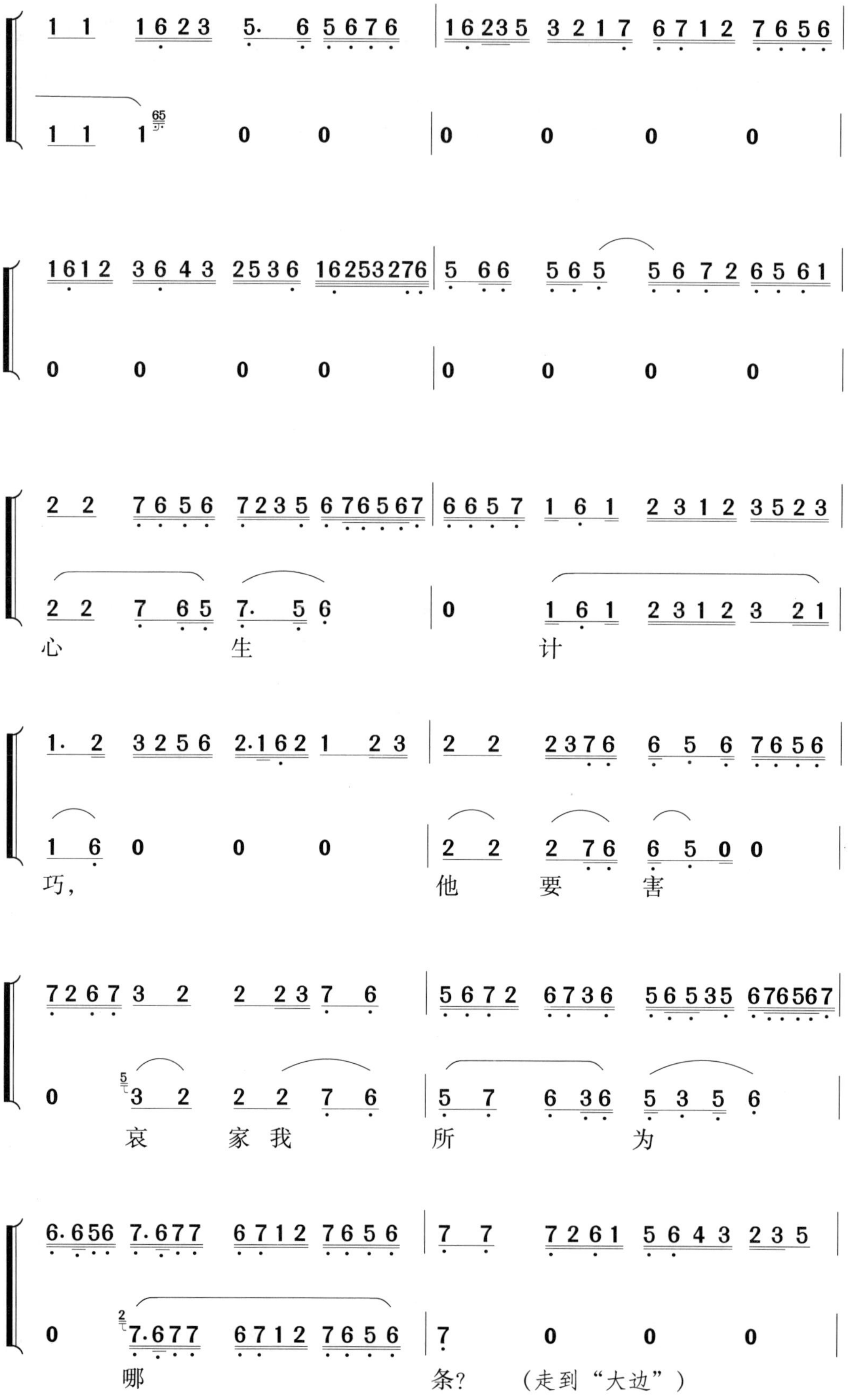
心 生 计
巧， 他 要 害
哀 家我 所 为
哪 条？ （走到“大边”）

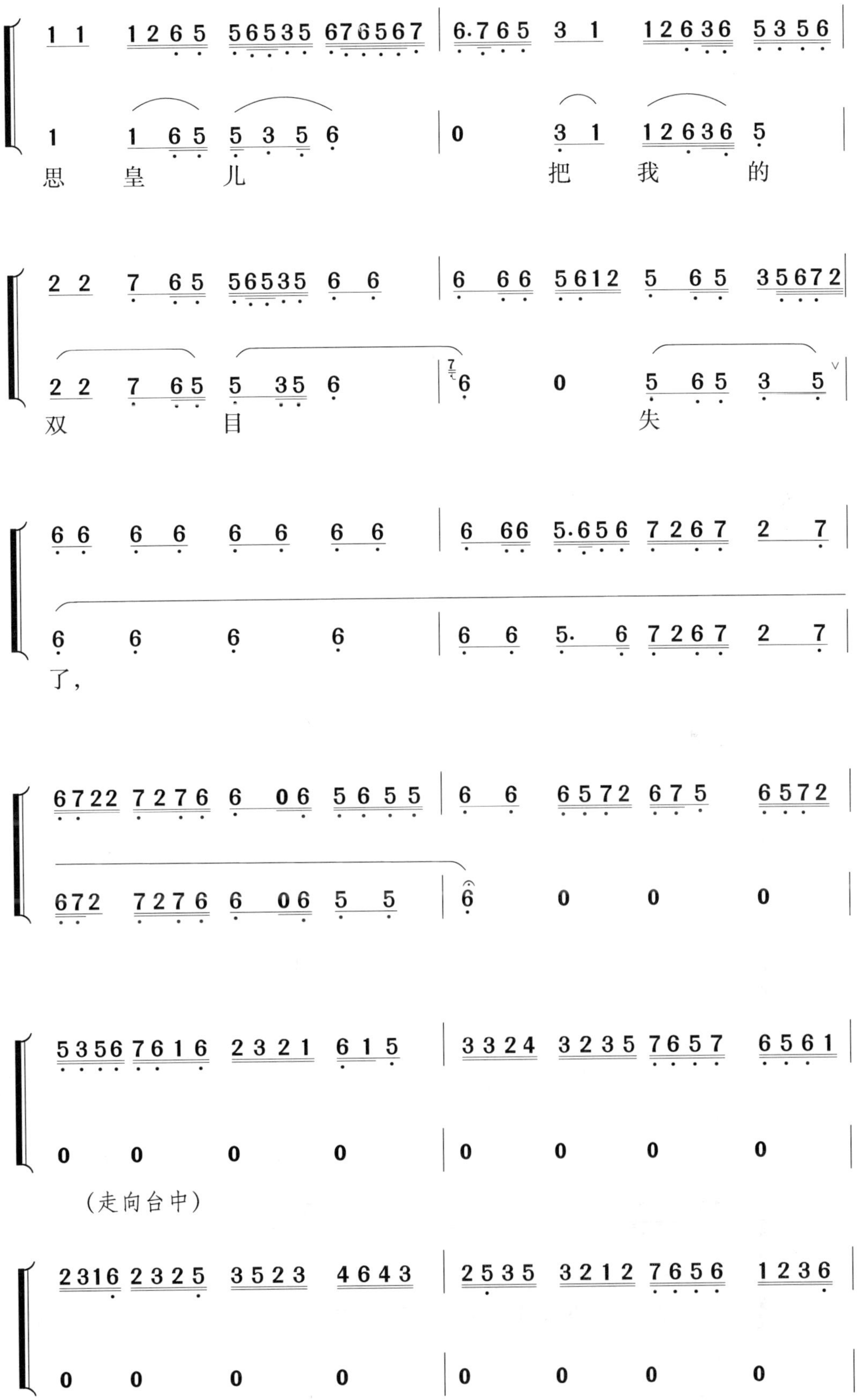
思 皇 儿 把 我 的
双 目 失
了，
（走向台中）

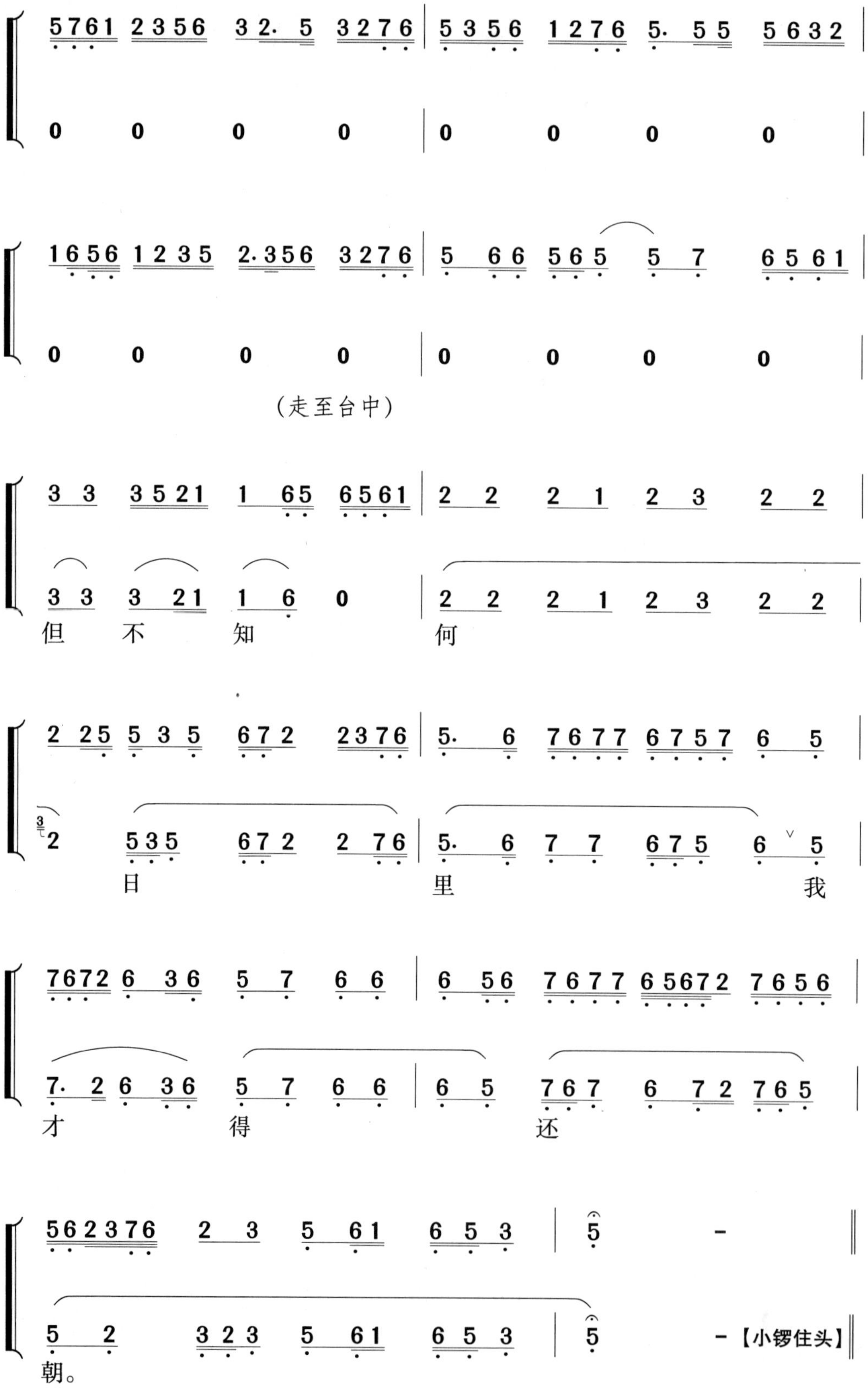
（走至台中）
但 不 知 何
日 里 我
才 得 还
朝。
【小锣住头】

遇皇后

李　后（执杖抖袖）哀家李后。只因那年身怀六甲，宫中有一刘妃，她与内侍郭槐乃是姑表之亲，在老王驾前，讨下收生代劳的旨意，哪里是收生代劳，分明要害哀家一死。又用金丝狸猫剥去皮尾奏到圣上，反说哀家产生妖魔鬼怪，老王一见，龙心大怒，将我推出斩首。多亏满朝文武保奏下来，死罪已免，活罪难容，将哀家打入在寒宫冷院。那奸妃一计不成，又生二计，约定八月中秋火焚宫院。只见宫中火光一起，也不知是何恩人将哀家救至在这破瓦寒窑，算来约有二十余载。天哪！（翻右袖）**【小锣叫头】**天！

【小锣五击头】想我这冤仇何日得报哇！（抖袖）

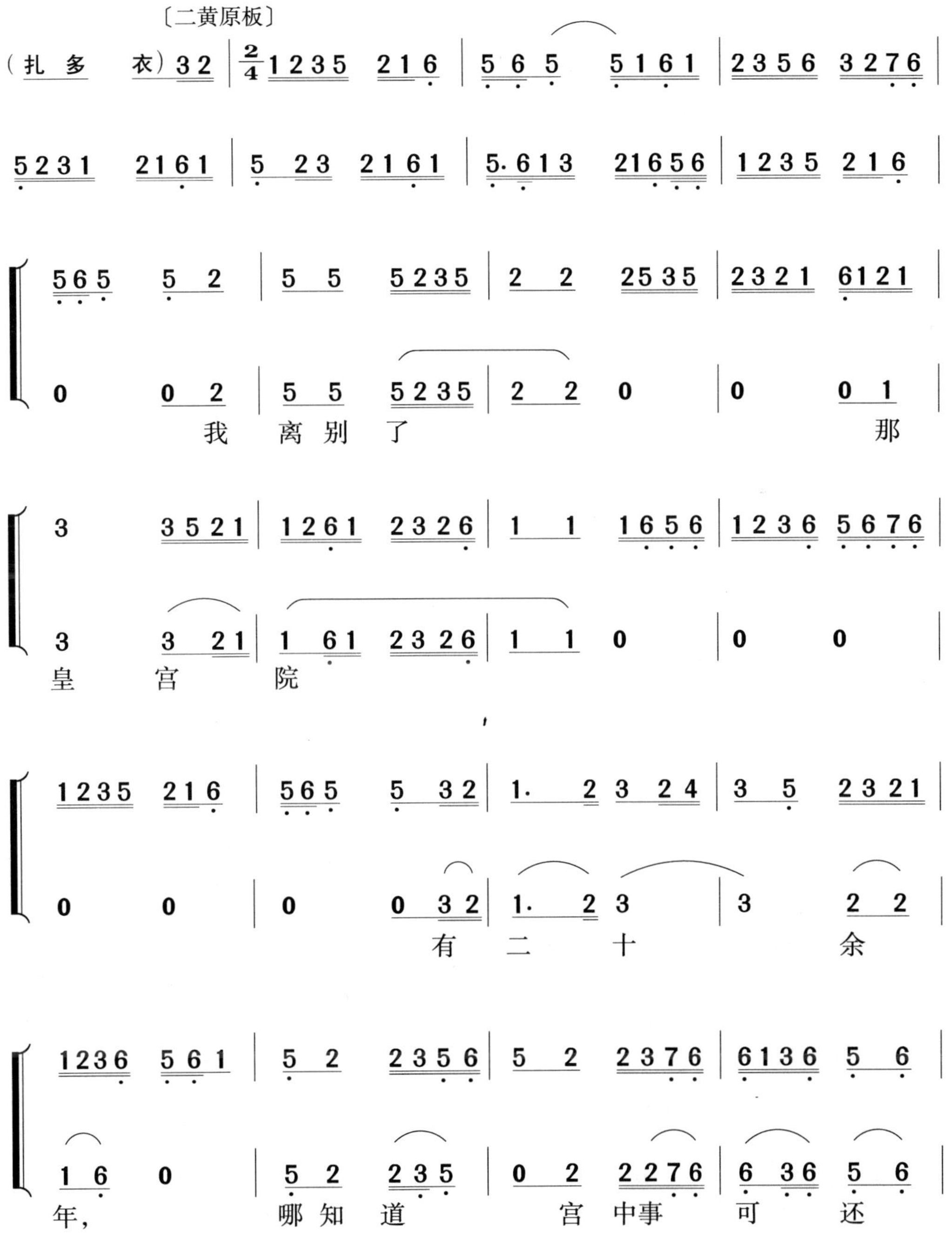

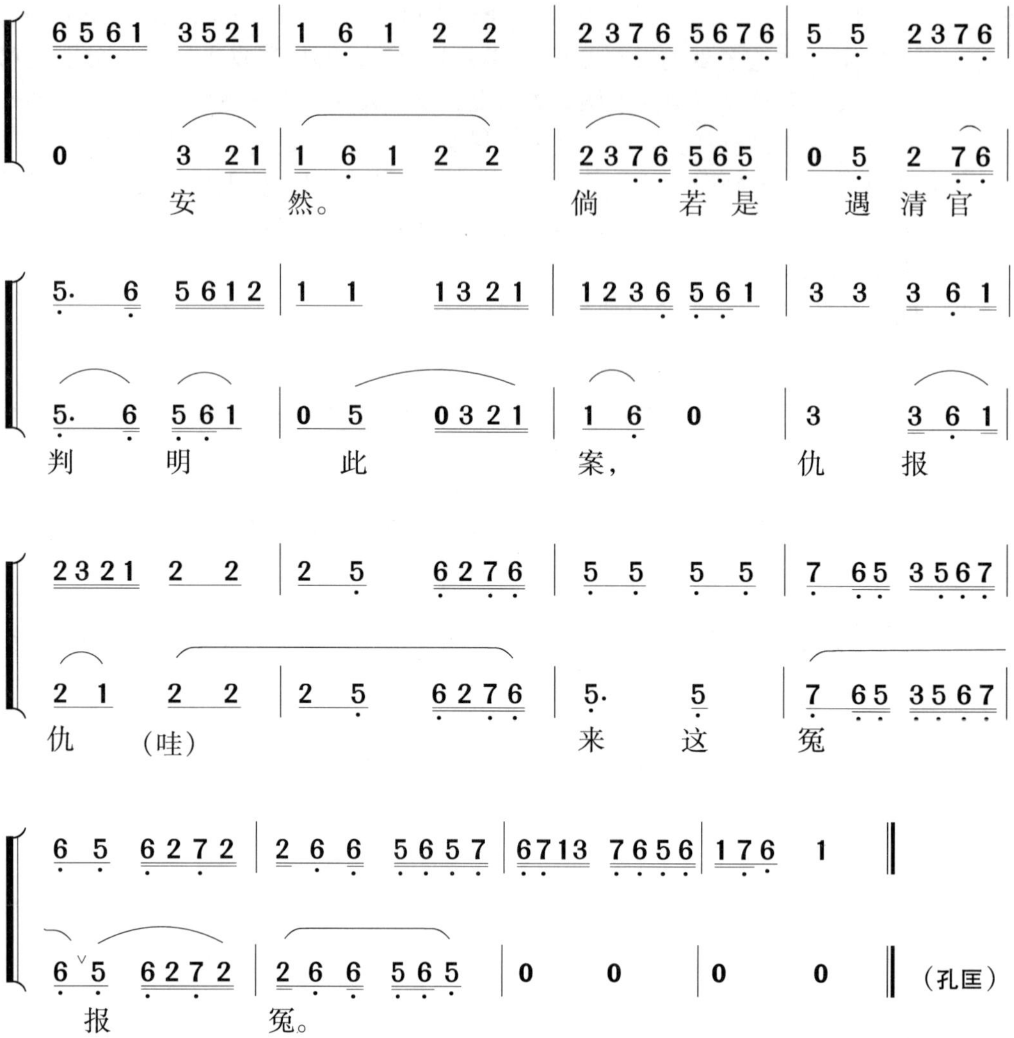

〔众内声：“哦！”（大 大 大大 乙台）

李 后 听那旁鸣锣开道，待我向前借问一声。（斜身向“上场门”边幕）啊！列位请了！

〔众内声：“请了！”

李 后 哪位大人在此鸣锣开道？

〔内声：“今有包大人陈州放粮而回，打此经过，故而鸣锣开道。”

李 后 有劳了。【小锣一击】

〔内声：“好说。”

李 后 哎呀且住！（大 台）闻听包相为官清正，我不免赶上前去，将我这二十年的冤枉对他申诉便了。

〔二黄摇板〕

（3 1 2 1 6 1 2）3 3 2 6· 2 1（6 5 6 7 6）
我 且 上

3 2 2 5 6 ∨ 1 6 3 2 2 2 1 7 6 1 6· 1 2 2 1
阳 关 路 道，

〔【小锣抽头】执棍往“下场门”探路再回身转至“大边”。（过门同前）

1 1 2 3 3（2 3 5 6 3）1· 2 3 3 2· 3 2 3 1 - 2 - ‖
见 了 包 卿 诉 根 苗。

〔【小锣打下】李后执棍探路慢步“下场门”下。

第四场

〔众内声：“哦！”【大锣纽丝】四蓝文堂、王朝、马汉、张龙、赵虎“站门”，包拯上，台中抖袖。

〔二黄散板〕

包 拯 サ（6 5 5 3 2 2 3 3 2 1 6 6 6 5 5 5）3 3 3
今 奉 圣

3 1 2 3 3（3 6 1 2 3 3）2 5 3 3 1 2 2 3
命 陈 州 到，（仓） 放 粮 已 毕

（3 2 3 4 6 3）3 2 3 1 2 3 2 2【大锣住头】（地方“下场门”暗上）
转 回 朝。

包 拯 左右！

众人役 有。

包 拯 传地方。

众人役 地方！

地 方 （单腿跪拜）参见大人。

包 拯 你是地方。

地 方 是。

包 拯 此处什么所在？

地 方 赵州桥。

包 拯 前面是什么庙。

地 方 乃是天齐庙。

包 拯 前去打扫，老夫拈香、宿坛，打道天齐庙。

地 方 是。

包　拯　打道天齐庙。

众人役　啊！

地　方　列位您随我来。

〔【冲头】接唢呐曲牌<六幺令>合头接<小傍妆台>。众人役“一翻、两翻”。与此同时，在“下场门”处斜摆一桌，设“大座”。包拯下轿。包拯整冠、理髯，走入“大座”，曲牌止。

包　拯　地方。

地　方　伺候大人。

包　拯　这有铜锣一面，（马汉交地方大锣、锣锤）我命你去到庙前庙后，说老夫在此宿坛，有冤枉者叫他们前来申诉。

地　方　是。（出庙门）哎呀慢着，别的大人到这儿，怕有打官司的；怎么这位黑脸的大人，到这儿，满处找打官司的。咳，没法子，给他吆喝吆喝。（击锣三下，往“下场门”喊话）

嗳！庙前庙后百姓们听着！

〔众百姓内白：“啊！”

地　方　今有包大人，陈州放粮而回，打此经过，在天齐庙宿坛。你们谁有冤枉上那儿诉去啊！

〔众百姓内白：“我们不冤，你冤吧！”

地　方　你们不冤哪，我也不冤。（往“上场门”边走边念）这儿再吆喝吆喝！（击锣三下，往“上场门”喊话）哎！庙前庙后百姓们听着。

〔众百姓内白：“啊！”

地　方　今有包大人陈州放粮而回，打此经过，在天齐庙宿坛，你们谁有冤枉上那儿冤去啊！

〔众百姓内：“我们不冤，你冤吧！”

地　方　你们都不冤哪！嘿嘿，我也不冤。

〔李后内白：“且慢！”（**大大大台**）

地　方　哎，哪位？

〔李后内白：“破瓦寒窑有一瞎婆，有二十年的冤枉。”

地　方　哎！你候一候啊。我说呐，没有不开张的油盐店嘛。（进庙跪禀）回禀大人，破瓦寒窑有一瞎婆，她有二十载的冤枉。

包　拯　带进庙来。

地　方　是。（出庙门，向“上场门”招唤）哎！瞎老太太您出来凉快凉快吧！

〔【**小锣抽头**】李后“上场门”执杖摸索上。

〔二黄摇板〕

李　后　（5 5 3 2 2 3 3 33 21 61 53

21 61 5 5）3 3 1 2 2 25

忽　听　有

3 32 5 3（3 23 46 3 3）5 32 12

人　一　声　唤，　急　忙　向

3 3 3 6 1 2 ³2 (2 1 6 1 2) ‖
前 我 问 根 源。

地 方 哎！老太太，老太太！我在这儿那。老太太，您不说您有二十载的冤枉吗，今有包大人在天齐庙宿坛，有什么冤枉，您还不冤去吗。

李 后 哦！就是那老包。

地 方 嘿！老太太，您这是怎么说话那！我称呼他一声包大人，偲还不愿意理我那，您怎么管他叫老包哇？

李 后 我叫他一声老包，还是奉承于他。

地 方 好！您哪是奉承他呀！简直是奉承我这二十板子那嘛！

李 后 取笑了，带路。

地 方 哎！是喽。老太太，您跟我来，您跟我来。（抓住李后棍杖领进庙门）

地 方 哎！上台阶，哎，迈门坎。（李后随着走）

众人役 喔！——

地 方 （引李后至“小边”）哎！老太太跪下、跪下，啊！**【小锣一击】**

包 拯 嗯！**【小锣一击】**这一瞎婆，见了老夫因何不跪？

李 后 当跪则跪，不当跪我便不跪。

包 拯 好个当跪者则跪。有何冤枉，慢慢讲来！

李 后 你若真包我便申诉，你若假包，我就不便诉了。

包 拯 你双目不明，怎知老夫是真假？

李 后 那真包脑后有一肉枕，下得位来，待我一摸便知明白。

包 拯 （大 大 大 大 乙 台）（包拯示意地方假扮探试）（台）

地 方 哎。（多罗. 匝匝匝台）（地方披黑褶子，戴上圆纱帽走向台中）

王 朝 大人离位，瞎婆摸来。

〔（多罗. 匝 匝 匝 匝）李后将棍杖交右手，左手摸地方后颈，发觉是假。

李 后 嘟！（大台）胆大奴才，敢来哄我！

地 方 我说，我们家没这德性那！（离开退后，脱去衣帽）

包 拯 老夫离位！**【大锣回头】**

〔包拯由堂桌边下位走至台中。**【大锣住头】**

马 汉 瞎婆摸来。

〔（台匝匝匝匝台）马汉搀李后摸包拯后颈。

李 后 包卿！**【大锣一击】**（包拯大惊）儿呀！（哭泣）**【撕边】**

包 拯 瞎婆！（八大 台 顷 仓）你好言差！**【大锣回头】**（“背供”思索，归回“大座”）有何冤枉，慢慢讲来。

李 后 唉！包卿哪！

〔二黄原板〕

（扎 多 乙）3 2 | 2/4 1235 216 | 565 0 61 | 2356 3276 |

5231 2161 | 5 2 3. 6 | 5616 5632 | 1623 216 |

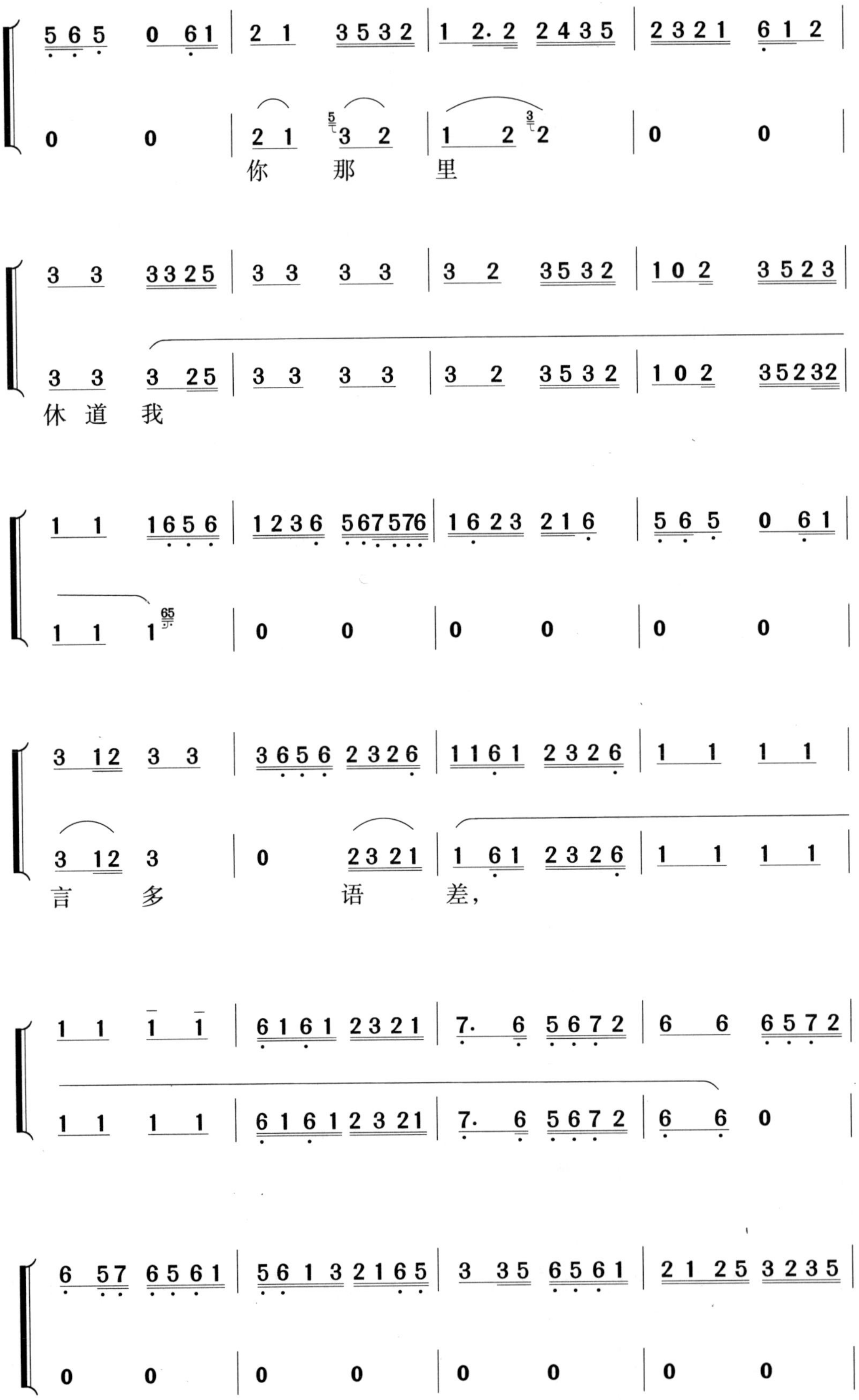
你 那 里
休 道 我
言 多 语 差，

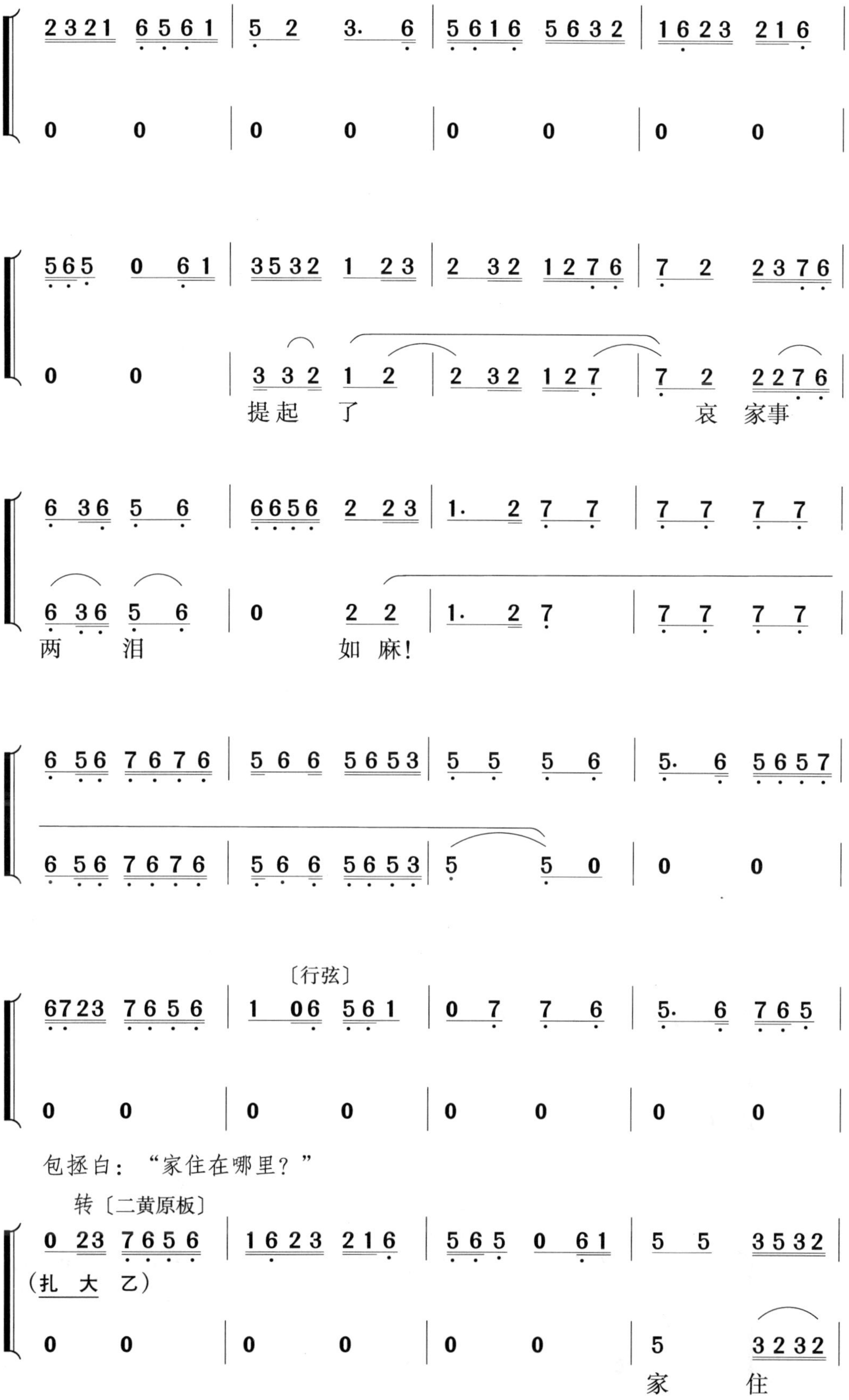
提起 了
哀 家事
两 泪
如 麻!
〔行弦〕
包拯白：“家住在哪里？”
转〔二黄原板〕
(扎 大 乙)
家 住

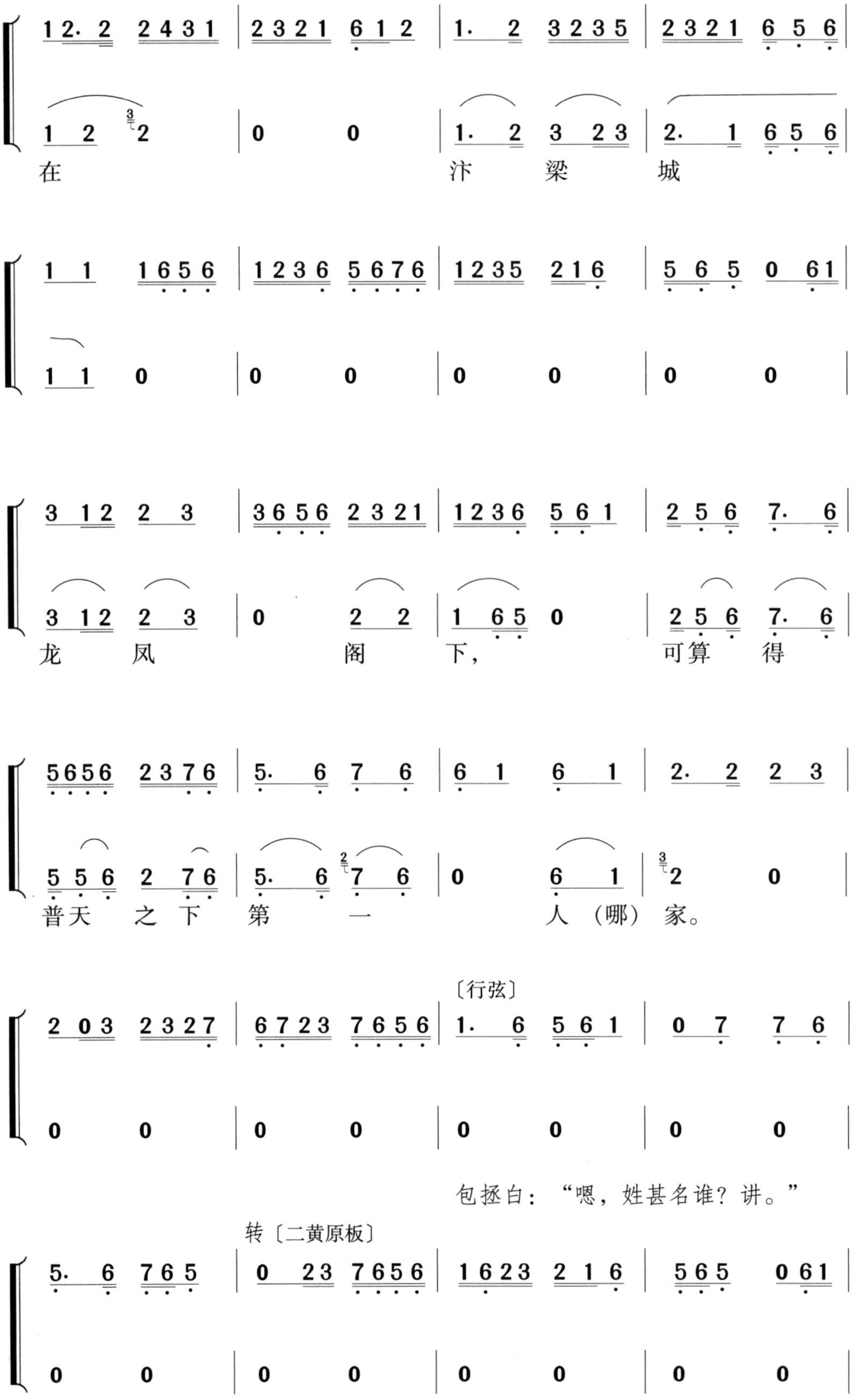
在 汴 梁 城
龙 凤 阁 下，可算 得
普天 之 下 第 一 人（哪）家。
〔行弦〕
包拯白：“嗯，姓甚名谁？讲。”
转〔二黄原板〕

遇皇后

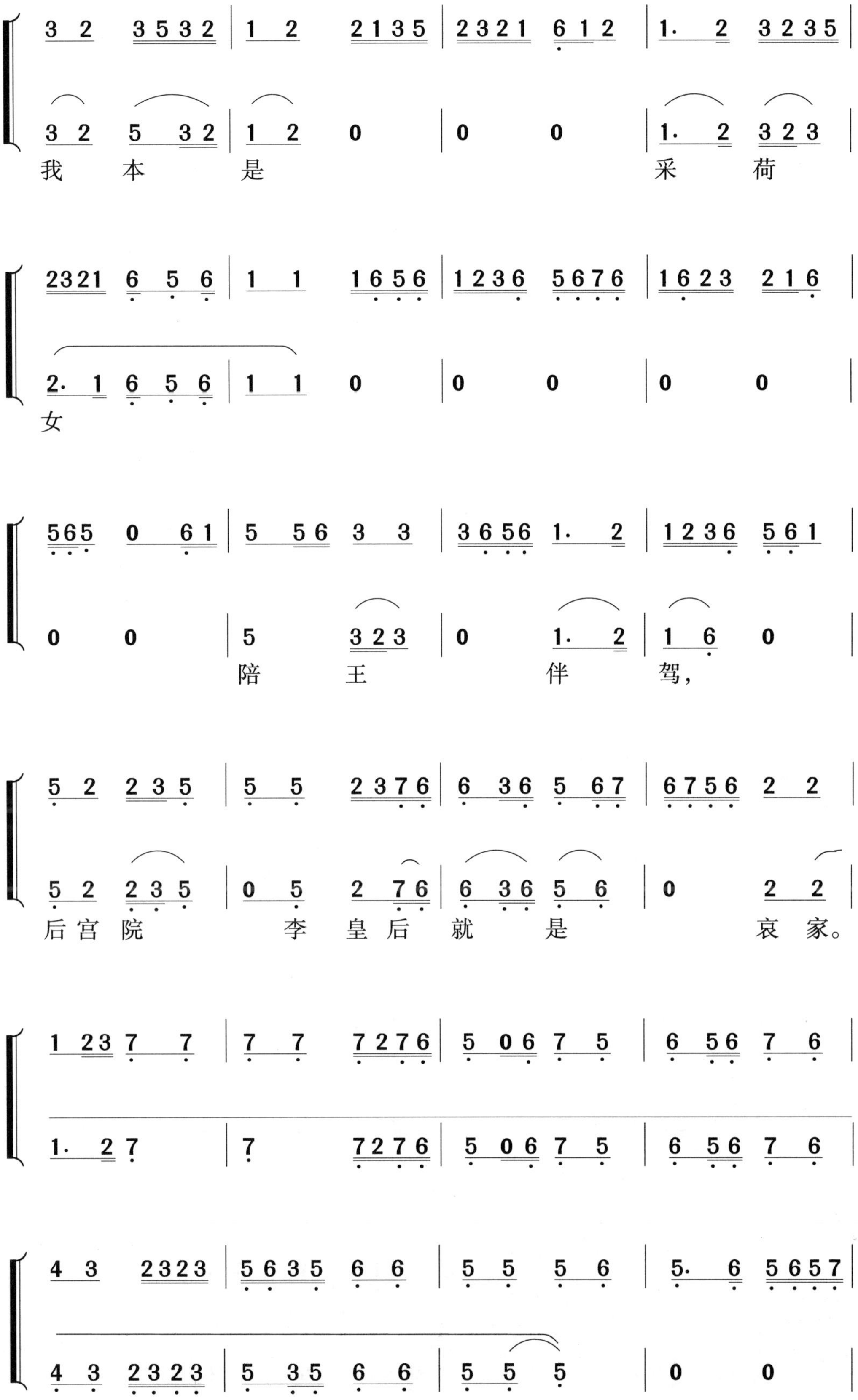

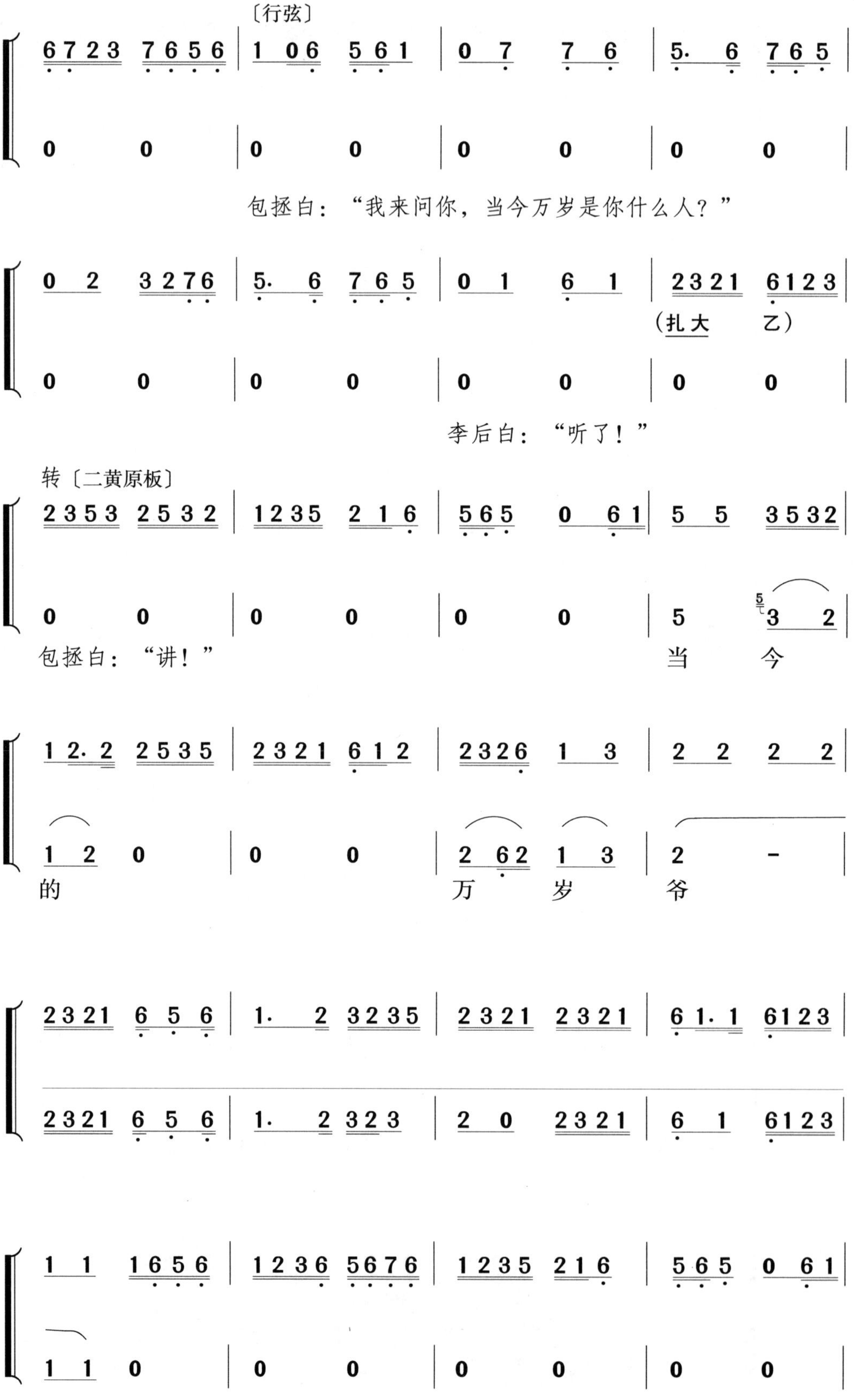
〔行弦〕
包拯白：“我来问你，当今万岁是你什么人？”
（扎大 乙）
李后白：“听了！”
转〔二黄原板〕
包拯白：“讲！”
当 今
的 万 岁 爷

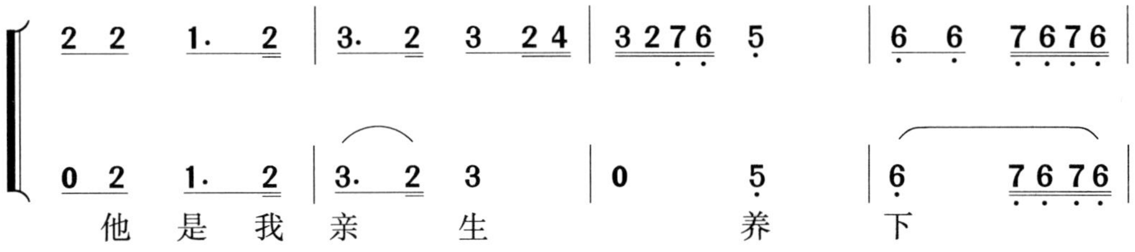

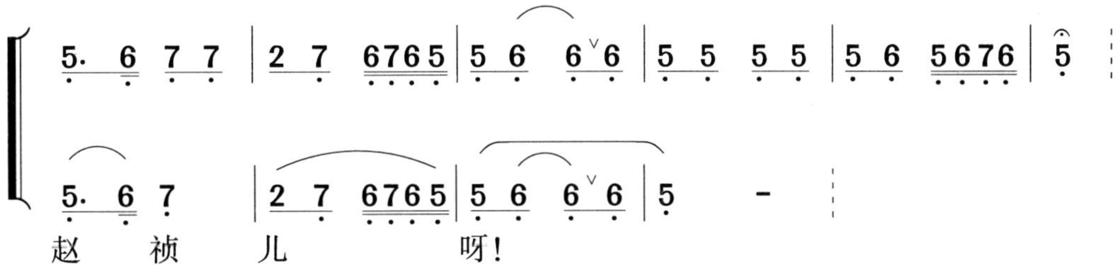

〔【小锣抽头】李后拭泪。包拯站起来拱手。

包　拯　万岁！万万岁！

李　后

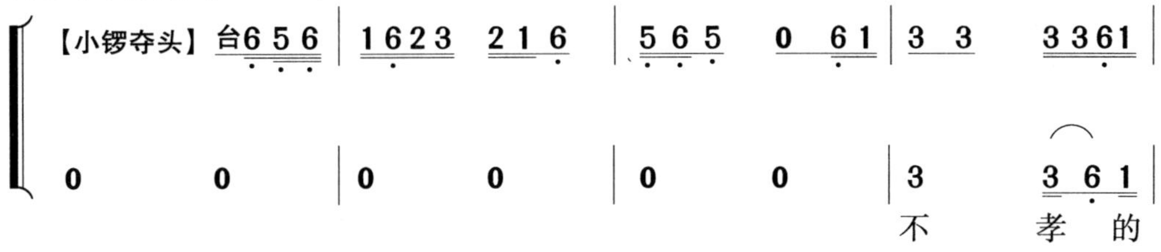

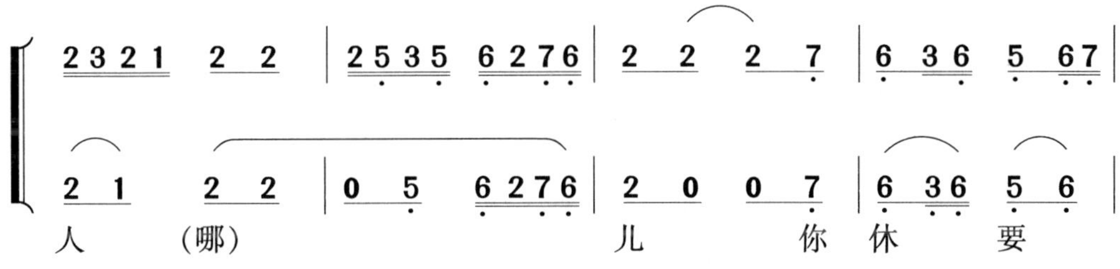

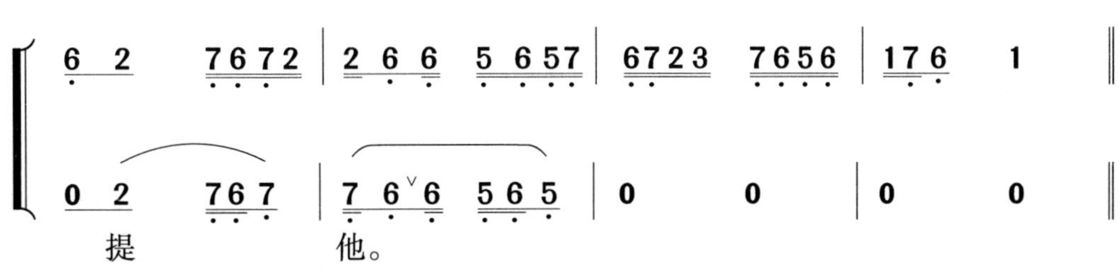

包　拯　我来问你，被何人所害？

李　后　只因刘妃、郭槐陷害哀家，冤仇算来约有二十余载。

包　拯　怎知我到此地？

李　后　我在大街乞讨，听百姓道你为官……

包　拯　如何？（微微起身，上身前倾，注意听李后反应，摊双手）

李　后　清正哪！

包　拯　嗯。（点头示意）

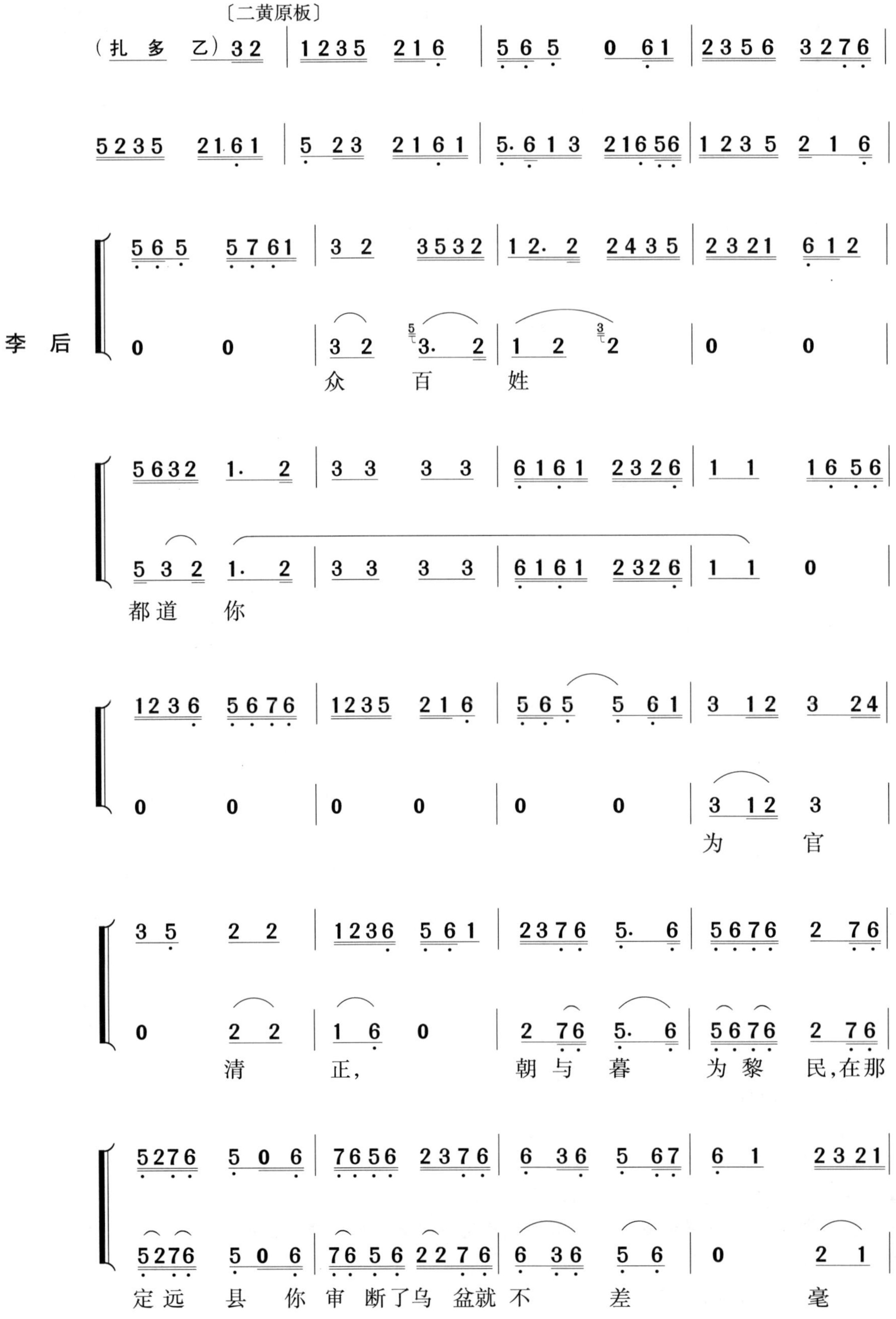
〔二黄原板〕
（扎 多 乙）
李后
众 百 姓
都道 你
为 官
清 正，朝与 暮 为黎 民，在那
定远 县 你 审 断了乌 盆就不 差 毫

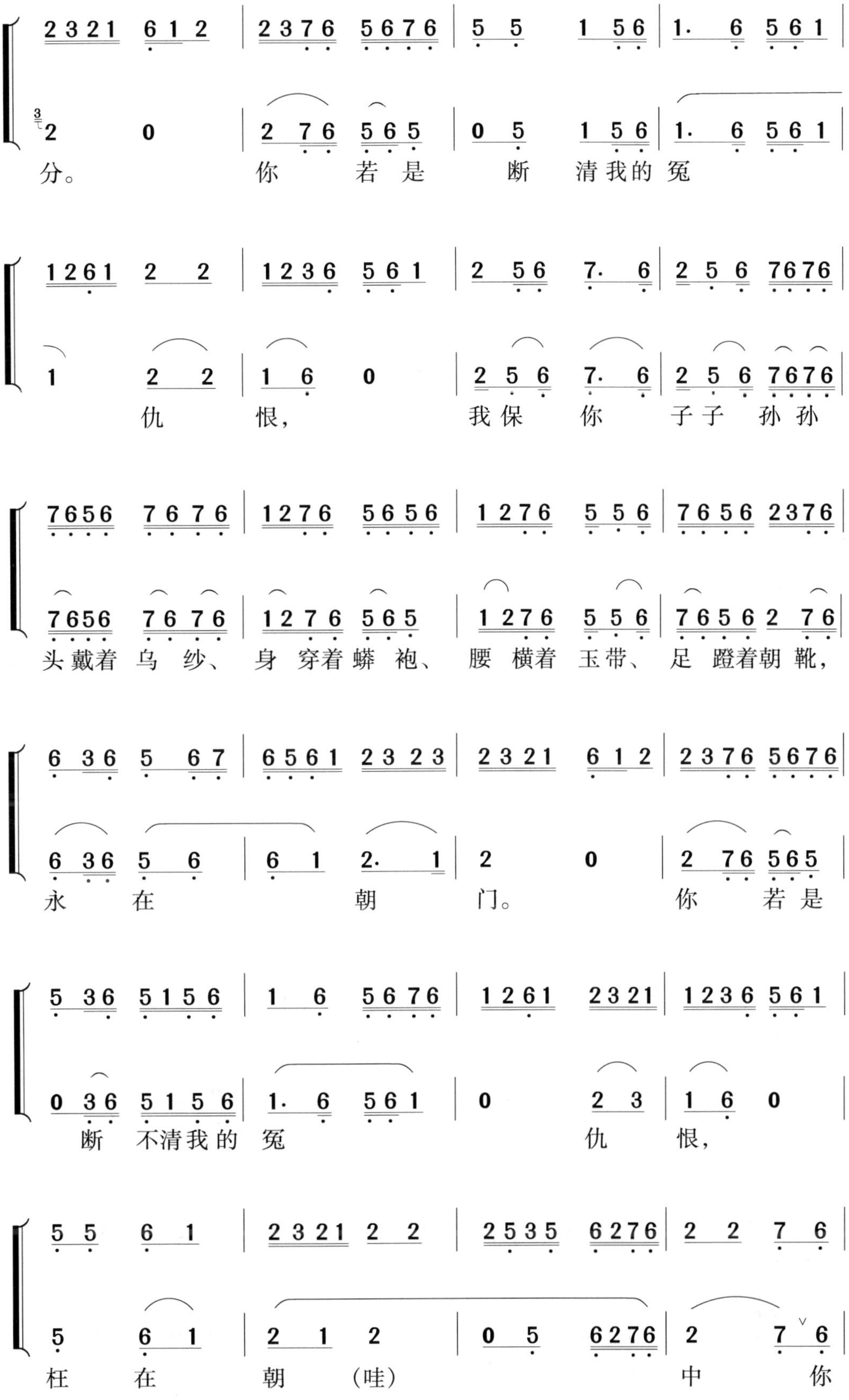

分。你若是断清我的冤
仇恨，我保你子子孙孙
头戴着乌纱、身穿着蟒袍、腰横着玉带、足蹬着朝靴，
永在朝门。你若是
断不清我的冤仇恨，
枉在朝（哇）中你

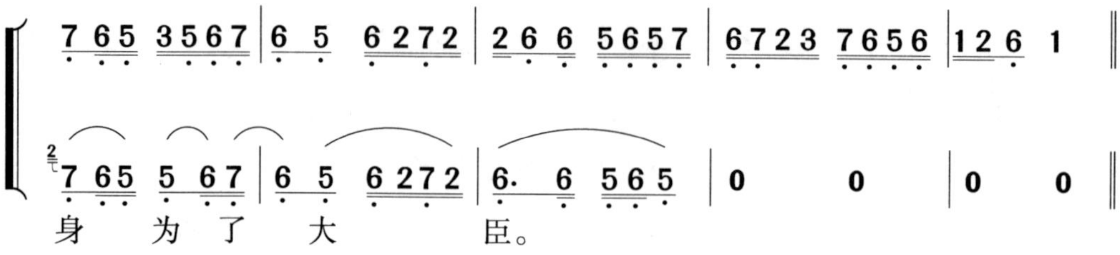

包　拯　地方。

地　方　（躬身）伺候大人！

包　拯　将这瞎婆搀扶一旁，赐她个座位。

地　方　是。老太太，您这边歇会儿来。

〔地方拿李后手中棍杖，拿一方凳，搀李后坐下。

〔**【大锣原场】**包公站起，翻右袖起**【叫头】**。

包　拯　圣上啊！（**顷 仓**）我主！**【大锣五击头】**若无此事还则罢了，若有此事怎为大宋天子！

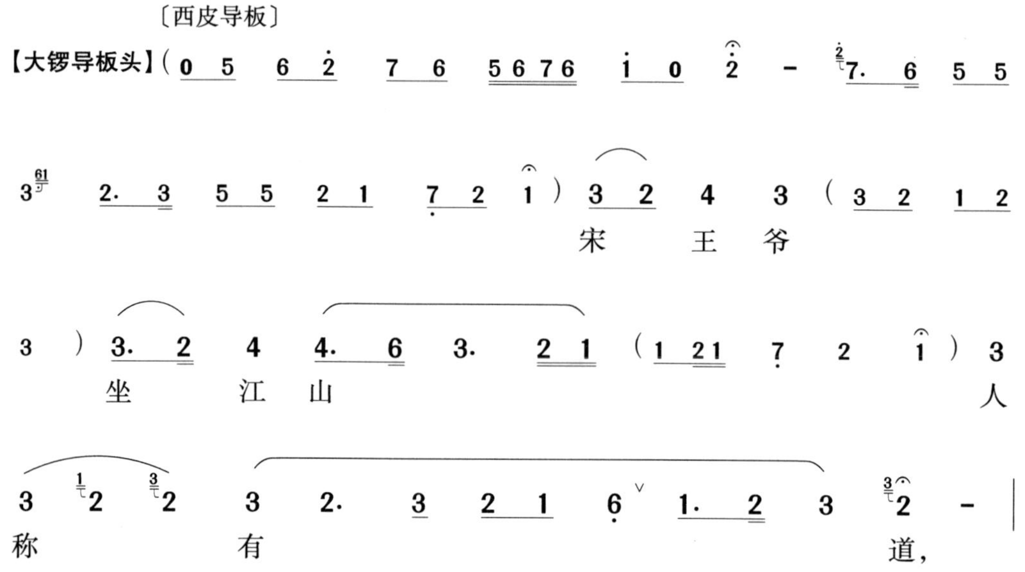

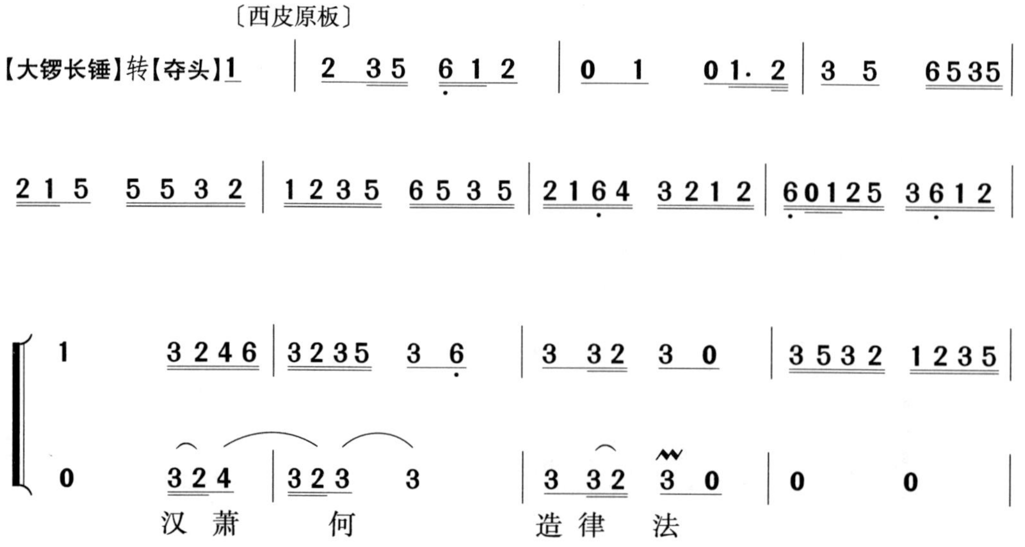

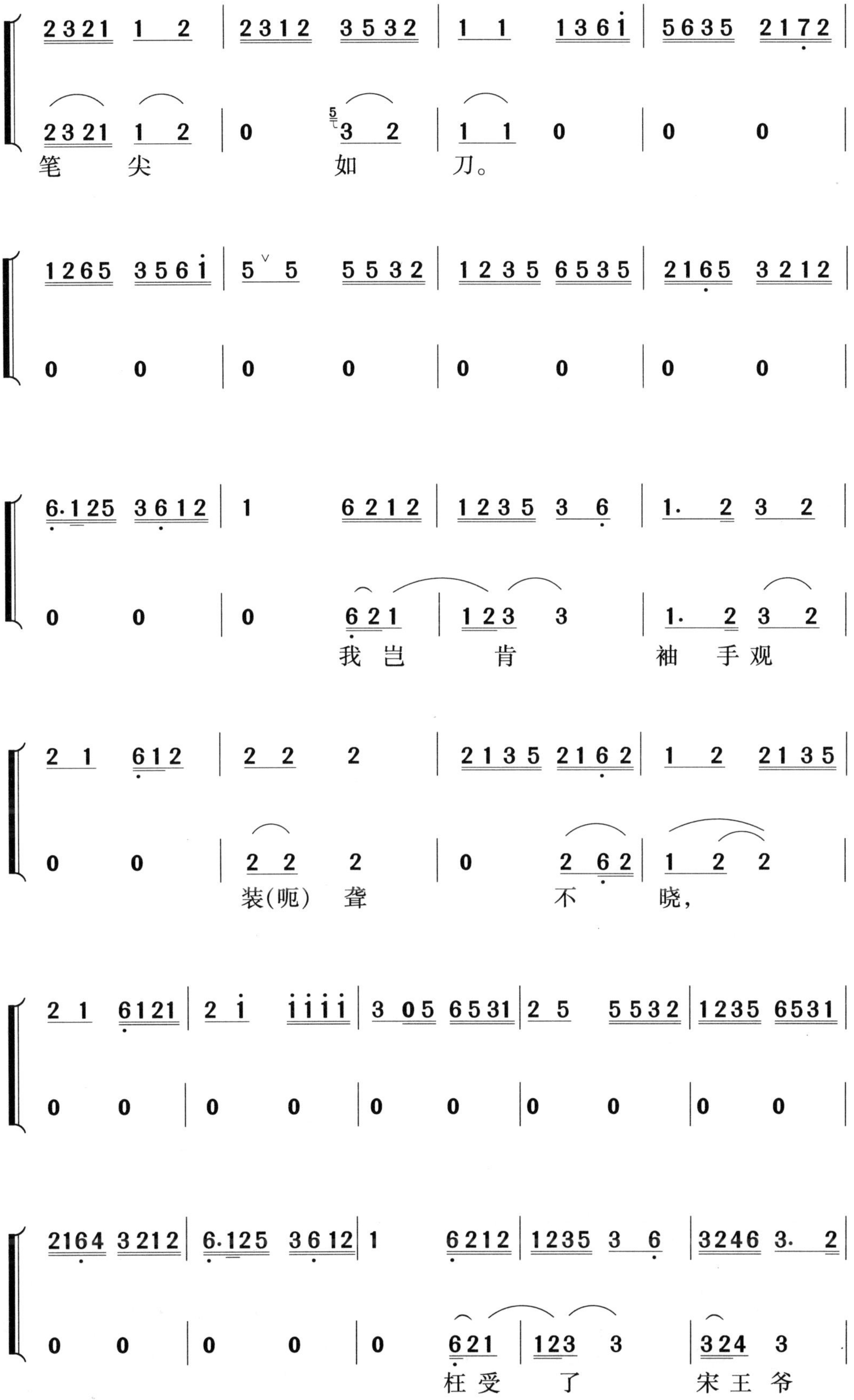
笔 尖 如 刀。
我 岂 肯 袖 手 观
装(呃) 聋 不 晓，
枉 受 了 宋 王 爷

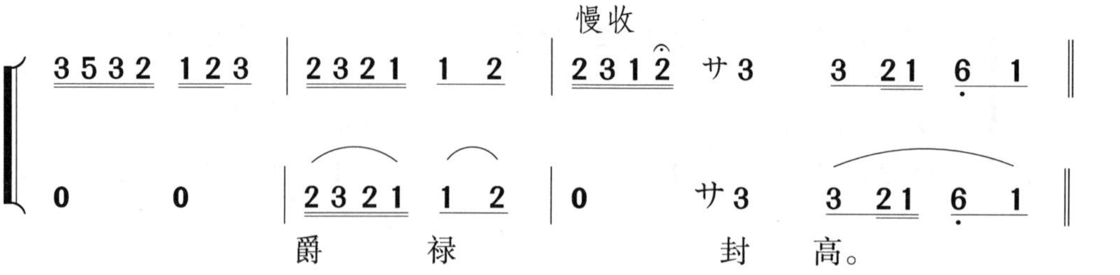

（包拯翻右袖）【大锣叫头】且住！【大锣五击头】我不免将这瞎婆搀扶正位，我与她行个君臣大礼。她若知晓，便是国太，她若不知，再将她拿下，也还不迟。王朝、马汉。

王　朝
马　汉　有。

包　拯　将这瞎婆搀扶正位。

王　朝
马　汉　啊！

〔【大锣原场】包拯出堂桌，往“上场门”前走，王朝、马汉搀李后入“大座”，端坐。

包　拯　瞎婆【大锣一击】你要坐稳了！（抖双袖）

〔西皮快板〕

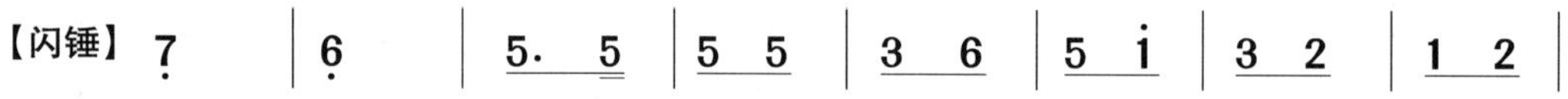

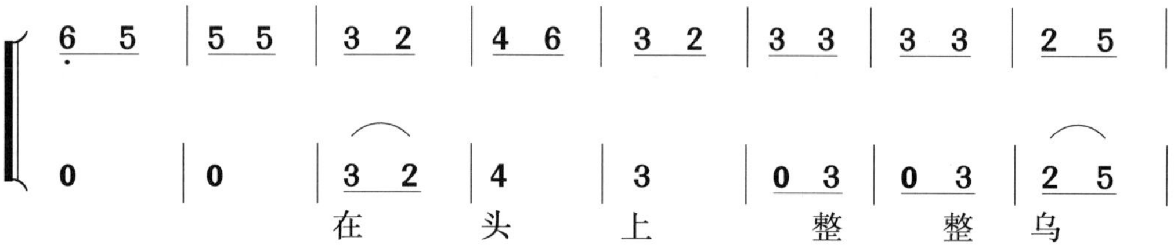

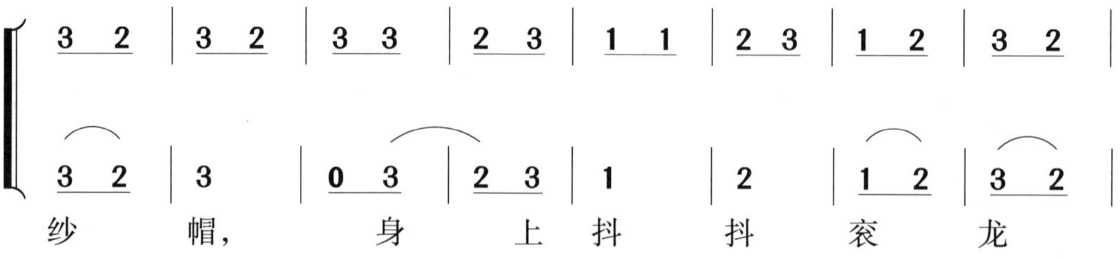

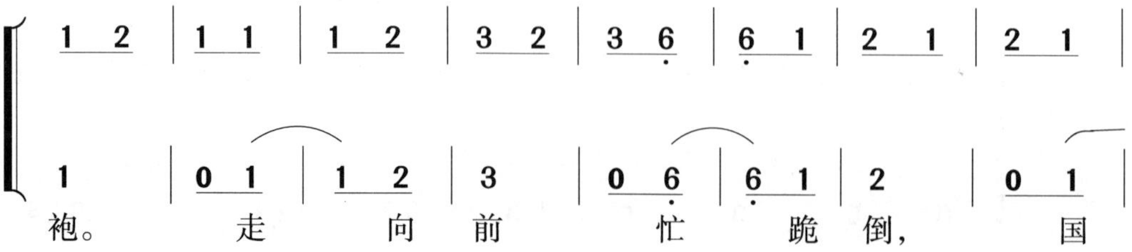

（踢起蟒袍拜跪）

遇皇后

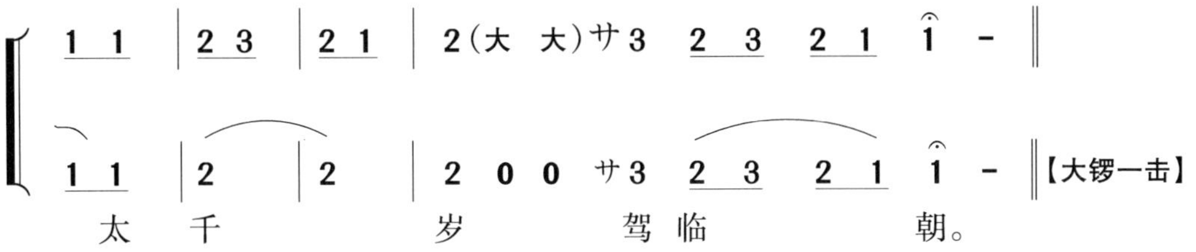

李　后　包卿平身。

［（扎扎仓）包拯摊开双袖，仰身惊愣。

包　拯　啊！（抖双袖）

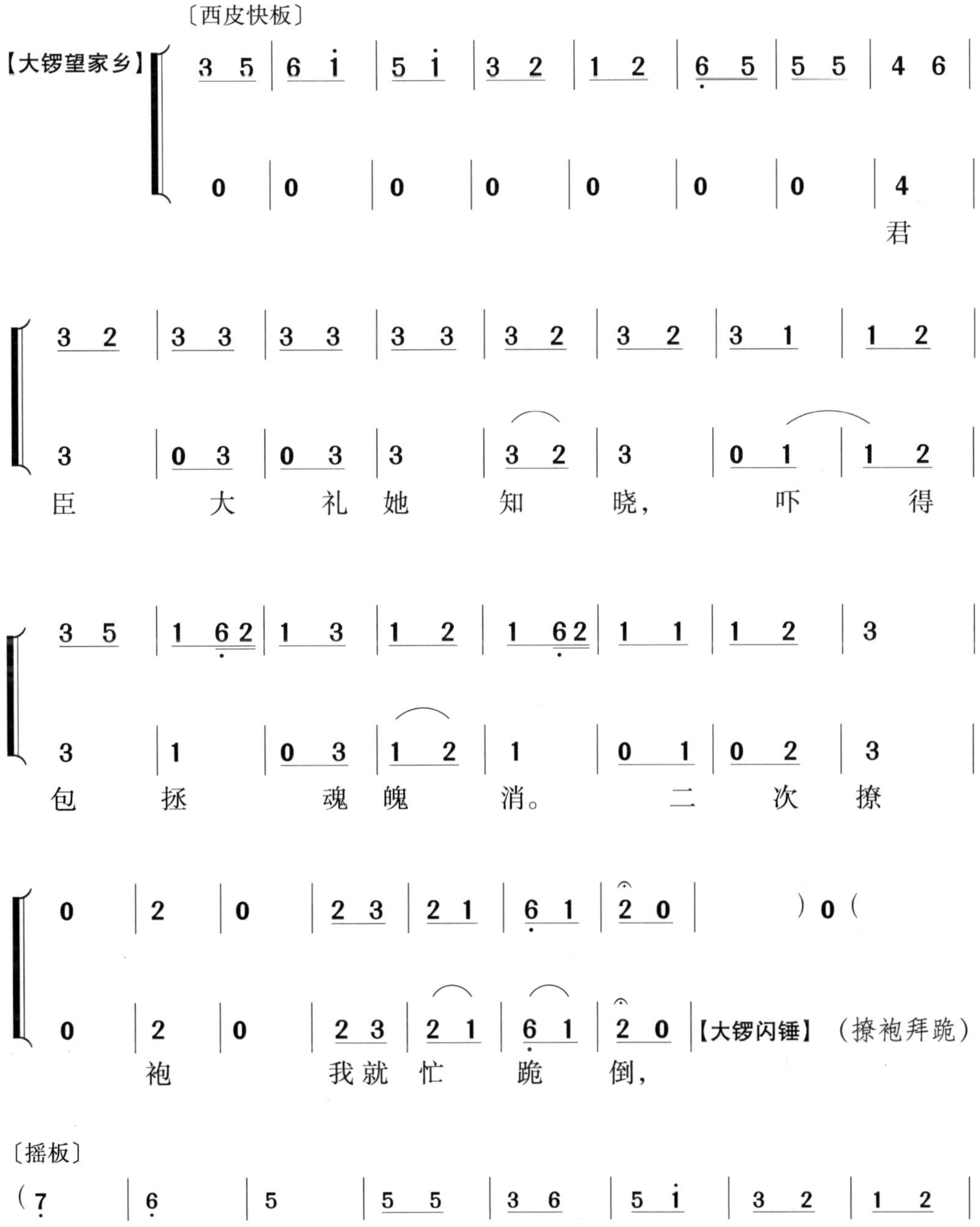

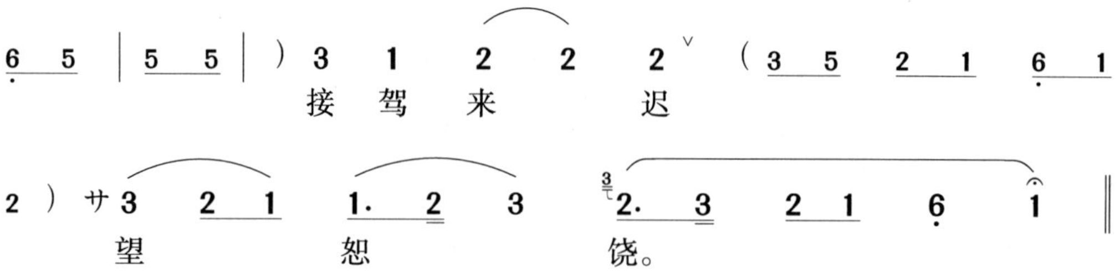

李　后　唉！【大锣一击】我好心焦哇！

包　拯　国太！（站起抖袖）

〔西皮快板〕(过门同前)

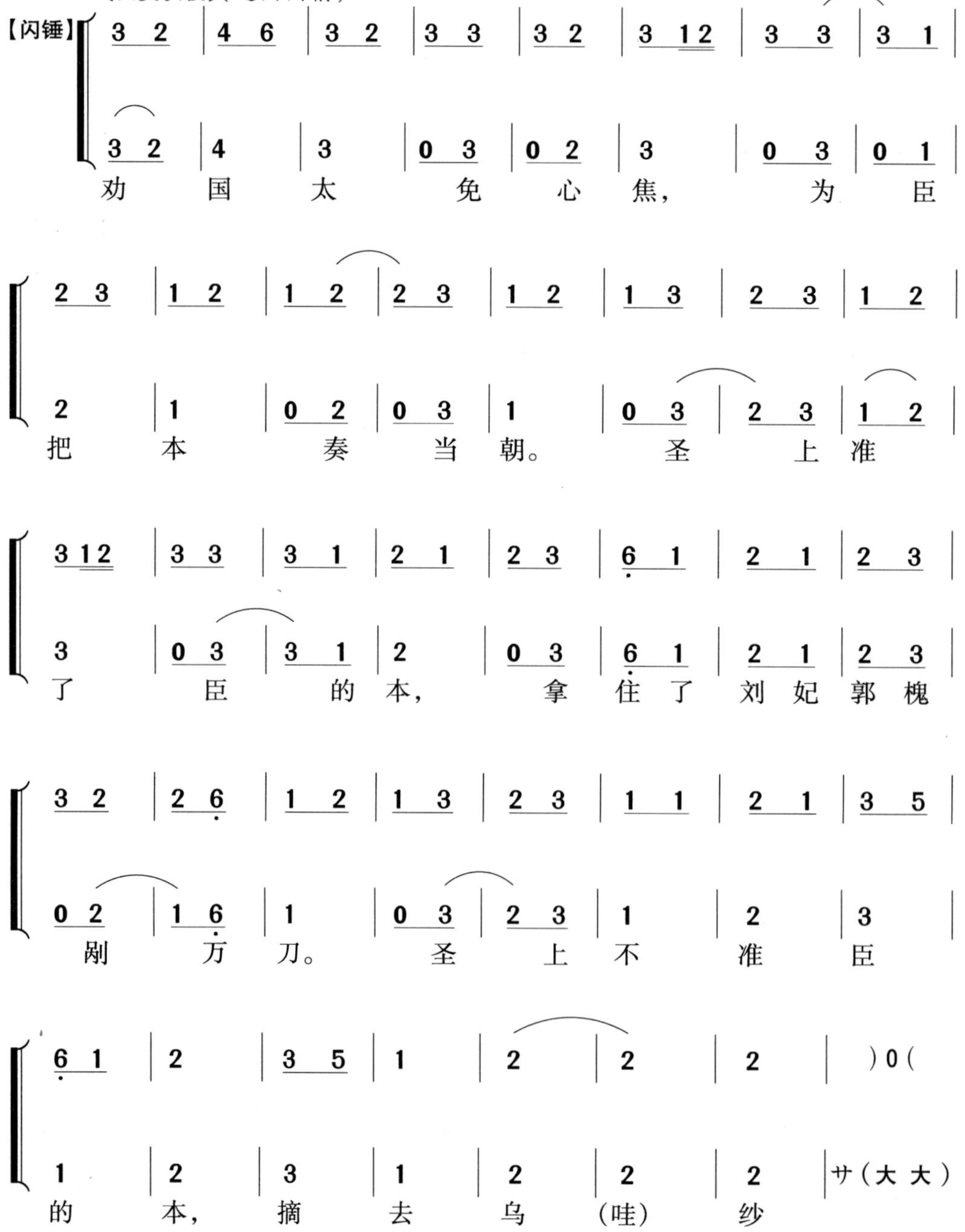

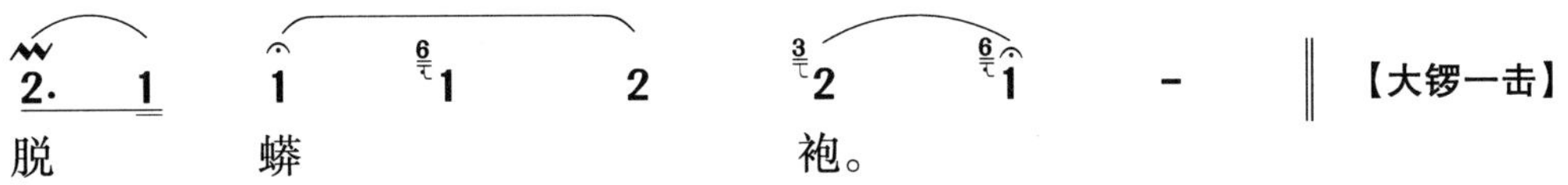
【大锣一击】
脱 蟒 袍。

李　后　听了。（抖袖）

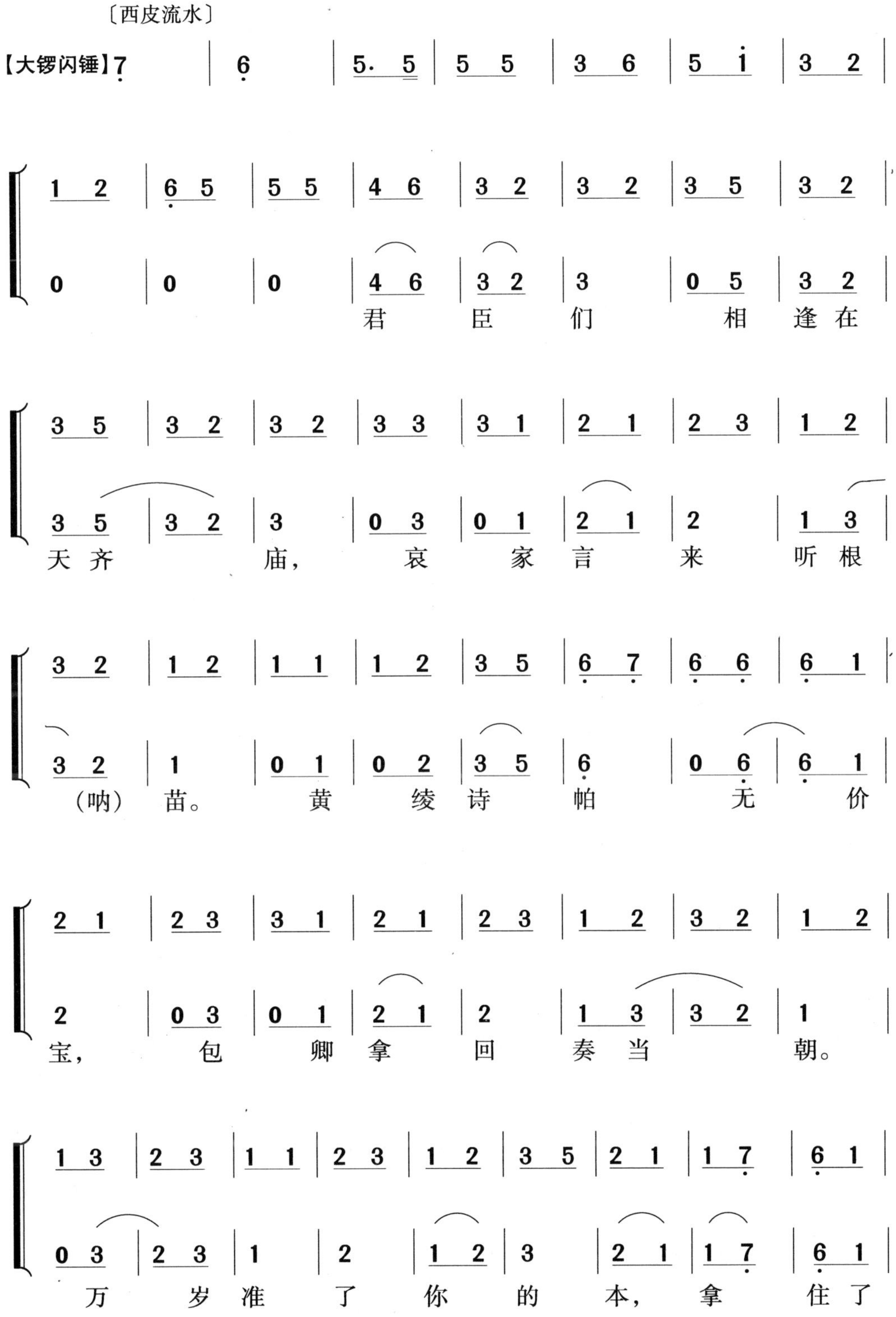
〔西皮流水〕
【大锣闪锤】
君 臣 们 相 逢 在
天 齐 庙， 哀 家 言 来 听 根
（呐） 苗。 黄 绫 诗 帕 无 价
宝， 包 卿 拿 回 奏 当 朝。
万 岁 准 了 你 的 本， 拿 住 了

| 3 | 2 1 | 2 | 0 0 （随转散唱腔伴奏） |
| 3 | 2 1 | 2 | （大 大）サ 2 5 3 2 1 1· 2 3 2· 3 2 1 6 1 ‖

奸　贼　定　斩　不　饶。

〔李后取诗帕交包拯，包拯审视黄绫，抖单袖。（地方上，站一旁）

〔西皮摇板〕

包　拯 【闪锤】（7 6 5 5 5 5）3 3 3 3 3
用　手　接　过　无

3 1 2 3 （5 4 3 2 1 2 6 5 5 5）3
价　宝，　为

1 2 1 2 3 1 （4 3 2 1 6 2 1）5
臣　把　本　奏　当　朝。　国

3 3 1 2 2 （3 5 2 1 6 1 2）3 2 2 2 |
太　暂　住　天　齐　庙，

〔【闪锤】李后站起，地方拿棍杖领李后出堂桌到“下场门”台口。

〔西皮摇板〕

李　后　（过门同前）2 4 3 3 2 5 5· 2 3 5 2 2 1
从　今　后　再　不　住　破

1 2 1 2 3 5 3 2 3 2 3 2 1 1（大大大大乙仓）‖
瓦　寒　窑。

包　拯　（堂口躬身拜揖）送国太。

李　后　（回身）免。（地方拉李后棍杖，二人从“下场门”下）

包　拯　是。

〔【大锣望家乡】包拯左手撩蟒、右手往前翻袖看，至台中间回身。抖双袖。

〔西皮快板〕

包　拯　（3 5 | 6 i | 5 i | 3 2 | 1 2 | 6 5 | 5 5）| 4 | 3 | 0 3 | 3 2 |
国　太　将　情

3 | 3 2 | 3 | （1 2 | 3）1 | 0 1 | 2 | 1 | 2 | 3 |
说　明　了，　不　由　包　拯　喜　眉

1 | サ 3 3 3 2 5 3 2 1 2 （2· 3 5 5 2 1
梢。　王　朝　马　汉　王朝、马汉白：“有。”

6. 1 2) 3. 2 2 ³2 ³2 ∨ 1 2 1 6 (1 3) 2 -
忙 (呃) 喝 道,

众 啊!

〔【大锣纽丝】包拯出门转身、王朝马汉掀轿帘,包拯上轿,四文堂“插门”下。王朝、马汉、张龙、赵虎下。包拯走至“下场门”回转身、抖袖上步。

〔西皮散板〕

包 拯 サ(6 5 i 3 2 7 6 2 1) 3 2 3 ∨ 2 6 2
回 朝 把

1 2 ³2 (2. 1 6. 1 2) 1 2 3 ∨ 3 2. 3 2 1 6 1 ‖
本 奏(哇)当 朝。

〔【一锤锣】包拯“下场门”下。

——剧 终

王　淼　整理　　　　　　李世英　记谱

打　龙　袍

根据李多奎、金少山音配像整理

北宋仁宗年间，包拯奉旨陈州放粮赈灾、访察民情。在赵州桥遇一贫苦瞎婆申冤，原来是当今天子的生母李后。包拯取其身藏的老王诗帕，决意回朝替她申冤。包拯回京后借上元佳节巧办花灯盛会，欲以花灯中不忠不孝的故事打动君王。仁宗不解，反怒斥包拯欺君，欲问斩刑。经老内侍陈琳陈述当年宫中冤情，包拯又出示老王诗帕，仁宗始悟，当即迎请李后回宫。李后回宫后斥责仁宗不孝，命包拯代为杖责。聪明的包拯深知臣不能打君，于是执御棍打仁宗所穿龙袍，以示惩戒。李后封赏包拯，盛宴群臣。

这是一出铜锤花脸与老旦并重的戏，见《三侠五义》第十八回及《正昭阳》传奇。滇剧、徽剧、川剧、豫剧都有此剧目。在京剧舞台上唱得大红大紫的应首推金少山与李多奎。

20世纪20年代，金少山在上海充任班底，练出一条声若洪钟、又宽又亮的好嗓子，加上他身材伟岸，扮上戏威风八面，逐渐从底包升为净行主演，而且铜锤、架子俱佳。铜锤戏宗乃父金秀山的唱法，架子戏学他师祖何桂山。常演出《御果园》、《白良关》、《五台山》、《取洛阳》、《黄一刀》、《龙虎斗》等戏。特别是在1922年冬与梅兰芳合演《霸王别姬》后，红遍了上海滩，被誉为“十全大净”。1937年金少山在北京组班成立松竹社，是净行挑班的第一人。李多奎是继龚云甫、罗福山、谢宝云之后老旦行的领军人物，他的嗓音条件十分好，可谓亮、脆、宽、厚、润、柔、甜、沙兼而有之。

1926年，上海大舞台老板北上特邀李多奎与金少山联袂演出《遇皇后》、《打龙袍》。这两折戏内容虽相连，但以前都是分开唱，金、李的合作才使这两折戏连缀起来。彼时，二人都有好嗓子，都有高调门，又都铆上了劲，真可谓是珠联璧合，旗鼓相当，在观众中引起了强烈的震撼。

金少山最擅长唱〔快板〕、〔流水〕，越快越流畅越清楚，拔高的地方句句干脆嘹亮。《打龙袍》中包拯唱的〔流水〕有六段，最后的〔导板〕“叩罢头来谢罢恩”一句，气力充沛如同一阵旋风拔地而起；紧接的〔快板〕“龙国太待我好恩情……哪一个不遵就仗剑施行”五句，更是斩钉截铁，字字入耳。充分表达了剧中人物的激情，堪称经典。

李多奎演的李后，对人物把握也十分准确。李后含辛茹苦二十载，一朝銮驾入宫，她的感慨与兴奋是理所当然的。剧中通过〔西皮导板〕、〔慢板〕、〔流水〕这一成套的板式唱腔来完成李后音乐形象的塑造。如“眼不明观不见花花美景”的“景”字拖腔归音，同小生〔娃娃调〕一样挺拔高亢、荡气回肠，反映了李后面对热闹场景既愉快又因失明而不能欣赏的焦灼心情。“叫皇儿搀为娘忙下车轮”，用的是大嗓低唱，犹如青衣〔西皮原板〕的落腔，很好地体现了妇女特征和此时趋于平缓的心境。〔流水〕板计二十八句，每句字数长短不一，有十五字、十七字、十九字，甚至还有二十四字不等。其中有镶嵌句和重叠句，有些是有字无腔的干板跺字，有些是搽板赶字的重叠句组。听起来波澜起伏，时而低声申诉，时而怒气难平，时而又絮絮叨叨，感情极为丰富。

金少山、李多奎联袂演出的《遇皇后》、《打龙袍》一时传为佳话。本次整理的剧本根据的是由李多奎、金少山在20世纪40年代初期灌制的全出《打龙袍》唱片合成的音配像资料。

金少山天赋特殊，学他实属不易，所以“金派”传人不多。在裘（盛戎）派崛起之后，出现了“十净九裘”的局面，金少山的表演艺术更遭冷落，有后继无人之憾。而自李多奎成名后，效法者颇多，成为继龚云甫之后的老旦的一代宗师，几乎“无人不李”。今天活跃在舞台上的老旦演员和授课教师，几乎均出自李门。

王森　东辰

人物行当

包　拯	净	郭　槐	丑
李　后	老旦	四小太监	杂
赵　祯	小生	二大太监	杂
陈　琳	丑	四武士	杂
王延龄	丑	车　夫	杂
灯　官	老生	伞　夫	杂

灯　人

貂　蝉	旦	王昭君	旦
吕　布	净	张继保	娃娃生
董　卓	小生	张元秀	老生
马　童	武行	雷　公	杂

服装扮相

包　拯　勾黑整脸。黑相貂、金镗翅、黑满，黑或蓝蟒、玉带，紫或黑彩裤，厚底靴。

李　后　俊扮。白发网子、黄绸条、老旦凤冠，黄女蟒、串珠、玉带，绣边绿裙子、彩裤，福字履。

赵　祯　俊扮。九龙冠挂穗，黄蟒（内衬黄帔）、玉带，黄彩裤、高底靴。

陈　琳　勾老丑脸。太监盔、黄绸条、白鬓发，绿蟒、黄丝绦，彩裤，朝方靴。

王延龄　俊扮。文阳、香色绸条、白鬓发、白三，白蟒、玉带，香色彩裤，厚底靴。

灯　官　勾豆腐块。圆纱帽、吊搭髯，红官衣、玉带，红彩裤、朝方靴。

郭　槐　勾老丑脸。白发鬏、白鬓发、黄绸条，红素褶子、白腰包，红彩裤，朝方靴。

四小太监　太监帽，太监衣、黄绦子，黑彩裤，薄底。

二大太监　太监帽，圆领太监衣、黄绦子，红彩裤，厚底。

四武士　罐子盔，红大铠衣，青彩裤，薄底。

车　夫　同小太监样。

伞　夫　同小太监样。

貂　蝉　俊扮。古装头，红帔、裙子，粉彩裤，彩鞋。

吕　布　俊扮。紫金冠、翎子，白花箭衣、苫肩、蓝大带，粉彩裤，厚底靴。

董　卓　勾白脸。相巾、黪满，黑开氅，青彩裤，厚底靴。

马　童　俊扮或勾脸。青布包头、泡条，黑马童衣，马夫卒坎，腰箍，裹腿，薄底。

王昭君　俊扮。昭君盔、狐尾、翎子，昭君服、飘带、绣边裙子、红斗篷，粉彩裤，彩鞋。

张继保　俊扮。孩儿发，茶衣、白腰巾，青彩裤，穗靸鞋。

张元秀　俊扮。白毡帽、白鬓发，黄绸条、白满，白老斗衣、腰包、紫大带，青彩裤，布袜、福字履。

雷　公　勾雷公脸。蓬头、雷公冠、泡条、绒球，红花箭衣，道背心，紫大带，薄底。

道具

香炉	一个	**白绸条**	一条
惊堂木	一块	**黄绫帕**	一方
牙笏	二个	**黄车旗**	一副
手本	一个	**黄绸子**	一条
腰刀	四把	**尚方剑**	一口
云帚	二把	**紫金棍**	一根
纸扇	一把	**龙头拐**	一根
古书	一本	**雷公凿锤**	一对
画戟	一柄	**黄龙罩伞**	一把
桌子	两张	**椅子**	两把
黄团龙桌围椅披	一份	**马鞭**	二根
金镋翅	一副	**藤棍**	一根
大香	一支		

注：后来在舞台上演此剧时，为了节省扮演人员，就把貂蝉、吕布等“灯人”取消了。剧中所表演的情节均由灯官以〔数板〕和身段来表述。

第一场

「正场桌“大座”，桌上放有玉玺、文房四宝。

「京胡奏<西皮小开门>四小太监、二大太监上，“站门”。赵祯上至台口，在曲牌中念引子。

赵　祯　（念引子）凤阁龙楼，5　6 i　5　2　3　3　2　－ ‖

万　古　千　秋。（归“大座”）

王延龄　（“上场门”上，进门）臣，王延龄见驾。吾皇万岁。（跪拜）

赵　祯　平身。

王延龄　万万岁。（曲牌停，站“大边”）

赵　祯　（诗）平顶冠上九龙头，

太阳一出照九州；

蓝田玉带朝北斗[①]，

万国衣冠拜冕旒。【小锣归位】

寡人，大宋天子赵祯，自登基以来，风调雨顺国泰民安，唯有陈州干旱三载，孤命包拯前去放粮，未见回朝交旨。王卿——

王延龄　万岁。

赵　祯　有本早奏，无本退班。

王延龄　臣启万岁，今有包拯放粮回朝，已在午门候旨。

赵　祯　卿家替孤传旨，宣包拯上殿。

王延龄　领旨。（站台中）万岁有旨，包拯上殿。（回原位）

「包拯内白：“领旨。”【快长锤】从“上场门”捧牙笏上，走至“小边”台口。

〔西皮流水〕

包　拯　【闪锤】1/4（7 | 6 | 5. 5 | 5 5 | 3 6 | 5 i | 3 2 | 1 2 |

6 2 | 1 1）| 4 | 3 | 0 3 | 0 3 | 2 3 | 4 |

忽　听　万　岁　宣　包

3（12 | 3）3 | 0 1 | 2 | 1 | 0 2 | 0 3 | 1（62 |

拯，　陈　州　来　了　放　粮　臣。

---

① 蓝田玉带朝北斗：蓝田，县名。以产美玉著名。后世遂以“蓝田生玉”比喻名门出贤良子弟。此句即借“蓝田玉带朝北斗”以示天下人才为帝王所用。

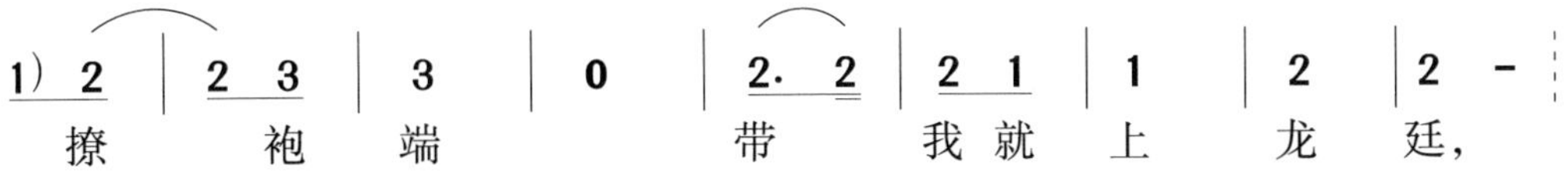

〔散板〕

【闪锤】

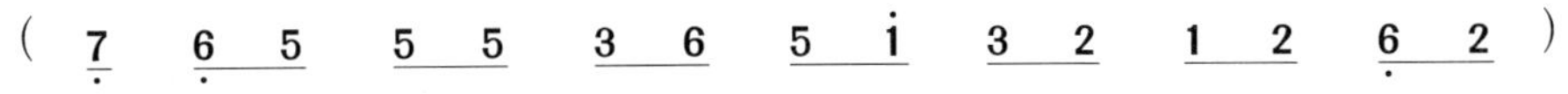

（左转身上殿）

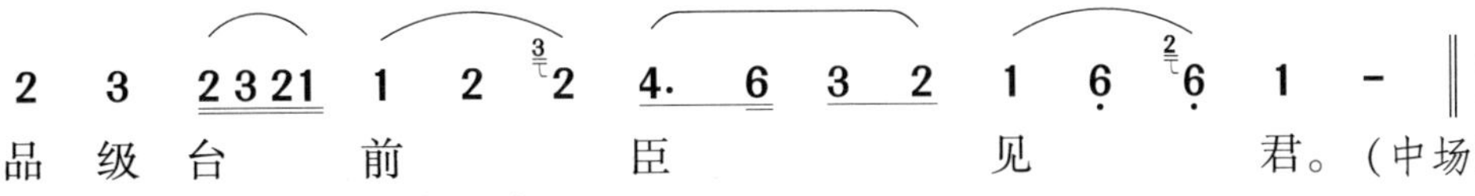

【住头】（中场跪拜）

臣，包拯见驾，愿吾皇万岁。

赵　祯　平身。

包　拯　万万岁。【住头】（站“小边”）

赵　祯　包卿。

包　拯　臣。

赵　祯　将陈州放粮之事，一一奏与朕知。

包　拯　臣，有道本章，我主龙目御览。

赵　祯　呈上龙书案。

包　拯　啊。（呈本章，大太监接，转呈【小锣归位】。赵祯观看本章）

赵　祯　呜呼呀！（台）真乃卿家之功也。内侍——

大太监　有。

赵　祯　命光禄寺[1]大摆盛宴与包拯贺功。

包　拯　（用右手拦阻）且慢！（仓）

赵　祯　为何拦阻？

包　拯　臣在午门以外，设办花灯大会，请我主龙驾观灯。

赵　祯　好，卿家先行，寡人御驾随后。

包　拯　臣领旨。

〔西皮流水〕

【闪锤】

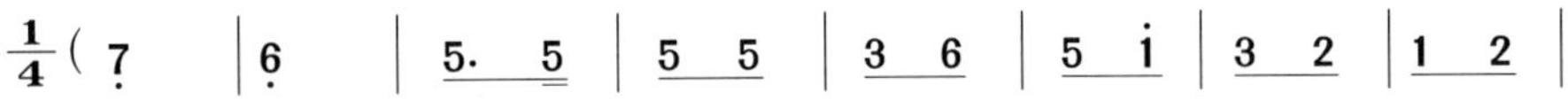

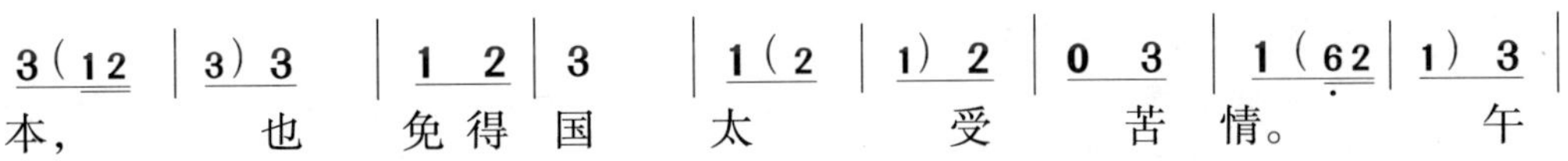

---

① 光禄寺：历代设制不同，职能亦有区别。北齐之后，光禄寺掌皇室之膳食。这与京剧中皇家用的“光禄寺”摆宴，是一致的。

0 3 | 2 5 | 3 2 | 1 | 2 | 0 | サ 3 23 4 3 -

门 巧 摆 花 灯 彩，

〔【闪锤】中场一拜，出龙廷至“大边”台口回身抖袖。

〔西皮摇板〕

（7 6 5. 5 5 5 3 6 5 5 3 2 1 1）3 2 5

暗 地

3 2 1 1 2 0 1 2 1 6 6 6 1 - ‖

里 打 动（呃） 有 道 君。

〔【闪锤】包拯下。赵祯出位，台中抖袖。

〔西皮摇板〕

赵 祯 （7 6 5 5 3 6 5 i 3 2 1）3 6 5

内 侍

7 6 6 3 5 3 5 5 7 7 6

摆 驾 下 龙 廷，

〔【闪锤】四小太监、二大太监“插门”下，王延龄下。赵祯回身抖袖。

〔西皮摇板〕

（7 6 5 5 5 3 6 5 i 3 2 1）i 5 i 6 i i 5 3 5 - ‖

午 门 以 外 观 花 灯。

〔【一锤锣】赵祯“下场门”下。

第 二 场

〔场上摆高台。【撤锣】

〔灯官内白:“嗯哼！”【小锣五击头】从“上场门”上。

灯 官 （念）君乐臣乐民安乐，

五谷丰登大有年。

我，乃灯官是也。奉包相之命，巧扮花灯，俱已齐备，在此伺候。

〔包拯内白：“摆驾！”

〔奏唢呐曲牌<工尺上>；四小太监、二大太监、王延龄、包拯、赵祯从“上场门”上，“挖门”上高台，赵祯坐，王延龄、包拯分左右站椅上。

灯 官 叩见万岁。（跪拜）

包 拯 灯官将灯名报上来。

灯　官　遵命。（站起，面朝外）

（念〔数板〕）

尊万岁，在上听，细听我灯官报花灯：

一团和气灯，

和合二圣灯，

三阳开泰灯，

四季平安灯，

五子夺魁灯，

六国封相灯，

七子八婿灯，

八仙过海灯，

九子十成灯，

十面埋伏灯，

这些灯、那些个灯，往后瞧，又一层，

吕布戏貂蝉，大闹凤仪亭。

〔**【大锣扑灯蛾】**灯人：貂蝉、吕布先上，董卓追上，三人“过场”下。

灯　官　（接念〔数板〕）

瞧罢了一篇又一篇，

昭君打马和北番。

〔**【大锣扑灯蛾】**灯人：马童拉马，王昭君骑马“过场”下。

灯　官　不好了，不妙了，天雷打死张继保——

〔**【急急风】**灯人：张元秀跑上，张继保执棍追赶；雷公追，张继保抱头逃下。

（扮演灯人演员较多，化妆费时，又是过场戏，故后来取消，就以灯官的念做代之）

赵　祯　来。

大太监　有。

赵　祯　将扮灯人拿下。

〔灯官翻袖掩头逃下。

包　拯　且慢！

赵　祯　为何拦阻？（**仓**）

包　拯　为何将扮灯人拿下？

赵　祯　这样不忠不孝之灯，要他何用。

包　拯　慢说不忠不孝之灯，就是不忠不孝之人，臣朝现有。

赵　祯　当面奏来，寡人将他治罪。

包　拯　若论不孝就是万岁！

赵　祯　嘟！（**仓**）（怒指包拯）

〔**【闪锤】**包拯下椅跪台中，两边上四武士。

〔西皮摇板〕

赵　祯　（7̣ 6̣ 5· 5 5 5 3 6 5 5）3 6 5 7 6 ∨ 6 5 6 7 7 6 |

内　臣摆驾回龙　廷。

赵　祯　押下去！

〔【闪锤】王延龄先下椅，赵祯下高台后与太监等人“下场门”下，王延龄至台中折袖搀起包拯。

〔西皮摇板〕

王延龄

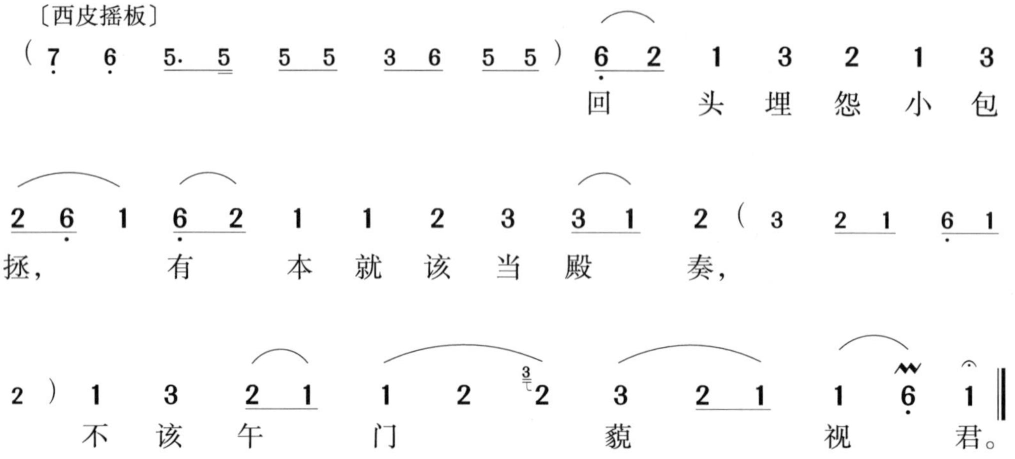

包　拯　恩师。

【闪锤】〔西皮流水〕

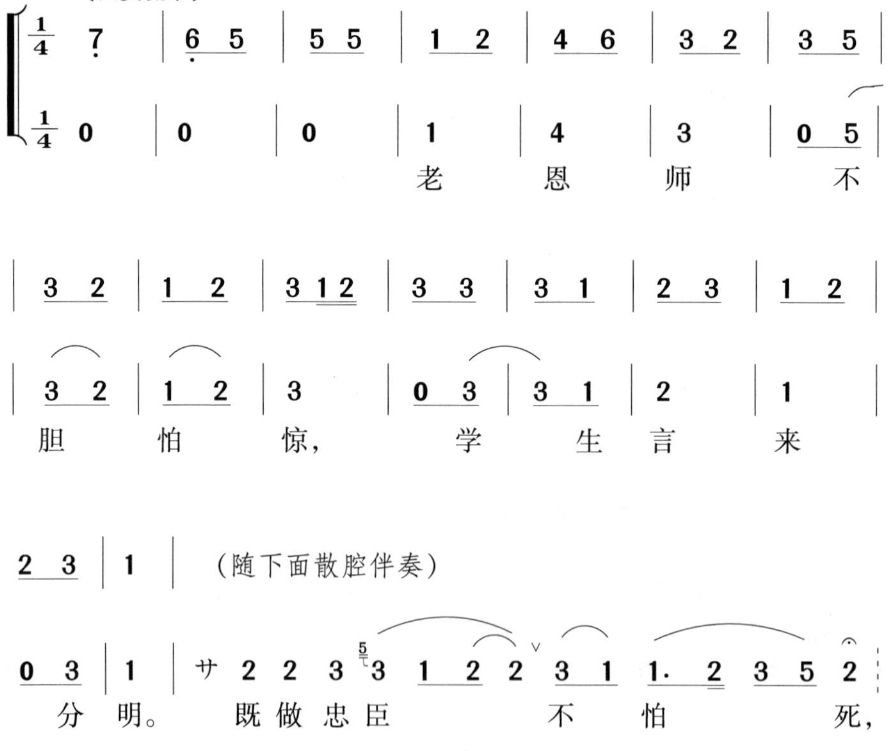

〔【闪锤】王延龄下，四武士“扯斜”，包拯回身。

〔西皮摇板〕

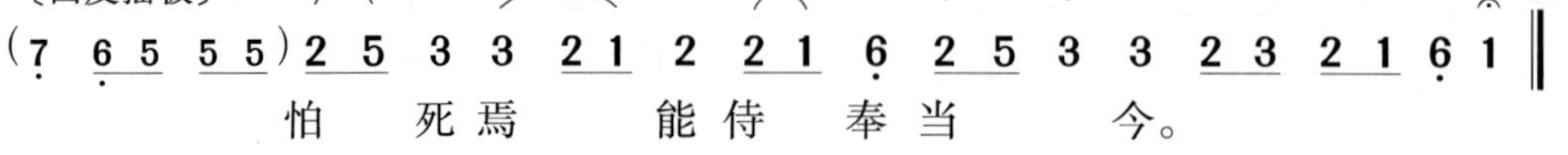

〔【原场】四武士押包拯下。

第 三 场

〔上摆场设场桌、“大座”。

〔【快长锤】四小太监、二大太监“站门”引赵祯上，台口抖袖。

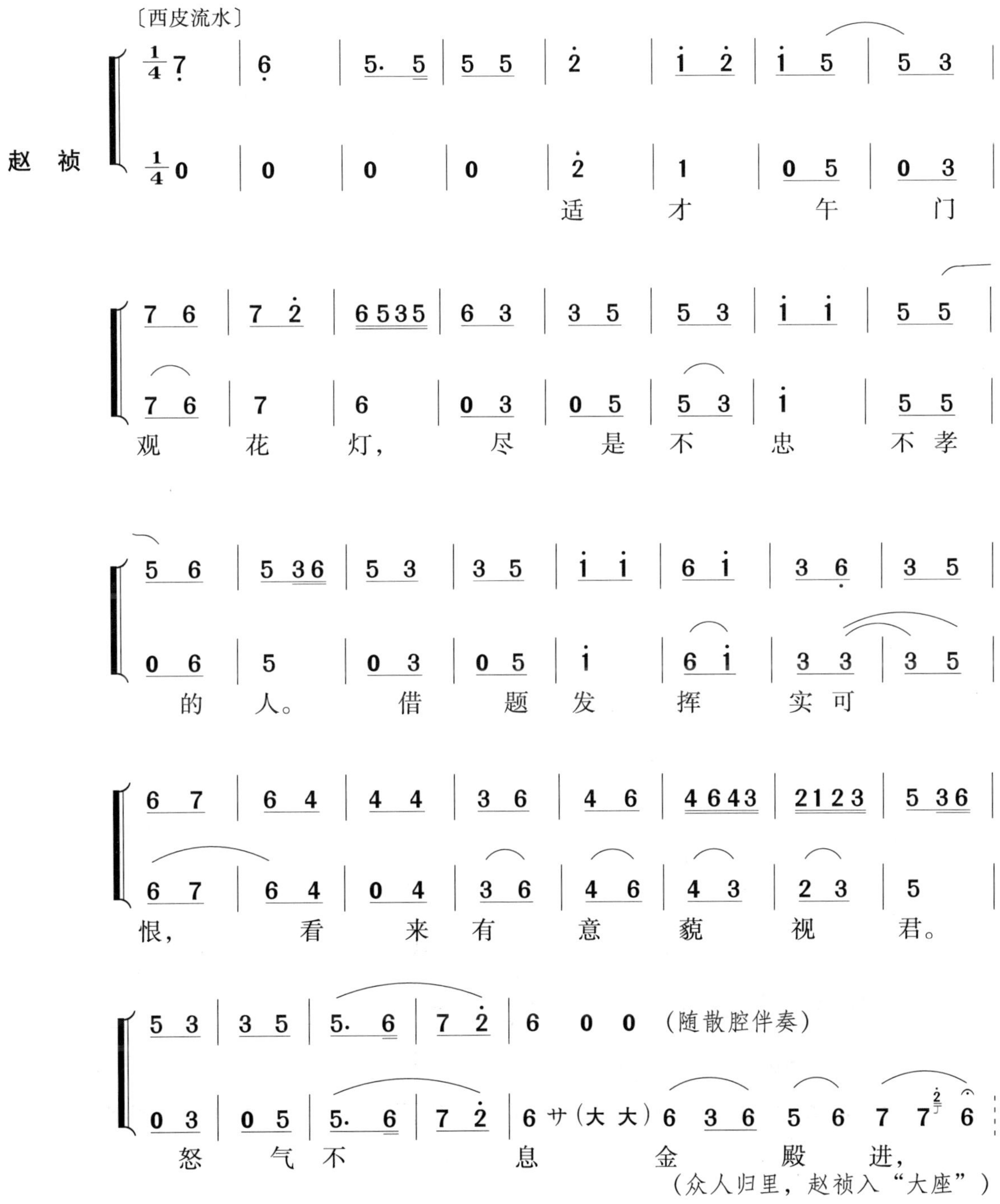

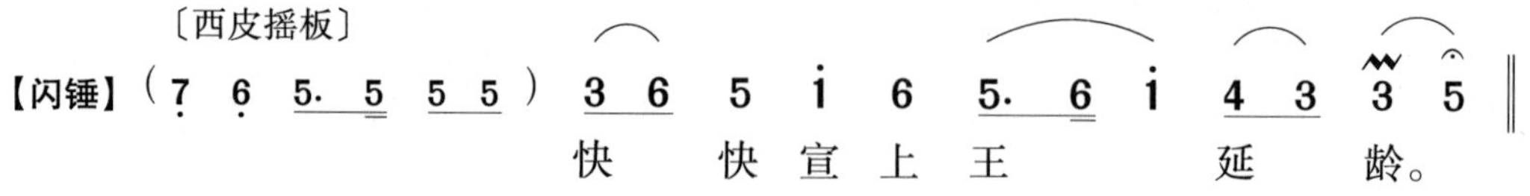

〔【大锣五击】王延龄上。

王延龄 臣启万岁！包拯拿到。

赵 祯 押上殿来！

〔【急急风】四武士分前后押包拯上，至“小边”台口。

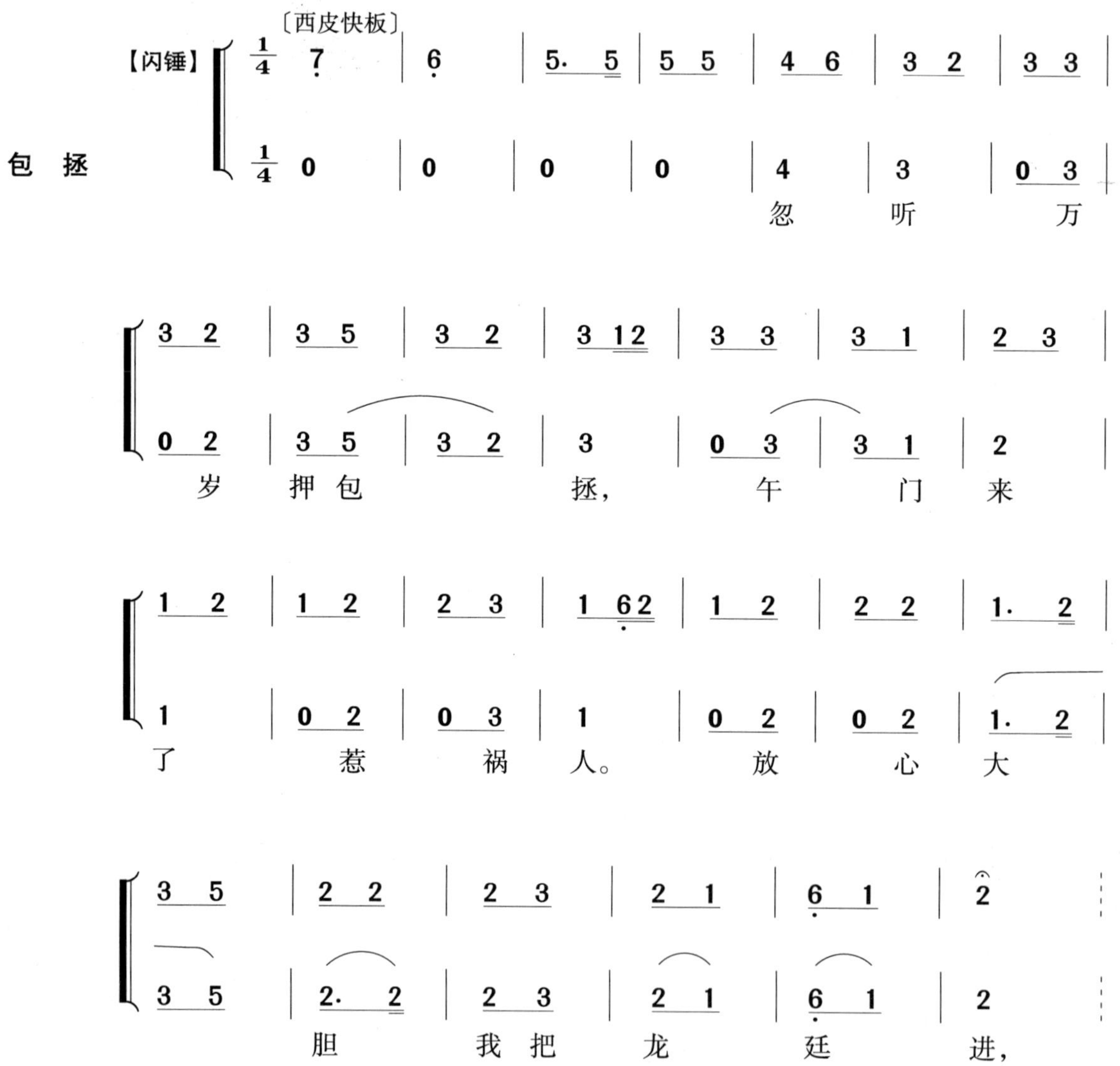

〔【闪锤】包拯挖进站“大边”，四武士随进。

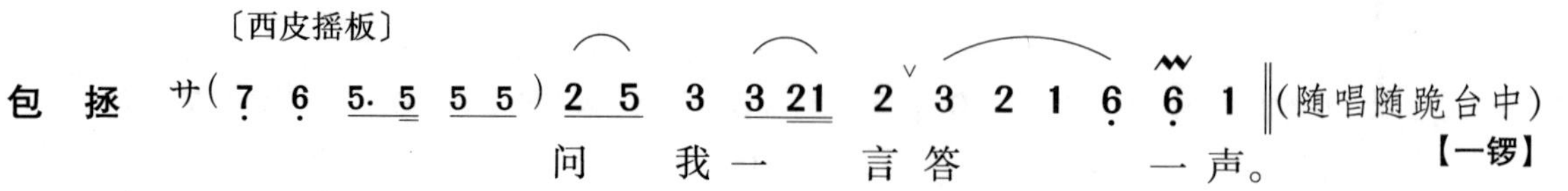

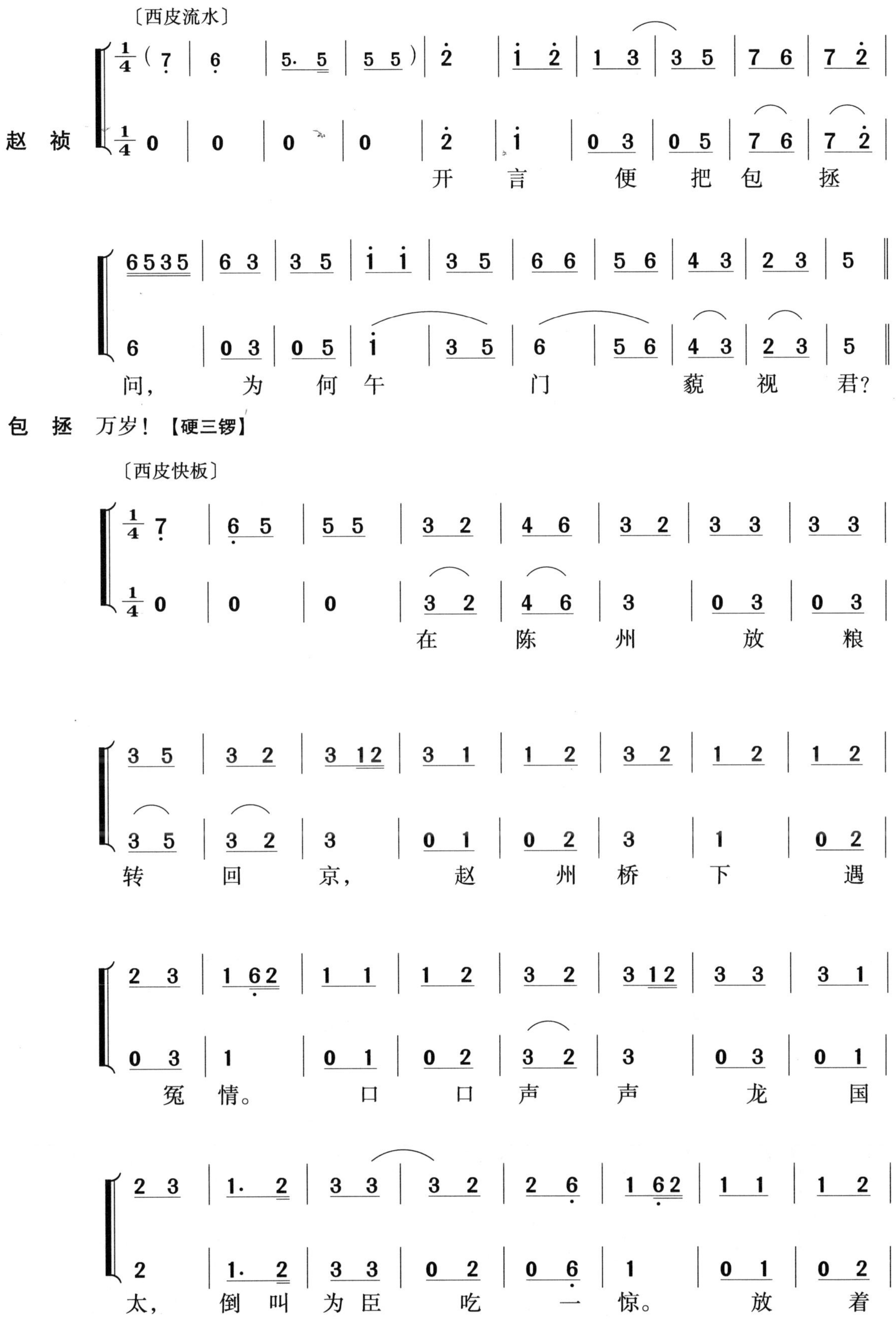
〔西皮流水〕
赵祯
开言便把包拯
问，为何午门藐视君？
包拯 万岁！【硬三锣】
〔西皮快板〕
在陈州放粮
转回京，赵州桥下遇
冤情。口口声声龙国
太，倒叫为臣吃一惊。放着

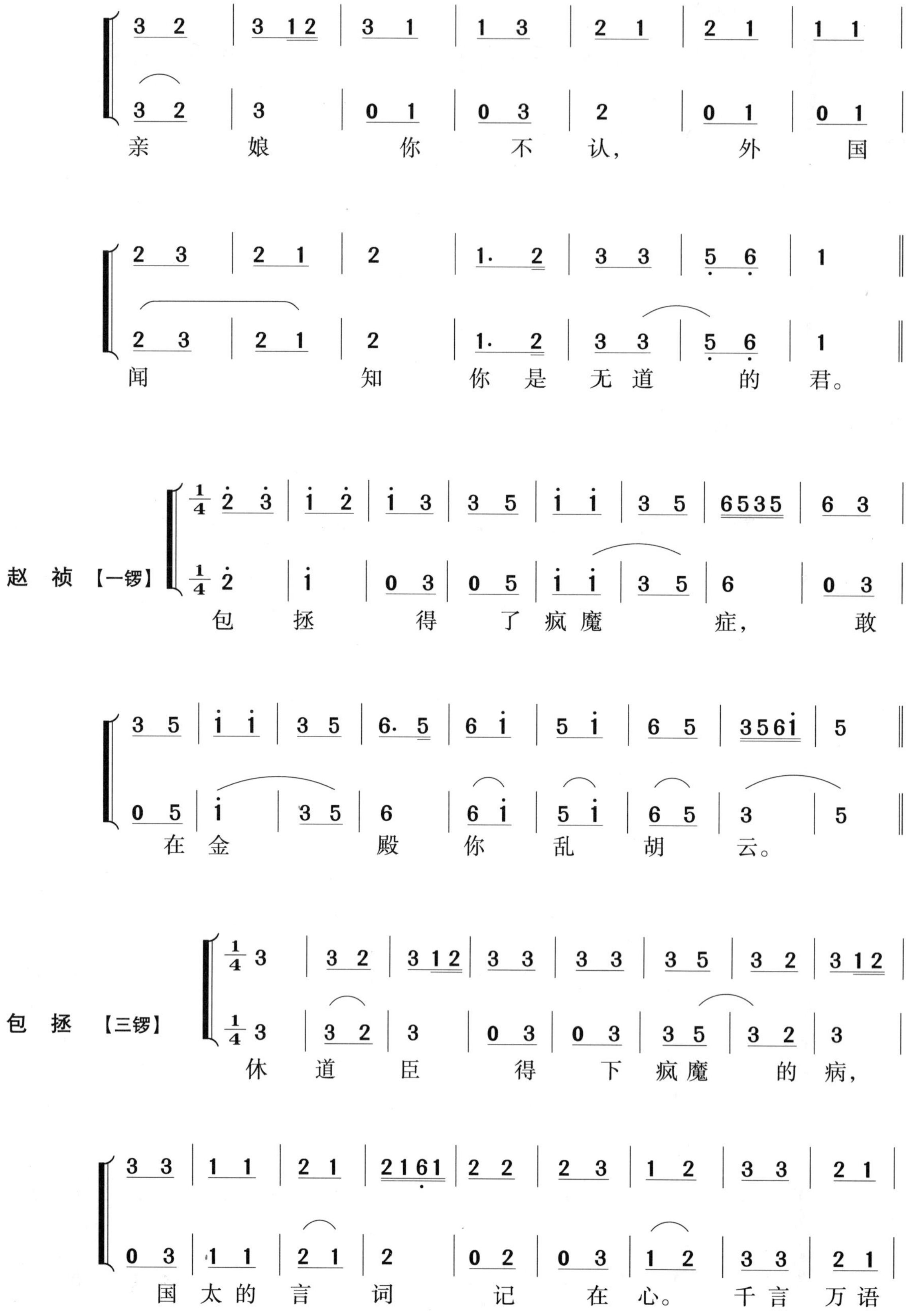
亲 娘 你 不 认，外 国
闻 知 你 是 无 道 的 君。
赵 祯 【一锣】
包 拯 得 了 疯 魔 症，敢
在 金 殿 你 乱 胡 云。
包 拯 【三锣】
休 道 臣 得 下 疯 魔 的 病，
国 太 的 言 词 记 在 心。千 言 万 语

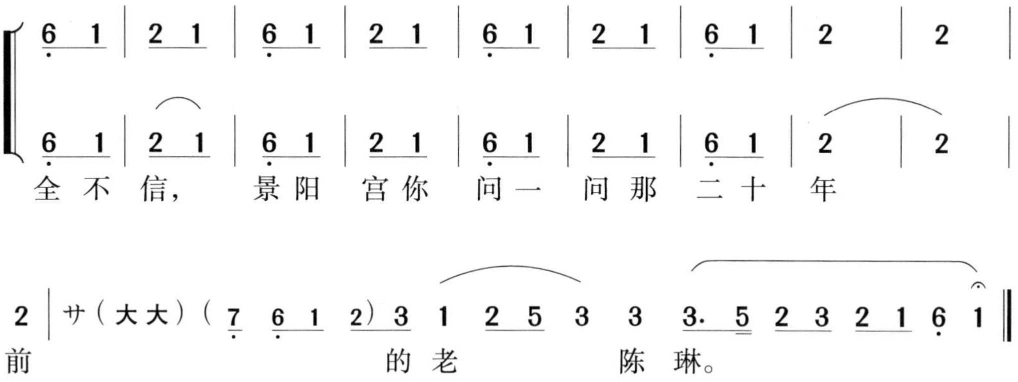

赵　祯　押下去！【冲头】（二武士押包拯“下场门”下）内侍，宣亚父陈琳上殿！

大太监　万岁有旨，亚父陈琳上殿哪！

〔陈琳内白：“领旨！”

内唱〔西皮散板〕

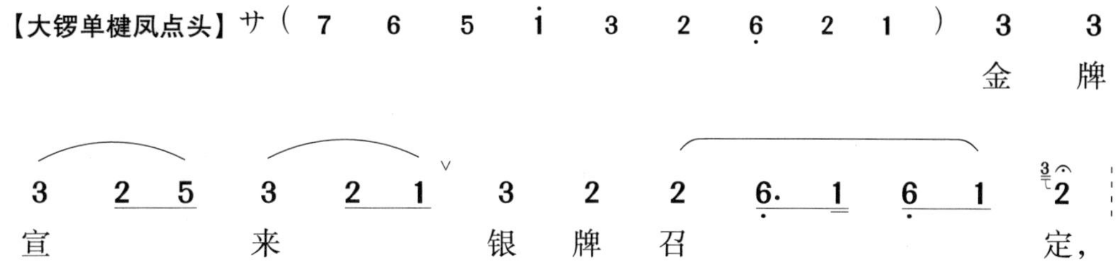

〔【快长锤】陈琳执龙头拐上。

〔西皮流水〕

陈　琳

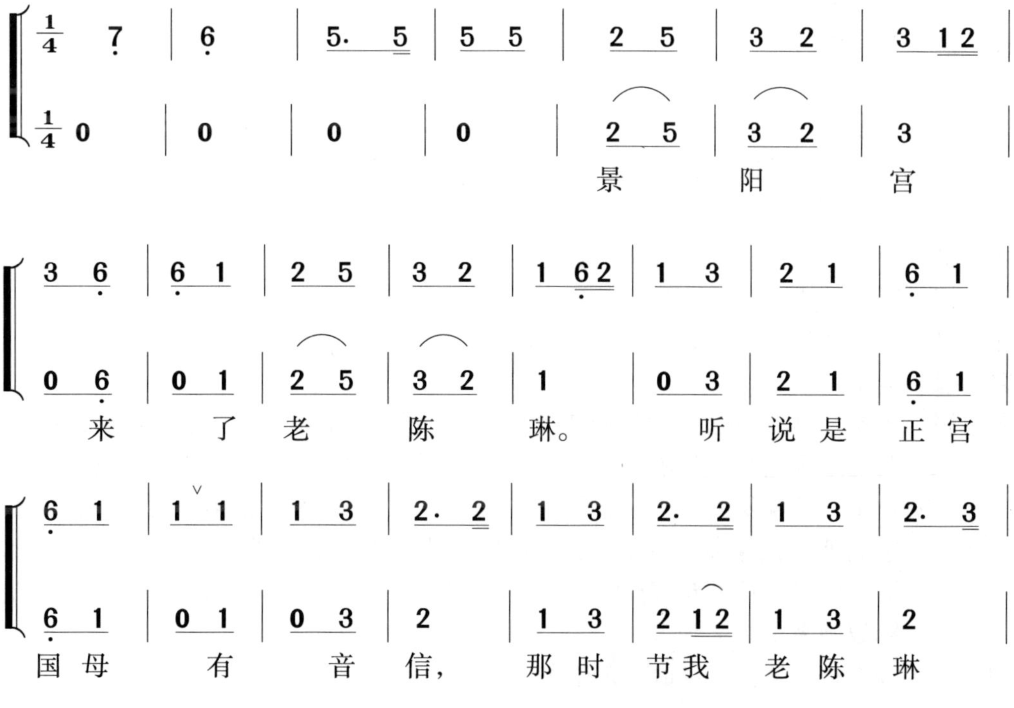

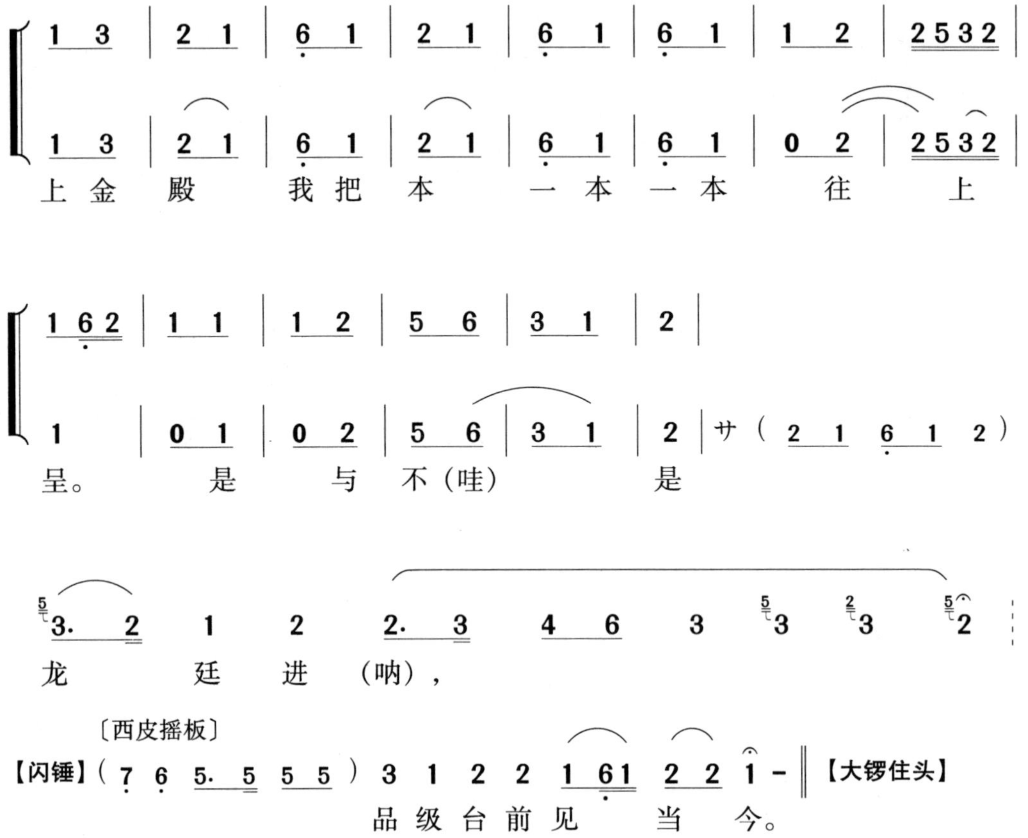

（站中场参拜）

陈　琳　臣！奴婢陈琳见驾，愿吾皇万岁！

赵　祯　亚父平身。

陈　琳　万万岁。

赵　祯　赐座。

陈　琳　谢座。**【小锣住头】**（大太监搬椅，陈琳落座）二十余载未曾召奴婢，今日宣召奴婢，不知有何国事议论？

赵　祯　寡人有一事不明，要在亚父台前领教。

陈　琳　有何事不明，何言领教二字。

赵　祯　寡人是哪宫所生，哪宫所养？

陈　琳　我主乃是李后所生，狄娘娘抚养。

赵　祯　奏来。

陈　琳　容奏。**【小锣归位】**只因癸未年间，李后身怀六甲。宫中有一刘妃，她与内侍郭槐乃是姑表之亲，在老王驾前讨下了收生代劳的旨意。时已临盆，她用金丝狸猫剥去皮尾，抵换我主龙体，道李后产生妖怪。老王大怒，推出午门之外就要斩首。多亏了满朝文武保奏，将李后打入冷宫。那奸妃一计不成，又生二计。道李后冷宫不清，约定八月十五火焚冷宫。不知李后生死存亡，算来已有二十余载。为何今日问起奴婢来了？

赵　祯　今有包拯还朝，言道国太还在。

陈　琳　既是国太还在，当年老王游逛御花园赐的黄绫诗帕上面，有寇准的诗句为证。

赵　祯　卿家可曾全记？

陈　琳　奴婢全记。

赵　祯　奏来！

陈　琳　容奏！**【小锣归位】**

春风得意花千蕊，
秋月扬辉桂一枝。
天降紫微接宋后，
一对行龙并雌雄。（**大 大大 大大 乙台**）（左右寻望）

包拯既然还朝，不在金殿奉旨，万岁差他哪里公干去了？

赵　祯　只因他在午门巧办花灯，藐视寡人，故而将他问斩。

陈　琳　万岁！

〔西皮摇板〕

【闪锤】（过门同前）6 2　1　1　2　3 3　1　2
万　岁　要　斩　将　我　斩，

（2）6 2　1　1 3　2　1　2　1 - ‖
赶　快　赦　回　小　包　拯。

赵　祯　将包拯赦回！

「**【快长锤】**包拯上。

〔快板〕

包　拯　接**【凤点头】**（过门同前）1/4 5 | 3 | 3 | 3 | 4 | 4 | 3 |
百　尺　高　竿　得　活　命，

（2 1）2 5 | 3 | 2 | 2 | 2 1 | 1 6 | 1 ‖**【住头】**
鬼　门　关　前　又　复　生。

赵　祯　包拯，你道国太还在，有何为证？

包　拯　黄绫诗帕为证。

赵　祯　呈上来。

包　拯　啊！（呈绫帕）（**台 台大 令令台**）

赵　祯　（念）春风得意花千蕊，秋月扬辉桂一枝。
天降紫微接宋后，一对行龙并雌雄。

陈　琳　万岁，着、着、着！

（**台　台　台**）〔西皮摇板〕

（扎　扎　仓 7　6 5　5 5）3　3
不　是

2 1 6 2 1 2 2 5 3 2 1 2 2 1 1 6 1 ‖
奴 婢 记 得 准，险 些 斩 了 小 爱 卿。

赵 祯 【闪锤】(过门) 3 6 5 6 6 6 3 5 7 7
忙 将 亚 父 来 搀

6 3 6 5 6 6 5 i i i 6 5 3 5 ‖
定，拜 你 如 同 拜 先 人。

〔【慢冲头】大太监搀陈琳，赵祯拜陈琳后入“大座”。大太监下，复上。

大太监 启万岁，刘娘娘自尽，郭槐拿到。

赵 祯 押上来!

大太监 押上来。

众 啊!

〔【大锣冲头】四武士押郭槐上。

郭 槐 （看众人）喝！这一朝的奸党啊!

赵 祯 嘟！（仓）胆大郭槐，见了寡人为何不跪?

郭 槐 托孤之臣，岂能跪你。

赵 祯 推出斩了。

郭 槐 住了！三朝元老，斩我不得!

赵 祯 将他碎尸万段!

郭 槐 嗳！这倒干脆。

赵 祯 押了下去!

众 人 啊！【冲头】（四武士押郭槐下）

赵 祯 包卿。

包 拯 臣。

赵 祯 怎样迎接国太还朝?

包 拯 准备龙车凤辇，迎接国太还宫。

赵 祯 好！摆驾!

众 啊!

包 拯 摆驾!

奏唢呐 <香柳娘>

$\frac{2}{4}$ (仓 才 | 仓) 6 1 1 | 2 1 6 1 | 0 6 1 1 | 2 1 6 |
（随曲牌锣鼓从略）

5 32 3 5 | 6 5 3 | 1 1 6 1 | 2 3 1 ‖

〔随曲牌众人“下场门”下。

第四场

「李后内唱。

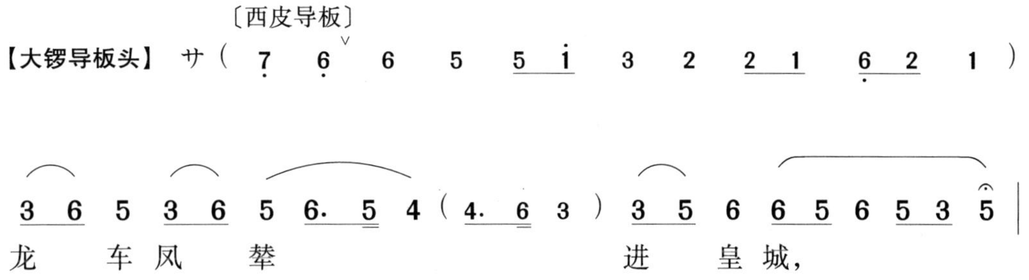

「【慢长锤】四小太监、二大太监上站“斜门”，赵祯执辇绳，李后乘车，一太监推车辇，大太监举黄伞上。转【夺头】

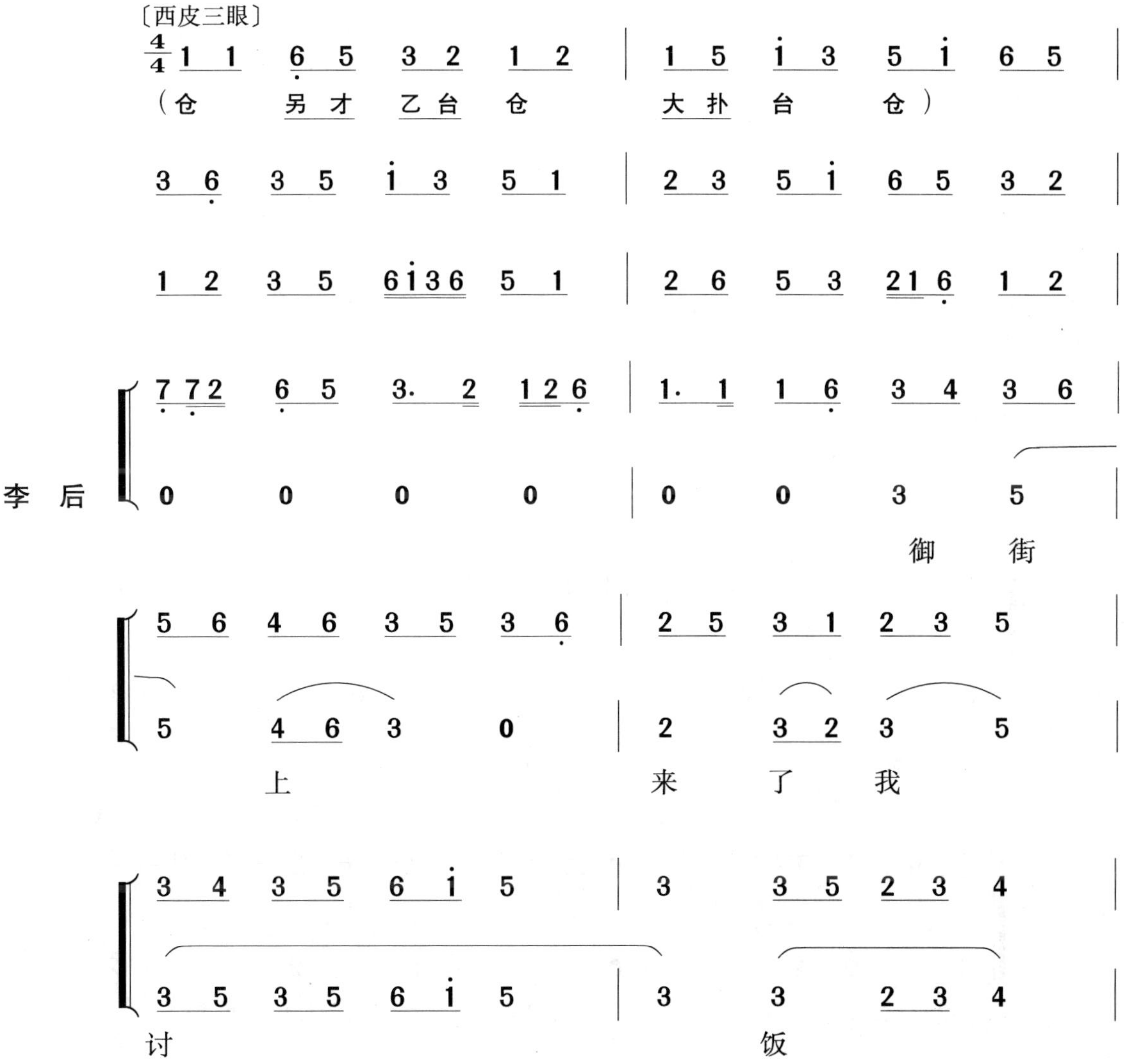

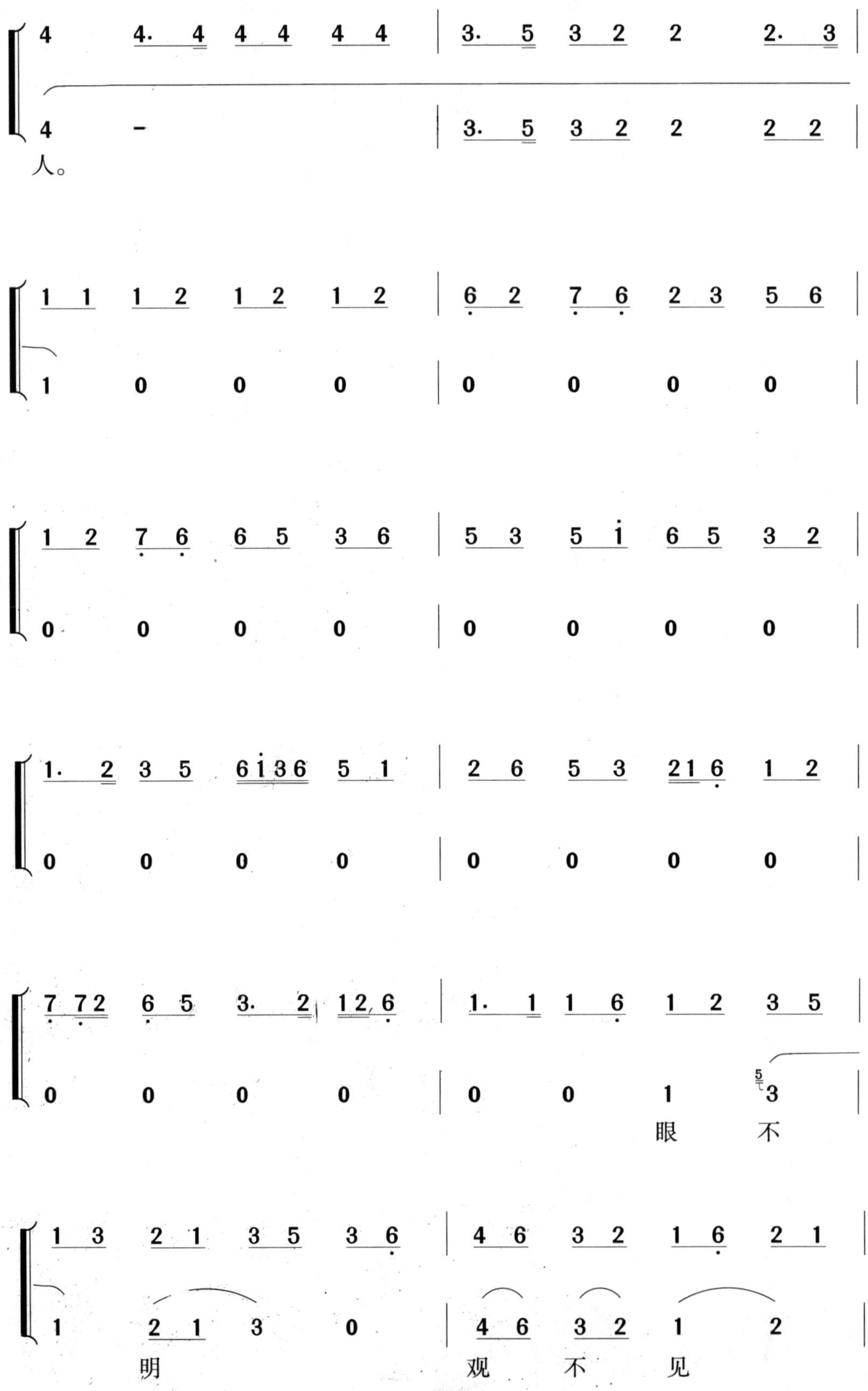
人。
眼 不
明
观 不 见

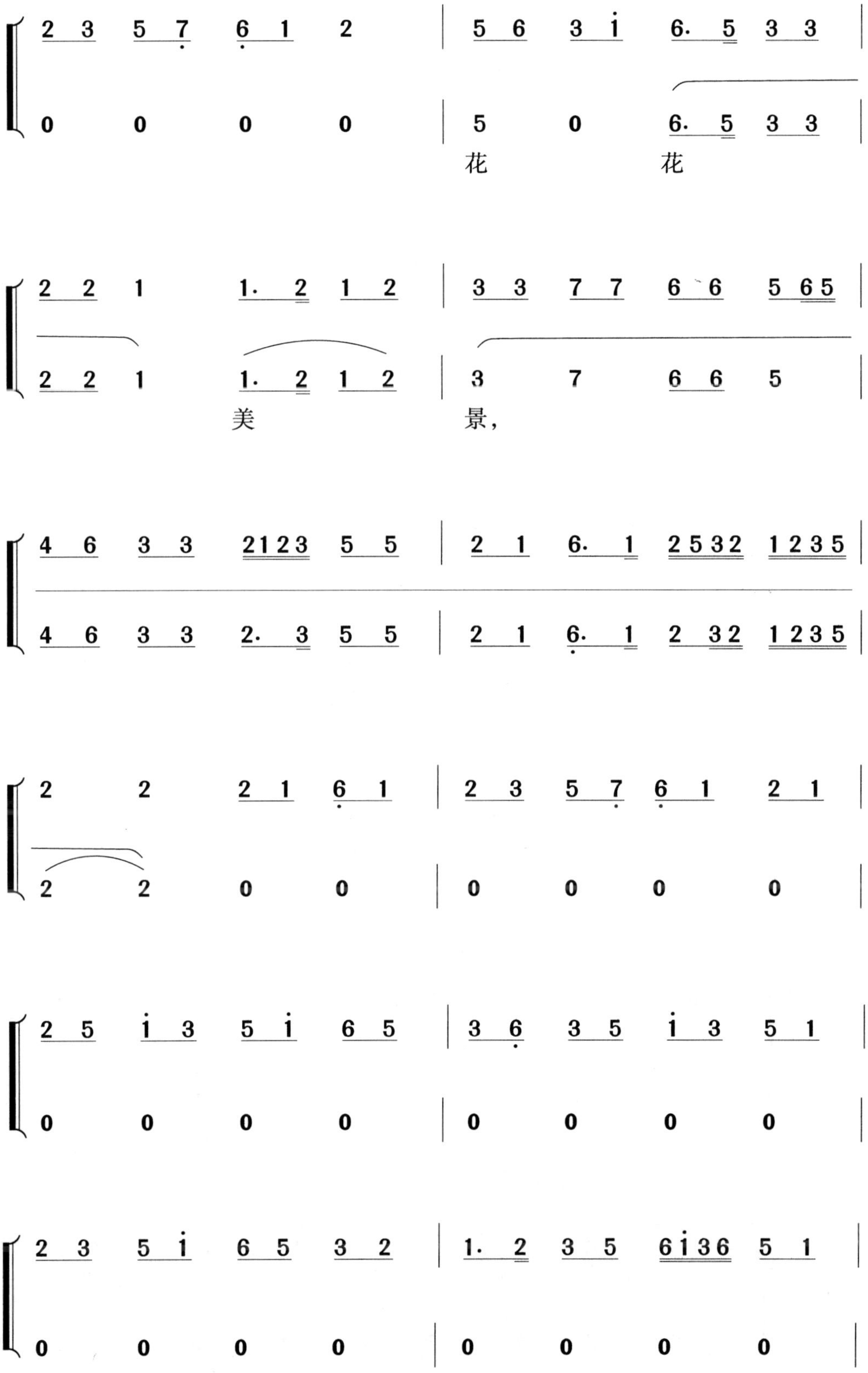
花
花
美
景，

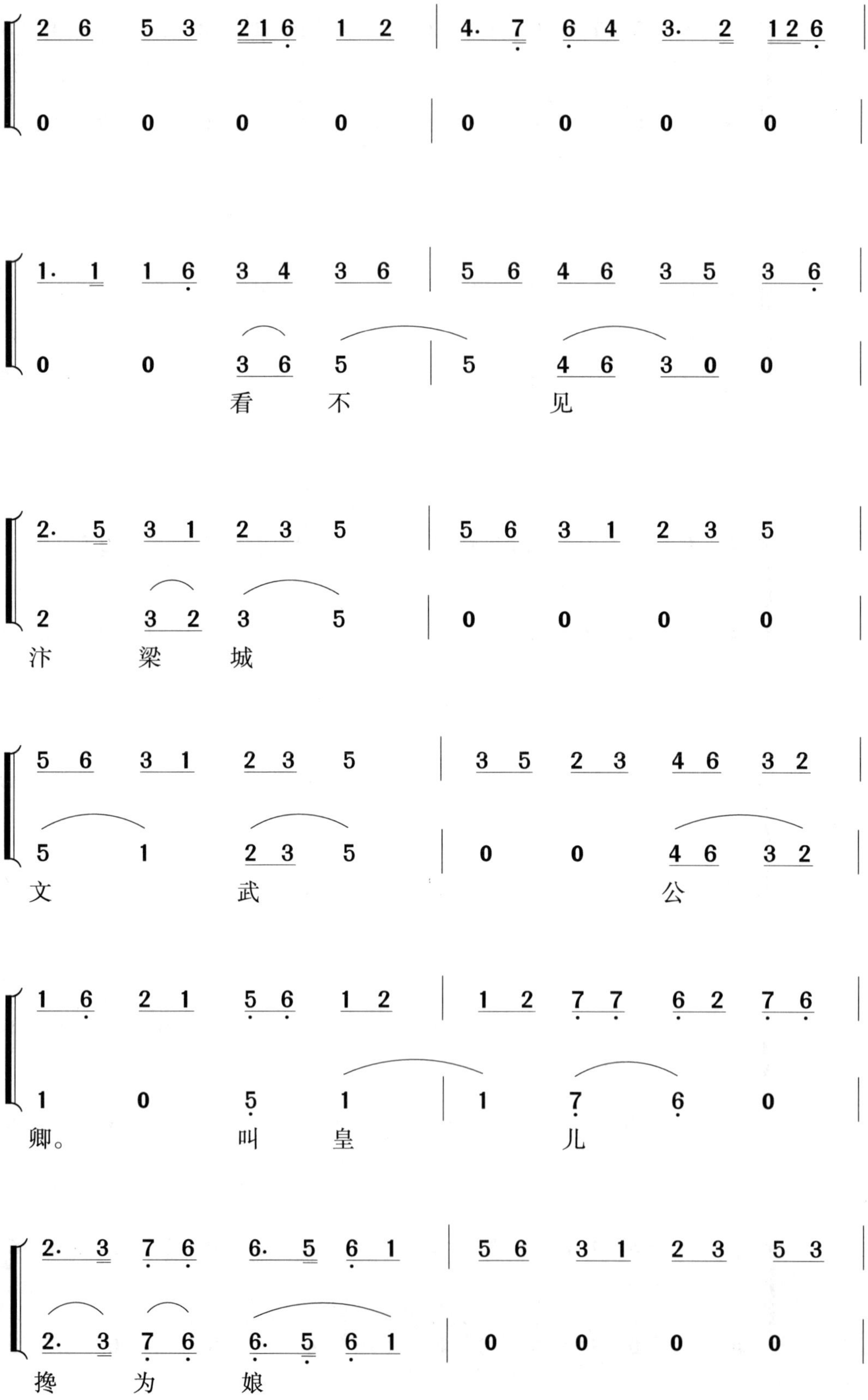
看 不 见
汴 梁 城
文 武 公
卿。 叫 皇 儿
搀 为 娘

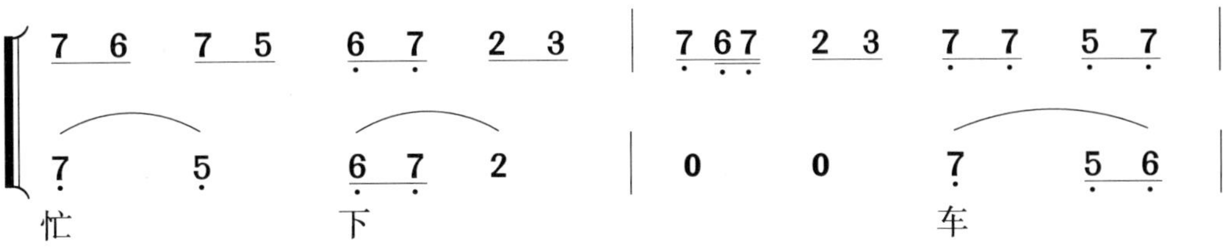

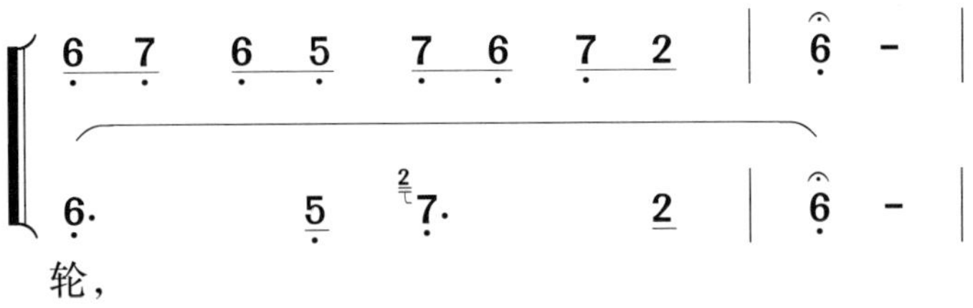

〔【慢长锤】两边上包拯、陈琳、王延龄横排参拜。锣鼓切住。

众　臣　迎接国太。
李　后　平身。
包　拯　谢国太。

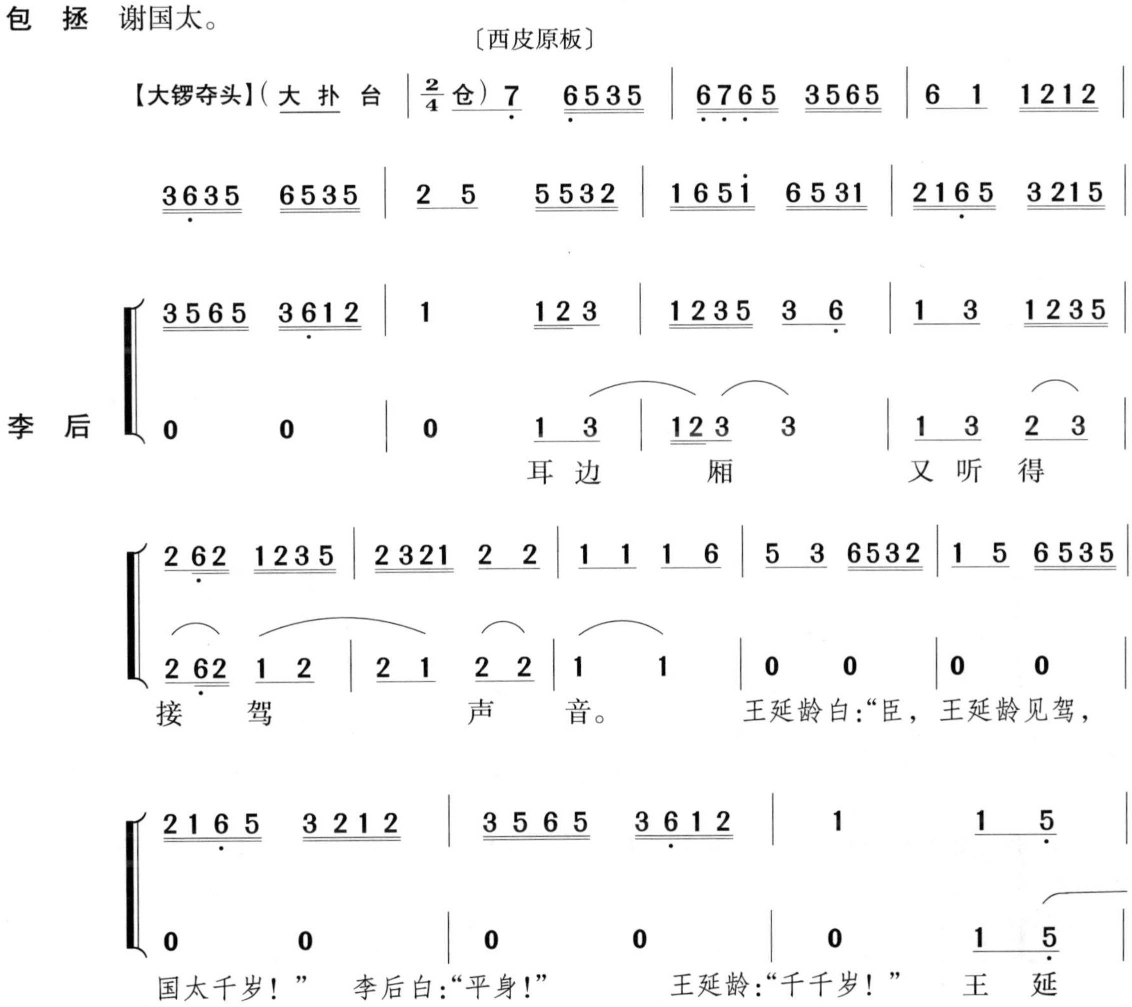

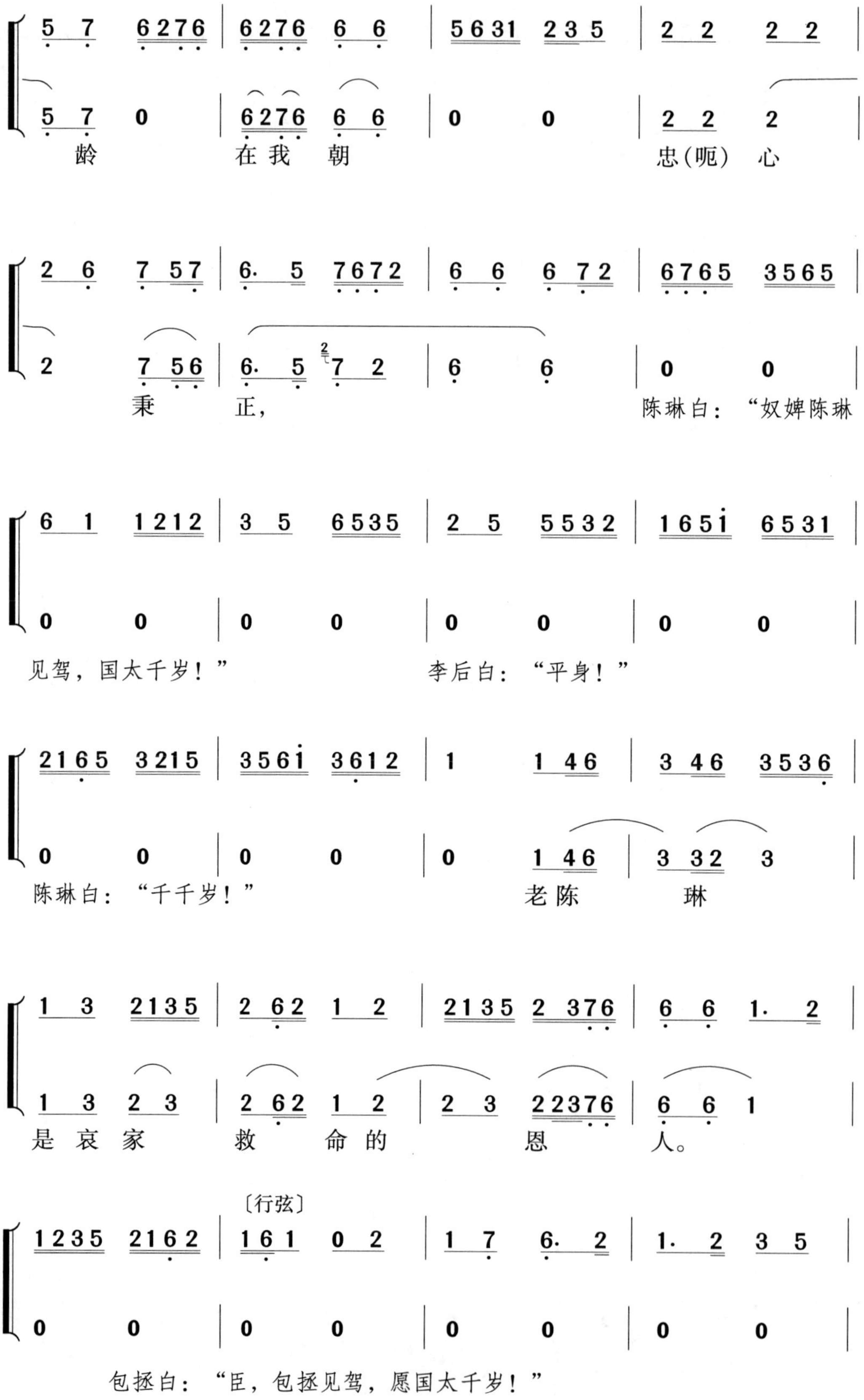
龄 在我 朝 忠(呃) 心
秉 正,
陈琳白:“奴婢陈琳见驾,国太千岁!”
李后白:“平身!”
陈琳白:“千千岁!”
老陈 琳
是 哀 家 救 命 的 恩 人。
〔行弦〕
包拯白:“臣,包拯见驾,愿国太千岁!”

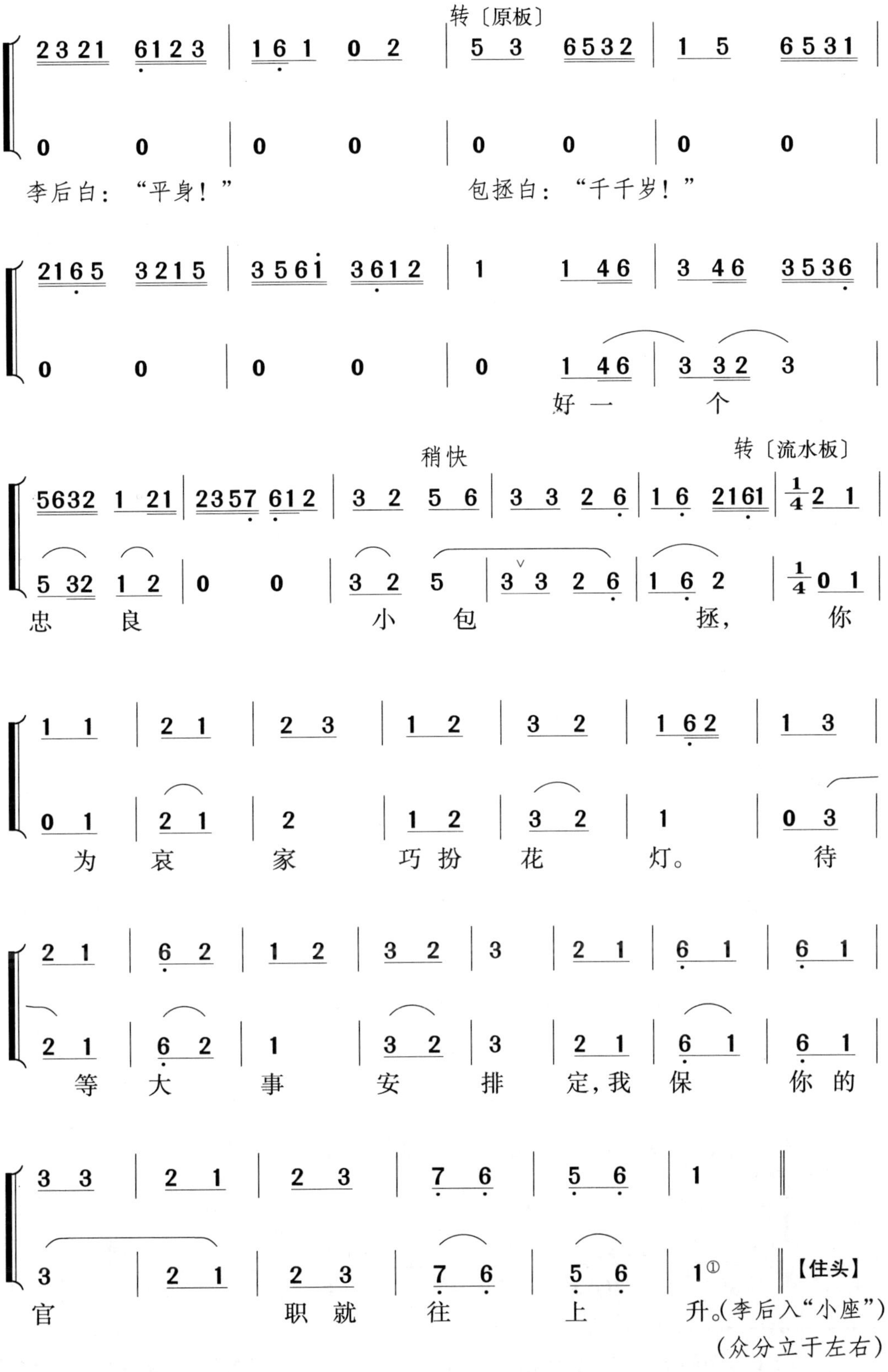

① 此处唱罢之后可紧接奏胡琴<小开门>，待众人入位后曲牌停止。

赵　祯　包卿。
包　拯　臣。
赵　祯　我母后还朝，双目不明，如何是好？①
包　拯　就在此处设香案，哀求上苍，倘若天赐光明，也未可知。
赵　祯　好，香案伺候。
包　拯　香案伺候。
　　〔奏唢呐<工尺上>，二小太监抬黄围桌上场放在台中，上摆香炉。曲牌止。
赵　祯　大宋天子赵祯，只因我母后还朝，双目不明，望求上苍重赐光明乎！
　　〔桌后上香，唢呐奏曲牌<哭披>，赵祯跪拜后立于左侧。曲牌止。
赵　祯　（同）母后睁睛。**【撕边一击】**
众　臣　（同）国太睁睛。
李　后　（擦眼，睁眼看）皇儿。
赵　祯　母后。**【撕边一击】**
李　后　众卿。**【撕边一击】**
众　臣　国太。
李　后　啊！哈！哈！……
　　〔**【大锣原场】**众人笑，赵祯整冠参拜。
赵　祯　儿臣见驾，愿母后千岁。（跪）
李　后　唉！我把你这无道的昏君！

〔西皮流水板〕

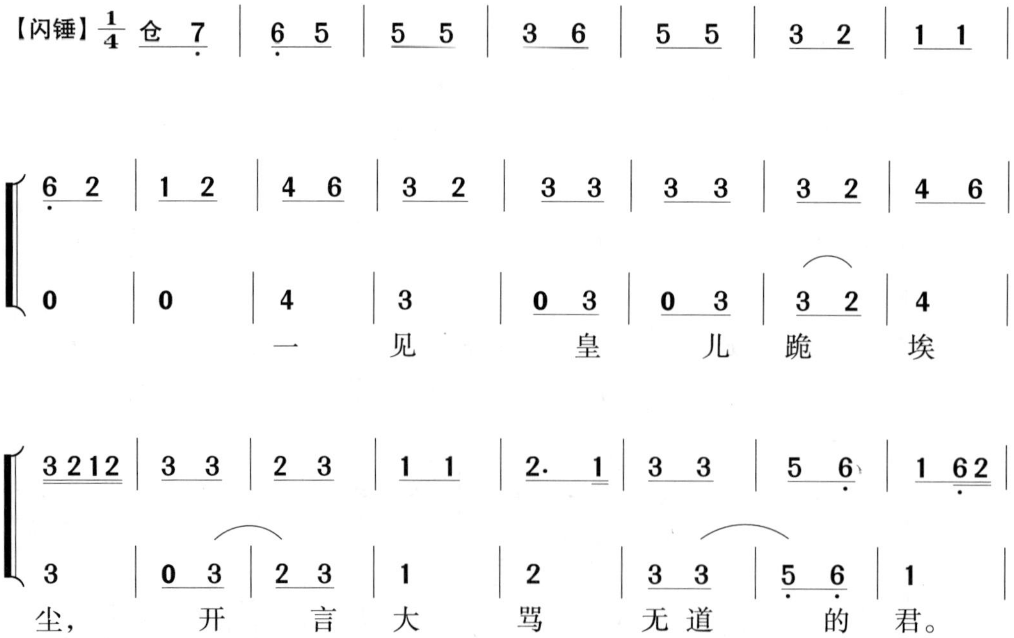

---

① 20世纪50年代之后，演此剧即取消了设摆香案、祈拜上苍的情节。改为宣召一老太医捧药盘上，叩拜之后，给李太后眼睛敷药，施治完毕即下场。紧接众人呼“国太睁睛”。其间仍以<小开门>伴奏。

打龙袍

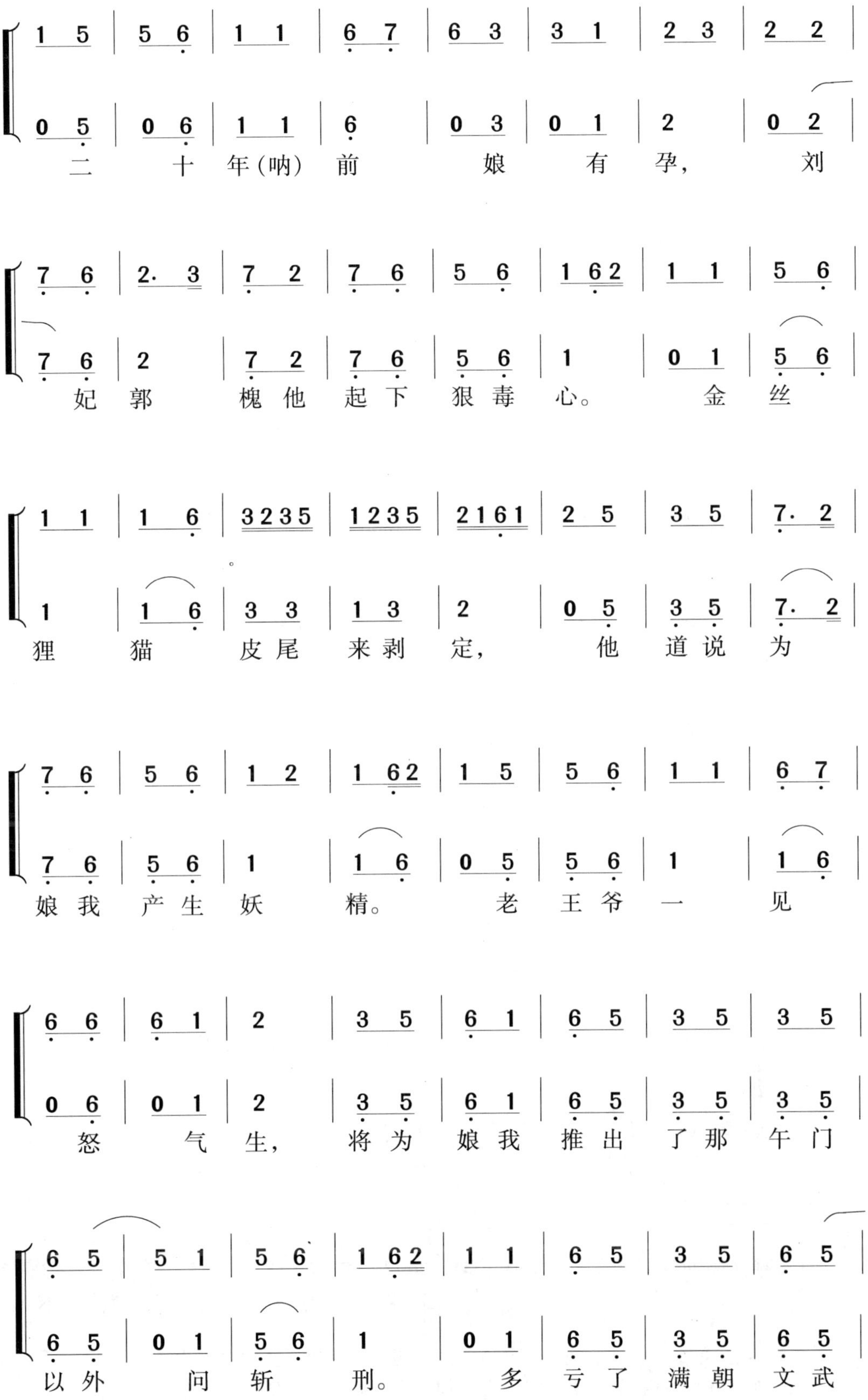
二 十 年(呐) 前 娘 有 孕, 刘
妃 郭 槐 他 起 下 狠 毒 心。 金 丝
狸 猫 皮 尾 来 剥 定, 他 道 说 为
娘 我 产 生 妖 精。 老 王 爷 一 见
怒 气 生, 将 为 娘 我 推 出 了 那 午 门
以 外 问 斩 刑。 多 亏 了 满 朝 文 武

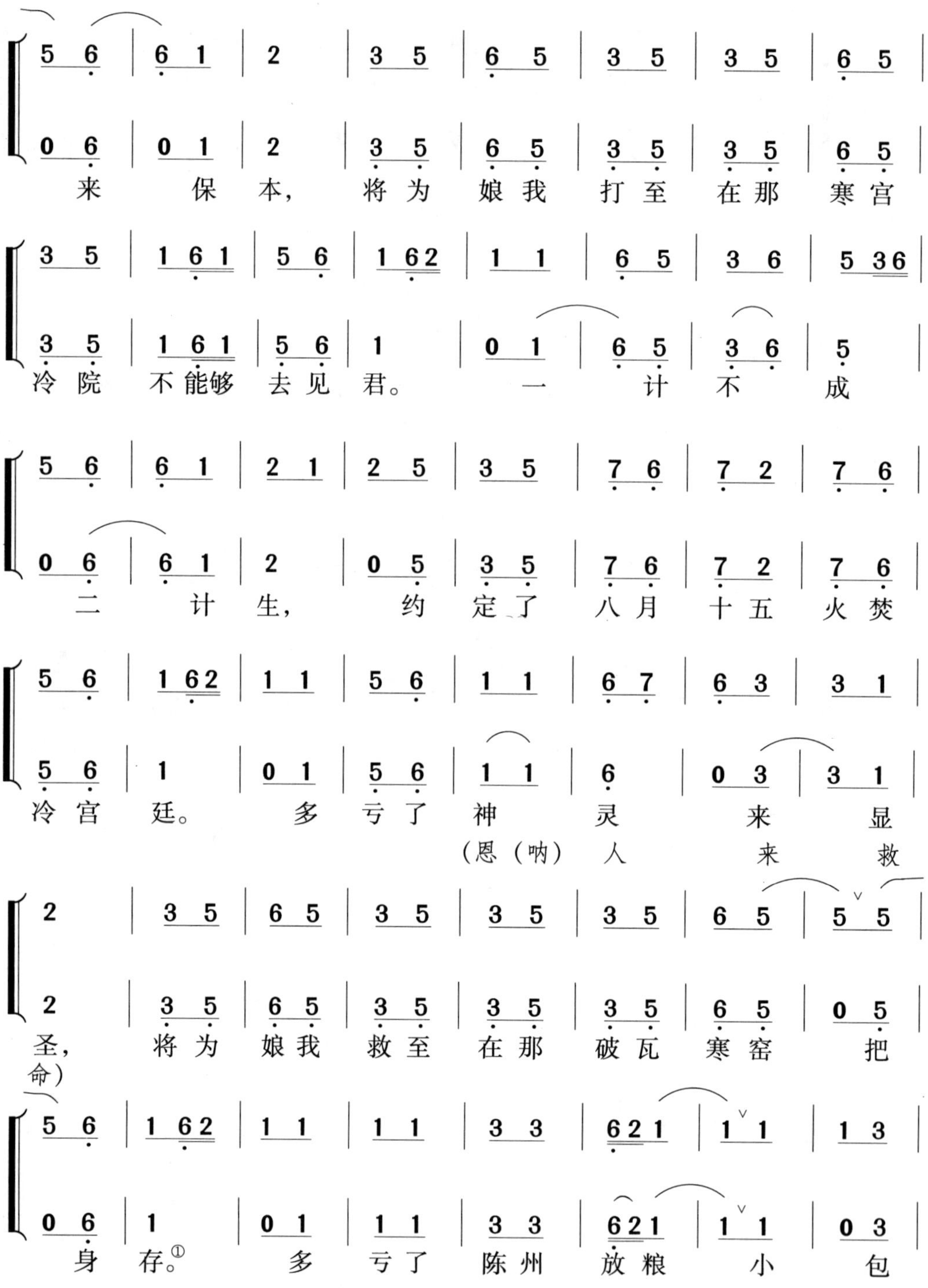

① 舞台演出时，此句之后还有两句唱腔：“

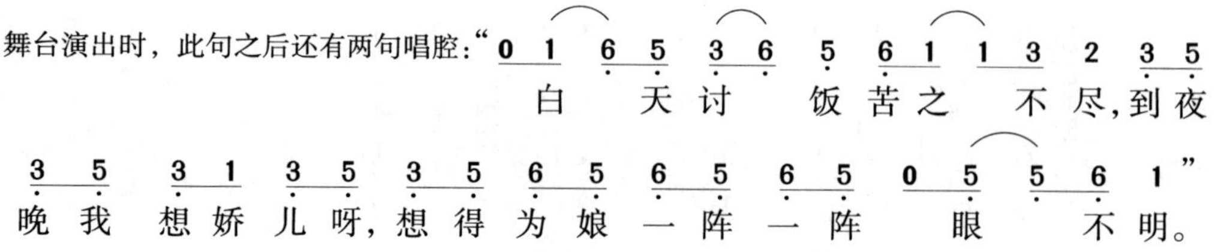

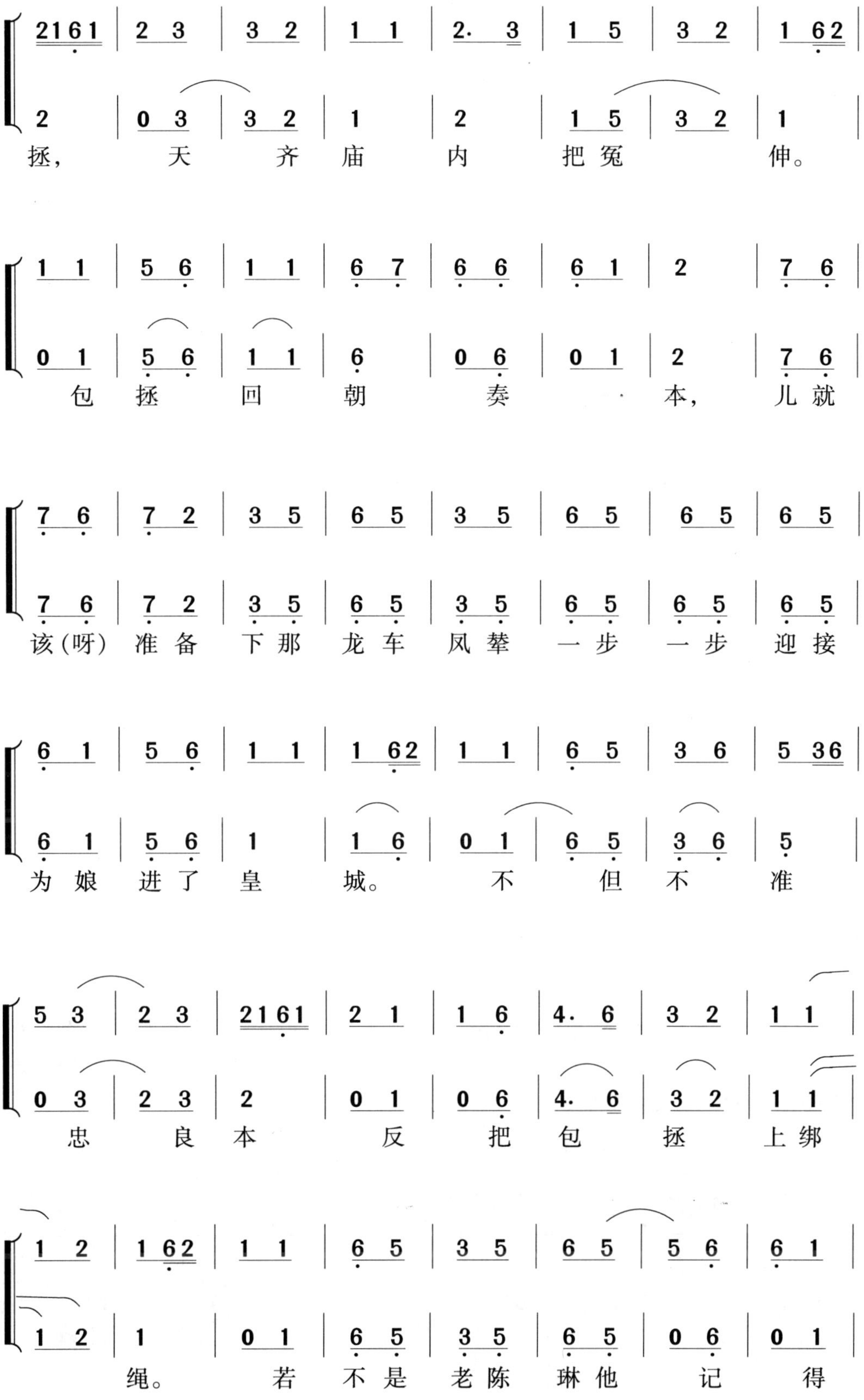
拯， 天 齐 庙 内 把冤 伸。
包 拯 回 朝 奏 本， 儿就
该(呀) 准 备 下 那 龙 车 凤 辇 一 步 一 步 迎 接
为 娘 进 了 皇 城。 不 但 不 准
忠 良 本 反 把 包 拯 上 绑
绳。 若 不 是 老 陈 琳 他 记 得

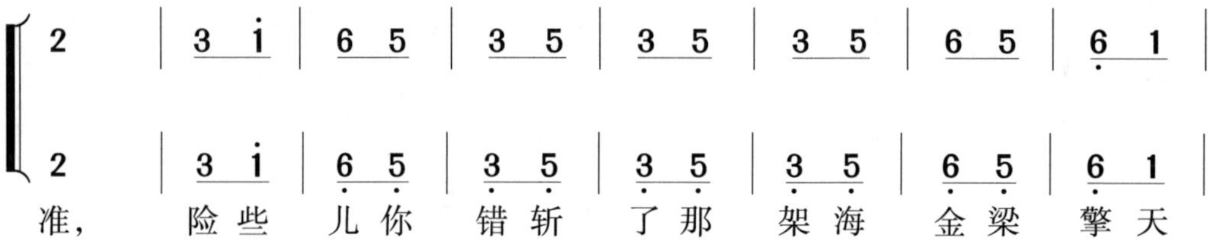

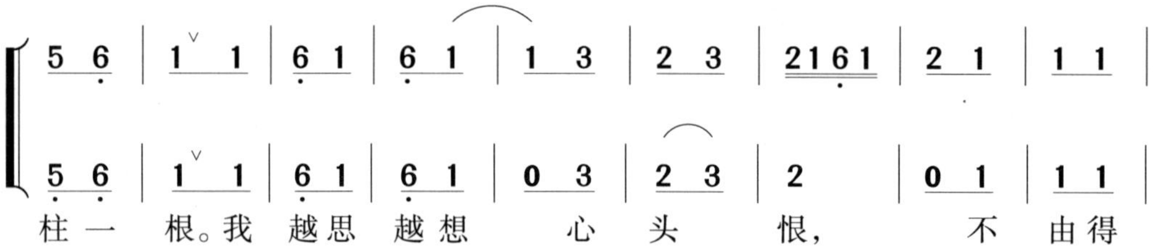

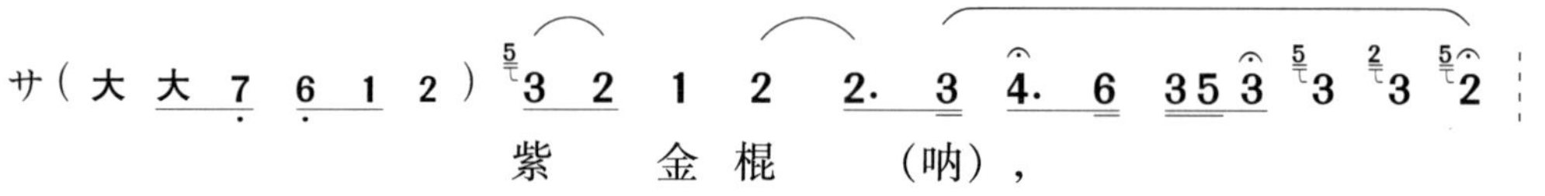

李 后 包拯。

包 拯 臣！（小太监将紫金棍给李后）

〔西皮摇板〕

李 后 【大锣凤点头】

包 拯 领旨！（接紫金棍）

〔西皮流水〕

【闪锤】

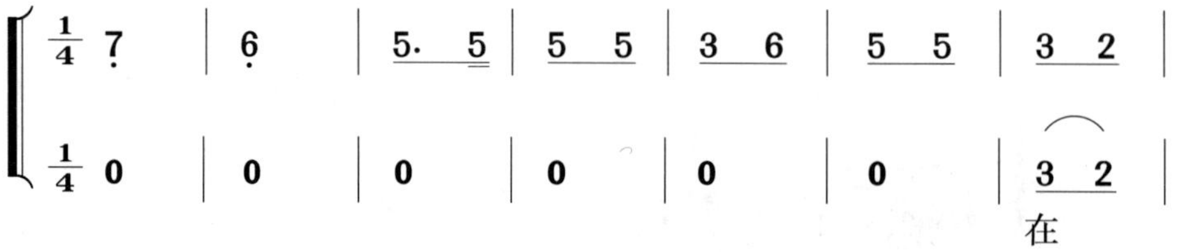

打龙袍

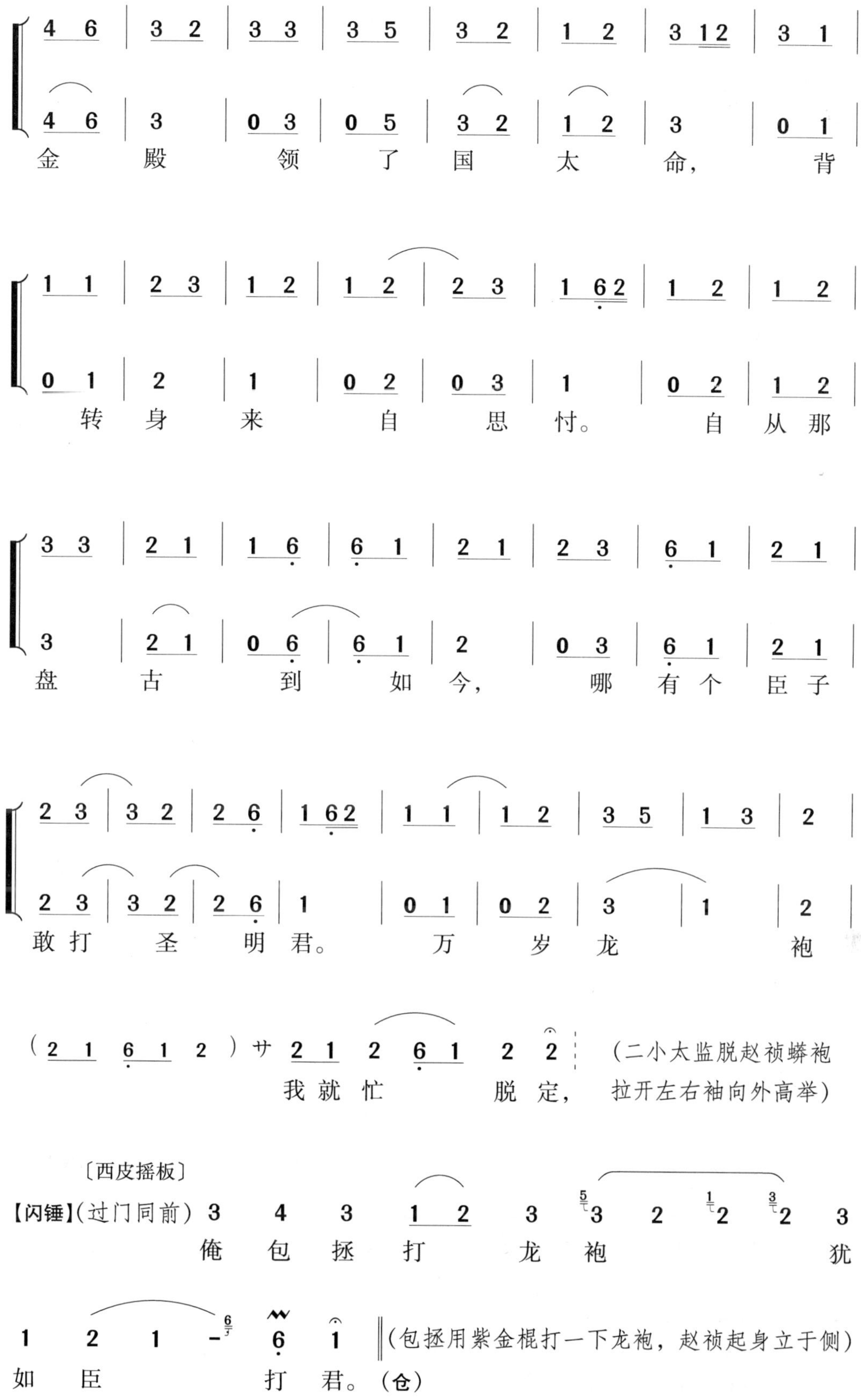

金殿领了国太命，背
转身来自思忖。自从那
盘古到如今，哪有个臣子
敢打圣明君。万岁龙袍
我就忙脱定，
（二小太监脱赵祯蟒袍拉开左右袖向外高举）
〔西皮摇板〕
【闪锤】（过门同前）
俺包拯打龙袍犹
如臣打君。（仓）
（包拯用紫金棍打一下龙袍，赵祯起身立于侧）

李　后　好哇！【大锣凤点头】

〔西皮流水〕

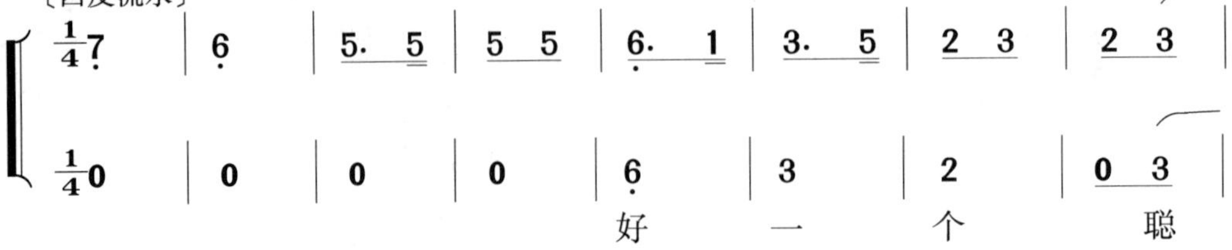

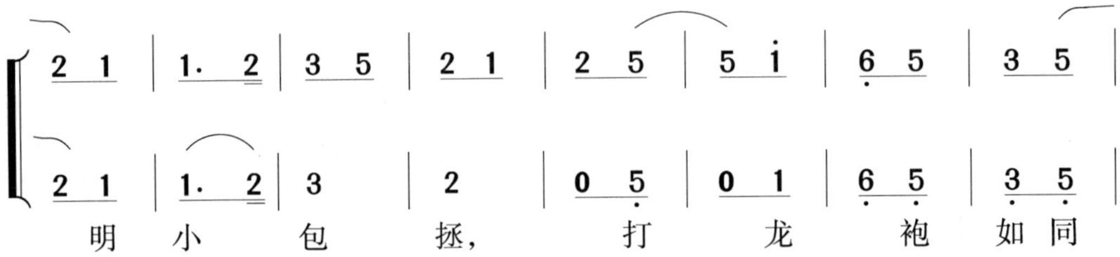

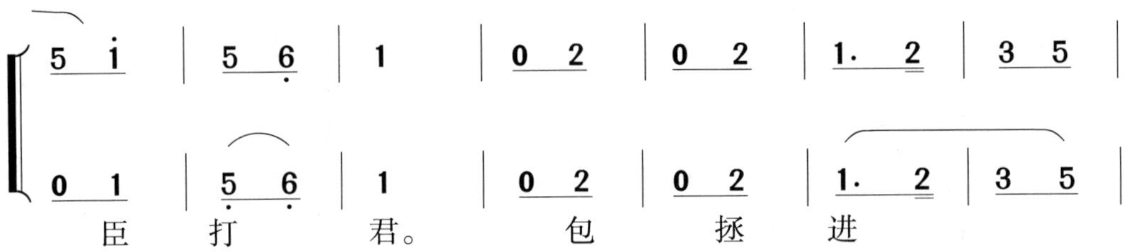

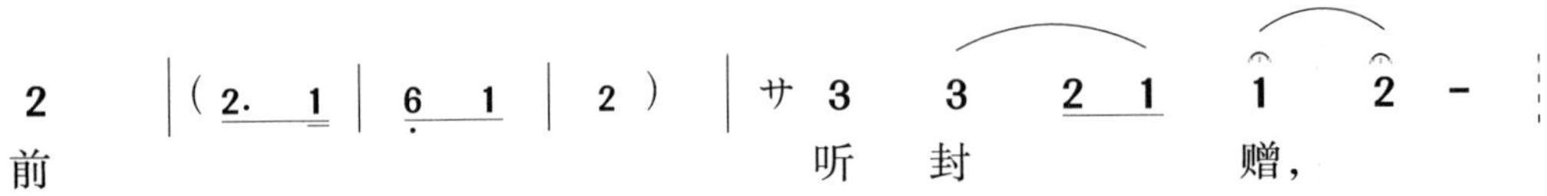

李　后　包拯！

包　拯　臣。（跪中场面朝外）

〔西皮流水〕

李　后【闪锤】

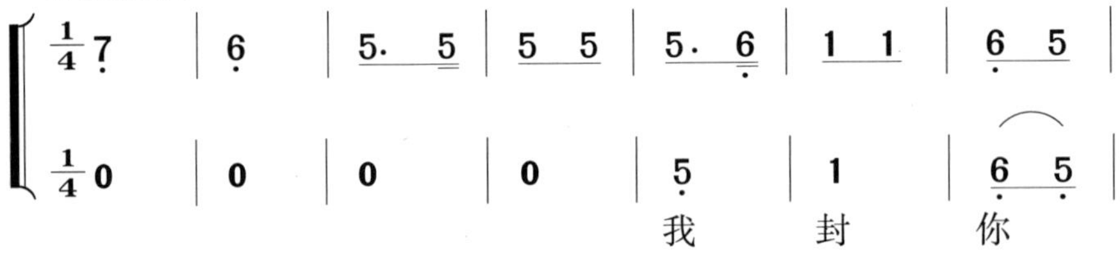

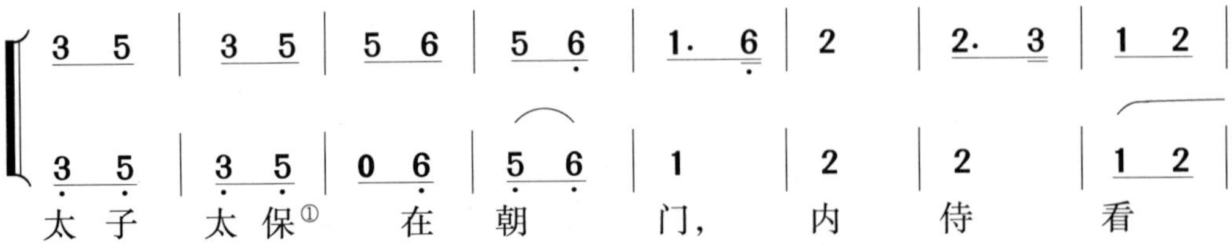

---

① 太子太保：太保位在太傅之下，与太师、太傅合称三师。太子太保自隋唐以后列东宫三师之末，仅有其名，不任职事。戏曲中皇家辄封大臣“太子太保”有点口惠而实不至。

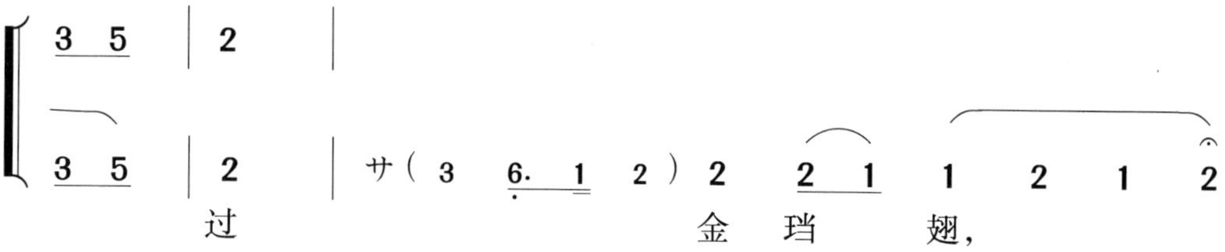

大太监 啊！（二太监给包拯插换金珰翅）

〔西皮流水〕

李　后

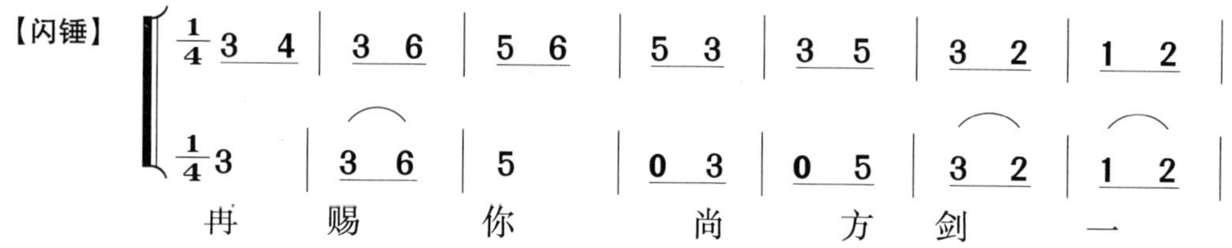

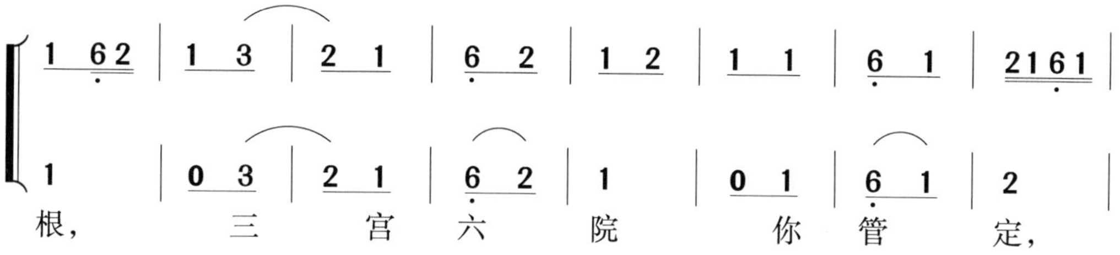

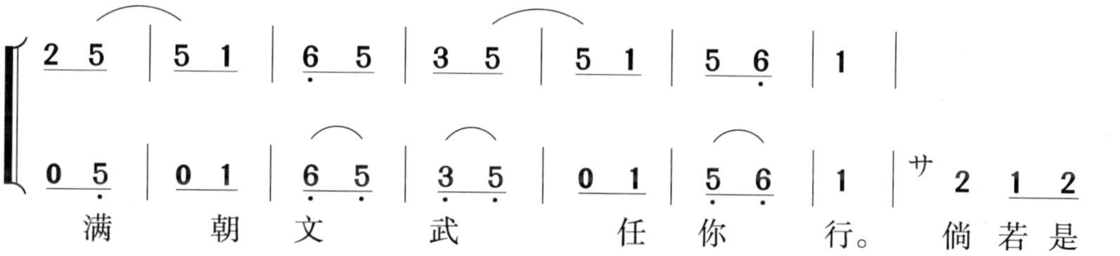

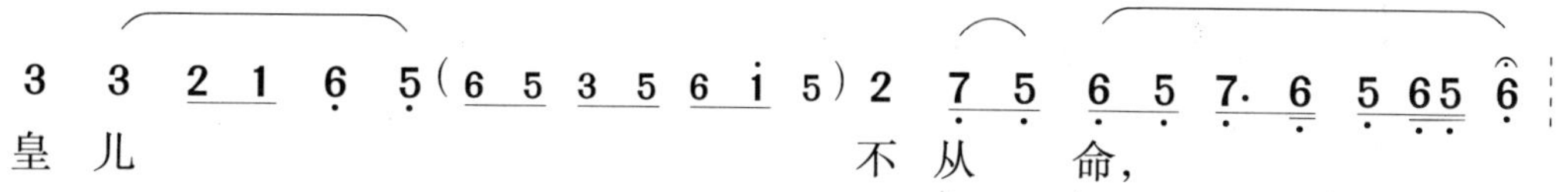

赵　祯 母后开恩！（仓）
李　后 也罢！**【大锣凤点头】**

〔摇板〕

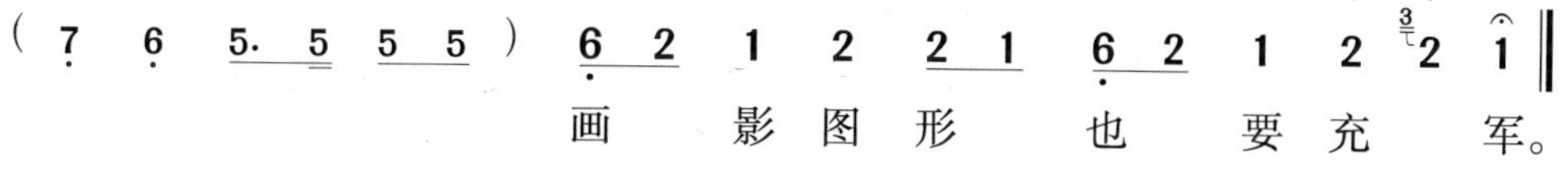

包　拯 谢国太！

〔西皮导板〕

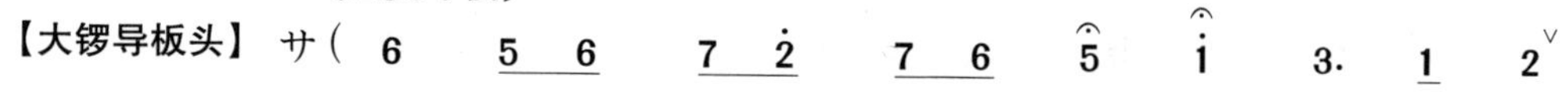

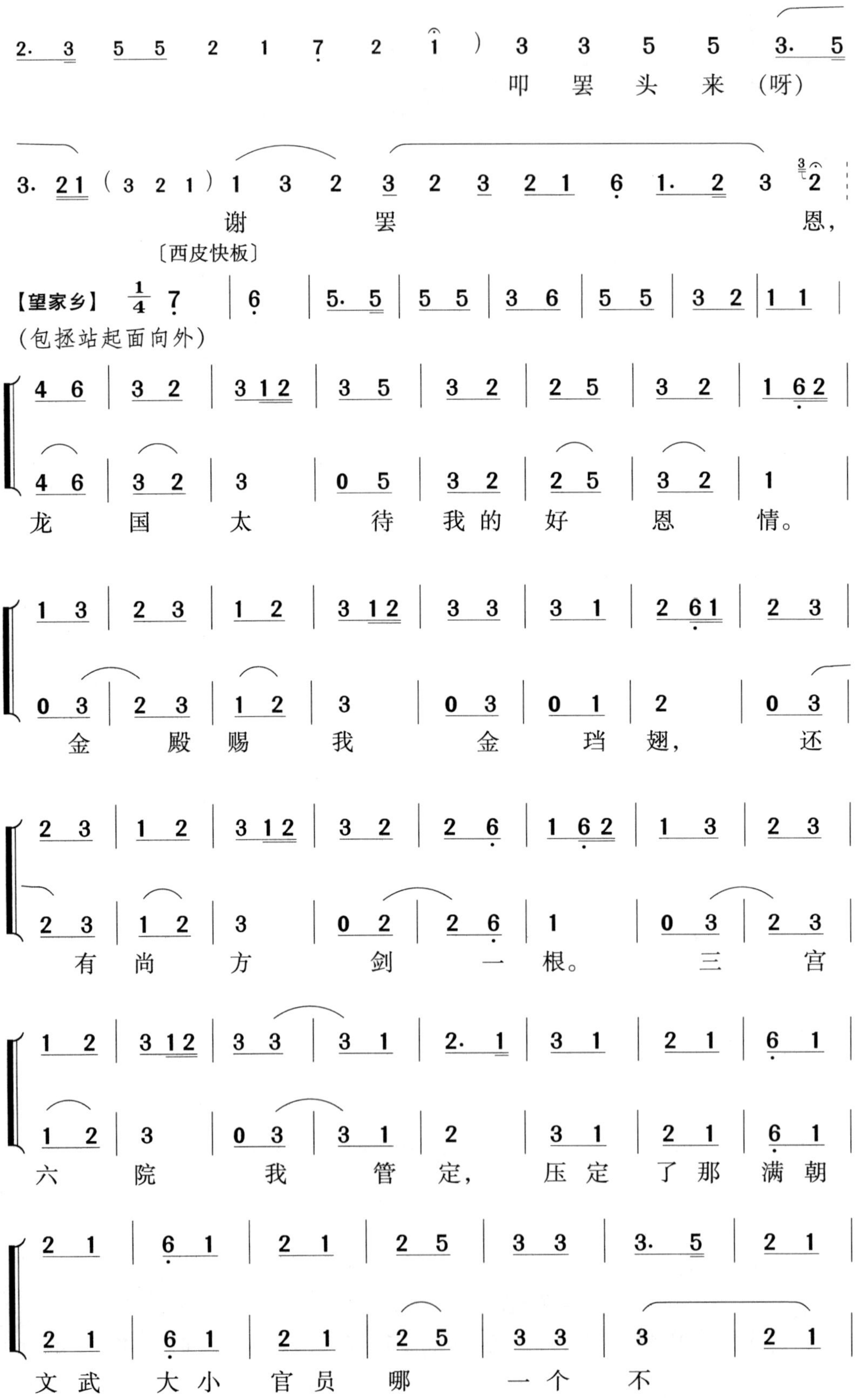
叩 罢 头 来（呀）
谢 罢 恩，
〔西皮快板〕
【望家乡】
（包拯站起面向外）
龙 国 太 待 我 的 好 恩 情。
金 殿 赐 我 金 珰 翅，还
有 尚 方 剑 一 根。三 宫
六 院 我 管 定，压 定 了 那 满 朝
文 武 大 小 官 员 哪 一 个 不

2 （ .7 サ 6 1 2 ） 3 6. 2 1. 2 3 3
遵 我 照 剑 施

3. 5 2 3 2 1 6 1 ‖【住头】
行。

李　后　皇儿。
赵　祯　母后。
李　后　本后还朝，光禄寺大摆筵宴，与众卿贺功。
赵　祯　儿臣领命，请驾还宫。
包　拯　请驾还宫！

唢呐奏 <小尾声>

0 0 2 | 1 3 | 2 1 | 6 5 6 | 1 3 2 1 | 6 5 i | 6 - ‖
冬大 0 台 | 仓 才 | 仓 台 | 七 另 大 | 仓 儿 来 才 | 乙 台 仓 | 0 0 ‖
【住头】

〔众人“下场门”下。

——剧　终

范石人　李盛泉　整理

岳母刺字

李金泉演出本

《岳母刺字》是一出唱做并重的正工老旦戏。

岳飞背上刺字，见《宋史 · 何铸传》：“铸引飞至庭，诘其反状。飞袒而示之背，背有旧刺‘精忠报国’四大字，深入肤理。”故事取材于《说岳全传》第二十二回。宋代金兵入侵，山河变色，生灵涂炭。时岳飞在抗金元帅宗泽帐下为统制，以英勇善战见重于宗泽。不久，宗泽因忧愤国事病故，朝廷派杜充继任。岳飞见杜充为人刚愎自用，不纳忠言，愤而弃职回家。岳母问明情由，晓以大义，并在岳飞背上刺“精忠报国”四字以坚其志。岳飞谨遵母训，返营效命。后在抗金战争中屡建奇功，成为彪炳史册的英雄。

据传此剧有几个不同的脚本。戏的题材虽好，但旧时很少有京剧名角演唱，因此流传不广。1955年，中国戏曲研究院就其中一个较好的本子给予整理加工后，交由著名的李派老旦李金泉演出(剧中岳飞由李世霖扮演)。当时上海戏校的老旦教员李盛泉见到了这出戏的资料，认为是一出富有教育意义的好戏，要笔者协助他整理成为教材，以便用来传授给学生。我和盛泉是多年的老友，对李派老旦演唱艺术又很感兴趣，便帮着他一同完成了这出戏的记录整理工作。

《岳母刺字》宣扬爱国主义的主题十分鲜明，剧中的主要人物岳母，是被歌颂、并为世人崇敬的伟大母亲。她在国家危难当头的时候，对儿子岳飞进行义正辞严的教育；又恐他意志不坚，含泪取金簪在儿子背上刺下“精忠报国”四个大字。她的每一句话，所刺的每一个字，深深地震撼着岳飞的心，促使他抛弃了个人对上司的私怨而以国家安危为重，谨遵母训返回大营，继续投入抗金事业。

笔者虽已八十九岁高龄，这次又自告奋勇重做勘校修订工作，一则是受历史责任感的驱使，再则蒙《集成》编委会几位先生的盛情相约。工作力有未逮之处，尚望专家和读者批评指教。

范石人

人物行当

岳　母	老旦	李　氏	青衫
岳　飞	文武老生		

服装扮相

岳　母　本脸，苍眉。黪网子、乐子（系在额前的一颗珠子）、 香色绸带，古铜褶子、深香色帔（或穿紫帔与蓝地绣金团草花帔均可），彩裤、水裙，白袜子、云头鞋。

岳　飞　俊扮。将巾（后面带有披巾的一种）、黑三，绣金白箭衣、大带、白绣花褶子，红彩裤，黑厚底靴。

李　氏　俊扮。梳大头、点翠头面、耳环，宝蓝色花褶子、白裙子，浅色彩裤，白袜、蓝地白绣花彩鞋。

道具

茶盘	一份（内放瓷茶杯一个）	笔砚盘	一份（内放金簪一枝、白布一方）
马鞭	一根	鹿头拐杖	一根
桌子	一张		
椅子	一把		

第 一 场

〔二幕外，空场。**【大锣原场】**

〔岳飞内白：“马来！”

〔**【撞金钟】**岳飞[1]出场举马鞭一亮，向前走至中场偏右处，向右缓鞭勒缰。

〔二黄散板〕

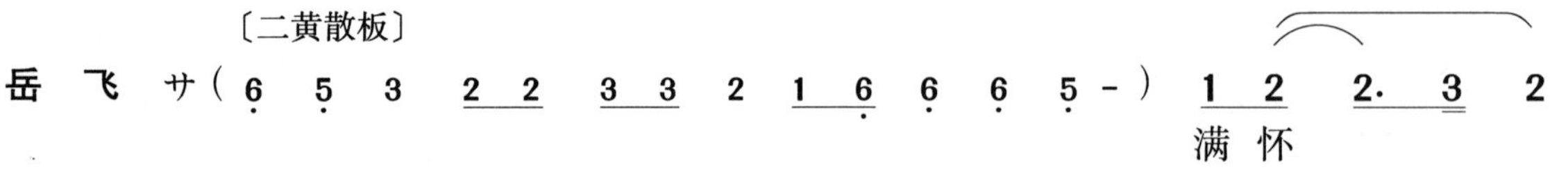

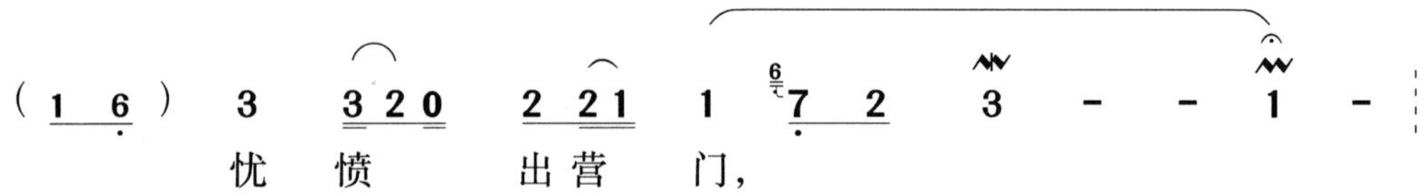

〔**【撞金钟】**扬鞭走向台口，缓鞭如前。

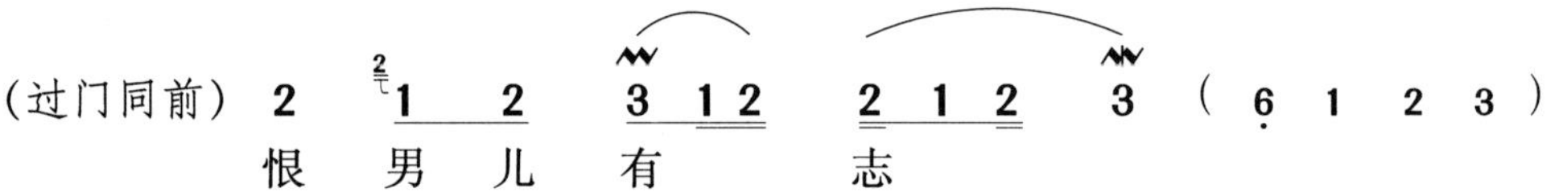

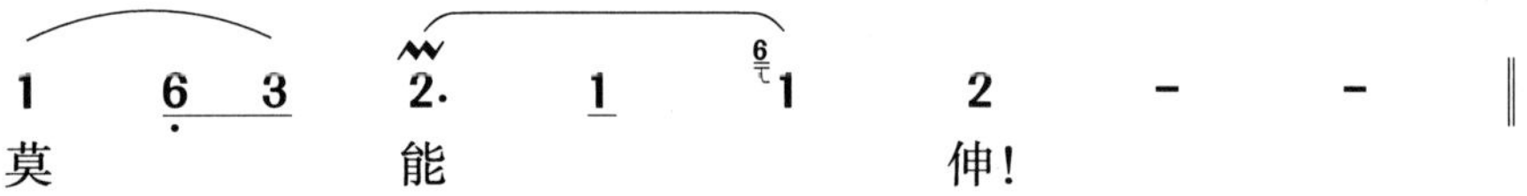

〔**【住头】**将马鞭垂下，抱拳通名。

俺，（仓）岳飞。（ 多罗 0 仓 匝 0）只因金兵犯境，是俺投效宗泽元帅帐下为将，官居统（呃）制[2]。幸蒙元帅见重。言听计从。方期收复河山，直捣黄龙，不幸元帅亡故！朝廷派杜充接任，不想此人刚愎自用，不纳忠言，使俺有志难酬。想大丈夫既不能为国尽忠[3]，倒不如回归林下侍奉老母，也落得个孝亲之名于后世也。

〔**【纽丝】**执鞭向右一缓，勒僵。

〔二黄散板〕

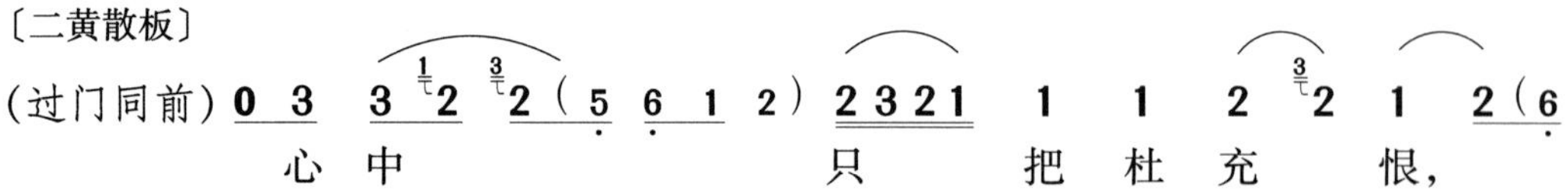

---

① 岳飞是一个能文能武的人物，在这戏里，他虽然很年轻（挂黑胡子以示少年老成），但已具有大将的气质，出场时的神态应于威武中透出儒雅；在面部的表情上须凝眉瞪眼，以显示岳飞因对杜充不满而离营回家的忧愤神色。在唱念方面，要求按照武生的声腔来唱，音调宜高亢雄壮；念白可取法杨小楼一派的风格，方合青年时期岳飞那种朝气勃勃的英雄气概。

② “统制”是宋代军旅中武官的一种官阶，规定指挥五百人，实际不到此数。

③ 原词为“既不能标名于凌烟阁上”，属于一般惯用的水词放在这里，对于岳飞有损无益,故改。

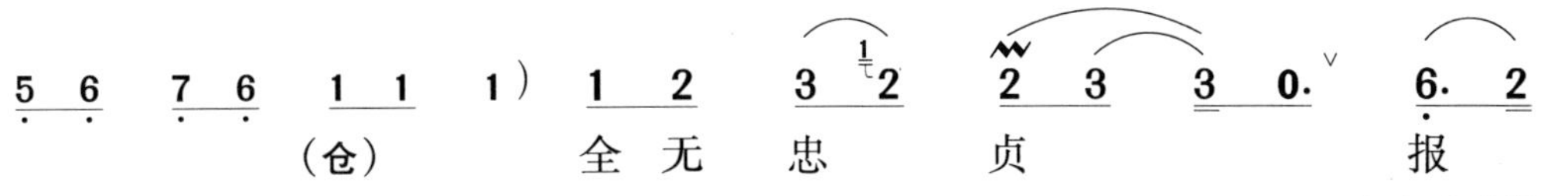

(垂下马鞭

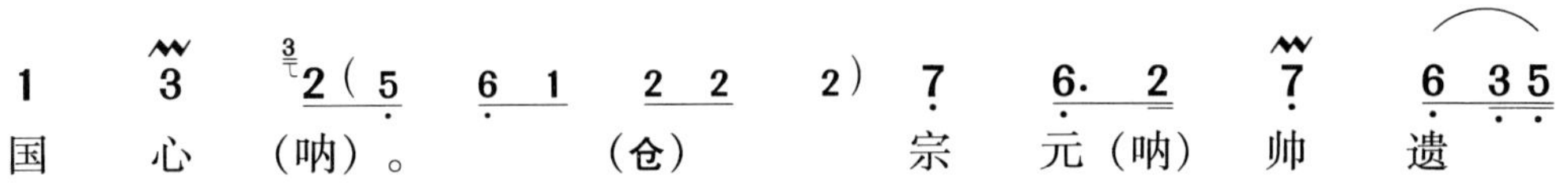

用右手在胸前比拟)

〔【纽丝】向右上步打马，左转走至大边，将鞭要左手上一磕，回身上左步，马鞭绕一反花，再向前上右步。

〔【回头】缓鞭后退，上两步打马左转身，"下场门"下。

第 二 场

〔启二幕，设小座，旁置二椅。前场大锣转【撤锣】。

〔【小锣帽子头】接【小锣旦上场】岳母拄拐杖出场，端庄地一亮，随即走向"九龙口"左手整领、抖袖后，缓缓起步，走向中场台口，退后半步，抖左袖挑起、随着向前一小步站定。

岳 母 (念〔引子〕)两鬓苍然，(多多) 愿得见， (多罗 0)

(左手向

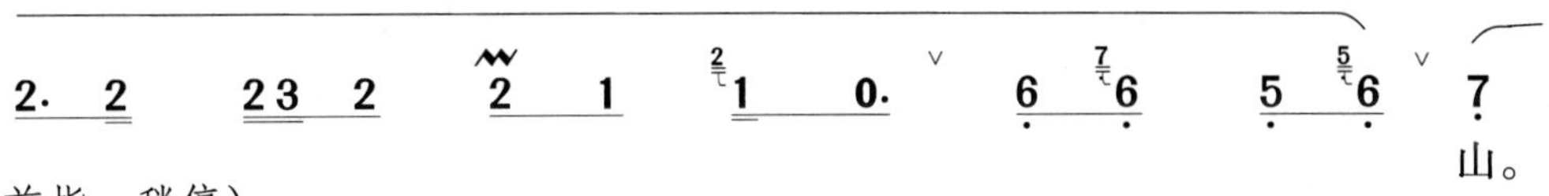

前指，稍停)

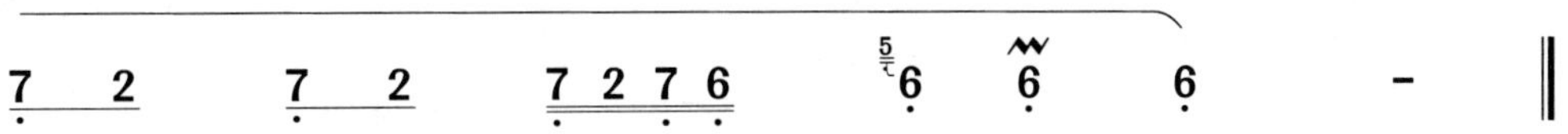

(使内劲微微点几下向前指出去)

〔【小锣慢一击】徐徐左转向里，面对正中“小座”稳步走至椅前，徐徐右转身面外【小锣归位】欠身坐定。

（念诗）当年洪水灌汤阴，夫君不幸命捐生；

有儿报国全忠孝，未负劬劳一片心。

（左手贴近胸口一比）

【小锣住头】老身姚氏，世居汤阴。只因当年洪水为灾，夫君丧命，我与岳飞孩儿，幸得不死。是我孤灯独守，将他抚养成人；又蒙周侗老师，传授武艺，且喜他文武兼全。今在宗泽元帅帐下为将，抗金杀敌，屡建奇功，甚得宗老元帅见重。我儿壮志得酬，好不教人欢喜。正（呐）是：（扎）（垂下左袖再挑起）有儿能报国，教子喜成名。（左手展指从左向右比，一、二、三再往下抖袖，使动作与起胡琴过门的鼓板节奏合二为一）

〔二黄慢板〕①

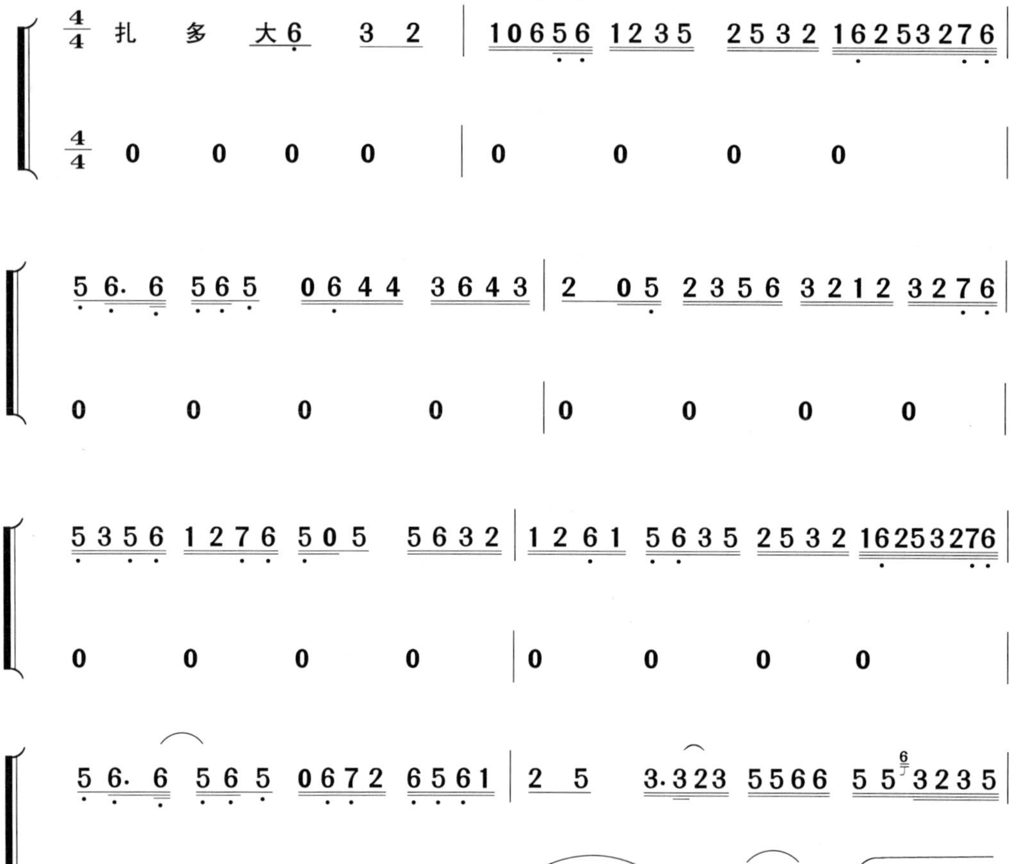

① 岳母唱这段〔二黄慢板〕的情绪非常轻松愉快，同时又是坐着，所以胡琴过门不宜过长。这里所用的比一般的要短两小节。托腔部分的胡琴弓子中有“5 5 6 6”“5 5 2 2”等叠音的拉法。在后面的〔西皮三眼〕中也有类似的形式，听起来很像老太太说话，这是老旦胡琴的特点，切勿等闲视之。

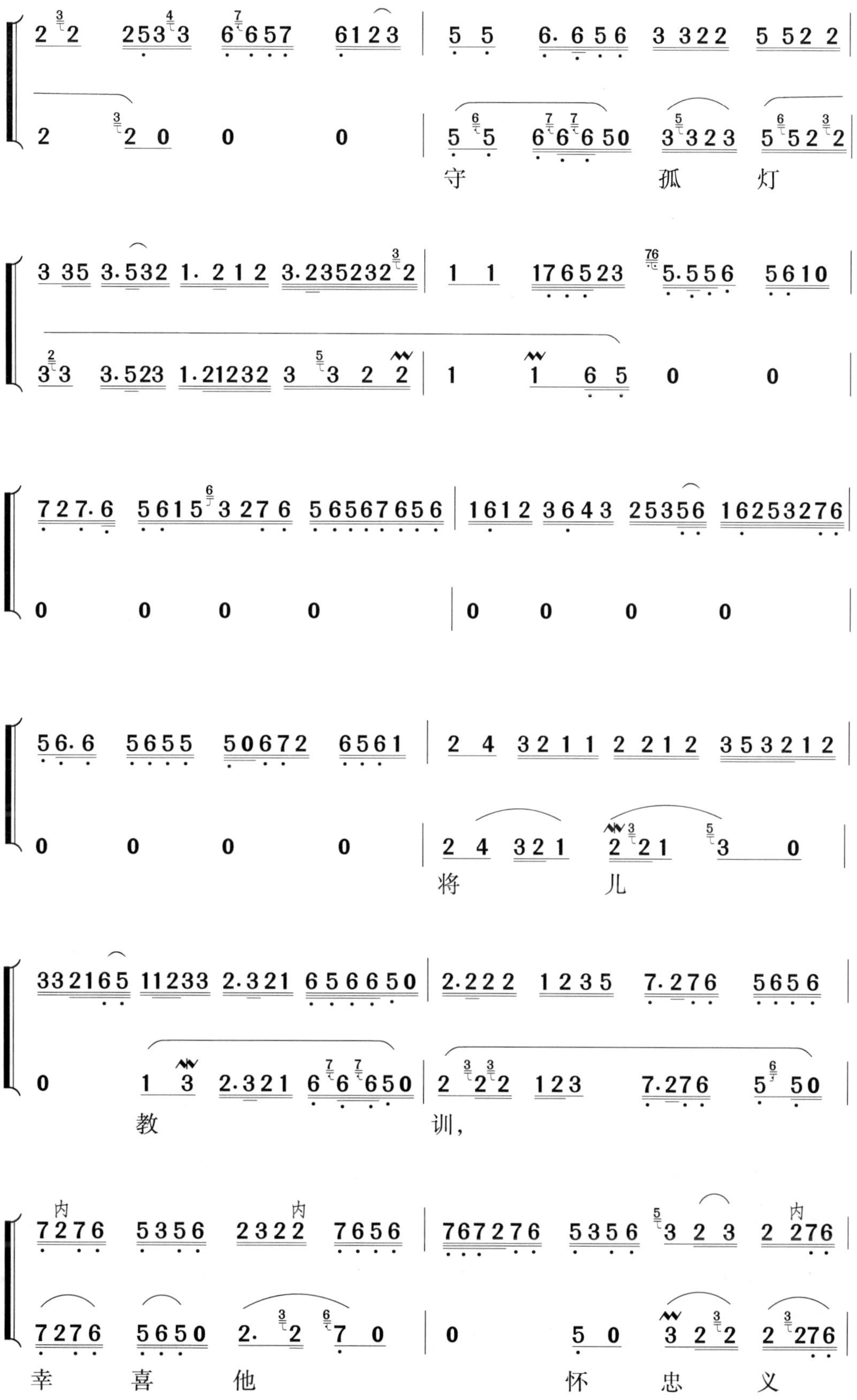
守 孤 灯
将 儿
教 训，
幸 喜 他 怀 忠 义

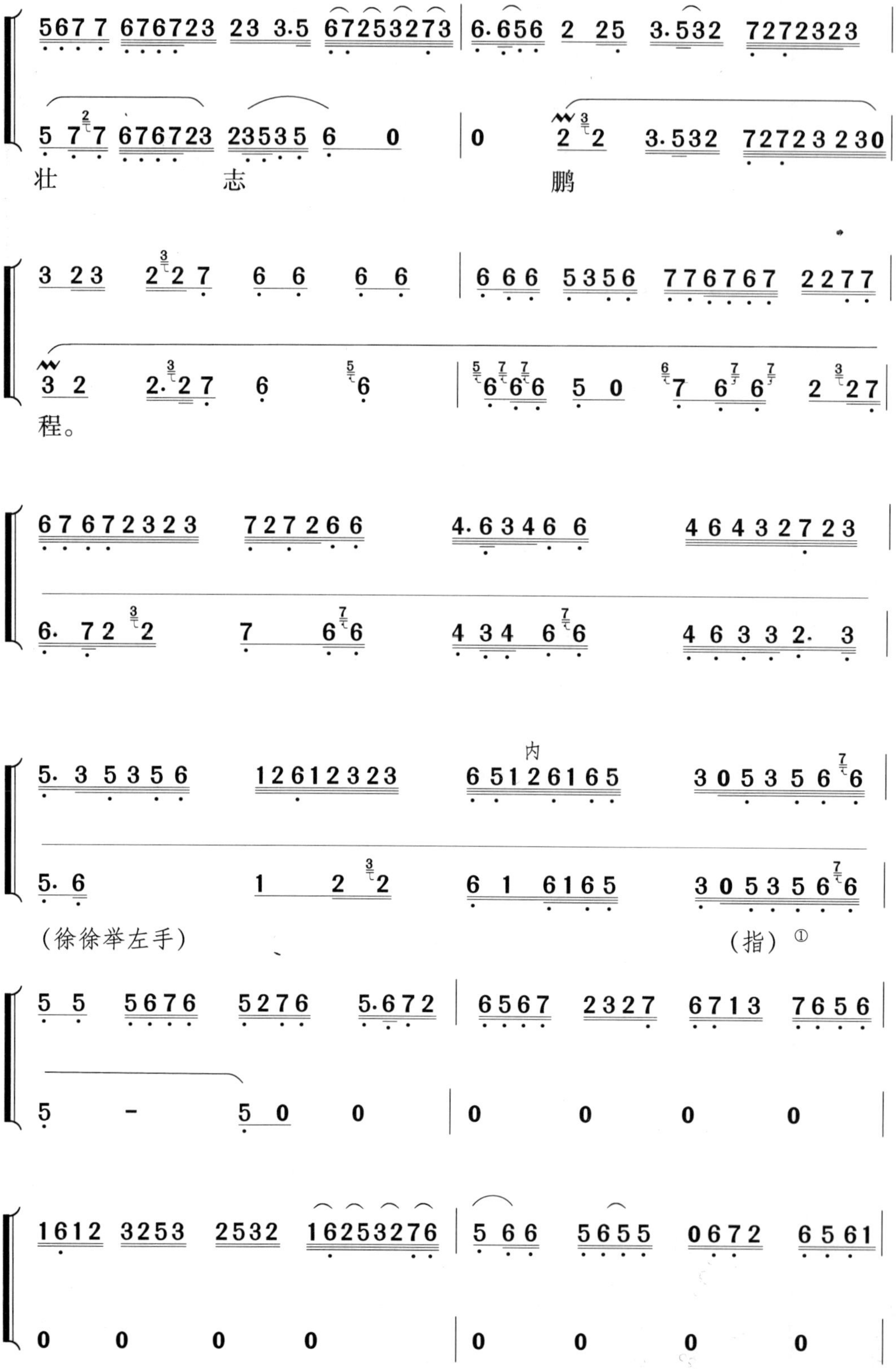

① 老旦在表演用手指点时，经常须分为两个动作，前一个动作放在近胸口处点着指，一下或多下均可；当需要表示进一层的意思时，便将手指曲线形指向前方。

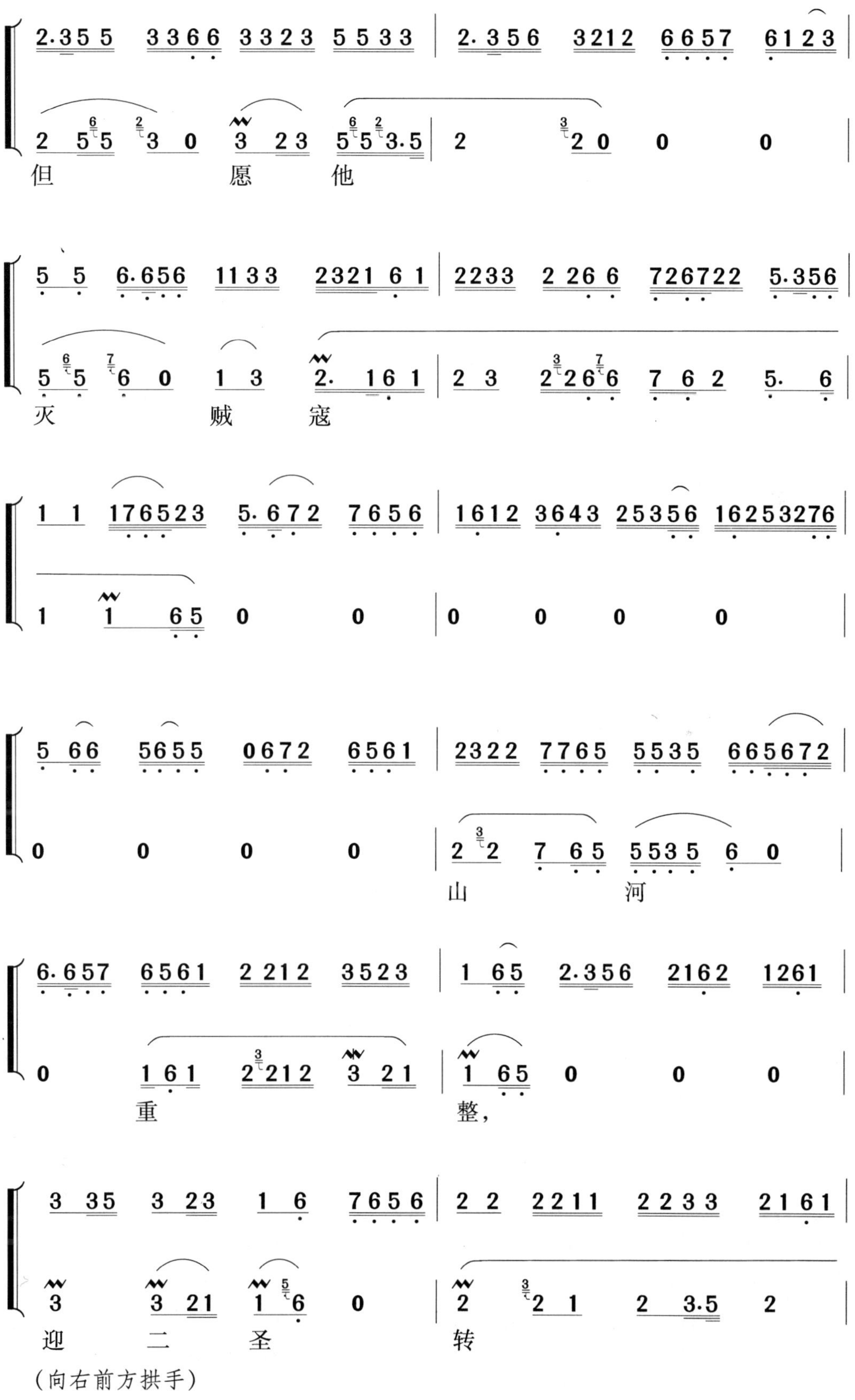
但 愿 他
灭 贼 寇
山 河
重 整，
迎 二 圣 转
(向右前方拱手)

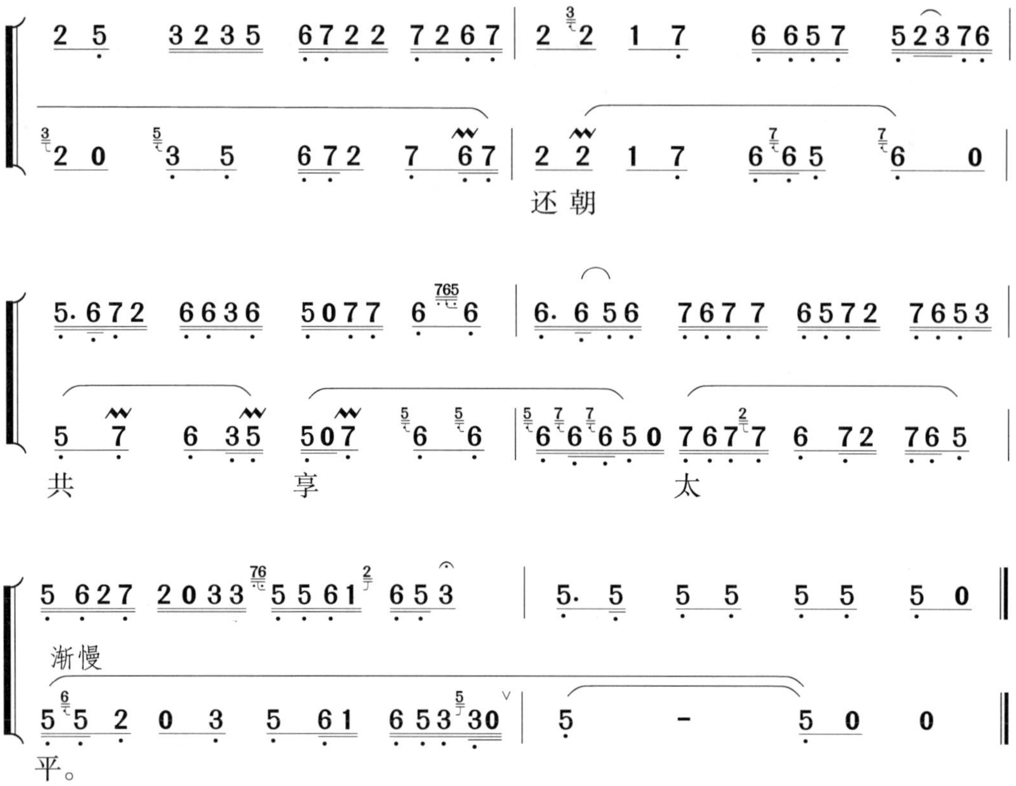

〔【小锣抽头】李氏（岳夫人）①双手向右托茶盘上，款步过“九龙口”盘交右手，单抖左袖。

〔二黄摇板〕

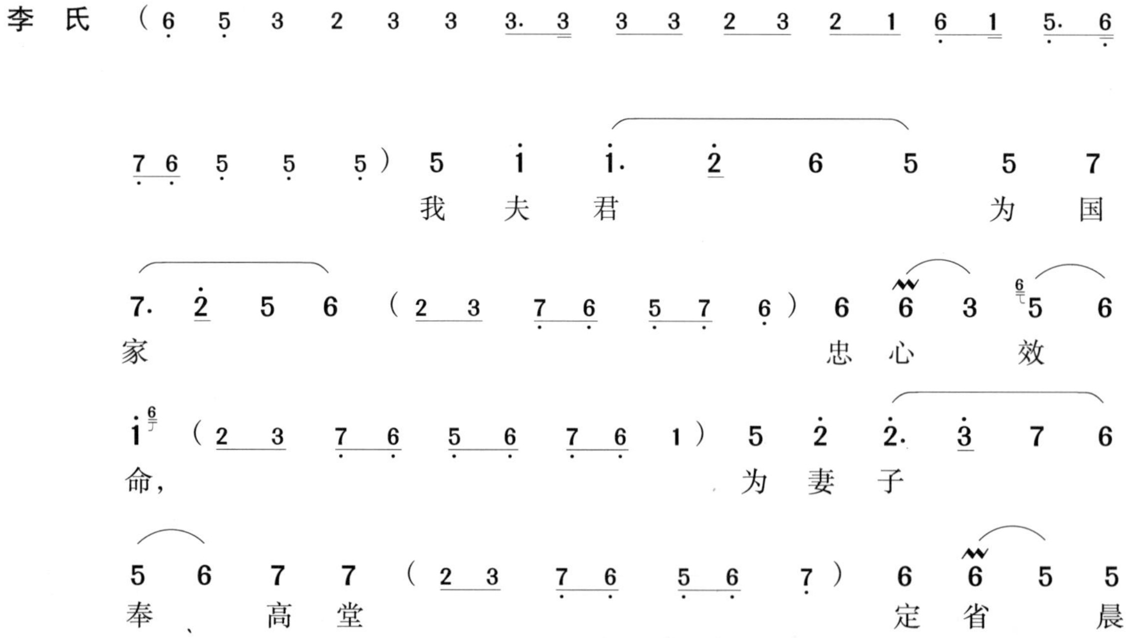

① 岳夫人李氏的扮相应具有闺中少妇的风度，不宜穿帔，把她扮成像《宝莲灯》中王桂英那种官太太样子。她的戏虽少，要掌握分寸，举止娴雅、动作稳重为宜。

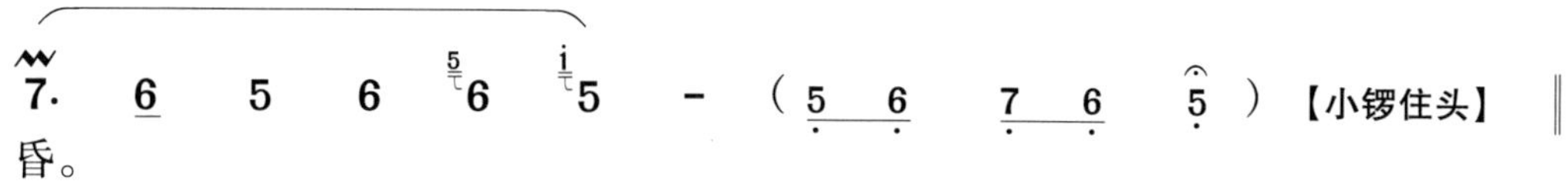

（左转身后归“小边”面对岳母）

婆婆用茶。

岳　母　放在桌上，一旁坐下。

李　氏　告坐。**【小锣二击】**（将茶盘放桌上右边，回身搬椅子放“小边”外侧，斜对岳母坐下）啊，婆婆，（拱手）这几日未见鹏举家报，不知何故？（稍摊双手）

岳　母　想是他军中事忙，无暇修书，媳妇不必惦念。

李　氏　是。啊，婆婆，金兵如此猖獗，不知何日方得太平？

岳　母　金兵虽然猖獗，且喜宗老元帅执掌兵权，将士用命，鹏举儿随营参赞，言听计从，光复河山，为期想已不远。（面露喜色）有日我儿奏凯回程，阖家团聚，也好享这天伦之乐哟！（抖左袖）

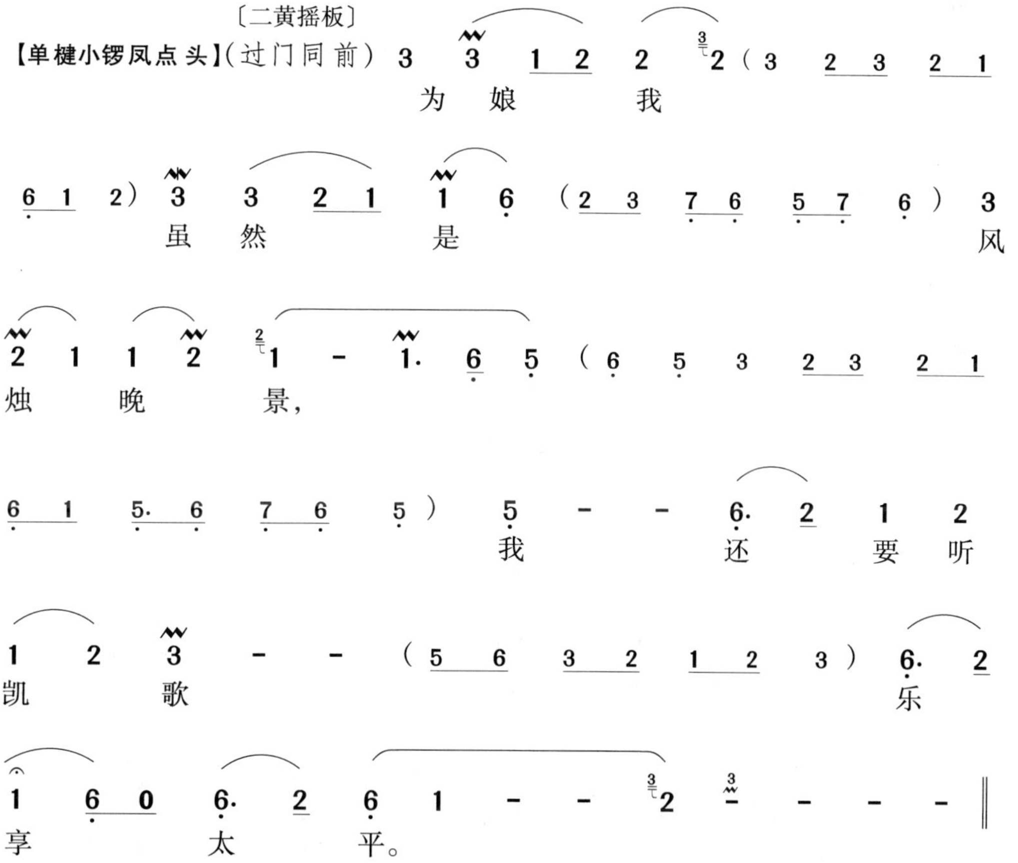

〔岳飞内白：“马来！”

〔**【纽丝】**扬鞭上至“小边”近台口处向右一缓马鞭勒缰，稍微一亮即将鞭垂下。与此同时李氏徐徐起身至岳母身边接过拐杖，随手将杖靠在岳母所坐的椅子右边桌旁，端起盘中茶杯走近岳母。

〔二黄散板〕

岳　飞　（过门同前）　サ3　3 2　2.3　2（5　6 1　2）2 61　1 2　3 -
宗元帅　为国家

2　2 1　1 2　1（6　5.6　7 6　1）2　1　2
呕血丧（呃）命，（仓）又谁知

（摇头，摊左手一摆，此时李氏向岳母敬茶，岳母接杯用左袖一挡做饮茶状，李氏回身倒去盘中茶水）

3.5　1 2　3（6　1　2.5　3　3）6.2　1　6　3
朝廷（呐）中　所用非

1 2　2（5　6 1　2）7　6　2　7　6 5　5 6　6（6
人。（仓）来至（喏）在自家门

（摇右手）（岳母将杯交给李氏，李氏以盘接杯放回桌上）

5 7　6）6.2　1 0　2　1 -　2 3　3　1 - -
忙下鞍镫，

〔【纽丝】在“小边”下马，拴马，将马鞭扔进幕片后面，回身至中场进门。李氏放好茶盘，回至原座正拟坐下，忽见岳飞进门重又起立。岳飞挖至“大边”转身看见岳母【纽丝】切住。

岳　飞　母亲！（念“母”字时甩袖立刻收回，而以左手捏住右水袖，在“亲”字上抢前两步‘先右后左’对岳母半跪右腿）

岳　母　（抬眼一见岳飞）儿啊！（面带喜色）回来了？一路劳顿。（转脸向李氏）啊，媳妇，快快与你丈夫看（呐）座。（岳飞起立）

李　氏　（向左上一步）啊，（拱手）官人！

岳　飞　（拱手）啊，娘（呃）子！

〔【凤点头】岳飞左转向台口上左步，抖袖。李氏至“大边”搬椅子，仍归“小边”侍立。

〔散板〕

（过门同前）2　4　3　3　3 1　2 1 2　3（6　1　2.5
展愁眉换笑脸

（转身向岳母）

3）2 61　1.　2　1.2 3　2 2　2　2 - -‖
问母安（呐）宁

李　氏　请坐。

〔【小回头】岳飞与李氏相对一拱手，入坐“大边”椅，李氏坐“小边”椅。

岳　飞　母亲身体安泰否？

岳　母　为娘倒还康健，儿啊，你可好哇？

岳　飞　孩儿身体甚好，多劳母亲（拱手）挂念。（低头）

岳　母　儿啊，你是顺道经过，还是特地回家呢？

岳　飞　这……（大大　大大乙　台）儿是特地回家。

岳　母　（凝神注视，顿生怀疑）此时军务甚忙，特地回家是为了何事？（摇头问）

岳　飞　只因孩儿久离膝下，思念母亲，故而回家探（呐）望。

岳　母　嗯！（大大　大　大大　大大乙　台）（将头向右一偏，表示不悦之意）（岳飞慌忙低头拱手）

昔日大禹治水，三过其门而不入，儿既以身许国，就该公而忘私，为何反以为娘（以左手贴胸前①比自己）为念呢？（摇头，摊左手，注视岳飞）

岳　飞　（起立）孩儿不肖，母亲恕（喏）罪！（拱手施礼）

岳　母　儿且坐下。（用左手一捺）

岳　飞　谢母亲！（再施一礼，【住头】归原位）

岳　母　儿啊，你既从大营而来，不知此时，金兵情势如何？

岳　飞　两河义师②，到处响应，我军严阵以待，金兵不敢渡（哇）河。（左手向外一指）

岳　母　哦，金兵不敢渡（哇）河！（向外一指【撕边一击】）

岳　飞　正是。

岳　母　（对李氏）啊，媳妇，方才为婆言道："光复河山，为期想已不远。"你看如何？（有得意之色）

李　氏　（拱手）婆婆所见不差。

岳　母　宗老元帅忠心为国，（拱手）实在令人可敬。儿啊，你回得大营，在宗老元帅麾下，必须要尽力尽心，赴汤蹈火也不可退后哟！【小锣凤点头】（抖水袖）

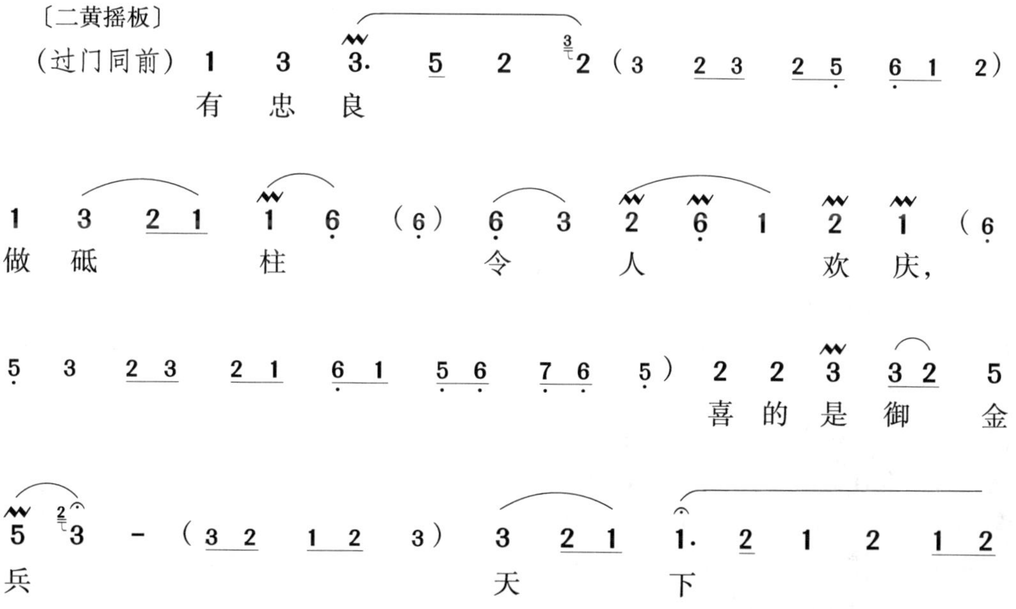

---

① 老旦称自己时，惯例都用手在胸口一按，作用与老生之托髯相同，手的姿势是：将拇指贴在中指当中一节上，食指微翘。小指稍屈，余指伸直。

② 两河：在南宋指河北、河东一带地区，虽为金兵所陷，但忠义之士的抗击活动却十分踊跃，并深得当地民众的支持。

3 5　3 2 - - 2 1 2 1 2 -　‖【软撕边】
一　　　　　　　　　　　心。

（岳飞于暗中徐徐起立）

岳　飞　（一望母亲，抬右手向外做"背供"）呀！【纽丝】（向台口一步）

〔二黄散板〕

（过门同前）　サ 2 6 1 1 1 3. 1 1. 3 2（5 6 1 2）3
老　娘　亲　她

2 61 1 6. 2 1 2 1（6 5. 6 7. 6 1）3 1 2
那　里 满　怀 高 兴，　（仓）她 怎 知

（挡右手以左手指岳母、左手颤动手指在胸前比拟）

3. 5 1 2 3（6 1 2 3）6 2 1 3 1 2（5 6
军　营（呐）中　　　　主　帅 非 人。

（摊双手）

1 2）7 6 2 7 6 6 35 5. 3 6（6 5 7 6）3 3
（仓）想 起　了 宗 元　帅　　　　心（呐）

2. 3 2（2 3 5 0）5 6 0 1. 6 1 2 2 2
酸　　　　　　　难　　忍，

〔行弦〕慢、弱

1 -（嘟 仓 大0 7656 | 1 2 7656 | 1 23 7656）

（以袖拭泪）

岳　母　儿啊！（岳飞闻唤一愣，急回身拱手听母讲话）为娘提起宗老元帅，你为何暗中落泪呀？

岳　飞　这个……（向外摊双手，表示有话难言）

岳　母　有什么心事，就该对娘说明才是。

李　氏　（忍不住插嘴）是啊，官人有什么心事，就该对婆婆（向里拱手）说明才是！（向岳飞一摊手）

〔【大锣一击】〔行弦〕收住。

岳　飞　（在【一锣】上退左步、抓右袖愣住，一想，一点头）罢！

〔【双楗凤点头】上左步至台口。

〔二黄散板〕

（过门同前）2 1 2. 0 2 3 1. 2 3 3（6 1 2. 5 3）
到 此 时　我 只 得

3 1.2 2 1.2 3 2 2 2. 1 1 2 – ‖
把 话 说 明。

（挡右手，用左手在左腹前向右后方指点）

〔【冲头】上左步，退右步，向右转身带甩右袖，斜对岳母翻右袖。

【叫头】哎呀母亲哪！【五锤锣】宗老元帅，为国忧愤，染病在床，临终之时，三呼（右手伸三指，掌心向外）渡河，呕血而亡（呃）了！【撕边】（面向岳母，用右手指左前方，李氏在暗中拭泪）

岳　母　哦！（长身子向后坐下愣住【一锣】）宗老元帅 他0 他0 他0 他.他他他 0他 呕血而

（大 大 大 大.大大大 0大）

亡（呃）了？（在【撕边】中岳母激动地颤抖着右手，在胸前五寸处向前点，念一个“他”字，就重点一下，最后在“了”字上向前用内劲直指出去）

岳　飞　正是。（仓）

岳　母　（将手徐徐收回，闭目，低头，慢摇两下，长叹一声）唉！

〔【慢五锤锣】李氏取拐杖，在第一击【大锣】上交岳母至台口。岳母念对句。

出师未捷身先死，长使英雄（左手伸半节大拇指）——唉，（仓）泪满襟哪！

〔亮弦〕　〔二黄散板〕

【软撕边】サ（6 3 7 6 6 6 5 5 5 5）【纽丝】（5 5 5 5

（哭，摇头，以左手中指沾泪，拌袖）

3 2 2 2 6 1 2.356 3 3 3 3 3 3 0 3 2.356 2 6 6

6 6 3 7 6 6 6 6 6 5 5 5 5）[①]3 312 2.3 2（5 6 1 2）
宗 元 帅

2.3 261 1 2 3 3 0 3 2 2 2 1 – 2 2 6761
为 国 家 忧 愤 丧

2 2 2 1 – 165（5 5 3 3 2 7 6 6 5 5 5 5）
命，

① 这是一个老旦的专用过门，不适用于其他角色。是李盛泉老师早年从前辈名老旦龚云甫的琴师陆五（彦庭）那里学来的。它跟老旦唱腔是一个风格，特点也就是在这里。

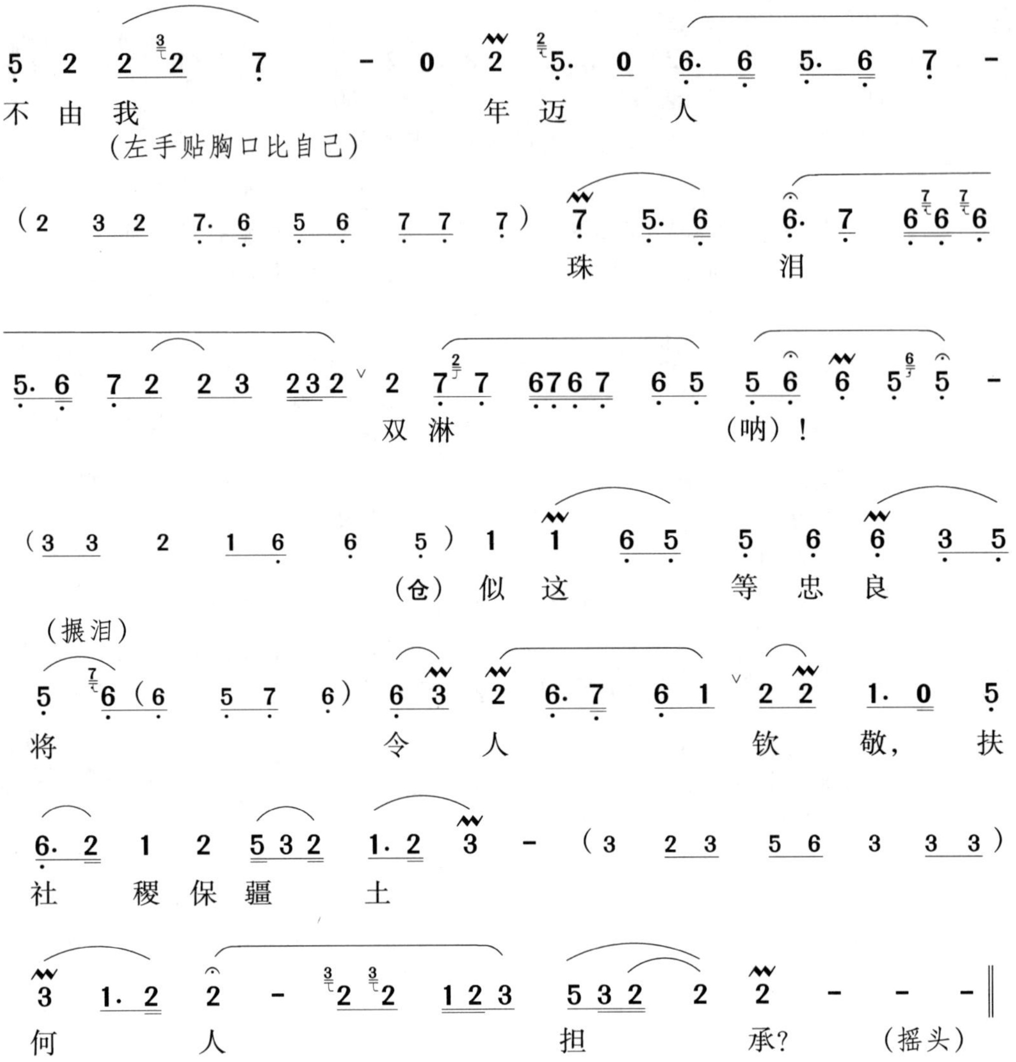

〔【大锣回头】边搌泪边向左转身，岳飞与李氏搀扶岳母回原座。

岳　母　儿啊，宗老元帅亡故，不知朝廷派何人继任？

岳　飞　朝廷已派杜充接任。

岳　母　那杜充元帅，为人如何？

岳　飞　那杜充刚愎自用，无智无才，孩儿屡次请命杀敌，他不但不允[①]，反将孩儿置于闲散之地。

岳　母　儿啊，想是他（一指）初到任所，人地生疏，对儿有不周之处，也是有的。

岳　飞　哎呀母亲哪！（起立【五锤锣】）孩儿自幼读兵书，精通武艺，指望建功立业，报国尽忠。不想如今所事非人，有志难酬。为此，有意暂归林下，奉母行孝，以尽人子之道。孩儿不告而行，还望母亲恕（喏）罪！（拱手作揖）

岳　母　怎么，儿要回家奉母行孝么？

① 这一句中有两个“不”字，第一个“不”字读作南音（bè）归入声，这样可以使语气转强，以显示岳飞对杜充的不满情绪。

岳　飞　正是。

岳　母　我儿此言ᵛ差——矣！（嘟～～～～）【大锣归位】自古道：君辱臣死，亲玷子亡。如今二圣蒙尘，国家危急，儿就该以身报国。今为杜充一人，灰心堕志，踌躇不前，难道这就是你周老恩师的教诲？（不牙.大　仓）宗老元帅的遗言？（不牙.大　仓）忠孝本无二道，你既不能尽忠，却又怎能尽孝？儿啊，你，你，你你你辜负为娘的一片苦心哪！① （抖左袖）

〔二黄原板〕 中速稍快

岳　母

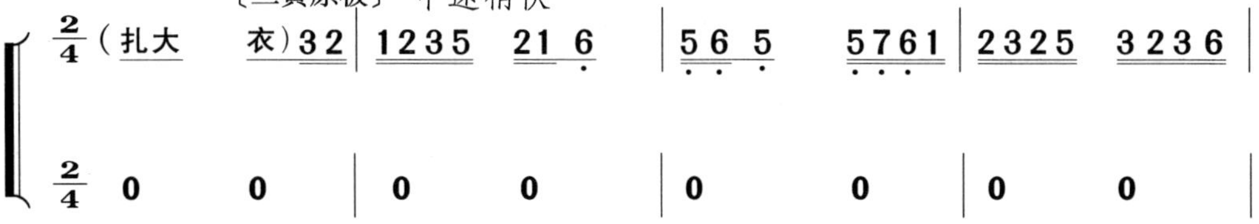

（岳飞听了母亲的话颇为震动，但思想上尚转不过来。剧中，在伴奏过

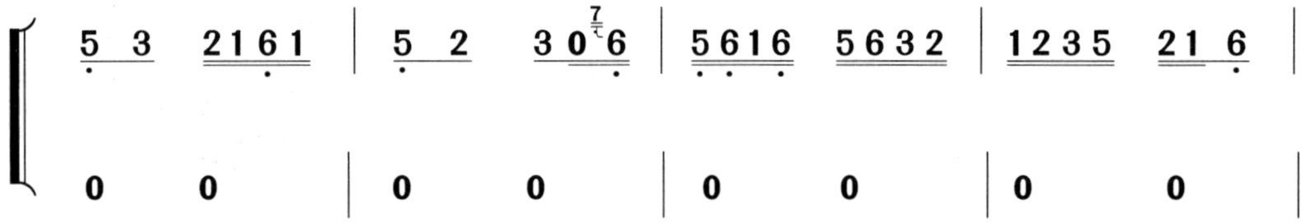

门中他转脸向外随之皱眉一想，摊开双手，微微地上下摆动两下，无可奈何地

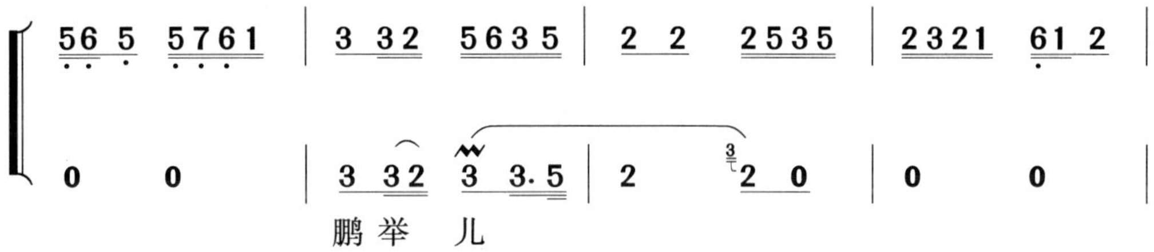

坐下，低头听训）

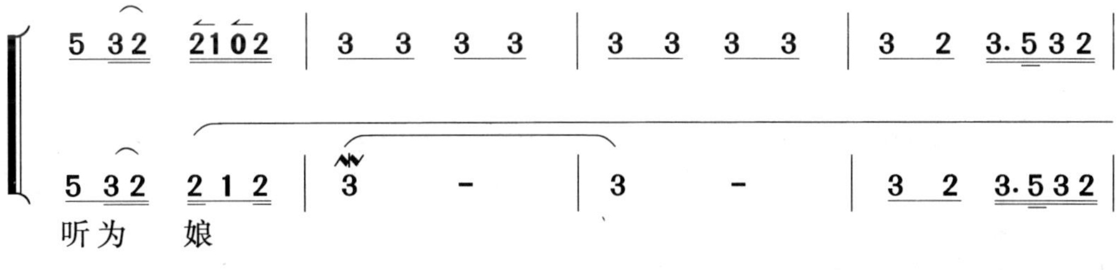

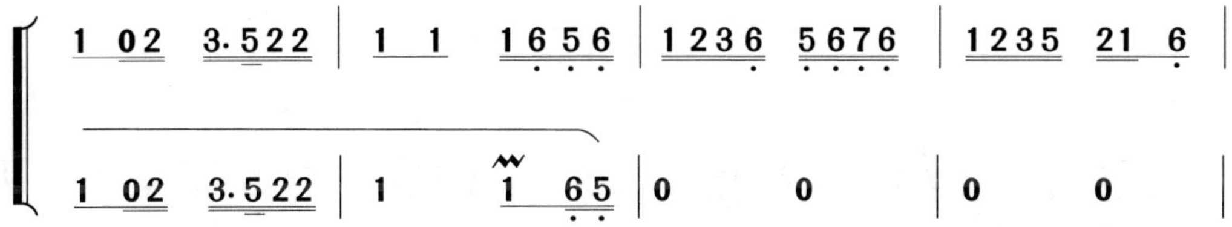

---

① 演岳母至此，是此戏的一大转折点，也是全剧“戏眼”的着眼处，必须把它念好、唱好。念是唱的铺垫，后面的两段则是“训子”和“刺字”的铺垫，没有这两番铺垫作为“刺字”的推动力，戏的高潮就上不去，演者于此不可疏虞。

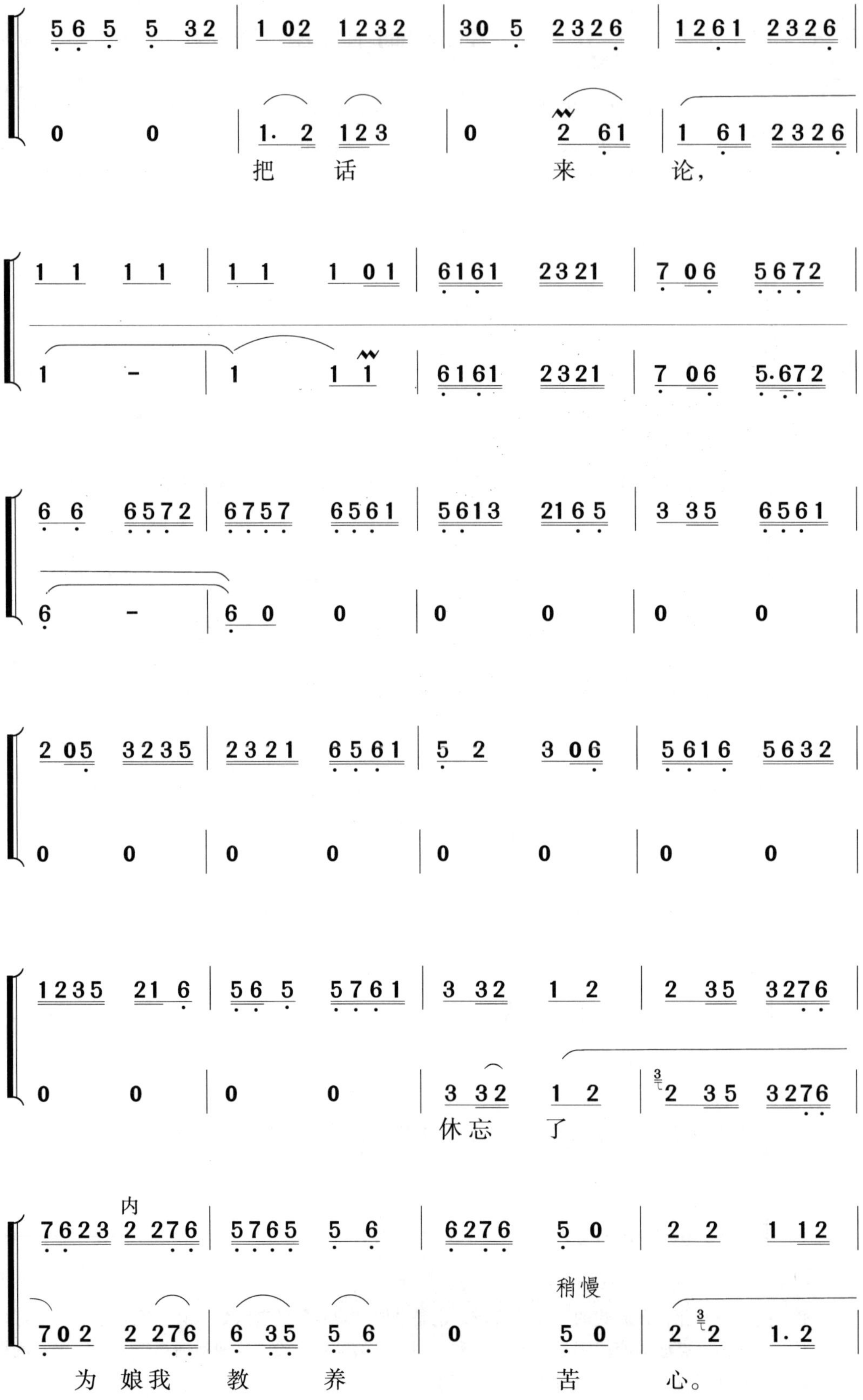
把 话 来 论，
休忘 了
内
稍慢
为 娘我 教 养 苦 心。

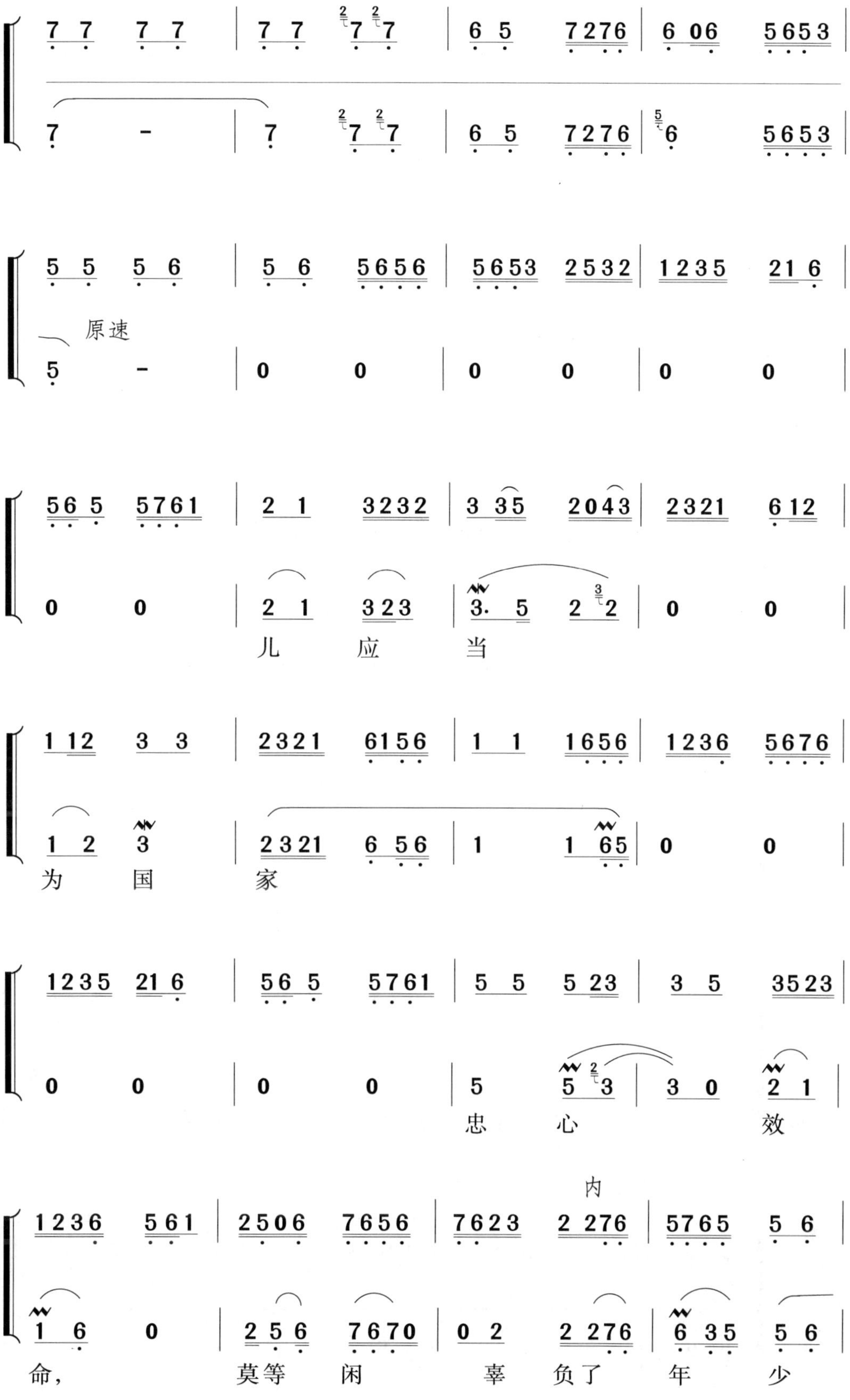
原速
儿 应 当
为 国 家
忠 心 效
内
命， 莫等 闲 辜 负了 年 少

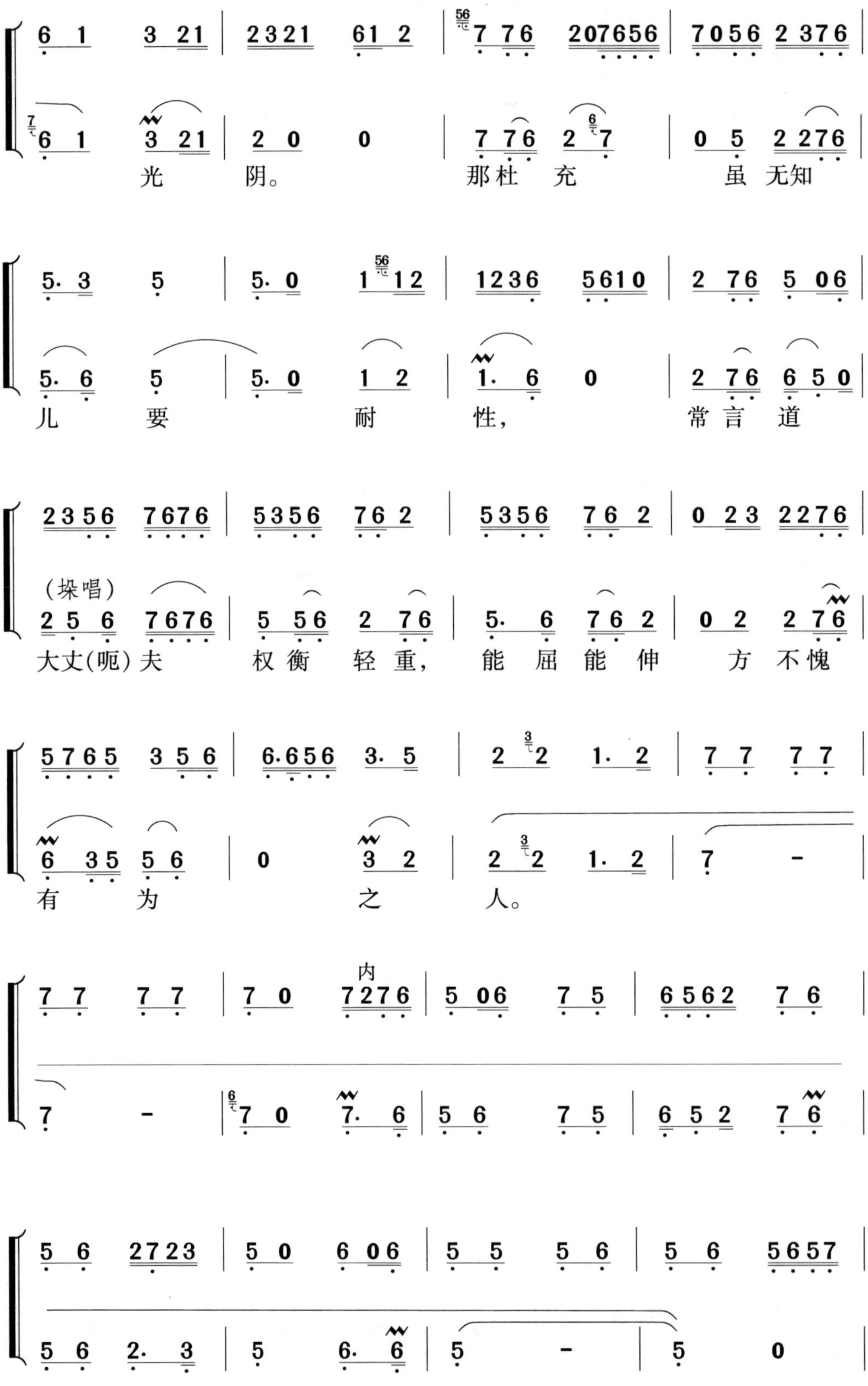
光阴。那杜充虽无知
儿要耐性，常言道
（垛唱）
大丈（呃）夫权衡轻重，能屈能伸方不愧
有为之人。
内

岳母刺字

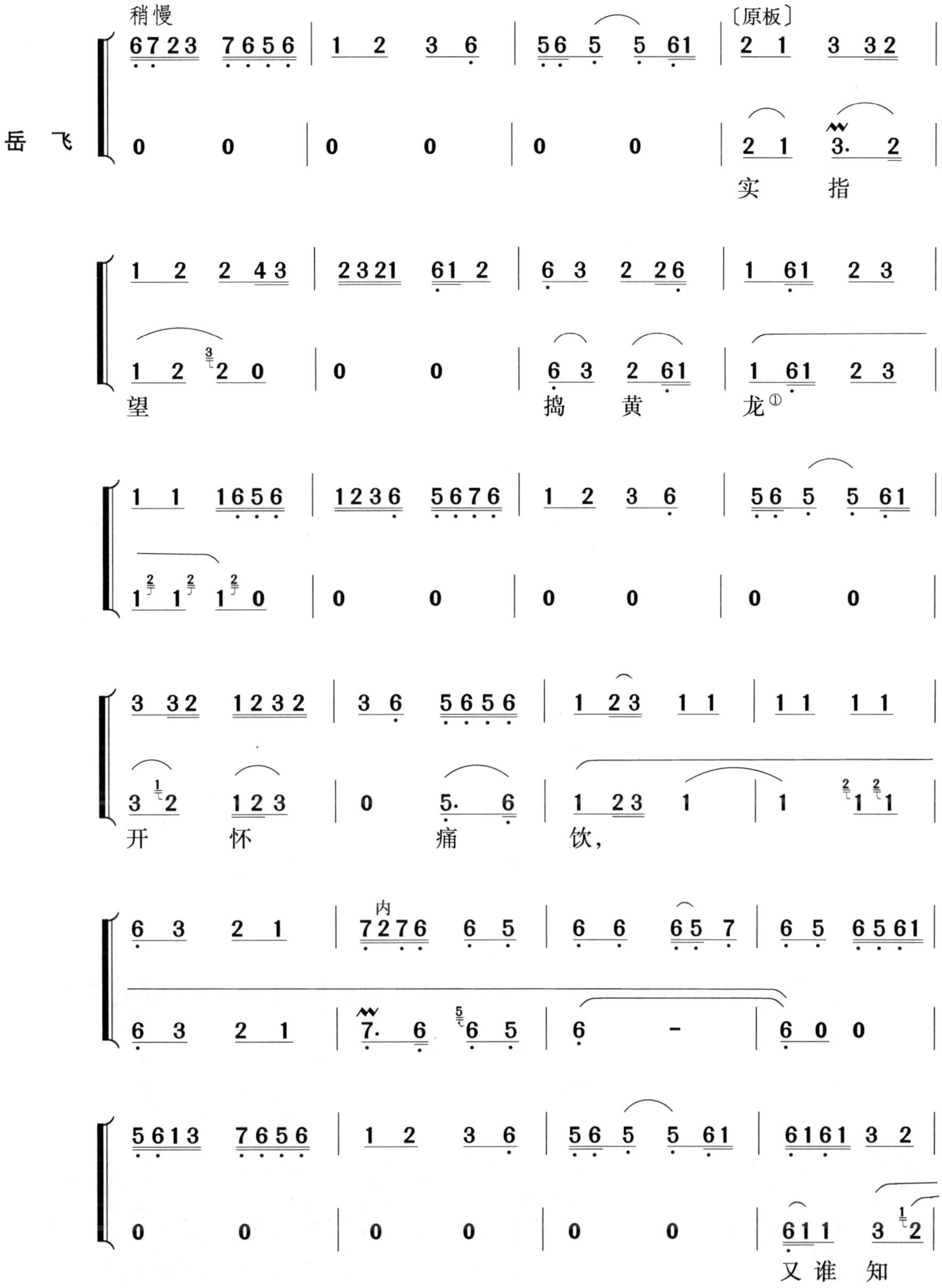

① “黄龙”即“黄龙府”，金国都城，在今吉林农安县。一说黄龙府泛指金国大本营。“捣黄龙”表示岳飞收复失地的决心。

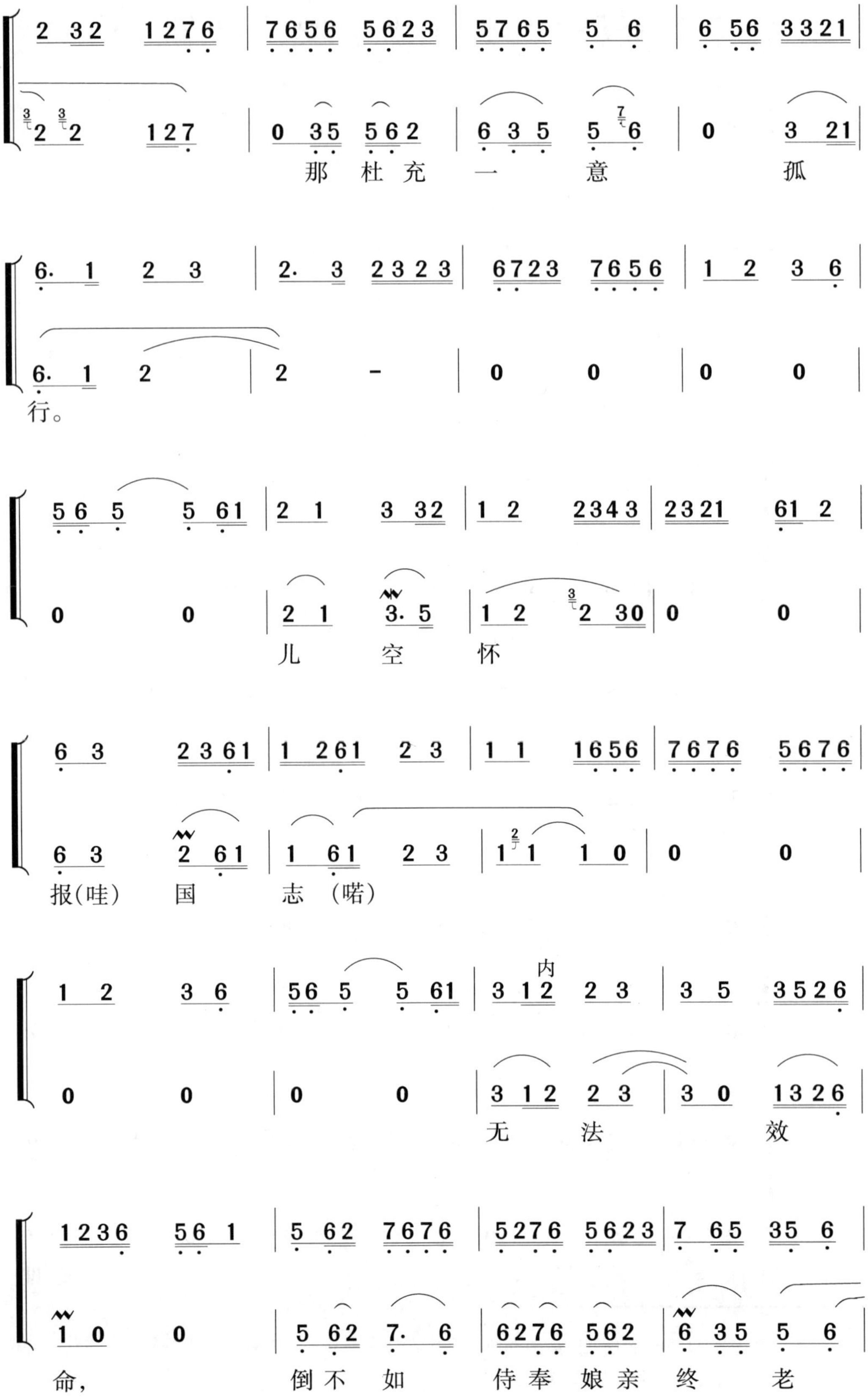
那杜充一意孤
行。
儿空怀
报(哇)国志（喏）
无法效
命，倒不如侍奉娘亲终老

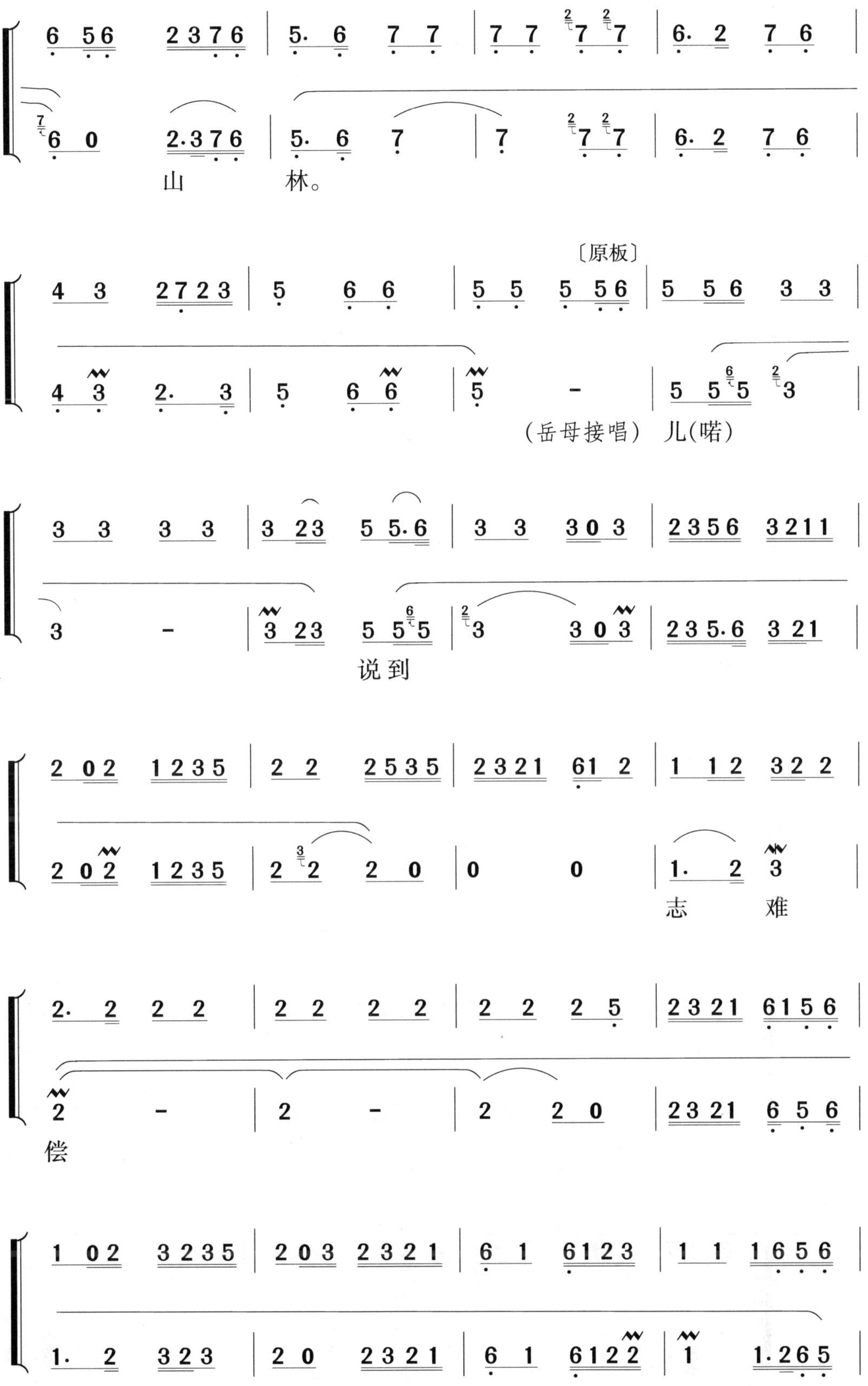
山
林。
〔原板〕
（岳母接唱）儿(啫)
说到
志
难
偿

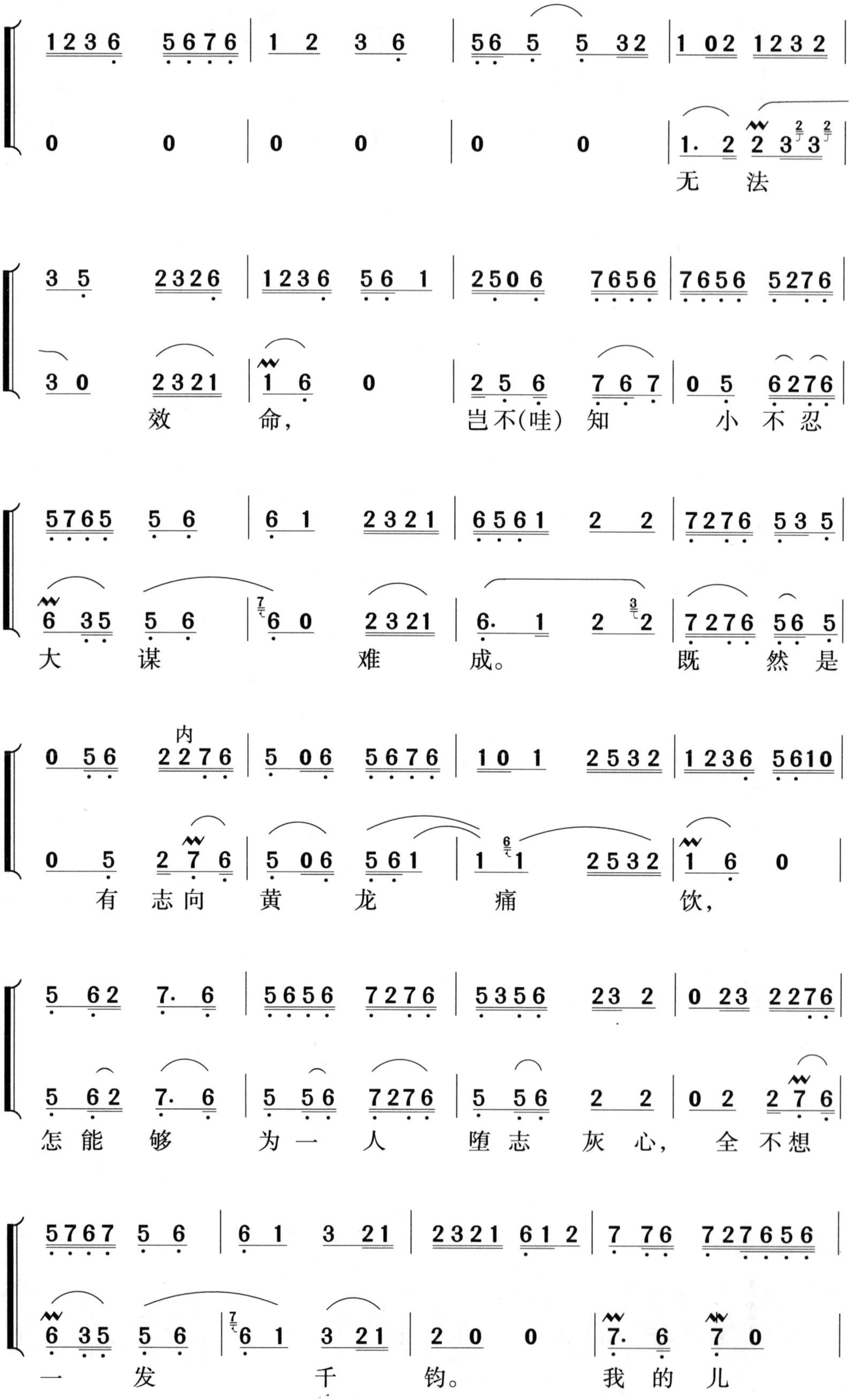
无法
效命，
岂不(哇)知
小不忍
大谋
难
成。
既然是
有志向黄龙
痛
饮，
怎能够
为一
人
堕志
灰心，
全不想
一发
千
钧。
我的儿

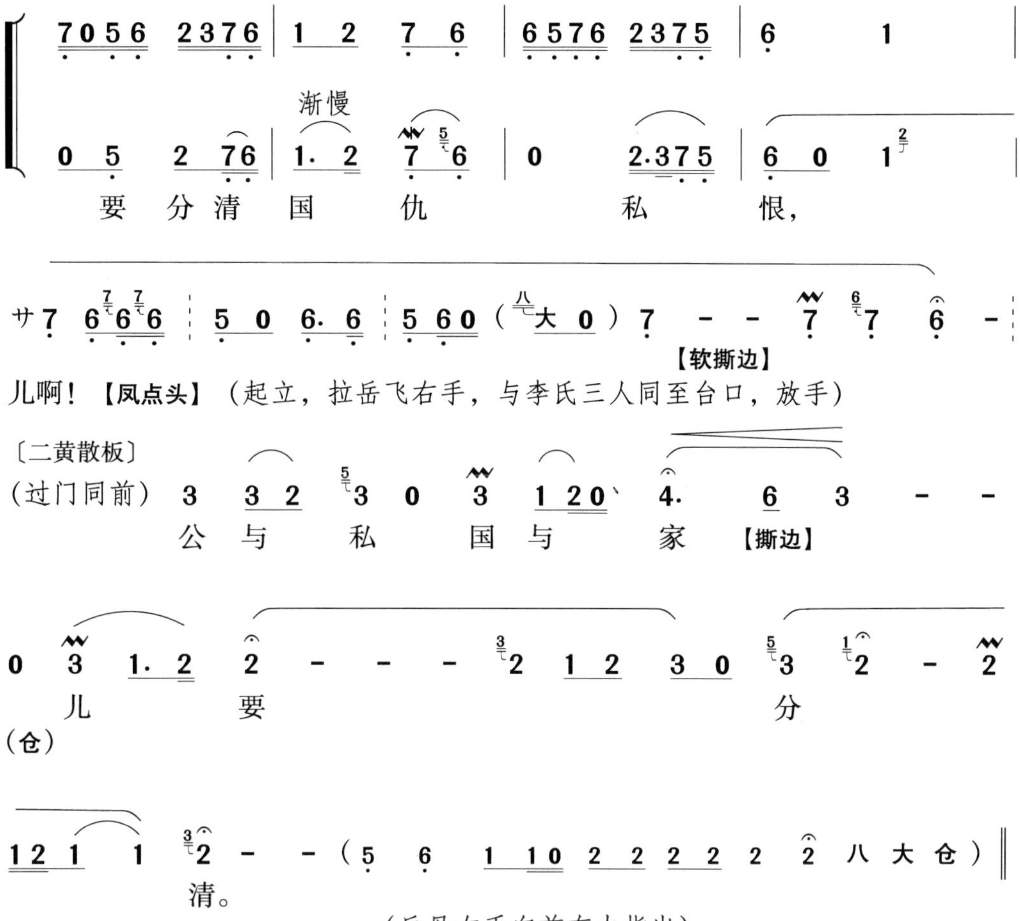

（岳母右手向前有力指出）

岳　飞　（愣住——想）呀！【纽丝】（李氏扶岳母归座）

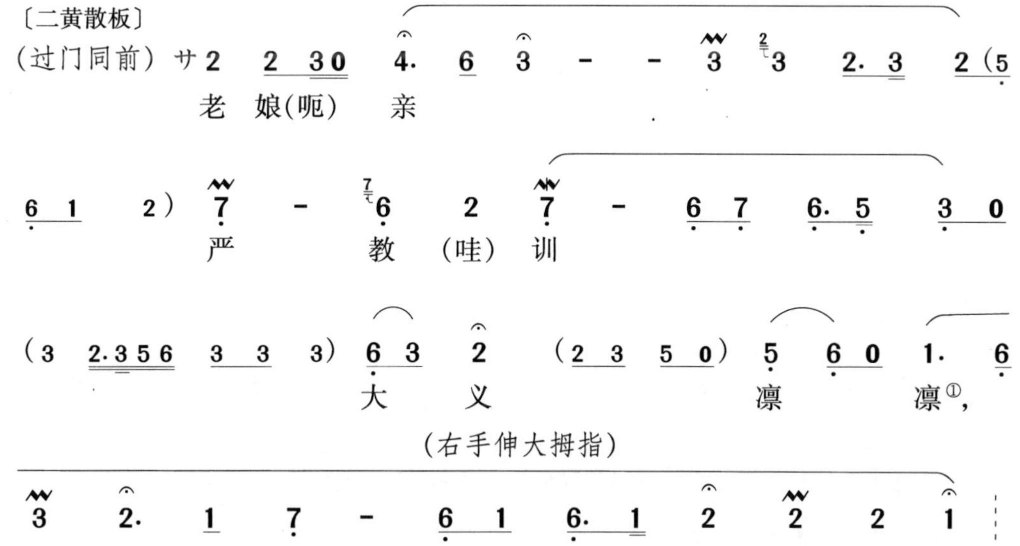

① “凛”字是个闭口音，如演员闭口音不好，则可将此句唱腔和后面第三句“把心志拿稳”的唱腔对换一下，因“稳”字是个半开口音，较易发声。

【凤点头】（过门同前） 2 1 2 2 3. 5 1. 2 3 - （6 1
怎 能 够 为 一 人
（单抖袖）

2. 5 3 3） 2 61 1 6. 1 6 1 3 3 3 2（5 6
堕 志 灰 心。（呐）

1 2）7 6 2 7 6 6 3. 6 5. 3 6（6 5 7 6 6）
（仓）从 遗 命 遵 母 训

6 3 3 2 -（2 3 5 0） 5 6 0 1. 6 1
把 心（呐） 志 拿 稳，

2. 1 1 2 2 1 - -（嘟~~~~~仓 6 5. 6 7 6 1 -）
夹白：“娘（呃）子！”

【凤点头】（李氏随之起立，向前一步）

（过门同前）2 4 3 2. 5 3 12 2 1 2 3（6
奉 高 堂 教 儿 女

1 2. 5 3） 6 1 3 2 1 1 61 2 - ‖
你 要 多 多 费 心。

李 氏 官人哪！【凤点头】（拱手后抖袖）

〔散板〕
（过门同前） i 5 6 60 i 5 6 i 6（6 5. 6 7 6 1）
官 人 且 把 心 放 定， （仓）

5 7 6 5 6 7（6 5 6 7） 6 6 5 3. 5 6 5 - ‖
奉 亲 教 子 我 担 承。

岳 飞 好哇！（右手伸拇指）【快纽丝】（双抖袖、退后一步，再上步）

〔散板〕稍快
（过门同前） 1 2 2 4 3 3. 5 1 2 3（6 1 2
娘 子 贤 德 实 可 敬，

3 3 ）1 2 1 2 3 2 3 1 2 （5 6 1
（仓）奉 亲 教 子 你 担 承。

2）7 6 6 3 5 5 6 （6 5 7 6）1 2. 1
（仓）辞 别 老 娘 出 家

1. 2 3 - - 1 - - - （6 7 6 1）
门，（撩衣抬腿做出门状） （仓 匝 匝 匝 匝）

岳　母　儿啊转来！**【凤点头】**（岳飞退左脚，收右脚归原地）

岳　飞　（过门同前）2 2 1. 2 1. 2 3 1 1 2 2 2 - ‖**【住头】**
母 亲 有 话 请 叮(呐) 咛。

母亲还有何言语嘱咐孩儿？

岳　母　儿啊，你匆匆忙忙意欲何往？

岳　飞　孩儿听得母亲一番教训，深知归家非是，故而急欲回营。

岳　母　儿既已知过，又何必如此性急，为娘还有言语嘱咐于你。

岳　飞　母亲请讲。

岳　母　我儿此去，必多险阻，如今刀兵四起，心志若不坚如铁石，焉能为国家尽忠。为娘风烛残年，焉能跟儿一世。因此，有意在儿背上刺字，使儿永记娘言，这一生一世，长怀报国之心。为娘纵（呃）死**【大锣一击】**咳！也含笑（哇）九泉。**【软撕边一锣】**

岳　飞　孩儿情愿受（哇）训。

岳　母　（看了看岳飞，点了点头）好，（转向李氏）媳妇。看笔砚伺（呀）候！（语调稍加强力度）

李　氏　是。

「**【大锣导板头】**李氏扶岳母起立，岳飞向母拱手，低头听训，岳母抬左腕指岳飞。

〔西皮导板〕

岳　母　サ（6.5 3 3.5 6 6 6 6 6 6 0 2 7 6 5 5 5 5 5

i i i i i i i i 3 3 3 3 2 2 2 2 2. 6 5 5

2 1 7 2 1 1 1 1 1）3 3. 6 5 0 3 5 5 6
鹏 举 儿 站 草 堂

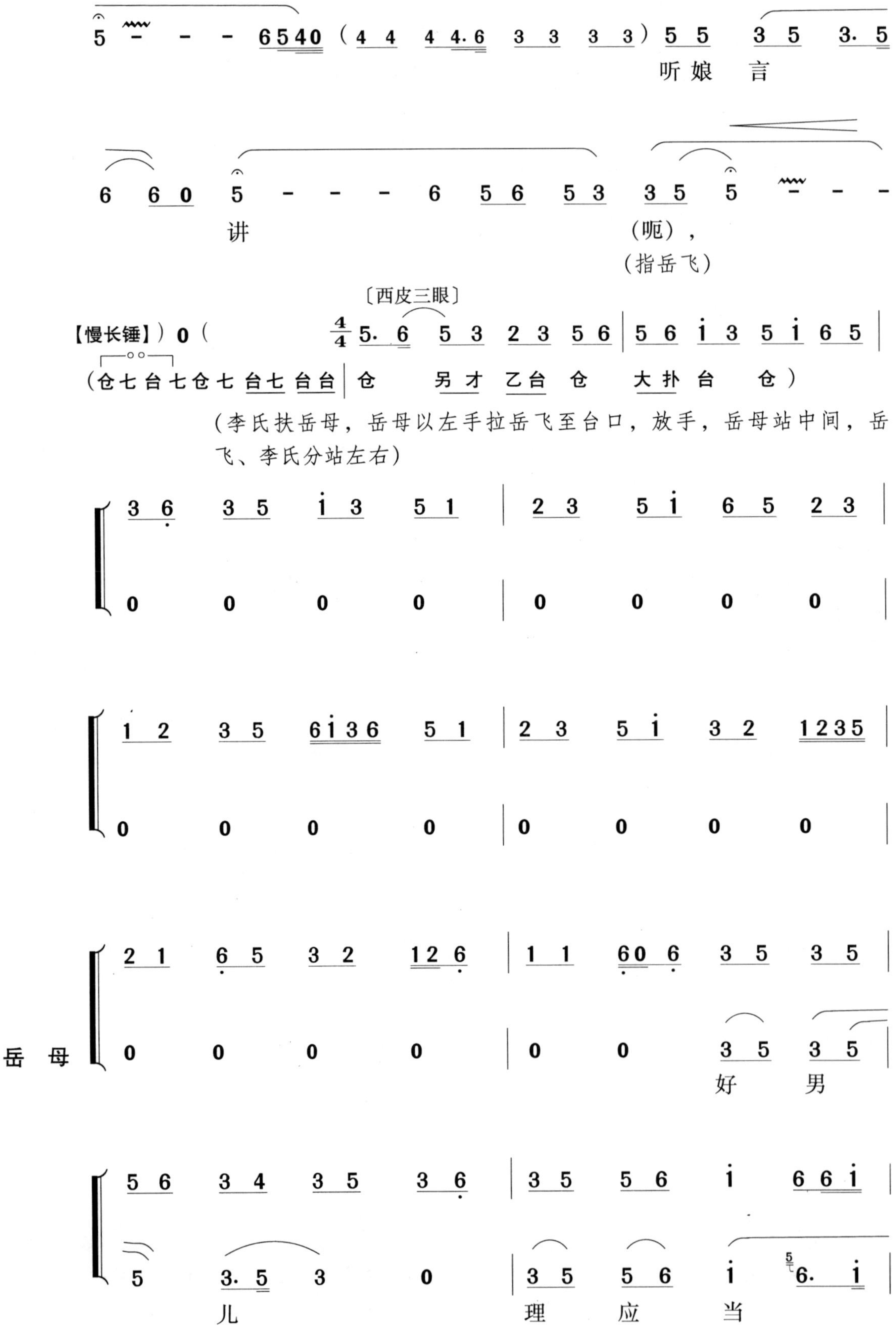
听娘言
讲
（呃），
（指岳飞）
〔西皮三眼〕
【慢长锤】
（仓七台七仓七台七台台 仓 另才乙台 仓 大扑台 仓）
（李氏扶岳母，岳母以左手拉岳飞至台口，放手，岳母站中间，岳飞、李氏分站左右）
岳母
好男儿
理应当

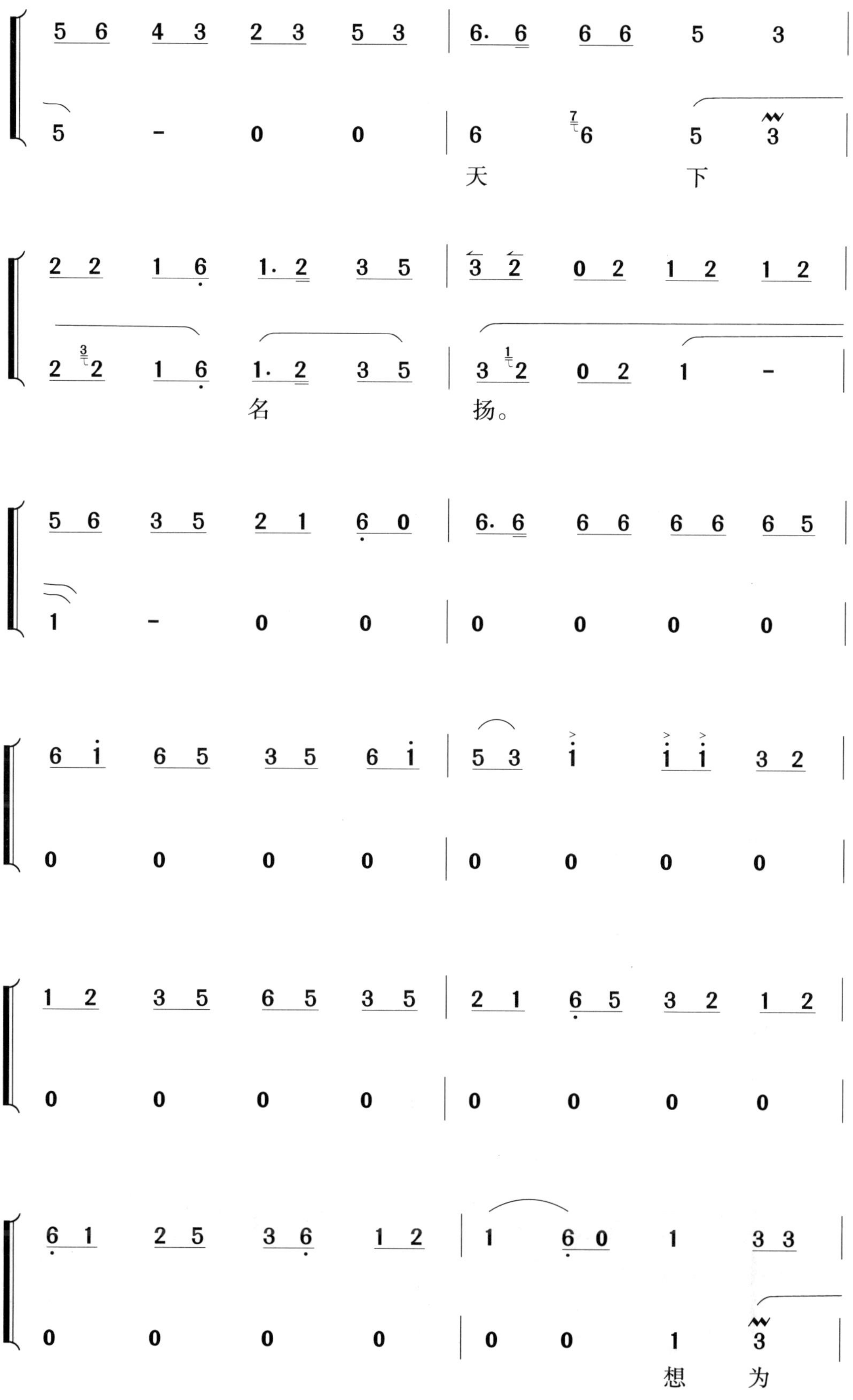
天 下
名 扬。
想 为

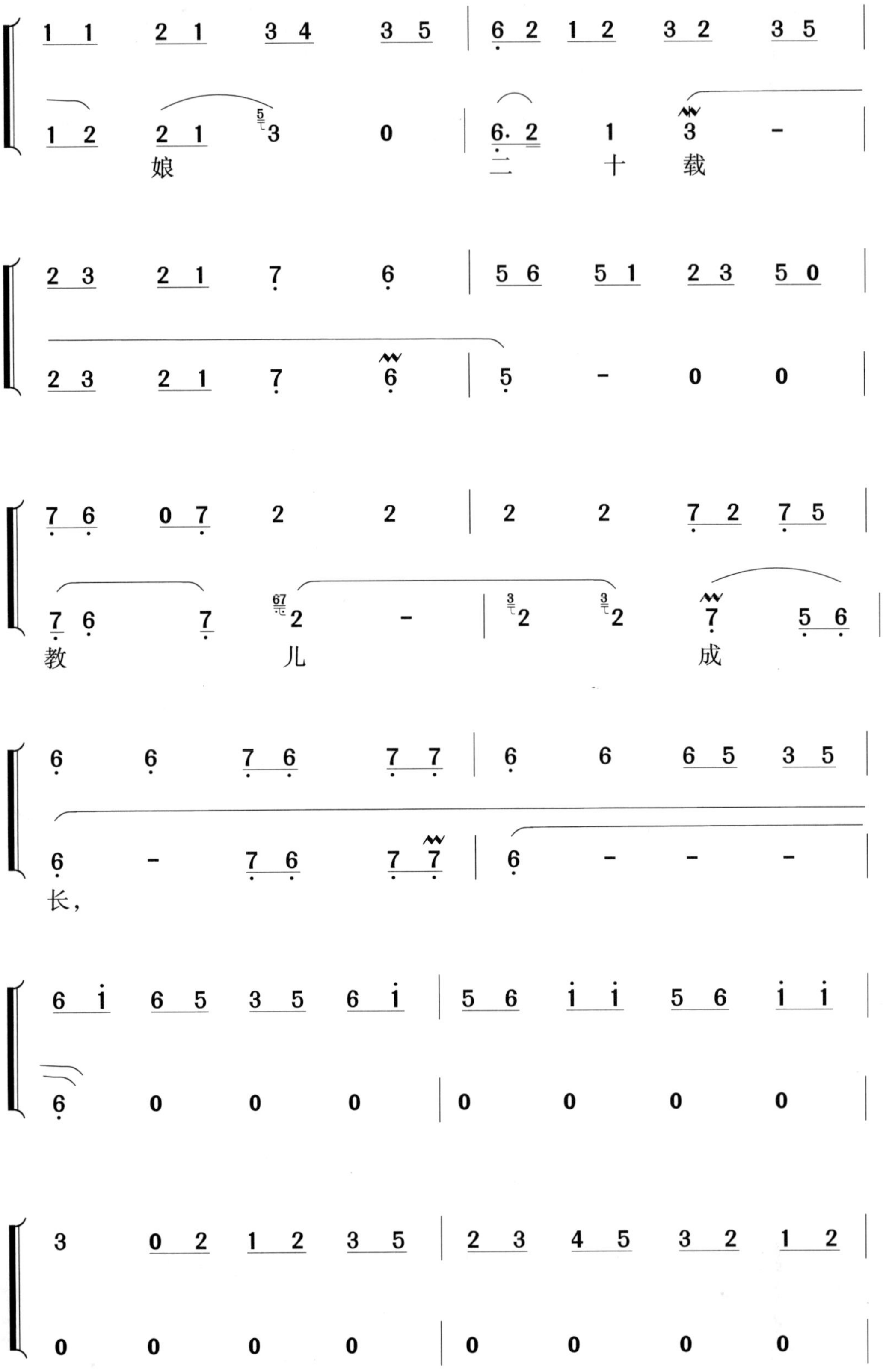
娘
二
十
载
教
儿
成
长，

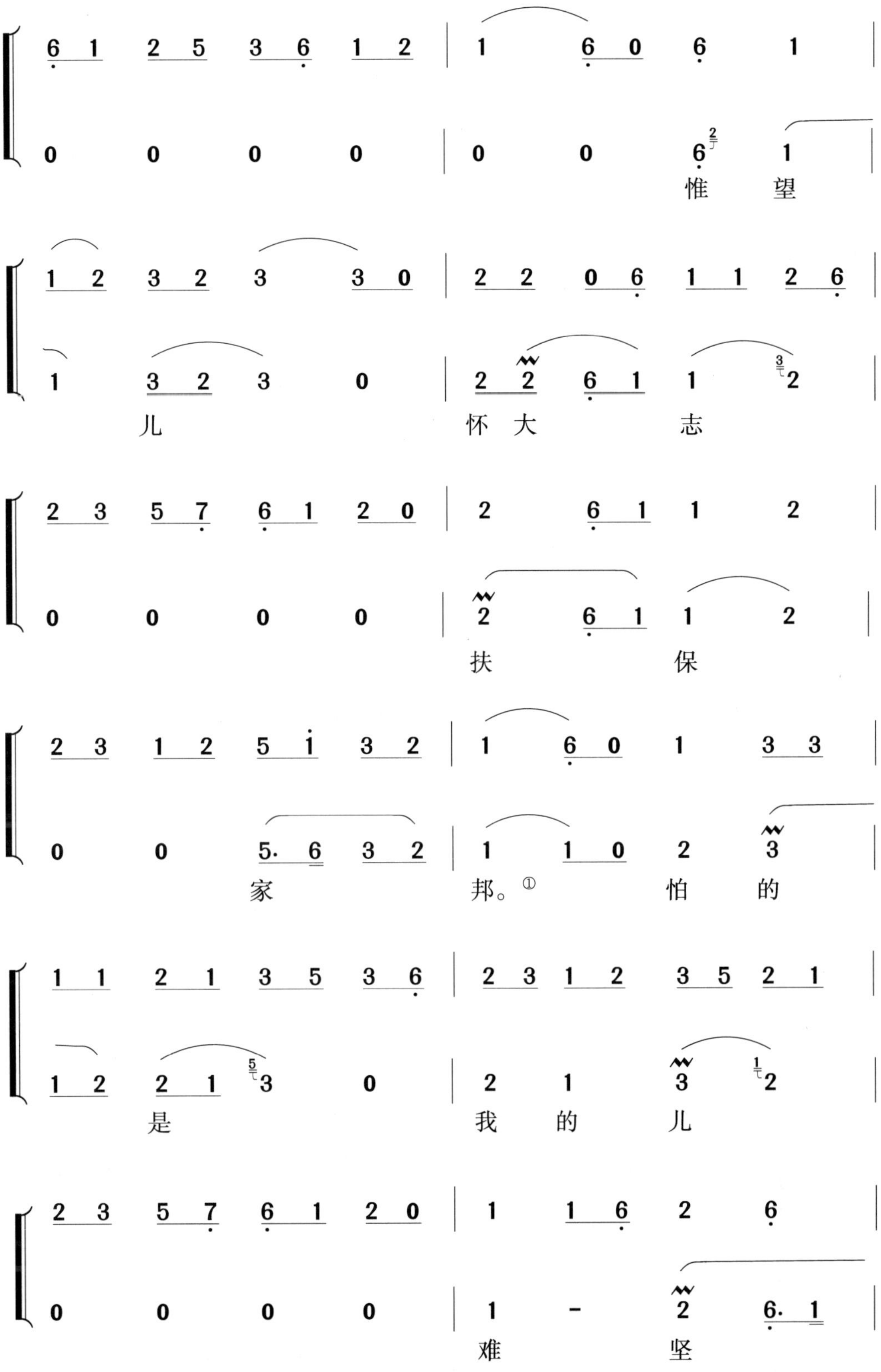

① 原本下面尚有“逢乱世显忠臣代有名将，大丈夫立功业来日方长”二句，因嫌其冗长故删去。

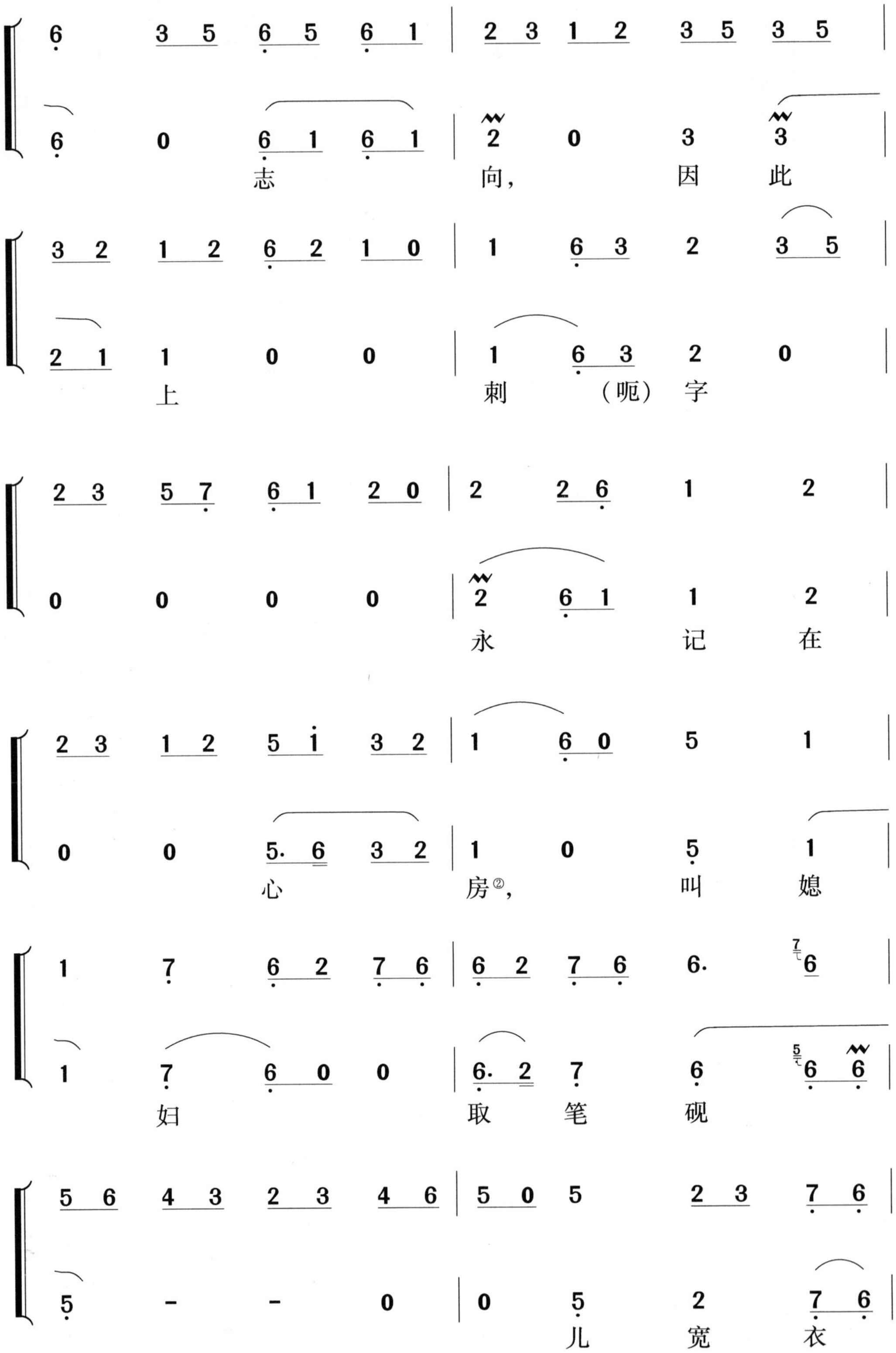

② 原词为“记在心旁”。“心旁”有语病，故改。

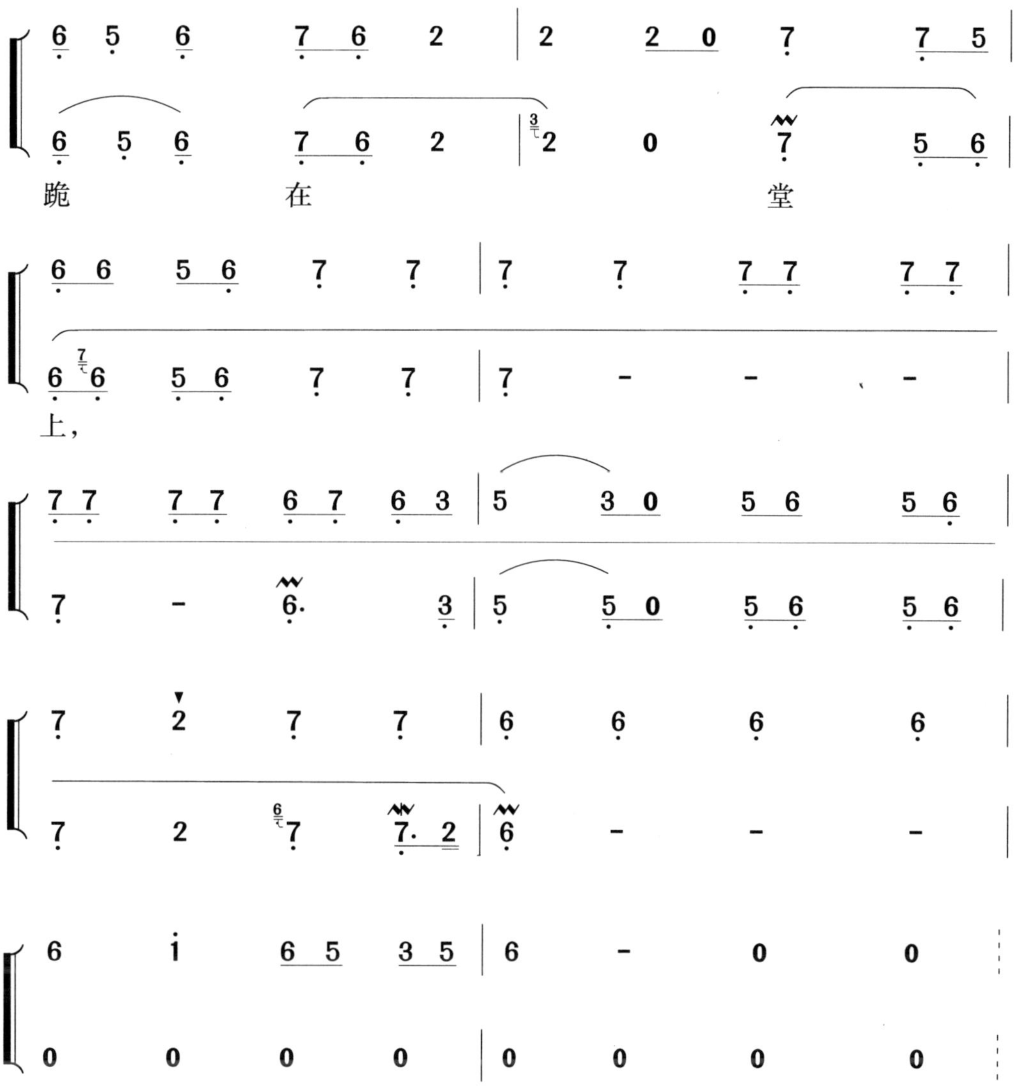

〔在弱音的【慢长锤】中岳飞向岳母一揖，左转向里，顺手将椅子移放在堂桌左边，解开褶子。李氏先扶岳母归里，然后将椅子移放在堂桌右边，由“上场门”下。岳母面向里站，在堂桌前慢慢地先挽左袖。岳飞解开褶子后，再右转至“大边”台口，面部斜对左台角，背向岳母单腿跪下。李氏在岳飞转身走向台口时双手托盘上，盘中放笔、砚、金簪、白布等物。岳母也同时在此时徐徐右转向外正好看见李氏。同时岳飞双手将褶子向后脱开①。【长锤】强音切住，三人同时一亮。

李　氏　笔砚到。

〔西皮原板〕

(大扑台　仓)7 | $\frac{2}{4}$ 6765　3565 | 6　1　1112 | 3635　6535 | 26　5　5532 |

岳　母　（点头）噢！【夺头】（向前两步，取笔蘸墨在手）

① 此处若按戏情，岳飞应裸出肉身，以前里面穿水衣，我们觉得形象还是不好，故改穿箭衣。现在演时只须将上半截褶子向后褪落，裸出肩背部的箭衣即可。这和《击鼓骂曹》中祢衡穿侉衣代表裸体的形式相同。

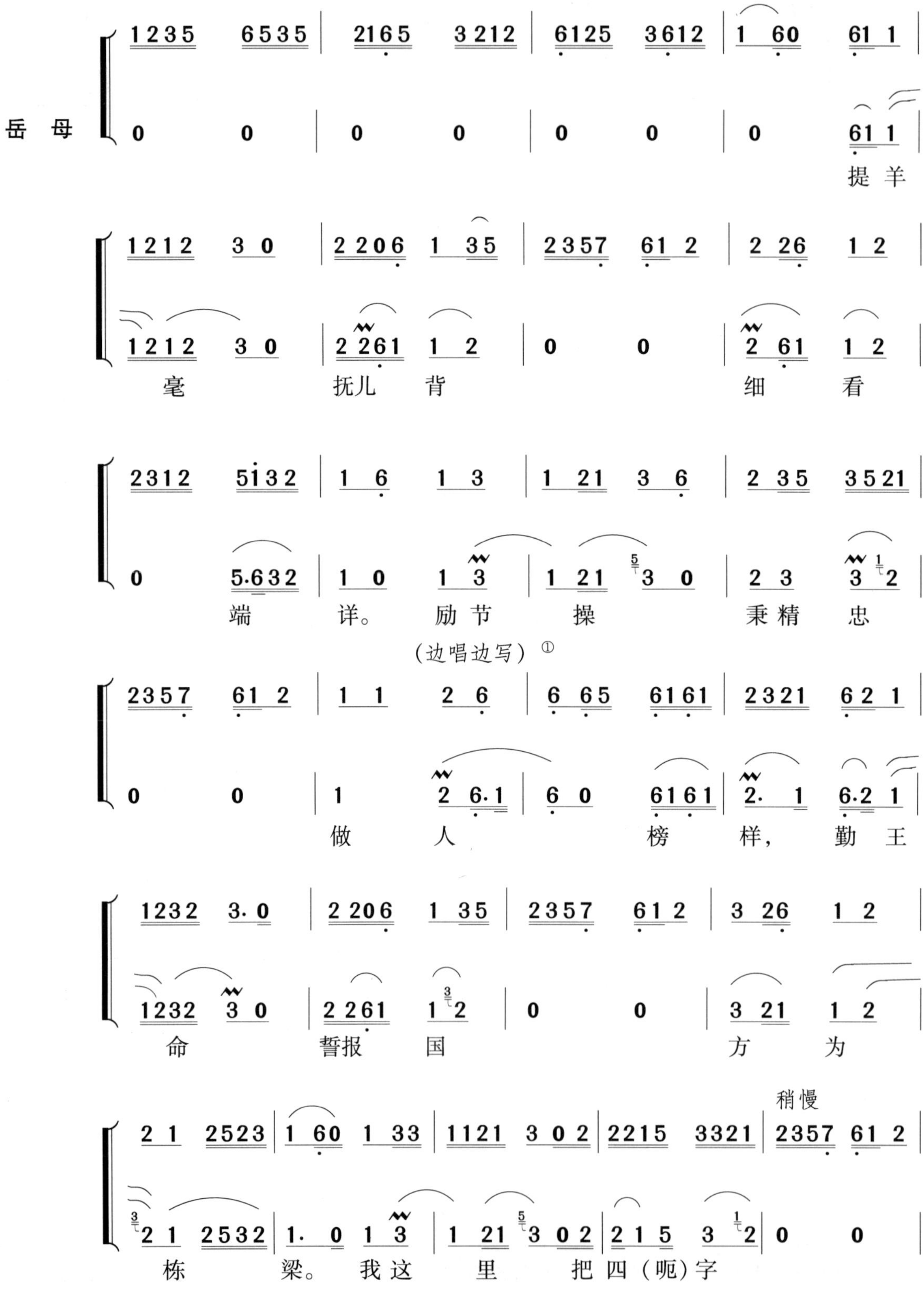

① 岳母在岳飞背上写“精忠报国”四字，从右竖写分两行。

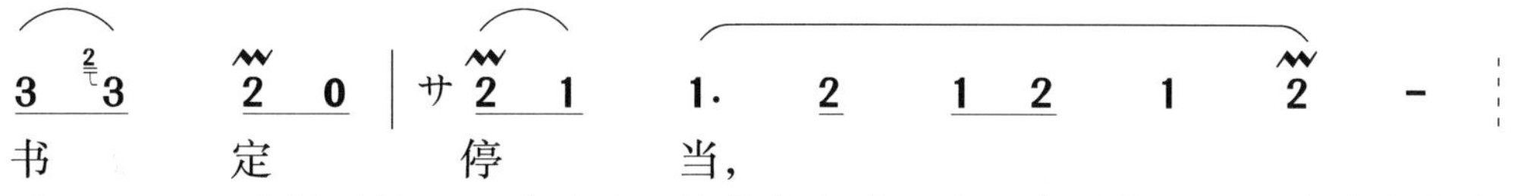

〔【撞金钟】岳母写好，一看两看，将笔交李氏，李以盘承接。岳母随手在盘中取金簪，再取布将金簪揩拭一下，布仍放盘中。不假思索地走至岳飞身后，抬右腕，举簪刺向背部。【撞金钟】锣鼓切住。

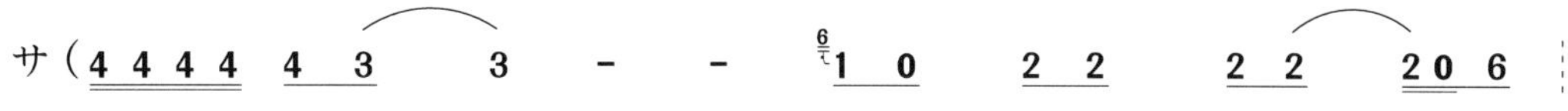

（岳母一愣缩住金簪，心有不忍，【软撕边】两手颤抖着向后倒退） （ 0 嘟儿

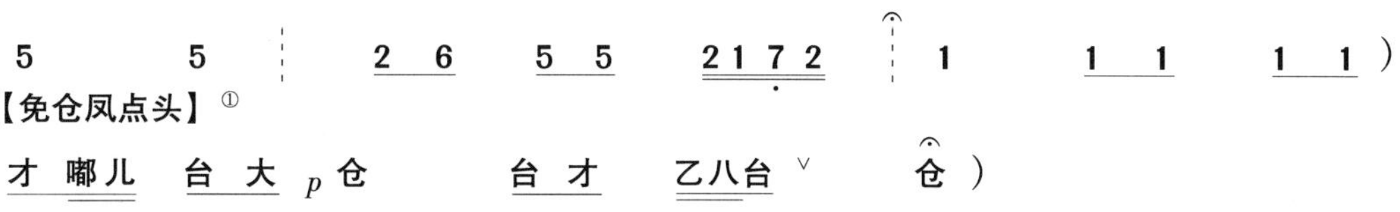

（退、再退、看了看手中的金簪）

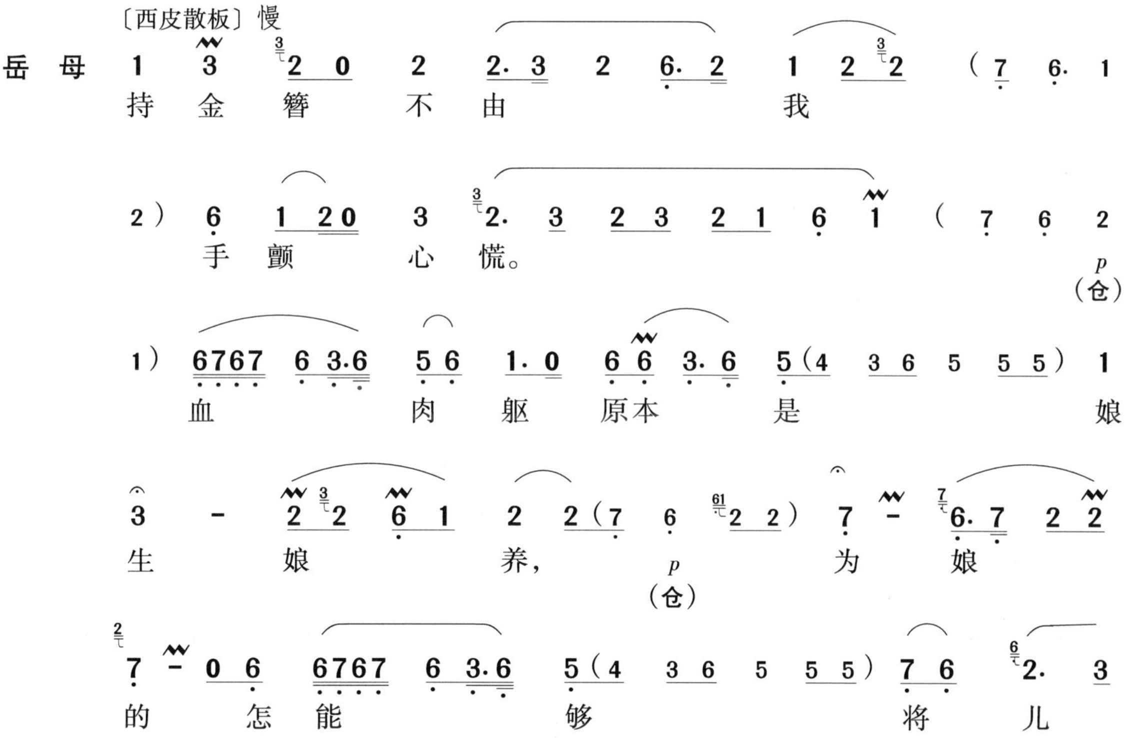

---

① 胡琴弦前面的五个“4”音须急促有力，以衬托出岳母突然间的紧张，其后“3”的音须轻匀，而稍作延长，以配合岳母由于过分紧张而引起的颤抖，显示出慈母的心肠。拉到“⁶1 0”上一颤，岳母抬眼愣住，一想，随即用一种爱惜的目光看着岳飞的后影，而在“2 2”上摇头，表示不忍心下手，颤抖着后退。下面【凤点头】的第一击大锣本来是有的，因在这里打一下大锣对于表演情绪有影响，故此去掉。又每个垫锣都是轻击，这在打击乐上，是一种新的尝试。

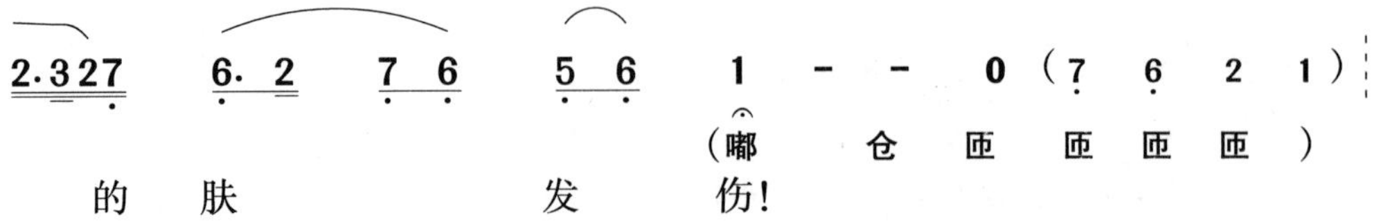

（一想）罢！【凤点头】（抖左袖，看一下金簪后注视着岳飞背部，左手放在胸前）

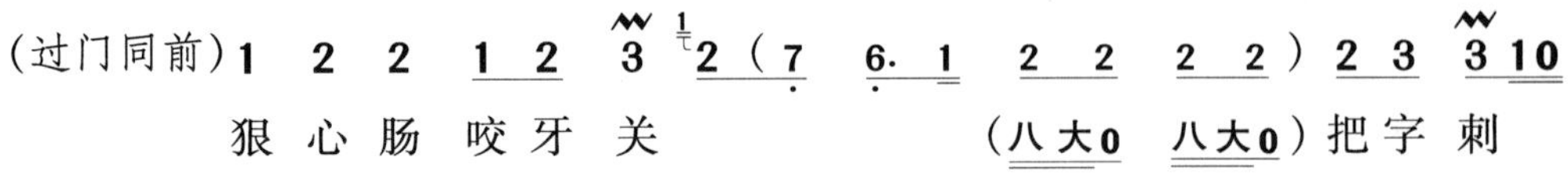

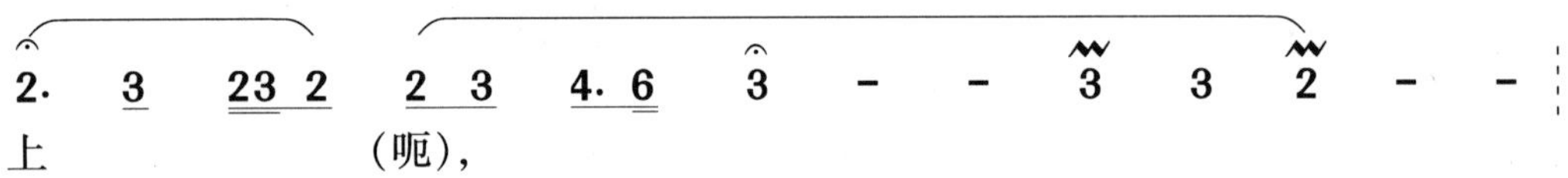

（边唱边颤抖着左手指着岳飞，面部则向前看，唱完上前一刺①，【一锣】切住，岳飞肃然受刺，李氏在旁稍做不安之状。岳母一刺急忙将手缩回，左脚向右挪一步。右脚放在左脚的后左方。脚跟稍向上抬起，右手拿着簪子在微微颤动，左手则搭在岳飞的右肩上，向左俯身温和地问岳飞）

儿啊，莫非刺重了么？

岳　飞　这……（含笑平缓地说）母亲还未曾刺下，怎么说重了。母亲不必顾虑，就请速速赐（呃）训。（仓 0）

「（i. ii ii ii i）岳飞背对岳母把头一低，意思说："刺吧。"岳母和李氏见岳飞那样坚强，不由得暗暗赞许，三人在【冷锤】中同一亮。岳母在〔亮弦〕中退后两步。【紧锤】岳母一看岳飞，再一看手中的簪子，坚定了心意，向前软蹝步，刺②。

〔西皮快板〕③

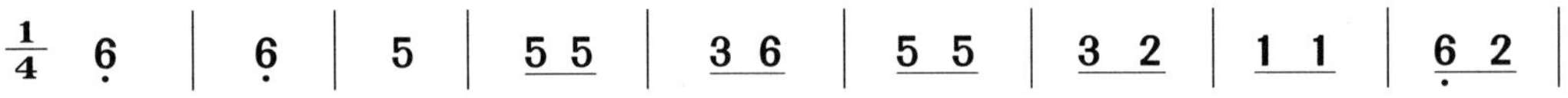

岳　母

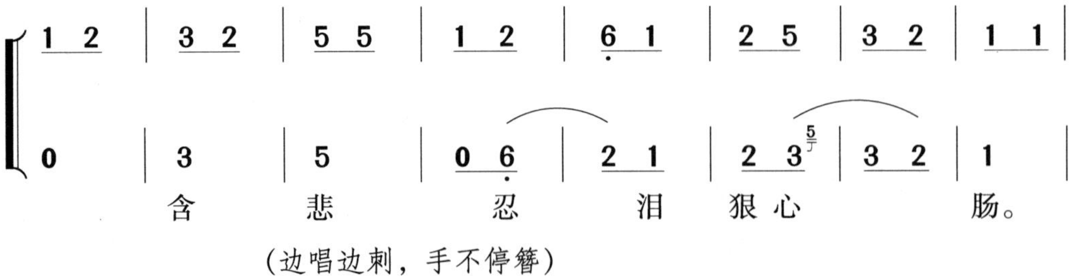

（边唱边刺，手不停簪）

---

① 岳母的簪刺下去，正好落在【紧锤】的末锣上。同时，岳飞的表情、李氏的吃惊和岳母的缩手，也表现在这锣上。

② 刺的速度慢不得，也快不得，应与快板的节奏相结合，否则会影响效果；但是也不可完全像拍板，必须注意表现的自然与真实。

③ 这里的开唱过门亦可用：(35 | 6i | 5i | 32 | 11 | 62 | 12 | 65 | 55)，显得更紧凑些。

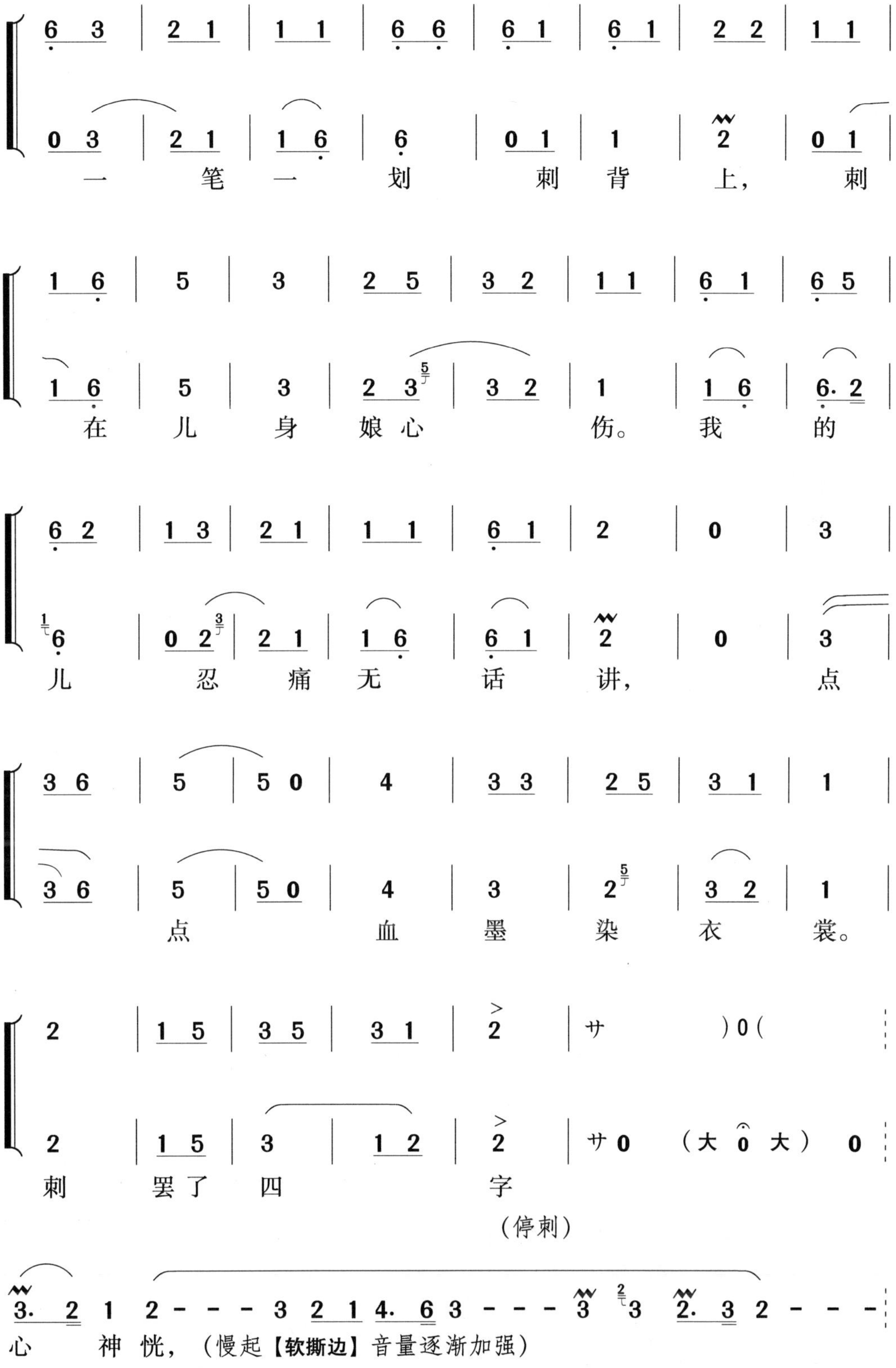

〔【软脆头】转【撞金钟】在一阵剧烈的神经紧张之后，岳母支不住向后倾跌，右手斜着向右上方一晃，做昏倒状。李氏右手托盘，急以左手扶住。岳母闭目稍息，睁眼定神看了看岳飞背上的血墨字迹，点了点头，显出坚定而高兴的神情。随即将簪放盘中，取布为岳飞搌去血水（搌四下）。目光看着岳飞背上的针痕，左手轻抚，伸右手把布交递李氏，李氏以盘承接右转向里将盘放在桌子的右边，取杖回至原处站立。岳母给岳飞拉好衣裳，放下披巾，用双手把他扶起。岳飞起立右转，向岳母一揖（表示拜谢赐训之意），岳母退后一步，面带微笑看着岳飞点点头，继又摇了摇头。

【撞金钟】转**【纽丝】**（岳母上步至台口抖左袖）

〔散板〕

（过门同前） 3 3 2 2 61 1 2 2 （7
精 忠 报 国

6 1 2） 6. 2 1 1 2 2 1 - - ‖
语 重 心 长。

〔**【慢原场】**接过拐杖，左转向里，背左手，哈腰。边走边以左手捶腰，由岳飞和李氏一同搀归小座，二人分站左右。**【原场】**收住。

岳　飞　（拱手）母亲为儿刺字，多有劳累。

岳　母　我儿你也多受痛楚了。

岳　飞　请问母亲，赐训何字？

岳　母　精忠报（哇）国！（八 0 仓）

岳　飞　哦，精忠报（哇）国！

岳　母　正是。（0 大 仓）

岳　飞　孩 儿｜谢 0｜母 0｜亲！0 0｜
（甩右袖）（左手拉住右袖） （上右步） （上左步一跪[①]）

【大锣归位】（起立）

（诗）母亲（向里拱手）赐训在堂前，
针针字字记心间。（颤动左手指胸口）（台.大 台）
从此杀（右手比刀）敌无他念，
（5 5 5 - - ）
精忠报（哇）（向外拱手）国（ 扎 0 仓 ）标凌烟！
（上右步，左手捋胡子，
右手翘大拇指一亮）

〔**【紧锤】**退左步抖右袖，收右步抖左袖，双挑袖上步。

〔西皮快板〕（末锣后起）

0 3	4 3	5 0	356i	5 i	3 2	1 1	6 2
0	0	0	0	0	0	0	0

① 上步要快，先右后左而脆，虚跪右腿，头不可过低，目光须注视岳母，表示感激之意。

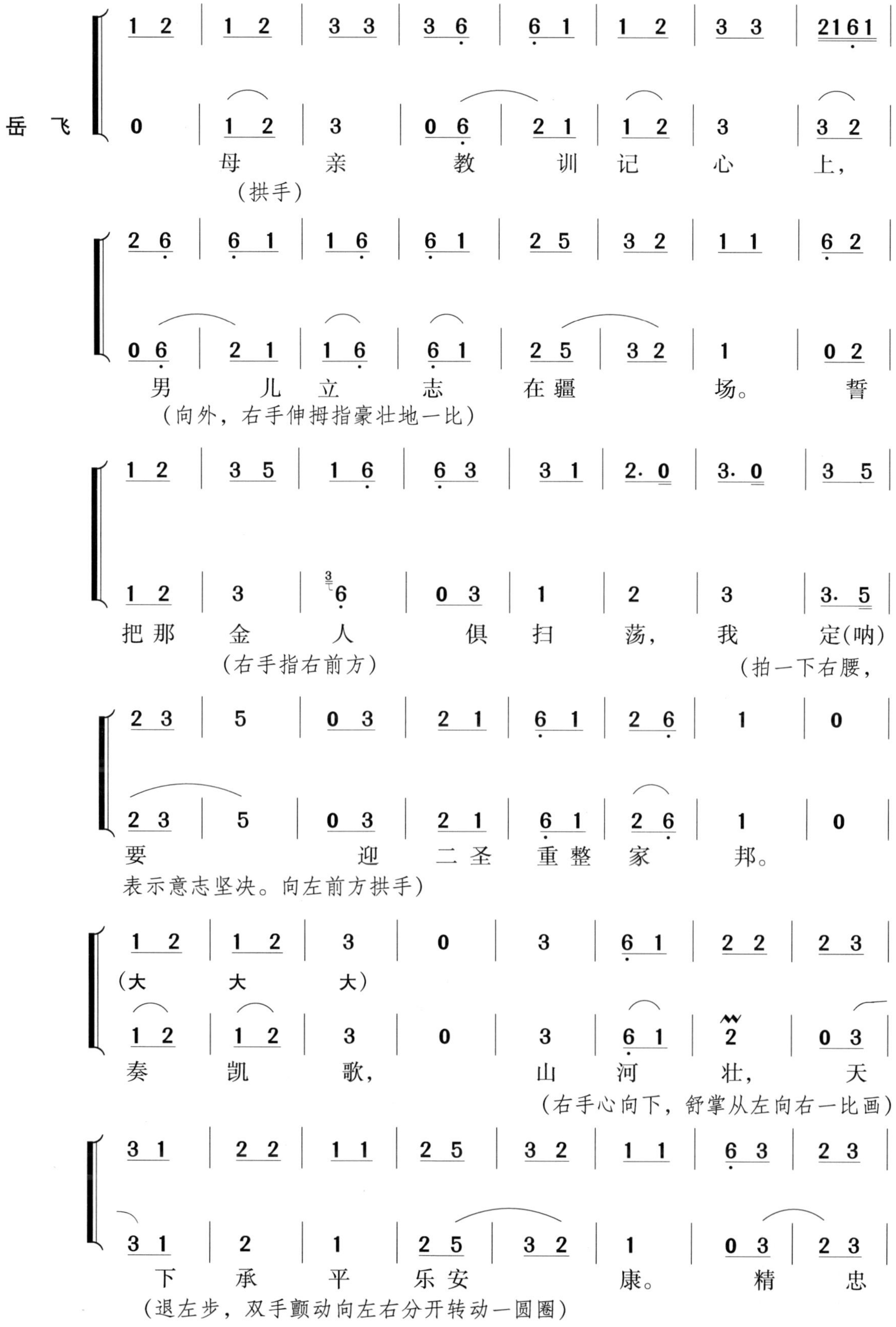
岳 飞
母 亲 教 训 记 心 上，
（拱手）
男 儿 立 志 在 疆 场。 誓
（向外，右手伸拇指豪壮地一比）
把 那 金 人 俱 扫 荡， 我 定(呐)
（右手指右前方）
（拍一下右腰，
要 迎 二 圣 重 整 家 邦。
表示意志坚决。向左前方拱手）
（大 大 大）
奏 凯 歌， 山 河 壮， 天
（右手心向下，舒掌从左向右一比画）
下 承 平 乐 安 康。 精 忠
（退左步，双手颤动向左右分开转动一圆圈）

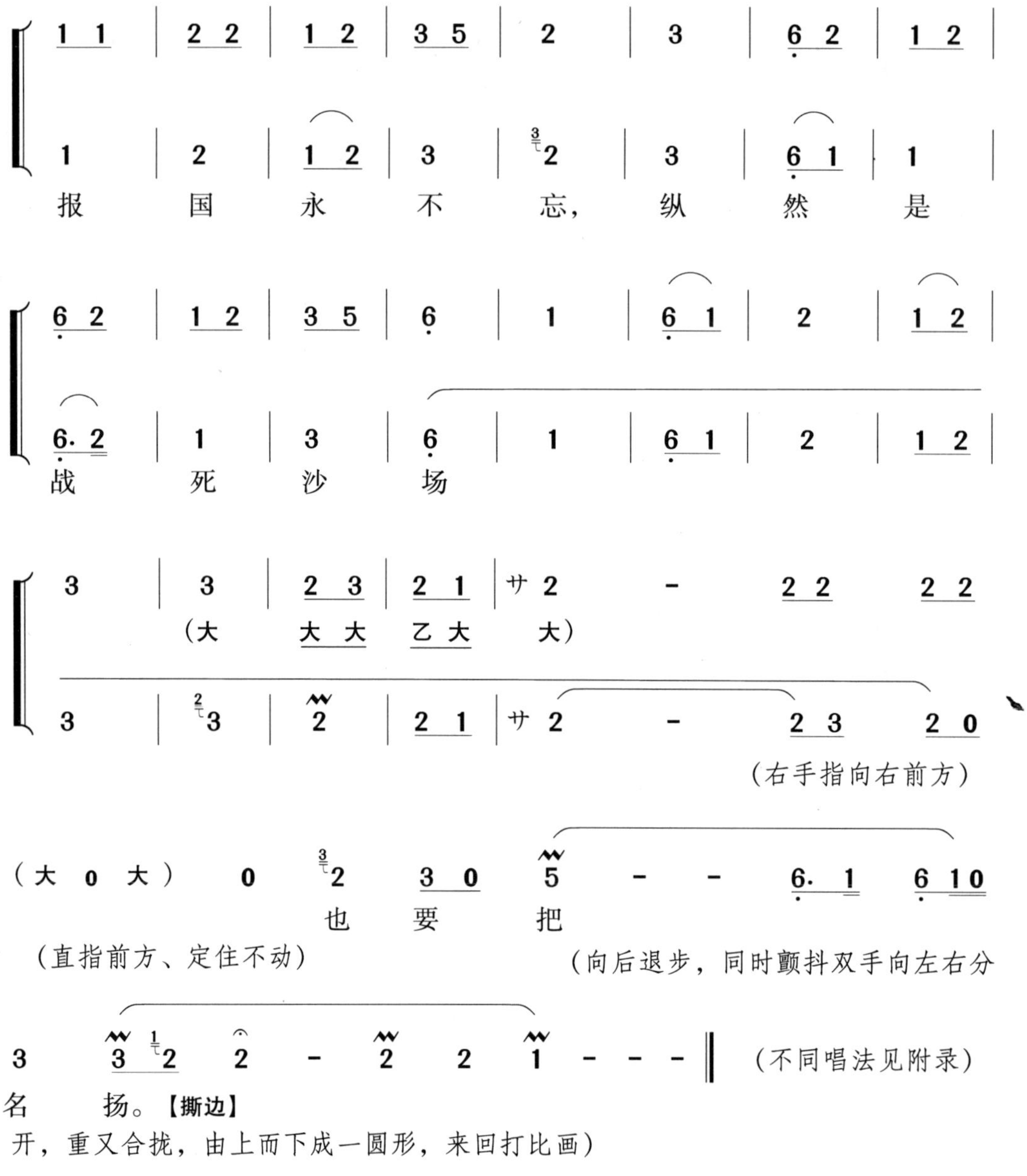

「【住头】右转向里对岳母一揖，仍站大边。

岳　母　儿啊，今日天色已晚，阖家团聚一宵，明日再行。正（呐）是：【住头】（三人同至台口）今日赐训在草堂，

岳　飞　精忠报国记心房。（边念边从后面走向“小边”台口）

李　氏　刻骨铭心遵母训，（边念边扶岳母至“大边”，岳母右转，李氏左转，二人对脸儿回身面向“小边”）

岳　飞　不灭金人不还乡。（左手捋胡子，右手向前一指）

岳　母　（恰好转身过来，听岳飞口出豪语，点了点头）好一个“不灭金人不还乡”！鹏举！

岳　飞　（拱手）母亲。

岳　母　媳妇！

李　氏　（拱手）婆婆。

岳　母　啊……哈哈哈……　（岳飞陪笑，李氏展齿微笑）

〔唢呐奏曲牌<尾声·合头>。岳母上左步，再上右步，左转面对“下场门”。岳飞上一步扶岳母右手。**【大锣打下】**三人同下。

——剧　终

附　录

原本在岳飞唱完以后，岳母尚有如下两句唱腔：

岳　母　好哇！

〔西皮散板〕

【凤点头】(过门同前）サ 4· 6　3 2　3 3 2　2· 5　3 2　1· 2　3（6̣ 1 2 3）

我　的儿说此话颇　有　志　量，　（仓）

1 3　2 1　1 2　2　³2 0　6̣· 2　1　3　3 2　2　1 -‖

好男儿　理应当　为　国争光。

以上两句，整理者认为已无再唱必要，因全剧发展到饱和点，在岳飞唱完〔快板〕之后收住最好，故予删除。